사뮈엘 베케트(1906~1989) 아일랜드 태생으로 프랑스에서 작품활동을 한 부조리극 작가.

베케트의 생가   아일랜드 더블린 폭스로크

트리니티 칼리지(더블린) 베케트는 이곳에서 프랑스문학을 전공했으며 졸업 후 파리고등사범학교 영어교사로 가게 된다.

사뮈엘 베케트 다리　아일랜드 더블린

루시용의 베케트 하우스   1942년 파리에서 레지스탕스에 가담했던 베케트는 조직원들이 체포되자 아내 수잔과 함께 루시용으로 달아나 농가에서 일하며 소설 《와트》를 집필한다.

〈언덕 위의 집〉   존 플레밍 그림. 소설 《와트》(1953) 표지그림으로 채택되었다.

세계문학전집102
Samuel Beckett
EN ATTENDANT GODOT/MOLLOY/PREMIER AMOUR
L'EXPULSÉ/ENDGAME/KRAPP'S LAST TAPE
고도를 기다리며/몰로이/첫사랑
추방자/승부의 끝/크라프의 마지막 테이프
사뮈엘 베케트/김문해 옮김

동서문화사

고도를 기다리며/몰로이/첫사랑
추방자/승부의 끝/크라프의 마지막 테이프
차례

En Attendant Godot

고도를 기다리며

제1막

시골길, 나무 한 그루가 서 있다.

저녁.

에스트라공이 길가에 앉아 구두를 벗으려고 한다. 안간힘을 다해 두 손으로 한쪽 구두를 잡아당기며 숨을 가쁘게 몰아쉰다. 힘이 빠져서 그만둔다. 잠시 쉬었다가 다시 똑같은 동작을 되풀이한다.

블라디미르 등장.

에스트라공 (다시 단념하며) 안 되겠는데!

블라디미르 (팔자걸음으로 종종거리며 다가서서) 아니, 그럴지도 몰라. (멈춰 서서) 그런 생각을 떨쳐버리려 오랫동안 속으로 달래왔지. '블라디미르, 정신 차려, 아직 다 해본 건 아니잖아' 하면서 말이야. 그래서 다시 싸움을 시작했던 거야. (머릿속에 싸움을 되새겨보며 생각에 잠긴다. 에스트라공에게) 아니, 또 너야!

에스트라공 그래서?

블라디미르 다시 만나니 반갑다. 아주 떠나버린 줄만 알았는데.

에스트라공 나도 그래.

블라디미르 드디어 다시 만났군! 우리가 또다시 만난 걸 어떻게 축하한다? (잠시 생각하더니) 일어나, 내가 안아줄 테니. (에스트라공에게 손을 내민다)

에스트라공 (짜증스럽게) 조금 있다가. 조금 있다가.

침묵.

블라디미르 (기분이 언짢아서 쌀쌀맞게) 나리께서는 어디서 밤을 지내셨나이까?

에스트라공 도랑에서.

블라디미르 (기가 막혀서) 도랑이라니! 어느 도랑 말이야?

에스트라공 (아무 동작 없이) 저기 저쪽.

블라디미르 얻어맞지는 않았고?

에스트라공 얻어맞았지…… 많이는 안 맞았지만.

블라디미르 같은 녀석들한테?

에스트라공 같은 녀석들이냐고? 잘 모르겠어.

침묵.

블라디미르 하긴…… 오래전부터…… 생각해 온 건데…… 넌 내가 없었으면…… 어떻게 됐을까…… (단호하게) 아마 지금쯤은 죽어서 한 움큼의 뼈다귀만 남았을 거야, 틀림없이.

에스트라공 (정곡을 찔린 듯) 그래서 어쨌다는 거지?

블라디미르 (풀이 죽어서) 한 사람을 이렇게까지 못살게 굴 필요는 없을 텐데. (잠시 사이를 두었다 다시 활기를 띠고) 하지만 이제 와서 우는소리를 해봤자 어쩌겠어. 좋은 시절은 벌써 오래전, 그러니까 1900년쯤에 끝났는걸.

에스트라공 집어치우고 이놈의 신이나 좀 벗겨줘.

블라디미르 손을 마주 잡고 에펠탑 꼭대기에서 뛰어내릴 수도 있었지. 맨 처음 뛰어내리는 자들 틈에 섞여서 말이야. 그땐 제법 풍채도 좋았는데. 하지만 이제 너무 늦었어. 이제 우리 같은 건 그곳에 올라가지도 못하게 할걸. (에스트라공은 구두를 벗으려고 안간힘을 쓴다) 뭘 하고 있는 거야?

에스트라공 구두를 벗고 있잖아. 이런 일은 한 번도 해본 적 없다는 듯이 말하네.

블라디미르 그러게 전부터 내가 뭐라고 했어? 구두는 매일 벗어야 한다고 그랬잖아? 내 말을 들었어야지.

에스트라공 (맥없는 소리로) 좀 거들어줘!

블라디미르 아프냐?

에스트라공 아프냐고? 지금 그걸 말이라고 해?

블라디미르 (화를 내며) 이 세상에서 고통을 당하는 게 너 하나밖에 없는 줄 알아? 넌 나 같은 건 안중에도 없지. 네가 내 처지라면 무슨 소릴 할지 들어 보고 싶구나. 당해 봐야 알 거다.

에스트라공 너도 아팠어?

블라디미르 아팠냐고? 그걸 말이라고 하는 거야?

에스트라공 (집게손가락으로 가리키며) 그렇다고 단추까지 안 채우고 다닐 건 없잖아?

블라디미르 (아래를 내려다보며) 참 그렇군. (단추를 채운다) 작은 일이라도 소홀히 해서는 안 되지.

에스트라공 뭐랄까, 넌 늘 마지막 순간을 기다리고 있어.

블라디미르 (꿈꾸듯이) 마지막 순간이라…… (생각에 잠긴다) 그건 멀지만, 좋은 걸 거야. 누가 이런 말을 했더라?

에스트라공 나 좀 거들어주지 않을래?

블라디미르 그래도 그건 오고야 말 거라고 생각하곤 하지. 그런 생각이 들면 기분이 묘해지거든. (모자를 벗는다. 모자 속을 들여다보고 손으로 만져보고 흔들어 보고 다시 쓴다) 뭐랄까? 기분이 가라앉으면서 동시에…… (적당한 말을 찾는다) 섬뜩해지거든. (부풀려서) 섬―뜩―해―진단 말이다. (다시 모자를 벗고 속을 들여다본다) 이럴 수가! (무언가를 털어내려는 듯 모자 꼭대기를 툭툭 친 다음 안을 들여다보고 다시 쓴다) 마침내…… (에스트라공은 있는 힘을 다해서 마침내 구두를 잡아 뺀다. 그런 뒤에 구두 안을 들여다보고 손으로 더듬어보고, 뒤집어보고, 흔들어보고, 혹시 땅바닥에 떨어진 게 없나 살펴본다. 아무것도 보이지 않자, 멍청한 눈으로 구두 속에 손을 넣어본다) 어떻게 됐어?

에스트라공 아무것도 없어.

블라디미르 어디 봐.

에스트라공 아무것도 없다니까.

블라디미르 그럼 다시 신어봐.

에스트라공 (발을 살펴보고 나서) 발에 바람을 좀 쐬야겠어.

블라디미르 자기 발이 잘못됐는데도 구두 탓만 하는 게 바로 인간이지. (다시 모자를 벗어 안을 들여다보고, 손으로 더듬어보고, 흔들어보고, 모자 꼭대기를 두드렸다가 안에 입김을 불어넣은 다음 다시 쓴다) 걱정이 되는데. (침묵. 에스트라공은 바람이 잘 통하라고 엄지발가락을 움직인다) 도둑놈 하나가 구원을 받았겠다. (사이) 비율치고는 괜찮지. (사이) 고고……

에스트라공 왜?

블라디미르 혹시 뉘우친다면?

에스트라공 뭘 뉘우쳐?

블라디미르 그야…… (말을 찾는다) 자세한 것까지 캐고 들어갈 건 없잖아.

에스트라공 이 세상에 태어난 것 말이야?

블라디미르는 한바탕 크게 웃어젖히더니 한 손을 두덩뼈 언저리에 얹고 얼굴을 찡그리며 애써 웃음을 참는다.

블라디미르 이젠 맘대로 웃을 수도 없게 됐군.

에스트라공 왜 발기불능이야?

블라디미르 겨우 미소나 띨 뿐이지. (그의 얼굴은 미소로 일그러진 채 한동안 굳어 있다가 별안간 표정이 사라진다) 이건 아닌데. 이러다간…… (사이) 고고…….

에스트라공 (짜증을 내며) 대체 무슨 소릴 하는 거야!

블라디미르 너 성서 읽어봤니?

에스트라공 성서라…… (생각에 잠긴다) 한번 훑어본 것도 같은데.

블라디미르 (놀라서) 신 없는 학교에서?

에스트라공 신이 없는 학교였는지 신이 있는 학교였는지 그건 모르겠어.

블라디미르 로케트 교도소랑 착각한 거지?

에스트라공 그럴지도 모르지. 어쨌든 성지의 지도는 생각나. 색칠한 지도였는데 아주 예뻤어. 사해는 연푸른색이어서 그걸 들여다보기만 해도 목이 말라왔지. 난 신혼여행을 그리로 가야겠다고 생각했어. 헤엄도 치고 행복해질 것 같았거든.

블라디미르 넌 시인이 되지 그랬어.

에스트라공   난 시인이었어. (누더기 옷을 가리키며) 그런 것 같지 않아?

침묵.

블라디미르   무슨 얘길 하다 말았더라…… 발은 좀 어때?

에스트라공   부어오르는데.

블라디미르   참, 도둑놈 얘기를 했지. 너도 그 얘기 생각나지?

에스트라공   아니.

블라디미르   얘기해 줄까?

에스트라공   아니.

블라디미르   시간 때우기 좋을 거야. (사이) 구세주와 같이 십자가에 못 박힌 두 도둑놈 얘기였지. 그런데…….

에스트라공   누구하고?

블라디미르   구세주라니까. 도둑놈 둘하고. 그런데 그중 한 놈은 구원을 받았는데 다른 한 놈은…… (구원의 반대말을 찾으려고 애쓴다) 지옥에 갔지.

에스트라공   무엇에서 구원을 받았다는 거야?

블라디미르   지옥에서.

에스트라공   난 가겠어. (하지만 꼼짝도 하지 않는다)

블라디미르   그런데 말이야…… (사이) 도대체 어째서…… 아, 지루하다면 미안.

에스트라공   어차피 안 들어.

블라디미르   도대체 무엇 때문에 복음서를 쓴 네 사람 가운데 하나만 그때 상황을 그런 식으로 전하게 됐는지 모르겠단 말이야. 네 사람이 다 그 자리에 있었는데, 적어도 거기서 멀지 않은 곳에 말이야. 그들 가운데 한 사람만 구원받은 도둑놈 얘기를 써놓았거든. (사이) 이봐, 고고. 가끔씩은 맞장구를 쳐줘야 할 것 아냐?

에스트라공   듣고 있어.

블라디미르   넷 가운데 하나만 그렇게 말했거든. 나머지 셋 가운데 둘은 아예 아무 말도 없고, 나머지 한 사람은 그 두 도둑놈이 욕설을 퍼부었다는 거야.

에스트라공   누구 말이야?

블라디미르 뭐라고?

에스트라공 나 원, 무슨 소린지 모르겠구먼…… (사이) 누구한테 욕설을 퍼부었다는 거야?

블라디미르 구세주에게.

에스트라공 왜?

블라디미르 자기네를 구해 주려 하지 않았으니까.

에스트라공 지옥에서?

블라디미르 이 바보! 죽음에서 말이야.

에스트라공 그래서?

블라디미르 그러니 두 놈이 다 지옥행이겠지.

에스트라공 그런데?

블라디미르 그런데 복음서를 쓴 네 사람 가운데 하나만, 도둑놈 가운데 하나가 구원받았다 쓰고 있어.

에스트라공 그래? 그렇다면 그들 생각이 서로 다른 거지 뭐.

블라디미르 넷이 다 한자리에 있었다니까. 그런데 그들 가운데 한 사람만 구원받은 도둑놈 얘기를 하고 있는데, 왜 나머지 세 사람 얘기는 제쳐놓고 그 사람 말만 믿는지 모르겠다니까.

에스트라공 누가 믿는다는 거야?

블라디미르 누구나 다 그렇게 믿고 있잖아? 그 사람 이야기만 알고 있다니까.

에스트라공 사람들이 다 바보니까 그렇지.

그는 힘겹게 몸을 일으키더니 절뚝거리며 무대 왼쪽 끝까지 가서 선다. 한 손을 이마에 대고 먼 곳을 바라본다. 다시 돌아서서 오른쪽 끝으로 가 먼 곳을 바라본다. 블라디미르가 그를 지켜보다가 구두를 가지러 간다. 구두 속을 들여다보더니 느닷없이 내팽개친다.

블라디미르 퉤! (바닥에 침을 뱉는다)

에스트라공이 무대 한가운데로 돌아와 배경 쪽을 바라본다.

에스트라공　기막힌 곳이로군! (그는 돌아서서 무대 앞쪽 끝까지 나와 관객 쪽을 바라본다) 멋진 경치야. (블라디미르를 돌아보며) 자, 가자.

블라디미르　갈 수 없어.

에스트라공　왜?

블라디미르　고도를 기다려야지.

에스트라공　참 그렇지. (사이) 여기가 확실해?

블라디미르　뭐가?

에스트라공　기다려야 하는 곳이 여기냔 말이야?

블라디미르　나무 옆이라고 했는데. (둘은 나무를 바라본다) 다른 나무가 보여?

에스트라공　이건 무슨 나무지?

블라디미르　버드나무 같은데.

에스트라공　잎이 없잖아?

블라디미르　죽었나 보지.

에스트라공　진이 다 빠진 거야.

블라디미르　제철이 아닐 수도 있잖아.

에스트라공　이건 버드나무라기보단 차라리 떨기나무 같다.

블라디미르　작은떨기나무야.

에스트라공　떨기나무라니까.

블라디미르　작은—(말투를 고쳐서) 그런 말을 하는 속셈이 뭐야? 우리가 장소를 잘못 알기라도 했다는 거야?

에스트라공　이리 오기로 돼 있는데.

블라디미르　꼭 오겠다고 말한 건 아니잖아.

에스트라공　만일 안 온다면?

블라디미르　내일 다시 와야지.

에스트라공　그리고 모레도.

블라디미르　그래야겠지.

에스트라공　그 뒤로도 계속.

블라디미르 그러니까 그건…….

에스트라공 그가 올 때까지.

블라디미르 너 지독한 놈이로구나.

에스트라공 우린 어제도 왔었잖아.

블라디미르 무슨 소리야? 또 헷갈리는구나.

에스트라공 그럼 어제 우리가 뭘 했다는 거야?

블라디미르 우리가 어제 뭘 했느냐고?

에스트라공 그래.

블라디미르 나 참…… (화를 내며) 남을 헷갈리게 하는 데는 너를 따라갈 사람
이 없을 거다.

에스트라공 내 생각으로는 우린 여기 왔었어.

블라디미르 (주위를 둘러보며) 이 자리가 눈에 익은 모양이지?

에스트라공 그런 말은 안 했는데.

블라디미르 그러면?

에스트라공 아무튼 그렇다니까.

블라디미르 그래도…… 이 나무가…… (관객 쪽을 향하며) 저 진흙 구덩이
가…….

에스트라공 오늘 저녁이 틀림없냐?

블라디미르 뭐가?

에스트라공 우리가 기다려야 하는 게 말이야.

블라디미르 토요일이라고 했는데. (사이) 그랬던 것 같아.

에스트라공 일이 끝난 다음이랬지.

블라디미르 어디 적어둔 게 있을 거야. (그는 별의별 잡동사니가 가득 찬 주머니들
을 뒤진다)

에스트라공 어느 토요일 말이야? 오늘이 토요일인가? 아니지, 혹시 일요일일
지도? 아니면 월요일? (사이) 아니면 금요일?

블라디미르 (마치 날짜가 풍경에 적혀 있기라도 한 듯 주변 경치를 정신없이 둘러보
며) 그럴 리 없어.

에스트라공 그럼 목요일?

블라디미르　어떡하지?

에스트라공　혹시 그가 엊저녁에 왔다가 허탕 쳤을지도 모르잖아? 그렇다면 오늘은 나타나지 않을걸.

블라디미르　하지만 엊저녁에 우리가 왔었다고 네가 그랬잖아?

에스트라공　내가 잘못 생각했을지도 모르지. (사이) 자, 그 얘긴 이제 그만두지 않을래?

블라디미르　(힘없이) 그러지. (에스트라공은 다시 땅바닥에 앉는다. 블라디미르는 초조하게 무대 위를 왔다 갔다 한다. 이따금 걸음을 멈추고 지평선을 살핀다. 에스트라공은 잠이 든다. 블라디미르가 에스트라공 앞에 와서 선다) 고고…… (침묵) 고고…… (침묵) 고고!

에스트라공, 놀라서 눈을 뜬다.

에스트라공　(무서운 현실로 되돌아오며) 깜박 졸았네. (나무라듯) 넌 왜 잠도 못 자게 하는 거야?

블라디미르　외로워서.

에스트라공　꿈을 꾸었어.

블라디미르　꿈 얘긴 됐어.

에스트라공　꿈에…….

블라디미르　듣기 싫다니까!

에스트라공　(온 천지를 가리키며) 그럼 넌 저것만 있으면 된단 말이야? (침묵) 디디, 넌 그렇게도 인정머리가 없냐? 내 악몽 얘기를 너한테 못 하면 누구한테 하란 말이야?

블라디미르　너 혼자서 삭여야지. 내가 그런 얘기를 아주 싫어한다는 거 너도 알잖아?

에스트라공　(쌀쌀하게) 우리가 헤어지는 게 낫지 않을까 하는 생각이 들 때가 있어.

블라디미르　그래 봤자 네가 갈 데나 있고?

에스트라공　문제는 바로 그거라니까. (사이) 디디, 안 그래? 그게 큰 문제란 말이다. (사이) 길은 아름답고, (사이) 나그네들도 착한데 말이야. (사이를 두었다 가 상냥하게) 안 그러냐? 디디?

블라디미르 조용히 해.

에스트라공 (황홀한 듯이) 조용히라…… 조용히…… (꿈꾸듯) 영국 놈들은 '조 요용히'라고 하더군. (사이) 영국 놈들은 '조요옹'한 작자들이지. 너 영국 놈이 갈보집에 갔던 얘기 아냐?

블라디미르 그래.

에스트라공 그럼 그 얘기나 해봐라.

블라디미르 집어치워.

에스트라공 어떤 영국 놈이 술에 잔뜩 취해서 갈보집엘 갔겠다. 포주가 금발 머리와 갈색 머리와 빨강 머리 가운데 어느 쪽을 원하느냐고 물었지. 그다음 은 네가 얘기해 봐라.

블라디미르 집어치우라니까!

블라디미르 퇴장. 에스트라공도 일어서서 무대 끝까지 그의 뒤를 따라간다. 에스트라공, 권투 선수를 응원하는 구경꾼들의 몸짓을 흉내 낸다.
블라디미르가 돌아온다. 눈을 내리깐 채 에스트라공 앞을 지나 무대를 가로 질러 간다. 에스트라공, 몇 발자국 그에게로 다가가다가 멈춘다.

에스트라공 (부드럽게) 내게 무슨 할 말이라도 있어? (블라디미르, 대답하지 않는 다. 에스트라공, 한 발자국 다가선다) 내게 무슨 할 말이 있느냐니까. (침묵. 한 발 자국 더 다가선다) 디디, 어서 말해 봐.

블라디미르 (돌아보지도 않고) 할 말 없어.

에스트라공 (한 발자국 더 다가서며) 화났어? (침묵. 한 걸음 더 나서며) 미안해! (침 묵. 한 걸음 더 다가서서 그의 어깨를 잡는다) 이봐 디디, (침묵) 손을 좀 내놔봐! (블라디미르, 돌아선다) 날 좀 껴안아줘! (블라디미르, 몸이 굳어진다) 뻗댈 것까지 는 없잖아! (블라디미르의 표정이 누그러진다. 둘은 서로 껴안는다. 에스트라공이 물 러서며) 휴, 마늘 냄새!

블라디미르 신장에 좋다고 해서 먹는 거야. (침묵. 에스트라공이 나무를 유심히 쳐다본다) 이젠 어떡하지?

에스트라공 기다리는 거지.

블라디미르 그야 그렇지만, 기다리는 동안 뭘 하느냐고?

에스트라공 목이나 매고 말까?

블라디미르 그러면 그게 일어서겠지.

에스트라공 (호기심이 생겨) 그게 일어선다고?

블라디미르 그래 그러면 어떻게 되는지 알아? 거기서 물이 떨어지고, 물이 떨어진 자리에서 맨드레이크 풀이 자라난다더라. 그래서 그걸 뽑으면 비명 소리가 나는 거야. 너 그건 몰랐지?

에스트라공 그렇다면 당장 목을 매자.

블라디미르 나뭇가지에? (둘은 나무 앞으로 다가가서 쳐다본다) 이 나무는 믿을 수가 없는걸.

에스트라공 그래도 한번 해보자.

블라디미르 너 먼저 해봐.

에스트라공 네가 먼저.

블라디미르 아냐, 네가 먼저 해봐.

에스트라공 왜?

블라디미르 네가 나보다 가벼우니까.

에스트라공 바로 그러니까 하는 말이다.

블라디미르 무슨 소린지 모르겠군.

에스트라공 잘 생각해 봐.

블라디미르, 생각한다.

블라디미르 (생각한 끝에) 모르겠는데.

에스트라공 그럼 설명해 주지. (생각해 보고 나서) 나뭇가지는…… 나뭇가지는…… (화를 내며) 네가 이해하려고 해봐야 할 것 아냐!

블라디미르 네 설명을 들어야만 알겠다.

에스트라공 (애를 쓰며) 고고는 가벼우니—나뭇가지가 안 부러져서—고고가 죽는다. 디디는 무거우니까—나뭇가지가 부러져서—디디만 남는다. (사이) 그러니…… (알맞은 표현을 찾아내려고 애쓴다)

블라디미르 내가 미처 그 생각을 못 했구나.

에스트라공 (알맞은 표현을 찾아내어) 큰 게 작은 걸 이기게 마련이다, 이거지.

블라디미르 하지만 내가 너보다 무게가 더 나간단 말이야?

에스트라공 네 입으로 그랬잖아? 내가 알게 뭐냐? 가능성은 반반이야. 대충 그런 셈이지.

블라디미르 그럼 어떡한다?

에스트라공 아무 짓도 안 하는 거지. 그게 더 안전하니까.

블라디미르 그의 의견을 들은 다음에 하자.

에스트라공 누구 의견?

블라디미르 고도 말이야.

에스트라공 참 그렇지.

블라디미르 결론이 날 때까지 기다려보는 거야.

에스트라공 하지만 쇠뿔도 단김에 빼라는 말이 있잖아?

블라디미르 그가 와서 무슨 말을 할지 궁금한데. 그가 뭐라고 하든 달라질 건 없지만.

에스트라공 그런데 우리가 그에게 정확히 무슨 부탁을 했지?

블라디미르 너도 같이 있었잖아?

에스트라공 난 딴생각을 하고 있었어.

블라디미르 어…… 딱히 뚜렷한 건 없었지.

에스트라공 하나의 기도였어.

블라디미르 맞아.

에스트라공 막연한 탄원이었어.

블라디미르 그렇지.

에스트라공 그래, 그는 뭐라고 대답했지?

블라디미르 좀 두고 보자더군.

에스트라공 아무것도 약속은 못 하겠다는 거네.

블라디미르 생각을 해봐야겠다는 거지.

에스트라공　차분하게.

블라디미르　가족들과도 의논하고.

에스트라공　친구들과도.

블라디미르　지배인들과도.

에스트라공　거래상들과도.

블라디미르　회계와도.

에스트라공　은행 예금과도.

블라디미르　결정을 내리기 전에 말이야.

에스트라공　그건 당연하지.

블라디미르　하긴 누군들 안 그렇겠어?

에스트라공　그런 것 같군.

블라디미르　내 생각도 그래.

　정지.

에스트라공　(불안하게) 그런데 우리는?

블라디미르　뭐라고?

에스트라공　그런데 우린 어떻게 되는 거냐고?

블라디미르　그건 또 무슨 소리야?

에스트라공　그 일에서 우리 역할이 뭐냔 말이야.

블라디미르　우리 역할이라니?

에스트라공　생각 좀 해봐.

블라디미르　우리 역할이라? 그야 탄원자의 역할이지.

에스트라공　그 정도야?

블라디미르　아니면? 나리께서는 내세울 만한 무슨 특권이라도 가지고 계신
　지요?

에스트라공　그럼 우리에겐 아무 권리도 없다는 말이야?

　블라디미르는 웃으려고 하다가 전처럼 뚝 그친다. 같은 동작. 미소가 사라져

버린다.

블라디미르 웃을 수만 있다면 한바탕 웃고 싶구나.
에스트라공 우린 권리를 잃어버린 건가?
블라디미르 (또렷하게) 헐값으로 팔아버렸지.

침묵. 둘 다 움직이지 않고 서 있다. 두 팔은 흔들거리고 고개를 푹 숙인 채 무릎에는 힘이 빠졌다.

에스트라공 (힘없이) 우린 꽁꽁 묶여 있는 게 아닐까? (사이) 안 그래?
블라디미르 (손을 들며) 들어봐!

그들은 우스꽝스럽게 뻣뻣한 자세로 귀를 기울인다.

에스트라공 아무 소리도 안 들리는데.
블라디미르 쉿! (두 사람 모두 귀를 기울인다. 에스트라공이 몸의 중심을 잃고 쓰러질 뻔한다. 그는 블라디미르의 팔에 매달린다. 블라디미르, 휘청거린다. 그들은 서로 붙잡고 마주 보며 귀를 기울인다) 내 귀에도 안 들려.

안도의 한숨. 긴장이 풀린다. 그들은 서로 떨어진다.

에스트라공 너 때문에 괜히 놀랐잖아.
블라디미르 그가 오는 줄 알았지.
에스트라공 누구?
블라디미르 고도 말이야.
에스트라공 흥, 갈대가 바람에 흔들린 소리야.
블라디미르 내 귀엔 고함 소리 같았는데.
에스트라공 그가 고함칠 이유가 뭐 있어?
블라디미르 말을 몰고 올 테니까.

침묵.

에스트라공 가자.

블라디미르 가긴 어딜 가? (사이) 오늘 밤엔 그의 집에서 자게 될지도 모르잖
 아. 배불리 먹고, 잘 마른 따뜻한 짚을 깔고 말이야. 그러니까 기다려볼 만하
 지. 안 그래?

에스트라공 그렇다고 밤을 샐 수야 없지.

블라디미르 아직 해도 지지 않았잖아.

침묵.

에스트라공 배고프다.

블라디미르 당근 먹을래?

에스트라공 다른 건 없어?

블라디미르 무가 몇 개 있을 거야.

에스트라공 그럼 당근이나 하나 줘. (블라디미르는 주머니를 뒤져 무 한 개를 꺼내
 에스트라공에게 준다) 고마워. (한 입 깨물더니 투덜대듯이) 이건 무잖아!

블라디미르 오, 미안하다! 난 당근인 줄 알았지. (다시 주머니를 뒤졌으나 무밖에
 나오지 않는다) 무밖에 없는데. (계속 뒤진다) 지난번에 네가 먹은 게 마지막 남
 은 당근이었나 보네. (또 뒤진다) 잠깐만, 있다. (마침내 당근 하나를 꺼내 에스트
 라공에게 준다) 자, 여기 있어. (에스트라공은 소맷자락으로 당근을 닦아서 먹기 시
 작한다) 그럼 무는 도로 줘. (에스트라공, 무를 돌려준다) 조금씩 오래오래 먹어.
 더는 없으니까.

에스트라공 (씹으면서) 아까 너한테 물어본 게 있었지.

블라디미르 그래.

에스트라공 너 대답해 줬냐?

블라디미르 당근 맛이 좋으냐?

에스트라공 달콤하다.

블라디미르 잘됐구나. 잘됐어. (사이) 그래 뭐가 알고 싶었는데?

에스트라공 생각이 안 나. (씹어 먹는다) 그래서 탈이라니까. (그는 당근을 흐뭇하게 들여다보더니 허공에서 손가락 끝으로 돌려본다) 당근 맛이 좋은데. (그는 당근 끝을 음미하듯 빨아본다) 가만있자, 이제 생각났다. (한 입 깨문다)

블라디미르 뭔데?

에스트라공 (한입 가득 넣고 건성으로) 우린 꽁꽁 묶여 있는 게 아닐까?

블라디미르 무슨 소린지 모르겠군.

에스트라공 우린 꽁꽁 묶여 있는 게 아니냔 말이야.

블라디미르 묶여 있다고?

에스트라공 그래, 묶—여 있단 말이야.

블라디미르 묶여 있다니 어떻게?

에스트라공 손발 말이야.

블라디미르 도대체 묶기는 누가 묶고, 누구에게 묶여 있다는 거야?

에스트라공 네가 말하는 그 작자에게.

블라디미르 고도에게? 고도에게 묶여 있다고? 무슨 소리야? 결단코 아니야! (사이) 아직은.

에스트라공 그자 이름이 고도라고?

블라디미르 그럴걸.

에스트라공 이런! (먹다 남은 당근의 마른 줄기를 받들고 눈앞에서 돌려본다) 이상하군. 먹을수록 맛이 없어진단 말이야.

블라디미르 나와는 정반대네.

에스트라공 그게 무슨 말이야?

블라디미르 난 먹을수록 맛이 난다는 말이지.

에스트라공 (한참 생각하더니) 그걸 갖고 정반대라고 하는 거야?

블라디미르 기질 문제지.

에스트라공 성격 문제다.

블라디미르 어쩔 수 없는 일이야.

에스트라공 날뛰어봤자 소용없는 일이지.

블라디미르 인간은 변하지 않아.

에스트라공 애써봤자 소용없는 일이지.

블라디미르 근본은 달라지지 않으니까.

에스트라공 별수 없는 거야. (먹다 남은 당근을 블라디미르에게 내민다) 이거 마저 먹을래?

무시무시한 고함이 아주 가까이서 들려온다. 에스트라공, 당근을 떨어뜨린다. 둘 다 얼어붙은 듯 서 있다가 무대 옆으로 달아난다.

에스트라공이 중간에서 멈춰 서더니 되돌아와 당근을 주워 주머니에 넣는다. 다시 그를 기다리고 있는 블라디미르에게 달려가다가 또 한 번 멈추고 되돌아와서 구두를 집어 들고 블라디미르에게로 다시 뛰어간다. 둘은 서로 얼싸안고 고개를 상대편 어깨에 처박고서 소리 난 쪽으로 등을 돌린 채 기다린다.

포조와 럭키, 등장한다. 포조가 럭키의 목에 맨 끈을 잡고 럭키를 몰고 들어온다. 그 때문에 처음에는 럭키만 나타나고 끈은 그 뒤에 보이는데 그 끈이 너무 길어서 럭키가 무대 한가운데까지 온 다음에야 무대 옆에서 포조의 모습이 나타난다. 럭키는 팔에 외투를 걸친 채 무거운 짐가방에 접이의자며 음식 바구니를 들고 있다. 포조는 채찍을 들고 있다.

포조 (무대 옆에서) 좀 더 빨리! (채찍 소리. 포조가 나타난다. 그들은 무대를 가로지른다. 럭키가 블라디미르와 에스트라공의 앞을 지나 퇴장한다. 포조는 에스트라공과 블라디미르를 보자 걸음을 멈춘다. 끈이 팽팽해진다. 포조가 거칠게 잡아당긴다) 뒤로!

쓰러지는 소리. 럭키가 짐을 든 채 넘어진 것이다. 블라디미르와 에스트라공이 그를 바라본다. 한편으로 도와주러 가고 싶기도 하고, 또 한편으로는 상관없는 일에 말려드는 것이 두려운 표정이다. 블라디미르가 럭키 쪽으로 한 걸음 내딛자 에스트라공이 그의 소매를 잡아당긴다.

블라디미르 봐!

에스트라공 가만있어!

포조　조심하시오! 사나운 놈이니까. (블라디미르와 에스트라공이 그를 본다) 낯선 사람들에겐.

에스트라공　(낮은 소리로) 저 작자야?

블라디미르　누가?

에스트라공　저…….

블라디미르　고도?

에스트라공　그래.

포조　내 이름은 포조라고 하오.

블라디미르　아니야.

에스트라공　고도라고 했잖아?

블라디미르　아니라니까.

에스트라공　(포조에게) 선생께선 고도 씨가 아니십니까?

포조　(무서운 목소리로) 내 이름은 포조! (침묵) 그래도 모르겠소? (침묵) 내 이름을 듣고도 내가 누군지 모르겠단 말이오?

블라디미르와 에스트라공, 의아한 눈으로 마주 본다.

에스트라공　(기억을 더듬는 척하며) 보조라…… 보조…….

포조　포―조―

에스트라공　아! 포조…… 그렇군…… 포조라…….

블라디미르　포조야 보조야?

에스트라공　포조라잖아…… 누군지는 모르겠지만.

블라디미르　(상냥하게) 고조라는 집안은 아는데. 그 집 어머니는 둥근 자수틀에 수를 놓으셨죠.

포조가 위협하듯 두 사람에게 다가선다.

에스트라공　(황급히) 선생님, 우린 이 고장 사람이 아닙니다.

포조　(멈추어 서며) 그래도 인간임엔 틀림없을 것 아뇨? (안경을 쓴다) 내 보기엔 그래. (안경을 벗는다) 다 같은 인간이란 말이오. (요란스럽게 웃는다) 포조와 같은 종자라는 거지! 신의 자손이란 말이오!

블라디미르　저, 실은……

포조　(말을 자르며) 고도는 누구요?

에스트라공　고도라뇨?

포조　날 고도로 잘못 보지 않았소?

블라디미르　천만에요, 선생님. 단 한 순간도 그렇게 생각한 적 없습니다.

포조　그게 누구냐니까?

블라디미르　그건, 저…… 그냥 아는 사람이죠.

에스트라공　알긴요? 제대로 알지도 못하는 사람이랍니다.

블라디미르　그럼요…… 잘 알지도 못하는 사람이죠…… 그렇지만…….

에스트라공　만나도 못 알아볼걸요.

포조　그러면서도 당신들은 나를 그 사람인 줄 알았단 말이오?

에스트라공　그러니까…… 날이 어두워진 데다가…… 피곤하고…… 기운 없고…… 기다리느라 지쳐서…… 솔직히 말씀드리자면…… 그만 잠깐 그런 생각이…….

블라디미르　이 친구의 말은 듣지도 마십시오. 선생님, 들을 것도 없습죠!

포조　기다렸다니? 당신들이 그를 기다렸다는 거요?

블라디미르　그러니까…….

포조　여기서? 내 땅에서?

블라디미르　나쁜 짓을 할 생각은 없습니다.

에스트라공　오히려 좋은 생각으로 그랬던 거죠.

포조　길이야 누구나 다닐 수 있는 거니까.

블라디미르　우리 생각도 그렇습니다.

포조　염치없는 생각이지만, 그렇게 되어 있지.

에스트라공　그거야 별수 없습죠.

포조　(거드름을 피우며) 그 얘긴 더 이상 하지 맙시다. (끈을 잡아당긴다) 일어서! (사이) 넘어지기만 하면 잔단 말이야. (다시 끈을 잡아당긴다) 일어서, 이 망할 놈아! (럭키가 일어나서 짐을 드는 소리. 포조는 끈을 잡아당긴다) 뒤로! (럭키, 뒷걸음

친다) 서! (럭키, 멈춰 선다) 돌아서! (럭키, 돌아선다. 포조, 블라디미르와 에스트라공에게 상냥하게) 두 분을 만나게 돼서 반갑소. (둘의 의아해하는 표정을 보고) 진심으로 반갑소. (끈을 잡아당긴다) 좀 더 가까이! (럭키, 다가온다) 서! (럭키, 선다. 블라디미르와 에스트라공에게) 아시겠지만, 혼자 가는 길은 멀다오. 더군다나······ (시계를 들여다본다) 벌써······ (계산해 본다) ······여섯 시간이나 그렇지, 여섯 시간이나 계속해서, 사람의 그림자 하나 못 보고 걸었으니 말이오. (럭키에게) 외투! (럭키, 짐가방을 내려놓고 앞으로 나와 외투를 주고 뒤로 물러서 다시 짐가방을 든다) 이걸 들고 있어! (포조가 럭키에게 채찍을 내민다. 럭키 다가온다. 손이 모자라므로 허리를 굽혀 채찍을 입에 물고 뒤로 물러선다. 포조는 외투를 입기 시작하다가 멈춘다) 외투! (럭키가 짐을 모두 내려놓고 앞으로 와서 포조가 외투 입는 것을 거든 다음 다시 짐을 든다) 공기가 싸늘하군. (단추를 다 채우자 허리를 굽혀 몸을 살피더니 다시 몸을 일으킨다) 채찍! (럭키가 다가와 허리를 구부린다. 그러자 포조는 럭키의 입에 물린 채찍을 빼앗는다. 럭키, 물러선다) 두 양반, 나는 말이오. 내 동족들과 사귀지 않고서는 오랫동안 견디지 못하는 사람이라오. (두 동족을 바라본다) 나하고 비슷한 부류의 사람이 아닌 경우라도 말이오. (럭키에게) 의자! (럭키는 짐가방과 바구니를 내려놓고 앞으로 나와 접이의자를 펴 땅바닥에 놓은 뒤 물러서서 다시 짐가방과 바구니를 든다. 포조가 접이의자를 바라보며) 더 가까이! (럭키는 짐가방과 바구니를 놓고 앞으로 나와 의자를 옮겨놓은 다음 물러서서 바구니를 다시 든다. 포조는 의자에 앉는다. 채찍 끝을 럭키의 가슴에 대고 밀어낸다) 뒤로! (럭키, 물러선다) 더! (럭키, 더 물러선다) 서! (럭키, 멈춰 선다. 포조, 블라디미르와 에스트라공에게) 그래서 두 분만 좋다면, 길을 다시 떠나기 전에 잠시 두 양반 곁에 머물고 싶은데 괜찮겠소? (럭키에게) 바구니! (럭키가 다가와 바구니를 주고 물러선다) 바깥바람을 쐬면 배가 고파진단 말이야. (그는 바구니를 열고 닭고기와 빵 한 조각과 포도주 한 병을 꺼낸다. 럭키에게) 바구니! (럭키가 앞으로 나와 바구니를 들고 물러서서 부동자세) 더 멀리! (럭키, 더 물러선다) 됐어! (럭키, 멈춘다) 저놈한테서는 고약한 냄새가 나거든. (술을 병째로 마신다) 건강을 위하여! (병을 내려놓고 먹기 시작한다)

침묵. 에스트라공과 블라디미르는 차츰 대담해져 럭키의 주위를 돌며 이모

저모로 살펴본다. 포조, 닭고기를 게걸스럽게 뜯고 뼈다귀까지 빨아 먹은 다음 던져버린다. 럭키는 짐가방이 땅바닥에 닿을 만큼 몸이 기울어지다가는 얼른 허리를 편다. 또다시 허리가 구부러지기 시작. 선 채로 잠이 든 사람의 규칙적인 움직임이다.

에스트라공　왜 저러지?
블라디미르　피곤한가 봐.
에스트라공　왜 짐을 내려놓지 않는 걸까?
블라디미르　그걸 내가 어떻게 알아? (둘은 좀 더 가까이 가본다) 조심해!
에스트라공　말을 걸어볼까?
블라디미르　저것 좀 봐!
에스트라공　뭘?
블라디미르　(가리켜 보이며) 저 모가지 말이야.
에스트라공　(목을 바라보며) 아무것도 안 보이는데.
블라디미르　이리 와봐.

　에스트라공이 블라디미르 곁으로 간다.

에스트라공　이런 세상에!
블라디미르　지독하군!
에스트라공　끈 때문이야.
블라디미르　쓸려서 그렇지.
에스트라공　그럴 수밖에.
블라디미르　매듭 때문이야.
에스트라공　도리 없지.

　둘은 계속 살펴보다가 그의 얼굴을 들여다본다.

블라디미르　웬만큼 생기기는 했는데.

에스트라공   (어깨를 으쓱해 보이고 입을 비쭉 내밀며) 네 눈엔 그렇게 보이니?

블라디미르   약간 계집애 같은걸.

에스트라공   침을 흘리는데.

블라디미르   그럴 수밖에.

에스트라공   거품을 뿜는다.

블라디미르   바보가 아닐까?

에스트라공   백치야.

블라디미르   (고개를 내밀며) 바제도병이야.

에스트라공   (똑같이 고개를 쭉 빼고) 그야 알 수 없지.

블라디미르   헐떡거리고 있군.

에스트라공   그럴 수밖에.

블라디미르   저 눈을 좀 봐!

에스트라공   눈이 어떤데?

블라디미르   눈알이 튀어나올 것 같아.

에스트라공   어째 죽어가는 것 같아.

블라디미르   그럴 리가. (사이) 뭘 좀 물어봐.

에스트라공   그래도 괜찮을까?

블라디미르   위험할 거야 없잖아?

에스트라공   (주뼛거리며) 여보세요…….

블라디미르   더 크게.

에스트라공   (더 큰 소리로) 여보세요…….

포조   가만 내버려둬요! (둘은 포조 쪽으로 돌아선다. 포조는 식사를 마치고 손등으로 입을 닦는다) 그놈이 쉬고 싶어 하는 걸 모르겠소? (그는 담뱃대를 꺼내 담배를 담기 시작한다. 에스트라공은 땅바닥에 버려져 있는 닭 뼈를 보자 입맛이 당기는 듯 쏘아본다. 포조는 성냥을 그어 담뱃대에 불을 붙이기 시작한다) 바구니! (럭키가 움직이지 않자, 포조는 성냥을 휙 던지고 끈을 잡아당긴다) 바구니! (럭키가 넘어질 뻔하다가 정신을 차리고 앞으로 나와 술병을 바구니에 넣은 뒤 제자리로 돌아가 먼저 자세로 되돌아간다. 에스트라공은 닭 뼈를 응시하고, 포조는 다시 두 번째 성냥으로 담뱃대에 불을 붙인다) 어쩔 수 없지. 저놈 일은 아니니까. (그는 담배 연기를 한 모금 빨고는 두 다리를 죽 뻗는다) 아! 이제 좀 기운이 나는군!

에스트라공　(조심스럽게) 선생님…….

포조　왜 그러시오?

에스트라공　저…… 선생께선 안 잡수시겠죠? 저…… 이젠 필요 없으시겠죠…… 뼈다귀는……?

블라디미르　(화를 내며) 좀 더 기다리지 못해?

포조　아니, 아니, 괜찮아요. 뼈다귀가 필요하냐고요? (채찍 끝으로 뼈다귀를 굴리며) 아니, 난 이제 필요 없소. (에스트라공이 뼈다귀를 주우려고 한 걸음 나선다) 하지만…… (에스트라공, 멈춘다) 하지만, 저 뼈다귀는 원래 저 짐꾼 몫이오. 그러니 저놈에게 물어보시구려. (에스트라공은 럭키 쪽으로 돌아서지만 망설인다) 물어보라니까. 어서 물어봐요. 겁낼 것 없어요. 뭐라고 대답하겠죠.

에스트라공이 럭키 쪽으로 가서 그 앞에 멈춰 선다.

에스트라공　여보세요…… 실례합니다. 여보세요…….

럭키, 아무 반응이 없다.
포조가 채찍 소리를 내자 럭키, 그제야 고개를 든다.

포조　야 이 더러운 놈아, 너한테 하는 소리야. 어서 대답해. (에스트라공에게) 다시 물어보시오.

에스트라공　실례합니다만, 저 뼈다귀를, 드실 건가요?

럭키는 한참 동안 에스트라공을 바라본다.

포조　(거들먹거리며) 이봐! (럭키가 고개를 숙인다) 대답해! 필요한 거야, 아닌 거야? (럭키의 침묵. 에스트라공에게) 당신이나 가지시구려. (에스트라공, 뼈다귀에 달려들어 그것을 주워 뜯기 시작한다) 하지만 이상한데. 뼈다귀가 싫다는 건 처음 있는 일이란 말이야. (그는 걱정스러운 얼굴로 럭키를 바라본다) 설마하니 병이 난

건 아니겠지. (그는 담뱃대를 빤다)

블라디미르 (폭발하며) 염치도 정도껏 있어야지!

침묵. 에스트라공, 어리둥절해서 닭다리 뜯기를 멈추고 블라디미르와 포조를 번갈아 바라본다. 포조는 태연하다. 블라디미르는 점점 난감한 표정이다.

포조 (블라디미르에게) 뭘 두고 말하는 건가요?

블라디미르 (단호하게 그러나 더듬거리며) 인간을 (럭키를 가리키며) 저런 식으로 다루다니…… 그건…… 한 인간을…… 정말…… 너무하군!

에스트라공 (자기도 거들어야겠다는 듯) 파렴치해! (그는 다시 뼈다귀를 뜯기 시작한다)

포조 까다로운 양반들이구려. (블라디미르에게) 실례지만 몇 살이시오? (침묵) 예순……? 일흔……? (에스트라공에게) 이 양반, 몇 살이나 됐소?

에스트라공 직접 물어보시죠.

포조 이거 내가 무례를 범했나 보오. (채찍 손잡이로 담뱃대를 두드려 재를 떤 다음 일어선다) 이젠 가봐야겠소. 말 상대가 되어주어서 고맙소. (잠시 생각해 본다) 한 대 더 피우고 갈까 하는데 당신들은 어떠시오? (두 사람, 아무 대꾸가 없다) 내 담배 실력이란 게 별것 아니오. 연거푸 두 대를 피우는 일은 거의 없으니까. (가슴에 손을 대고는) 그럼 가슴이 두근거리거든. (사이) 니코틴 때문이지. 아무리 조심을 해도 니코틴을 들이마시게 된단 말이야. (한숨짓는다) 도리가 없지. (침묵) 두 양반은 담배를 안 피우시는 모양이지? 그렇소? 안 그렇소? 그건 뭐 아무래도 좋고. (침묵) 그런데 일단 일어섰으니 어떻게 하면 다시 자연스럽게 앉을 수가 있을까? ……뭐라고 할까? 뻘쭘한 인상을 주지 않고 말이지. (블라디미르에게) 뭐라고요? 아무 말도 안 했다고? (침묵) 그건 아무래도 상관없고, 그런데…… (다시 생각에 잠긴다)

에스트라공 아, 맛있다! (그는 뼈다귀를 던진다)

블라디미르 그만 가자.

에스트라공 벌써?

포조 잠깐만! (그는 끈을 잡아당긴다) 의자! (채찍으로 가리킨다. 럭키, 의자를 옮긴

다) 좀 더! 됐어! (다시 앉는다. 럭키, 물러서서 짐가방과 바구니를 다시 든다) 자, 이젠 다시 앉았구나! (담뱃대에 담배를 넣기 시작한다)

블라디미르 가자!

포조 나 때문에 가자는 건 아니시겠지? 좀 더 있어 봐요. 후회는 안 할 테니까.

에스트라공 (혹시 뭐라도 주는 게 아닐까 해서) 우리야 뭐 바쁘진 않습니다.

포조 (담뱃대를 피우며) 두 번째는 늘 맛이 덜하단 말이야. (담뱃대를 입에서 떼고 그것을 바라본다) 첫 번째 담배보다 말이오. (다시 담뱃대를 입에 문다) 하지만 이만하면 괜찮지.

블라디미르 난 가겠어.

포조 나하고 더 있기가 싫은 모양이구먼. 내게서 인간미를 별로 못 느끼는 모양이지. 하지만 그게 이유가 될까? (블라디미르에게) 잘 생각해 보시오. 경솔하게 행동하기 전에. 아직 한낮인데 지금 떠난다고 합시다. 어쨌든 아직은 한낮인데 말이야. (셋은 하늘을 쳐다본다) 좋아요. 그렇다면 어떻게 된다? (담뱃대를 입에서 떼고 그것을 바라본다) 불이 꺼졌군! (다시 담뱃대에 불을 붙인다) 그렇다면 어떻게 된다? 그렇다면…… 당신들의 약속 말이오…… 그 고데인지, 고도인지, 고댕인지 하는…… (침묵) ……내가 누구 얘기를 하는지 아시겠지? 당신들의 미래가 달려 있는 그 사람 말이오. (침묵) ……당신들 코앞에 닥친 미래가 달려 있는…….

에스트라공 저 양반 말이 맞아.

블라디미르 그걸 어떻게 아셨습니까?

포조 아, 드디어 말을 걸어주는군! 이러다간 정이 들고 말겠는데.

에스트라공 저 사람은 왜 짐을 내려놓지 않죠?

포조 나도 그 사람을 만나면 기쁠 거요. 여러 사람을 만날수록 기쁨도 배가 되거든. 아무리 하찮은 인간이라도 만나면 다 배울 점이 있고 마음이 넉넉해지고 더 많은 행복을 맛보게 된단 말씀이야. 그러니 당신들도, (두 사람 모두에게 하는 이야기라는 뜻으로 둘을 번갈아 유심히 바라본다) 당신들도 내게 무엇인가 준 게 있을지도 모르지.

에스트라공 저 사람은 왜 짐을 땅바닥에 내려놓지 않죠?

포조   하지만 그렇진 않을 거야.

블라디미르   질문을 못 들으셨소?

포조   (기분이 좋아져서) 질문? 누가? 어떤 질문을? (침묵) 조금 전만 해도 부들 부들 떨면서 내게 '선생님' 소리를 하더니 이젠 질문까지 해오다니. 더 있다간 무슨 짓을 할지 모르겠는데.

블라디미르   (에스트라공에게) 네 말을 들으려나 보다.

에스트라공   (럭키의 주위를 돌기 시작하다가) 뭐라고?

블라디미르   어서 물어봐. 들어줄 준비가 돼 있으니.

에스트라공   뭘 물어보라는 거야?

블라디미르   저 사람은 왜 짐을 땅바닥에 내려놓지 않느냐는 거 말이야.

에스트라공   왜 그럴까?

블라디미르   그걸 물어보라니까.

포조   (혹시 질문을 안 하면 어쩔까 걱정스러워 두 사람의 대화를 유심히 듣고 있다가) 당신 말은, 그러니까 저놈이 왜 짐을 땅바닥에 내려놓지 않는지 알고 싶다, 이거요?

블라디미르   바로 그겁니다.

포조   (에스트라공에게) 당신도 그걸 알고 싶은 거요?

에스트라공   (계속 럭키의 주위를 돌며) 바다표범처럼 훅훅거리는데요.

포조   내 대답해 주리다. (에스트라공에게) 제발 가만히 좀 있어요. 신경 쓰이 니까.

블라디미르   이리 와.

에스트라공   왜 그래?

블라디미르   얘기해 준대.

둘은 서로 기대 선 채 꼼짝 않고 기다린다.

포조   좋아. 다들 준비되었소? 다들 나를 보고 있고? (그는 럭키를 쳐다보고는 끈을 잡아당긴다. 럭키, 고개를 든다) 날 봐, 이 망할 놈아! (럭키, 그를 쳐다본다) 됐 어! (그는 담뱃대를 주머니에 넣고 조그만 흡입기를 꺼내 목구멍을 적신 다음 다시 주머니에 넣는다. 목청을 가다듬기 위해 마른기침을 하더니 가래를 뱉고 나서 다시 흡입기를 꺼내 목구멍을 축인 다음 주머니에 넣는다) 이젠 준비가 됐어. 다들 듣고 있는 거요? (그는 럭키를 보고 끈을 잡아당긴다) 앞으로! (럭키가 앞으로 다가온다) 됐어! (럭키, 선다) 다들 준비됐소? (그는 세 사람을 둘러본다. 마지막으로 럭키를 본 다음 끈을 잡아당긴다) 뭐야, 이놈아? (럭키, 고개를 든다) 난 허공에 대고 말하고 싶진 않아! 됐어. 좋아. (생각한다)

에스트라공 난 가겠어.

포조 당신이 알고 싶은 게 뭐였더라?

블라디미르 왜 저 사람은…….

포조 (화를 내며) 내 말을 가로막지 말아요! (사이. 진정하고) 모두 한꺼번에 말을 하면 아무것도 안 되지. (사이) 내가 무슨 말을 했더라? (사이. 더 크게) 내가 무슨 말을 했었지?

블라디미르가 무거운 짐을 든 사람의 시늉을 한다. 포조는 그 뜻을 알아차리지 못한 채 바라만 본다.

에스트라공 (큰 소리로) 짐! (그는 손가락으로 럭키를 가리켜 보인다) 왜 그렇죠? 계속 들고만 있고, (그는 헐떡이면서 허리를 굽히는 시늉을 한다) 절대로 땅바닥에 놓는 일이 없으니. (두 손을 펴고 거뜬한 표정으로 몸을 일으킨다) 왜 그러냐고요?

포조 알겠소. 진작 그렇게 말할 것이지. 왜 저놈이 제 몸을 편하게 하지 않느냐 이 말이죠? 그 까닭을 한번 생각해 봅시다. 그럴 권리가 없는 걸까? 그건 아니지. 그렇다면 그러고 싶지 않은 걸까? 그게 맞는 말이오. 그렇다면 왜 그러고 싶지 않은 걸까? (사이) 여러분, 그 까닭을 설명해 드리리다.

블라디미르 어디 좀 들어봅시다!

포조 그건 내게 감동을 주려는 거요. 버림받지 않으려고.

에스트라공 뭐라고요?

포조 내 설명이 서툴렀던 모양이군. 저놈은 내 동정을 사려는 거라고. 내가 자기와 헤어지지 못하게 말이오. 아니 뭐 꼭 그런 건 아니지만.

블라디미르 그렇다면 쫓아버릴 생각이신가요?

포조　저놈은 내 마음을 끌려고 그러지만, 내가 저놈 꾀에 넘어갈 사람인가?

블라디미르　그렇다면 쫓아버릴 생각이신가요?

포조　저놈은 자기가 훌륭한 짐꾼이라는 걸 내게 보여주면 내가 저를 앞으로도 계속 짐꾼으로 쓸 거라고 생각하는 거지.

에스트라공　하지만 이젠 저자가 싫어졌단 말씀인가요?

포조　사실 저놈은 꼭 돼지처럼 짐을 다룬다오. 직업을 잘못 택한 거지.

블라디미르　그래서 쫓아버릴 생각이신가요?

포조　저놈은 저렇게 지칠 줄 모르고 짐을 들고 서 있는 꼴을 보면 내가 저를 쫓아낸 뒤에 결정을 뉘우칠 거라고 생각하는 거지. 그렇게 잔머리를 굴리고 있는 거요. 나한테 짐꾼이 저 하나밖에 없는 줄 안다니까. (셋이 다 럭키를 본다) 제가 무슨 제우스의 아들, 지구를 짊어진 아틀라스라도 된 것처럼 말이지! (침묵) 자, 어떻소? 이만하면 당신들 질문에 대답이 된 것 같은데, 또 물어볼 게 있소? (그는 흡입기를 들이마신다)

블라디미르　그러니까 쫓아버릴 생각이냐고요?

포조　하긴 운명의 장난으로 저놈과 내 처지가 바뀌었을지도 모를 일이지. 다 팔자소관이라오.

블라디미르　그러니까 쫓아버릴 생각이신가요?

포조　뭐라고?

블라디미르　그러니까 쫓아버릴 생각이냐고요?

포조　사실은 그렇소. 엉덩이를 한 대 걷어차서 문밖으로 쫓아내는 게 더 간단하지만, 생소뵈르 시장까지 데리고 가서 좋은 값으로 팔아버릴 생각이오. 그건 내 선의지. 솔직히 말해서 이런 녀석은 쫓아버릴 것도 없이 그대로 죽여버려야 하는 건데.

럭키, 운다.

에스트라공　그가 울고 있어요.

포조　늙은 개라도 이놈보다는 자존심이 있을 거요. (그는 손수건을 에스트라공에게 내준다) 불쌍히 여기는 모양이니, 위로해 주시지. (에스트라공, 망설인다) 자어서. (에스트라공, 손수건을 받는다) 눈물을 닦아줘요. 그럼 저 녀석도 버림받았다는 생각이 덜 들겠지.

에스트라공, 여전히 망설인다.

블라디미르　이리 줘. 내가 할 테니.

에스트라공, 손수건을 내주지 않으려고 어린애처럼 몸을 흔든다.

포조　자, 어서요. 곧 울음을 그칠 테니까. (에스트라공, 럭키에게 다가가 눈물을 닦아주려는 자세를 취한다. 럭키가 그의 정강이를 냅다 걷어찬다. 에스트라공, 손수건을 떨어뜨리고 뒤로 물러선다. 절뚝거리며 신음을 내면서 무대를 한 바퀴 돈다) 손수건! (럭키가 짐가방과 바구니를 놓고 손수건을 주워 앞으로 다가와 포조에게 그것을 주고, 물러서서 다시 짐가방과 바구니를 든다)

에스트라공　저 비열한 놈! 저 나쁜 놈! (그는 바짓단을 걷어 올린다) 저놈 때문에 병신이 됐어!

포조　저놈은 낯선 사람을 좋아하지 않는다고 내가 말했잖소.

블라디미르　(에스트라공에게) ……어디 보자. (에스트라공, 다리를 내보인다. 포조에게 볼멘소리로) 피가 나요!

포조　건강하다는 증거지.

에스트라공　(다친 다리를 추켜들고) 난 이제 걸을 수도 없게 됐어!

블라디미르　(다정하게) ……내가 업고 가지. (사이) 정 그렇다면.

포조　이젠 울음을 그쳤군. (에스트라공에게) 그러니까 당신이 저놈을 대신하게 되었구려. (꿈꾸듯이) 이 세상 눈물의 양엔 변함이 없지. 어디선가 누가 눈물을 흘리기 시작하면 한쪽에선 눈물을 거두는 사람이 있다오. 웃음도 마찬가지요. (웃는다) 그러니 우리 세대가 나쁘다고는 말하지 맙시다. 우리 세대라고 해서 앞선 세대보다 더 불행할 것도 없으니까 말이오. (침묵) 그렇다고 더 좋을 것도 없지. (침묵) 그런 얘긴 아예 꺼낼 것도 없어요. (침묵) 인구가 늘어난 건 사실이지만.

블라디미르 좀 걸어봐.

에스트라공, 절뚝거리며 걷기 시작하더니 럭키 앞에 가서는 침을 뱉고, 처음 막이 올랐을 때 앉아 있던 자리로 가서 앉는다.

포조 그런 훌륭한 걸 다 누가 나한테 가르쳐줬는지 아시오? (사이. 손가락으로 럭키를 가리키며) 럭키 저놈이오!

블라디미르 (하늘을 쳐다보며) 왜 이렇게 밤이 안 오지?

포조 저 녀석이 아니었더라면 난 오로지 천한 것들만 생각하고 그것들밖에 못 느꼈을 거요. 내 직업이란 게…… 뭐, 그런 건 아무래도 좋지만—최상의 아름다움이나 멋, 진리 따위하고는 무관한 것이라서 알 수가 없었거든. 그래서 크누크를 두기로 했지.

블라디미르 (하늘을 살피다가 자기도 모르게) 크누크라니요?

포조 그런 지가 벌써 60년 가까이 되었지…… (속으로 계산해 본다) ……그래, 60년 가까이 됐소. (거만하게 몸을 일으키며) 내 나이가 그렇게는 안 들어 보이지 않소? (블라디미르, 럭키를 쳐다본다) 저놈에 비하면 난 청년으로 보일 테지? 안 그렇소? (사이. 럭키에게) 모자! (럭키가 바구니를 놓고 모자를 벗는다. 숱 많은 백발이 얼굴 위로 쏟아져 내린다. 그는 모자를 겨드랑이에 끼고 바구니를 다시 든다) 이번엔 내 머리를 보구려. (포조가 모자를 벗는다—모든 인물이 중산모를 쓰고 있다. 포조의 머리는 완전한 대머리다. 모자를 다시 쓴다) 다들 보셨지?

블라디미르 크누크가 뭐죠?

포조 당신은 이 고장 사람이 아니군. 그렇다고 해서 다른 세대 사람은 아니겠지? 옛날엔 어릿광대들을 두었지만 요즘엔 크누크를 둔다오. 물론 그럴 만한 여유가 있는 사람들 얘기지만.

블라디미르 그런데 이제 와선 쫓아버리겠다는 건가요? 저렇게 충실하고 늙은 하인을?

에스트라공 사람도 아니야!

포조는 더욱더 흥분한다.

블라디미르 단물을 다 빼먹고 나서 버리겠다는 거지…… (말을 찾는다) 바나나 껍질 버리듯이 말이야. 그렇지 않나요……?

포조 (신음하며, 두 손으로 머리를 감싸고서) 더는 못 참겠소…… 못 참겠단 말이오…… 이놈이 하는 짓 말이오…… 당신들은 모르겠지만…… 끔찍하다고…… 제발 이놈 좀 없어졌으면 좋겠소…… (두 팔을 내젓는다) 내가 미칠 것 같다고…… (두 팔로 머리를 감싸고 쓰러지듯) 정말 더는 못 견디겠어…… 더는 못 참겠어…….

침묵. 모두 포조를 바라본다. 럭키, 몸서리친다.

블라디미르 못 견디겠다는군.

에스트라공 차마 못 보겠는데.

블라디미르 미치려나 봐.

에스트라공 가공할 일이군.

블라디미르 (럭키에게) 감히 그럴 수가 있소? 부끄럽지도 않아요? 이렇게 착한 주인 양반을! 이토록 괴롭히다니! 수십 년을 같이 지내고도 말이오! 정말 그럴 수가!

포조 (흐느끼며) 전엔…… 착했었지…… 날 도와주고…… 위로도 해주고…… 날 더 좋은 사람이 되게 해주었는데…… 지금은 날 못살게 군단 말이오…….

에스트라공 (블라디미르에게) 이제 다른 사람을 두겠다는 걸까?

블라디미르 뭐라고?

에스트라공 쫓아버리고 다른 사람을 두겠다는 건지 아니면 이젠 아예 아무도 두질 않겠다는 건지 모르겠군.

블라디미르 그렇진 않을걸.

에스트라공 뭐라고?

블라디미르 모르겠다.

에스트라공 그럼 물어봐야겠다.

포조 (누그러진 목소리로) 두 분, 내가 무슨 짓을 하고 있었는지 나도 모르겠군요. 미안하오. 깨끗이 다 잊어버려요. (점차 이성을 차리며) 내가 무슨 말을 했는지 기억은 잘 안 나지만 어쨌든 옳은 말이라곤 단 한마디도 없었던 건 확실하니 그런 줄들 아시오. (몸을 펴고 가슴을 두드린다) 내가 누구 때문에 괴로워할 사람같이 보이오? 내가? 그럴 리가! (주머니를 뒤진다) 내가 담뱃대를 어떻게 했더라?

블라디미르 멋진 저녁이로구나!

에스트라공 잊을 수 없겠어.

블라디미르 게다가 아직 끝나지도 않았어.

에스트라공 안 끝난 것 같군.

블라디미르 이제 겨우 시작인걸.

에스트라공 끔찍하다.

블라디미르 무언극보다 더 엉망이야.

에스트라공 서커스야.

블라디미르 뮤직홀 같군.

에스트라공 서커스라니까.

포조 그런데 내가 담뱃대를 어쨌지?

에스트라공 우습군. 그는 담뱃대를 잃어버렸어! (폭소를 터뜨린다)

블라디미르 곧 돌아올게. (무대 옆쪽으로 나가려 한다)

에스트라공 왼쪽 복도 끝이다.

블라디미르 내 자리 좀 맡아줘. (퇴장한다)

포조 내 브라이어 담뱃대를 잃어버리다니!

에스트라공 (배꼽을 움켜쥐며) 배꼽 빠지네!

포조 (고개를 들며) 혹시 못 보셨나? (블라디미르가 없어진 것을 깨닫고 실망한 듯이) 저런! 그 양반 가버렸군! ……나한테 인사 한마디 없이! 예의가 없군그래! 좀 붙잡지 그랬소?

에스트라공 나도 잡으려고 그랬죠.

포조 아, 그랬군! (사이) 그럼 됐소.

에스트라공 (몸을 일으키며) 이리 좀 와보세요.

포조 왜 그러오?

에스트라공 와서 보면 알 거예요.

포조 지금 나더러 일어서라는 거요?

에스트라공 빨리 오래도요…… 빨리…… 빨리…….

포조가 일어나서 에스트라공에게 간다.

에스트라공 저걸 좀 보세요!

포조 저런, 저런!

에스트라공 이제 끝났어요.

블라디미르, 침울한 얼굴로 돌아와 럭키를 밀치고 의자를 발길로 걷어찬 다음 흥분해서 왔다 갔다 한다.

포조 기분이 안 좋은 모양인데?

에스트라공 (블라디미르에게) 너, 기가 막힌 걸 놓치고 말았어. 정말 아깝게 됐는데.

블라디미르, 걸음을 멈추고 의자를 일으켜 세우더니, 다시 왔다 갔다 한다. 아까보다는 한결 차분한 태도로.

포조 기분이 좀 가라앉은 모양이지? (주위를 한번 둘러보고) 하긴 모든 게 다 가라앉은 것 같군. 커다란 평화가 내려앉고 있소. 좀 들어보구려. (그는 한 손을 쳐든다) 목신(牧神)도 잠들었소.

블라디미르 (발을 멈추며) 밤은 영영 오지 않는 걸까요?

세 사람 모두 하늘을 쳐다본다.

포조 해가 질 때까지 여기 있을 생각이오?

에스트라공 실은…… 아시다시피…….

포조 암, 당연하지. 당연하고말고. 내가 당신들이라도 그 고댕인지…… 고데인

지…… 고도인지…… 하여튼 그자와 만날 약속을 했다면 날이 완전히 어두
워질 때까지 기다려보고 나서야 단념하겠지. (의자를 바라본다) 다시 앉고 싶
은데 어떻게 하면 앉을 수 있을까?

에스트라공 내가 거들어드릴까요?

포조 당신이 부탁을 한다면 그럴까?

에스트라공 뭐라고요?

포조 당신이 내게 다시 앉아달라고 부탁한다면 말이오.

에스트라공 그게 도와드리는 게 될까요?

포조 그럴 것 같은데!

에스트라공 좋습니다. 선생님, 부디 다시 앉으시지요.

포조 아니, 아니, 그게 아니오. (사이. 낮은 소리로) 좀 더 간곡히 부탁해요.

에스트라공 저, 그렇게 서 계시지 마십시오. 감기 드시겠습니다.

포조 그렇소?

에스트라공 암요, 그렇고말고요.

포조 당신 말이 옳을 것도 같구려. (다시 앉는다) 고맙소. 자, 이제야 다시 앉게
됐군그래. (에스트라공도 다시 앉는다. 포조가 시계를 들여다보며) 하지만 이젠 헤
어져야 할 시간이군. 늦어지기 전에 떠나야겠소.

블라디미르 시간은 멈춰버린걸요.

포조 (시계를 귀에다 대면서) 무슨 소릴! 그렇게 생각하면 안 되지. (시계를 다시
주머니에 넣는다) 무얼 어떻게 생각해도 상관없지만 그것만은 안 돼요.

에스트라공 (포조에게) 이 친구는 오늘 모든 걸 비관적으로 보고 있답니다.

포조 하늘은 제외하고겠지. (자신의 말에 흡족해하며 웃는다) 좀 더 참으면 될
거요! 하긴 당신들은 이 고장 사람이 아니니까 이 고장의 황혼이 어떻다는
걸 아직 모를 거요. 얘기해 드릴까? (침묵. 에스트라공과 블라디미르는 저마다 구
두와 모자를 다시 살피기 시작. 럭키는 자신의 모자가 떨어지는 것을 알아차리지 못한
다) 원하신다면 그렇게 해드려야지. (흡입기를 들이마신다) 이쪽을 좀 보실까?
(에스트라공과 블라디미르, 계속 구두와 모자에 정신이 팔려 있고, 럭키는 졸고 있다.
포조가 채찍질을 하지만 그 소리가 아주 약하다) 채찍이 왜 이 모양이지? (그는 일
어서서 더 세게 채찍을 내리쳐본다. 마침내 성공. 럭키는 깜짝 놀라고 에스트라공과 블

라디미르는 구두와 모자를 손에서 떨어뜨린다. 포조가 채찍을 내던진다) 이놈의 채찍 이젠 아무짝에도 쓸모없게 됐어. (두 사람을 바라보며) 내가 무슨 얘길 했었지?

블라디미르 가자.

에스트라공 그렇게 서 계시지 말래도요. 그러다간 병나시겠습니다.

포조 참 그렇지. (다시 앉아서 에스트라공에게) 성함이 어떻게 되시오?

에스트라공 (말이 떨어지기가 무섭게) 카툴루스.

포조 (대답은 듣지도 않고) 참 그렇지, 밤에 관한 얘기였지. (고개를 든다) 좀 더 정신을 차리고 들어봐요. 안 그러면 말짱 헛일이 될 테니까. (하늘을 쳐다보며) 보시오. (모두들 하늘을 쳐다본다. 럭키만이 다시 졸기 시작. 그 모습을 본 포조가 끈을 잡아당긴다) 하늘을 쳐다보라니까, 이 돼지야! (럭키가 고개를 젖힌다) 좋아, 그만하면 됐어. (모두 다시 고개를 바로잡는다) 뭐 그리 색다른 거야 있겠소? 그저 하늘일 뿐인데. 파랗고 밝은 것이, 어느 하늘이든 이 시간엔 그런 거 아니오? (사이) 이 위도의 지방에선. (사이) 날씨가 좋을 때 얘기지만. (노래하는 듯한 목소리로) 한 시간쯤 됐을까. (산문적인 투로 시계를 보면서) 하늘에서 이런 빛이 쏟아진 것이 (다시 서정적인 투로) 아침 10시부터라고 칩시다. (톤이 높아진다) 붉고 하얀빛을 줄기차게 내려보내던 하늘이 그 빛을 잃고 엷어지더니 (두 손을 조금씩 내리는 동작) 조금씩 조금씩 푸른빛을 더해 가다가 마침내…… (극적인 중단. 두 손을 수평으로 넓게 내젓는 동작) 딱 그치고는 움직이질 않게 된단 말이오! (침묵) 하지만, (설교하듯 한 손을 들고) 하지만 부드럽고 고요한 이 베일 뒤에서, (하늘을 쳐다본다. 럭키를 제외하고는 모두 그를 따라 하늘을 쳐다본다) 밤이 밀려와 (목소리가 더욱 떨린다) 우리에게 달려든단 말이오. (손가락을 탁 소리 나게 울리며) 이렇게 와락! (영감이 사라진다) 우리가 전혀 예상치 못한 순간에 말이오. (침묵. 침통한 목소리로) 이 빌어먹을 땅덩이 위에선 모든 게 이렇게 되고 말지.

오랜 침묵.

에스트라공 하지만 진작 그런 줄 알았으니까.

블라디미르 참을 수가 있지.

에스트라공 어떻게 생각해야 좋을지 알아.

블라디미르 걱정할 거 없어.

에스트라공 기다리기만 하면 되는 거야.

블라디미르 기다리는 거야 이미 익숙하니까. (모자를 줍고, 안을 들여다보고, 흔 들어보고 다시 쓴다)

포조 그래 어땠소? (에스트라공과 블라디미르, 무슨 뜻인지 몰라 그를 쳐다본다) 좋 았소? 보통이오? 그저 그렇소? 시시하오? 아주 형편없었소?

블라디미르 (에스트라공보다 먼저 알아차리고) 썩 좋았습니다. 아주 훌륭했어요.

포조 (에스트라공에게) 당신은?

에스트라공 (영어 억양으로) 네, 아주 좋았습니다. 아주 아주 아주 좋았습니다.

포조 (신이 나서) 고맙소. 두 양반! (사이) 난 격려의 말이 필요하다오. (생각한다) 끝부분에 가서 맥이 좀 풀리긴 했지만. 그렇게 생각하지 않소?

블라디미르 아, 예 그런 느낌이 조금 있었던 것도 같군요.

에스트라공 난 일부러 그러시는 줄 알았지 뭡니까.

포조 그건 내 기억력이 불량한 탓이오.

침묵.

에스트라공 그런데 아무 일도 일어나지 않는군.

포조 (안됐다는 듯) 지루한 모양인가 보오?

에스트라공 그렇다고 봐야죠.

포조 (블라디미르에게) 그럼 당신은?

블라디미르 재미가 없지요.

침묵. 포조는 속으로 갈등을 겪는다.

포조 두 양반, 당신들은…… (적절한 말을 찾는다) 내게 친절히 대해 주었소.

에스트라공 원 별말씀을!

블라디미르 무슨 말씀을!

포조 아니, 아니 그건 사실이오. 두 분 다 아주 깍듯하게 잘 대해 주셨지. 그래서 내가 지루해하는 착한 두 분에게 뭘 해줄 수 있을까 하고 생각해 봤는데…….

에스트라공 10프랑이면 도움이 될 겁니다.

블라디미르 우린 거지가 아냐.

포조 내가 어떻게 하면 당신들의 지루한 마음을 좀 덜어줄 수 있을까 생각 중인데…… 이미 뼈다귀도 주었겠다, 이것저것 얘기도 해주었겠다, 황혼에 대해서도 설명해 주었지만, 그만하면 해줄 건 다 해준 셈인지 어떤지 모르겠단 말이야. 어떻소? 그만하면 충분하오?

에스트라공 단돈 5프랑이라도…….

블라디미르 그만하라고!

에스트라공 그 밑으로는 턱도 없소.

포조 그쯤이면 되겠소? 아마 그렇겠지. 하지만 난 원래 너그러운 사람이라오. 오늘만 해도 그래. 내겐 손해지만 할 수 없지. (끈을 잡아당긴다. 럭키가 그를 쳐다본다) 나중에 뉘우칠 게 뻔하니까 말이오. (몸을 일으키지도 않고 허리를 굽혀 채찍을 다시 든다) 어느 쪽을 원하오? 춤추게 할까? 노래 부르게 할까? 낭독하게 할까? 생각하게 할까? 아니면…….

에스트라공 누구에게 말입니까?

포조 누구에게라니? 당신들은 생각도 할 줄 모른단 말이오?

블라디미르 그가 생각도 합니까?

포조 하다마다, 그것도 큰 소리로 하지. 전에는 하도 멋있는 생각을 해서 내가 몇 시간이고 귀를 기울인 일도 있었다오. 그런데 지금은…… (몸서리친다) 할 수 없지. 그래 무슨 생각을 하게 할까요?

에스트라공 차라리 춤을 추게 하는 게 어떨까요? 그쪽이 더 즐거울 테니까요.

포조 반드시 그런 것도 아니오.

에스트라공 디디, 어때? 그쪽이 더 즐겁지 않을까?

블라디미르 난 생각하는 걸 듣고 싶어.

에스트라공 그럼 먼저 춤을 추게 하고, 그다음에 생각을 하게 할 수도 있지 않을까? 너무 무리한 요구가 아니라면.

블라디미르 (포조에게) 그래도 될까요?

포조 좋다 뿐인가, 그건 문제도 아니오. 더구나 그게 자연스러운 순서지. (짤막한 웃음)

블라디미르 그럼 춤추는 걸 보죠.

침묵.

포조 (럭키에게) 들었지?

에스트라공 절대 거절하는 법은 없나요?

포조 딱 한 번 거절한 적이 있소. (침묵 뒤 럭키에게) 춤춰. 이 망할 놈아!

럭키는 바구니와 짐가방을 내려놓고 무대 앞으로 조금 걸어 나와 포조를 향해 돌아선다. 에스트라공이 더 잘 보려고 일어선다. 럭키가 춤을 춘다. 그러나 곧 멈춘다.

에스트라공 이게 다 춘 겁니까?

포조 더 춰!

럭키, 같은 동작을 되풀이한 뒤 금방 멈춘다.

에스트라공 어이! 그게 춤이야? 그쯤은 나도 추겠다. (럭키의 동작을 흉내 내다가 넘어질 뻔한다) 연습만 조금 하면.

블라디미르 피곤한 거야.

포조 전엔 파랑돌, 플링, 브랑르, 지그, 판당고에 혼파이프까지 추었다오. 훨훨 날았지. 그런데 이젠 저것밖엔 못하거든. 지금 저놈이 춘 춤을 뭐라고 하는지 아시오?

에스트라공 램프 상인의 죽음.

블라디미르 노인의 암.

포조   그물 춤이라고 한다오. 자기가 그물에 걸려 있다고 생각하는 거지.

블라디미르   (예술에 대해 아는 척하며) 하긴 뭔가 있는 것 같더라니…….

럭키가 짐을 다시 챙기러 가려 한다.

포조   (말에게 외치듯) 워이!

럭키, 동작을 멈춘다.

에스트라공   그가 거절했을 때 어땠는지 말해 주세요.

포조   그럼요 설명해 드리지. (주머니를 뒤진다) 가만있자. (또 뒤진다) 흡입기 스
프레이를 어쨌더라? (또 뒤진다) 이럴 수가! (놀란 표정으로 고개를 든다. 죽어가는
소리로) 흡입기를 잃어버렸어!

에스트라공   (죽어가는 소리로) 난 왼쪽 폐가 완전히 망가졌어. (약하게 기침한다.
우렁찬 목소리로) 하지만 내 오른쪽 폐는 끄떡없지!

포조   (정상적인 목소리로) 없어졌어도 할 수 없지! 내가 무슨 얘길 했더라? (생
각한다) 가만있자. (생각한다) 이럴 수가! (고개를 든다) 내가 무슨 얘길 했었는
지 생각들 해봐요!

에스트라공   지금 생각하는 중이에요.

블라디미르   나도요.

포조   가만있자!

세 사람이 함께 모자를 벗고 이마에 손을 얹고 골똘히 생각한다.
미동도 없다.
오랜 침묵.

에스트라공   (의기양양하게) 아!

블라디미르   생각이 났군.

포조   (초조하게) 뭐요?

에스트라공 왜 저자가 짐을 내려놓지 않느냐는 거였죠.

블라디미르 그건 아냐!

포조 아닌 게 분명하오?

블라디미르 그 얘긴 아까 하셨잖아요.

포조 그 얘긴 벌써 해줬다고?

에스트라공 그 얘긴 벌써 해줬던가?

블라디미르 더구나 지금은 짐을 내려놓고 있는걸요.

에스트라공 (럭키를 힐끗 보더니) 그렇군. 그렇다면?

블라디미르 짐을 내려놓고 있는데 왜 짐을 안 내려놓느냐고 물어봤을 리가 없지.

포조 지당한 말씀!

에스트라공 그런데 왜 내려놓았지?

포조 그러게 말이오.

블라디미르 춤을 추려고 그랬지.

에스트라공 맞아.

오랜 침묵.

에스트라공 (일어서며) 아무 일도 일어나지 않고 누구 하나 얼씬도 않는군. 정말 견디기 힘든걸.

블라디미르 (포조에게) 저자에게 생각하라고 해보시죠.

포조 그럼 놈에게 모자를 갖다줘요.

블라디미르 모자라뇨?

포조 모자가 없으면 생각을 못하니까.

블라디미르 (에스트라공에게) 저자한테 모자를 갖다줘!

에스트라공 내가? 저 작자가 나에게 어떻게 했는데! 천만의 말씀!

블라디미르 그럼 내가 갖다주지. (움직이지 않는다)

에스트라공 제 손으로 갖다 쓰라면 되잖아?

포조 아니, 갖다주는 편이 나을 거요.

블라디미르 그럼 내가 갖다주지.

그는 모자를 주워 손끝으로 럭키에게 내민다. 럭키, 움직이지 않는다.

포조 씌워주시오.
에스트라공 (포조에게) 받아서 쓰라고 하시죠.
포조 씌워주는 게 좋을 거요.
블라디미르 내가 씌워주지.

그는 조심스럽게 럭키의 주위를 맴돌다가 뒤로 가만가만 다가가 모자를 머리에 얹고는 얼른 물러선다. 럭키, 움직이지 않는다. 침묵.

에스트라공 왜 꾸물거리는 걸까?
포조 좀 뒤로 물러서시오. (에스트라공과 블라디미르, 럭키에게서 물러선다. 포조가 끈을 잡아당기자 럭키가 그를 쳐다본다) 생각해, 이 돼지야! (사이. 럭키, 춤추기 시작) 그만! (럭키, 멈춘다) 앞으로! (럭키, 포조 쪽으로 다가선다) 됐어! (럭키, 멈춰 선다) 생각해! (사이)
럭키 또 한편으로 보면 그것은…….
포조 그만둬! (럭키, 입을 다문다) 뒤로! (럭키, 물러선다) 됐어! (럭키, 멈춘다) 돌아서! (럭키, 관객 쪽으로 돌아선다) 생각해!
럭키 (단조로운 투로) 프왕송과 와트만의 최근 공동 연구에서 밝혀진 바에 따르면, 까까 흰 수염이 달린 까까까까 인격신은 공간의 시간 밖에 존재하고 있어 하늘의 무감각과 무공포와 침묵 위 높은 곳에서 몇몇을 빼고는 우리를 사랑하는데 그 까닭은 모르지만 곧 알게 될 것이고 하늘의 미란다를 본보기 삼아 고뇌와 불 속을 헤매는 자들과 함께 그 고통을 겪는데 그 까닭은 모르지만 시간을 두고 생각해 보기로 하고 (에스트라공과 블라디미르는 귀를 기울인다. 포조는 낙담과 혐오의 표정) 그 불과 불길은 조금만 더 계속되면 마침내는 대들보에 불을 지르게 될 것이 분명한데 다시 말하면 지옥을 하늘까지 들어 올리게 되겠는데 그 하늘은 오늘까지도 때로는 파랗고 너무나 고요하고 그 고요는 수시로 멈추기는 하지만 그래도 반가우니 속단은 금물이고 또 한편으로는 미완성임에도 브레스의 베른과 테스튀와 코나르의 인체체체 측정학 아카카카카데미 수상 연구 결과 인간의 계산에서 일어나는 오류 이외에 다른 어떠한 오류의 가능성도 배제된 다음과 같은 이론이 설정되었으니 바꾸어 말하면 속단은 금물이나 그 까닭은 알 수 없지만 프왕송과 와트만의 연구 결과 뚜렷하게 너무나 뚜렷하게 밝혀진 바에 따르면 (에스트라공과 블라디미르는 처음으로 수군거리기 시작. 포조는 더욱 괴로운 표정) 왜 그런지 이유는 분명치 않지만 미완성의 미완성의 테스튀와 코나르의 미완성의 미완성의 파르토프와 벨세의 노작을 위해서 다음과 같은 사실이 판명되었으니 즉 브레스의 인간은 테스튀와 코나르의 반대 의견과는 반대로 요컨대 인간의 영양 섭취와 배설은 향상되었음에도 계속 여위고 있고 또 이와 아울러 왜 그런지 이유는 알 수 없지만 육체 훈련의 발달 운동 훈련의 발달 이를테면 테니스 축구 달리기 걷기 자전거 경주 수영 마술 항공 테니스 빙상 스케이트 롤러 스케이트 테니스 항공 겨울 여름 가을 가을 운동 잔디밭 위의 전나무 위의 땅바닥 위의 테니스 항공 테니스 땅바닥 위의 바다 위의 공중의 하키 페니실린과 그 대용 약품이 있음에도 요컨대 다시 말하거니와 인간은 왜소해지고 (에스트라공과 블라디미르 다시 귀를 기울이고, 포조의 흥분은 고조되어 신음 소리까지 낸다) 테니스 항공 아홉 구멍짜리와 열여덟 구멍짜리 골프 빙상 테니스 요컨대 그런지 모르지만 센강 센에우아즈주(州) 센에마른주 마른에우아즈주 다시 말하면 동시에 병행해서 왜 그런지는 모르지만 여위어가고 오그라들어 다시 우아즈 마른을 들자면 볼테르가 죽은 뒤로 머리당 두 손가락 100그램쯤은 줄어들었는데 그 수치는 노르망디의 벌거벗은 남자의 몸무게에서 소수점 이하를 뺀 평균치로 왜 그런지 모르지만 그것은 문제가 안 되지만 그게 사실이고 보면 또 한편으로는 이게 더욱 중대한 문제지만 다음과 같은 사실이 드러나니 더욱 중대한 문제지만 슈타인베그와 페터만이 진행 중인 실험에 비추어볼 때 다음과 같은 사실이 드러나니 더더욱 중대한 문제지만 (블라디미르와 에스트라공의 감탄의 소리. 포조는 벌떡 일어나서 끈을 잡아당긴다. 모두들 소리친다. 럭키가 끈을 잡아당기고 휘청거리며 으르렁거린다. 모두들 럭키에게 달려든다. 그래도 럭키는 몸부림을 치며 대사를 외쳐댄다) 슈타인베그와 페터만

이 포기한 실험에 비추어볼 때 들에서 산에서 바닷가에서 강가에서 물가에서 불가에서 공기는 똑같고 땅도 같고 다시 말해서 공기와 땅은 혹독한 추위로 공기와 땅은 오호라 제7기에 혹독한 추위로 돌들의 차지가 되었고 에테르와 땅과 바다는 바다와 땅과 공기 속을 덮친 혹독한 추위와 곳곳의 깊은 구렁 때문에 돌들의 세계가 되었고 그것은 다시 말하거니와 왜 그런지 모르지만 테니스에도 불구하고 사실이 그러하며 다시 말하거니와 왜 그런지는 모르지만 의심할 여지 없이 돌을 위해서 다시 말하거니와 속단은 금물이지만 다시 말하거니와 머리가 동시에 병행해서 왜 그런지 모르지만 테니스에도 불구하고 수염 불길 눈물 그토록 푸르고 고요한 돌들이 오호라 머리 머리 머리 노르망디에서 머리가 테니스가 더욱 중대한 문제지만 포기된 미완성의 업적임에도 요컨대 돌들은 다시 말하거니와 오호라 오호라 포기된 미완의 업적임에도 머리 노르망디에서 머리가 테니스에도 불구하고 머리가 오호라 돌들이 코나르 코나르가…… (혼란. 럭키는 그래도 몇 마디 소리를 더 지른다) 테니스! ……돌들이! ……그토록 고요한! ……코나르! ……미완성!

포조　이놈의 모자를!

블라디미르가 럭키의 모자를 잡아챈다.
럭키는 입을 다물고 쓰러진다.
무거운 침묵. 승리자들은 헐떡인다.

에스트라공　이제야 원수를 갚았다.

블라디미르는 럭키의 모자를 유심히 살피고 그 속을 들여다본다.

포조　이리 줘요! (그는 블라디미르의 손에서 모자를 빼앗아 땅바닥에 내던지고 그 위에 서서 짓밟는다) 이래야 더는 생각을 못하지!
블라디미르　그러다가 방향을 잃는 거 아닐까요?
포조　내가 방향을 가르쳐주지. (럭키를 발길로 걷어찬다) 일어서! 이 돼지야!
에스트라공　죽었나 봐요.

블라디미르　그러다간 죽이겠어요.

포조　일어서, 이 더러운 놈아! (끈을 잡아당긴다. 럭키, 미끄러지듯 조금 끌려간다. 포조가 에스트라공과 블라디미르에게 말한다) 좀 거들어요.

블라디미르　어떻게요?

포조　저놈을 들어 올려요.

　　에스트라공과 블라디미르, 럭키를 일으켜 세우고 잠시 붙들고 있다가 놓는다. 럭키, 다시 쓰러진다.

에스트라공　일부러 그러는 거야.

포조　붙잡고 있어야지. (사이) 자, 어서 일으켜 세워요!

에스트라공　난 관둘래.

블라디미르　자, 한 번만 더 해보자.

에스트라공　우릴 뭘로 아는 거야?

블라디미르　자, 어서!

　　그들은 럭키를 일으켜 세운 뒤 붙잡고 있다.

포조　놓지 마시오! (에스트라공과 블라디미르, 휘청거린다) 움직이지 마시오! (포조가 바구니와 짐가방을 집어서 럭키에게 갖다준다) 잘 붙잡고 있어요! (그는 짐가방을 럭키의 손에 쥐여주지만 럭키는 곧 놓치고 만다) 놓치지 마! (그는 다시 짐가방을 럭키의 손에 쥐여준다. 럭키는 손에 짐가방이 닿자 차츰 정신을 차리기 시작하여 마침내 손잡이를 손가락으로 꼭 쥔다) 계속 붙들고 있어요! (바구니를 가지고 같은 동작) 자, 이젠 놓아도 좋소. (에스트라공과 블라디미르가 럭키에게서 몸을 떼자, 럭키는 휘청거리면서 쓰러질 뻔하다가 몸을 앞으로 휘더니 짐가방과 바구니를 손에 든 채 겨우 선다. 포조가 뒤로 물러나 채찍을 허공에 내리친다) 앞으로! (럭키, 앞으로 나온다) 뒤로! (럭키, 뒤로 물러선다) 돌아서! (럭키, 몸을 돌린다) 됐어! 이제 걸을 수 있군. (에스트라공과 블라디미르를 향해) 고맙소, 두 양반. 이제…… (주머니를 뒤진다) 이제…… (뒤진다) 두 분에게 행운을…… (뒤진다) 행운을…… (뒤진다) ……

내가 시계를 어쨌지? (뒤진다) 이럴 수가! (일그러진 표정으로 고개를 든다) 유리 덮개가 달리고 초침까지 있는 멋있는 시겐데, 할아버지한테서 받은 거라오. (뒤진다) 어디다 떨어뜨렸나? (땅바닥을 살펴본다. 블라디미르와 에스트라공도 같은 동작. 포조가 럭키의 망가진 모자를 발로 뒤집어본다) 이럴 수가!

블라디미르 혹시 조끼 주머니 속에 있지 않을까요?

포조 어디 봅시다. (그는 허리를 굽혀 머리를 배에 가져가 귀를 기울인다) 아무 소리도 안 들리는데! (그는 두 사람에게 가까이 오라는 시늉을 한다) 이리들 좀 와봐요. (에스트라공과 블라디미르, 그에게로 다가가 그의 배에 귀를 갖다 댄다. 침묵) 틀림없이 째깍째깍하는 소리가 들릴 텐데.

블라디미르 조용히!

모두들 허리를 굽히고 듣는다.

에스트라공 무슨 소리가 들린다.

포조 어디서?

블라디미르 그건 심장이야.

포조 (실망해서) 빌어먹을!

블라디미르 조용히!

모두들 귀를 기울인다.

에스트라공 시계가 멈췄나 보다.

그들은 허리를 쭉 편다.

포조 누구한테서 나는 거요. 이 구린내는?

에스트라공 이 친구는 입에서 나고 난 발에서 나죠.

포조 이젠 가봐야겠소.

에스트라공 시계는 어떡하시고요?

포조 집에다 놓고 왔나 보오.

에스트라공 그럼 안녕히 가시오.

포조 잘들 계시오.

블라디미르 안녕히 가시오.

에스트라공 안녕히 가시오.

　침묵. 아무도 움직이지 않는다.

블라디미르 안녕히 가시오.

포조 잘들 계시오.

에스트라공 안녕히 가시오.

　침묵.

포조 그리고 고마웠소.

블라디미르 우리야말로 고맙습니다.

포조 천만에.

에스트라공 아니, 정말 고맙습니다.

포조 별말씀을.

블라디미르 아니, 정말 고맙습니다.

에스트라공 원 별소릴 다하는군.

　침묵.

포조 그런데…… (망설인다) ……어째 떠날 마음이 생기지 않는걸.

에스트라공 그게 인생이죠.

　포조, 뒤돌아서서 럭키에게서 멀어져 간다. 무대 옆으로 가는 데 따라 끈이 길게 끌린다.

블라디미르 방향이 틀렸어요.

포조 끌어당기는 힘이 필요해서요. (그는 끈이 팽팽해질 때까지 무대 옆으로 멀어져 갔다가 멈추고 돌아서서 외친다) 물러들 서요! (블라디미르와 에스트라공, 무대 안쪽에 서서 포조 쪽을 본다. 채찍 소리) 앞으로! (럭키, 움직이지 않는다)

에스트라공 앞으로!

블라디미르 앞으로!

채찍 소리. 럭키, 휘청거린다.

포조 더 빨리! (그는 무대 옆에서 나와 럭키의 뒤를 따라서 무대를 가로질러 간다. 에스트라공과 블라디미르, 모자를 벗고 손을 흔든다. 럭키, 나간다. 포조가 끈과 채찍 휘두르는 소리가 들린다) 더 빨리! 더 빨리! (무대에서 사라지려는 순간 포조가 발을 멈추고 돌아본다. 끈이 팽팽해지고 럭키가 넘어지는 소리) 의자! (블라디미르가 의자를 찾아서 포조에게 갖다준다. 포조는 럭키를 향해 의자를 던진다) 잘들 계시오!

에스트라공·블라디미르 (손을 흔들며) 안녕히 가세요! 안녕히!

포조 일어서, 이 돼지야! (럭키가 일어서는 소리) 앞으로! (포조 퇴장. 채찍 소리) 앞으로! 잘들 계시오! 더 빨리! 돼지야! 이랴! 잘들 계시오!

침묵.

블라디미르 덕분에 시간은 잘 보냈군.

에스트라공 시간이야 어차피 지나갔을 텐데 뭐.

블라디미르 그야 그렇지만 훨씬 더뎠을걸.

사이.

에스트라공 이젠 뭘 하지?

블라디미르 글쎄.

에스트라공 가자.

블라디미르 안 돼.

에스트라공 왜 안 돼?

블라디미르 고도를 기다려야지.

에스트라공 참 그렇지.

사이.

블라디미르 많이 달라졌어.

에스트라공 누가?

블라디미르 두 사람 다.

에스트라공 그래, 얘기나 좀 더 하자.

블라디미르 많이 달라진 것 같지 않아?

에스트라공 그럴지도 모르지. 우리만 밤낮 이 꼴이라니까.

블라디미르 그럴지도 모른다고? 아냐 확실히 달라졌어. 너도 두 사람을 잘
　　　　　봤잖아?

에스트라공 그렇다면 그런 거겠지. 하지만 난 그 사람들이 누군지 잘 모르
　　　　　겠어.

블라디미르 아냐, 너도 아는 사람들이야.

에스트라공 난 모른다니까.

블라디미르 우리가 아는 사람들이야. 넌 뭐든지 다 잊어버리는구나. (사이) 하
　　　　　긴 같은 사람이 아닐지도 모르지.

에스트라공 그 사람들도 우릴 몰라봤잖아? 그러니까 모르는 사람이라고.

블라디미르 그건 증거가 안 돼. 나도 몰라보는 척했으니까. 더구나 우릴 알아
　　　　　보는 사람은 아무도 없잖아.

에스트라공 그 얘긴 그만두자, 문제는…… 아야! (블라디미르, 꿈쩍도 않는다)
　　　　　아야!

블라디미르 혹시 같은 사람이 아니라면…….

에스트라공 디디! 이번엔 이쪽 발이야! (그는 절뚝거리며, 처음 막이 올랐을 때 앉
　　　　　아 있던 자리로 간다)

무대 뒤에서 나는 목소리 아저씨!

　에스트라공, 가다가 멈춘다. 둘 다 소리가 나는 쪽으로 눈길을 돌린다.

에스트라공 또 시작이로군.
블라디미르 이리 오너라, 얘야.

　어린 소년이 겁먹은 표정으로 나타난다. 걸음을 멈춘다.

소년 알베르 아저씨는요?
블라디미르 나다.
에스트라공 왜 그러냐?
블라디미르 이리 와.

　소년, 움직이지 않는다.

에스트라공 (큰 소리로) 이리 오라니까!

　소년, 겁먹은 듯이 다가오다가 다시 멈춘다.

블라디미르 무슨 일이냐?
소년 고도 아저씨가요…… (입을 다문다)
블라디미르 내 그럴 줄 알았다. (사이) 가까이 오너라.

　소년, 움직이지 않는다.

에스트라공 (큰 소리로) 이리 오라니까! (소년, 겁먹은 표정으로 다가오다가 멈춘다)
　왜 이렇게 늦게 왔어?
블라디미르 너, 고도 씨 심부름으로 온 거지?

소년 네, 아저씨.

블라디미르 그럼 어서 말해 봐라.

에스트라공 그런데 왜 이렇게 늦게 왔느냐고?

　　소년은 누구에게 대답해야 할지를 몰라 두 사람을 번갈아 쳐다본다.

블라디미르 (에스트라공에게) 잠자코 좀 있어.

에스트라공 (블라디미르에게) 너나 가만히 있어. (소년에게 다가서며) 너 지금이
　　몇 시인 줄 아니?

소년 (물러서며) 제 잘못이 아니에요, 아저씨!

에스트라공 그럼 누구 잘못인데? 내 탓이냐?

소년 무서웠어요, 아저씨.

에스트라공 무섭다니 뭐가? 우리가? (사이) 대답해!

블라디미르 알겠다. 그 사람들이 무서웠다는 말일 거야.

에스트라공 여기 온 지 얼마나 되지?

소년 방금 왔어요, 아저씨.

블라디미르 채찍이 무섭더냐?

소년 네, 아저씨.

블라디미르 고함 소리도?

소년 네, 아저씨.

블라디미르 그 두 사람도?

소년 네, 아저씨.

블라디미르 네가 아는 사람들이냐?

소년 아뇨, 아저씨.

블라디미르 여기가 네 고향이냐?

소년 네, 아저씨.

에스트라공 다 거짓말이야! (소년의 팔을 잡고 흔든다) 사실대로 말해!

소년 (떨면서) 다 사실이에요, 아저씨.

블라디미르 가만두라니까! 너 왜 그러는 거야? (에스트라공, 소년을 놓아주고 물

러서서 두 손을 얼굴에 갖다 댄다. 블라디미르와 소년이 그를 바라본다. 에스트라공, 얼굴에서 손을 뗀다. 일그러진 표정) 도대체 왜 그래?

에스트라공 난 불행해.

블라디미르 설마! 언제부터?

에스트라공 잊어버렸어.

블라디미르 네 기억력이 농간을 부리는 거야. (에스트라공, 무슨 말을 하려고 하다가 그만두고 절뚝거리며 앉으러 가서 구두를 벗기 시작한다. 소년에게) 그래서?

소년 고도 씨가…….

블라디미르 (말을 가로막으며) 우리 전에 만난 적 있지, 그렇지?

소년 글쎄요, 아저씨.

블라디미르 넌 나를 모르겠니?

소년 모르겠는데요, 아저씨.

블라디미르 너 어제도 여기에 오지 않았나?

소년 아뇨, 아저씨.

블라디미르 그럼 처음 온 거야?

소년 네, 아저씨.

침묵.

블라디미르 그렇게 말하겠지. (사이) 그래, 얘기해 봐라.

소년 (단숨에) 고도 씨가 오늘 밤엔 못 오고 내일은 꼭 오겠다고 전하랬어요.

블라디미르 그게 다야?

소년 네, 아저씨.

블라디미르 넌 고도 씨 밑에서 일하니?

소년 네, 아저씨.

블라디미르 그래, 무슨 일을 하지?

소년 염소들을 지켜요, 아저씨.

블라디미르 고도 씨는 너한테 잘해 주냐?

소년 네, 아저씨.

블라디미르 때리진 않니?

소년 네, 아저씨. 저는 안 때려요.

블라디미르 그럼 다른 사람은 때리고?

소년 제 형은 때려요, 아저씨.

블라디미르 아, 너 형이 있구나?

소년 네, 아저씨.

블라디미르 그래, 네 형은 뭘 하냐?

소년 양 떼를 지켜요, 아저씨.

블라디미르 그런데 어째서 너는 안 때리지?

소년 모르겠어요, 아저씨.

블라디미르 널 귀여워하는 모양이구나.

소년 모르겠어요, 아저씨.

블라디미르 먹을 건 넉넉히 주니? (소년, 망설인다) 먹을 건 잘 주느냐 말이다.

소년 네, 넉넉히 얻어먹어요.

블라디미르 불행하진 않고? (소년, 망설인다) 내 말 안 들려?

소년 들려요, 아저씨.

블라디미르 대답은?

소년 모르겠어요, 아저씨.

블라디미르 넌 네가 불행한지 아닌지도 모른단 말이야?

소년 몰라요, 아저씨.

블라디미르 나만큼 나쁘구나. (사이) 잠은 어디서 자니?

소년 헛간에서요, 아저씨.

블라디미르 형과 같이?

소년 네, 아저씨.

블라디미르 마른풀 속에서?

소년 네, 아저씨.

 사이.

블라디미르 됐다, 그만 가봐라.

소년 고도 씨한테 가서 뭐라고 할까요, 아저씨?

블라디미르 가서…… (망설인다) 가서…… 그냥 우리를 만났다고만 하려무나. (사이) 네가 우릴 만난 건 사실이니까 말이다.

소년 네, 아저씨. (소년은 물러서려다가 망설이더니 뒤돌아보고는 뛰어나간다)

빛이 갑자기 약해지며 순식간에 밤이 된다. 달이 떠올라 하늘 저쪽 끝에 머문다. 무대 전체가 희미한 빛으로 싸여 있다.

블라디미르 드디어 밤이다! (에스트라공이 일어서서 블라디미르 쪽으로 간다. 양손에 구두 한 짝씩을 들고 있다. 그는 풋라이트 가까이 구두를 내려놓고 허리를 펴 달을 쳐다본다) 뭘 하는 거야?

에스트라공 너처럼 달을 보고 있어.

블라디미르 구두를 가지고 뭘 하느냐 말이야.

에스트라공 구두는 여기 놔두려고. (사이) 누군가 오겠지, 나…… 나 같은 놈이…… 나보다 발 작은 놈이 오면 이걸 신고 좋아할 거야.

블라디미르 그럼 넌 맨발로 다니겠다는 거야?

에스트라공 예수도 그랬는걸.

블라디미르 예수라니! 느닷없이 웬 예수 얘기야. 설마 너 자신과 예수를 비교하려는 건 아니겠지?

에스트라공 평생을 예수와 비교해 온걸.

블라디미르 하지만 예수가 살던 곳은 더웠어! 날씨도 좋았지!

에스트라공 그래. 그리고 십자가에도 빨리 못 박혀 죽었고.

침묵.

블라디미르 여긴 더 있어 봤자 할 일도 없구나.

에스트라공 어딜 가나 마찬가지야.

블라디미르 이봐 고고, 그런 소리 하지 마. 내일이면 다 잘될 거야.

에스트라공   어떻게 그런 생각을 해?

블라디미르   아까 그 꼬마가 한 말 못 들었어?

에스트라공   못 들었는데.

블라디미르   고도가 내일은 꼭 온다고 그랬잖아. (사이) 그래도 모르겠어?

에스트라공   그럼 여기서 기다려야겠군.

블라디미르   미쳤어? 잠자리부터 찾아야지. (에스트라공의 팔을 잡는다) 이리 와.
    (에스트라공을 잡아끈다. 에스트라공이 처음에는 끌려가다가 버틴다. 둘 다 그 자리에
    멈춘다)

에스트라공   (나무를 보며) 제기랄, 끈이라도 한 오라기 있었으면.

블라디미르   어서 와. 추워진다. (그는 에스트라공을 잡아끈다. 앞서와 같은 동작)

에스트라공   내일은 끈을 가져오라고 상기시켜 줘.

블라디미르   알았어. 가자. (에스트라공을 끌어당긴다. 같은 동작)

에스트라공   우리가 이렇게 같이 붙어 있은 지가 얼마나 됐지?

블라디미르   모르겠다. 아마도 50년쯤?

에스트라공   내가 뒤랑스강에 뛰어들던 날, 생각나?

블라디미르   그날 포도를 거둬들이고 있었지.

에스트라공   네가 나를 건져주었지.

블라디미르   다 지나간 얘기야.

에스트라공   내 옷이 햇볕에 말랐었어.

블라디미르   그따위 생각은 이제 하지도 마. 자, 가자. (그는 에스트라공을 끌어당
    긴다. 같은 동작)

에스트라공   잠깐만.

블라디미르   난 춥다니까.

에스트라공   우린 서로가 떨어져서 혼자 있는 게 낫지 않았을까? (사이) 어차
    피 같은 길을 걷게 돼 있는 건 아니었으니까.

블라디미르   (화도 안 내고) 그야 알 수 없지.

에스트라공   그래 알 수 없지, 아무것도.

블라디미르   헤어지는 게 더 낫다고 생각되면 언제라도 헤어질 수야 있지.

에스트라공   인제 와서 뭐 하러.

침묵.

블라디미르　하긴 그래, 인제 와서 그럴 필요는 없지.

침묵.

에스트라공　그만 갈까?
블라디미르　가자.

두 사람 다 움직이지 않는다.

제2막

다음 날. 같은 시간. 같은 장소.

풋라이트 가까이에 에스트라공의 구두 두 짝이 놓여 있다. 뒤꿈치는 모아져 있고 앞축은 벌어져 있다. 럭키의 모자도 같은 자리에 있다.

나무에는 잎이 조금 달려 있다.

블라디미르가 활기차게 등장한다. 발을 멈추고 한참 동안 나무를 쳐다본다. 그러다가 갑자기 부산스럽게 무대에서 이리저리 돌아다니기 시작한다. 그는 구두 앞에서 다시 멈추더니 허리를 굽혀 구두 한 짝을 집어 이리저리 살피고 냄새를 맡은 다음 조심스럽게 제자리에 내려놓는다. 그러고 나서 다시 바쁘게 왔다 갔다 한다.

이윽고 오른쪽 무대 앞쪽 가까이 서서 이마 위에 한 손을 대고 한동안 먼 곳을 바라본다. 다시 서성인다. 이번에는 무대 왼쪽 입구에 서서 같은 동작. 다시 왔다 갔다 한다. 별안간 멈춰 선다. 두 손을 가슴에 모으고 고개를 뒤로 젖힌 자세로 목청을 높여 노래를 부르기 시작한다.

블라디미르　개 한 마리 들어왔네…….

너무 낮은 음정으로 시작했으므로 멈춤. 헛기침을 한 다음 다시 시작한다.

블라디미르　개 한 마리 들어왔네.

주방 안으로 들어와서
순대 하나 슬쩍 훔쳤네.
주방장이 나타나서 국자 자루로
뼈도 못 추리게 때려 죽였네.

그것을 보고 있던 다른 개들이
빨리빨리 친구를 묻어주었네…….

그는 노래를 멈추고 생각에 잠기더니 다시 시작한다.

블라디미르   그것을 보고 있던 다른 개들이
빨리빨리 친구를 묻어주었네.
하얀 나무 십자가에
비문까지 새겨주었네.

개 한 마리 들어왔네.
주방 안으로 들어와서
순대 하나 슬쩍 훔쳤네.
주방장이 나타나서 국자 자루로
뼈도 못 추리게 때려 죽였네.

그것을 보고 있던 다른 개들이
빨리빨리 친구를 묻어주었네…….

그는 노래를 멈추고 생각에 잠기더니 다시 시작한다.

블라디미르   그것을 보고 있던 다른 개들이
빨리빨리 친구를 묻어주었네…….

그는 노래를 멈추고 생각에 잠기더니 부드럽게 다시 노래한다.

블라디미르 빨리빨리 친구를 묻어주었네……

그는 노래를 멈추고 잠시 움직이지 않더니 힘없이 다시 무대를 이리저리 왔다 갔다 한다. 나무 앞에서 발을 멈추었다가 왔다 갔다 하고, 구두 앞에서 멈추었다가 왔다 갔다 하고, 왼쪽 무대 입구로 달려가 먼 곳을 바라보고는 오른쪽 무대 입구로 달려가 먼 곳을 바라본다. 그때 왼쪽 무대 입구에서 에스트라공 등장. 맨발에 고개를 숙이고 천천히 무대를 가로질러 간다. 블라디미르가 고개를 돌려 에스트라공을 본다.

블라디미르 또 너로구나! (에스트라공, 발을 멈추지만 고개는 들지 않는다. 블라디미르가 그에게 다가간다) 이리 와, 껴안아줄게!
에스트라공 건드리지 마!

블라디미르, 달려들다가 멈칫하고 실망한 표정을 짓는다.

블라디미르 내가 가버렸으면 좋겠어? (사이) 고고! (사이. 블라디미르, 그를 유심히 본다) 너 매를 맞았구나? (사이) 고고! (에스트라공, 여전히 고개를 숙인 채 말이 없다) 어젯밤은 어디서 보냈지? (침묵. 블라디미르, 그에게 다가간다)
에스트라공 건드리지 말라니까! 묻지도 마! 아무 말도 하지 마! 그냥 옆에 있기만 해!
블라디미르 내가 언제 네 곁을 떠난 적이 있었어?
에스트라공 나를 혼자 가게 내버려뒀잖아?
블라디미르 나를 좀 봐! (에스트라공, 고개를 들지 않는다. 우레 같은 목소리로) 나를 좀 보래도!

에스트라공이 고개를 든다. 그들은 마치 예술 작품을 감상할 때처럼 물러섰다 다가섰다 하다가 또 고개를 갸우뚱하면서 서로 뚫어져라 바라본다. 그리고 점점 몸을 떨면서 서로에게 다가가 와락 껴안고 서로 등을 두드린다. 포옹이 끝나자 에스트라공은 몸을 기댈 곳이 없어져 넘어질 뻔한다.

에스트라공 너무나도 힘든 하루였어!

블라디미르 누구한테 맞았는데? 얘기해 봐.

에스트라공 또 하루가 지나갔군.

블라디미르 아직 멀었는걸.

에스트라공 나한텐 하루가 지나간 거야. 무슨 일이 또 있을진 모르겠지만. (침묵) 참, 아까 들으니까 너 노래를 부르던데?

블라디미르 맞아, 생각나.

에스트라공 노랫소리를 들으니 슬퍼지더라. 저 친구 외로운 모양이구나, 내가 아주 떠나버린 줄 알고 노래를 부르고 있구나 생각했지.

블라디미르 기분이란 건 마음대로 조종할 수가 없는 건가 봐. 낮에는 내내 기분이 아주 좋았거든. (사이) 지난밤엔 한 번도 깨지 않았으니까.

에스트라공 (슬프게) 넌 내가 없으면 오줌도 잘 나오는 모양이구나.

블라디미르 네가 없으니 서운하기도 하고 한편으론 좋기도 하더라. 이상하지?

에스트라공 (충격을 받아서) 좋았다고?

블라디미르 (생각한 끝에) 그건 꼭 맞는 표현은 아닐 수도 있어.

에스트라공 그럼 지금은?

블라디미르 (숙고한 끝에) 지금은…… (기쁜듯이) 네가 다시 왔고…… (무관심하게) 우리가 다시 왔고…… (우울하게) 내가 다시 왔지.

에스트라공 아무래도 넌 내가 있어서 기분이 전보다 못한 것 같은데. 나도 혼자 있을 때가 더 나아.

블라디미르 (발끈해서) 그런데 왜 내 옆에 붙어 다니는 거야?

에스트라공 모르겠어.

블라디미르 난 알아. 넌 자기 몸 하나 지킬 줄 모르니까 그렇지. 내가 있었으면 맞도록 그냥 내버려두진 않았을 텐데.

에스트라공 너도 막지 못했을걸.

블라디미르 왜 못 막아?

에스트라공 열 놈이나 있었거든.

블라디미르 그게 아니라, 내가 있었으면 얻어맞을 짓은 못 하게 했을 거란 말이야.

에스트라공 난 아무 짓도 하지 않았어.

블라디미르 그런데 왜 맞은 거야?

에스트라공 나도 잘 모르겠어.

블라디미르 이봐 고고, 네가 알 수 없는 것도 난 다 알 수 있어. 그건 너도 알고 있겠지?

에스트라공 글쎄 난 아무 짓도 안 했대도.

블라디미르 그랬을지도 모르지. 하지만 얻어맞지 않으려면 방법이 있어야 되는 거야, 방법이. 이 얘긴 이제 그만하자. 어쨌건 네가 돌아와서 반갑다.

에스트라공 열 놈이나 있었다니까.

블라디미르 너도 속으로는 기쁘지? 안 그래?

에스트라공 뭐가 기뻐?

블라디미르 날 다시 만나서 말이야.

에스트라공 그런가?

블라디미르 그렇다고 말해 봐, 설사 그렇지 않더라도 말이야.

에스트라공 뭐라고 하라는 거야?

블라디미르 "나는 기쁘다"라고 해봐.

에스트라공 나는 기쁘다.

블라디미르 나도.

에스트라공 나도.

블라디미르 우린 기쁘다.

에스트라공 우린 기쁘다. (침묵) 그래 기쁘니까 우리 이제 무얼 한다?

블라디미르 고도를 기다려야지.

에스트라공 아 그렇지.

침묵.

블라디미르 여긴 어제 이후로 달라진 게 있어.

에스트라공 만약 안 오면 어떡하지?

블라디미르 (잠시 알아듣지 못하다가) 그건 그때 가서 다시 생각해 보자. (사이) 그보다, 어제 이후로 달라진 게 있다니까.

에스트라공 모든 곳에서 고름이 흘러나와.

블라디미르 이 나무를 좀 봐.

에스트라공 절대 같은 고름이 두 번 흘러내리지는 않지.

블라디미르 이 나무를 좀 보라니까.

에스트라공, 나무를 본다.

에스트라공 어젠 이 나무가 없었던가?

블라디미르 있었지. 너 생각 안 나? 하마터면 목을 맬 뻔했잖아. (생각한다) 그래, 바로 (음절을 하나하나 떼어서) 목―을―맬―뻔했잖아. 그런데 네가 싫다고 했지. 생각 안 나는 거야?

에스트라공 너 지금 꿈꾼 얘길 하는구나.

블라디미르 이럴 수가 있나? 벌써 잊어버리다니!

에스트라공 난 원래 그래. 금방 잊어버리거나 평생 안 잊어버리거나, 둘 가운데 하나야.

블라디미르 그럼 포조와 럭키도 잊어버렸냐?

에스트라공 포조와 럭키라니?

블라디미르 다 잊어버렸군!

에스트라공 어떤 미친놈이 내게 발길질한 건 생각나. 그러다가 그놈이 또 이상한 짓거리를 했지.

블라디미르 그게 바로 럭키야!

에스트라공 그래, 그건 생각나. 하지만 그게 언제 얘기지?

블라디미르 그놈의 주인도 기억나?

에스트라공 내게 뼈다귀를 주었지.

블라디미르 그게 포조야!

에스트라공 그게 모두 어제 일이었단 말이야?

블라디미르 그렇다니까.

에스트라공 바로 여기서?

블라디미르 물론이지! 너 여길 몰라보는 거야?

에스트라공 (갑자기 흥분해서) 몰라본다고? 뭘 몰라본단 말이야? 난 사막 한 가운데서 거지 같은 인생을 보내왔어! 그런데 무슨 경치의 차이 같은 걸 알 아보라는 거야? (주위를 둘러보며) 이 더러운 쓰레기 더미를 보라고! 난 여기 서 한 발자국도 떠나지 않았어!

블라디미르 진정해, 진정해!

에스트라공 그러니 제발 경치 얘기 따위는 집어치우라고! 차라리 땅속 얘기 나 해줘!

블라디미르 그래도 설마하니 여기가 (몸짓) 보클뤼즈 지방을 닮았다는 건 아 니겠지! 거기하고 여긴 엄청난 차이가 있으니까.

에스트라공 보클뤼즈라니? 왜 별안간 보클뤼즈를 들먹이는 거지?

블라디미르 넌 보클뤼즈에 가본 일이 있잖아?

에스트라공 무슨 소리야? 난 보클뤼즈엔 한 번도 가본 일이 없어! 평생을 여 기서 똥오줌 갈기며 살았다니까! 여기서! 이 똥클뤼즈에서 말이야.

블라디미르 하지만 우린 보클뤼즈에 같이 갔어. 거짓말이면 내 손에 장을 지 지겠다. 우린 포도를 땄지. 그래, 루시용의 보넬리라는 사람 집에서.

에스트라공 (조금 진정된다) 그랬을지도 모르지. 하지만 난 아무것도 보지 못 했어.

블라디미르 거긴 사방이 온통 시뻘겋지 않았어?

에스트라공 (짜증스럽게) 글쎄 난 아무것도 못 봤다니까!

침묵. 블라디미르가 깊은 한숨을 쉰다.

블라디미르 고고, 너와 같이 사는 게 힘들구나.

에스트라공 그럼 헤어지는 게 낫겠네.

블라디미르 넌 밤낮 말로만 그러고는 다시 나타나잖아.

침묵.

에스트라공 가장 좋은 방법은 날 죽여주는 거야. 다른 놈처럼.

블라디미르 다른 놈이라니? (사이) 다른 놈 누구 말이야?

에스트라공 수십 억의 다른 놈들 말이야.

블라디미르 (격언조로) 인간은 저마다 작은 십자가를 지고 가. (한숨짓는다) 잠깐 사는 동안에, 그리고 그 뒤로도 잠깐.

에스트라공 그래, 그동안 우리 흥분하지 말고 얘기나 해보자. 어차피 침묵을 지킬 수는 없으니까.

블라디미르 맞아, 끊임없이 지껄여대는 거야.

에스트라공 그래야 생각을 안 하지.

블라디미르 지껄일 핑계야 늘 있는 거니까.

에스트라공 그래야 들리질 않지.

블라디미르 우린 나름대로 이유가 있으니까.

에스트라공 모든 죽은 자들의 목소리가.

블라디미르 날갯짓 소리가 들려.

에스트라공 나뭇잎 소리야.

블라디미르 모래 소리야.

에스트라공 나뭇잎 소리야.

침묵.

블라디미르 모두가 한꺼번에 지껄여.

에스트라공 저마다 제멋대로 지껄여.

침묵.

블라디미르 아니 소곤거려.

에스트라공 중얼거려.

블라디미르   웅얼거려.

에스트라공   중얼거려.

   침묵.

블라디미르   무슨 얘길 하는 걸까?

에스트라공   그들 인생 얘기겠지.

블라디미르   살았던 것만으로는 모자란 모양이지?

에스트라공   그 얘기를 꼭 해야겠다는 거지.

블라디미르   죽었으면 그만일 텐데.

에스트라공   그걸로는 모자란 거야.

   침묵.

블라디미르   날갯짓 소리 같은 것이 들려.

에스트라공   나뭇잎 소리 같은데.

블라디미르   잿더미에서 나는 소리 같아.

에스트라공   나뭇잎 소리 같아.

   긴 침묵.

블라디미르   무슨 말이고 좀 해봐.

에스트라공   지금 찾고 있는 중이야.

   긴 침묵.

블라디미르   (괴로운 듯이) 무슨 말이든 해보라니까!

에스트라공   우리 지금 뭘 하고 있는 거지?

블라디미르   고도를 기다리고 있지.

에스트라공　아 그렇지.

　침묵.

블라디미르　정말 어렵구나!
에스트라공　노래나 불러보지그래.
블라디미르　싫다. 싫어. (말을 찾는다) 다시 말을 시작하면 되겠군.
에스트라공　그래, 그건 그다지 어렵지 않을 것 같은데.
블라디미르　처음이 어렵지.
에스트라공　아무 말이고 먼저 시작하면 돼.
블라디미르　그래도 할 말을 먼저 정해야지.
에스트라공　맞아.

　침묵.

블라디미르　좀 도와줘!
에스트라공　지금 찾는 중이야.

　침묵.

블라디미르　찾고 있으려니까 귀에 온 신경이 집중되는데.
에스트라공　정말이다.
블라디미르　할 말을 찾는 데 방해가 되지?
에스트라공　맞아.
블라디미르　생각하는 데도 방해가 되고?
에스트라공　그래도 생각은 해.
블라디미르　아냐. 절대로 그럴 순 없어.
에스트라공　바로 이거야. 우리 서로 반대되는 말을 하자.
블라디미르　절대로 없어.

에스트라공 그런가?

블라디미르 더 생각할 위험은 없어.

에스트라공 그렇다면 불평할 이유도 없잖아?

블라디미르 생각한다는 게 반드시 최악의 상태는 아니지.

에스트라공 맞다, 맞아. 하지만 그만큼은 있어.

블라디미르 무슨 소리야? 그만큼은 있다니?

에스트라공 그래, 바로 그거야. 우리 서로에게 질문을 하자.

블라디미르 그만큼은 있다니 그게 무슨 뜻이냐니까?

에스트라공 그만큼은 줄었다고.

블라디미르 그야 그렇지.

에스트라공 이러면 어떨까? 우리가 행복한 걸로 해두면?

블라디미르 무서운 건, 이미 생각을 했다는 거야.

에스트라공 하지만 우리가 생각한 적이 한 번이라도 있었을까?

블라디미르 그럼 이 시체들은 다 어디서 온 거지?

에스트라공 이 해골들 말이지?

블라디미르 그래.

에스트라공 그렇지.

블라디미르 우리가 뭘 좀 생각하긴 한 모양이다.

에스트라공 처음엔 그랬지.

블라디미르 시체 더미야. 시체 더미.

에스트라공 안 보면 돼.

블라디미르 그래도 자꾸 눈에 뜨이는걸.

에스트라공 그건 그렇지.

블라디미르 안 보려고 해도.

에스트라공 뭐라고?

블라디미르 안 보려고 해도 보게 된다고.

에스트라공 우린 누구나 자연으로 돌아가야 해.

블라디미르 그렇게 하려고 했지.

에스트라공 그렇군.

블라디미르   오, 물론 그건 최악의 상태는 아니야.

에스트라공   뭐가?

블라디미르   생각했다는 게.

에스트라공   물론이지.

블라디미르   하지만 생각을 안 해도 괜찮았을 텐데.

에스트라공   그렇다고 별수 있어?

블라디미르   알겠다. 알겠어.

　침묵.

에스트라공   지금 건 시도치고는 나쁘지 않았지.

블라디미르   그건 그래. 하지만 이제부턴 다른 얘깃거리를 찾아야 할 텐데.

에스트라공   글쎄 말이야.

블라디미르   글쎄 말이야.

에스트라공   글쎄 말이야.

　둘 다 생각에 잠긴다.

블라디미르   내가 무슨 말을 했더라? 거기서부터 계속하면 될 텐데.

에스트라공   언제 말이야?

블라디미르   아까 맨 처음에 말이야.

에스트라공   뭐의 맨 처음?

블라디미르   오늘 저녁 말이야. 내가 그때…… 내가 그때…….

에스트라공   네가 한 말까지 나한테 생각해 내라니 너무하잖아?

블라디미르   가만있자…… 우리가 서로 껴안았겠다…… 반가웠지…… 반가워
서…… 반가우니 뭘 한다? ……기다린다고 했지…… 가만있자…… 맞아……
반가우니 기다린다고 했지…… 가만있자…… 그러고는 아, 그렇지. 나무!

에스트라공   나무라니?

블라디미르   생각 안 나?

에스트라공　난 피곤해.

블라디미르　저길 좀 봐.

그들은 나무를 쳐다본다.

에스트라공　아무것도 안 보여.

블라디미르　어젯밤엔 온통 시커멓고 가지만 앙상했거든! 그런데 오늘은 잎으로 덮여 있잖아?

에스트라공　잎으로?

블라디미르　단 하룻밤 사이에!

에스트라공　봄이 온 거겠지.

블라디미르　하룻밤 사이에 봄이 와?

에스트라공　그러니까 어제저녁에 우린 여길 오지 않았대도. 너는 그걸 꿈에서 본 모양이구나.

블라디미르　그렇다면 어제저녁에 우린 어디 있었던 거지?

에스트라공　모르겠어. 어쨌든 여기는 아니겠지. 다른 세계였다고. 공간이야 얼마든지 있으니까.

블라디미르　(자기 생각을 확신하며) 좋아. 엊저녁에 여기 오지 않았다고 해두자. 그렇다면 엊저녁에 우린 뭘 했지?

에스트라공　뭘 했냐고?

블라디미르　기억을 좀 더듬어봐.

에스트라공　그야 뭐…… 잡담이나 했겠지.

블라디미르　(애써 태연하게) 어떤 잡담을?

에스트라공　음…… 이것저것 아무 얘기나 지껄였겠지. (자신 있게) 그래 생각난다. 어제저녁에 우린 엄청 많은 얘기를 했어. 벌써 반세기 동안 얘길하고 있지.

블라디미르　그러면서 무슨 일이 일어났고 뭐가 어떻게 됐는지 생각이 안 난다는 말이야?

에스트라공　(지친 듯이) 디디, 날 좀 못살게 굴지 마.

블라디미르 해는? 달은? 아예 생각이 안 난다고?

에스트라공 해도 있었고 달도 있었겠지, 여느 날처럼.

블라디미르 뭐 별난 일 못 봤어?

에스트라공 모르겠대도.

블라디미르 포조는? 럭키도?

에스트라공 포조?

블라디미르 닭 뼈 말이야.

에스트라공 꼭 생선 뼈다귀 같더라.

블라디미르 그걸 너한테 준 게 포조라니까.

에스트라공 모르겠어.

블라디미르 발길질한 것도 생각 안 나?

에스트라공 발길질? 참 그렇지. 발길질을 당했어.

블라디미르 널 걷어찬 게 럭키야.

에스트라공 그게 모두 어제 일이었어?

블라디미르 어디 다리 좀 보자.

에스트라공 어느 쪽 말이야?

블라디미르 두 쪽 다. 바지를 올려봐. (에스트라공이 한쪽 발로 서서 블라디미르에게 다리를 내밀다가 넘어질 뻔한다. 블라디미르가 정강이를 잡는다. 에스트라공, 비틀거린다) 바지를 걷어 올리래도.

에스트라공 (비실대며) 못하겠어.

블라디미르가 바지를 걷어 올려 다리를 들여다본 뒤 다시 내려놓는다. 에스트라공, 넘어질 뻔한다.

블라디미르 저쪽. (에스트라공, 같은 다리를 내민다) 저쪽 다리라니까! (다른 쪽 다리로 같은 동작) 상처가 곪기 시작했어.

에스트라공 그래서 어떻다는 거야?

블라디미르 네 구두는 어쨌지?

에스트라공 버렸을 거야.

블라디미르 언제?

에스트라공 모르겠어.

블라디미르 왜?

에스트라공 왜 내가 모르는지 나도 모르겠어.

블라디미르 그게 아니라 왜 구두를 버렸느냐 말이야.

에스트라공 구두를 신으면 아프니까!

블라디미르 (의기양양하게, 구두를 가리키며) 저기 있다! (에스트라공, 구두를 바라본다) 네가 엊저녁에 벗어놓은 데가 바로 저기란 말이야.

에스트라공이 구두 쪽으로 가서 허리를 굽히고 가까이 살핀다.

에스트라공 이건 내 것이 아니야.

블라디미르 네 것이 아니라니!

에스트라공 내 건 검정 구두인데, 이건 노랗잖아.

블라디미르 네 것이 검정 구두라는 건 확실한 거야?

에스트라공 회색이라고 봐야겠지.

블라디미르 그런데 그건 노랗단 말이지? 어디 보자.

에스트라공 (구두 한 짝을 집어 들며) 자세히 보니까 조금 푸르스름한데.

블라디미르 (다가서면서) 어디 보자. (에스트라공이 그에게 구두를 내준다. 블라디미르가 살펴보고는 화를 내며 내던진다) 이럴 수가!

에스트라공 알겠지? 이게 다······.

블라디미르 알겠다. 알겠어. 무슨 일이 있었는지 알겠다고.

에스트라공 이게 다······.

블라디미르 간단해. 어떤 놈이 와서 제 걸 벗어놓고 네 것을 신고 간 거야.

에스트라공 왜?

블라디미르 자기 것이 맞지 않았던 게지. 그래서 네 걸 신고 간 거야.

에스트라공 하지만 내 구두는 너무 작은데.

블라디미르 너한테나 작지. 그자한텐 안 그랬던 거지.

에스트라공 난 피곤해. (사이) 가자.

블라디미르 가면 안 돼.

에스트라공 왜?

블라디미르 고도를 기다려야지.

에스트라공 참 그렇지. (사이) 그럼 무얼 한다?

블라디미르 하긴 뭘 해?

에스트라공 하지만 난 더는 못 버티겠어.

블라디미르 무 줄까?

에스트라공 무밖에 없어?

블라디미르 무도 있고 순무도 있어.

에스트라공 당근은 이제 없고?

블라디미르 없어. 또 당근 타령이냐?

에스트라공 그럼 무나 줘. (블라디미르, 주머니를 뒤진다. 순무만 나온다. 그러다가
마침내 무 하나가 나와 그것을 에스트라공에게 준다. 에스트라공은 무를 자세히 살피
고 냄새를 맡아본다) 이거 왜 이렇게 시커멓지?

블라디미르 그래도 무야.

에스트라공 내가 붉은색 무만 좋아한다는 걸 잘 알면서도 그래?

블라디미르 그래서 그건 싫다는 거야?

에스트라공 붉은색이 아니면 싫어!

블라디미르 그럼 도로 줘.

에스트라공, 돌려준다.

에스트라공 당근이나 찾으러 가봐야겠다.

그는 움직이지는 않는다.

블라디미르 이거야 원, 정말 따분한데.

에스트라공 아직 그 정도는 아니야.

침묵.

블라디미르 한번 시도해 보는 게 어때?

에스트라공 다 해봤는걸.

블라디미르 내 말은 구두를 한번 신어보란 말이야.

에스트라공 그럴까?

블라디미르 그럼 시간이 잘 갈 거야. (에스트라공, 망설인다) 확실히 심심풀이가 될 거라니까.

에스트라공 기분전환이지.

블라디미르 심심풀이야.

에스트라공 기분전환이야.

블라디미르 어서 신어봐.

에스트라공 그럼 도와줄래?

블라디미르 물론이지.

에스트라공 디디, 우리 둘이 같이 있으면 그런대로 뭐든 잘 풀어나갈 수 있어, 안 그래?

블라디미르 암, 그렇고말고. 자, 먼저 왼쪽부터 신어봐.

에스트라공 디디, 우린 늘 이렇게 뭔가를 찾아내는 거야. 그래서 살아 있다는 걸 실감하게 돼.

블라디미르 (답답한 듯이) 그래, 그래, 우린 마술사니까. 하지만 일단 결정한 건 어기지 말아야지. (그는 구두 한 짝을 집어 든다) 자, 발을 내밀어봐. (에스트라공, 그에게 가까이 다가가서 한쪽 발을 쳐든다) 빌어먹을. 저쪽 발 말이야! (에스트라공, 다른 발을 쳐든다) 더 높이! (둘은 서로 엉킨 채 무대에서 이리저리 뒤뚱거린다. 블라디미르가 마침내 구두를 신기는 데 성공) 자, 걸어봐. (에스트라공, 걷는다) 그래, 어때?

에스트라공 맞아.

블라디미르 (주머니에서 끈을 꺼내며) 끈을 매야지.

에스트라공 (질겁하며) 안 돼. 안 돼. 끈은 안 돼. 끈은 안 된다고!

블라디미르 무슨 소리야? 자, 나머지 한쪽도 마저 신어보자. (같은 동작) 어때?

에스트라공   이쪽도 잘 맞는데.

블라디미르   발은 아프지 않아?

에스트라공   (힘을 주며 몇 발자국 걸어보더니) 아직은 안 아파.

블라디미르   그럼 네가 신어.

에스트라공   너무 큰데.

블라디미르   언젠가는 양말을 얻어 신을 거 아냐?

에스트라공   그야 그렇지.

블라디미르   그럼 그냥 신을 거지?

에스트라공   구두 얘기라면 이제 진저리가 나.

블라디미르   알았어. 하지만……

에스트라공   진절머리가 난대도! (침묵) 아무튼 일단 앉아야겠다.

　　그는 눈으로 앉을 만한 곳을 찾는다. 그러다가 1막 첫 장면에서 앉았던 곳으로 가서 앉는다.

블라디미르   엊저녁에 네가 앉았던 데도 바로 거기야.

　　침묵.

에스트라공   잠이나 잤으면.

블라디미르   엊저녁에도 넌 잘 잤지.

에스트라공   그럼 또 자야겠다.

　　그는 두 다리 사이에 머리를 박고 태아 같은 자세를 취한다.

블라디미르   가만있어 봐. (에스트라공에게 다가가서 큰 소리로 노래를 부르기 시작)
　　자장 자장 자장 자장.

에스트라공   (화나서 올려다보며) 너무 커.

블라디미르   (부드럽게) 자장 자장 자장 자장,

자장 자장 자장 자장,
자장 자장 자장 자장,
자장 자장······.

에스트라공, 잠이 든다. 블라디미르는 외투를 벗어 에스트라공의 어깨를 덮어주고, 자신은 몸을 덥히려고 두 팔로 자기 등짝을 때리면서 무대를 이리저리 걷기 시작한다. 에스트라공이 갑자기 잠이 깨어 벌떡 일어나더니 정신 나간 듯 몇 발자국 걷는다. 블라디미르가 달려가 팔로 그를 감싸안는다.

블라디미르 자아······ 자아······ 나야 나······ 무서울 것 없어.
에스트라공 아아!
블라디미르 자아········ 자아········ 이젠 다 끝났어.
에스트라공 난 떨어졌어.
블라디미르 이젠 괜찮대도. 더 생각할 것 없어.
에스트라공 내가 말이야······.
블라디미르 그만둬. 아무 말 말고. 자, 우리 좀 걷자.

그는 에스트라공의 팔을 잡고 이리저리 걷게 한다. 이윽고 에스트라공이 더는 못 걷겠다고 버틴다.

에스트라공 그만 걸을래! 피곤해.
블라디미르 그럼 아무것도 안 하고 그냥 우두커니 서 있겠단 말이야?
에스트라공 그래.
블라디미르 좋을 대로 해.

그는 에스트라공의 팔을 놔주고 외투를 집어다가 몸에 걸친다.

에스트라공 가자.
블라디미르 가면 안 되지.

에스트라공 왜?

블라디미르 고도를 기다려야지.

에스트라공 참 그렇지! (블라디미르가 다시 왔다 갔다 한다) 가만히 좀 있을 수 없어?

블라디미르 추워서.

에스트라공 너무 일찍 왔나 보다.

블라디미르 전에도 늘 해가 질 무렵에 왔는데.

에스트라공 하지만 해가 지질 않잖아.

블라디미르 그러다가 갑자기 질 거야. 어제처럼.

에스트라공 그러고 나면 밤이 되어버리지.

블라디미르 그럼 가도 되겠지.

에스트라공 그러다가 또 날이 새고. (사이) 그러니 어떡하면 좋지? 어떡하면?

블라디미르 (걸음을 멈추고 격렬한 소리로) 그만 좀 징징대라! 네가 징징대는 소리에 내가 미치겠다!

에스트라공 난 가겠어.

블라디미르 (럭키의 모자를 보고) 이런!

에스트라공 잘 있어.

블라디미르 럭키의 모자다! (가까이 간다) 여기 온 지 한 시간이 지났는데 여태 이걸 못 봤다니! (몹시 기쁜 표정) 틀림없어!

에스트라공 나를 다시는 못 볼 거다.

블라디미르 그러니까 장소는 틀린 게 아니야. 이제 우린 안심이다. (그는 럭키의 모자를 주워 들여다보고는 모양을 바로잡는다) 아주 멋있는 모자 같은데. (그는 자신의 모자를 벗고 럭키의 모자를 쓴 다음 자기 것은 에스트라공에게 준다) 자!

에스트라공 뭐야?

블라디미르 이걸 좀 잡고 있어.

에스트라공이 블라디미르의 모자를 받고, 블라디미르는 두 손으로 럭키의 모자를 매만진다. 에스트라공은 블라디미르의 모자를 쓰고 자기 것은 블라디미르에게 건넨다. 블라디미르가 에스트라공의 모자를 받는다. 에스트라공이 두 손으로 블라디미르의 모자를 매만진다. 블라디미르는 럭키의 모자를 벗고 에스트라공의 모자를 쓴다. 럭키의 모자는 에스트라공에게 준다. 에스트라공, 럭키의 모자를 쓴다. 블라디미르, 두 손으로 에스트라공의 모자를 매만진다. 에스트라공, 블라디미르의 모자를 벗고 럭키의 모자를 쓰며 블라디미르의 모자는 다시 블라디미르에게 넘겨준다. 블라디미르, 자기 모자를 받아 든다. 에스트라공, 두 손으로 럭키의 모자를 매만진다. 블라디미르, 에스트라공의 모자를 벗고 자기 모자를 쓰며 에스트라공의 모자는 에스트라공에게 넘긴다. 에스트라공, 자기 모자를 받는다. 블라디미르, 두 손으로 자기 모자를 매만진다. 에스트라공, 럭키의 모자를 벗고 자기 모자를 쓰며 럭키의 모자는 블라디미르에게 넘긴다. 블라디미르, 럭키의 모자를 받는다. 에스트라공, 두 손으로 자기 모자를 매만진다. 블라디미르, 자기 모자를 벗고 럭키의 모자를 쓰며 자기 모자는 에스트라공에게 넘긴다. 에스트라공, 블라디미르의 모자를 받는다. 블라디미르, 두 손으로 럭키의 모자를 매만진다. 에스트라공, 블라디미르의 모자를 블라디미르에게 넘긴다. 블라디미르, 그것을 받자 에스트라공에게 다시 넘긴다. 에스트라공, 그것을 받자 블라디미르에게 넘긴다. 블라디미르, 그것을 받아 내팽개친다. 이상의 동작은 모두 재빠르게 진행된다.

블라디미르 나한테 어울려?

에스트라공 모르겠어.

블라디미르 모르겠다니. 너 보기에 어떠냐니까?

   그는 고개를 좌우로 우아하게 움직이며 마치 마네킹처럼 폼을 잡는다.

에스트라공 꼴불견이야.

블라디미르 보통 때보다는 낫지?

에스트라공 마찬가지야.

블라디미르 그렇다면 그냥 내가 써야겠다. 내 모자는 불편해서. (사이) 뭐랄까? (사이) 근질근질하거든.

에스트라공 난 가겠어.

블라디미르 무슨 놀이 하지 않을래?

에스트라공 놀이는 무슨 놀이?

블라디미르 포조와 럭키 흉내를 내보면 어떨까?

에스트라공 못 들은 걸로 할게.

블라디미르 내가 럭키 노릇을 할 테니 넌 포조를 해. (짐의 무게에 눌려 허리가 꺾인 럭키의 자세를 흉내 낸다. 에스트라공, 어이없다는 듯이 그를 바라본다) 자, 시작이야.

에스트라공 나더러 어떡하라는 거야?

블라디미르 내게 욕지거리를 해봐!

에스트라공 이 치사한 놈아!

블라디미르 더 심하게!

에스트라공 이 더러운 놈! 거지 같은 놈!

블라디미르가 여전히 몸을 구부린 자세로 앞으로 나왔다 물러섰다 한다.

블라디미르 나보고 생각하라고 해!

에스트라공 뭐라고?

블라디미르 이렇게 말해. 생각해, 이 돼지야!

에스트라공 생각해, 이 돼지야!

침묵.

블라디미르 그건 못하겠다!

에스트라공 그만두자!

블라디미르 나보고 춤을 추라고 해봐.

에스트라공 난 갈래.

블라디미르 춤춰, 이 돼지야! (그는 그 자리에서 몸을 비꼰다. 갑자기 에스트라공이 후닥닥 뛰어나간다) 이것도 안 되겠는데! (그는 고개를 들고 에스트라공이 없어진 것을 안다) 고고! (침묵. 그는 거의 뛰다시피 무대를 돌아다닌다. 에스트라공, 헐떡이며 다급하게 되돌아와 블라디미르에게로 달려간다. 몇 발자국을 사이에 두고 둘은 마주 선다) 드디어 또 돌아왔구나!

에스트라공 (헐떡거리며) 난 망했어!

블라디미르 어디 갔었는데 그래? 난 네가 아주 가버린 줄 알았어.

에스트라공 언덕 꼭대기까지 갔었는데 그들이 와.

블라디미르 누가?

에스트라공 모르겠어.

블라디미르 몇이나?

에스트라공 모르겠어.

블라디미르 (의기양양하게) 고도다! 이제야 오는구나! (그는 에스트라공을 세차게 끌어안는다) 고고! 고도다! 우린 이제 살았다! 어서 마중 나가자! 빨리! (그는 무대 옆으로 에스트라공을 끌고 간다. 에스트라공은 버티다가 뿌리치고 무대 맞은편 입구로 뛰어나간다) 고고! 돌아와! (블라디미르는 에스트라공이 사라진 출입구로 달려가서 먼 곳을 바라본다. 에스트라공이 또다시 황급히 돌아와 블라디미르에게로 달려간다. 블라디미르가 돌아보며) 너 다시 왔구나!

에스트라공 난 망했어!

블라디미르 멀리까지 갔었어?

에스트라공 언덕 꼭대기까지.

블라디미르 하긴 우리가 있는 곳이 고원이니까. 우린 마침내 무대라는 고원 위에 올려진 꼴이지.

에스트라공 저쪽에서도 와.

블라디미르 그럼 포위당한 거야! (에스트라공은 겁에 질려 무대 안쪽으로 달려가다가 막에 휘말려 넘어진다) 이 바보야, 그쪽으로는 빠져나갈 데가 없어! (블라디미르가 가서 그를 일으켜 무대 앞쪽으로 끌어낸다. 객석을 가리키며) 봐, 여긴 아무도 없어. 그러니 이쪽으로 달아나. 자, 어서. (그는 에스트라공을 오케스트라 박스 쪽으로 밀어낸다. 에스트라공, 질겁하며 뒤로 물러난다) 왜, 싫어? 좋아, 알겠어. 그렇다면 (생각한다) 숨는 수밖에 없겠군.

에스트라공 어디에?

블라디미르 나무 뒤에. (에스트라공, 망설인다) 빨리빨리! 나무 뒤로 가라니까.

(에스트라공이 나무 뒤로 뛰어가 숨는다. 그러나 제대로 가려지지 않는 걸 깨닫고 다시 나무 뒤에서 나온다) 이 나무는 아무짝에도 못 쓰겠군. (에스트라공에게) 너 화 난 건 아니지?

에스트라공 (좀 가라앉아) 내가 돌았었어. (그는 부끄러운 듯이 고개를 숙인다) 미 안하다! (당당하게 다시 고개를 든다) 이젠 다 끝났어! 두고 봐. 네가 하라는 대 로 할 테니.

블라디미르 할 게 있어야지.

에스트라공 저기 가서 가만히 서 있어. (그는 블라디미르를 왼쪽 무대 출입구 쪽으 로 끌고 가서 무대를 등지고 길 한가운데 서게 한다) 여기 가만히 서 있어, 눈을 뜬 채로. (그는 반대쪽 출입구로 달려간다. 블라디미르가 어깨 너머로 그를 돌아다본다. 에스트라공은 걸음을 멈추고 먼 곳을 바라본 다음 돌아본다. 둘은 어깨 너머로 시선이 마주친다) 서로 등을 보이고 서니까 꼭 옛날 결투 장면 같은데! (그들은 잠시 서 로 바라보다가 다시 고개를 돌려 저마다 망을 본다. 긴 침묵) 아무도 안 오는 거야?

블라디미르 (돌아보며) 뭐라고?

에스트라공 (더 큰 소리로) 아무도 안 보이냐고?

블라디미르 안 와.

에스트라공 이쪽도 안 와.

둘은 계속 망을 본다. 긴 침묵.

블라디미르 네가 잘못 봤나 보다.

에스트라공 (돌아보며) 뭐라고?

블라디미르 (더 큰 소리로) 네가 잘못 본 모양이라고.

에스트라공 소리 지르지 마!

둘은 또 망을 본다. 긴 침묵.

블라디미르·에스트라공 (동시에 돌아다보며) 저건…….

블라디미르 아, 미안해!

에스트라공   계속해.

블라디미르   아냐, 아냐, 너부터 해.

에스트라공   아니, 아니, 너 먼저 말해.

블라디미르   내가 네 말을 가로막았는걸.

에스트라공   아니, 그 반대야.

둘은 화난 얼굴로 서로 마주 바라본다.

블라디미르   사양할 것 없어.

에스트라공   너나 고집부리지 말아.

블라디미르   (냅다 소리치듯) 하려던 말을 마저 하라니까!

에스트라공   (마찬가지로) 너부터 말해!

침묵. 둘은 서로 다가서며 걸음을 멈춘다.

블라디미르   이 비뚤어진 놈!

에스트라공   됐다 됐어! 우리 서로 욕지거리나 하자. (서로 욕을 주고받는다. 침묵) 자, 이제 우리 그만 화해하자.

블라디미르   고고!

에스트라공   디디!

블라디미르   악수하자!

에스트라공   좋아!

블라디미르   내 품으로 와!

에스트라공   네 품으로?

블라디미르   (팔을 벌리며) 이리 와!

에스트라공   그래 간다.

둘은 서로 껴안는다. 침묵.

블라디미르　장난을 하니까 시간이 빨리 가는구나!

　침묵.

에스트라공　이젠 뭘 한다?
블라디미르　기다리면서 말이야?
에스트라공　그래 기다리면서.

　침묵.

블라디미르　운동이나 해볼까?
에스트라공　체조 말이지?
블라디미르　도약운동.
에스트라공　긴장 풀기 체조.
블라디미르　유연운동.
에스트라공　긴장 풀기 체조.
블라디미르　몸을 덥히기 위해서.
에스트라공　진정하기 위해서.
블라디미르　자, 시작.

　그는 깡충깡충 뛰기 시작한다. 에스트라공이 그를 흉내 낸다.

에스트라공　(멈추면서) 그만하자. 피곤하다.
블라디미르　(멈추면서) 아무리 해도 신이 안 나는구나. 그래도 심호흡은 해
　야지.
에스트라공　이젠 숨 쉬기도 힘들어.
블라디미르　네 말이 맞아. (사이) 그럼 나무 모양으로 균형 잡기나 해볼까?
에스트라공　나무?

블라디미르가 휘청거리며 나무를 흉내 내서 한쪽 다리로 선 채 두 팔을 벌린다.

블라디미르   (바로 서며) 네 차례야.

에스트라공이 비틀거리며 한 발로 서서 균형을 잡는다.

에스트라공   하느님이 나를 보고 계실까?
블라디미르   그럼 눈을 감아야지.

에스트라공이 눈을 감는다. 더욱 비틀거린다.

에스트라공   (멈추고 두 주먹을 휘두르며 목청 높여 소리친다) 하느님 저를 불쌍히
　　여겨주소서!
블라디미르   (발끈해서) 그럼 나는?
에스트라공   (발끈해서) 저를요, 저요! 불쌍히 여겨주소서! 저를요!

포조와 럭키 등장한다.
포조는 맹인이 되어 있고 럭키는 1막에서처럼 짐을 잔뜩 들고 있다. 끈도 1막 때와 같지만 그때보다는 길이가 훨씬 짧아져서 포조가 뒤따르기 쉽도록 되어 있다. 럭키는 새 모자를 쓰고 있다. 그는 블라디미르와 에스트라공을 보자 걸음을 멈춘다. 포조는 계속 걸어오다가 럭키의 몸에 부딪힌다. 블라디미르와 에스트라공, 물러선다.

포조   (럭키에게 매달린다. 럭키는 이 더해진 무게에 짓눌려 휘청거린다) 무슨 일이
　　야? 누가 소리를 질렀지?

럭키는 들고 있던 짐과 함께 넘어진다. 포조도 어쩔 수 없이 끌려서 넘어진다. 그들은 짐이 흩어진 한가운데 쓰러져 있다.

에스트라공   고도냐?

블라디미르   마침 왔구나. (그는 그들이 쓰러져 있는 곳으로 간다. 에스트라공이 뒤따른다) 드디어 지원군이 왔어!

포조   (공포에 질린 소리로) 사람 살려!

에스트라공   고도냐?

블라디미르   맥이 빠지려는 판에 잘 왔다. 오늘 밤은 즐겁겠구나.

포조   사람 살려!

에스트라공   살려달라는데?

블라디미르   우리만이 아니야. 밤을 기다리고, 고도를 기다리고, 또…… 어쨌든 기다리는 게 말이야. 저녁 내내 우리 둘이서만 별짓을 다 해가며 애써왔는데, 이젠 끝났어. 벌써 내일이 된 거나 마찬가지니까.

포조   사람 살려!

블라디미르   벌써 시간이 흐르는 게 다르잖아. 이제 곧 해가 지면 달이 뜰 테고, 그러면 우리도 떠날 수 있어…… 여기서 말이야.

포조   불쌍히 여겨주세요!

블라디미르   포조가 딱하게 됐군!

에스트라공   나는 그자인 줄 알았지.

블라디미르   누구?

에스트라공   고도 말이야.

블라디미르   고도가 아니야.

에스트라공   고도가 아니라고?

블라디미르   고도는 아니야.

에스트라공   그럼 누구지?

블라디미르   포조다.

포조   여기요! 여기! 날 좀 일으켜줘요!

블라디미르   일어나지도 못하는구나.

에스트라공   그만 가자.

블라디미르   갈 수는 없어.

에스트라공   왜 못 가는데?

블라디미르   고도를 기다려야지.

에스트라공   참 그렇지.

블라디미르   저자가 네게 또 뼈다귀를 줄지도 몰라.

에스트라공   뼈다귀?

블라디미르   그래. 닭 뼈다귀 말이야. 생각 안 나?

에스트라공   그게 바로 저자야?

블라디미르   그래.

에스트라공   그럼 달라고 해봐.

블라디미르   먼저 도와주는 게 어떨까?

에스트라공   뭘 도와줘?

블라디미르   일어나는 걸 말이야.

에스트라공   혼자서는 일어나지도 못해?

블라디미르   일어나고 싶어는 하지만.

에스트라공   그럼 저 혼자 일어나라지.

블라디미르   그러질 못한다니까.

에스트라공   왜 못한다는 거야?

블라디미르   그건 나도 몰라.

포조는 몸을 뒤틀고 신음하며 주먹으로 땅을 친다.

에스트라공   뼈다귀를 먼저 달래볼까? 만약 안 주겠다면 그냥 내버려두지 뭐.

블라디미르   네 말은 저자를 우리 마음대로 살릴 수도 죽일 수도 있다, 이 거야?

에스트라공   그렇지.

블라디미르   그럼 조건을 내세워서 살려주기로 하면 어떨까?

에스트라공   그래.

블라디미르   괜찮은 생각 같은데, 한 가지 겁나는 게 있어.

에스트라공   뭔데?

블라디미르   갑자기 럭키가 사정없이 덤벼들면 어쩌지? 그럼 우리 쪽이 당할걸.

에스트라공 럭키라니?

블라디미르 어저께 너한테 덤벼든 놈 말이야.

에스트라공 그건 열 놈이나 됐대도.

블라디미르 그게 아니라 그 전에 너한테 발길질했던 한 놈 말이야.

에스트라공 그놈이 여기 있어?

블라디미르 저길 보라고. (몸짓) 지금은 저렇게 가만있지만 언제 날뛸지 알게 뭐야?

에스트라공 저자들에게 우리가 본때를 보여주는 게 어떨까?

블라디미르 자는 틈을 타서 덮치자는 거야?

에스트라공 그래.

블라디미르 좋은 생각이야. 하지만 우리가 그럴 수 있을까? 저자가 진짜로 자는 걸까? (사이) 가장 좋은 방법은 포조가 도와달라고 할 때 도와줘서 그 자에게 은혜를 베푸는 거지. 뭔가 보답을 받게 될 수도 있으니까.

에스트라공 그럴지도 모르겠네…….

블라디미르 쓸데없는 얘기로 시간만 보내면 안 되지. (사이. 열띤 소리로) 자, 기회가 왔으니 무엇이든 하자! 누군가가 우리 같은 놈들을 필요로 하는 일이 언제나 있는 건 아니니까. 솔직히 지금도 꼭 우리보고 해달라는 건 아니잖아. 다른 놈들이라도 우리만큼은 해낼 수 있을 테니까. 우리보다 더 잘할 수도 있을걸. 방금 들은 도와달라는 소리는 인류 전체에게 한 말일 거야. 하지만 지금 이 자리엔 우리 둘뿐이니, 싫건 좋건 그 인간이 우리란 말이지. 그러니 너무 늦기 전에 그 기회를 이용해야 해. 불행히도 인간으로 태어난 바에야 이번 한 번만이라도 의젓하게 인간이란 종족의 대표가 돼보자는 거야. 네 생각은 어때? (에스트라공, 아무 대꾸가 없다) 하기야 팔짱을 낀 채 할까 말까 이 모저모 따져보는 것도 우리 인간 조건에 어긋나는 일이지. 호랑이는 아무 생각 없이 제 동족을 구하러 뛰어들기도 하고 깊은 숲속으로 달아나버리기도 해. 하지만 문제는 그런 게 아니야. 문제는 지금 이 자리에서 우리가 뭘 해야 하는지 따져보는 거지. 우린 다행히도 그걸 알고 있거든. 이 엄청난 혼돈 속에서도 오직 한 가지 확실한 게 있어. 우리는 고도가 오기를 기다리고 있다는 거야.

에스트라공 그래 맞아!

블라디미르 아니면 밤이 오기를 기다리고 있거나. (사이) 우린 약속을 지키러 나온 거야. 그거면 돼. 물론 우린 성인군자가 아니지만 그래도 약속을 지키러 나온 거지. 이 정도라도 말할 수 있는 사람이 몇이나 될까?

에스트라공 수억 명쯤.

블라디미르 그럴까?

에스트라공 난 모르겠어.

블라디미르 그럴지도 모르지.

포조 사람 살려!

블라디미르 확실한 건 이런 상황에선 시간이 더디 간다는 거야. 그리고 그 긴 시간 동안 우린 별짓을 다 해가며 시간을 메울 수밖에 없어. 뭐랄까, 얼핏 보기에는 이치에 닿는 것 같지만 사실은 버릇이 되어버린 거동을 하면서 말이야. 넌 그게 이성이 잠드는 것을 막으려고 하는 짓이라고 할지 모르지. 그 말은 나도 알겠어. 하지만 난 가끔 이런 생각을 해. 이성은 이미 한없이 깊은 영원한 어둠 속을 헤매고 있는 게 아닐까 하고 말이야. 내 말 알아듣겠어?

에스트라공 인간은 모두 미치광이로 태어난다. 그 가운데에는 끝내 미치광이로 끝나는 자들도 있다.

포조 사람 살려! 돈을 주겠소!

에스트라공 얼마 주겠소?

포조 100프랑.

에스트라공 너무 적어.

블라디미르 난 그렇게까진 생각지 않아!

에스트라공 그럼 넌 적지 않단 말이야?

블라디미르 아니, 그게 아니라 난 내가 태어날 때 미치광이였다고 생각하지 않는단 말이야. 하지만 문제는 그게 아니지.

포조 200프랑.

블라디미르 우린 기다리고 있어. 우린 지루해. (한 손을 치켜든다) 아니, 반대하지 마! 우린 분명 지독하게 지루하니까. 이런 마당에 심심풀이로 할 일이 눈

앞에 나타났는데 지금 우린 뭘 하고 있는 거지? 그냥 썩히고 있잖아. 자, 시
작하는 거야. (포조 쪽으로 가다가 멈춘다) 조금 있으면 모두 사라지고 우린 다
시 둘만 남게 되겠지. 이 고독 한가운데에. (그는 몽상에 잠긴다)

포조 200프랑!

블라디미르 지금 가요, 가!

그는 포조를 들어 올리려 하지만 실패한다. 다시 시도해 보다가 짐에 걸려 넘
어진다. 일어나려고 하는데 잘 안 된다.

에스트라공 다들 왜 이 모양이야?

블라디미르 사람 살려!

에스트라공 난 가겠어.

블라디미르 날 버리고 가지 마! 이놈들이 날 죽일 거야!

포조 여기가 어디요?

블라디미르 고고!

포조 도와줘요!

블라디미르 날 거들어줘!

에스트라공 난 가겠어.

블라디미르 먼저 날 거들어주고 나서 같이 가자.

에스트라공 약속하지?

블라디미르 그래 맹세할게!

에스트라공 그리고 다신 안 오는 거다.

블라디미르 그래 다신 안 와!

에스트라공 아리에주로 가자.

블라디미르 어디든 좋아.

포조 300프랑! 400프랑!

에스트라공 전부터 아리에주를 돌아다녀 보고 싶었거든.

블라디미르 마음대로 돌아다니려무나.

에스트라공 누가 방귀를 뀌었지?

블라디미르　포조야.

포조　나요! 나! 나 좀 살려주오!

에스트라공　구역질이 나는군.

블라디미르　빨리빨리! 손을 줘!

에스트라공　난 가겠어. (사이. 더 큰 소리로) 난 가겠다니까!

블라디미르　좋아! 혼자 못 일어설 줄 알고? (일어서려고 하다가 다시 쓰러지며) 언젠가는 일어서게 되겠지.

에스트라공　왜 그래?

블라디미르　꺼져버려!

에스트라공　혼자 여기 있으려고?

블라디미르　얼마 동안은.

에스트라공　어서 일어나래도. 그러다가 감기 들겠어.

블라디미르　참견 마.

에스트라공　이봐, 디디. 뻗댈 건 없잖아? (그는 블라디미르에게 손을 내민다. 블라디미르가 얼른 그 손을 잡는다) 자, 일어서!

블라디미르　끌어당겨!

에스트라공은 끌다가 비틀거리며 넘어진다. 긴 침묵.

포조　도와줘요!

블라디미르　여기 있어요.

포조　당신들은 누구요?

블라디미르　우린 사람이오.

침묵.

에스트라공　땅바닥에 누우니 기분 좋은데!

블라디미르　너 일어날 수 있겠어?

에스트라공　글쎄.

블라디미르 한번 일어나 봐.

에스트라공 조금 있다가, 조금 있다가.

침묵.

포조 무슨 일이오?

블라디미르 (큰 소리로) 입 좀 다물지 못해! 저런 몹쓸 녀석이 있나! 제 생각만
하다니!

에스트라공 잠이나 자볼까?

블라디미르 지금 말하는 소리 들었지? 무슨 일이 일어났느냐고 묻잖아.

에스트라공 그냥 내버려둬. 자자.

침묵.

포조 제발 자비를! 제발요!

에스트라공 (깜짝 놀라며) 뭐야? 무슨 일이야?

블라디미르 너 잠들었던 거야?

에스트라공 그랬던 모양이야.

블라디미르 또 그 포조라는 놈이야!

에스트라공 입 좀 닥치라고 해! 주둥이를 쥐어박아!

블라디미르 (포조를 몇 번 쥐어박으며) 또 그럴 테냐? 입 좀 닥치지 못해? 이 버
러지 같은 놈아! (포조가 고통스러운 비명을 지르며 몸을 빼내어 기어서 달아난다.
이따금 멈추어서는 럭키를 부르며 맹인처럼 손으로 허공을 저어본다. 블라디미르는
팔꿈치를 괴고 눈으로 그의 뒤를 좇는다) 달아났구나! (포조, 넘어진다. 침묵) 넘어
졌다!

침묵.

에스트라공 이젠 뭘 하지?

블라디미르 저놈한테까지 기어가 볼까?

에스트라공 날 떠나지 마!

블라디미르 그럼 여기서 불러볼까?

에스트라공 그러자. 네가 불러봐.

블라디미르 포조! (사이) 포조! (사이) 대답이 없는데.

에스트라공 같이 불러보자.

블라디미르·에스트라공 포조! 포조!

블라디미르 움직였어.

에스트라공 저놈의 이름이 포조가 확실해?

블라디미르 (걱정스러운 듯) 포조 씨! 돌아와요! 이젠 때리지 않을 테니까!

　침묵.

에스트라공 다른 이름으로 불러보면 어떨까?

블라디미르 설마 진짜 죽어가는 건 아니겠지?

에스트라공 그럼 재미있을 거야.

블라디미르 뭐가 재미있어?

에스트라공 다른 이름으로 불러보는 게 재미있겠단 말이야. 아무 이름이나 차례차례로 말이야. 그럼 시간이 잘 갈 거야. 그러다 보면 진짜 이름이 나오 겠지 뭐.

블라디미르 포조가 저자 이름이래도.

에스트라공 이제 두고 보면 알 것 아냐? (생각한다) 아벨! 아벨!

포조 살려주오!

에스트라공 그것 봐!

블라디미르 이런 짓거리에는 이제 넌더리가 나.

에스트라공 아마 다른 이름은 카인일 거야. (그가 이름을 부른다) 카인! 카인!

포조 이쪽이오!

에스트라공 그러면 한 사람이 인류 전체인 셈이잖아. (침묵) 저길 봐. 구름 한 조각이 떠 있어.

블라디미르 (눈을 들며) 어디?

에스트라공 저기 하늘 한가운데.

블라디미르 그래서? (사이) 그게 뭐 어떻다는 거야?

침묵.

에스트라공 이젠 다른 걸로 넘어가자. 괜찮지?

블라디미르 나도 막 그러자고 할 참이었어.

에스트라공 하지만 뭘 한다?

블라디미르 그러게 말이야!

침묵.

에스트라공 일단 일어나 볼까?

블라디미르 또 해보는 거지 뭐.

둘은 일어선다.

에스트라공 별로 어렵지 않은데.

블라디미르 한다면 하는 거지 뭐.

에스트라공 그럼 이젠 뭘 한다?

포조 사람 살려!

에스트라공 그만 가자.

블라디미르 이대로 갈 순 없어.

에스트라공 왜?

블라디미르 고도를 기다려야지.

에스트라공 아, 맞다. (사이) 뭘 한다?

포조 도와줘요!

블라디미르 도와줄까?

에스트라공   어떡하면 되는데?

블라디미르   저놈이 일어나고 싶어 하잖아?

에스트라공   그래서?

블라디미르   저놈이 일어날 수 있도록 도와주는 거지.

에스트라공   좋아. 그럼 도와주자. 망설일 거 없이.

그들은 포조가 일어나도록 도와준다. 두 사람이 몸을 떼자 포조가 다시 쓰러진다.

블라디미르   붙잡고 있어야 해. (같은 동작. 포조가 두 사람 사이에 서서 그들의 목에 매달린다) 그는 서 있는 거에 다시 익숙해져야 해. (포조에게) 좀 괜찮아졌소?

포조   당신들은 누구요?

블라디미르   우릴 모르시겠소?

포조   눈이 멀어서.

침묵.

에스트라공   그럼 미래의 일은 잘 볼 수 있겠다.

블라디미르   (포조에게) 언제부터요?

포조   전에는 눈이 아주 좋았다오. 그런데 당신들은 친구요?

에스트라공   (큰 소리로 웃으며) 우리더러 친구냐고 묻는군!

블라디미르   그게 아니라 우리가 자기 친구냐는 거겠지.

에스트라공   글쎄, 어떨까?

블라디미르   우리가 자기를 도와줬으니 친구라고 봐야지.

에스트라공   맞아! 친구가 아니라면 도와주지 않았을 테니까.

블라디미르   그렇겠지.

에스트라공   그렇고말고.

블라디미르   그건 그쯤으로 해두자.

포조 당신들 강도는 아니오?

에스트라공 강도라고? 그래, 우리가 강도로 보이나?

블라디미르 그만해 둬. 장님이니까.

에스트라공 제기랄. 그렇구나! (사이) 이자가 그렇게 말했지.

포조 제발 내 곁을 떠나지 마오.

블라디미르 그건 걱정하지 말아요.

에스트라공 당장은 말이지.

포조 지금 몇 시나 됐소?

에스트라공 (하늘을 살펴보며) 어디 보자…….

블라디미르 7시? ……8시?

에스트라공 계절에 따라 달라요.

포조 저녁이오?

침묵. 블라디미르와 에스트라공이 서쪽을 바라본다.

에스트라공 해가 솟아오르는 것 같아.

블라디미르 그럴 리가 없어.

에스트라공 혹시 새벽이 아닐까?

블라디미르 멍텅구리 같은 소리 하지 마. 그쪽은 서쪽이야.

에스트라공 알게 뭐야?

포조 (걱정스럽게) 지금이 저녁이오?

블라디미르 어쨌든 해가 움직이질 않아.

에스트라공 솟아오른대도.

포조 왜 내 말엔 대답을 안 하오?

에스트라공 엉터리 대답을 하지 않으려고 그래요.

블라디미르 (안심시키듯이) 저녁때라오. 저녁때가 됐단 말이오. 이 친구가 자꾸 딴소리를 해서 나도 잠깐 헷갈렸지만. 그렇더라도 난 오늘 이 긴 하루를 헛되게 보내지는 않았소. 그래서 오늘 일과도 이제 다 끝나간다는 걸 자신 있게 말할 수 있지. (사이) 기분은 좀 어떻소?

에스트라공 언제까지 우리가 이자를 이렇게 짊어지고 있어야 하지? (그들은 포조를 반쯤 놓으려다가 또 넘어지려는 것을 보고 다시 붙잡는다) 우리가 무슨 기둥인가?

블라디미르 아까 말하길 전엔 시력이 엄청 좋았다고 하지 않았소?

포조 그렇소. 무척 좋았지.

침묵.

에스트라공 (짜증스럽게) 계속해요! 계속해!

블라디미르 가만히 좀 놔둬. 지금 지난날의 행복을 회상하고 있는 거야. (사이) '사라진 그 옛날의 아름다운 추억이여!' 괴로울 거다!

포조 그래요, 정말 좋았소.

블라디미르 그런데 갑자기 그렇게 된 거요?

포조 정말 좋았다오.

블라디미르 갑자기 그렇게 된 거냐고 묻잖소?

포조 어느 날 깨어보니 캄캄하더란 말이오. 마치 운명처럼. (사이) 그래서 지금도 혹시 내가 잠을 자고 있는 게 아닌가 의심이 들 때가 있다오.

블라디미르 그게 언제였소?

포조 모르겠소.

블라디미르 하지만 어제까지만 해도…….

포조 묻지 마시오. 장님에겐 시간관념이 없는 법이오. (사이) 그리고 시간과 관계되는 건 다 모른다오.

블라디미르 아니! 난 그 반대인 줄 알았는데.

에스트라공 난 가겠어.

포조 여기가 어디오?

블라디미르 모르겠소.

포조 혹시 플랑슈라는 곳이 아니오?

블라디미르 들어본 적도 없소.

포조 여기가 어떻게 생겼소?

블라디미르 (주위를 둘러보며) 뭐라고 설명할 수가 없어요. 어떻게 생겼다고 말할 수가 없다고요. 여긴 아무것도 없으니까. 나무 한 그루가 있을 뿐이오.

포조 그렇다면 플랑슈는 아니군.

에스트라공 (축 처지면서) 이것도 심심풀이라는 거야?

포조 내 하인은 어디 있소?

블라디미르 저기 있소.

포조 왜 내가 부르는데 대답도 안 할까?

블라디미르 내가 알게 뭐요? 아마 자나 보오. 죽었는지도 모르고.

포조 그에게 무슨 일이 있었던 거요?

에스트라공 무슨 일이 있었냐니, 원!

블라디미르 당신들은 둘 다 넘어졌어요.

포조 그럼 그놈이 다치지나 않았나 가서 좀 봐주구려.

블라디미르 우리가 당신 곁을 떠날 수가 없잖아요?

포조 둘이 다 갈 거야 없잖소?

블라디미르 (에스트라공에게) 네가 가봐.

포조 그렇지. 당신 친구한테 가보라시오. 고약한 냄새가 나니까. (사이) 뭘 기다리시오?

블라디미르 (에스트라공에게) 뭘 기다리는 거야?

에스트라공 고도를 기다리고 있지.

블라디미르 이 친구가 어떻게 하면 될지 정확하게 얘기해 보시죠.

포조 먼저 끈을 잡아끌라고 하시오. 물론 목은 조르지 않도록 조심해서 말이오. 그렇게 하면 무슨 반응이 있겠지. 그래도 반응이 없을 때는 아랫배건 얼굴이건 아무 데나 막 걷어차면 되오.

블라디미르 (에스트라공에게) 알았지? 겁낼 것 없어. 오히려 복수할 기회가 될지도 몰라.

에스트라공 그러다가 저놈이 덤벼들면?

포조 아니 아니, 절대로 덤벼들진 않소.

블라디미르 그럼 내가 달려가서 도와줄게.

에스트라공 나를 꼭 지켜보고 있어! (그는 럭키에게로 간다)

블라디미르 먼저 죽지나 않았나 살펴보고. 죽었으면 때릴 것도 없으니까.

에스트라공 (럭키를 굽어보고) 숨은 쉬는데.

블라디미르 그럼 한 대 쳐봐!

갑자기 에스트라공이 흥분해서 으르렁대며 럭키에게 발길질을 한다. 그러다
가 제 발을 다치자 앓는 소리를 내면서 절뚝절뚝 물러난다. 럭키가 정신을 차
린다.

에스트라공 (한쪽 다리로 멈춰 서서) 몹쓸 자식!

에스트라공은 바닥에 주저앉아 구두를 벗으려다가 단념하고는 머리를 두
다리 사이에 박고 양팔로 이마를 괸 채 웅크린 자세를 한다.

포조 또 무슨 일이오?

블라디미르 친구가 다쳤다오.

포조 그럼 럭키는?

블라디미르 정말 그놈이오?

포조 뭐라고?

블라디미르 정말 럭키냐 말이오.

포조 무슨 말인지 모르겠군.

블라디미르 그리고 당신은 진짜 포조고?

포조 분명 나는 포조요.

블라디미르 어제의 그 포조란 말이오?

포조 어제라니?

블라디미르 우린 어제도 만났지 않소? (침묵) 생각 안 나요?

포조 난 어제 누구를 만난 기억이 없소. 그리고 내일이 되면 오늘 누구를 만
났는지 또 생각 안 날 것이오. 그러니 내게 뭘 물어본다는 건 쓸데없는 짓이
오. 어쨌건 이런 얘긴 그만합시다. 일어서!

블라디미르 어제는 당신이 저자를 팔려고 생소뵈르에 데려간다고 하지 않았

소? 그리고 우리한테 얘기도 해줬지요. 저자는 춤을 추고 생각도 했어요. 그때는 당신 눈이 잘 보였다고요.

포조   그렇다면 그렇다고 해둡시다. 이젠 날 놓아주시오. (블라디미르가 그에게서 떨어진다) 일어서!

블라디미르   그가 일어났어요

럭키가 일어나서 짐을 든다.

포조   잘됐소.

블라디미르   이제 어디로 가시오?

포조   내 걱정 마시오.

블라디미르   당신 참 많이 변했군요!

럭키가 짐을 들고 포조 앞에 와서 선다.

포조   채찍! (럭키가 짐을 내려놓고 채찍을 찾아 포조에게 준 다음 다시 짐을 든다) 끈! (럭키가 다시 짐을 내려놓고 끈 한쪽 끝을 포조 손에 쥐여주곤 다시 짐을 든다)

블라디미르   그 짐가방엔 뭐가 들어 있나요?

포조   모래요. (그는 끈을 잡아당긴다) 앞으로! (럭키가 움직이기 시작하자 포조가 따라간다)

블라디미르   더 있다 가도 되잖아요.

포조   (멈춰 서서) 난 가겠소.

블라디미르   아무도 도와줄 수 없는 데서 가다가 넘어지면 어쩌려고 그러시오?

포조   일어날 수 있을 때까지 기다려야겠지. 그러고 나서 다시 떠나는 거요.

블라디미르   떠나기 전에 저자한테 노래나 한 곡 시켜주세요.

포조   누구에게 말이오?

블라디미르   저 럭키 말이오.

포조   럭키에게 노래를?

블라디미르 그렇소. 아니면 생각을 하게 하든가. 낭독을 시켜도 좋고.

포조 하지만 저놈은 벙어리인걸.

블라디미르 벙어리라니?

포조 벙어리라서 신음 소리 한마디 못 낸다오.

블라디미르 벙어리라! 언제부터요?

포조 (버럭 화를 내며) 그놈의 시간 얘기를 자꾸 꺼내서 사람을 괴롭히지 마시
오! 말끝마다 언제 언제 하고 물어대다니! 당신, 정신 나간 사람 아니야? 그
냥 어느 날이라고만 하면 됐지. 여느 날과 다름없는 어느 날 저놈은 벙어리
가 되고 난 장님이 된 거요. 그리고 어느 날엔가는 우리는 귀머거리가 될 테
고. 그리고 어느 날 우리는 태어났고, 어느 날 우리는 죽을 거요. 어느 같은
날 같은 순간에 말이오. 그만하면 된 것 아니오? (조금 침착해지며) 여자들은
무덤 위에 걸터앉아 아이를 낳고, 해는 잠깐 희미하게 비추다가 다시 밤이
오는 거요. (그는 끈을 잡아당긴다) 앞으로!

두 사람은 퇴장한다.

블라디미르가 무대 끝까지 그들을 따라가서 그들이 사라지는 것을 지켜본
다. 무엇인가 쓰러지는 소리가 나는데 블라디미르의 몸동작으로 그들이 다시
넘어졌다고 설명한다. 침묵. 블라디미르가 잠들어 있는 에스트라공 쪽으로 와
서 잠시 그를 들여다보더니 흔들어 깨운다.

에스트라공 (질겁한 듯이 횡설수설 중얼거리다가 마침내) 넌 왜 잠도 못 자게 하는
거야?

블라디미르 외로워서.

에스트라공 행복한 꿈을 꾸고 있었는데.

블라디미르 그럼 시간이 잘 지나갔겠구나.

에스트라공 꿈에 말이야…….

블라디미르 듣기 싫어! (침묵) 그자가 진짜로 장님이 되었을까?

에스트라공 누가?

블라디미르 진짜 장님이면 시간관념이 없다는 말을 할까?

에스트라공 누구 얘기야?

블라디미르 포조.

에스트라공 포조가 눈이 멀었대?

블라디미르 그렇다고 했잖아?

에스트라공 그런데?

블라디미르 내가 보기엔 우리가 보이는 것 같았어.

에스트라공 너 꿈을 꾼 모양이구나. (사이) 그만 가자. 이젠 안 되겠다. 안 되고 말고. (사이) 그 작자가 아니었던 게 확실해?

블라디미르 누구?

에스트라공 고도 말이야.

블라디미르 누가 고도라는 거야?

에스트라공 포조.

블라디미르 아니야! 아니고말고! (사이) 절대 아니야.

에스트라공 어쨌든 이젠 일어나야지. (힘겹게 일어선다) 아야!

블라디미르 이젠 무슨 생각을 해야 할지 모르겠군.

에스트라공 내 발! (다시 앉아서 구두를 벗으려 한다) 좀 거들어줘!

블라디미르 남들이 괴로워하는 동안에 나는 자고 있었을까? 지금도 나는 자고 있는 걸까? 내일 잠에서 깨어나면 오늘 일을 어떻게 생각할까? 내 친구 에스트라공과 함께 이 자리에서 밤이 올 때까지 고도를 기다렸다고 말하게 될까? 포조가 그의 짐꾼을 데리고 지나가다가 우리에게 말을 걸었다고 말하게 될까? 아마 그렇겠지. 하지만 그중 어디까지가 사실일까? (에스트라공은 구두를 벗으려고 안간힘을 쓰지만 벗겨지지 않는다. 그는 다시 잠들어버린다. 블라디미르가 그를 바라본다) 저 친구는 아무것도 모르겠지. 다시 얻어맞은 얘기나 할 테고 내게서 당근이나 얻어먹겠지. (사이) 여자들은 무덤 위에 걸터앉아 난산을 하고 구덩이 밑에서는 일꾼이 꿈속에서처럼 곡괭이질을 하고. 사람들은 서서히 늙어가고 하늘은 우리의 외침으로 가득 찼구나. (귀를 기울인다) 하지만 습관은 우리의 귀를 틀어막지. (에스트라공을 바라본다) 나 또한 다른 사람들이 바라보고 있겠지. 그리고 말하겠지. 저 친구는 잠들어 있다. 아무것도 모른다. 자게 내버려두자고. (사이) 더는 버틸 수가 없구나. (사이) 지금 내가 무슨 말을 지껄였지?

그는 정신없이 왔다 갔다 하더니 마침내 무대 왼쪽 출입구 가까이 다가가 먼 곳을 바라본다. 오른쪽에서 어제 왔던 소년이 들어온다. 걸음을 멈춘다. 침묵.

소년 아저씨…… (블라디미르가 돌아선다) 알베르 씨…….
블라디미르 또 시작이로구나. (사이. 소년에게) 너 나 모르겠니?
소년 모르겠어요, 아저씨.
블라디미르 너 어제도 왔었지?
소년 아니요, 아저씨.
블라디미르 그럼 오늘 처음 오는 거냐?
소년 네, 아저씨.

침묵.

블라디미르 고도 씨가 보낸 거지?
소년 네, 아저씨.
블라디미르 오늘 밤에는 못 오겠다는 얘기겠지?
소년 네, 아저씨.
블라디미르 하지만 내일은 온다는 거고?
소년 네, 아저씨.
블라디미르 내일은 틀림없겠지?
소년 네, 아저씨.

침묵.

블라디미르 오다가 누굴 만나지 않았니?
소년 아뇨, 아저씨.
블라디미르 두…… (망설이다가) 사람 말이다.

소년 아무도 못 봤어요, 아저씨.

　침묵.

블라디미르 그래. 고도 씨는 뭘 하고 계시니? (사이) 내 말 듣고 있는 거니?
소년 네, 아저씨.
블라디미르 그럼?
소년 아무것도 안 해요, 아저씨.

　침묵.

블라디미르 너의 형은 잘 있냐?
소년 형은 아파요, 아저씨.
블라디미르 그럼 어제 온 건 형이었나 보구나.
소년 모르겠어요, 아저씨.

　침묵.

블라디미르 수염이 있냐, 고도 씨는?
소년 네, 아저씨.
블라디미르 노란 수염이냐. 아니면······ (망설이다가) 까만 수염이냐?
소년 (망설이다가) 흰 수염 같아요, 아저씨.

　침묵.

블라디미르 그리스도여, 우리에게 자비를!

　침묵.

소년 고도 씨에게 가서 뭐라고 할까요, 아저씨?

블라디미르 가서 말해라…… (말을 멈춤) ……나를 만났다고 하고 또…… (생각한다) ……그냥 나를 만났다고만 해. (사이. 블라디미르가 앞으로 나오자 소년은 물러선다. 블라디미르가 멈추니 소년도 멈춰 선다) 틀림없이 넌 나를 만났어. 내일이 되면 또 나를 만난 일이 없다는 소리는 안 하겠지?

침묵. 블라디미르가 갑자기 달려들려 하자 소년은 쏜살같이 달아난다. 침묵. 해가 지고 달이 떠오른다. 블라디미르는 그 자리에서 꼼짝도 하지 않는다. 잠에서 깨어난 에스트라공이 구두를 벗고 일어선다. 손에 든 구두를 무대 앞쪽에 갖다놓고 블라디미르 쪽으로 가며 그를 바라본다.

에스트라공 무슨 일이 있었나?

블라디미르 아니, 아무 일도.

에스트라공 난 가겠어.

블라디미르 나도 가야지.

침묵.

에스트라공 내가 오래 잤나?

블라디미르 모르겠어.

침묵.

에스트라공 어디로 갈까?

블라디미르 멀리 갈 순 없지.

에스트라공 아냐, 아냐. 여기서 멀리 가버리자!

블라디미르 그럴 순 없어.

에스트라공 왜?

블라디미르 내일 다시 와야 하니까.

에스트라공 뭣 하러 또 와?

블라디미르 고도를 기다리러.

에스트라공 참 그렇지. (사이) 아직 안 왔어?

블라디미르 안 왔어.

에스트라공 지금은 너무 늦었는데.

블라디미르 그래 밤이 됐구나.

에스트라공 바람맞혀 버릴까? (사이) 우리가 바람을 맞혀버리는 게 어때?

블라디미르 우리에게 벌을 내릴걸. (침묵. 나무를 바라본다) 나무만이 살아 있군.

에스트라공 (나무를 바라보며) 저게 뭐야?

블라디미르 나무지.

에스트라공 아니, 무슨 나무냔 말이야.

블라디미르 모르겠어. 버드나무인 것 같은데.

에스트라공 가서 보자. (블라디미르를 끌고 나무 가까이로 간다. 나무 앞에서 움직이지 않는다. 침묵) 우리 목이나 맬까?

블라디미르 뭘 가지고?

에스트라공 너 끈이라도 없어?

블라디미르 없어.

에스트라공 그럼 안 되겠군.

블라디미르 가자.

에스트라공 잠깐만. 내 허리띠가 있어.

블라디미르 그건 너무 짧아.

에스트라공 네가 내 다리를 잡아당겨 주면 되잖아.

블라디미르 그럼 내 다리는 누가 잡아당겨 주는데?

에스트라공 참 그렇구나.

블라디미르 어쨌든 어떻게 되는지 해보기나 하자. (에스트라공이 바지에 매어 있던 끈을 푼다. 바지통이 너무 커서 발목까지 흘러내린다. 둘은 끈을 살펴본다) 이걸로도 안 될 건 없겠어. 하지만 튼튼할까?

에스트라공 어디 보자. 잡아.

두 사람은 저마다 한쪽 끝을 잡아당긴다. 끈이 끊어지는 바람에 둘은 넘어질 뻔한다.

블라디미르   아무짝에도 못 쓰겠군.

　침묵.

에스트라공   정말 내일 또 와야 하나?
블라디미르   그래.
에스트라공   그럼 내일은 튼튼한 끈을 가지고 오자.
블라디미르   그래.

　침묵.

에스트라공   디디?
블라디미르   응.
에스트라공   이 짓은 이제 더 못하겠어.
블라디미르   입으로는 모두 그렇게 말하지.
에스트라공   우리 헤어지는 게 어떨까? 그게 나을지도 몰라.
블라디미르   내일 목이나 매자. (사이) 고도가 안 오면 말이야.
에스트라공   그가 온다면?
블라디미르   그럼 사는 거지.

　블라디미르가 모자를 벗는다. 럭키의 모자다. 그는 모자 안을 들여다보고 손을 넣어보고 털어보고 나서 다시 쓴다.

에스트라공   그럼 갈까?
블라디미르   바지나 추켜올려.
에스트라공   뭐라고?

블라디미르 바지나 추켜올리라고.

에스트라공 바지를 벗으라고?

블라디미르 추—켜—올리라니까.

에스트라공 참, 그렇구나.

그는 바지를 추켜올린다. 침묵.

블라디미르 그럼 갈까?

에스트라공 가자.

그러나 둘은 움직이지 않는다.

Molloy

몰로이

제1부

나는 어머니 방에 있다. 이제 여기서 내가 산다. 어떻게 내가 이곳에 오게 되었는지 모른다. 아마 구급차에 실려 왔거나, 어떤 차에 실려 온 것만은 확실하다. 누군가가 날 도와주었다. 나 혼자서는 올 수 없었을 것이다. 매주 오는 이 사람, 아마 내가 여기 있게 된 게 이 사람의 도움일지도 모른다. 자신은 아니라고 하지만. 그는 나에게 돈을 조금 주고는 원고를 가져간다. 원고지 매수가 많을수록 돈을 더 많이 준다. 그렇다. 나는 요즘, 예전처럼 조금씩 일을 하고 있다. 하지만 때때로 일하던 방식이 생각나지 않을 때가 있다. 그런 건 그리 중요하지 않다. 나는 이제 내게 남은 것들에 대해 말한 뒤 작별을 하고 죽고 싶다. 그 사람들은 그걸 원치 않는다. 그렇다. 그들은 여럿이고 아마도 그럴 것이다. 그러나 늘 같은 사람이 오고 그 사람이, 당신은 나중에 그걸 하실 수 있을 겁니다 하고 말한다. 좋다. 솔직히 말해 나에겐 더는 의욕이란 게 없다.

그 사람은 내가 새로 쓴 원고를 가지러 올 때마다 지난주에 가져간 원고를 다시 가져온다. 거기엔 이해할 수 없는 기호들이 표시되어 있다. 그런데 나는 두 번 다시 그것을 읽지 않는다. 그 사람은 내가 한 글자도 안 쓰면 돈을 한 푼도 안 주고 나를 나무라기만 한다. 하지만 나는 돈을 위해 일하지 않는다. 그럼 무얼 위해? 모르겠다. 솔직히, 나는 아는 게 별로 없다. 예를 들어 어머니 죽음에 대해서만 해도 그렇다. 내가 왔을 때 이미 어머니는 돌아가셨는지? 아니면 좀 뒤에 돌아가셨는지? 돌아가셨다는 것은 땅에 묻혔다는 말이 아닌가? 모르겠다. 아니, 아직 묻히지 않았을지도 모른다. 어찌 됐든, 나는 지금 어머니 방을 쓰고 있다. 어머니 침대에서 자고, 어머니 변기에서 일을 본다. 내가 어머니의 자리를 차지했다. 갈수록 나는 어머니를 닮아가는 게 분명하다. 지금 내게 필요한 건 아들뿐이다. 아마 어딘가에 아들이 하나 있을지도 모른다. 하지만 가물가물하다. 지금쯤이면 거의 나만큼 늙었을 미천한 하녀가 있었다. 진실한 사랑은 아니었고, 도리어 내 진정한 사랑은 다른 여자였다. 곧 알게 될 것이다. 그녀의 이름은 또 잊어버렸다. 되짚어보면 내가 내 아들을 알았던 것 같기도 하고, 내가 그를 돌보기도 한 것 같다. 그러나 나는 그럴 리가 없으리라 생각한다. 내가 다른 사람을 돌본다는 것은 있을 수 없는 일이다. 나는 철자법도 잊어버렸고, 말도 절반은 잊어버렸다. 그런 건 중요치 않지만 아마도 그런 것 같다. 나를 보러 오는 사람은 좋긴 하지만 참 이상하다. 그는 매주 일요일마다 오고 다른 날엔 오지 않는다. 그는 늘 목말라했다. 내가 시작을 잘못했으며, 달리 시작했어야 한다고 말한 것도 그 사람이다. 분명 나도 그렇게 생각한다. 나는 바보 멍청이처럼 처음부터 무턱대고 시작했으니까. 이런 일을 상상할 수 있을까? 여기 내가 쓴 첫 문장이 있다. 왜냐하면 그들이 그 첫 문장을 분명히 보관해 두었기 때문이다. 이걸 쓰려고 얼마나 고민을 했던가. 나에게 엄청난 걱정거리를 안겨줬던 그 첫 문장이 여기 있다. 이 첫 문장을 사람들은 이해할 수 있을까? 반대로 이젠 거의 끝부분이다. 지금 내가 쓰는 것은 좀 나은가? 잘 모르겠고 문제는 그게 아니다. 이게 내가 쓴 글머리다. 그들이 이걸 간직하는 걸 보면, 첫 문장에 나름대로 의미가 있는 게 분명하다.

내 생각에 한 번은 더 쓸 수 있겠지만, 그러고 나면 이 글쓰기의 세계와 마지막이 될 것 같다. 지금이 마지막에서 두 번째라는 예감이 든다. 모든 것이 희미해진다. 조금만 더 지나면 눈이 멀 것 같다. 머릿속이 그렇다. 머리가 더 이상 돌아가지 않아서, 난 더 이상 머리를 쓸 수 없다. 또 말을 잃어가고 소리들은 점점 약해진다. 이제 겨우 문턱을 넘었는데 이 모양이다. 머리가 그렇다. 그래서 사람들이 이렇게 말한다. 아마 한 번은 더 쓸 거야. 그러고 나서 한 번쯤은 더 가능하겠지만, 그러면 끝일 거야. 하나의 감각마다 하나의 생각이 표현되니 이런 생각을 잘 정리하는 일은 쉽지 않다. 그래서 희미한 것들을 주의 깊게 생각하고 관심을 기울인다. 잘못은 나에게 있다. 잘못? 그래 잘못 말이다. 하지만 무슨 잘못인가? 작별이 잘못은 아니다. 그 희미함 속에 무슨 마력이 있다고 생각되어 다음번에 지나갈 때, 충분히 시간을 두고 하는 작별 인사는 잘못이 아니다. 어찌 됐든 사람들은 작별을 고해야 하니까. 적절한 때에 작별하지 않는 것은 어리석은 일이다. 우리는 과거에 비추어진 형상과 빛들을 생각할 때 아무런 미련을 두지 않는다. 그뿐만 아니라 우리는 그런 형상들 따위는 생각지도 않는다. 무얼 가지고 그런 생각을 하겠는가? 나는 모르겠다. 사람들은 남과 달라 보이려 애쓰지만 쉽지 않고, 오히려 그건 맥 빠지는 일이다. 나는 A와 B가 자신들이 무엇을 하고 있는지 깨닫지도 못한 채, 어느 시골 놀랄 만큼 텅 빈 길에서, 그러니까 산울타리나 배수로나 어떤 모퉁이 하나 없는 길에서 서로를 향해 천천히 걸어가는 것을 보았다. 그 시골은 저녁의 침묵 속, 드넓은 들판에서 암소들이 눕거나 서서 되새김질을 하고 있었다. 내가 조금은 지어낼 수도 있고 어느 정도 꾸밀 수도 있지만, 대체로 그랬었다. 암소들은 씹고, 그다음엔 삼키고, 또 그다음엔 조금 멈췄다가 힘도 안 들인 채 다음에 되새김할 것을 한 입 토해 냈다. 목의 힘줄 하나가 움직이고 턱뼈들이 다시 부수기 시작했다.

그것은 아마 내 기억인지 모른다. 그 시골길은 하얗고 단단했는데, 부드러운 초원을 급히 굽이치며 언덕과 움푹 꺼진 구덩이의 높낮이를 따라 오르락내리락하고 있었다. 읍내는 멀지 않았다. 그들은 틀림없이 두 남자였고, 한 사람은 키가 크고 한 사람은 작았다. 그들은 읍내에서 먼저 한 사람이 그다음엔 다른 사람이 떠나왔다. 먼저 나온 사람은 지쳤는지 혹은 무슨 할 일이 생각나서인지 다시 돌아오고 있었다. 모두 단단히 외투를 입고 있었던 것으로 보아 공기는 매우 차가운 듯했다. 그들은 서로 비슷하게 보였지만, 다른 사람들에 비해 특별히 더 비슷한 것은 아니었다. 처음에는 넓은 공간이 그들 사이를 떼어놓고 있었다. 그들이 머리를 들거나 눈으로 서로를 찾았다고 해도 그 넓은 공간과 땅의 기복 때문에, 그들은 서로를 볼 수 없었다.

그러나 두 사람 모두 움푹한 곳으로 내려가는 순간이 왔으며, 드디어 그들은 그 움푹한 곳에서 만났다. 서로가 아는 사이라고 말하려 했지만, 아니다. 그걸 단정 지을 것은 아무것도 없다. 하지만 아마도 그들은 서로의 발소리 또는 분명치 않은 어떤 보호본능에 따라 고개를 들었고, 열다섯 걸음 남짓 걷는 동안 서로를 살핀 뒤 가슴팍을 마주하고 멈춰 섰다. 그렇다. 그들은 결코 서로를 지나치지 않았고 흔히 시골에서 저녁때, 인적 없는 길에서 낯모르는 두 도보 산책자가 만난 듯 서로 마주 보고 바짝 다가서며 멈춰 섰다. 이상할 게 전혀 없는 일이었다. 아마도 그들은 서로 아는 사이일 수도 있었다. 어찌 됐든 내 생각엔 이제 그들은 서로를 알고 서로 반기게 될 것이며, 심지어 읍내 한복판에서라도 서로 인사를 나누게 될 것이다.

그들은 먼 동쪽 평원을 넘어 이지러지는 하늘이 떠오르는 바다 쪽으로 몸을 돌렸다. 그 뒤 서로 몇 마디 말을 주고받았다. 그런 다음 그들은 저마다의 길을 계속 갔다. A는 읍내 쪽으로 다시 향했고, B는 마치 머릿속에 이정표를 박아놓으려는 사람처럼 불확실한 걸음으로 나아가면서 자주 발길을 멈추고 주변을 둘러보았다. 어쩌면 B는 우리가 언젠가 간 길을 되돌아와야 할 때 전혀 모르는 길로 인도하려는 것 같았다. 기만적으로 위험한 그 언덕들에 대해서는 멀리서도 오직 그만이 알고 있는 게 분명했다. 어쩌면 자신의 방 창문에서, 또는 어느 우울한 날에 높은 곳에서 위안을 찾으려고, 동전 몇 개를 내고 나선형 계단으로 천천히, 더 천천히 전망대까지 기어 올라갔던 어느 기념탑 꼭대기에서 그 위험한 언덕들을 보았던 적이 있었으리라.

거기서 그는 모든 것을 보았을 것이다. 평원, 바다 그리고 어떤 사람들은 산이라고 부르는 바로 이 똑같은 언덕들을. 그것은 저녁 빛 속에서 군데군데 쪽 빛들이 감춰진 계곡들로 쪼개져, 하늘과 맞닿은 윤곽선에 가득 차 있었다. 감춰진 계곡들은 두드러지는 빛깔의 차이와 다른 표시들로 인해서 구별이 되었다. 하지만 그런 높이에서도 우리는 모든 골짜기를 구별할 수는 없었다. 흔히 산허리나 산마루는 하나밖에 안 보이는 곳에도 사실은 두 개, 즉 골짜기 하나로 갈라진 두 개의 산허리나 두 개의 산마루가 있었다. 그런데 그는 이제 이 언덕들을 알고 있고, 말하자면 더 잘 알고 있었다. 혹시 그가 멀리서 다시 한번 이 언덕들을 바라보게 된다면, 내 생각에 그는 다른 눈으로 바라볼 것이다. 그럴 때 보이는 것은 내면적으로도 전혀 보이지 않는 그의 모든 내적 공간, 즉 머리와 마음, 감정과 생각이 밤의 축제를 벌이며 모두가 아주 다르게 배치된 상태이리라. 몇 해가 흐른 뒤 그는 늙어 보였고, 그가 혼자 가는 모습이 불쌍하고 가련해 보였다. 그렇게나 많은 세월, 많은 낮과 밤을 아낌없이 그 소문에 귀를 기울였는데…… 태어날 때부터 그리고 그 이전부터도 일어났던 그 소문. 어떻게 하지? 어떻게 하지? 때로는 속삭임처럼 낮고, 때로는 호텔 지배인이 음료수는 무엇으로 하시겠습니까? 하고 묻는 말처럼 뚜렷하고, 더 나아가 자주 울부짖음으로까지 부풀어 오르는 그 소리들. 마침내 해 질 무렵, 혼자 가기 위해 지팡이를 하나 들고 모르는 길을 지나 멀리 떠난다. 그것은 단단한 지팡이였는데, 앞길을 헤치거나 개나 강도들로부터 자신을 지키기 위해 그 지팡이를 썼다.

그렇다. 밤은 짙어가고 있었지만, 그 남자는 너무나 순수해서 아무것도 두려워하지 않았다. 아니, 두려움에 차서 가고 있었을지라도 두려워할 필요는 없었다. 아무도 그에게 무슨 짓을 할 수 없었다. 하지만 그런 사실을 아마도 그는 모르고 있었던 것 같다. 내가 그였더라도 몰랐을 것이다. 그는 순수해서 자신이 육체적으로든 정신적으로든 위협을 받고 있다고 여겼다. 아니 아마 그들은 위협을 받고 있었는지도 모른다. 그런데 순수함이 여기서 무슨 상관이람? 그것이 셀 수 없이 많은 악당과 무슨 관계가 있단 말인가? 그것은 분명하지 않다. 그는 뾰족한 모자를 쓰고 있었다. 나에겐 그렇게 보였다. 내가 그것을 보고 놀랐던 게 기억나는데, 만약 그것이 챙이 달린 모자나 중산모였다고 해도 나는 그렇게 놀라지는 않았을 것이다. 그는 자신을 에워싼 불안에 사로잡혀 있었고, 나는 멀어져 가는 그를 바라보았다. 그는 나를 보지 않았다. 나는 길의 가장 높은 곳에서 쭈그리고 앉아 있었고, 나와 같은 색깔이며 그가 보았을지도 모를 회색 바위에 기대어 꼼짝도 안 했다. 이미 말한 대로, 그는 마치 길의 특징을 기억 속에 새겨 넣으려는 듯이 주변을 두리번거렸다. 그는 내가 그 그늘에, 벨라쿠아인지 소르델로처럼 웅크리고 앉아 있었던 것을 분명 보았으리라.

그런데 사람은, 하물며 나조차 길의 특징들 가운데 포함되지 않았다. 혹시라도 그가 어느 날 시간이 한참 흐른 뒤에 제자로서, 혹은 잃어버린 어떤 것을 찾거나 뭔가를 끝장내려고 이곳을 다시 지나가게 된다면, 그의 눈으로 찾는 것은 바위이지 그 그늘 속에 우연히 있었던 이 육체가 아닐 것이다. 그렇다. 내가 이미 말한 이유로, 그리고 그날 저녁은 그가 살아 있는 것에는 신경을 쓰지 않았으며 늙은이는 물론이고 어린아이라도 흉볼 만한 것에 신경을 쓰고 있었기 때문이다. 그는 나를 보지 않은 것이 확실하다. 어찌 됐든 말하자면, 그가 나를 보았든 보지 않았든 나는 그가 뒤로 멀어져 가는 모습을 보고 그를 따라가고 싶은 욕망으로 고민했다. 그를 따라잡아 그에 대해 더 잘 알아 나 자신의 외로움을 덜기 위해서였다.

그를 향한 내 마음의 그러한 충동에도 불구하고, 그 충동의 탄성이 극도에 이르자, 나는 그를 잘 볼 수가 없었다. 그것은 어둠 때문이기도 하고, 사라졌다가 조금 멀리서 더 앞으로 나타나곤 했던 지형 때문이기도 했다. 하지만 잘 보이지 않은 가장 큰 이유는 무엇보다도 나를 불러대던 다른 것들 때문이었을 것이다. 그리고 이번에는 내 영혼도 그것들을 향해 똑같이 두서없이, 그리고 미친 듯이 내달리기 시작했다. 내가 말하고 있는 그것들은 당연히 이슬 아래 하얗게 변해 가고 있던 들판, 떠돌아다니길 멈추고 밤을 맞을 자세를 취하고 있던 동물들, 내가 아무 말도 하지 않으려는 바다, 점점 날렵해지는 산등성이들의 선, 그 산등성이들이 보이지 않는 곳에 있는 첫 별들의 떨림이 느껴진 하늘, 무릎 위에 놓인 내 손, 그리고 무엇보다도 A인지 B인지 더 이상 기억할 수는 없지만 지혜롭게 자기 집으로 돌아간 또 다른 산책자였다. 그렇다. 내 무릎으로 떨림을 느꼈으나 눈으로는 손목과 손가락 관절, 힘줄이 굵은 손등, 그리고 하얀 첫째 마디들밖엔 보이지 않았던 내 손을 향해서 내 마음은 달음질쳤다. 하지만 지금 내가 말하고자 하는 것은 이 손이 아니라, 방금 떠나온 읍내 쪽으로 가고 있는 그 A인지 B였다. 요컨대, 그의 태도 속에는 특별히 읍내 사람다운 그 무엇이 있었던가? 그는 모자를 쓰지 않았고, 운동화를 신었으며, 시가를 피우고 있었다. 그는 한가롭게 느린 걸음으로 거닐고 있었는데, 하지만 이 모든 것을 증명하거나 부정하는 것은 아무것도 없었다. 그는 멀리서 심지어 섬의 반대쪽 끝에서 왔을지도 모르며, 처음으로 읍내에 가고 있었거나, 오랫동안 떠나 있다가 거기로 돌아오는 중일지도 모른다. 작은 개 한 마리가 그의 뒤를 따라가고 있었는데, 아마 포메라니안이었던 것으로 기억한다. 아니, 잘 모르겠다. 비록 그것에 대해 거의 생각해 본 적은 없지만, 나는 그 무렵에도 확신할 수 없었고 오늘도 그렇다. 그 작은 개는 잘 따라가지 못했는데, 포메라니안이 보통 하는 식으로 멈춰서 천천히 빙빙 돌다가 그만두고, 또 앞으로 좀 더 나서다가 다시 그 행동을 되풀이했다. 미리 설정된 순간에 신사는 되돌아와서 개를 팔에 안고, 입에서 시가를 뺀 뒤 포메라니안의 양털 같은 오렌지색 털 속에 얼굴을 묻었다. 그 사람은 신사였다. 그것은 분명했다. 그렇다. 그 개는 오렌지색 포메라니안이었다. 생각하면 할수록 그렇다는 확신이 든다. 그렇다고 하자. 그런데 그 신사는 멀리서 오는 길이었을까? 모자를 쓰지 않고, 운동화를 신고, 입에 시가를 물고, 포메라니안 한 마리를 뒤따르게 하고서? 그는 성벽 꼭대기에서 나온 것 같았다. 저녁을 잘 먹은 뒤 날씨가 좋을 때 많은 읍내 사람이 하는 것처럼 개도 산책시킬 겸 자기도 산책과 몽상에 잠겨 방귀를 뀌면서? 하지만 그 시가도 곰방대가 아니었을까. 그 운동화는 먼지로 하얗게 된 징 박은 구두가 아니었을까. 그리고 그 개는 길을 잃은 개였는데 주워 팔에 안았다고 한들 누가 뭐라고 말할 수 있겠는가? 그것은 동정심 때문에, 혹은 벗이라고는 오직 끝없는 이 길들과 모래, 자갈, 늪지, 히스와 같은 자연, 그리고 아주 오랜만에 만났지만 그가 너무 친근감을 보일까 두려워 의심의 눈초리로 지나치고 마는 친구밖에 없기 때문일까? 드디어 어느 날, 그대에게 뻗쳐줄 팔이 없는 이 세상에서 지칠 대로 지친 나머지, 옴투성이의 개들을 붙잡아 서로 좋아하게 될 때까지 안고 다니다 마침내 그것을 내팽개치는 그날까지. 아마도 그는 겉보기와는 달리, 그 지경에까지 이르렀는지도 모른다. 그는 연기 나는 것을 손에 들고, 머리를 가슴에 묻은 채 사라져버렸다. 설명을 하자면 이렇다. 나는 적당한 때에 막 사라지려고 하는 물체들로부터 눈길을 뗐다. 눈에 보이지 않을 때조차도 그것들을 지켜보지는 않았다.

이런 의미에서 그는 사라졌다. 나는 눈을 다른 데로 향하고 그에 대해 생각하면서, 그가 줄어든다, 점점 줄어든다, 하면서 혼잣말을 했다. 나는 내가 정의한 의미를 잘 알고 있었다. 비록 나는 엉망이 돼버린 불구였으나, 그를 따라잡을 수는 있었다. 나는 그것을 원하는 수밖에 없다. 하지만 그럼에도 그렇게 하지 않았다. 몸을 일으켜 길을 따라 절뚝거리며 내려가서 그를 추적하고 소리쳐 부르는 것, 그보다 더 쉬운 일이 어디 있겠는가? 그는 내가 외치는 소리를 듣고 뒤돌아서서 나를 기다린다. 나는 그와 그 개를 등지고서 힘겹게 헐떡거리며 그 길을 올라간다. 그는 나에 대해 조금은 겁을 먹고, 나를 동정한다. 나는 그가 전혀 혐오스럽지 않다. 내 꼴은 볼품없고, 냄새도 좋지 않다. 내가 원하는 게 뭐냐고? 나는 가까이에서 개를 보고 싶고, 그 남자도 보고 싶고, 연기 나는 것이 무엇인지 알고 싶고, 신발도 잘 살펴보고 다른 것도 다 알아내고 싶다. 그는 나에게 친절하게 이것저것을 말해 주고, 그가 어디서 와서 어디로 가는지 알려 줬다. 나는 그의 말을 믿고 그것이 내게 유일한 기회임을 알았다. 나는 사람들이 나에 대해 하는 모든 말을 믿는다. 긴 인생을 살아오는 동안 나는 과대평가는 거부했지만 지금은 게걸스럽게 그 모든 것을 삼켜버린다. 지금 내가 필요로 하는 것은 이야기들이며, 이것을 알아차리는 데까지 너무 오랜 시간이 걸렸다. 그것도 확신할 수는 없다. 자 그래서 몇몇 문제가 풀린다. 나는 그에 대해 몰랐던 몇 가지를 알게 된다. 내가 알지 못했던 것들, 알려고 갈망해 왔던 것들, 내가 별로 생각하지 않았던 것들까지. 참말이지 길고 복잡하다. 나는 그의 직업까지도 거뜬히 알아낼 수 있었다. 원래 직업에 대해 무척 관심이 많으니까. 그리고 그것은 내 이야기를 하지 않으려고 최선을 다하기 위해서였다. 가능하면 잠시 뒤 나는 암소와 하늘에 대해 말하리라.

나는 그곳에 있고, 그는 나를 떠난다. 그는 급해지지만, 급해 보이지는 않았다. 어정거리며 천천히 걷고 있었다. 난 이미 그것들에 대해서 말한 바 있었으나, 3분 동안 나와 대화를 나눈 뒤 그는 급해진다. 서둘러 가야 한다. 나는 그를 믿는다. 그리고 또다시 나는 혼자서는 말하지 않는 나에게로 온다. 아니, 난 결코 나 자신을 떠나 자유롭지 않았다. 자유의 뜻을 모르지만 그건 내가 쓰려는 말이다. 무엇을 하려고 자유로운가. 그것은 아무것도 하지 않을 자유, 알 자유. 하지만 아마도 양심의 법칙들이 아니라 그저 나의 마음을 알 자유이다. 예를 들어 물속에 잠긴 사람들은 물이 차오를수록 더 나아질 뿐 적어도 나빠지지는 않는 것처럼 내용을 차라리 지워버릴지라도 여백들을 까맣게 채우지는 않으리라는 마음이 자유이다. 만일 그렇게 문장의 구멍들을 모두 까맣고 평이하게 될 때까지 메운다면, 전체적으로 그렇게 무시무시한 사업은 서투른 감각에다 웅변 솜씨가 없게 되며 결과도 없는 비참한 상황처럼 보이게 된다. 그러므로 나는 차라리 지우는 자유를 누리는 것이다. 그래서 내 관찰 지점으로부터 움직이지 않은 것은 적어도 잘못이 아닌 분명 더 잘한 일이다. 하지만 관찰하는 대신, 나는 영혼의 연약함에 빠져 지팡이를 든 남자에게로 향했다. 그때 다시 혼자 속삭임을 시작했다. 침묵을 다시 가져오는 것, 그것은 사물들의 역할이다. 나는 혼잣말을 했다. 그가 단지 바람을 쐬러 나온 건지, 긴장과 무감각한 몸을 풀고 충혈된 두뇌를 식히며 편안한 밤과 상쾌한 기상을 위해 나온 건지 누가 알겠는가.

그는 배낭 하나쯤의 분량은 메고 있었던가? 그런데 그 발걸음, 근심스러운 눈길, 곤봉, 그것들은 한 바퀴만 돌고 온다는 개념과는 어울리지 않았다. 하지만 그 구식 읍내 모자는 바람이 조금만 불어도 저 멀리 날아갔을 것이다. 끈이나 고무줄로 턱 밑에 묶여 있지 않기에 하는 말이다. 나는 내 모자를 벗어 쳐다보았다. 긴 레이스 끈 하나가 계절에 상관없이 같은 단춧구멍으로 이어주고 있다. 그래서 난 살아 있다. 그래야 쓸모 있을 것이다. 나는 모자를 잡았던 손, 여전히 그것을 잡고 있던 그 손을 될 수 있는 한 내게서 멀리 떼어 왔다 갔다 하며 활 모양을 그렸다. 이렇게 하면서 내 외투 깃을 쳐다보니 앞깃이 열리고 닫히는 것이 보였다. 지금까지 나는 왜 꽃 한 다발을 꽂아도 될 만큼 큰 단춧구멍에 한 번도 꽃을 꽂지 않았는지 이제야 알았다.

내 단춧구멍은 내 모자를 위해 마련된 것이었다. 내가 꽃을 꽂던 곳은 내 모자였다. 하지만 지금 내가 말하려던 것은 내 모자도, 외투도 아니다. 그것은 아직 너무 이르다. 그것들에 대해선 잃어버리지 않고 나중에 내 재산과 소유물의 목록을 작성할 때나 말하게 되리라. 하지만 잃어버린다고 해도 그것들은 내 재산 목록 안에 제자리를 차지할 것이다. 그리고 내 정신은 평온하니 그것들을 잃어버릴 염려는 없다. 내 목발도 잃어버리지 않을 것이다. 하지만 언젠가 그것을 내던져버릴 수도 있다. 나는 꽤 높은 언덕 꼭대기나 비탈에 있었던 게 분명하다. 그렇지 않았다면 내가 어떻게 멀거나 가까이에 멈추거나 움직이는 것들을 그토록 많이 내려다보겠는가. 그런데 거의 굴곡이 없는 그 풍경에 높은 언덕이 있다니 뜻밖이었다. 그리고 나는 그곳에서 무엇을 했었는가. 왜 갔을까? 이것은 앞으로 우리가 발견하려는 것이다. 그런데 이것들을 너무 심각하게 생각하면 안 되리라. 자연 속에는 겉으로 보기에 모든 것 가운데 조금만 있는 듯하고, 얼룩이 진 이상한 것들도 수두룩하니까. 게다가 아마도 내가 다른 여러 경우들과 시점들을 혼동할지도 모른다. 밑바닥, 그것은 나의 거처다. 오, 맨 밑바닥은 아닌 거품과 진흙탕 사이의 어떤 곳이다. 그래서 아마 이러했을지도 모른다. 어느 날은 A가 어느 장소에 다른 날은 B가 다른 장소에 그다음 또 세 번째 날은 바위와 내가 각각 다른 장소에 그리고 다른 구성 요소들인 암소, 하늘, 바다, 산들도 그런 식이다. 난 그것을 믿을 수 없다. 아니, 거짓말은 안 하겠다. 나는 그것을 쉽게 생각할 수 있다. 그런 것은 아무래도 좋으니, 계속하자. 마치 모든 것이 같은 하나로부터, 똑같은 권태로부터 솟아난 것처럼 해보자.

쌓아 올리고 쌓아 올려서 여백과 빛조차 없을 때까지 쌓아 올리고자 한다. 분명한 사실은 지팡이를 든 남자가 그날 밤 거기를 다시 지나가지 않았다는 것이다. 지나갔다면 내가 그의 소리를 들었을 테니까. 나는 그를 보았을 거라고 말하지 않고, 들었을 거라고 말했다. 나는 밤에는 잠을 별로 자지 않으며, 그나마 조금 자는 것도 낮에 잔다. 나는 끝없이 오래 사는 동안에 모든 잠을 겪어보았는데, 지금 내가 떠올리고 있는 그 무렵엔 낮에 잠을 잤고 게다가 아침에 잤다. 나는 달 이야기를 듣고 싶지 않다. 나의 밤엔 달이 없으니까 말이다. 만약에 내가 별을 이야기하게 된다면 그것은 실수이다. 그런데 그날 밤 모든 소리 가운데 그 불확실한 무거운 발걸음 소리나, 그가 땅을 쳐서 울렸던 곤봉 소리는 전혀 들리지 않았다. 조금 긴 망설임의 기간 뒤 첫인상이 확고히 고정된다면 얼마나 즐거운가. 그것은 아마도 죽음의 공포를 달래주는 것이리라. 나는 마침내 B에 대한 첫인상을 확고히 하는 식으로 즐겁지는 못했다. 동트기 조금 전에 우당탕거리며 시장으로 과일과 버터, 치즈를 싣고 지나가던 짐수레들과 짐마차들이 있었는데, 그 가운데 그 사람이 피로나 낙심에 빠져 다 죽은 채로 발견될 것 같았다. 혹은 내가 듣지 못할 만큼 먼 다른 길을 통해 그가 읍내로 들어섰을 수도 있고, 아니면 풀을 조용히 짓밟고 잠잠한 땅을 다지면서 좁은 오솔길을 통해 돌아갔을 수도 있다. 이렇게 나는 당황한 내 작은 세계에서 중얼거리는 속삭임들과 두 태양 사이에서 머물렀다. 지나가는 서로 다른 모든 이방인들 사이에서 고립된 채 그 까마득한 밤에서 나왔다. 나는 단 한 번도 사람의 목소리를 듣지 못했다. 다만 농부들이 지나갈 때 젖을 짜달라고 헛되이 불러대던 암소들 소리만 들었다. A와 B, 나는 그들을 결코 다시 보지 못했다. 그러나 다시 보게 될 수도 있다. 하지만 내가 그들을 알아볼 수 있을까? 그리고 나는 그들을 한 번도 보지 않았다고 확신할 수 있을까?

그런데 나는 본다, 다시 본다를 무슨 뜻으로 생각하는가? 어려운 질문들로 시끄럽기 전에 잠시 침묵해 보자. 마치 오케스트라의 지휘자가 보면대를 탁 치고 두 팔을 올릴 때처럼. 저녁 무렵 친구에 대한 욕망 주위로 뿌려진 연기, 지팡이들, 육체, 머리털. 나의 수치심을 가리기 위해서는 이 누더기들을 잘도 불러낼 수 있다. 이 말이 무슨 뜻인지는 모르겠지만 이젠 난 늘 궁금하지 않을 것이다. 그런데 친구에 대한 욕망에 대해서는, 나는 11시와 정오 사이에 잠에서 깨어나 (얼마 안 되어, 예수의 부활을 기념하는 삼종기도의 종소리를 들었다) 어머니를 보러 갔던 기억을 더듬어본다. 어머니를 보러 가려고 작정하려면, 속성의 이유들이 필요했다. 그리고 난 무엇을 해야 할지, 어디로 가야 할지 몰랐기에 그것은 나에게 어린애의 놀이였다. 단지 어린애일 뿐인 사람의 유희, 모든 다른 집착으로부터 벗어날 때까지 나의 마음을 채워줄 어린애의 유희였다. 바로 그

때, 나는 어머니에게 가지 못하도록 방해받는다는 생각으로 가득 차서 전율했다. 결과적으로, 나는 일어나 목발을 조절한 다음 길로 내려갔고, 거기에서 내 자전거를 (그것은 뜻밖에도 한 대였다) 발견했다. 나는 심한 불구자였으나, 자전거를 탈 수 있었다. 내가 자전거를 어떻게 탔느냐 하면, 핸들 양쪽에 목발을 하나씩 묶고, 뻣뻣한 다리 (어느 쪽인지 잊었다. 지금은 양쪽 모두가 뻣뻣하다) 쪽의 발을 앞바퀴 축의 튀어나온 곳에 걸고, 다른 발로 페달을 밟았다. 그것은 체인 없이 자유 바퀴가 달린 자전거였다. 지금은 그런 자전거가 세상에 있을지 모르겠다.

사랑하는 자전거(bicyclette)여, 난 너를 자전거(vélo)라고 부르지 않겠다. 넌 네 세대의 많은 자전거처럼 녹색으로 칠해졌지. 난 그것을 기쁘게 떠올리고 있다. 자전거를 자세히 묘사하는 일은 즐거운 일이다. 요즘 시대에 유행하는 벨 대신에 그 자전거에는 작은 나팔 경적이 붙어 있었다. 그 경적을 울리는 것은 매우 재미있었으며, 악덕에 가까웠다. 한 걸음 더 나아가 만일 내가 끝없는 인생의 과정 동안 내 삶의 영광스런 행위들을 기록해야 한다면, 나팔 경적을 울리는 행위가 최고였다 말하고 싶다. 그런데 내 몸이 자전거와 떨어져야 할 때, 나는 그 경적을 떼어서 내 옆에 보관했다. 난 아직도 어딘가에 그것을 갖고 있는데 이제 그것은 소리가 나지 않기 때문에, 더 이상 쓰지는 않는다. 내가 이해하기로는 오늘날의 자동차에도 나팔 경적이 갖추어져 있지 않거나, 있더라도 드물다. 길거리에 세워진 자동차의 창문 사이로 그것을 보게 되면, 난 그것을 울려보곤 한다.

이 모든 것은 대과거시제로 다시 써야 할 것이다. 자전거와 나팔 경적에 대해 말한다는 것은 정말 좋은 휴식이지만, 내가 말해야 하는 대상은 그런 것들이 아닌 자신의 자궁을 통해 내게 세상의 빛을 보게 해준 그 여자였다. 그것은 최초의 귀찮은 짓거리였다. 다만 나는 약 100미터마다 다리를 쉬게 하려고 멈췄는데, 그때는 불편한 다리만이 아니라 성한 다리까지도 쉬었다. 나는 정식으로 자전거 안장에서 내리지 않고 말을 타듯 걸터앉아 두 발을 땅에 딛고, 두 팔은 핸들을 잡고, 머리를 두 팔 위에 올려놓은 뒤 몸이 괜찮아질 때까지 기다렸다. 그런데 어떤 바람들은 닿지 않지만 남풍의 신이 불어다 주는 온갖 것은 닿는 매혹적인 지상낙원에서, 여름 내내 목청을 울려대며 평원과 밀밭을 밤새 달리던 뜸부기의 끔찍한 울음소리에 대해 말해야겠다. 더욱이 이것으로 미루어보면, 여러 희미해져 가는 형상 가운데 하나로서 마지막에서 두 번째인 그 비현실적인 여행이 언제 시작되었는지 알 수 있다. 그것은 말할 나위 없이 6월 둘째 주나 셋째 주, 위로는 태양의 강렬함이 최고에 이르고 북극의 빛이 우리가 한밤중에 오줌을 싸대듯 내리비치는 순간에 시작되었다.

뜸부기 소리가 들리는 것은 바로 이때다. 어머니는 꽤 오랫동안 아무것도 보지 못했으므로 가까스로 나를 보았다. 말하자면 기쁘게 나를 맞이했다. 나는 어머니에 대해 침착하게 말하려 한다. 어머니와 나. 어머니가 나를 아주 일찍 낳아서 우리는 마치 성(性)도 없고, 같은 추억, 같은 원한, 같은 기대를 가진 한 쌍의 오랜 친구 같았다. 다행히 어머니는 한 번도 나를 아들이라고 부른 적이 없었는데, 만약 그랬더라면 나는 참지 못했을 것이다. 이유는 모르겠지만 대신에, 단(Dan)이라고 불렀다. 내 이름은 단이 아닌데 말이다. 단은 아마 내 아버지의 이름이었을지도 모른다. 그렇다. 지금 생각해 보면 어머니는 나를 아버지로 착각했을지도 모른다. 나는 어머니를 어머니로 생각했는데, 어머니는 나를 내 아버지로 생각했다. 단, 내가 제비를 구해 줬던 날을 기억하겠지. 단, 반지를 땅에 묻었던 날을 기억하겠지. 어머니는 이런 식으로 내게 말을 했다. 물론 나는 다 기억했다. 기억했지. 내 말은 어머니가 뭘 말하고 있는지 어느 만큼은 알았다는 뜻이다. 그리고 비록 어머니가 말한 일에 내가 직접 참석하진 않았지만, 그것은 참석한 것이나 다름없었다. 나는 어머니의 이름을 불러야 할 때는 마그(Mag)라고 불렀다. 내가 어머니를 마그라고 불렀던 이유는 말할 수 없지만 g자가 Ma라는 음절을 없애버렸기 때문이었다. 말하자면 다른 어떤 글자보다도 확실하게 그 음절에 침을 뱉었다. 그리고 동시에 나는 ma 즉 어머니를 갖고 싶고, 부르고 싶은 욕구를 채웠다. 왜냐하면 마그라고 부르기 전에는 어쩔 수 없이 마라고 발음해야 하기 때문이다. 그리고 da는 우리 지방에선 아버지를 뜻한다. 그런데 내가 말하는 그 무렵에 어머니를 마, 마그, 혹은 카카(Caca) 백작부인이라고 부르는 것은 문제가 되지 않았다. 어머니는 아주 오래전부터 완전히 귀가 먹었기 때문이다. 그뿐만 아니라 어머니는 대변도, 소변도 옷에다 실례를 했던 것으로 생각된다. 하지만 숙녀인 체하는 어떤 조심성 때문에 우리는 대화 중에 그 궂은 일에 대해 말하는 걸 피했다. 그랬기에 나는 결코 그 일에 대해서는 확신할 수 없었다. 게다가 그것은 분명 하찮은 것으로서, 이틀이나 사흘마다 누는 물기가 거의 없는 염소 똥이었다. 방에선 언제나 암모니아 냄새가 났다. 단지 암모니아 냄새만 난 것은 아니지만 암모니아 냄새였다. 어머니는 내 냄새를 맡고 나를 알아보았다. 쪼그라들고 털 많은 어머니의 얼굴이 환하게 빛났고, 어머니는 내 냄새를 맡고 기뻐했다. 어머니는 틀니가 달그락거려 발음을 잘하지 못했으며, 자신이 무슨 말을 하고 있는지도 깨닫지 못했다. 그녀는 잠깐의 무의식 순간에만 잠잠했고, 나를 제외한 다른 모든 사람은 그 달그락거리는 지절거림 때문에 정신을 빼앗겼다.

사실 어느 때이든 나는 어머니의 말을 들으려고 오는 것이 아니었다. 나는 어머니의 머리통을 툭툭 치며 어머니와 의사소통을 했다. 한 번 치면 그렇다는 말이고, 두 번은 아니다, 세 번은 모르겠다, 네 번은 돈, 다섯 번은 작별 인사였다. 망가지고 정신착란 증세가 있는 어머니에게 이 신호를 가르치는 데 매우 애를 먹었지만, 난 그것에 성공했다. 어머니가 아니다, 모르겠다, 잘 있으라는 말을 혼동해도 나에겐 상관없었다. 나 자신도 헷갈렸으니까. 하지만 네 번 치는 것을 돈 말고 다른 것과 연결 짓기에 그것만큼은 무슨 수를 써서라도 막아야 했다. 어머니는 측정 개념 전부는 아니더라도, 최소한 둘 이상 셀 능력은 잃은 것 같았다. 그래서 훈련 기간에 나는 어머니의 머리통을 네 번 톡톡 치는 동시에, 종이돈을 어머니의 코밑에나 입 속에 찔러 넣었다. 내 마음이 얼마나 순진했던가! 어머니에겐 하나에서 넷까지가 너무 멀었다. 네 번째를 겨우 두 번째로 생각하고, 처음 두 번은 한 번도 느껴보지 못한 것처럼 깜깜하게 잊어버렸다. 한번 느껴본 것이 기억에서 사라질 수 있는지는 잘 모르지만, 아무튼 이런 일은 자주 일어났다. 내 의도는 전혀 그렇지 않은데도, 어머니는 내가 언제나 아니라고만 말한다고 했다. 이 논리로 깨달은 바가 있어 나는 어머니의 머릿속에 돈의 개념을 집어넣기 위한 또 다른 방법을 발견했다. 그것은 내 집게손가락 마디로 네 번을 치는 대신 주먹으로 어머니의 머리통을 한 번이나 여러 번 (내 필요에 따라) 치는 것이었다. 그랬더니, 어머니가 그것을 이해했다. 어느 때이든 나는 돈 때문에 오는 것만은 아니었다. 어머니에게서 돈을 가져가기는 했지만, 그것 때문에 오는 것은 아니었다. 나는 어머니를 그리 심하게 원망하지는 않는다. 난 어머니가 나를 갖지 않기 위해 모든 수를 다 썼다는 것을 알고 있다. 물론 가장 중요한 것만 빼고서. 그런데도 결코 나를 떼어내는 데 성공하지 못했다면, 그것은 운명이 정해져 있었다는 얘기이다. 하지만 의도는 좋았기에 나는 그것으로 족하다. 아니, 족하진 않지만 마땅히 어머니이기에, 나를 위해 어머니가 행한 많은 노력들을 믿고 이해해 줄 수 있다. 그래서 나는 어머니가 처음 몇 달 동안 나를 좀 거칠게 밀어대고, 내 커다란 삶의 역사 가운데서 그만하면 괜찮다고 생각할 기간을 망친 것도 용서한다. 또한 내 덕분에 어머니가 다시는 그런 짓을 시작하지 않았거나, 제때에 그만뒀다는 사실로도 헤아려줄 수 있다. 그리고 내가 언젠가 내 인생의 의미를 찾아야 할 상황이 온다면, 나는 먼저 엉망진창으로 시작된 옛일을 떠올려야만 할 것이다. 그러한 시작은 자식 하나밖에 없는 가련하고 늙은 매춘부와, 그녀의 더러운 자식인 내 쪽을 파헤쳐보아야 하겠지만 사람들은 결코 함부로 말할 수는 없다. 본론에 이르기 전에 그 먼 여름 오후를 덧붙여야 하는데, 그것은 정말 본론 같았기 때문이다. 귀먹고, 눈멀고, 신체 불구의 이 미친 노파. 나를 단이라 부르고 내가 마그라고 부르는 이 노파와 내가 겪은 일들에 대해 결단코 말해서는 안 된다고 사람들은 말하리라. 다시 말해, 말할 수는 있지만 말하지 않겠다는 얘기다. 그렇다. 그것은 사실이 아닐 테니까 말하기는 쉬울 것이다. 나는 이 여자에게서 무엇을 보았는가? 언제나 얼굴 하나를 보았다. 때때로 두 손, 아주 가끔 두 팔을 보았지만 늘 얼굴 하나였다. 그것은 털, 주름, 때, 침으로 가려져 있었다. 공기를 어둡게 하던 얼굴 하나. 보는 것이 중요한 건 아니지만, 그것은 같이 가야 할 하나의 작은 시작이다. 베개 밑에서 열쇠를 꺼내고 서랍에서 돈을 꺼내며 베개 밑에 다시 열쇠를 놓는 사람은 모두 나였다. 하지만 나는 돈 때문에 오는 것이 아니었다. 매주 오는 한 여자가 있었다고 생각된다. 한번은 납빛으로 시들은 그 조그만 얼굴에 엉겁결에 내 입술을 갖다 대었다. 푸우, 그 행위가 그녀를 기쁘게 했을까? 모르겠다. 그녀의 수다가 잠시 멈췄다가 다시 이어졌다. 그녀도 속으로 혼자서 아마 푸우 했을 것이다. 난 고약한 냄새를 맡았다. 창자 속에서 나는 냄새인 게 분명했다. 케케묵은 냄새. 오, 그 여자를 비난하는 것은 아니다. 난 아라비아 향기를 풍기지는 않는다. 방을 묘사해 볼까? 아니다. 나중에 아마 그럴 기회가 올 것이다. 언젠가 더 이상 궁여지책이 없어서 모든 모욕을 꾹 참고 꼬리를 항문에 감추었다. 내가 맹세코 그곳에서 피난처를 찾게 될지 누가 알겠는가.

좋다. 지금은 우리가 어디로 가는지 알고 있으니, 어서 가기로 하자. 첫 단계부터 어디로 갈지를 알아야 좋다. 그러면 그곳에 가고 싶은 욕구가 거의 없어진다. 나를 미치게 만들면 나는 미치광이가 되었다. 행동은 평소보다 훨씬 더 불안정했다. 웬만하면 나는 늘 제정신을 가지고 있는 상태이다. 나는 기운이 없었고, 태양은 동쪽에서 점점 높이 올라오며 나를 약에 취해 잠들게 했다. 눈을 감기 전에 나는 바위 더미를 올려두었어야 했다. 나는 동쪽과 서쪽을, 또한 북극과 남극을 혼동해서 그것들을 쉽게 뒤바꾼다. 나는 몸이 성치 않았다. 내 괴로움의 깊이는 깊다. 그 괴로움의 깊이는 깊은 배수로라서 내가 밖으로 나오는 경우는 아주 드물었다. 그래서 그걸 짚고 넘어가는 거다. 난 별 탈 없이 몇 킬로미터를 갔고, 그렇게 해서 성루 아래에 닿았다. 거기서 나는 법을 지키며 안장에서 내렸다. 그렇다. 읍내로 들어가고 나오려면 자전거 이용자들은 안장에서 내리고, 자동차들은 1단 기어로, 우마차들은 걷는 속도로 나아가야 한다. 이러한 법이 있는 까닭은 다음과 같이 생각된다. 이 읍의 진입로들은 물론 나가는 길들도 좁은 데다가 예외 없이 거대한 아치들로 인해 어둠침침하다. 이는 좋은 규칙이기에 나는 목발을 짚고 동시에 자전거를 밀며 나가는 게 어렵지만 그것을 지킨다. 난 적당히 조치를 취했고 그것을 교묘하게 생각했다.

이렇게 해서 내 자전거와 나는 동시에 이 어려운 관문을 지났다. 그러나 조금 더 갔을 때 어디서 나를 부르는 소리가 들렸다. 고개를 들었더니 경찰이 보였다. 난 이것을 생략체로 말하고 있다. 내가 어느 일의 정황을 알았었는지 잊고서 나중에 귀납적으로 혹은 연역적으로 추리를 했기 때문이다. 여기서 뭘 하십니까? 그가 물었다. 나는 그런 질문을 흔히 받았으므로 곧바로 이해했다. 쉬고 있소. 내가 다시 말했다. 쉬고 있다고요? 그가 물었다. 쉬고 있소. 내가 대답했다. 제 질문에 대답해 주시겠습니까? 그가 소리쳤다. 내가 허물없는 대화에 꼼짝없이 붙잡힐 때는 꼭 이런 식이다. 난 받은 질문에 대답했다 믿고 있는데, 사실은 그렇지가 않았다. 구불구불한 여정의 모든 대화를 다시 엮어 말하지는 않겠다. 나는 마침내, 쉬는 동안 말을 타듯 자전거에 걸터앉아 두 팔로 핸들을 잡고, 머리를 두 팔에 올려놓은 내 자세가 풍기를 어지럽혔다고 이해했다. 나는 겸손히 내 목발을 가리키면서 내가 그 자세로 쉴 수밖에 없던 까닭을 떠들어

댔다. 그때 나는 건강인을 위한 법과 병자를 위한 법, 두 개의 법이 있는 것이 아니라 부자든 가난뱅이든, 젊은이든 늙은이든, 기쁜 자든 슬픈 자든 모두가 복종해야 하는 하나의 법이 존재해야 한다고 생각했다. 그 경찰은 말재주가 좋은 사람이었다. 나는 그에게 슬프지 않다고 말했다. 그러나 그게 실수였다. 내가 왜 그런 말을 한 것인가! 신분증 좀 보여주십시오. 그가 말했다. 괜한 말을 했다는 사실을 나는 잠시 뒤에 알게 되었다. 없어요, 없다고요. 내가 말했다. 신분증요! 그가 소리쳤다. 아, 내 신분증. 그런데 내가 지니고 다니는 것이라고는 변소에 가서 닦기 위한 약간의 신문지 조각뿐이다. 오, 변소에 갈 때마다 닦는다는 게 아니라 만일의 경우 닦을 수 있도록 준비된 상태라는 말이다. 이건 마땅하다. 그런 것 같다. 나는 당황해서 주머니에서 그 종이를 꺼내 그의 코밑에 바짝 들이댔다.

날씨는 아주 좋았다. 우리는 햇빛이 잘 들고 오가는 사람들이 별로 없는 좁은 곁길을 따라 나는 목발을 짚고 깡충거렸고, 그는 흰 장갑을 낀 손으로 내 자전거를 살며시 밀면서 갔다. 내가 불행하다는 느낌이 들지는 않았다. 나는 잠시 멈추었는데, 이 동작은 내가 되는대로 한 짓이다. 손을 들어 둥근 내 모자 꼭대기를 만져보았다. 모든 것을 태워버릴 듯한 땡볕이었다. 우리가 지나가는 길에 즐겁고 침착한 얼굴들이—남자들의 얼굴, 여자들의 얼굴, 아이들의 얼굴이—뒤를 돌아다보는 것을 느꼈다. 어느 순간, 난 희미한 음악 소리를 들은 것 같다. 난 그 소리를 더 잘 들어보려고 멈췄다. 가세요. 그가 말했다. 들어보시오. 내가 말했다. 앞으로 가세요. 그가 말했다. 음악 소리를 듣는 것도 내겐 허락되지 않았다. 그 일로 사람들이 모여들 뻔했다. 그가 내 등을 툭 쳤다. 내게 손을 댔다. 오, 살갗에 직접 댄 것은 아니다. 하지만 내 살갗에 닿은 만큼이나 옷 밑으로 남자의 거친 주먹 같은 느낌을 받았다. 나는 가장 최선의 걸음걸이로 앞을 향해 가면서, 마치 내가 다른 사람인 것처럼 그 순간에 푹 빠져들었다. 때는 오전의 힘든 일과가 끝나고 오후의 일을 앞둔 휴식 시간이었다. 아마도 가장 현명해 보이는 사람들은 광장에 눕거나 자기 집 문 앞에 앉아서 최근의 근심거리를 잊고, 곧 다가올 근심에는 전혀 무관심한 채로 끝나가는 휴식의 나른함을 즐기고 있었다. 반대로 다른 사람들은 그 시간에 머리를 손으로 감싼 채 앞으로의 계획들을 세우고 있었다. 그 시간에, 그 가운데 하나라도 내 처지가 되어서 마치 끊어질 듯 팽팽한 닻줄처럼 얼마나 압력이 작용하고 있었는지 느껴볼 사람이 있을까? 있을 수 있다. 그렇다. 내가 비슷해 보이는 표면의 깊이에 압력을 가하자, 안정되고 평온해 보이는 거짓 약속이 오래 묵은 온갖 독기를 품고 안전하게 튀어 올라버렸다. 파란 하늘 아래, 감시인이 조심스럽게 지켜보는 가운데에 그랬다. 어머니를 잊고 해방되어 이 낯선 시간 속에 녹아 들어가 일시 중단을 혼자 되뇌었다.

경찰서에 도착한 나는 이상한 경찰서장에게 억지로 소개되었다. 그는 평복에 셔츠 차림으로 책상 위에 다리를 올려놓은 채 의자에 빈둥거리며 앉아 있었다. 그는 머리에는 밀짚모자를 썼고, 잘 분간할 수 없는 가늘고 유연한 무언가를 입 속에서 꺼냈다. 그가 나를 내보내기 전, 나는 이 세세한 모습들을 기억해 둘 시간이 충분히 있었다. 그는 부하의 보고를 들은 다음에 예의 차원에서 점점 유감스러운 투로 나에게 질문을 하기 시작했다. 그의 질문들과 고려할 가치가 있는 내 대답들 사이사이에서, 그 사이사이의 간격은 조금 길고 소란스러웠다. 나는 어떤 것에 대해 질문을 받는 데 별로 익숙하지 않으므로 누가 내게 질문을 하면 파악하기 위해 시간이 걸린다. 내가 저지르는 잘못은 들은 것을 생각해 보기보다는, 나의 침묵 동안 질문자가 화를 낼까 봐 아무렇게나 대답해 버린다는 점이다. 나는 겁이 많은 사람이라서 평생을 두들겨 맞는 두려움 속에 살아왔다. 모욕과 욕설, 그런 것들은 쉽게 참을 수 있지만 맞는 것에는 익숙해질 수가 없었다. 이상스럽다. 아직 나는 침 뱉는 것조차도 고통스럽다. 그렇기에 사람들이 나를 폭력으로 대하는 걸 자제해 주길 바란다. 그러나 나는 결국에 가서는 사람들에게 만족을 준다. 그런데 그 경찰서장은 원통형 잣대로 나를 위협하는 데 그쳤다. 그는 수고스러운 고통의 결과로 내가 신분증이 없고 직업도 거처도 없으며, 내 성(姓)조차도 떠오르지 않는다는 것을 알았다. 또한 나는 어머니의 집에 가던 중이었고, 어머니에게서 돈을 받아 겨우 연명하고 있었다는 사실도 조금씩 알게 되었다. 어머니의 주소는 모르지만, 어둠 속에서도 그곳을 잘 찾아갈 수 있었다. 구역이요? 도살장들 옆 구역이죠, 서장님. 어머니의 방에서 닫힌 창문들 사이로, 어머니의 수다보다도 더 크게 소들이 울부짖는 소리를 들었습니다. 왜냐하면 거칠고 쉬고 떨리는 그 울부짖는 소리는 목장이 아니라 읍내 도살장들과 가축시장들에서 들려오는 소리였으니까요. 그래. 잘 생각해 보니까, 어머니가 도살장 근처에 산다고 말한 것과 많이 달랐다. 한편으로는 그게 어머니가 근처에 살았던 가축시장이었을 수도 있었다. 걱정 말아요, 같은 구역이오. 경찰서장이 말했다. 이 친절한 말들에 침묵이 이어지는 동안 창문 쪽으로 몸을 돌렸다. 눈을 감고서 푸른색과 황금색의 부드러움에 얼굴과 고개만을 돌렸다. 마음이 거의 휑하니 빈 채로 있다가 창문 쪽으로 오랫동안 서 있었다. 나에게 생각이 없는지 스스로 물었다. 그렇게 앉는 문제에 대해 깨달은 바, 내 짧고 뻣뻣한 다리 때문에 앉는 자세는 내게 해당 사항이 없었다. 다만 내겐 두 자세만이 가능한데, 목발로 인해 기진맥진하여 서서 자는 수직적 자세와 바닥에 눕는 수평적 자세였다. 그럼에도 가끔씩 앉고 싶은 욕구가 난데없이 불쑥 일어나곤 했다. 그래서 잘 알고 있으면서도 나는 그 욕구를 언제나 물리치지 못했다. 그렇다. 멋진 하늘과 여름 공기가 내 얼굴과 큼직한 목젖 위를 짓누르고 있는 동안 깔끄러운 앙금이 느껴졌다. 마치 웅덩이 밑바닥에서 모래알들처럼 움직이고 있던 그 앙금을 내 마음속으로 느꼈다. 그러다가 갑자기 나는 내 이름이 몰로이라는 걸 기억해 냈다. 내 이름은 몰로이오. 난 불쑥 소리쳤다. 몰로이, 방금 생각났어요. 아무도 이 정보를 대도록 내게 강요하지 않았는데도, 난 그 이름을 댔다. 아마도 호감을 사려는 생각 때문이었다. 이유는 모르겠지만, 그들은 내가 모자를 쓰도록 허락했다. 그것은 당신 어머니 이름인가요? 경찰서장이 말했다. 그 사람은 분명 경찰서장이었을 것이다. 몰로이, 내 이름은 몰로이오. 내가 말했다. 그게 당신 어머니의 이름인가요? 경찰서장이 물었다. 뭐라고요? 내가 되물었다. 당신 이름은 몰로이오. 경찰서장이 말했다. 그래요, 방금 생각났어요. 내가 말했다. 그럼 당신 어머니는? 경찰서장이 물었다. 나는 알아듣지 못했다. 당신 어머니 이름도 몰로이오? 경찰서장이 물었다. 어머니 이름이 몰로이냐고요? 내가 말했다. 그렇소. 나는 잠시 생각했다. 당신 이름은 몰로이오. 경찰서장이 말했다. 그래요. 내가 말했다. 그럼 당신 어머니는, 역시 몰로이오? 경찰서장이 말했다. 난 곰곰이 생각했다. 당신 어머니 말이오. 경찰서장이 다시 말했다. 당신 어머니 이름도—. 생각 좀 하게 해주시오! 내가 소리쳤다. 아무튼 이런 식이었다고 생각한다. 잘 생각해 보시오. 경찰서장이 또다시 말했다. 어머니 이름이 몰로이였던가? 아마 분명 그럴 것이다. 어머니 이름도 몰로이가 맞을 거요. 내가 말했다. 나는 보호소라고 생각되는 곳으로 안내되어 가서, 좀 앉으라고 권고받았다. 그리고 설명하려고 애썼던 것 같다. 간략하게 말하겠다. 나는 벤치에 눕지 않으려면 최소한 벽에 기대고 서 있어도 된다고 허락을 받았다. 그 방은 어두웠고 사방으로 사람들이 가득 차서 바쁘게 돌아다녔다. 범죄자들, 경찰관들, 법조인들, 신부들, 그리고 신문기 자들이었다고 짐작된다. 어두운 형체들이 어두운 공간 안에 몰려오니, 모든 게 다 어두워 보였다. 그들은 나에게 주의를 기울이지 않았지만, 나는 그들을 반 갑게 맞았다. 그런데 그들이 나에게 주의를 기울이지 않았다는 걸 내가 어떻 게 알았으며, 그들이 나에게 주의를 기울이지 않았는데도 내가 어떻게 그들에 게 답례를 할 수 있었을까? 모르겠다. 아무튼 나는 알고 있었고, 그들에게 답 례했다. 이상 끝, 그게 전부다.

그런데 별안간 검은색, 아니 더 정확히 말하면 진보라색 옷차림의 크고 뚱 뚱한 여자 하나가 내 앞에 나타났다. 나는 지금까지도 그 여자가 사회복지사가 아니었나 궁금하다. 그녀는 사카린을 넣고 가루우유를 탄 녹차가 틀림없이 보 이는 희끄무레한 음료를 짝이 맞지 않는 컵받침에 받쳐 내게 내밀었다. 그러나 그게 전부가 아니었다. 컵받침 컵에는 큼직한 마른 빵 한 조각이 아슬아슬하 게 놓여 있었는데, 그것을 본 나는 조마조마한 마음에 속으로 중얼거렸다. 떨 어진다, 떨어져, 제발 조심조심. 마치 그것이 떨어지고 안 떨어지는 게 내게 무 척 중요하기라도 하듯. 잠시 뒤 나는 얼떨떨한 심정과 떨리는 손으로 그것을 받 아 들었다. 그런데 한 가지 말해 두겠는데, 사회복지사들은 굶주린 사람들의 졸도를 막기 위해 음식이 든 그릇을 들고 따라다닌다. 그들의 직업의식에서 나 온 강박관념이다. 구세군들도 마찬가지다. 아니, 그보다 이제 더 이상 그들의 자선 행위를 막을 도리가 없다. 그들이 음식을 제공할 때마다 굶주린 사람들 은 머리를 조아리고 어쩔 줄 몰라 하면서 떨리는 손을 내민다. 감사합니다, 감 사합니다, 부인. 오, 친절하신 부인, 감사합니다. 그렇게 말해야 한다. 그들이 주 는 음식이 아무리 보잘것없고 지저분해도 그것마저 없는 가난한 자들은 그것 을 거부할 권리조차 없다. 내게 주어진 것도 그랬다. 흔들리는 이가 맞닿는 것 처럼 컵은 덜커덕거리는 소리를 냈고 빵은 컵에서 넘친 음료에 젖어 곤죽이 되 었다. 드디어 어느 순간, 나는 불만으로 가득한 나머지 손에 든 음식을 내팽개 쳤다. 난 그걸 떨어뜨린 게 아니다. 나는 분명 음식들을 될 수 있는 한 멀리 바닥인지 벽인지 가리지 않고 던져버렸다. 그다음은 말하지 않겠다. 난 이곳이 지긋지긋해서 다른 곳으로 가고 싶었다.

내가 가도 좋다는 말을 들었을 때는 늦은 오후였다. 앞으로는 행동거지를 조심하라는 충고를 받았다. 나는 무슨 이유로 붙잡혀 갔는지 알게 되어 내 잘못을 인식했다. 심문 과정에서 드러난 대로 불법 행위가 뚜렷이 기억나서 그렇게 빨리 자유를 되찾은 게 놀라웠다. 게다가 그런 행위를 하고도 처벌을 받지 않았으니 말이다.

상부에 나도 모르는 내 보호자가 있었나? 나도 모르게, 내가 경찰서장을 억눌렀단 말인가? 누군가 어머니를 찾아가서 어머니나 그 구역 사람들을 통해, 내가 진술한 내용의 일부를 확인이라도 했단 말인가? 그들은 나를 경범죄로 넘길 필요가 없다는 의견에 찬성했나? 나 같은 사람을 법규의 문구대로 징계하기란 쉬운 일이다. 그러나 이성(理性)은 그렇게 하는 것을 말린다. 그 문제는 경찰관들에게 맡기는 게 낫다. 나는 모르겠다. 신분증 없이 지내는 것이 불법이라면, 왜 그들은 그것을 소지하도록 내게 강요하지 않았을까? 그렇게 하려면 비용이 필요한데, 내겐 그 돈이 없을까 봐? 그런 경우라면 내 자전거를 압수할 수도 있지 않았을까? 하지만 법정의 판결 없이는 그럴 수 없을 것이다. 이 모든 것을 이해할 수 없었다. 어쨌든 나는 그날 뒤로 다시는 자전거 위에서 혐오스러운 자세로 휴식을 취하지 않았다. 그것은 사실 읍내 사람들에게는 슬픈 광경이었고 어이없는 사례였다. 그들은 정말 고된 노동자로 격려받고 강인함과 용기, 기쁨의 장면들만을 봐야 했다. 만일 그런 희망이 없는 하루라면 그들은 땅바닥에 쓰러져 구를 수도 있었다. 단지 사람들은 내 몸이 허락하는 범위 안에서 내가 몸가짐을 잘할 수 있도록, 단정한 행동거지가 무엇인지 말해 주면 된다. 나 또한 이런 관점에서 내 행동을 개선하는 일을 멈추지 않았다. 나는 머리가 좋았고 이해가 빨랐기 때문이다. 그리고 불안에 사로잡힌 자들은 격분에 찬 선의를 보여줬다. 그래서 받아들여질 만한 내 자세의 가짓수는, 내 첫걸음부터 지난해까지 행한 마지막 걸음까지 끊임없이 다양해졌다. 그런데 만일 내가 여전히 돼지처럼 행동했다면 그것은 내 잘못이 아니라 내 윗사람들의 잘못이었다. 그들은 나에게 앵글로·색슨족들의 명문학교에서 하듯 행동 방침의 본질을 보여주지는 않고, 부수적인 것들만 고쳐주었다. 또 좋은 예법들에 이르는 원칙들, 즉 오류 없이 전 행동에서 나중 행동으로 가는 방법, 또 주어진 한 행동으로부터 그 근원으로 거슬러 올라가는 방법 등은 보여주지 않았다. 그렇게 했더라면 오로지 몸이 편한 대로만 하게 되는 몇 가지 행위, 예컨대 손가락으로 코를 후빈다든지, 손으로 불알을 긁는다든지, 손수건 없이 코를 푼다든지, 돌아다니며 오줌을 싸는 행위들을 공공장소에서 마구 하기 전에 합리적인 이론의 기초 원칙들에 비춰보았을 것이다.

그렇다. 나는 이 문제에 대해서 부정적이고 경험 위주의 지식만 갖고 있었으며 무지 속에 있었다. 지난 일생에 걸쳐 내가 수집한 관찰들은 체계적 처세술을 의심하게 했고, 나는 더욱더 깊은 무지 속에 있었다. 하지만 내가 그렇게 이런저런 생각을 하게 된 것은 매일매일 삶을 그만두려 했기 때문이었다. 해체의 평온함 속에서, 나는 내 삶을 일관했던 길고 혼란스러운 감정을 기억했다. 또마치 하느님이 우리를 심판하실 거라고 기록된 것처럼 주제를 넘어서 내 삶을 심판한다. 해체하는 것 역시 사는 것이다. 안다. 나도 그것을 안다. 날 피곤하게 하지 마라. 하지만 사람들은 가끔 잊는다. 그런데 그날, 나도 사람들에게 말해 줄 친절함이 있을지도 모르겠다. 그날까지 나는 생존하는 일만 할 것이다. 그날은 형태도 머무름도 없이 열정은 썩어가고, 육신까지 나를 먹어버릴 거라는 사실을 알게 될 날이며, 또 나는 아무것도 모르면서 내가 그동안 크고 공공연하게 소리만 질러왔던 것처럼 여전히 소리만 지르고 있었다고 깨달을 것이다. 그것은 좋은 일일 것이다. 그렇다, 그럴 때는 소리를 지르자. 이번엔, 그리고 아마 다음 한 번은 마지막으로 더 가능하다. 기울어가는 태양이 하얀 벽 앞면에 가득히 비치고 있다고 소리치자. 나는 마치 중국에 온 것 같았다. 뒤섞인 그림자 하나가 그 위에 던져졌다. 나와 내 자전거였다. 나는 몸동작을 하면서, 모자를 흔들면서, 자전거를 내 앞에서 앞뒤로 굴리면서, 또 나팔 경적을 울려대면서 벽면을 보며 그림자로 장난을 하기 시작했다.

유리창 창살 너머 사람들이 나를 쳐다보았고, 나는 내게 쏟아지는 그들의 눈길을 느꼈다. 문 앞의 보초가 나더러 그만 가라고 말했다. 그렇게 말을 안 해도 나 스스로 얌전해질 수 있었을 텐데. 그림자란 실체보다 결코 더 낫지 않다. 나는 보초에게 나를 불쌍히 여겨달라고, 나를 도와달라고 부탁했다. 그는 알아듣지 못했다. 조금 전에 거절했던 음식이 그리워졌다. 나는 주머니에서 조약돌 하나를 꺼내 빨았다. 그것은 내가 하도 오랫동안 빨아서 그리고 폭풍우에 뒹굴려져서 매우 매끄러웠다. 동그랗고 매끄러운 작은 조약돌 하나를 입에 넣으면 평온해지고 기분이 좋았고, 배고픔을 달래고 갈증도 잊을 수 있다. 보초가 내 쪽으로 왔는데, 내가 너무 느려서 화가 났던 모양이다. 창문을 통해 사람들은 그를 쳐다보았다. 어디선가 웃음소리가 들렸다. 내 안에서도 누군가가 웃고 있었다. 나는 두 손으로 아픈 다리를 쳐들어 자전거 틀 너머로 넘겼다. 그리고 출발했다. 내가 어디로 가는 중이었는지 잊고 있었다. 나는 그것에 대해 생각해 보려고 멈췄다. 자전거를 타고 가면서 생각하기가 나에게는 어려웠다. 타고 가면서 생각하면 균형을 잃고 넘어진다. 난 지금 현재시제로 말하고 있는데, 과거에 관계되는 일을 현재시제로 말하기는 참 쉽다. 그것은 가공의 현재형이므로 너무 신경 쓰지 말기를 바란다. 그 행동이 아직 미완성일 때 나는 누더기 절름발이 같은 내 정체에 정착해 가고 있었다. 나는 다시 내 길을 가기 시작했다. 길 자체로는 전혀 몰랐던 길, 그저 밝거나 어두운, 평평하거나 우툴두툴한 땅바닥에 지나지 않았지만 잘 생각해 보면 언제나 내게는 정다운 그 길. 게다가 날씨가 건조할 때 잠깐 날리는 먼지가 지나가고 있거나 그저 흘려버린 정다운 소리. 읍내에서 나왔다는 사실도 기억나지 않는데, 어느덧 난 여기 운하 둑에 와 있다. 운하가 읍내를 지나간다는 것은 안다, 알고 있다. 운하가 두 개인 것까지도. 그런데 이 울타리들과 평원은 어떻게 된 거지? 고민하지 마, 몰로이. 그때 난 갑자기 뻣뻣했던 다리가 오른쪽임을 깨달았다. 한 무리의 작은 잿빛 당나귀들이 먼 둑에서 샛길을 따라 힘겹게 느릿느릿 내 쪽으로 오고 있었으며, 분노의 외침과 희미한 채찍 소리가 들렸다.

나는 내려갔다. 나는 물결이 일지도 않을 만큼 가만히 다가오던 짐배를 자세히 보기 위해 발을 땅에 디뎠다. 그 짐은 목재와 연장이었는데, 아마도 어떤 목수에게 가져다줄 모양이었다. 내 시선이 당나귀와 마주쳤고, 난 용감하고 꼼꼼하게 발걸음을 내딛는 그 당나귀의 작은 발에 눈길을 돌렸다. 뱃사공은 팔꿈치를 무릎에 받치고 손으로 머리를 괴고 있었다. 그의 수염은 길고 희었다. 그는 담배 연기를 서너 번 내뿜었는데 그때마다 입에서 담뱃대를 빼지 않은 채 물속에 침을 뱉었다. 나는 그의 눈을 보지 못했다. 지평선은 유황빛과 인광의 색깔로 불타오르고 있었다. 마침내 나는 안장에서 내려 깡충거리며 도랑으로 내려갔고, 그곳에서 내 자전거 옆에 누웠다. 나는 팔을 크게 벌리고 길게 쭉 뻗고 누웠다. 하얀 산사나무가 내 쪽으로 기울어졌는데, 유감스럽게도 나는 산사나무 향을 좋아하지 않았다. 도랑 안에는 키다리 풀들이 빽빽했고, 긴 풀잎 줄기들을 얼굴 주위로 끌어당기자 흙냄새가 났다. 그 흙냄새는 내가 손으로 풀잎을 엮어서 얼굴을 가린 그 풀에서 났다. 나는 그 풀을 조금 먹어보았다. 잉태한 순간처럼 어디에도 없었던 기억이 불쑥 떠올랐는데, 그것은 나의 어머니를 보러 나가겠다고 마음먹었던 일이었다. 그 결판의 날이 시작되던 아침. 그 이유는 뭐였더라? 난 그것을 잊고 있었다. 그 이유를 알고 있어야만 했고, 그 이유를 찾아야만 했다. 그래서 어머니에게 필요라는 날개를 달고 날아가려고 했다.

그렇다. 이유만 알면 모든 것이 쉬워진다. 그것은 단순한 마술 같은 문제이다. 그렇다, 어떤 성인(聖人)을 간구해야 할지를 아는 것, 그것이 문제의 핵심이다. 그 어떤 바보라도 성인에게 빌 줄은 아니까. 세부적 문제에 대해서는, 만일 세부 사항에 관심이 있다면 실망할 필요가 없다. 마침내 옳은 길로 옳은 문을 찾아가게 될 테니까. 모두를 위한 마술은 존재하지 않는다. 아마도 사람이 죽지 않는다면 그 세계는 없을지도 모른다. 죽은 자들의 삶을 위한 아편 진정제를 쉽게 찾을 수 있다. 그렇다면 나는 내 삶을 지우기 위해 무엇을 기다리고 있는가? 온다. 그것이 오고 있다. 내 울부짖음은 아니지만, 모든 것을 해결할 소리가 여기서 들린다. 그동안은 사람들이 갔는지 안 갔는지 알 필요가 없고, 아직 고통으로 꿈틀거리는지 머리카락이 자라고 있는지도 알 필요 없으며, 손톱이 길어지고, 내장은 비워지고, 장의사는 모두 죽었는지도 알 필요 없다. 누군가가 커튼을 내렸다. 아마 그 사람이 내렸는지도 모른다. 아주 작은 소리도 들리지 않는다. 우리가 그렇게도 들어왔던 파리들은 다 어디에 있는가? 우린 명확한 사실에 굴복하게 되는데, 죽은 자는 자신을 제외한 다른 모든 사람이라는 것이다. 그래서 그 사람은 일어나서 자신이 살아 있다고 믿는 어머니의 집으로 간다. 이것이 내가 갖는 느낌이다. 하지만 이제 나는 이 도랑 속에서 나와야만 하리라. 나도 비 때문에 점점 더 가라앉아서 기꺼이 그 속으로 사라지고 만다면 얼마나 좋을까. 아마도 언젠가 난 이곳에, 혹은 이와 비슷하게 생긴 움푹한 곳으로 다시 오게 될 것이며, 내가 경찰서장과 그의 명랑한 부하들을 다시 만나게 될 때 나의 발을 디딜 수 있을 것이다. 그런데 그들이 알아볼 수 없을 만큼 너무 변하고, 내가 그들을 알아보지 못할지라도 착각하지 말라. 아무리 변했더라도 그들은 그들이니까. 왜냐하면 난 어떤 사람이나 어떤 장소를 한 시간 동안이나 자세히 묘사해 놓고서, 누구의 기분도 언짢게 하고 싶지 않았기 때문이다. 그 기분을 이용하지 않기 위해서는, 뭐랄까, 잘 모르겠다. 말하길 원치 않고, 무슨 말을 하고 싶은지조차 알지 못하며 말하고 믿는 바를 스스로 말할 수 없게 해야 한다. 하지만 원할 때는 언제든 거침없이 말하며, 그 하고픈 말들을 작문의 열기 속에서 마음에 담아두는 게 중요하다.

그날 밤은 다른 밤들과는 달랐다. 만일 같았다면 내가 알았을 것이다. 왜냐하면 내가 운하 옆에서 보낸 그날 밤, 정확히 밤이라고는 말할 수 없고 다만 도랑 속의 몰로이, 완전한 침묵, 내 감은 눈꺼풀 안에 보이는 짧은 밤이었기 때문이다. 최초에 그토록 희미했던 짧은 빛은 마치 쓰레기와 순교자들로 게걸스럽게 타오르는 불꽃이 됐다가 꺼지는 밤을 떠오르게 했다. 나는 그날 밤이라고 말하지만, 아마 그런 밤들이 여러 번 있었는지도 모른다. 그러나 어느 날 그 아침은, 해가 중천에 떠 있었고 짧은 수면과 다시 소리로 가득 찬 그 공간에 잠겨 있었다. 눈을 떠보니 양치기의 눈이 내 눈 위에 있었던 그날의 일이 떠오른다. 그 옆에는 숨을 헐떡이는 개 한 마리가 있었는데, 그 개도 마찬가지로 나를 쳐다보고 있었지만 주인이 보는 것처럼 뚫어지게 바라보지는 않았다. 때때로 그 개는 나를 쳐다보지 않았는데, 아마 진드기들이 들러붙어 제 털 속 살갗을 마구 깨물었기 때문이리라. 그 개는 나를 가시덤불 속에 빠져서 허우적거리는 검은 양이라 생각해 나를 꺼내주려고 주인의 명령을 기다린 걸까? 그런 것 같지는 않다. 내게서는 양 냄새가 나지 않는다. 양이나 숫염소 냄새가 나면 좋으련만. 잠에서 깨어날 때 내가 처음 마주하는 것들, 난 그것들을 꽤 또렷하게 볼 수 있고, 너무 어렵지 않으면 이해할 수도 있다. 그다음엔 마치 장미 꽃송이에서처럼, 내 눈과 머릿속에서 가랑비가 내리기 시작한다. 그것이 중요하다. 그래서 나는 목동과 그의 개가 내 앞에 있는 것이 아니라 내 위에 있음을 단번에 알아차렸다. 그들은 길을 지나가지 않았기 때문이다. 또한 나는 뒤에서 개가 더 이상 몰아주지 않아서 불안해하는 양 떼의 울음소리도 분별했다. 이 순간 나는 말의 의미를 가장 또렷하게 들었고, 평온한 확신으로 이렇게 말했다. 이들을 어디로 데려가시는 거요, 들판이오 아니면 도살장이오? 마치 방향과 질문이 무슨 관계라도 있는 것처럼, 난 방향에 대한 감각을 모두 잃어버렸다. 왜냐하면 비록 그 사람이 읍내로 향한다 해도, 읍내의 교외로 나가지 말라거나 다른 문으로 읍내를 다시 빠져나와 평화로운 목장으로 가지 말라는 법은 없다. 또한 비록 그가 읍내에서 멀어져 간다고 해도 그것 또한 아무런 의미가 없다. 도살장들은 읍내에만 있는 것이 아니라 어디에나 있고, 시골에도 가득 차 있으며, 정육점마다 사설로 있을뿐더러 원하는 대로 도살할 권리가 있기 때문이다. 하지만 그는 못 알아들었는지 혹은 대답하고 싶지 않았는지, 말 한마디도 없이 가버렸다. 내 말은, 나에게 한마디도 안 했다는 뜻이다. 그러나 귀를 쫑긋 세우고 주인의 말을 주의 깊게 듣고 있던 자신의 개에게는 말했다. 난 무릎을 꿇고, 아니다, 그건 말도 안 된다 하며 일어서서 조그만 양의 행진이 멀어져 가는 모습을 지켜보았다. 목동의 휘파람 소리가 들렸고, 양치기가 굽은 지팡이를 휘두르고 개가 양 무리 주위를 부산하게 돌아다니는 모습도 보였다. 그가 없으면 양들은 아마 운하 속에 빠졌으리라. 반짝이는 먼지 사이로 모든 것이 보였으며 곧이어 안개도 보였다. 안개는 날마다 내 안에 일어나서 내게서 다른 모든 것을 가려주었고, 나를 나 자신으로부터도 가려주었다. 양 떼의 울음소리가 차츰 잠잠해진다. 양들의 불안감이 좀 가셨거나 양들이 점점 멀어져 간 결과일 것이다. 아니면 아마 내 귀에 조금 전보다 희미하게 들렸기 때문일 텐데, 내가 놀랄 일은 아니다. 난 동틀 무렵에는 거의 선명하게 들을 수 있는, 제법 예민한 청각을 아직도 지니고 있기 때문이다. 그래서 만일 내가 몇 시간 동안 아무것도 듣지 못한다면 그것은 내가 전혀 알 수 없는 이유 때문이거나, 때때로 내 주변이 정말로 조용해져서이다. 반면에 옳은 일을 위해서는 세상의 소리가 결코 멈추지 않았다.

바로 이렇게 해서 두 번째 날이 시작되었다. 그러나 그 시작은 좋지 않았다. 나는 어린 양들을 포함한 양들의 목적지에 대해 오래 이어질 의심을 품었고, 양들이 어떤 한가한 목장까지 잘 닿았는지, 아니면 쇠망치 아래 머리뼈가 박살 나고 가느다란 다리가 와지끈하며 무릎으로 주저앉은 뒤 털 많은 옆구리 쪽으로 쓰러졌는지 궁금했다. 도살장에서는 그렇게 하지는 않고 칼로 도살하여 피를 흘리게 하지만 말이다. 그렇지만 이러한 작은 의심들에 대해 할 말은 많다. 세상에, 정말로 시골 고장이다. 사방에 네발짐승들이 보인다. 그런데 그것으로 끝이 아니라 다른 것은 언급하지 않더라도 말들과 염소들도 있고, 그것들이 내 길을 가로막기 위해 내 움직임을 살피는 게 느껴졌다. 이런 것은 내게 필요 없다. 하지만 난 즉각적인 내 노력의 목표, 어떻게 하면 가장 빨리 어머니를 만날 수 있는지 알아내는 목표만 생각했다. 그래서 한순간이라도 놓칠세라, 나는 도랑에서 일어나 내가 어머니 집에 가고 있는 정당한 이유와 함께 도움을 청했다. 내가 별 생각 없이도 할 수 있는 일이 많았지만, 나는 그 일을 한 다음에서야 내가 무엇을 하려고 했었는지 알게 되었다. 하지만 그럴 때조차도, 어머니의 집에 가는 일은 그런 경우에 포함되지 않았다. 내 발은 그렇게 하라는 확실한 명령 없이는 어머니의 집으로 나를 데려가지 못했다.

화창한 날씨. 모든 사람은 그 날씨를 기뻐했을 것이다. 그러나 난 태양이 뜬 것을 기뻐할 이유가 없고, 또 그렇게 하지 않으려고 조심했다. 열기와 태양빛에 목말라하던 에게해 사람, 나는 그를 죽였다. 그는 일찍이 내 안에서 자살했다. 비 내리는 날의 옅은 응달이 내 취향에 더 잘 맞았다. 아니, 잘못 말했다. 내 기분에 더 잘 맞았다. 아니, 이 말도 틀렸다. 내겐 취향도, 기분도 없었다. 난 그런 것들을 일찌감치 잃어버렸다. 내 말은 아마도, 옅은 응달이나 뭐 그런 종류가 나를 더 잘 숨겨주었다는 뜻이다. 그렇다고 그런 종류가 내게 특별히 쾌적하게 느껴진 것은 아니었다. 어쩔 수 없는 카멜레온, 이것이 바로 어떤 각도에서 바라본 몰로이다. 그런데 난 겨울 동안에는 외투 안에 신문지로 만든 띠를 몸에 둘렀다가, 대지가 깨어나는 4월이 되어서야 풀었다. 이런 용도로는 〈타임스〉지의 문예 부록이 아주 안성맞춤으로서, 변함없이 단단하고 구멍이 뚫리지 않았다. 방귀를 뀌어도 표가 나지 않았다. 어쩌란 말인가, 가스는 핑계도 없이 내 궁둥이로부터 나와서 때때로 혐오감을 많이 느끼게 했다. 그래도 방귀에 대해 말해 보려 한다. 어느 날은 방귀를 한번 세어보았다. 열아홉 시간 동안 삼백열다섯 번, 또는 시간당 평균 열여섯 번 이상이었다. 결국 별일은 아니다. 15분마다 네 번. 결국 너무한 것은 아니다. 심지어 4분에 한 번 꼴도 못 된다. 믿기 어려운 일이다. 자, 난 방귀를 거의 안 뀌는 사람이다. 방금 전에 내가 방귀를 뀐다는 그런 언급을 했을 리가 없다. 수학적 계산이 자신을 아는 데 보탬이 되다니 얼마나 놀라운 일인가. 어느 때이든 날씨에 대한 모든 문제는 관심사가 아니었다. 나는 어느 야단법석이든 참아낼 수 있었다. 그래서 나는 단지 이 지방에서는 아침 10시나 11시가 되갈 때까지는 날씨가 맑았다는 점과, 이 시간쯤 되면 하늘에 구름이 끼고 비가 오기 시작해서 저녁때까지 비가 내렸다고만 덧붙이겠다. 그러면 해가 나왔다가 지곤 했으며, 젖은 땅은 잠깐 반짝이다가 빛을 잃고 꺼져 갔다. 그래서 나는 과녁을 잘못 맞춘 멍한 마음으로 다시 안장에 올랐다. 마치 치과의사에게 진료를 받도록 강요받는 암환자 같은 불안감으로. 내가 옳은 길로 가고 있었는지 알 수 없었기 때문이다. 모든 길이 내게는 옳은 길이었으므로 길을 잘못 들면 그것은 하나의 사건이 되었다. 하지만 어머니 집에 갈 때 옳은 길은 오직 하나였다. 모든 길이 그곳에 이르지는 않았으므로 그곳에 이르던 여러 길 가운데 하나였던 그 길만이 내게 옳았다. 나는 내가 옳은 길로 접어들었는지 알 수 없었고, 그것이 나를 불안하게 했다. 하지만 백 보쯤 앞에서 낯익은 성벽이 어렴풋이 보였을 때 내가 느꼈을 안도감을 생각해 봤다. 그 성벽을 지나 나는 어느 모르는 구역으로 가게 되었다. 그래도 이 읍내를 잘 알고 있었다. 내가 태어났고, 한 번도 15 내지 20마일 이상 떨어져본 적이 없던 이 읍내, 이유는 모르겠지만 그쯤으로 이 읍내는 나에게 매력을 발휘하고 있었다. 그래서 내가 처음 보았을 때 어두웠던 읍내로, 아직도 어딘가에 내 어머니를 숨기고 있던 곳으로 정말 잘 왔는지, 아니면 길을 잘못 돌아서 이름도 알지 못하는 다른 읍내에 오게 되었는지 의심할 뻔했다. 나는 다른 읍내에 한 번도 발을 들여놓은 적이 없고 내가 태어난 읍내만 유일하게 알고 있었다. 하지만 내가 글을 읽을 줄 알았던 시절에는 나보다 행복한 여행자들의 여행담을 주의 깊게 읽었는데, 거기에는 우리 읍내만큼이나 아름답거나 다른 차원에서 훨씬 더 아름다운 읍에 대한 이야기가 있었다.

그런데 이 읍내, 내가 알도록 유일하게 이름이 주어진 이 읍내, 나는 기억 속에서 그 이름을 찾고 있었다. 그리고 이름을 보는 대로 멈춰서 지나가는 사람에게 모자를 벗고 이렇게 말하기로 했었다. 실례합니다. 선생님, X가 우리 읍내의 이름인데, 여기가 정말 그 X 맞습니까. 내가 찾고 있던 그 이름. 그것은 틀림없이 B나 P로 시작하는 것 같았으나 이런 단서가 있음에도, 혹은 아마도 이 단서가 틀렸으므로 연달아 다른 글자들이 달아났다. 내가 너무 오랫동안 언어와 멀리 떨어져 살아왔기 때문이다. 나는 우리 읍내를 보는 것만으로도 충분했다. 나로서는 말하기 너무 어렵다. 마찬가지로 나의 알아보는 감각조차 대개 드러나지 않았는데, 그것은 우리가 방금 만났을 때와 같았다. 그리고 내 감각들과 함께 흥겹게 놀던 다른 모든 사물들도 마찬가지였다. 그렇다. 연속적 파장들과 미립자들, 그 모든 것이 이미 희미해져 가던 그 무렵에조차도 사물은 없이 단지 이름 없는 유령과 같은 사물들만 남아 있었다. 나는 이렇게 지금 말하고 있지만, 사실상 그 시점에 대해서는 알 수 없었다. 의미가 얼어붙은 단어들이 내게로 마구 쏟아지고, 세상도 지저분하게 이름 붙여진 채로 죽어가는 지금 말이다. 단어들과 죽은 사물들을 아는 것만큼이 내가 아는 전부이며 그것으로 작고 멋진 결과물을 만든다. 그것은 잘 쓰인 글의 중간부이며 첫머리와 끝이 있으며, 죽은 자의 긴 소나타이다. 그래서 내가 이것이나 저것 또는 다른 것을 말한다고 해도, 사실은 별로 중요하지 않다. 말하는 것은 새롭게 지어내는 것이다. 이 말은 당연히 틀리다. 사람들은 아무것도 지어내지 않는다. 사람들은 지어낸다고 탈출한다고 믿지만 그들은 배운 학습, 어느 날 마음에 넣어두었다가 오랫동안 잊힌 벌(罰)의 총체의 찌꺼기들, 울면서도 눈물 없는 삶을 더듬더듬 말할 뿐이다. 빌어먹을. 자, 내가 무슨 얘기 중이었지? 나는 우리 읍의 이름을 기억할 수 없어 친절하고 학식 있어 보이는 행인을 기다렸다가, 모자를 벗은 뒤 미소 지으며 이렇게 말하기로 마음먹었다. 실례합니다, 선생님. 죄송합니다만 선생님, 이 읍내 이름이 뭔지 좀 가르쳐주시겠습니까? 이름이 일단 발음되어 나오면, 그 이름이 내 기억 속에서 내가 찾고 있던 이름인지 아니면 다른 이름인지 알게 되고 그럼 내가 어디 서 있는지도 알 수 있었다. 내가 자전거를 타고 달리면서 내린 결단은 터무니없는 작은 사고 때문에 실행할 수 없었다. 내 결단은 어떤 사고 때문에 실행되지 못한 뒤에 내려지곤 해서 두드러지게 눈에 띄었다. 내가 말하고 있는 그 무렵보다 현재의 내가 훨씬 결단성이 부족하고, 그 무렵의 내가 그 전에 비해서 상대적으로 결단성이 훨씬 부족했던 것은 이런 이유에서였다. 하지만 사실을 말하자면 나는 한 번도 특별히 결단을 내린 적이 없었으며, 단지 결단에 맡겨졌을 뿐이었다. 오히려 누가 누구에게 똥을 싸대는지, 어느 쪽으로 내 몸을 숨기고 엿보아야 승산이 있는지도 모르면서 머리를 처박고 똥구덩이로 뛰어드는 편이었다. 하지만 난 이런 성향으로도 전혀 만족하지 못했고, 또 내가 이런 성질을 모두 떨쳐버리지 못한 것은 그 시도를 원해서가 아니다. 사실 그런 것 같다. 사람들이 최대한 바라는 정도란, 맨 마지막 우리의 존재가 처음과 중반의 창조물일 때보다 약간만 못하게 되는 것이다. 머릿속에 연속적으로 나타난 계획을 세우지도 못했는데, 그때 내 자전거는 개 한 마리를 들이받았고, 그리고서 땅바닥에 넘어졌다. 개가 끈에 묶여 차도가 아닌 보도 위에서 얌전히 여주인 발뒤꿈치를 따라가고 있었으므로 더더욱 용서할 수 없었다. 예비적인 조심은 결단만큼 신중하게 취해야 한다. 그 부인은 자기 개의 안전에 최선을 다했다고 생각할 것이다. 하지만 그녀는 마치 내가 뭔가를 더 밝혀달라고 터무니없이 요구했던 만큼이나, 자연의 섭리를 무가치하게 취급했다.

그런데 이전과 달리 내가 지긋한 나이와 불편한 몸을 들먹이며 굽실거리기보다는, 도망을 치려다가 상황을 악화시켰다. 나는 난폭하게 날뛰는 남녀노소 무리에게 곧바로 따라잡혔고 그들은 나를 박살내려 했다. 그때 어느 부인이 끼어들었다.

그녀가 말한 요점은 이렇다. 그녀가 내게 그것을 나중에 말해 주었고, 난 그 말을 믿었다. 이 불쌍한 노인을 내버려두세요. 이 노인이 테디를 죽였고 그것은 알고 있는 일이에요. 내가 자식처럼 사랑했던 테디를요. 하지만 보기보다 심각한 것은 아니에요. 마침 난 개를 수의사에게 데려가고 있었고 개의 고통을 끝내주려고 했지요. 테디는 늙고, 눈멀고, 귀머거리에다, 류머티즘으로 다리를 못 썼고, 낮이나 밤이나 시도 때도 없이 집 안에서든 정원에서든 오줌똥을 쌌어요. 따라서 이 가엾은 노인은 내가 고통스러운 걸음을 더 하지 않게 해주었지요. 내게 감당하기 어려운 비용을 절약해 준 것은 말할 것도 없고요. 내 유일한 수입은 죽은 남편의 참전 연금뿐이니까요. 무리는 흩어지기 시작해 위험은 지나갔는데도 그 부인은 성큼성큼 따라 걸으며 이야기했다. 그녀가 말했다. 여러분은 말하겠지요. 이 노인이 달아난 것은 잘못이다, 나에게 사과를 해야 하고 설명을 해야 한다고요. 좋아요. 하지만 이 노인은 온전한 정신이 아니고, 평정심을 잃었잖아요. 그 이유를 우리는 모르지요. 또 만약 알게 된다면, 그 이유 때문에 우리 모두가 부끄럽게 될지도 모르죠. 저 사람이 자신이 저지른 일을 알고 있는지조차 궁금해요.

나는 지루함이 발산되는 이 단조로운 목소리로부터 다시 내 길을 막 가려던 참이었는데, 내 앞에 경찰관이 나타났다. 그는 내 자전거 핸들 위에 짐승의 발톱처럼 큼직한 털투성이의 불그죽죽한 손을 덥석 내려놓았다. 그런 다음에 그 아주머니와 다음의 대화를 나눈 것 같다. 이 양반이 아주머니의 개를 치어 죽였다고요? 맞아요, 경찰관님, 그래서요? 아니다. 바보 같은 이 대화를 그대로 옮길 수는 없다. 그래서 이번에는 경찰관이 마침내 투덜거리면서 가버리고 말았다. 마지막 구경꾼들은 내게 불리한 결말이 나기를 바랐는지 투덜대고 으르렁거렸다. 그때 경찰관이 다시 돌아서더니 말했다. 아주머니의 개를 당장 치우세요. 마침내 떠날 자유가 주어지자 난 그렇게 하려고 했다. 하지만 그 부인은, 영감님, 전 영감님이 필요해요, 말하면서 내 옷자락을 붙들었다. 자주 나를 배반하곤 하는 내 표정을 보고, 그러니까 지금 내 심정을 표현하기 위해 적당한 말을 찾고 있는 내 표정에서 그녀는 자신이 나를 이해시켰다고 생각했다. 그녀는 분명 이렇게 말했다. 그가 뭔가를 이해할 수 있다는 것을 이해한 것 같다고.

그녀의 생각은 틀리지 않았는데, 얼마쯤 지나자 나도 몇 가지 생각으로 스스로를 돌이켜보았다. 즉 그녀의 개를 죽였으므로 나는 그녀의 집으로 개를 데려가서 땅에 묻는 것을 마땅히 도와주어야 했다. 그녀는 내가 저지른 일에 대해 고소할 의사가 없었으나, 사람이 원하지 않는 일이라고 해서 늘 안 할 수는 없었다. 또한 내 끔찍한 겉모습에도 불구하고 그녀는 나에게 호감을 갖고 있었으며, 나를 구조하는 일에 기쁨을 누릴 터였다. 그리고 그 밖에 무엇이 있었는지는 잘 모르겠다. 아, 그렇지, 나 또한 그녀가 필요했던 것 같다. 그 이유는 모르겠다. 그녀는 그녀의 개를 치우기 위해서 내가 필요했다. 무슨 이유에선지는 모르겠지만, 나도 그녀가 필요했다. 그녀가 그 이유들을 내게 틀림없이 말했었을 텐데 기억나지 않는 것은, 그 이유들의 나머지 반을 그때는 알고 있었지만 말없이 무시해 버렸고, 또 나는 그 누구도 필요하지 않아 아무 생각 없이 그녀에게 솔직하게 말했기 때문이다. 그것은 어쩌면 조금은 부풀린 말일 수도 있었다. 난 어머니만 필요한 게 분명했으니까. 그렇지 않았다면 내가 무엇 때문에 그렇게 미친 듯이 기를 쓰고 어머니의 집에 가려고 했겠는가? 이것이 내가 가능한 한 말을 피하려고 하는 이유들 가운데 하나이다. 나는 언제나 말을 너무 지나치게 하거나 너무 부족하게 했고, 이 점이 늘 고통스러웠다. 정말로 나 같이 열정을 갖고 있는 남자에게는 치명적이다. 그래서 이 주제를 벗어나기 싫고 다시는 돌아올 기회가 오지 않을 것 같다. 내 말을 곰곰이 생각해 보니, 아니 더 정확히 말하면 말을 오래 할수록 내 말의 지나침은 빈곤을 드러냈고, 반대로도 그러했다. 그것은 시간의 경과로 이루어진 이상스러운 뒤집힘이다. 다시 말하면, 내가 무슨 말을 했든 그것은 결코 충분하지도 모자라지도 않았다. 나는 침묵하지 않았다. 그렇다. 내가 무슨 말을 했든 나는 침묵하지 않았다. 기막힌 분석인데, 이것은 사람들이 자신들에 대해 알고 있는 바대로 이끌어진 분석이며, 그 사람들의 동료들이 있다면 그들 경우도 마찬가지이다. 왜냐하면 내가 그 누구도 필요치 않다고 말했을 때, 내가 말한 것은 지나쳤던 것이 아니라 극소량의 일부였으며, 이 말을 내가 하지 말았어야 했다. 내 어머니에 대한 필요! 그렇다, 이 말은 '필요 없다'는 말로 내 존재가 없어져버리는 그런 말이 아니었다. 그래서 그녀가, 나는 지금 다시 그 여자에 대해 말하고 있는데 왜 그녀가 필요한지 방금 전에 말했다. 내가 감히 이 문제에 대하여 그녀를 반박했기 때문이다. 아마 나는 수고를 거쳐서 그 이유들을 찾아냈을 수도 있었겠지만, 수고란 고맙게도 그때가 아니라 나중에 하게 되었다. 나는 그 큰길이 지겨웠는데, 그것은 분명 큰길이었을 것이다. 지나가는 의로운 자들, 평화를 지키는 경찰관들, 짓밟고 치고 때리지 못해 안달하는 모든 손발들, 철 지난 고함은 절대 지르지 않는 입들, 물이 새기 시작하는 하늘이 지겹고, 멀리에서 포위되어 남의 눈에 띄는 것이 지겨웠다.

어떤 신사가 등나무 지팡이 끝으로 개를 찔러보고 있었다. 아마 잡종이었을 그 개는 온통 누런색이었고, 이미 죽어 있었다. 우리는 개를 내던지듯 안장에 눕히고 출발했는데, 후퇴하는 군대처럼 정신없이 출발했다. 추측해 보건대 우리는 서로를 도와 사체를 잡고 자전거를 앞으로 밀어서 야유하는 군중을 뚫고 앞으로 나아갔다. 그녀의 집은—아니, 그녀를 더 이상 이렇게 부를 수 없다. 루스라고 부르겠다. 그냥 루스라고—루스의 집은 멀지 않았다. 아, 그렇다고 가깝지도 않았다. 난 그곳에 도착할 때까지 배가 불러 있었다. 즉 실제로 배가 부르지는 않았다. 사람들은 단단히 혼났다고 생각하지만, 실제로 혼난 경우는 드물다. 내가 배불렀던 것은 그 지점에 이르러 있었기 때문이며, 그 지점은 1마일을 더 가는 한 시간 뒤면 배가 불렀을 곳이었다.

이게 인간의 본성이다. 신기한 일, 루스가 살았던 그 집, 그 집을 묘사해야 하나? 그렇게 생각하지는 않는다. 그것에 대해 아무것도 묘사하지 않겠다는 것이 현재 내가 알고 있는 전부다. 아마도 나중에 그 집을 알게 되면서 차츰 하게 될지도 모른다. 그럼 루스는? 이제 그녀에 대해 묘사해야 할까? 그렇다.

먼저 빨리 개부터 땅에 묻자. 어떤 나무 밑에 구멍을 판 건 그녀였다. 사람들은 언제나 개를 나무 밑에 묻는데, 왜 그런지 모르겠다. 내 나름대로 의심을 하고 있다. 구멍을 판 것은 그녀였다. 나는 비록 신사이긴 했지만 불편한 다리 때문에 할 수 없었다. 즉 나는 모종삽으로 구멍을 팔 수 있었던 반면 삽으로는 못했다. 삽질할 때 한쪽 다리는 몸의 무게를 지탱하고, 다른 쪽 다리는 굽혔다 폈다 하면서 삽을 땅속에 박기 때문이다. 내 아픈 다리가 어느 쪽인지 더 이상 모르겠는데, 그것은 별로 중요하지 않다. 다리가 뻣뻣했으므로 삽질을 할 수도 없었고, 또 한쪽 다리만으로는 주저앉을 것이므로 내 몸을 지탱해 줄 수도 없었다. 말하자면 나는 한쪽 다리만 쓸 수 있었기에 실질적으로 외다리였고, 만일 사타구니에서 다리가 잘렸더라면 훨씬 더 행복하고 몸이 활동적이었을 것이다. 그리고 만약 누군가가 내 고환들도 약간씩 잘랐다고 한들, 나는 그들에게 아무 탓도 하지 않았으리라. 내 고환들은 가느다란 줄 끝에 매달려 허벅지 중간에서 대롱거릴 뿐, 거기서는 한 방울도 나올 게 없었다. 그래서 내게는 분출하고 싶은 욕구가 더 이상 없었고, 난 오히려 그것들이 없어지길 바랐다. 오랜 세월 동안 거기에 있으면서 거짓 증언을 하며 나에게 책임을 지워왔던 것들이다. 내 고환들은 자기들을 개판으로 만들어놓았다고 비난하면서도 그렇게 한 것을 칭찬해 주었다. 잊었지만, 마치 서커스 형제들처럼 오른쪽이 왼쪽보다 더 처지거나 또는 그 반대인, 그 썩어빠진 주머니 깊은 곳으로부터 말이다. 설상가상으로 아픈 다리만으론 모자란 듯, 그 고환들은 내가 걷거나 앉으려 할 때 방해가 되었으며 자전거를 타고 가려면 위아래로 튀었다. 그래서 없어졌으면 좋을 성싶었고, 마음껏 몸을 흔들도록 직접 칼이나 전지가위로 잘라버릴 수도 있었다. 육체적 고통과 곪은 상처로 고통받는 게 두렵지만 않았다면 말이다. 그렇다, 나는 평생 곪은 상처를 무서워하며 살았다. 한 번도 곪아본 적이 없는 내가 말이다. 나는 그렇게 독했다. 나의 생애, 나의 삶에 대하여 나는 끝이 난 어떤 것처럼 말하기도 하고 아직도 끝나지 않고 이어지는 하나의 농담처럼 말하기도 하는데, 둘 다 틀렸다. 내 삶은 이미 끝났으면서도 동시에 지속되고 있었다. 하지만 이것을 표현하기 위해 어떤 동사의 시제를 써야 할까? 어쨌거나 내가 삽질을 못하게 막은 건 그들이 아니고 내 다리였다. 구멍을 판 것은 루스였고 그동안 나는 개를 팔에 안고 있었다. 개는 이미 무겁고 차가웠지만 아직 악취를 풍기지는 않았다. 굳이 말하면 냄새는 좋지 않았지만, 죽은 개처럼 나쁜 냄새는 아니고 그저 늙은 개 같았다. 그 개도 구멍들을 팠을 텐데, 아마도 바로 이 장소였을 것이다. 우리는 개를 그대로 묻었다. 마치 카르투지오회의 수도사처럼, 상자나 그 어떤 종류의 포장도 없이 개의 줄과 목걸이만 함께 묻었다. 나는 신사였지만 개를 구덩이에 넣은 것은 그녀였다. 나는 불구라서 몸을 굽힐 수도 무릎을 꿇을 수도 없었다. 만일 내가 나의 본모습을 잊고서 몸을 실수 없이 굽히거나 무릎을 꿇게 되면 그땐 내가 아니라 다른 사람이리라. 개를 구멍 속에 던지는 일만이 내가 할 수 있는 전부였다. 기꺼이 난 그렇게 했을 것이다. 그런데 난 그렇게 하지 않았다. 사람들이 열정적으로는 아니지만 기꺼이 할 수 있는 모든 일을 하지 않다니! 우리가 자유롭지 않을 수 있을까? 그것은 검토해 볼 충분한 가치가 있다. 그런데 개를 묻는 데 내가 기여한 바는 무엇이었나? 구멍을 파고, 개를 구멍에 넣고, 구멍을 메운 사람은 그녀였다. 대체로 나는 단지 구경꾼일 뿐이었고, 참석한 것으로 그 일에 이바지한 셈이었다. 마치 그것이 나 자신의 장례식인 것처럼. 그런데 그것은 내 장례식이었다. 낙엽송이었다. 그것은 내가 유일하게 알아볼 수 있는 나무다. 그녀가 자신의 개를 그 밑에 묻기 위해, 내가 확실하게 알아볼 수 있는 유일한 나무를 선택했다니 기이했다. 그 바닷빛 초록 바늘잎들은 마치 비단 같고, 좁쌀만 한 붉은 점들이 박혀 있다. 개의 두 귀에 진드기가 붙어 있었는데, 나는 이런 것들을 잘 본다. 진드기들도 개와 함께 묻혔다. 구멍을 다 파고 나서 그녀는 내게 삽을 건네주고 명상에 잠겨 생각을 되씹었다. 나는 그녀가 울 거라고 생각했으나, 반대로 그녀는 웃었다. 그것은 아마도 그녀가 우는 방식이었는지도 모른다. 또는 내가 잘못 보았고, 그녀는 실제로 웃는 소리를 내면서 울었을지도 모른다. 울음과 웃음, 난 이것들을 전혀 알지 못한다. 그녀는 하나뿐인 자식처럼 사랑했던 그녀의 테디를 더 이상 못 볼 것이다. 이유는 모르겠는데, 분명 그녀는 개를 자기 집에 묻으려는 확고한 뜻을 가졌으면서도, 왜 수의사를 집으로 오게 해서 개를 죽이지 않았는지 궁금하다. 길에서 나와 부딪쳤을 때 그녀는 정말 수의사에게 가고 있었던 것일까? 또는 단지 내 죄책감을 덜어주기 위한 목적으로 그렇게 말한 걸까? 물론 왕진료는 당연히 더 비쌌다. 그녀는 나를 자기 거실로 안내해서 음식과 음료, 분명 맛있는 것들을 주었다. 애석하게도, 난 먹을거리를 그다지 좋아하지 않았다. 하지만 기꺼이 술에 취했다. 그녀가 궁색한 생활을 한다고 해도, 그런 표시를 겉으로 내지 않았다. 그러나 그런 유의 궁색함을 나는 금방 느낀다. 그녀는 불편하게 앉은 내 자세를 보고 뻣뻣한 다리를 위해 의자 하나를 내밀었다. 끊임없이 내게 갖은 맛난 음식을 주는 동안 그녀는 수다스럽게 말을 했으나 나는 그 말의 100분의 1도 알아들을 수 없었다. 그녀는 내 모자를 벗겨 어딘가 모자걸이에 걸려고 가져갔는데, 성큼성큼 가다가 모자 끈에 걸려 멈추자 놀랐다. 그녀에겐 무척 예쁜 앵무새 한 마리가 있었는데, 가장 예쁜 색깔들을 다 지니고 있었다. 난 그 주인보다 앵무새를 더 잘 이해했다. 앵무새는 가끔씩 이렇게 말했다.

제장, 빌어먹을.

이 앵무새는 루스의 것이 되기 전에 어느 미국인 선원의 것이었던 게 분명하다. 동물들은 흔히 주인을 잘 바꾼다. 다른 말은 그다지 안 했다. 아니, 그렇지도 않다. 그렇지, 프랑스어로 이런 말은 했다. 개자식! 미국인 선원에게 있기 전에는 프랑스인과 살았던 게 분명하다. 개자식! 아마 혼자 배웠는지도 모르는데, 놀라운 일이다. 루스는 앵무새에게 프리티 폴리! 말을 가르쳐주려고 했다. 그런데 너무 늦었다는 생각이 들었다. 앵무새는 머리를 한쪽으로 기울여 듣고 생각하다가 이렇게 말하곤 했다. 제장, 빌어먹을 개자식. 앵무새는 제 나름대로 최선을 다했다. 그 앵무새 또한 언젠가 그녀가 묻으리라. 아마도 그 새장 안에. 나 역시, 만약 내가 계속 머물렀다면, 그녀는 나까지도 묻었으리라. 만약 그녀의 주소를 안다면, 와서 나를 묻어달라고 편지를 쓰겠다.

나는 잠이 들었다. 깨어 보니 옷을 벗은 채로 어느 침대 위에 누워 있었다. 내게서 더 이상 냄새가 나지 않는 것으로 보건대, 누군가 뻔뻔하게 내 몸을 씻었나 보다. 나는 방문으로 갔다. 잠겨 있었다. 창문으로 갔다. 창살이 쳐져 있었다. 아직 완전히 밤은 아니었다. 방문과 창문을 열려고 시도해 본 다음에는 무엇을 더 시도해 볼까? 아마도 굴뚝이겠지. 난 내 옷을 찾아보았다. 스위치 하나를 발견하고 그것을 켜보았다. 소용없었다. 기가 막힐 노릇이다! 이 모든 것이 내게 무관심했다. 아니, 거의 무관심했다. 나는 안락의자에 기대어놓은 내 목발을 발견했다. 위에서 언급한 모든 동작을 내가 할 수 있었다는 게 이상할 수도 있다. 나는 그 점이 이상하게 여겨졌다. 난 의자 위에 놓인, 두루마리 화장지 하나가 들어 있는 하얀색 요강 하나를 발견했다. 요강은 하찮게 취급되지 않았다. 나는 이 순간들을 상세하게 이야기하고 있는데 이것은 막연한 일로부터 어떤 안도감을 준다. 난 안락의자에 두꺼운 발쿠션을 놓고, 거기 앉아서 뻣뻣한 다리를 쿠션 위에 올려놓았다. 방에는 안락의자와 쿠션들이 터질 듯이 가득 차 있었으며, 그것들이 어슴푸레한 빛 속에서 내 주위로 우글거렸다. 거기에는 또한 조그만 원탁들, 발받침들, 높은 서랍장들 따위가 많이 있었다. 가득 찬 그 이상한 느낌은 밤이 되면서 사라졌다. 밤이 되어 샹들리에의 스위치를 올려 켜놓았는데도 그랬다. 몹시 불안한 손을 들어 가엾은 마음으로 얼굴을 더듬어보고서야 내 얼굴에 수염이 없다는 것을 깨닫게 되었다. 사람들은 나를 면도시켰고, 내 성긴 턱수염을 깎아버린 것이다. 어떻게 나는 이렇게 제멋대로의 행동을 견디며 잘 수가 있었을까? 평소에는 쉽게 잠들지 못하는데 말이다. 이 질문에 대하여 나는 몇 가지 답을 찾아냈다. 하지만 그 어떤 것이 맞는 답인지는 몰랐다. 어쩌면 모두 틀린 답이었는지도 모른다. 내 수염은 턱과 목 밑 처진 곳에만 제대로 났다. 다른 사람들이라면 수염이 많이 자라나는 부위에 나는 수염이 나지 않는다. 그런 상태로 내 턱수염은 깎여 있었다. 그것을 염색했을지도 모른다. 그렇지 않다는 증거가 없다. 난 안락의자에 벗은 채로 앉아 있었다고 생각했는데, 알고 보니 무척 엉성하고 얇은 잠옷을 입고 있었다. 만일 누군가 와서 내가 새벽 제물로 바쳐진다고 하더라도, 나는 놀라지 않았으리라. 사람이 얼마나 바보가 될 수 있는지 알겠다. 또한 생각건대 내 몸에 라벤더 향수가 뿌려진 느낌이었다. 난 혼잣말을 했다. 가엾은 네 어머니가 지금 너를 볼 수 있었다면. 난 상투적인 말들을 꽤 좋아한다. 어머니는 멀리, 내게서 멀리 있는 것처럼 보였지만, 나는 전날 밤보다 어머니에게 조금 더 가까워졌다. 만일 내 계산이 맞는다면 말이다. 과연 그럴까? 만일 바로 나의 읍내에 있었다면, 나는 더 나아가서 가까워졌다고 할 수 있다. 그러나 내가 그곳에 있었을까? 만일 그와는 반대로 내가 다른 읍내에 있었다면, 당연히 그곳엔 어머니가 없을 것이다. 그러면 나는 더 멀어진다. 나는 분명 잠을 자고 있었으며 커다란 달이 창틀 안으로 들어와 있었다. 창살 두 개가 창을 세 부분으로 나누고 있었는데,

중심은 그대로 있었고 왼쪽에 달이 없으면 오른쪽에 있었다. 달이 왼쪽에서 오른쪽으로 가고 있었거나 방이 오른쪽에서 왼쪽으로 가고 있었으니까. 또는 둘이 동시에 움직였을 수도 있고, 둘 다 왼쪽에서 오른쪽으로 가면서도 방만 달보다 천천히 갔을 수도 있다. 아니면 둘 다 오른쪽에서 왼쪽으로 가면서도 달만 방보다 천천히 갔을 수도 있다. 하지만 이런 상황에서 오른쪽과 왼쪽에 대해 언급할 수 있을까? 극도로 복잡한 움직임들이 진행 중임이 분명해 보였다. 반면에 참말이지 단순해 보이기도 했다. 저 커다란 노란빛은 내 창살 뒤에서 천천히 항해하다가, 두꺼운 벽이 조금씩 삼켜버리면 이윽고 빛은 바래버렸다. 이제 빛의 조용한 여정은 벽돌 위에서 그림자를 습득한 한 줄기 빛으로, 흔들리는 나뭇잎으로 글을 썼다. 그다음에는 너무 밖으로 나가서 나를 어둠 속에 내버려두었다. 달에 대해 말하면서 머리를 잃지 않기는 얼마나 어려운 일인가! 바보 같은 달. 달이 언제나 우리에게 보여주는 것은 그 꽁무니뿐인 듯하다.

그렇다. 나는 예전에 천문학에 관심이 있었다. 그러고 나서 몇 년의 내 시간을 빼앗은 것은 지리학이었다. 그다음으로 내 골치를 잠깐 썩인 것은 인류학, 정신분석학, 최신의 발견 지식에 따라 밀접해지는 학문들이었다. 내가 인류학에서 좋아했던 점은 부정의 힘이었다. 하느님과 비슷하게, 인간을 현실의 인간 자체가 아닌 다른 관점에서 정의하려는 집요함이었다. 하지만 이 점에 대한 내 생각들은 무척 혼란스러웠는데, 그것은 내가 인간들을 잘 알지 못했고 존재의 의미조차 내게서 멀었기 때문이다. 아, 나는 모든 것을 시도해 보았다. 마침내 나의 폐허 속에 영광을 차지한 것은 마술이었고, 나는 오늘도 여전히 그곳에서 거닐다가 그 안에 무엇이 있는지를 발견했다. 그렇지만 대부분의 경우 그것은 지도도 없고 경계도 없는 장소인데, 나는 그 구조는 물론 그 안에 무엇이 있는지조차 알 수 없다. 그리고 폐허 안에 있는 것, 그것이 무엇이고 무엇이었는지도 모른다. 또 세월이 흘러도 변치 않는 사물의 혼란, 그것은 폐허 문제일지 모르겠다. 어쨌거나 신비로울 게 없는 장소라고 생각하고서 마술을 그곳에 버렸다. 난 꿈속에서처럼 말했는데, 천만에 결코 그렇지 않다. 그 장소는 우리가 찾아가는 그런 곳이 아니라 어떻게 왔는지도 모르게 와 있으며, 원하는 대로 떠날 수도 없는 그런 곳이다. 또 우리는 아무런 기쁨을 느끼지 못하지만, 신비들로 가득 찬 신비로운 장소들은 사람들이 노력하면 떠날 수 있는 장소였다.

어느 괴로운 빛 없는 희미한 하늘 아래서 무너지며 얼어붙어 버린 세계가 들려주는 소리가 들린다. 나의 폐허 세계, 그 세계는 비추어보기에 딱 좋다. 그렇다, 역시나 얼어붙어 있다. 그리고 나는 이곳엔 짐이 없지만, 마치 무거운 짐을 진 것처럼 모든 것이 휘어 구부러졌다는 속삭임을 듣는다. 게다가 그곳은 짐을 지기엔 부적합한 땅이며, 빛도 어떤 끝을 향해 내리비추지만 결코 닿을 수 없는 듯 보였다. 왜냐하면 이 쓸쓸한 곳들, 진정한 빛도 똑바른 사물도 토대도 없는 이 쓰레기 더미에 끝이 있을 리 없었기 때문이다. 아침에 대한 기억도 저녁에 대한 희망도 없는 하늘 아래에서 언제나 끝없는 붕괴 속에 기울어져 미끄러지는 것밖에 없는데도 말이다. 이런 것들은 무엇인가, 어디서 왔고 무엇으로 만들어졌는가? 그런데 여기서는 아무것도 움직이지 않는 것 같고 과거에도 움직이지 않았고 앞으로도 움직이지 않을 것 같다. 나를 제외하고는 말이다. 나도 여기에 있을 때는 움직이지 않는다. 다만 보고 보일 뿐이다.

그렇다. 그것은 겉보기와는 달리 끝에 있는 세계이고, 그 끝은 그 세계를 다시 태어나게 했다. 그 세계의 끝내기가 시작됐다는 말이 이해되는가? 그리고 나 또한 끝이 난다. 내가 여기 있을 때 내 눈은 감기고, 고통이 사라지며, 나는 끝이 난다. 삶이 끝내거나 시들 수는 없으므로 만일 내가 오랫동안 잠잠했었다가 멀리서 다시 들리는 그 속삭임에 귀를 기울이면 훨씬 더 배울 수 있을 것이다. 하지만 지금은 더 이상 듣지 않겠다. 그 머나먼 속삭임, 난 그것을 좋아하지 않으며 오히려 두렵기조차 하니까. 하지만 그 소리들은 우리가 원할 때 들을 수 있고, 멀리 가버리거나 귀를 틀어막아서 잠잠하게 하는 소리들과는 다르다. 그 소리는 어떻게, 왜 그런지는 모르겠지만 머릿속에서 바스락거리기 시작한다. 우린 그 소리를 머리로 듣지 귀는 아무 소용이 없으며 그 소리를 멈추게 할 수도 없다. 다만 그 소리는 멈추고 싶을 때 제 스스로 멈춘다. 소리는 그다지 중요하지 않으므로, 그것이 멈출 때까지 난 언제나 그 소리를 들을 것이다. 천둥소리조차 나를 그 소리에서 벗어나게 해줄 수는 없으니까. 그런데 소리가 내게 알맞지 않을 때는 아무도 내게 그 소리에 대해 말하지는 않는다. 그리고 지금 그 소리는 내게 알맞지 않다. 지금 내가 해야 할 일은 미완성으로 남긴 달의 이야기를 끝내는 것이다. 그것은 나를 위해 미완성으로 남겼던 이야기이다. 아주 재치가 있었을 때보다는 못하겠지만 그래도 이야기를 끝마치게 된다면, 나는 최선을 다해 그것을 끝낼 생각이고, 적어도 그러리라고 믿는다. 그 달을 떠올려보니 내 가슴이 경탄과 놀라움으로 가득 차오른다. 아마 더 좋기도 하다. 그렇다. 나는 내 나름대로 그것을 곰곰이 별 관심 없이 생각해 보며 그 달을 머릿속으로 다시 그려보고 있었는데, 바로 그때 커다란 공포가 나를 사로잡았다. 그래도 나는 그것을 좀 더 살펴볼 가치가 있다 판단하고 살펴보다가 곧 다음과 같은 점을 발견했다. 그 밖에 다른 것들도 있지만 한 가지만 말하겠다. 즉 방금 내 창문 앞으로 위풍당당하게 항해해 지나간 그 보름달은 전날 밤인가 그 전날 밤에, 또 그 전날 밤에 내가 보았을 때는 깎여서 뒤로 젖혀진 채, 새로 나온 아주 가느다란 초승달이었다는 것이다. 그때 나는 이렇게 혼잣말했었다. 아하, 그 남자가 남쪽으로 가는 미지의 길로 떠나기에 앞서 저 초승달 여인을 기다렸구나. 그리고 조금 있다가 다시 말했다. 내일 어머니를 보러 가면 어떨까. 이 모든 것이 앞뒤가 잘 맞는 것으로 보아 그렇다. 속담에도 있듯이 성령의 지배하심으로 말이다.

내가 이 상황을 그에 맞는 적절한 곳에서 언급하지 않은 이유는 사람들이 모든 것을 적절한 장소에서 말할 수 없고, 언급될 가치가 없는 것들 가운데에서 선택할 필요가 있기 때문이다. 모든 것을 다 말하려면 우리는 결코 다 끝내지 못할 테니까 말이다. 그런데 그것이 가장 중요하다. 끝낼 것, 끝낸 것. 아, 나는 안다. 사람들은 현재의 몇몇 상황만 언급한다고 해도 역시 다 끝내지 못한다는 것을 안다. 암 알고말고. 다만 똥 같은 소리의 바꿈질이다. 모든 똥이 비슷하게 하찮게 생겼지만 똥 더미를 바꿔보는 것도 좋다고 사람들은 말할지도 모른다. 때때로 좀 더 멀리 있는 똥 더미로 가보고, 나비처럼 훨훨 나는 것도 좋다. 그리고 만일 우리가 실수를 한다면, 아니 우리는 실수를 한다. 말하자면 그 새로 나온 달처럼 말하지 않았으면 좋았을 상황들을 이야기하고 다른 것들에 대해서는 말하지 않는다면, 그것은 선의로 한 실수이다. 그러니까 산 위에서 보내며 두 명의 강도를 보았던 밤, 어머니를 찾아가기로 결정한 그 밤과 현재의 밤 사이에 내가 추측했던 것보다 보름에 가까운 시간이 지났다는 말인가. 그럴 경우 꽉 찬 보름 혹은 거의 보름에 가까운 날들은 어떻게 되었나, 어디로 흘러갔나? 그리고 내가 그동안 겪어왔던 사건들을 그곳에서 찾을 가능성은 있을까? 오히려 이렇게 추측하는 편이 더 승산이 있지 않았을까? 즉 이틀 전날 밤에 본 그 달은, 보름달 바로 전날 밤의 달이었다. 또는 루스의 집에서 본 달은, 내게 보였던 대로 보름달이기는커녕 실제로는 그 첫 4분의 1을 겨우 시작한 것이었다. 아니면 마지막으로 초승달이나 보름달과도 거리가 먼 달이었는데, 곡선 모양이 서로 너무나 비슷해서 맨눈으로는 잘 구분할 수 없었다고. 그리고 이 가설들과 모순되면 모두가 연기와 망상에 지나지 않았다고. 어쨌거나 이런 생각들과 함께 나는 마음이 가라앉았고, 자연의 변덕 앞에서도 나의 옛 평정심을 되찾게 되었다. 또한 다시 이런 생각도 했다. 내가 잠에 스며들었을 때 달이 생겼으니 달은 내 밤과는 아무 관계가 없었다. 따라서 내가 방금 보았던 창문을 가로지르면서 가는 달을 나는 결코 본 적이 없으며, 나는 내가 누구인지를 잊어버리고 (이유는 있었다) 다른 사람인 듯 말했다. 그렇다. 그런 일은 내게 가끔 일어나고 있으며, 나는 내가 누구인지를 잊어버리고서 낯선 사람처럼 걷는 나를 본다. 바로 그럴 때면 내가 보는 하늘은 실제의 하늘과 달리 보이고, 땅도 제 색깔을 띠지 않는다. 이런 일은 휴식처럼 보이겠지만 결코 그렇지 않다. 나는 옛날에 나의 것이었던 그 이상한 빛 속에 있는 행복을 없애버린다. 기꺼이 그것을 믿고 있지만 그다음은 언제나 불안이 엄습하기 때문이다. 그것은 다시 떠나야 함을 뜻한다. 어디로 갈지는 말하지 않고, 말할 수 없다. 그것이 내가 알고 있는 전부이다. 머물러 있는 것도, 떠나는 것도 좋지 않다.

다음 날 나는 내 옷을 달라고 요청했다. 하인이 알아보려고 나갔다. 그러나 그 옷을 태웠다는 소식을 가지고 돌아왔다. 나는 계속해서 방을 살펴보았다. 방은 대략 정육면체였다. 높다란 창 너머로 나뭇가지들이 보였다. 가지들은 가볍게 흔들리고 있었지만 늘 그런 것은 아니었고, 때때로 갑작스럽게 흔들렸다. 나는 샹들리에가 켜져 있음을 알았다. 내 옷을 주시오, 내 목발도. 내가 말했다. 난 목발이 안락의자에 기대어 있었다는 것을 잊고 있었다. 하인은 방문을 열어놓은 채 다시 나갔다. 방문을 통해 커다란 창문 하나가 보였는데, 그것은 방문보다 클 뿐만 아니라 방문이 통째로 포개질 만큼 더 넓고 불투명했다. 하인이 다시 와서, 내 옷은 윤기를 없애기 위해 염색소에 보내졌다고 말했다. 그는 내 목발도 가져왔는데, 이런 점은 내게 이상하게 보여야 했음에도 오히려 너무 자연스러워 보였다. 난 목발 하나를 집어서 가구들을 치기 시작했다. 아주 세게 친 것은 아니고, 부러지지 않고 뒤집힐 만큼만 쳤다. 가구들의 숫자가 밤보다는 적었다. 사실 나는 가구들을 쳤다기보다는 밀쳤다. 검으로 찌르듯 일격을 가했는데, 그것도 밀치는 동작이라고 할 수는 없었고, 왠지 치는 것보다는 미는 쪽에 가까웠다고 말할 수 있다. 하지만 내가 누구인지를 기억하고서는, 얼른 목발을 던져버리고 방 한가운데 꼼짝 않고 서서 가만히 있기로 마음먹었다. 내가 그 옷을 안 준다고 무작정 화를 내는 것도 이상해 보였기 때문이다. 다시 혼자 있게 되자 나는 계속해서 방을 살펴보았는데, 방의 다른 특성들을 발견하려는 순간 하인이 다시 왔다. 하인은 내 옷을 찾으러 사람을 보냈으며 조금 뒤에 내게 갖다주겠다고 말했다. 그리고 그는 내가 넘어뜨린 가구들을 다시 일으켜 세워 제자리에 놓기 시작했다. 그렇게 하면서 느닷없이 손에 쥔 깃털 먼지떨로 먼지도 털었다. 나는 아무에게도 화가 나지 않았다는 걸 보여주기 위해서 최선을 다해 그를 돕기 시작했다. 뻣뻣한 다리 때문에 내가 할 수 있는 일은 별로 없었지만, 그래도 할 수 있는 일은 했다. 하인이 가구들을 일으킬 때마다 그것을 가로채서 극심한 섬세함으로 제자리에 알맞게 놓았다. 그 효과를 더 잘 평가하기 위해 팔을 허공에 뻗치고 뒤로 물러섰다가, 눈에 띄지 않을 만큼 작은 변형을 주기 위해 달려갔다. 나는 잠옷을 집어 들어서 먼지떨이라도 되는 듯 극성스럽게 털었다. 하지만 이런 하찮은 놀이에 지쳐서 그는 방 한가운데서 갑작스럽게 멈췄다. 그리고 하인이 나가려는 걸 보고 그에게 한 발짝 다가가서, 내 자전거는요? 이 말을 되풀이했다. 자그맣고 나이를 알 수 없는 그 하인, 나는 그가 어떤 인종인지는 잘 모르지만 확실히 나와는 달랐다. 아마도 동양인 같았는데 그렇다고 하기에는 너무 막연하고, 동방의 해 뜨는 나라 태생이 틀림없을 것 같았다. 그는 하얀 바지와 하얀 셔츠, 놋쇠 단추가 달린 사슴 색깔 같은 노란색 조끼를 입었고 샌들을 신고 있었다. 사람들이 무엇을 입고 있는지에 대해 내가 이렇게 또렷하게 알아내는 적은 드문데 다른 사람들에게 이런 혜택을 줄 수 있어서 기쁘다. 그 까닭은 아마도 그날 아침 내내 문제가 되었던 것이 내 옷이기에 설명될 수 있다. 그리고 난 아마도 이렇게 혼잣말을 한 것 같다. 자기 옷을 입고 있는 평안한 이자를 봐, 반면에 난 여자 옷 같은 이상한 잠옷을 입고 둥둥 떠다니고 있었다. 그 옷은 환히 비치는 분홍색이었고, 리본, 주름, 레이스로 꾸며져 있었기 때문이다. 반면 방은 어두워서 잘 볼 수 없었는데, 내가 방을 다시 살펴볼 때마다 매번 바뀐 것처럼 보였다. 이는 현재 우리의 지식 수준에서 인지(認知)장애라고 부른다. 나뭇가지들조차 마치 제 고유의 궤도 속도가 주어져 있는 듯 자리를 바꾼 것처럼 보였고, 방문도 반투명으로 성에가 낀 그 창문 안에 더 이상 포개져 있지 않고, 오른쪽인지 왼쪽인지 살짝 이동해 있었다. 그 결과 방문 틀 안으로 하얀 벽면이 들어왔고, 나는 움직여서 그 위에 희미한 그림자를 만들 수 있었다.

내가 보고 동의하는 이 모든 사물에는 자연의 자원이 무한한 것처럼 보였다. 다만 쉽게 이 사물들의 질서 속에 끼어들어서 그 세부적인 면들을 감상하기에는 자연스럽지 못했다. 나는 습관적으로 태양이 남쪽에서 뜨는 모양을 보았으나, 내가 어디로 가는지는 알지 못했다. 정말로 내 주변의 모든 것이 무분별하게 임의대로 돌아갔으므로, 내가 무엇으로부터 떠나가고 무엇을 동반하는지도 알 수 없었다. 이런 상황에서 어머니의 집에 가기는 쉽지 않다. 그것은 루스의 집에 가기보다, 유치장에 가거나 혹은 나를 기다리는 다른 장소들로 가기보다 쉽지 않았다. 그러나 하인이 포장지에 싼 내 옷을 가져와서 내 앞에서 풀었을 때, 거기에 내 모자가 없어서 나는, 내 모자요, 하고 말했다. 그는 이윽고 내가 원하는 바를 이해했는지 나갔다가 잠시 뒤에 내 모자를 가지고 다시 왔다. 이제는 모자를 단춧구멍에 이어놓기 위해 필요한 레이스 끈을 빼고는 빠진 것이 하나도 없었는데, 하인에게 굳이 말할 필요가 없어 난 그것에 대해 한마디도 하지 않았다. 그것은 낡은 끈이라 어디서나 구할 수 있기 때문이다. 정식 옷의 끈이 다 그렇게 영구적이지 못하다. 자전거는 아래층 어딘가, 어쩌면 현관 층계 앞에서라도, 끔찍한 모습으로부터 나를 멀리 데려가기 위해 대기할 거란 희망을 가졌다.

게다가 그것을 다시 얘기해서 하인과 나, 우리 둘에게 새로운 시련을 더해서 무슨 득이 있으랴 생각했다. 그렇게 하지 않아도 될 방법이 있는데 말이다. 이런 생각이 적당하게 재빨리 내 마음을 스쳐갔다. 내 옷의 주머니는 모두 네 개였는데, 나는 하인이 보는 앞에서 그 안을 뒤져보고 그 내용물 가운데 뭔가 빠졌다는 것을 확인했다. 특히 빨아 먹는 돌이 거기에 없었다. 그 돌은 바닷가에서 제법 쉽게 찾을 수 있고, 한 시간쯤 논쟁을 벌이면 그가 정원에 가서 전혀 빨 수도 없는 돌 하나를 가져다줄 수도 있었다. 그랬기에 더더욱 그 문제에 대해선 아무 말도 하지 않는 게 나았다. 나는 그 결정도 이를테면 순간적으로 내렸다. 없어진 다른 물건들에 대해서는 말해 봐야 소용이 없었다. 무엇이 없어졌는지 나도 정확히 몰랐으니까. 내가 모르는 사이에 경찰서에서 압수당했거나, 넘어질 때 흐트러트려서 잃었거나, 또는 다른 경우에 없어지거나 아니면 아마도 던져서 잃어버렸을지도 모른다. 난 홧김에 내가 지니고 있던 모두를 던져버리기도 했으니까. 그러니 그것에 대해 왜 말을 하겠는가. 하지만 나는 고귀한 칼 하나가 없어졌다고 큰 소리로 강력하게 주장해서, 돌 대신에 좋은 과일칼 하나를 받았다. 그 칼은 녹슬지 않는다고 했으나 얼마 안 가서 녹이 슬었다. 내가 알았던 모든 과일칼과는 달리 열리고 닫히기까지 했으며 안전장치가 하나 달려 있었는데, 위험성이 금세 드러났다. 그래서 아일랜드의 진짜 뿔로 된 손잡이와 녹이 슬어 빨간 칼날 사이에 내 손가락들이 끼어서 여기저기 셀 수 없이 많은 상처를 입었다. 칼날이 너무나 무뎌서 사실 베였다기보다는 타박상에 가까웠다. 내가 이 칼에 대해 길게 이야기하는 이유는, 내 소유물들 가운데 어딘가에 아직도 내가 그것을 지니고 있기 때문이고, 또 여기서 길게 말했으니 이제 내 소유물 목록을 작성할 순간이 온다면 더 이상 그것에 대해 말하지 않아도 되기 때문이다. 그러면 그런 이야기를 또 해야 할 때 이미 했던 만큼 편안함을 느끼게 될 것이다. 나는 내가 잃어버린 사물과 잃어버려서는 안 되었던 사물에 대해서는 덜 장황하게 논해야 함을 알고 있다. 그것은 스스로 알고 있다. 그런데 내가 언제나 그 원칙을 지키지 않는 이유는, 때때로 그것이 생각나지 않고 내가 잠재의식 속에서 그것을 끌어내본 적이 없었던 것처럼 사라지기 때문이다. 마치 미친 말(언어) 같다. 그러나 상관없다. 난 더 이상 내가 뭘 하는지, 왜 하는지도 잘 모르니까. 이렇게 점점 더 이해하지 못하는데 나는 그 사실을 숨기지 않는다. 왜 숨기겠는가, 그리고 누구에게 숨기겠는가, 사람들에게? 사람들에게 왜 솔직히 털어놓지 않겠는가? 그리고 행위라는 것은 원칙을 나타내기 불가능한 어떤 것으로 나를 꽉 채워버린다. 여기서 말하는 어떤 것이 무엇인지는 잘 모르겠다. 나로서는 불가능한 표현이다. 새삼스럽게 이제 와서 무슨 원칙에 근거하느냐고 질문하지 않기에 그렇다. 그래서 그렇게 많은 이야기를 하지 않는다. 내가 무엇을 하든, 즉 내가 무엇을 말하든 예전과 같을 것이다. 그렇다. 그 원칙들이 거기에 없을 때 내가 그 원칙들에 대해 말한다면 어쩔 수 없다.

원칙들은 분명 다른 어딘가에 있다. 그리고 늘 예전과 같은 행위를 하는데도 같은 원칙에 따르는 행동이 아니라면, 나는 어쩔 수 없다. 그런데 그 원칙에 따르는지 따르지 않는지를 어떻게 알 수 있겠는가? 그리고 과연 그 원칙을 따르고 있는지 어떤지 사람들 스스로가 알고 싶어 할까? 아니, 이 모든 것은 걱정할 가치도 없다. 그런데도 가치에 대한 감각을 잃고서 걱정을 한다. 그리고 걱정할 만한 가치가 없는 것들은 그대로 둔다. 같은 이유로 혹은 지혜롭게도, 자신들과는 상관없다고 생각한다. 이 사람들은 자신들이 무슨 행동을 하고 있는지도, 또 왜 그 행동을 하고 있는지도 모른 채 연속적으로 행동한다. 혹시나 하는 나의 궁금증, 그렇다, 어떤 의혹을 각오하고서 말이다. 뭘 하는지, 왜 하는지도 모르면서 내가 하고 있는 행위보다 더 혹독한 행위에 대해서 나는 전혀 마음에 품은 적이 없었다. 내게는 놀랄 일도 아니다. 나는 결코 시도해 본 적이 없으니까. 만일 내게 주어진 것보다 더 혹독한 것을 마음에 품을 수 있었다면, 나는 그것을 취하고 나서 평화를 얻었을지도 모른다. 내가 여기 나 자신에 대해서 무언가 아는 경우에는 그랬다. 그런데 내가 가지고 있는 것, 내가 누구냐는 것은 내게 충분하고, 늘 충분했으며, 나의 작은 사랑 작은 미래에 대해서도 염려 없다. 나는 아직은 오지 않은 좋은 시간을 느끼고 있기 때문이다.

나는 먼저 내 옷의 상태가 괜찮은지 확인한 다음 옷을 입었다. 바지와 외투를 입고, 모자를 쓰고 신발을 신었다. 내게 장딴지가 있었다면 내 신발은 장딴지가 있을 위치까지 올라왔으며 절반은 단추가 끼워졌고 절반은 끈으로 매어졌다. 나는 다른 어딘가에 아직도 그 신발을 가지고 있다고 생각한다. 그런 다음에 나는 다시 목발을 집어 들고 방을 나갔다. 온종일을 그런 바보 같은 일들로 보냈고, 다시 해거름이 되었다. 나는 계단을 내려가면서, 방문을 통해 보았던 그 창문을 자세히 살펴보았다. 그것은 계단에 강렬한 황갈색빛을 내비치고 있었다.

루스는 정원에서 개의 무덤을 어루만졌다. 그녀는 더위가 누그러진 저녁 날씨를 이용해서 풀씨를 뿌리고 있었다. 그녀는 나를 보더니 열의를 띠고 다가와 음료와 음식을 주었다. 나는 선 채로 음식을 먹으면서 온몸의 감각을 곤두세우고 내 자전거를 찾아보았다. 그녀는 계속 말했다. 나는 얼른 먹고 나서 자전거를 찾아 나섰다. 그녀가 나를 따라왔다. 결국 나는 자전거를 찾아냈는데, 아주 폭신폭신한 나무 덤불 속에 반쯤 가려져 있었다. 나는 목발을 던지고 두 손으로 자전거의 안장과 핸들을 잡고 올라타고서 이 저주받은 장소로부터 벗어나기 전에 자전거를 앞뒤로 몇 바퀴 굴려볼 생각이었다. 하지만 아무리 밀고 당겨봐도 바퀴가 돌지 않았다. 마치 브레이크가 꽉 조여진 것 같았으나, 맹세코 그렇지는 않았다. 내 자전거에는 브레이크가 없었으니까. 죽기 전까지의 날 가운데에서 내 활력이 최고에 이르렀던 시간이었음에도, 나는 갑자기 심한 피로를 느끼면서 자전거와 이슬을 아랑곳 않고 잔디 위에 누웠다. 나는 이슬을 두려워해 본 적이 없다. 바로 그때 루스가 내 옆에 쭈그리고 앉아서 몇 가지 제안을 하기 시작했는데, 난 방심하여 넋을 잃은 채 귀 기울이지 않았다. 나는 달리 아무 행동도 할 수 없었고, 참으로 달리 할 행동도 없었다. 틀림없이 그녀는 내 맥주 속에 뭔가 나를 나약하게 만드는 그 어떤 약을 탄 것이다. 그 결과 나는 녹아 들어가는 왁스 덩어리에 지나지 않았다. 그녀는 제안의 각 항목마다 여러 번 천천히 되풀이했고, 나는 다음 요지를 이끌어냈다. 약해지는 그녀의 마음을 나도 그녀도 막을 수 없다. 나는 그녀의 집에 머물면서 내 집처럼 지낼 수 있다. 그녀는 나에게 음식과 음료, 그리고 담배를 피운다면 흡연도 공짜로 누릴 수 있으며, 내 삶은 걱정 없이 흘러갈 거라고 말했다. 어떤 면에서 본다면 나는, 내가 죽었고 그녀의 자식과도 같았던 개를 대신하게 되는 것이다. 내가 원한다면 원할 때마다 정원 일과 집안일을 도울 수도 있다. 그런데 나는 일단 길에 나가면 돌아올 수 없으므로 길에 나가지 말아야 한다. 나는 내게 가장 알맞은 생활 리듬을 선택하여 일어나고 자고, 내가 원하는 시간에 식사를 하게 된다. 그러나 만일 몸의 청결이나 반듯한 옷차림새, 씻기를 원치 않는다면 그 누구도 내게 강요하지 않으리라. 그녀는 근심하게 될 터였으나, 내 근심에 비하면 그녀의 근심은 무엇이었단 말인가? 나에 대한 그녀의 바람은 그녀와 함께 있는 나를 느끼고, 때때로 가만히 쉬고 있을 때나 왔다 갔다 할 때마다 특별한 내 육체를 지켜보는 것이었다. 나는 이따금씩 그녀의 말을 막고, 내가 있는 곳이 어떤 읍인지 물어보았다. 그러자 그녀는 나를 이해할 수가 없었고, 내가 모르는 상태로 있길 원했는지 그 질문에는 대답하지 않았다. 다만 방금 말한 독백을 참을성 있게 되풀이하면서, 다시 한번 이점들을 천천히, 부드럽게 설명했다. 깊어가는 밤에 단조로운 그 목소리와 축축한 땅 냄새, 그리고 향이 진한 어떤 꽃 냄새밖에 남지 않을 때까지. 그 순간에는 그 꽃이 무엇인지 알 수 없었지만, 나중에 연푸른색의 스파이크 라벤더였음을 알게 되었다. 그 정원에는 사방에 대못처럼 뾰족뾰족한 스파이크 라벤더 모판이 있었다. 루스가 라벤더를 좋아했기 때문이다. 그녀가 그렇게 내게 말했음이 틀림없다. 그렇지 않다면 나는 몰랐으리라. 그녀는 그 향기 때문에, 그다음엔 색깔 때문에, 다른 모든 풀과 꽃보다도 라벤더를 좋아했다. 만일 내가 후각을 잃지 않았더라면, 라벤더 향기는 사람들이 잘 알고 있는 그 연상 작용을 통해 언제나 루스를 생각나게 했으리라. 그녀는 라벤더꽃이 피면 따 모았다가 말려서 주머니들 속에 넣어, 벽장과 손수건, 속옷, 가정용 리넨들에 그 향기가 스며들게 했다. 그런데 이따금씩 종탑과 괘종시계에서 시간을 알리는 종소리가 들려왔고, 점점 길어지다가 갑자기 무척 짧았다가 다시 점점 길어졌다. 그녀는 이 소리를 통해 내가 망상을 품게 했다. 그 모든 시간 동안 그녀는 쭈그리거나 무릎을 꿇고서 내 옆에 있었고, 반면에 나는 잔디 위에 등을 대고 누웠다가, 배를 대고 누웠다가, 한쪽 옆으로 누웠다가, 다른 쪽 옆으로 누웠다가 하면서 조용히 누워 있었다. 그동안에 그녀는 끊임없이 말을 했고, 나는 단지 한참 있다가, 점점 약해지는 소리로 우리가 있던 읍이 어딘지를 물었다.

　마침내 그녀는 자신이 승리했다는 확신이 섰는지, 또는 단순히 자신은 할 수 있는 모든 일을 했고 더 고집해 봤자 아무 소용이 없다는 것을 깨달았는지 일어나 어디론가 가버렸다. 나는 그녀가 어디로 갔는지는 모른다. 나는 내가 있었던 곳에 후회를 하면서 그대로 남아 있었으니까. 왜냐하면 내 안에는 늘 다른 바보들 가운데 두 놈이 있었기 때문이었다. 한 놈은 자신이 있는 곳에 그대로 머물러 있기만을 주장하고, 또 다른 한 놈은 보다 나은 미래를 상상했다. 그래서 결코 실망한 적이 없었다. 그리고 나를 만족케 한 이 두 바보는 뺑 돌아서 자기들의 바보짓을 이해하기도 했다. 그날 밤에는 달빛이나 다른 빛이 문제가 아니라 또한 잎새들과 꽃잎들의 수줍은 안식일, 다른 곳에서는 그렇지 않으면서도 소용돌이치는 긴장의 공기, 낮에는 움직이지 않고 분명하지 않은 그 공기도 아니고 멀리서 대지가 내는 일정한 소리였다. 그 소리는 다른 소리들에 의해 가려지지만 그리 오래지 않아 다시 들렸다. 그 다른 소리들은 사람들이 진정으로 귀 기울여 해명해 주지 않아서 모두가 같이 은밀해졌다. 그리고 또 다른 소리가 하나 있었는데, 그것은 그 정원의 일생이 되어버린 내 삶의 소리였다.

내 삶의 소리는 바다와 황야의 대지를 타고 가버렸기 때문이다.

　그렇다. 나는 내가 어떤 사람인지도 또 내가 존재한다는 것, 존재하리라는 사실조차 잊어버릴 때가 있었다. 그럴 때면 나의 존재를 그렇게 잘 보관해 주었던 그 고마운 봉함 항아리의 한쪽 벽면이 무너져 내렸다. 예를 들면 봉함 항아리는 내가 뿌리들과 길들여진 줄기들로 채워놓은 헐렁한 울타리였다. 오래전에 죽어서 곧 태워질 말뚝들이었으며, 밤의 휴식이자 새벽의 촉박함이었으며, 그다음엔 겨울을 향해 열정적으로 굴러가던 행성의 노예였다. 겨울은 그 경멸스러운 피부병 자국들에서 그 행성의 노역을 없애줄 수도 있었다. 또는 그 겨울 가운데 나는 불안정한 고요였고, 변함없는 눈의 해빙기였으며, 다시 시작되는 겨울의 공포였다. 하지만 그런 고요, 해빙기, 공포는 내게 자주 일어나지 않았고, 대부분 나는 계절도 정원들도 모르는 내 항아리 안에 머물러 있었다. 그리고 그럭저럭 괜찮은 사람이었다. 하지만 그 안에서는 조심을 해야 했다. 이를테면 사람들 자신이 여전히 존재하는지, 존재하지 않는다면 언제 끝났는지, 그리고 존재한다면 아직도 얼마나 이어질지 등, 그 무엇이든 꿈의 실마리를 잃지 않게 해줄 질문들을 제기해야 한다. 나의 경우 그 질문들을 하나씩 기꺼이 던졌는데 그것은 오로지 그 질문들을 살피기 위해서였다. 아니 기꺼이 한 것은 아니었고 이유가 있었다. 내가 여전히 거기 있다고 믿기 위해서였다. 하지만 여전히 거기에 있다고 해도 내게는 아무런 의미가 없었다. 난 그것을 '사색한다'라고 불렀다. 나는 거의 멈추지 않고 사색했으며 감히 멈출 수가 없었다. 아마도 내 순수함은 그 덕분이었는지도 모른다. 순수함은 조금 더 시들어서 나빴고 조금은 새로울 것도 없었지만, 나는 내 순수함이 기뻤다. 그런 것 같다. 마치 언젠가 어느 꼬마에게 구슬을 주워주었더니 그 꼬마가 내게 고맙다고 한 것처럼. 내가 왜 그랬는지는 모르겠다. 그렇게 할 필요는 내게 전혀 없었다. 아마도 그 꼬마는 자신이 직접 구슬을 줍는 쪽을 더 좋아했을 수 있지만 그랬다가는 영영 못 주웠을 것이다. 게다가 내 뻣뻣한 다리 때문에 그것을 줍기 위해 내가 들여야 할 대가도 그렇고. 말들은 내 기억 속에 영원히 새겨졌는데, 아마도 내가 그 말들을 곧바로 파악하지 못했기 때문이겠지만 그런 일은 전혀 자주 일어나지 않았다. 나는 제법 예민한 귀를 갖고 있었다. 그리고 아주 섬세한 뜻으로 방해받지 않은 소리들을 나는 누구보다도 잘 인식했다. 그렇다면 무슨 이유에서였나? 아마도 이해력 부족 탓으로 여러 번 간청을 받아야만 그때서야 이해할 수 있었던 모양이다. 그러나 이해력을 울리는 진동수가 추리력의 진동수보다 더 낮거나 더 높을 때, 그 한마디 말이 마음에 품을 만하다면 이해력은 진동한다. 그러면 그 말을 마음에 품고 상상할 수 있다. 내가 나의 마음에 품으니까 가능한 것이다. 그렇다. 내게 들렸던 말들은 첫 번째, 그리고 두 번째에도, 또한 가끔 세 번째까지도 내게는 순수한 소리들처럼 들렸다. 이렇게 감각적인 청력은 아마도 대화가 고통스러웠던 이유 가운데 하나였다. 그리고 나 자신이 직접 발음하는 단어들은 거의 언제나 지적인 노력이 녹아 있었을 텐데도 내게는 곤충들이 윙윙대는 소리처럼 들렸다. 그래서 나는 그동안 별로 말을 안 했으며, 다른 사람들이 내게 하는 말뿐만 아니라 내가 그들에게 하는 말조차도 이해하기 어려웠다. 우리는 마침내 꾸준한 인내심으로 서로를 이해하게 되었다. 하지만 묻고 싶다. 무엇을, 무슨 목적을 이해한다는 것인가? 나는 자연의 소음들, 인간들의 작업하는 소음들에 대해서도 내 방식으로 반응했다고 생각했지, 거기서 어떤 교훈들을 얻어보려는 생각은 하지 않았다. 내 눈도 분명 잘못이 있었다. 좀 뚜렷하게 눈에 비춰진 것도 이름을 대지 못했기 때문이다. 내가 세상을 거꾸로 보고 있었다고까지는 말하지 않더라도 (그렇다면 너무 쉬웠을 것이다) 부풀려질 만큼 형식적인 측면에서 보았던 것만은 확실한데, 그렇다고 결코 탐미주의자나 예술가는 아니었다. 그리고 두 눈 가운데 한쪽만 그런대로 불편함 없이 볼 수 있었으므로, 나와 다른 세계 사이의 거리를 파악하기가 어려웠다. 그래서 닿을 수 없는 범위를 향해 손을 내밀다가 거의 보이지 않는 지평선 위의 물체들에 자주 부딪히곤 했다. 하지만 두 눈이 보였을 때에도 나는 그랬었다. 아니 그런 것 같기도 하고 아닌 것 같기도 하다. 내 인생에서 아주 오래된 일이니까. 그 시절에 대해서 나의 기억만큼은 매우 밝다. 그리고 그때를 생각해 보면, 내 미각이나 후각의 시도는 더 나을 것도 없었는데, 난 정확히 좋은지 나쁜지조차도 모른 채 냄새만 맡고 맛을 보았다. 그러나 같은 시도를 두 번 이어서 하는 일은 드물었다. 나는 배우자를 피곤하게 할 능력도 없고, 바람을 안 피우는 훌륭한 남편이라고 생각한다. 지금은 왜 내가 루스와 함께 오랫동안 지냈는지 알 수 없다. 다시 말해서 힘을 들이면 가능하겠지만, 내가 왜 그런 수고를 해야 하는가? 내가 달리 어쩔 수 없었다고 뚜렷이 하기 위해서? 그것이 내가 불가피하게 이른 결론일 테니까. 나는 오래전에 젊어서 죽은 그 휠링크스 (Geulincx)의 이미지를 좋아했었는데, 그는 내게 오디세우스의 검은 배 갑판 위에서 동방으로 기어 들어갈 수 있는 자유를 주었다. 그것은 개척자의 정신이 없는 사람으로서는 하나의 커다란 자유였다. 고물에서 파도를 곰곰이 지켜보며, 즐거워하는 노예가 되어 오만하고 덧없는 눈으로 지나간 뱃길을 바라보았다. 그 뱃길은 고국 땅으로부터 나를 떼어놓지는 않는 길이었고, 그 어떤 난파선을 향해서도 나를 데려가지 않았다.

　나는 꽤 오랫동안 루스의 집에 머물렀다. 꽤 오랫동안이라면 막연하다. 아마도 몇 달, 혹은 1년 동안. 내가 떠나는 날 날씨가 다시 더웠다는 것을 알지만 그것은 내 세상에서는 아무런 의미가 없었다. 그 세상은 1년 중 아무 때라도 덥거나 춥거나 혹은 단순히 온화했고, 나날은 완만하게 흘러갔다. 하지만, 완만한 기복은 아니었다. 그 뒤로 아마 바뀌었는지도 모른다. 그러니까 내가 그때 날씨에 대해 알 수 있는 한은, 내가 출발할 때의 날씨와 도착할 때의 날씨가 거의 비슷했다는 것이다. 그런데 난 온갖 날씨 속에서 오랫동안 바깥에 있어왔으므로, 서로 달랐던 그때의 날씨들을 제법 잘 분간했다. 심지어 내 몸이 좋아하고 싫어하는 날씨들도 있었다. 내 생각에 나는 여러 개의 방을 썼다. 하나씩 차례로, 혹은 번갈아가면서, 잘 모르겠다. 아무튼 내 머릿속에는 여러 개의 창문이 있다. 나는 알고 있다. 하지만 그 창들은 움직여 행진하는 우주를 향해 다양하게 열려진, 모두 같은 창문이었다. 여러 개의 방은 움직이지 않았다. 어떤 미지의 보상 체계 때문이었는지는 모르겠지만 정원과 집은 움직이지 않았고, 나도 가만히 있을 때는 움직이지 않았다. 돌아다닐 때는 매우 느린 동작으로 학생들의 은어에서 말하듯, 마치 철 지난 새장 속에서처럼 움직였다. 물론 우주 공간 밖에서도 마찬가지다. 철 지난 새장 밖에 있으면서 우주 공간 안에 있는 사람은 나보다 똑똑한 사람들이었다. 나는 똑똑하기는커녕 오히려 바보였다. 하지만 내가 아주 틀렸을 수도 있다. 내가 그 무렵을 더듬어볼 때 내 머릿속에서 열리는 그 다양한 창문들은 아마도 실제로 존재했는지도 모른다. 비록 내가 거기에 더 이상 있지는 않지만 열리고 닫히는 창문들을 쳐다보고, 방 구석에 쭈그려 앉아 창문 안으로 들어오는 사물들을 보고 놀라워하지는 않았다. 그 창들은 아직도 존재하고 있는지도 모른다. 사람들은 웃기다고 생각하겠지만 나는 보잘것없는 일화에 대해서 결코 이야기하지 않는다. 나는 집 안에서도 정원에서도 일을 거들지 않았고, 밤낮 그곳에서 진행되었던 공사에 대해서도 아는 바가 없기 때문이다. 그리고 그 공사하는 소리는 내게도 들려왔는데, 그것은 희미하고도 바짝 마른 소리였으며 흔히 공기를 세게 휘저어 들리는 소리 같았지만 불타는 소리일 수도 있다. 나는 날씨가 좋든 나쁘든, 낮과 밤의 대부분을 정원에서 보냈다. 집 안보다는 정원을 좋아했다. 인부들은 계속 바쁘게 왔다 갔다 했지만, 그들이 어떤 공사를 맡았는지는 모르겠다. 왜냐하면 태어나고, 살고, 죽는, 습관적으로 주기적인 순환으로 인한 사소한 변화들을 빼면 날이 가도 정원은 똑같았기 때문이다. 인부들이 있는 곳에서 나는 용수철이 달린 낙엽처럼 이리저리 굴러다니면서 땅바닥에 누워 있었다. 그러면 인부들은 마치 소중한 꽃을 심은 화단인 듯 조심해서 나를 건너다녔다. 그렇다. 인부들이 그렇게도 일에 매달렸던 목적은 아마도 정원의 모양이 바뀌지 않게 하기 위해서였으리라. 내 자전거는 또다시 사라졌다. 때때로 열망이 일었다. 잘 살펴보고 상태를 정확히 알아보거나, 정원의 여러 화단을 이어주는 좁다란 오솔길들을 달려보기 위해 자전거를 찾고 싶었다. 하지만 그 욕구를 만족시키려고 노력하는 대신 나는 자전거를 물끄러미 바라보았다. 이렇게 말해도 좋다면, 그 자전거가 오돌토돌한 가죽처럼 쪼글쪼글 오므라들다가 마침내 사라져버리는 것을 바라보았다. 훨씬 더 빨리 사라지고 말뿐이었다. 욕구 앞에서 취한 행동은 적극적인 행동과 명상적인 행동 두 가지인 듯하다. 비록 이 두 가지가 모두 같은 결과를 가져오더라도 나는 두 번째를 선호했는데 아마도 내 성격 때문이었으리라.

정원은 높은 벽으로 둘러싸여 있었고, 그 꼭대기에는 유리 조각이 지느러미 모양으로 삐죽삐죽 박혀 있었다. 그런데 쪽문 하나가 벽에 붙어 있어서 자유롭게 길로 나갈 수 있게 해주었다. 그 문은 늘 열려 있었고, 나는 열려 있다고 거의 확신하면서도 그것을 여러 번 여닫아보았다. 나를 제외한 다른 사람들은 나가고 다시 들어왔다. 나는 코를 밖으로 내밀었다가 재빨리 거두어들였다. 몇 마디만 더 하자면, 그 구역 안에서 나는 여자를 한 명도 본 적이 없었다. 내가 말하는 구역이란 정원뿐만 아니라 당연히 집 안도 의미하는데, 오직 남자들만 보였다. 물론 루스는 제외하고 말이다. 내가 본 것과 안 본 것에 분명 별 의미는 없지만, 그래도 말하는 것이다. 나는 그녀를 거의 보지 못했는데, 나를 당황케 할까 봐 조심하느라 그랬는지 내게는 한 번도 모습을 나타내지 않았다. 하지만 나는 그녀가 나무 덤불이나 커튼 뒤에 숨거나 어두운 2층 어느 방구석에 망원경을 이용하여 몰래 쭈그리고 앉아 나를 염탐했다고 생각한다. 그녀는 그 무엇보다도 내가 오고 가고 또 그곳에서 꼼짝하지 않는 모습을 보고 싶다고 말했었다. 그런데 잘 보기 위해서는 열쇠 구멍이나 나뭇잎들 사이의 갈라진 틈, 사람들은 보이지 않게 가려주지만 동시에 사물을 조금씩 볼 수 있는 공간이 필요하다. 안 그런가? 모르겠다. 그녀는 조각조각, 어쩌면 내가 눕고 자고 일어나는 행위 속에서까지도 감시하고 있었다. 내가 가끔 잠을 자러 나의 침대로 갔던 아침에 말이다. 나는 잠을 아침에 잔다는 내 습관에 충실했으니까. 내가 깨어 있는 시간도 하나의 잠이었다. 그리고 나는 언제나 같은 장소에서 잠을 자지 않고 커다란 정원이나 넓은 집 안에서 잠을 잤다. 내 잠자는 시간과 장소의 불확실함이 루스를 황홀하게 취하게 했고, 그녀는 아주 기분 좋은 시간을 보냈다고 생각한다. 하지만 내 인생의 그 무렵에 대해서 깊이 생각해 보면 아무 소용이 없다. 그때가 내 인생이라고 자꾸 부르면 끝내 그렇게 믿게 되리라. 내 인생의 그 시절은 배수관 안에 있는 공기 같았다. 그러므로 나는 그 여자가 내게 주는 음식류나 음료류 속에 유독 물질을 넣어서, 서서히 나를 중독시켰다고만 덧붙이겠다. 여기서의 언급은 중대한 고발이므로 나는 경솔하게 기억을 불러내지 않는다. 그리고 원한을 품지 않고서. 그렇다. 나는 음식에 아무 맛이 나지 않는 유독한 가루약이나 물약을 탄 걸 보면 원한 없이 그녀에 대한 기억을 불러온다. 그런데 어떤 맛이 났다고 해도 마찬가지로, 나는 모두 삼켜버렸을 것이다. 예를 들어 지독한 아몬드 악취가 내 식욕을 없어지게 하지는 않았다. 내 식욕이라! 좋은 이야깃거리다. 대화하기에 좋다. 개똥지빠귀처럼 먹었고, 먹는 그 조금이나마 오히려 대식가처럼 게걸스럽게 먹었는데 틀렸다. 왜냐하면 대식가들은 대개 묵직한 느낌으로 질서 있게 먹기 때문이며, 이 점은 대식가라는 개념 자체에서 추론되어서이다. 반면에 나는 단 하나뿐인 접시에 달려들어, 그 절반이나 4분의 1을 사나운 물고기처럼 두 번에 걸쳐 입에 넣어 삼켜버렸다. 내 말은 씹지 않았다는 것이고 (무엇으로 씹겠는가?), 그다음에는 싫증이 나서 접시를 멀리 밀어버렸다. 사람들은 내가 살기 위해 먹는다고 했으리라! 마찬가지로 나는 맥주 대여섯 병을 한입에 집어삼키고서 일주일 동안은 아무것도 마시지 않았다. 뭘 원하는가, 사람들은 존재하는 그대로 산다. 적어도 어느 부분에서는 말이다. 달리 해볼 방법이 없거나, 거의 없다. 내 다양한 조직 속에 그녀가 교묘히 넣은 물질에 대해서는, 흥분제였는지 아니면 오히려 진정제였는지 알 길이 없다. 물론 체감(體感)이라는 견지에서 보면 난 거의 여느 때와 같이 느꼈다. 다시 말해 너무나 두려워서 의식은 말할 것도 없고 감각을 잃어서, 구토가 나기도 했다. 또한 짧고 미적지근한 빛들 때문에 깊고 자비로운 무기력 속에 익사해 버렸다. 맹세코 그랬다. 즐거움을 잇기 위해서 아마도 매우 적은 양으로 복용한 루스의 보잘것없는 몰리[1]가 무엇과의 조화를 깨기 위해서 이용되었겠는가. 약효가 전혀 없었다고? 아니다. 난 그렇게까지 말하지는 않겠다. 왜냐하면 나는 이따금 적어도 60~90센티미터씩이나 공중으로 껑충 뛰어오르곤 했으니까. 한 번도 뛰어보지 않았던 내가 말이다. 그것은 공중 부양의 현상과 아주 비슷했다. 그리 놀랍지는 않지만 내게는 이런 일도 있었는데, 어떤 지지대를 짚고 있을 때 실없는 꼭두각시 인형처럼 갑자기 쓰러졌다. 문자 그대로 뼈대 없이 흐물거리며 땅바닥에 누워 있는 상태였다. 그렇다. 이럴 때는 그렇게 이상하게 보이진 않았지만 충격을 받았는데, 내가 쓰러지는 데 익숙해졌다 하더라도 이런 식은 아니었다. 그래서 쓰러지려는 느낌이 오면 마치 뇌전증 환자가 발작이 다가옴을 알고서 조치를 취하듯, 그렇게 조치를 취했다. 내 말은, 내가 넘어질 것 같으면 나는 그대로 누워버리거나 그 자리에 선 채로 안정된 자세를 취했다. 너무도 단단히 서 있어서 지진이라도 나를 그 자세에서 움직이게 할 수 없을 정도였다. 그러나 늘 이런 대비를 하지는 않았으며, 땅을 차지하고 쓰러지는 편을 택했다. 반면에 루스의 집에서는 쓰러지지 않도록 막을 시간이 없었다. 그래도 쓰러지는 편이 내겐 덜 놀라운 일이었는데, 난쟁이만큼 껑충 뛰느니보다는 그 편이 좀 더 내 영역에 속했기 때문이다. 어렸을 때조차도 나는 껑충 뛰어본 기억이 없고, 분노나 고통도 나를 껑충 뛰게 만들지는 못했으니 말이다. 비록 그 시절에 대해 말할 자격이 내겐 없지만. 나는 내가 가장 편한 시간에 편한 장소에서 제일 편한 방법으로 식사를 했다. 결코 그 어떤 요구도 할 필요

---

1) 그리스 신화에서, 오디세우스를 키르케의 저주에서 구해 낸 영초(靈草).

가 없었다. 내가 어디에 있든, 쟁반 위에다 음식을 차려서 내가 있는 곳까지 가져다주었다. 그 쟁반은 아직도 눈에 선해서 거의 마음 내키는 대로 다시 떠올릴 수 있는데 둥그렇고, 물건이 떨어지지 않게 막아주는 낮은 테두리가 있었으며, 빨간 래커가 칠해진 데다 군데군데 금이 가 있었다. 크기는 접시 하나와 빵한 조각만 올려놓을 수 있을 정도로 알맞게 작았다. 나를 위해 쟁반에 가져온 그 조그만 빵을 나는 손으로 덥석 집어 입 속에 쑤셔 넣었다. 내가 병째로 마시는 음료는 바구니에 따로 가져왔다. 그런데 바구니는 좋든 나쁘든 내게 아무런 인상을 남기지 않았으므로 어떻게 생겼는지 말할 수 없다. 그리고 흔히, 어떤 이유에서든 그 음식들을 내게 날라다 준 장소에서 길을 잃고 떠났다가 다시 먹고 싶은 생각이 들어 그곳으로 돌아가려 할 때면 거의 찾지 못했다. 그러면 나는 이곳저곳을 다 찾아다녔는데 장소들이 꽤 비슷해서 운 좋게 찾을 때가 많았으나, 찾지 못할 때도 많았다. 아니면 찾으리라는 확신도 못 하면서 찾는 수고나, 부탁하거나, 배고프고 목마른 편을 선호했으므로 아예 찾아보지도 않았다. 그럴 때면 빨아 먹는 돌이 아쉬웠다. 그런데 내가 선호하거나 안타깝다고 해서, 내가 가장 작은 악행을 선택해서 골랐다고 추측해서는 안 된다. 그것은 잘못일 테니까. 반면 내가 무엇을 행하고 피하는지 정확히 모를 때는, 세월의 흐름으로 퇴색된 모든 행위로 다시 돌아가 행복주의의 구정물로 끌어들일 생각은 없었다. 그런데 루스의 집에서 내 건강은 그런대로 유지된 상태였다. 무슨 말이냐 하면, 이미 나빴던 부분은 예상대로 서서히 나빠졌다. 하지만 과다증과 결핍증이 점점 퍼짐으로써 생긴 증상 말고는, 그 어떤 고통과 감염의 불씨가 새로 살아나지는 않았다. 사실 이 문제에 대해서 확실하게 단정하기는 어렵다. 왜냐하면 앞으로 다가올 장애들, 예컨대 내 오른쪽 발가락들이 빠진다면 정확히 어떤 순간에 내가 그 치명적인 씨앗을 받았는지 누가 알 수 있겠는가? 결과적으로 내가 유일하게 말할 수 있는 동시에 더 이상 말하지 않으려 애쓰고 있는 사실은, 내가 루스의 집에 머무는 동안 내가 예측할 수 있었던 증상은 전혀 없었으며 발가락의 절반이 갑자기 빠지는 것과 같은 증상은 전혀 나타나지 않았다는 점이다. 그때 나타났던 증상들은 내가 결코 예측할 수 없었던 일이고, 또한 나는 의학적 지식이 없었으므로 증상들과 질병들과의 관계를 헤아려낼 수 없었다. 이는 모든 사물이 함께 작용하기 때문이다. 육체의 오랜 광기 속에서, 난 그것을 느낀다. 하지만 내 생애의 토막에 대한 이야기를 튀겨서 길게 늘일 필요는 없다. 내가 느끼기에 그것은 아무 의미가 없기 때문이다. 그것은 내가 아무리 세게 헛되이 당겨봐야 점점 팽팽히 태엽이 감기고 튀겨지기만 하는 젖통이나 다름없다. 그래서 나는 몇 마디만 덧붙이겠는데, 첫 번째로 루스는 놀라우리만치 평평한 여자였다. 물론 육체적으로 말이다. 너무나 평평해서 난 그녀가 오히려 남자였거나 적어도 남녀 양성일 거라 생각한다. 그녀의 얼굴은 털이 조금 복슬복슬했다. 혹시 이야기를 늘어놓는 재미로 내가 그렇게 상상하는 건가? 가엾은 여자. 나는 비운의 그녀를 너무나 조금밖에 보지 않았고 조금만 쳐다봤다. 그녀의 목소리 또한 의심스러울 만큼 낮지 않았던가? 현재 내게 나타나는 그녀의 모습이 이러하다. 너를 괴롭히지 마, 몰로이. 남자든 여자든 무슨 상관이겠어? 하지만 나는 이런 질문을 하지 않을 수 없다. 한 여자가 어머니에게로 달음질치던 나를 멈추게 할 수 있었을까? 아마 그럴 수도 있다. 그보다도 그런 만남이 가능했을까? 나와 한 여자 사이에 말이다. 남자들이라면 내가 한창때 몇 명이 스쳐 지나갔지만, 여자들은? 좋다, 난 더 이상 숨기지 않겠다. 그랬다, 내가 스쳐 지나간 여자가 하나 있다. 우리 어머니 얘기가 아니다. 어머니라면 스쳐 지난 것 이상이니까. 그런데 우리 어머니는 이 이야기에서 제외하는 것이 좋겠다. 아무튼 다른 여자 얘기인데, 만일 운명적 기회가 잘못되지 않았더라면 그 여자는 내 어머니가 될 수도 있었고, 심지어 내 할머니가 될 수도 있었다. 지금 운명적 기회에 대해 말하고 있는 이 남자의 말을 들어보라. 나에게 사랑을 알게 해준 그녀, 그녀의 이름은 루스(Ruth)라는 평화로운 이름이었다고 생각하는데, 확실하지는 않다. 아마도 그 이름이 에디트였는지도 모른다. 그녀의 다리 사이로 구멍이 하나 있었는데, 그것은 내가 늘 생각해 왔던 항문 구멍이 아니라 갈라진 틈이었고 아니 더 정확히 말해서 그녀는 내 성기를 그 안에 넣었다. 나는 고생스럽게 노동해서 사정했지만, 그녀가 애원해서 멈췄다. 내 생각에 그것은 바보 같은 장난이었으며, 그렇지 않았다 해도 피곤했다. 하지만 난 그녀가 말한 그것이 사랑이라는 걸 알고서 거기에 탐닉했다. 그녀는 류머티즘 때문에 긴 팔걸이의자 위로 몸을 굽혔고, 나는 뒤에서 그녀에게 들어갔다. 요통 때문에 그녀가 견딜 수 있는 유일한 자세였다. 내겐 그것이 자연스럽게 보였다. 개들을 본 적이 있었기 때문이다. 그래서 다른 식으로도 할 수 있다고 그녀가 털어놓았을 때 나는 놀랐다. 그녀가 의미했던 게 정확히 무엇인지 궁금하다. 아마도 그녀는 나를 자기 항문 속에 넣었는지도 모른다. 말할 필요 없이 내게는 지극히 마찬가지였다. 그런데 항문 속에 넣는 것이 진정한 사랑인가? 그것이 가끔씩 내 마음에 걸린다. 나는 결국 진정한 사랑을 해본 적이 없는가? 그 여자 또한 매우 평평했고 흑단 지팡이를 짚고 뻗정다리로 천천히 걸어갔다. 아마 남자였는지도 모른다, 아니면 그들 가운데에서 또 다른 남자. 하지만 그럴 경우 우리가 발버둥치는 동안 고환들이 서로 부딪히지 않았을까? 아마도 그것을 막기 위해 그녀는 자기 고환을 손에 꼭 쥐고 있었는지도 모른다. 그녀는 풍성하고 요란스러운 속치마와 주름진 슬립, 그리고 내가 이름을 댈 수 없는 다른 속옷들을 입고 있었다. 이 옷들은 하얀 거품처럼 살랑살랑 소리 내며 팽팽했다가 교합이 성사된 뒤에는 느린 폭포수 거품처럼 우리 위로 부서졌다. 그래서 내게 보이는 것은 그 노란 목덜미밖에 없었는데, 때때로 난 그목덜미에 내 이를 눌러 넣었다. 내겐 남은 이가 아무것도 없는데도 잊고서. 그저 본능의 힘이었다. 우리는 어느 쓰레기 처리장에서 만났는데, 그 공터는 다른 공터들과 달랐고 그녀가 무엇을 하러 그곳에 왔는지는 모른다. 나, 나는 쓰레기를 퍼석대고 쑤시면서, 일반적인 생각들을 하고 있었다. 이것이 내 인생이야, 라고 혼잣말을 했다. 그녀는 잃어버릴 시간이 없었고, 나 또한 아무것도 잃을 게 없었기에, 사랑을 알기 위해서 암염소하고라도 사랑할 참이었다. 그녀는 아담한 아파트를 하나 갖고 있었다. 아니, 아담하진 않았다. 한쪽에 자리 잡고 더 이상 일어나고 싶지 않을 정도였다. 그것은 내 맘에 들었다. 작은 가구들이 가득 찼었는데 우리의 필사적인 부딪침 속에서 긴 의자는 바퀴가 굴러서 앞으로 나아갔고, 그곳 전체가 완전히 쑥대밭이 되었다. 마치 그것은 대혼란이었다. 우리 사이가 애정이 없는 관계는 아니었다. 그녀는 떨리는 손으로 내 발톱을 깎아주었고, 나는 겨울용 영양 크림으로 그녀의 엉덩이를 문질러주었다. 그러나 이러한 목가적인 사랑은 짧게 끝났다. 가엾은 에디트, 아마도 내가 그녀의 마지막을 앞당겼는지도 모른다. 어쨌든 공터에서 그녀가 먼저 내 바지 지퍼에 손을 대고 선수를 쳤다. 더 정확히 말해서, 나는 배가 고파 쓰레기 더미 위에 몸을 접어 구부려 앉은 상태였고, 그녀는 뒤에서 내게 다가와 자기 지팡이로 내 음부를 자극하기 시작했다. 그녀는 한 판이 끝날 때마다 내게 돈을 주었다. 사랑을 알기 위해 동의했고 그 바닥까지 캐물으려고 공짜로 응할 수도 있었던 나에게 말이다. 그녀는 공상가였다. 구멍이 좀 덜 마르고 덜 커 보였더라면 더 좋았을 텐데. 그러면 내게 사랑이 더 고상해 보였을 텐데. 하지만 사랑은 분명히 그처럼 비천하고 우발적인 사고들보다 위이다. 결코 사랑은 우리가 편안할 때 생기지 않고, 자기 음경이 비벼댈 곳과 작은 점액질을 분비하는 기관에 번지르르한 말을 찾다가, 찾지 못해 부기를 간직할 때 진정한 사랑이 태어난다. 그때는 꽉 맞거나 느슨한 차원을 넘어 그 위로 날아가버린다. 거기에다 약간의 발톱 손질과 마사지를 더하면 이 문제에 대해서는 더 이상 의심이 없다고 나는 느낀다. 의심이 풀리지 않아 나를 괴롭히는 일은 바로 무관심이다. 어느 깜깜한 밤 내가 그녀의 집 쪽으로 기어가다가 그녀의 죽음을 알게 되었을 때 가졌던 무관심인데, 그 무관심은 내 수입의 원천이 끊어졌다는 근심 때문에 누그러졌다. 그녀는 나를 맞이하기 전에 하던 습관대로, 더운물로 목욕을 하다가 죽었다. 그것이 그녀의 힘을 쪽 빠지게 한 것이다. 그녀가 조금만 참았더라면 내 품에서 죽을 뻔했다는 생각을 하면! 욕조가 엎어지고 더러운 물이 사방으로 퍼져 아래층 여자의 집까지 흘러서, 그 여자가 신고를 했다. 자, 자, 내가 그 사건을 그렇게까지 알고 있다고 생각하지 않았는데. 그래도 그녀가 여자였던 게 분명했다. 그 반대였더라면 그 구역에 널리 알려졌을 것이다. 사실이지 나의 지역에서는 성 문제에 대한 모든 것이 무척 폐쇄적이었다. 지금은 어떤지 잘 모르겠다. 그런데 여자가 발견되어야 할 곳에서 남자가 발견되었다면 몇몇 사람에 의해 곧 입막음되어 잊혔을 것이다. 나를 뺀 모든 사람이 다 알기에 그에 대해 알고 말했을 가능성도 있다. 하지만 루스와 진정한 사랑을 경험했는지에 대해 철저히 생각해 볼 때 마음에 걸렸다. 난 그 경험을 결코 다시 되풀이하지 않을 것이다. 비록 그때의 일은 이른바 자학이라는 혐의를 받았지만 하녀에 대해서는 말하지 말라, 내가 그걸 말한 게 잘못이었다. 그 일은 훨씬 이전이었고, 그때 나는 제정신이 아니었다. 아마도 내 인생에 하녀가 전혀 없었을 수도 있다. 몰로이, 즉 하녀가 없는 인생. 그런데 나는 그녀가 초췌한 늙은 과부였으며, 루스는 또 하나의 그런 여자였다고 계속 생각하고 싶다. 왜냐하면 그녀는 죽은 남편이 자신의 정당한 욕구를 만족시켜 줄 수 없었던 무능력자라고 말했기 때문이다. 그리고 오늘 밤처럼 내 기억 속에서 두 여자가 뒤섞이면 삶 때문에 편편해지고 열광적이 된 동일한 늙은 할망구가 보고 싶다는 유혹을 받았다. 그리고 하느님 나를 용서하소서. 내 깊은 공포를 털어놓는다면, 내 어머니의 영상도 떠올라 때때로 그녀들의 영상과 겹치는데, 그것은 정말로 견디기 어려운 일로서, 십자가의 형벌을 받는 듯하다. 그 이유는 모르겠으며 또 알고 싶지도 않다.

난 마침내 루스를 떠났다. 덥고 바람 한 점 없는 어느 날 밤에 작별 인사도 없이. 그리고 그녀도 마술을 통해서 말고는, 나를 잡으려고 하지 않았다. 하지만 그녀는 틀림없이 내가 일어나서 목발의 끝에 의지하여 공기를 가로지르며 몸을 튕기는 모습을 보았으리라. 그리고 쪽문이 내 뒤에서 닫히는 것도 보았을 텐데, 그것을 끌어당기는 용수철 때문에 저절로 문이 쾅 닫혔으니까. 그리고 영원히 내가 가버렸음을 알았으리라. 왜냐하면 그녀는 내가 쪽문으로 갈 때 코를 밖으로 내놓았다가 얼른 다시 들여놓는 행동밖에 안 했다는 것을 알고 있었기 때문이다. 그래서 그녀는 나를 잡으려 하지 않았으며 아마도 자기 개의 무덤 옆에 가서 앉아 있었으리라. 그것은 어떤 의미에서 내 무덤이기도 했다. 그리고 그 위에 그녀는 내가 생각했던 대로 풀씨를 심지 않고 꽃 하나가 지면 다른 꽃들이 만발할 수 있도록 선별된 가지각색의 작은 꽃들과 허브류의 씨를 심었다. 나는 자전거를 그녀에게 두고 왔다. 난 그것을 어떤 악의에 찬 대리점의 수레요, 아마 나에게 새롭게 닥쳤던 불행들의 원인이 아닌지 의심하면서 더 이상 좋아하지 않게 되었다. 그래도 그 자전거가 어디에 있었는지 그리고 굴러갈 수 있는 상태였는지를 알았더라면 가져왔을는지 모른다. 하지만 나는 그렇게 하지 못했다. 그 작은 목소리를 지치게 만들고 그 말을 이해하는 데는 무척이나 오래 걸린다는 사실이 두려웠다. 아마도 나는 반드시 어떤 착한 일을 위해 떠나지는 않았고 언젠가 다시 그 출발지로 돌아올 것 같았다. 내 여정은 아직 완전히 끝나지 않았는지도 모른다.

거리에는 바람이 불었고, 다른 세상이었다. 내가 어디에 있었는지도 모르고, 따라서 어느 쪽으로 가야 승산이 있을지도 몰랐기에 나는 바람을 따라갔다. 그래서 목발 사이에 확 던져서 몸을 튕길 때 어느 구역에서 불어오는지도 모르는 바람이 나를 도와주고 있음을 느꼈다. 그런데 별들에 대해서라면 내게 말하지 말라. 난 천문학 공부를 했는데도 별들을 잘 구별하지 못하고 해독할 줄도 모른다. 하지만 나는 첫 번째로 발견한 은신처로 들어가 거기에서 새벽까지 머물렀다. 처음 만나는 경찰관이 틀림없이 내 길을 막고 거기서 뭘 하느냐고 내게 물으리라고 예상했기 때문인데, 그 질문에 대한 답을 제대로 찾아낸 적이 단 한 번도 없었다. 그런데 그것은 진짜 은신처였을 리가 없고, 난 결코 새벽까지 거기에 머무르지도 않았다. 얼마 안 되어 내 뒤에 어린 남자가 들어와서 나를 그곳에서 쫓아냈기 때문이다. 그렇지만 거기엔 두 사람이 있을 자리가 있었다. 그는 야간 경비원 같았는데 분명 확신에 찬 듯한 남자였고, 어떤 공공 공사인지는 잘 모르겠지만 채굴 공사의 경비를 맡고 있는 듯했다.

화롯불 하나가 보였다. 공기 속에 가을날의 쌀쌀한 기운이 오랫동안 배어 있었던 듯했다. 따라서 난 좀 더 멀리 가서 어느 초라한 여관의 계단 위에 자리를 잡았다. 그곳은 대문이 없었거나 대문이 잠겨 있지 않았는데, 잘 모르겠다. 새벽이 되기 훨씬 전부터 그 초라한 여관의 방들은 비어가기 시작했다. 남자들과 여자들, 사람들은 계단을 내려왔다. 난 벽에 바짝 붙었다. 그들은 내게 주의를 기울이지 않았고, 아무도 나를 해치지 않았다. 그러나 그곳에서 나오는 편이 좋겠다고 신중하게 판단하고는 마침내 거기서 나왔다. 내가 우리 읍내에 있었고 지금까지 줄곧 거기에 있었구나, 생각하게 해줄 만한, 잘 알려진 기념물 하나를 찾으려고 읍내 여기저기를 떠돌아다녔다. 읍내는 깨어나기 시작했고 문지방들이 열리고 닫히며 시끄러운 소음이 활기를 되찾았다. 하지만 높은 두 건물 사이에 있는 골목길을 겨냥하면서, 나는 주변을 둘러본 다음 그곳으로 쏙 들어갔다. 골목길을 내려다보는 조그만 창문들이 양쪽 건물 각 층마다 마주보며 나 있었다. 그 창문들은 화장실 창문인 듯도 했다. 마침내 사람들을 이해시키는 데 공리(公理)처럼 자명한 힘을 가진 것들이 그래도 가끔은 있다. 그 골목길 밖에는 다른 길이 없었으므로, 진정한 의미의 골목길이라기보다는 하나의 막다른 골목이었다. 그 골목 끝에는 움푹 들어간 곳이 두 군데 있었다. 양쪽에 파인 두 곳 모두 온갖 쓰레기와 똥으로 가득 찼고 한쪽은 마르고 냄새가 안 났으나 다른 한쪽은 아직 축축한 똥으로 덮여 있었다. 그곳에서 사람들이 밤에 짝을 짓고 사랑을 맹세했으리라. 난 그 붙박이장인 듯한 깊숙한 구석으로 들어가 벽에 기댔다. 난 눕고 싶었고, 달리 말릴 확증물이 없었다. 하지만 얼마간은 벽에 기대어 있는 걸로 만족했다. 몸이 누운 자리에서 발을 먼 가장자리로 떼어놓고 있었으나 거기엔 또 다른 받침목이 있었다. 그것은 내 목발 끝이었다. 몇 분 뒤에 나는 그 막다른 골목을 가로질러서, 맞은편의 다른 작은 곳으로 들어갔고, 거기에서 같은 비스듬한 자세를 취했다. 처음에는 정말로 그곳이 좀 편한 것처럼 보였다. 그런데 차츰 그렇지 않다는 생각이 들었다. 가랑비가 떨어져서 나는 주름살투성이에다 피부가 트고 불타는 듯 화끈거리는 내 머리를 적시려고 모자를 벗었다. 모자를 벗은 또 다른 이유는 모자가 벽에 밀려서 자꾸 목덜미 안으로 들어왔기 때문이다. 따라서 나에게는 모자를 벗을 두 가지 합당한 이유가 있었다. 그 이유는 많은 게 아니었는데, 난 인생에서 한 가지 이유도 이겨본 적이 없었다고 느낀다. 난 아무 걱정 없이 힘껏 모자를 던져버렸고, 그것은 모자 끈 또는 레이스 끝에 달려서 내 쪽으로 다시 왔다가 몇 번 튀더니 내 옆구리에서 멈췄다.

드디어 나는 사색하기 시작했고 열심히 귀를 기울이기 시작했다. 사람들에게 발견될 가능성이 거의 없었으므로, 나는 그 평온함을 누릴 수 있을 만큼 오랜 시간 머물렀다. 잠시 동안 이곳을 내 은신처로 삼을까 생각했다. 그러다가 나는 주머니에서 과일칼을 꺼내 손목을 자르기 시작했다. 통증이 순식간에 나를 사로잡았다. 난 먼저 소리를 질렀고, 그러고 나서 칼을 닫아 주머니에 다시 넣었다. 나는 크게 실망하지는 않았는데, 내심 다른 더 좋은 행위를 기대하지도 않았다. 그런 거다. 이전의 나쁜 행실로 돌아갈 때마다 나는 언제나 슬펐지만, 삶이란 예전대로 돌아갈 결심인 듯하고, 죽음 또한 이전의 한 형태로 돌아가는 것 같았다. 바람이 잠잠해졌다. 내가 말했던가? 가랑비가 내린다는 것은 어떤 면에서 바람에 대한 모든 생각을 제외시킨다. 내 무릎은 엄청 크다. 방금 잠시 일어나면서 무릎을 쳐다보았다. 내 두 다리는 영원한 종신형처럼 뻣뻣하지만 그럼에도 나는 가끔 일어난다. 사람들이 뭘 바라겠는가. 이런 식으로, 난 내가 지금 이야기하고 있는 그 무렵과 현재의 내 존재를 비교해서 가끔씩 상기해 줄 것이다. 하지만 경우에 따라서 사람들이 필요하다면, 그 녀석 아직도 살아 있는 건가? 이렇게 생각하도록 가끔씩만 말하겠다. 내 무릎은 엄청 크다, 가끔씩 내가 일어난다. 그것이 특별히 무슨 의미가 있는지 처음에는 잘 모른다. 그래서 더더욱 기록을 할 생각이다.

마침내 그 난관에서 벗어나, 나는 그곳에서 절반은 서고 절반은 누워 잠만 잤을 수도 있다. 그때가 내 아침 잠에 들 시간이었으니까. 그 골목에서 나온 뒤,

바람도 잦으므로 태양 쪽으로 갔다. 왜 아니겠는가, 바람이 내리쳤다. 아니 그보다도, 천정(天頂)에서 지평선까지 넓게 구름이 덮인 하늘 중에서 가장 덜 어두운 쪽을 향해 갔다. 내가 말했던 비는 구름에서 떨어지고 있었다. 이 모두가 얼마나 앞뒤가 잘 맞는지 보라. 어느 쪽의 하늘이 덜 어두운지 결정하는 것은 쉬운 일이 아니었다. 언뜻 보기에는 하늘이 한결같이 어둡게 보였기 때문이다. 하지만 나는 조금은 애를 써서, 하나의 결론에 이르렀다. 말하자면 그 문제에 대해 결정을 내렸다. 그래서 나는 태양 쪽으로 가야지, 이렇게 혼잣말을 하며 길을 계속 갔다. 이론상으로는 동쪽이나 아마 남동쪽으로였을 것이다. 왜냐하면 난 더 이상 루스의 집에 있지 않았고, 다시 마음속에서 예정조화,[2] 즉 매우 부드러운 음악 소리를 냈기 때문이다. 사람들이 대부분 짜증스럽고 조급한 발걸음으로 오갔는데, 그들은 우산을 쓰고 비를 피하거나 그보다 보호 효과가 떨어지는 우비를 입기도 했다. 나무 밑이나 둥근 지붕 밑으로 피한 사람들도 보였다. 더 용감했거나 아니면 덜 젖으려고 멈췄던 사람들 가운데서도 많은 사람들은 저 사람들처럼 하는 게 더 낫겠는걸 하고 말하거나, 나보고 옳았다고 말했다. 하지만 이렇게 말하면서 자기 자신은 그들 편에 속하지 않는다고 말할 거라 생각했다. 마찬가지로 다른 많은 사람들도 저 사람들처럼 하는 게 더 낫겠는걸 하거나 나보고 잘했다면서 궂은 날씨만 계속 탓하며 공격했다. 어느 작은 처마 밑에서 혼자 떨고 있는 허름한 중늙은이가 눈에 띄었다. 그 광경을 보고 나는 루스와 그녀의 개를 만났던 날 구상을 했으나 실행되지 못했던 계획이 생각났다. 그래서 영특한 그의 자세를 배우길 바라면서 그 늙은이 옆에 자리를 잡으려 했다. 그런데 내가 말을 건네기도 전에, 그 늙은이는 빗속으로 나가버렸다. 나는 자연스럽게 보이고 싶어서 곧바로 그 말을 안 했는데, 그런 말이 기분을 나쁘게 만들거나 놀라게 만들었나 보다. 그러므로 적절한 순간에 잘 조절된 투로 말을 전달하는 것이 중요했다. 이런 세세한 말에 대해 나는 사과한다, 잠시 뒤에는 더 빨리 갈 터이다, 훨씬 빨리. 그러나 더 세세하고 구린내 나는 상황에 다시 빠질지도 모른다. 그리고 이번에는 혐오감이라는 화필로 그려진 벽화들에 허리를 굽히게 되리라. 동성(同性)의 측정인(測定人)에게는 경

2) 신(神)이 미리 모든 모나드(monad)의 본성이 서로 조화될 수 있도록 창조했다는, 라이프니츠 철학의 개념. 모나드는 무엇으로도 나눌 수 없는 궁극적 실체.

치와 같은 인물이 필요하다. 그래서 내가 혼자 처마 밑에 서 있었다. 사람들이 내 옆에 서리라고 기대하지 않았지만, 나는 그 가능성도 배제하지 않았다. 그런 모습은 내 정신 상태를 꽤 잘 묘사한 캐리커처이다. 똑같은 결과였다. 난 내가 있던 곳에 계속 남아 있었다. 난 루스의 집에서 순은으로 만든 찻숟가락들과 대부분 값이 꽤 나갈 듯 보이는 약간의 은제품을 훔쳐 왔다. 물건들 가운데에는 아직도 가끔 떠오르는 것이 있다. 그 물건은 두 개의 자가 교차점에서 막대 모양으로 이어져서, 나무꾼의 작은 말 모양 톱질 작업대와 비슷했다. 그래도 차이점이 있다면, 진짜 톱질 작업대는 완전한 X자들이 아니라 첫부분 끝이 절단된 반면, 내가 말한 그 작은 물건의 X자들은 완벽했다. 다시 말하면 각각두 개의 같은 V자로 이루어져서 위에는 위쪽 V자만큼 열렸고 모든 V자가 그렇듯이 밑에는 아래쪽 V자만큼 열렸다. 이를 더 정확히 말한다면, 엄밀하게 같은 네 개의 V자로서 즉 내가 방금 이름을 지정해 놓은 두 개와 다른 두 개, 즉 한 쌍에는 오른쪽에 다른 한 쌍에는 왼쪽에 지정해 놓았는데 각각 오른쪽과 왼쪽에 구멍이 있었다. 그러나 여기서 왼쪽과 오른쪽, 아래쪽과 위쪽은 적합하지않을 수도 있다. 왜냐하면 그 작은 물건은 엄밀한 의미에서 밑받침이 없는 것처럼 보였고 그 네 개 가운데 어느 말 모양 받침대로도 똑같은 안정감으로 지탱하고 모양도 바뀌지 않았기 때문이다. 이는 진짜 말 모양 톱질 작업대 같지는 않았다. 그 이상한 물건을 가져와서 최악의 상황에 팔았을 리 없고, 난 아직도 어딘가에 그 말 모양을 갖고 있다고 생각한다. 도대체 그것이 무슨 용도에 쓰이는지 이해가 되지 않았고, 그 문제에 대해 단 하나의 가설조차도 떠오르지 않았다. 난 가끔씩 주머니에서 그 말 모양 톱질 작업대를 꺼내 놀라운 눈으로 물끄러미 바라보았다. 애정이 마음속에 있으면 그랬다. 얼마 동안 그것은 내게 어떤 존경심을 불러일으켰다. 그것은 미덕의 대상이어서가 아니라, 나에겐 영원히 감추어져 있을지도 모르는 어떤 구체적인 기능을 갖고 있었다. 그래서 나는 그게 무엇일까, 하면서 끝없이 걱정 어린 질문을 했다. 왜냐하면 아무것도 모른다는 것, 그것은 아무것도 아니며 아무것도 알고 싶지 않다는 것과 마찬가지니까. 그러므로 지식으로부터 고립되어 있다는 것은 중요하며 사람들이 지식으로부터 고립되어 있음을 아는 것도 중요하다. 바로 그때 호기심 없는 탐색자의 영혼에 평화가 깃들고, 진정한 나눗셈이 시작된다. 드디어 공책들이 진짜 계산 암호들로 가득 채워진다. 하지만 나는 이 문제에 대하여 그 무엇도 단정 짓고 싶지 않다. 가장 중요한 것은 매우 높은 가능성에 굴복한 내가 문지방 처마 밑에서 음침한 공기를 가르며 앞으로 천천히 나아가기 시작했다는 사실이다.

목발로 걷는 사람의 걸음걸이에는 보는 사람을 황홀하게 만드는 무언가가 있다. 분명 있다. 그것은 땅을 스치면서 이뤄지는 하나의 작은 날갯짓이니까. 사람들은 바람과 날갯짓 속에서 군중 소음을 뚫고 이륙과 착륙을 하는데, 건장한 다리를 가진 사람들은 한 발씩 두어서 한 발을 땅에 딛기 전에는 다른 발을 땅으로부터 떼지 못한다. 그리고 그들이 아무리 신나게 뛰어간다고 하더라도 내가 절뚝거리는 만큼 공중으로 높이 올라가지는 못한다. 이것은 분석에 기초한 추리이다. 어머니에 대한 걱정이 여전히 내 머릿속에 있었고 내가 어머니 근처에 있었는지 알고 싶은 욕망도 여전히 있었지만, 그런 심정도 차츰 줄어들기 시작했다. 아마도 그 이유는 주머니 속에 있던 은제품 때문이었을 것이다. 혹은 그것은 이미 아주 오래전의 걱정이고, 머리도 늘 같은 걱정만을 검토할 수는 없으며, 가끔씩은 새로운 활력으로 적절한 때에 옛날의 걱정들을 대할 수 있도록 새 걱정이 필요했기 때문이다. 그런데 여기서 과연 옛날의 걱정과 새로운 걱정에 대해 이야기해도 되는 걸까? 그렇게 생각하지 않는다. 하지만 증명하기는 어려우리라. 내가 아무런 걱정 없이 단언할 수 있는 사실은, 내가 어떤 읍에 있었고 어머니를 곧 만날 수 있을는지 알고자 하는 문제에 대해 내 관심이 없어졌다는 점이다. 그 관심의 본질조차도 내겐 희미해졌는데, 그렇다고 완전히 사라지지는 않았다. 그것은 작은 문제가 아니라서 집착했기 때문이다. 내 일생 동안 그것에 집착했었다고 생각한다. 그렇다. 이런 삶이 지속되는 동안 내내 나는 어머니와 나 사이의 그 문제를 꼭 해결하려고 했는데 그렇지 못했다. 문제의 해결을 시행하기에는 시간이 촉박했고, 곧 너무 늦어버리게 되리라고 말했을 땐 이미 늦어버려 다른 염려들이 망령들을 향해 가는 나 자신을 느꼈다. 그러자 나는 간절히 떠나고 싶었다. 그곳이 비록 내가 찾던 읍이고 어머니와 읍이 그렇게도 나를 기다렸다고 하더라도, 이제는 그곳에서 빨리 나오고 싶었다. 일직선으로 가면 끝내는 그 읍을 분명 빠져나가게 되어 있는 듯 보였다. 그래서 나는 나를 인도해 주던 그 희미한 빛이 오른쪽으로 이동하는 대로 따라가기로 하고, 또 그렇게 하려고 애썼다. 너무나도 악착같았으므로 해 질 무렵쯤에는 마침내 성곽에 닿았는데, 길을 몰라서 4분의 1은 됨직한 원을 그렸다. 그런데 나는 쉬기 위해서 주저 없이 자주 멈췄다고도 말해야겠다. 오래 쉬지는 않았다. 나를 괴롭히려는 사람에게 바짝 추격당하고 있다는 느낌이 들었지만, 아마도 그건 아니었다. 하지만 시골로 나오면 먼저 다른 정의, 다른 재판관들이 있다. 성곽을 통과한 뒤, 하늘은 다른 수의(壽衣)를 걸치고 우주 속의 어두운 골목길처럼 꼬불꼬불한 밤이 되기 전에 사라지고 있었다.

그렇다. 큰 구름의 올이 풀리면서 창백하게 죽어가는 하늘이 여기저기 드러났다. 이미 내려앉은 태양은 하늘의 천정으로 던져진 검푸른 불 혓바닥 사이로 드러났다가 다시 떨어지면서 갈수록 약해지고 옅어졌다. 이는 천천히 곧 사라질 운명이었다. 이 현상은 만일 내가 제대로 기억할 수 있다면, 우리 지방의 특징이었다. 아마도 지금은 달라졌는지도 모른다. 우리 지방을 떠나본 적이 없는 나에게 우리 지방의 특징들에 대해 말할 자격이 있는 건지 잘 모르겠다. 그렇다. 난 한 번도 이곳을 떠나본 적이 없기에, 우리 지방의 경계조차도 몰랐다. 하지만 그 경계들은 아주 멀리 있었다. 그 느낌은 무슨 심각한 근거에 의한 것이 아니라 그냥 단순한 믿음이었다. 만일 우리 지방 끝이 내 발길이 닿는 범위 내에 있었다면, 점점 바뀌는 것을 알 수 있었을 것이다. 왜냐하면 그 구역은 갑자기 뚝 끝나는 게 아니라 눈에 띄지 않게 서로 섞여 있기 때문이다. 그런데 그런 면이라고는 전혀 눈에 띄지 않았다. 이쪽으로든 저쪽으로든 내가 아무리 멀리 간다고 해도 언제나 같은 하늘, 같은 땅이었다. 정확히 말하면 날이면 날마다, 밤이면 밤마다. 만일 구역들이 눈에 띄지 않게 서로 섞여 있어서 입증해야 한다면, 난 우리 구역 안에 있다고 생각하면서 여러 번 우리 지방을 벗어났을 수도 있다. 하지만 난 나의 단순한 느낌을 선호하며, 또 몰로이, 네가 있는 지방은 아주 넓어, 넌 한 번도 거기서 떠난 적이 없고 앞으로도 떠나지 않을 거야, 그리고 그 먼 경계 안에서 네가 어디로 떠돌아다니든 그것은 엄밀히 말해 늘 마찬가지일 거야, 이렇게 내게 한 말에 따르고 싶다. 내가 이동하자마자 장소들이 사라져버리는 느낌 때문에 나는 예측할 수 없이 피곤에서 휴식으로, 휴식에서 피곤으로 이동했다. 하지만 현재 난 더 이상 어디도 떠돌아다니지 않고 거의 움직이지 않는다. 그런데도 바뀐 것은 아무것도 없다. 그리고 내 방, 내 침대, 내 몸의 경계는 화려했던 시절의 우리 구역 경계들만큼이나 나로부터 멀리 떨어져 있다. 그리고 도주와 야영의 순환은 끝없는 이집트 땅에서 거칠게 흔들거리며 이어지고 있다. 또한 침대 깔개 위에서 깔개를 구기며 즐거워하고 있는 내 두 팔을 쳐다보면 그것은 내 팔이 아닌 듯하다. 내 팔은 없지만 손은 한 쌍의 부부처럼 깔개와 애무를 하면서 서로가 위에 올라가려 한다. 하지만 나는 오래 지나지 않아 그것들을 천천히 내 쪽으로 가져왔다. 이제 휴식이다. 가끔씩 침대 발치에 있는 내 발들을 보면 그것들도 마찬가지인데, 한쪽은 발가락이 있고 한쪽은 없다. 그 점은 훨씬 더 지적할 만한 가치가 있다. 왜냐하면 여기서 내 다리는 조금 전의 내 팔을 대신하여, 현재 양쪽 모두 매우 뻣뻣해져서 매우 아프며 잊어버릴 수는 없기 때문이다. 그럼에도 나는 내 다리를 잊은 채 아주 멀리에서 서로를 살피고 있는 부부를 쳐다본다. 그런데 내 발들은 내 팔과 달리 내 쪽으로 가까이 가져오지 않는다. 그렇게 할 수 없기 때문이며, 그것들은 그 자리에 그냥 있다. 아까보다는 가깝지만 내게서 멀리 있는 그것을 다시 부를 생각은 없다. 그런데 일단 읍을 완전히 빠져나온 뒤 그 전체의 일부를 바라보았을 때, 사람들은 내가 그것이 우리 읍이었는지 아닌지 깨달았을 거라고 생각할 수도 있다. 그러나 나는 조금도 그렇지 않았다. 바라보았지만 아무 소용이 없었고, 나는 의문 없이 운명을 유혹해 보려고 돌아보았다. 어쩌면 그냥 단순히 보여주려고 바라보는 척만 했을 수도 있다. 내 자전거를 아쉬워하는 마음조차도 없었다.

그렇다. 정말로 없었다. 내가 말했던 대로 저공비행으로 흔들거리며, 어둠 속에서 시골 한적한 좁은 길들을 따라 나아가기가 그다지 싫지 않았다. 그리고 나는 내가 추행을 당할 일은 별로 없었으며, 오히려 다른 사람들이 나를 쳐다보면 내가 그들을 두렵게 하리라고 생각했다. 숨어야 하는 때는 아침이다. 사람들은 건강하고 가뿐하게 잠에서 깨어나면 질서, 아름다움, 정의에 목이 말라 끝까지 돈을 요구한다. 그렇다, 8시나 9시부터 정오까지는 위험한 시간이다. 하지만 정오쯤에는 일이 누그러들어 가장 가혹한 사람들도 포만감을 느끼며 집으로 돌아갔다. 더 잘할 수도 있었고, 모든 것이 완벽하지는 않지만 일을 잘해냈다. 끝까지 남은 몇몇 사람들이 그다지 말썽을 부리지는 않기에, 저마다 자신이 잡은 쥐를 세어본다. 오후 일찍 연회, 기념, 축하, 연설들이 끝난 뒤에 일이

다시 시작될 수도 있지만, 오전에 비하면 재미만 있을 뿐 아무 일도 아니다. 물론 4~5시쯤에는 밤을 새는 야간 팀이 분발해서 돌아다니기 시작한다. 하지만 그때는 이미 하루가 끝나는 시간이라 그림자가 길어지고 장애물이 늘어났으며, 사람들은 몸을 굽혀 아첨할 자세로 벽에 바짝 붙어 지나갔다. 이때는 숨길 게 없어도 두려워서 좌우를 돌아보지 않고 숨지만, 분노를 자극할 만큼은 아니었다. 언제라도 나와서 미소를 지으며 말을 잘 듣고 기어갈 준비가 되어 있는, 전염병을 옮기지는 않는 구역질 나는 두꺼비였다. 그다음엔 진짜 밤이 오는데 밤은 밤을 잘 아는 사람과 밤을 향해 열릴 줄 아는 사람, 그리고 밤낮으로 밤 그 자체인 사람에게는 달콤하다. 밤에 대해서는 별로 할 말은 없으나 낮에 비하면 좋고, 특히 아침에 비하면 매우 좋다. 밤에 진행되는 성화 작업은 대부분 전문 기술자들이 맡아서 하기 때문이다. 그들은 그 일만 하고 대부분의 주민은 그 일에 참여하지 않는다. 잠은 신성한 것이니까 사람들은 낮에 폭력적 행위를 하는데 특히 오전, 아침 식사와 점심 식사 사이에 그렇다. 따라서 인적 없는 새벽에 몇 킬로미터를 간 끝에, 나는 제일 먼저 잠잘 장소를 찾는다. 잠도 하나의 보호 수단이기 때문이다. 사냥꾼은 잠이 포획의 본능을 부추기고, 즉각적이고 피투성이로 죽이려는 본능을 완화시킨다고 말할 것이다.

　사람들은 이리저리 돌아다니거나 소굴에 웅크리고 앉아 동정을 살피는 괴물에게는 인정사정없었다. 하지만 잠자고 있을 때 불시에 붙잡힌 상태의 괴물에게는 가끔 좀 더 부드러워진다. 그리하여 총대를 내리고 단검을 칼집에 도로 넣게 할 수 있다. 사냥꾼도 내면은 부드럽고 열정에 넘쳐나 보물 창고를 억누르고 있기 때문이다. 그리고 기진맥진하거나 공포에 젖어 곯아떨어진 잠 덕분에, 해롭고 죽어 마땅한 많은 악한 짐승들은 사람들이 많은 동물원에서 평온하게 살아갈 수 있다. 나는 죽음을 당하느니보다는 오히려 노예 상태를 더 선호했다. 왜냐하면 죽음은 결코 내가 만족스럽게 상상해 볼 수 없는 상태이고, 화복(禍福)의 장부에 합법적으로 기록할 대상이 아니기 때문이다. 반면 죽음을 당하는 일에 대해 앎으로써 나는 옳건 그르건 간에 자신감을 갖고 있었고 어떤 비상 상황에서 행동할 권리가 있는 듯 보였다. 오, 그것은 죽음을 당하는 나 자신만의 개념으로서 긴장되어 냉정함이나 상식들은 끼어들 수 없었다. 그러나 난 그런 개념들로 만족했다. 죽음에 대한 내 생각의 혼란은 그 정도여서, 나는 죽음이 삶보다 더 나은지 의심했다. 믿든 믿지 않든. 그래서 나는 죽으려고 빨리 서두르지 않고 나 자신을 잊었을 때 멈춘다고 생각했다. 그것이 나의 유일한 변명이었다. 그래서 나는 아무 구멍 속으로나 들어가서 절반은 잠을 자고, 절반은 한숨지으며 신음하고, 웃거나, 아침의 광란이 잠잠해지길 기다렸다. 그러고 나서 나는 나의 소용돌이를 계속했다.

그런데 그다음 몇 년 뒤, 아니면 몇 달 뒤 내가 어떻게 되었는지, 그리고 어디로 갔는지 말할 의도는 없다. 난 이런 일을 만들어내기에 지쳤고, 다른 일들이 나를 부르기 때문이다. 하지만 몇 페이지를 더 까맣게 채우기 위해 내가 바닷가에서 보냈던 일을 말하겠다. 바다보다 산이나 들을 더 좋아하는 사람들이 있다. 개인적으로 나는 바다가 다른 곳보다 좋다고 느낀다. 내 인생의 많은 부분이 그 흔들리며 부서지는 광활함 앞에서 썰물처럼 빠져나갔다. 폭풍과 고요 속의 파도, 그리고 큰 파도타기가 할퀴는 소리에 맞추어 흘러갔다. '앞에서'보다도 더 모래 위나 동굴 속에 쭉 펴고 누운 채로였다. 모래 속은 내 천성에 맞는 영역이었는데, 나는 손가락 사이로 모래를 흘러내리게 하고 거기에 구멍을 파서 금방 메우거나 저절로 메워지게 했다. 또한 손에 듬뿍 담아서 공중에 던지고 그 위에서 구르기도 했다. 그리고 밤마다 등대의 불빛이 들어왔던 동굴에서는 어떻게 지내야 할지 알았다. 내 땅이, 적어도 한쪽 방면으로 치우치지 않았다는 사실이 나는 전혀 싫지 않았다. 그리고 먼저 물에 젖거나 빠지지 않고 가다가 멈출 수 있는 쪽이 한 곳이라도 있어서 기뻤다. 왜냐하면 나는 먼저 걷는 법을 배워야 수영을 배울 수 있다고 말했기 때문이다. 하지만 우리 지방이 그 연안에서 끝난다고는 생각하지 말자. 심각한 실수일 테니까. 그 바다도, 암초들과 멀리 떨어진 섬들도, 감추어진 심연들도 모두 우리 지방이었으니까. 나 또한 노가 없는 어떤 쪽배를 타고 그 안으로 소풍을 갔지만 오래된 노 하나를 만들어 첨벙거렸다. 그런데 내가 어느 때고 그 소풍에서 돌아온 적이나 있었는지 가끔 의문이 생긴다. 왜냐하면 내가 바다로 나가 물결 위에서 떠돌았다 돌아오는 모습은 떠오르지 않으며, 부서지며 달려오는 큰 파도의 모습도 떠오르지 않고, 낡은 배 용골이 모래밭 위에서 삐걱거리는 소리도 들리지 않기 때문이다. 나는 그 바닷가 소풍 기간을 이용해서 빨아 먹는 돌들을 마련했다. 자갈이었는데 나는 그냥 돌이라고 부른다. 그렇다, 그때 나는 많은 여분의 돌을 주워 꽤 많은 양의 소지품들 속에 놓아두었다. 나는 그것들을 네 개의 주머니에 똑같이 나눠서 차례로 빨았다. 그런데 거기에 문제가 생겨서 나는 다음과 같은 방법으로 해결했다. 이를테면 나는 돌 열여섯 개를 갖고 있었고, 그중 네 개를 각각 네 개의 주머니에 넣었는데, 그것은 바지에 있는 두 개의 주머니와 외투에 있는 두 개의 주머니였다. 난 외투 오른쪽 주머니에서 돌을 하나 꺼내 입에 넣은 다음, 바지 오른쪽 주머니에서 돌을 꺼내 외투 오른쪽 주머니에 넣고서, 그 대신 바지 왼쪽 주머니에서 돌을 하나 꺼내 바지 오른쪽 주머니에 넣었다. 다음은 외투 왼쪽 주머니에서 돌을 꺼내서 바지 왼쪽 주머니에 대신 넣었다. 그러고 나서 나의 입에서 빨고 난 돌을 꺼내자마자 비어 있는 외투 왼쪽 주머니에 넣었다. 이런 식으로 각각 네 개의 주머니에는 언제나 네 개의 돌이 있었는데 완전히 같은 돌은 아니었다. 다시 빨고 싶은 욕구가 생기면 나는 다시 외투 오른쪽 주머니를 뒤졌으며, 지난번과 같은 돌을 꺼내지 않는다는 확신을 가지고 있었다. 그리고 그걸 빠는 동안 나는 다른 돌들을 방금 설명한 방식대로 재배치했다.

그다음도 마찬가지였다. 하지만 이런 해결책은 내게 그다지 만족감을 주지 못했다. 어떤 기발한 우연을 통해서 회전하는 네 개의 돌이 같을 수도 있었기 때문이다. 그럴 경우 나는 열여섯 개의 돌을 차례로 빨기는커녕 어쩌면 같은 네 개의 돌만 차례로 빠는 셈이 되었다. 그래서 난 돌을 빨기 전에 주머니 안의 돌들을 잘 휘저어 섞었지만 이 방법은 임시변통에 지나지 않았다. 난 다른 방법을 찾기 시작했다. 먼저 나는 돌을 하나씩 옮기는 대신 네 개씩 옮기는 게 더 좋다고 생각했다. 즉 내가 돌을 빠는 동안 외투 오른쪽 주머니에 남아 있는 세 개의 돌을 꺼내고, 그 자리에 바지 오른쪽 주머니의 돌 네 개로 채운다. 다음은 되풀이해서 이 네 개를 바지 왼쪽 주머니의 돌 네 개로 대신 채우고, 다음은 그 자리에 외투 왼쪽 주머니의 돌 네 개로 대신 채운다. 마지막으로 그 자리에 외투 오른쪽 주머니의 세 개와 입 속에 있던 돌을 빤 다음 채웠다. 그렇다. 처음에는 이렇게 하는 것이 더 좋은 결과를 가져올 듯했다. 하지만 곰곰이 생각해 본 다음에 난 마음을 바꿨고, 네 개씩 그룹을 지어 돌을 회전하는 방법은 하나씩 회전하는 방법과 똑같은 결과임을 깨달았다. 왜냐하면 나는 외투 오른쪽 주머니에 바로 이전의 돌들과는 전혀 다른 네 개의 돌을 가졌는데도,

늘 똑같은 돌만 빨게 되면 열여섯 개의 돌을 차례로 빠는 대신 늘 같은 네 개의 돌만 빨 수도 있기 때문이다. 따라서 회전 방법을 바꾸기보다는 새로운 다른 방법을 찾아야만 했다. 어떤 방법으로 돌을 회전시키든, 나는 똑같은 위험과 마주쳤기 때문이다. 주머니의 숫자를 늘리면 틀림없이 돌들을 이용할 기회도 늘어난다. 예컨대 주머니가 내가 갖고 있던 네 개 대신 여덟 개였다면, 내가 열여섯 개 가운데에서 적어도 여덟 개의 돌을 차례로 빨 수 있었다.

사실 완전히 쉽게 마음을 놓으려면 나는 열여섯 개의 주머니를 원했어야 했다. 하지만 저마다 돌이 든 열여섯 개의 주머니가 없을 경우, 기발한 요행 없이는 내가 설정한 목표에 이를 수 없었다. 그런데 내가 주머니의 숫자를 두 배로 늘릴 수 있었다면, 몇 개의 안전핀을 써서 각 주머니를 둘로 나눌 수 있었다. 그러나 난 하나의 미봉책을 위해 그렇게까지 수고할 생각이 없었다. 왜냐하면 이 문제 속에서 몸부림친 뒤로 나는 척도 감각을 잃어버리기 시작했으며, 마침내 전체 아니면 무(無)라고 말했기 때문이다. 잠깐 동안 돌의 숫자를 주머니 숫자로 줄여서 돌과 주머니 사이에 균형을 맞출까 생각했지만, 잠깐 동안이었다. 그것은 내가 패배했다는 점을 인정하는 셈이었기 때문이었다. 바다 앞 모래밭에 앉아서 눈앞에 돌 열여섯 개를 펴놓은 채 나는 분노와 당혹감을 느끼며 그 돌들을 바라보았다. 알다시피 내가 뻣뻣한 다리 때문에 의자나 안락의자에 앉기가 어려웠던 만큼, 땅바닥에 앉기는 그만큼 쉬웠다. 그것은 뻣뻣한 다리와 뻣뻣해져 가던 다리 때문이었다. 내 멀쩡했던 다리가 뻣뻣해지기 시작한 것은 그즈음이었으니까. 내게는 넓적다리 밑으로 땅이라는 받침대가 필요했다. 나는 나의 돌들을 응시하고 손에 쥔 모래를 으스러뜨려 내 머리와 신체의 일부를 달래주었다. 어느 날 갑자기 머릿속에 희미한 생각이 떠올랐는데 돌을 다듬는 원칙만 버리면 내 목표에 이를 수 있을 것 같았다. 이 제안은 〈이사야〉나 〈예레미야〉의 시구처럼, 갑자기 내 속에서 노래하기 시작했다. 그런데 나는 그 뜻을 파악하는 데 한참이나 걸렸고, 특히 내가 알지 못했던 '다듬는다'라는 말이 오랫동안 모호하게 남아 있었다. 하지만 그 다듬는다는 말은 열여섯 개의 돌을 네 개씩 네 그룹을 만들어 각 주머니에 한 그룹씩 나누는 것이었다.

옳건 그르건 간에 이러한 해석을 시작으로, 드디어 나는 하나의 해결책에 다다랐는데, 그것은 보다 건전한 해결책이었다. 그리고 약간의 이해력, 약간의 끈기가 더 있었다면 나도 그 해결책들을 직접 찾을 수 있었을 거라 믿는다. 하지만 불명예스럽게도 난 매우 피곤했기에 이 문제에 대한 해결책 가운데 하나인 첫 번째 해결책으로 만족했다. 그 해결책은 이렇다. 예를 들어, 시작하기 위해 물품 주머니인 외투 오른쪽 주머니에 여섯 개의 돌을 넣고—바지 오른쪽 주머니에 다섯 개, 마지막으로 바지 왼쪽 주머니에 다섯 개를 넣기만(넣기만!) 하면 계산이 끝났다. 다섯 개씩 두 번이면 열, 거기에 더하기 여섯 개는 열여섯, 그러면 하나도 남지 않는다. 외투 왼쪽 주머니에는 과일칼이나 은제품, 나팔 경적 등이 없는 완전히 텅 빈 상태였다. 물론 돌이 주머니에 없다는 뜻이다. 좋다. 그러면 이제 나는 빨기를 시작할 수 있다. 나를 자세히 보라. 나는 외투 오른쪽 주머니에서 돌을 하나 꺼내 빨다가 외투 왼쪽 주머니, 즉 (돌이) 빈 주머니에 넣는다. 두 번째 돌을 외투 오른쪽 주머니에서 꺼내 빨고, 그것을 외투 왼쪽 주머니에 넣는다. 같은 방식으로 외투 오른쪽 주머니가 빌 때까지 (평상시에 있던 물건과 임시로 넣은 물건을 제외하고), 그리고 방금 하나씩 빤 여섯 개의 돌이 모두 외투 왼쪽 주머니에 들어 있게 될 때까지 계속한다. 이때 실수를 저지르면 안 되니까 잠깐 멈추고 생각을 모으면서, 돌이 하나도 없는 외투 오른쪽 주머니에 바지 오른쪽 주머니의 돌 다섯 개를 옮기고, 이 돌들은 다시 바지 왼쪽 주머니의 돌 다섯 개로 대신 채우고, 또 이 돌들은 외투 왼쪽 주머니의 돌 여섯 개로 대신 채운다. 그렇게 되면 외투 왼쪽 주머니에는 돌이 하나도 없고, 반면에 외투 오른쪽 주머니는 다시 채워진다. 하지만 방금 빤 돌이 아닌 다른 돌들로 채워지는 것이다. 이 돌들은 하나씩 차례로 빨아서 외투 왼쪽 주머니에 차츰 옮겨놓을 돌들이다.

　이러한 생각의 순서대로라면 방금 전과 같은 돌들이 아닌 다른 돌들을 빨 것이라는 확신을 가질 수 있다. 외투 오른쪽 주머니가 다시 비고 (돌이 비고), 방금 빤 다섯 개의 돌이 모두 예외 없이 외투 왼쪽 주머니에 남아 있으면 비슷한 방법으로 재배치를 실행한다. 즉 다시 비어 있는 외투 오른쪽 주머니에, 지금 가능한 돌들, 즉 바지 오른쪽 주머니의 돌 다섯 개를 옮기고, 이 돌들은 바지 왼쪽 주머니의 돌 여섯 개로 대신 채우고, 다시 이 돌들은 외투 왼쪽 주머니의 돌 다섯 개로 대신 채운다. 그러면 다시 시작할 준비를 갖추는 거다. 내가 계속해야 하는가? 아니다. 다음 번 일련의 빨기와 이동이 끝나면 분명 처음 상황으로 되돌아가게 된다. 즉 외투 오른쪽 물품 주머니에 다시 처음 여섯 개의 돌이 있고, 그다음 다섯 개는 낡고 냄새나는 바지 오른쪽 주머니에 있다. 마침내 마지막 다섯 개는 같은 바지 왼쪽 주머니에 있게 되고, 이렇게 해서 한 개가 두 번 빨리거나 한 번도 빨리지 않은 돌 없이 열여섯 개의 돌이 완벽한 연쇄 사슬로 모두 빨려졌을 것이다. 다시 시작할 때는 첫 번째와 같은 순서로 돌들을 빨기는 거의 불가능하다. 또한 예컨대 첫 번째 회전에서 첫 번째, 일곱 번째, 열두 번째 돌이 두 번째 회전에서는 각각 여섯 번째, 열한 번째, 열여섯 번째밖에는 될 수 없다는 것도 사실이다. 최악의 경우가 최악과 만났다면 말이다. 하지만 그것은 내가 피할 수 없었던 문제점이었다. 그리고 비록 전체적인 회전의 차원에서는 철저한 혼란이 지배했겠지만, 적어도 각각의 회전 안에서는 마음이 평온했다.

아무튼 이런 행위 속에서는 평온했다. 사람들이 동일한 회전 절차를 거칠 때 쉽게 여길 수 있으려면 입 속에 돌이 있는 순서가 각 회전마다 같아야 한다. 그러기 위해서 열여섯 개의 주머니나 돌에 번호를 매겨놓는 일이 유일한 방법이다. 그런데 나는 열두 개의 주머니를 더 만들거나 돌에 번호를 매기기보다는, 즉 전체 회전보다는 하나의 회전 안에서 느끼는 평온함에 만족을 느꼈다. 돌에 번호를 매기는 게 전부가 아니라, 돌을 입에 넣을 때마다 맞는 번호를 기억하여 주머니들 속에서 그 돌을 찾아야 했기 때문이다. 그랬더라면 겨우 얼마 안 가서 나는 돌을 영영 멀리했으리라. 돌을 빠는 대로 돌에 표시를 해둘 수 있는 어떤 기록이 없는 한, 내가 틀리지 않으리라는 보장은 없었다. 그것만은 나로서도 불가능하게 여겨졌다. 그렇다. 완전한 해결책은 대칭으로 배치된 열여섯 개의 주머니였으리라. 그러면 번호를 생각할 필요도 없이, 주어진 돌 하나를 빠는 동안 각 주머니에서 한 개씩 열다섯 개의 돌을 다음 주머니로 옮겨놓는 것이다. 그것은 제법 까다로운 일이라고 할 수 있지만 내가 빨고 싶은 욕구가 있을 때는 매번 같은 주머니에서 꺼내면 되었다. 이렇게 하면 내 모든 걱정이 덜어졌을 텐데. 저마다 분리된 회전 안에서뿐만 아니라 끝없이 이어지긴 하지만 전체적인 회전 안에서도 나는 평온했다. 그러나 나 자신의 해결책은 불완전했다. 내 방식의 해결책을 스스로 찾은 데 대해 나는 만족했다. 그렇다. 매우 만족했다. 비록 내 해결책이 처음 발견의 열기 속에서 내가 생각했던 만큼은 건전하지 못했지만, 품위 없는 점은 그대로였다. 그것은 특히 돌의 불균형적인 분배가 전체적으로 고통스러웠다는 점에서 품위가 없었다. 각 회전 초기의 어떤 주어진 순간에, 즉 세 번째 빨고 네 번째 바로 전에는 어떤 균형이 잡혔던 것이 사실이지만 그것은 오래 이어지지 않았다. 그 나머지 시간에는 돌의 무게가 나를 한쪽으로, 또는 다른 쪽으로 잡아당기는 느낌이었다. 따라서 같은 분배를 포기하면서 내가 단념했던 것은 하나의 원칙만이 아니라, 전체적 필요였다. 그런데 내가 말한 대로 돌을 빠는 것 또한 하나의 전체적 필요였다고 생각한다. 이러한 전체적 필요성은 불화가 심했다. 그런 일은 일어날 수도 있다. 하지만 나는 진심으로, 오른쪽으로, 왼쪽으로, 앞으로, 뒤로, 당겨지는 불균형을 어설프게 땜질할 생각이 없었다. 또한 매번 다른 돌을 빨든 영원토록 늘 같은 돌을 빨든 나에게는 진심으로 아무 상관이 없었다. 돌의 맛은 모두가 똑같았으니까. 그리고 내가 열여섯 개를 주워 모았던 것은 그 돌들을 가지고 이러저러한 방법으로 내 몸의 중심을 잡거나 그것을 차례로 빨기 위해서가 아닌 단순히 조금 비축해 두기 위해서였다. 하지만 돌이 떨어진다고 해도 내심으로는 바이올린 없는 바이올린 연주자처럼 욕설을 내뱉지는 않는다. 조그만 가게의 물품이 떨어지면 떨어지는 것이지 그 때문에 더 곤란해질 일은 없었다. 아니 거의 없었다. 그래서 내가 끝내 선택한 해결책은 하나만 빼고 모든 돌을 공중에 던져버리는 방법이었다. 나는 그 하나를 이 주머니나 다른 주머니에 넣었다가, 얼마 가지 않아서 자연스럽게 잃어버렸거나, 내던졌거나, 또는 남에게 주었거나 삼켜버렸다. 그곳은 바닷가에서도 꽤 황량한 쪽이었다. 그곳에서 심하게 괴롭힘을 당했던 기억은 없다. 옅은 색의 광활한 모래밭에 까만 점 하나에 지나지 않았던 나를 어떻게 해칠 생각을 하겠는가?

어느 날 사람들은 혹시나 난파선에서 흘러나와 폭풍으로 떠밀려온 귀중품이 아닌가 보려고 내게 다가왔다. 하지만 허름하긴 해도 단정하게 옷을 입은 나를 보고는 되돌아갔다. 늙은 여자들이, 또한 젊은 여자들도 그렇다. 젊은 여자들은 나무토막을 주우려고 거기 왔다가 나를 보고 호기심이 생겼는지 유심히 보았다. 그러나 그 여자들은 늘 같은 태도였는데 내가 아무리 장소를 바꾸어도 모두 나를 알아내고는 거리를 유지했다. 어느 날 그 가운데 한 여자가 동행들과 떨어져 내게 와서 먹을 것을 건네주었는데, 내가 아무런 반응도 보이지 않고 그녀를 쳐다보자 가버렸던 생각이 난다. 그렇다. 그 무렵에는 무엇이 됐든 이런 종류의 사건이 일어났었다. 하지만 나는 아마도 그 이전에 머물렀던 곳과 혼동하는지도 모른다. 이것이 바닷가에서의 체류로서는 마지막에서 첫 번째 혹은 두 번째였기 때문이다.

어쨌거나 한 여자가 내게로 오면서, 가끔 멈춰 서서 동행들 쪽을 되돌아보았다. 동행들은 암양들처럼 서로 바짝 붙어서 멀어지는 그녀를 바라보았다. 그리고 멀리서 웃음소리가 들렸던 것 같다. 깔깔거리면서, 그녀에게 가라고 강력히 응원의 신호를 보냈다. 그러고 나서 그녀의 등이 보이고, 그녀는 되돌아가고 있었다. 이번에는 내 쪽으로 그녀가 발길을 멈추지 않고 뒤돌아보았다. 그런데 나는 아마도 다른 두 경우의 두 여자를 하나로 섞어 혼동했을 수도 있다. 동행들의 외침과 웃음소리가 강력히 들리자 내 쪽으로 수줍게 오고 있는 한 여자와, 조금 단호한 걸음으로 내게서 머뭇머뭇 멀어지는 다른 한 여자를. 대부분 난 내 쪽으로 온 사람들을 멀리서 올 때부터 보았는데, 그것은 언제나 바닷가의 장점들 가운데 하나였다. 사람들은 멀리서 올 때 까만 점처럼 보여서, 나는 저 점들이 작아진다, 혹은 저 점들이 커진다, 하고 혼잣말을 했다. 또한 그들의 움직임을 감시할 수 있었다. 그렇다. 이를테면 불시에 기습을 당할 일은 없었다. 불가능했다. 나 또한 자주 육지 쪽을 돌아다보았으니까. 한 가지 말하자면, 나는 바닷가에서 더 잘 볼 수 있었다. 그렇다. 누워 있는 사물도, 서 있는 사물도 없는 그 광활한 바닷가를 샅샅이 뒤질 때, 내 눈의 좋은 쪽은 더 잘 기능했고, 나쁜 쪽 눈도 멀리 시선을 돌려야 했다. 그래서 나는 눈이 더 잘 보였을 뿐만 아니라, 가끔씩 보이는 물체들에게 괴상한 이름을 붙일 필요가 없었다. 그것은 바닷가의 몇몇 장점이기도 하고 단점이기도 했다. 또는 바뀌는 것이 나였는지도 모른다. 그럴 수 있지 않은가? 그리고 아침이나 가끔 폭풍이 부는 밤에도, 나는 내 동굴 속에서 자연의 세력과 인간들로부터 안전하게 느껴졌다. 하지만 거기서도 치러야 할 값이 있다. 자신의 상자 안에서나 동굴 속에서도 치러야 할 값이 있다. 그래서 우리는 얼마 동안 기꺼이 그 값을 치르지만, 영원히 치를 수는 없다. 얼마 안 되는 돈을 가지고 늘 똑같은 물건을 살 수는 없기 때문이다. 그리고 적절한 표현은 아니지만 유감스럽게도 평화로이 썩어 지내는 것보다는 다를 필요가 있다. 당연히 나는 지금 어머니에 대해 말하는데, 어머니의 영상이 얼마 전부터 희미해지면서 나를 다시 괴롭히기 시작했다.

그래서 나는 다시 내륙으로 되돌아왔다. 우리 읍은 정확히 바닷가에 있지는 않기 때문이다. 거기에 가려면 내륙을 통해야 했고, 적어도 나로서는 다른 길을 알지 못했다. 우리 읍과 바다 사이에는 어떤 늪지가 하나 있었는데, 그 늪지는 아마 배수 공사를 하거나, 운하를 파거나, 넓은 항만 건축물로 변형시키거나, 또는 말뚝을 박아 그 위에 노동자 주택단지를 세우거나, 어떤 방식으로든지 새로 개발하려 했다. 하지만 나는 그때의 문제에 대하여 완전하게 무관심했다. 물론 언제나 그럴 생각이다. 그 늪지는 해마다 사람의 생명을 셀 수 없이 삼켜 버렸다. 그럭저럭 공사가 시작되었고, 어떤 지역에서는 공사장들이 현재까지도 좌절과 실패, 점차적인 인원 소멸, 공공사업 당국자들의 나태함 등을 겪고 있다. 하지만 이것은 바닷물이 들어와서 우리 읍내 발치를 씻어주곤 했다고 하는 주장과는 큰 차이가 있다. 그런데 나로서는, 부득이한 경우나 상황이 그렇게 되어야 편안한 경우가 아니면 이러한 (사실) 왜곡을 하지 않겠다. 그 늪지, 나는 그곳에 대해 좀 알고 있었다. 그 무렵 나는 여기서 편집하고 있는 지금보다도 더 풍부한 환상을 갖고 있었다. 즉 어떤 면에서는 더 풍부한 환상을 가졌지만 빈약한 환상도 공존하는 때에 난 그 늪지에 내 생명을 걸었었다. 그래서 바다를 통해 직접 우리 읍에 닿을 방법은 없었고, 훨씬 북쪽이나 남쪽에 상륙해서 육로로 진출해야 했다. 그리고 내 걸음의 진척은, 언제나 느리고 고통스러웠지만 이제는 그 어느 때보다도 더욱 그랬다. 그 이유는 나의 짧고 뻣뻣한 다리 때문이다. 오래전부터 다리는 점점 더 뻣뻣해지고 있으며, 날마다 더 짧아지고 있었다. 무엇보다도 그때까지는 유연했던 다른 쪽 다리도 마찬가지로 급속도로 뻣뻣해져 가고 있었다. 하나는 짧아지는 반면, 다른 하나는 그대로 남아 있게 되면 어쩌나 하는 귀찮은 걱정이 시작됐다.

내려왔을 때, 나는 내가 어떤 발을 땅에 디뎌야 할지 더 이상 알 수 없었다. 이런 궁지를 좀 더 뚜렷하게 검토해 보기 위해 나를 보자. 이미 뻣뻣해진 내 다리는 내게 고통을 주고 있었다. 그것은 잘 아는 일이다. 그래서 보통 내게 축이나 버팀대 역할을 해준 다리는 다른 쪽이었다. 그런데 이제는 바로 그 다리가 뻣뻣해진 탓인지 매번 갈 때마다 신경과 힘줄 사이에 소동을 일으켰고, 다른 쪽 다리보다 내게 더 고통을 주기 시작했다. 기막힌 얘기 아닌가, 이렇게 되라고 한 운명은 아닌데 말이다. 이전의 고통에는 어떤 면에서 나는 익숙해져 있었지만 새로운 고통에는 그것이 아무리 똑같은 종류의 고통이라 해도 적응할 수 없었다. 또한 한쪽은 아픈 데다가 겨우 성한 다리마저 새 고통을 느끼자 그때는 목발을 이용해서 전적으로 더 아픈 다리만을 썼다. 하지만 이제 내게는 더 이상 그런 수단도 없었다! 내 다리가 한쪽은 더 아프고 한쪽은 겨우 성한 것이 아니라, 이제는 두 쪽 모두 아팠기 때문이다. 내가 느끼기에 더 아픈 다리는 그때까지 상대적으로 성했던 다리였는데, 나는 그 변화를 아직 견디지 못했다. 그래서 말하자면 어떤 의미에서 나는 늘 아픈 다리와 겨우 성한 다리, 아니 덜 아픈 다리를 갖고 있었다. 이 둘의 차이점이라면 이제 둘 가운데 덜 아픈 다리는 예전에는 '덜 성했던' 다리였다는 점이다. 그래서 나는 한쪽 목발과 다른 쪽 목발 가운데 목발질 사이사이에 옛날의 아픈 다리로 짚고 싶었다. 그 다리는 여전히 몹시 아팠어도 다른 쪽보다는 덜 아팠다. 아니, 마찬가지였지만 오래된 다리라서 느껴지지 않았다. 그런데 나는 그럴 수 없었다! 뭐? 그 다리로 짚다니. 그 다리는 점점 짧아지고 있었고 반면에 다른 쪽은 더 뻣뻣해지고는 있었지만 아직 짧아지지는 않아 나에게 무의미했다. 만일 그 다리를 무릎이나 엉덩이에서 굽힐 수 있었다면, 나는 다리를 땅에 디디고 들어 올리기 전에 그 다리를 인위적으로 짧게 만들 수도 있었다. 하지만 난 할 수 없었다! 뭐? 그 다리를 굽히다니, 뻣뻣한데 어떻게 굽힐 수 있겠는가? 그래서 비록 두 다리 가운데 적어도 느낌으로는 가장 아프게 된 다리이자 가장 아껴야 할 다리이지만, 예전과 같이 써먹었다. 가끔 운이 좋아 적당히 휘어진 길을 만날 때나 그다지 깊지 않은 도랑을 만날 때는 내 짧은 다리를 길게 늘여 일시적으로 이용했다. 하지만 그 다리는 너무 오랫동안 쓰지 않았으므로 그 일을 잘 해내지 못했다. 그래서 그 다리보다는 쌓아놓은 접시 더미가 더 좋은 지지대가 되었다. 그런데 똑같은 불규칙한 요소가 여기에 관련되어 있었다. 땅바닥을 가장 잘 이용했을 때 말이다. 내 목발에 대해 말하는 것이다. 내가 똑바른 자세로 있기 위해서는 짧은 목발 하나와 긴 목발 하나가 필요했다.

아무것도 하지 않던 다리는 그 고통이 지속적이고 한결같았다. 반면에 일하느라 고통의 무게를 견뎌야만 했던 다리는 잠시나마 일을 멈춤으로써 고통이 줄어들었다. 하지만 나의 전진은 이러한 일의 상황으로 영향을 받아 고통을 겪었다. 내 인생은 이제까지 희망조차 없는 고난의 연속이었다. 그랬기에 난 자주 멈춰야만 했다. 그렇다. 앞으로 나아가기 위해서 나는 점점 더 자주 멈춰야 했고, 멈추는 것이야말로 앞으로 나아가기 위한 유일한 방법이었다. 비록 그럴 만한 가치가 있다고 해도 그 태곳적 속죄의 짧은 순간들을 깊이 다루는 일을 하려 한다(내 연약한 의도들 가운데는 포함되지 않지만, 그래도 난 그에 대해 몇 마디를 덧붙이려고 한다). 내가 이러한 선의를 가지려는 까닭은 매우 선명한 내 이야기가 어둠 속에서 끝나지 않게 하기 위함이다. 그 어둠 속에서 나는 절뚝거리며 귀를 기울이고, 눕고 다시 일어나고, 귀를 기울이고, 절뚝거린다. 가끔씩 이것을 말할 필요가 있다. 내가 행여 마지막 그루터기들 사이에 옅게 뻗어나가는 그다지 좋아하지 않는 햇빛을 다시 볼 수 있을까. 우리의 문제를 풀기 위해 어머니를 다시 볼 수 있을까. 또 덩굴로 나뭇가지에 나를 매다는 편이 더 낫지 않을까. 어쨌든 더 나쁘지야 않겠지 하는 것 따위의 생각들이다. 왜냐하면 난 솔직히 햇빛에 집착하지 않았고, 어머니가 나를 처음부터 그리고 여전히 기다리고 있다고는 거의 기대할 수 없었기 때문이다. 게다가 내 다리, 내 다리를 보라. 아무튼 자살에 대한 생각들은 나를 그렇게 사로잡지 않았는데, 왜 그랬는지는 모르겠다. 안다고 생각했지만 아니었다. 특히 아무리 유혹적이라고 해도 목을 졸라매는 생각은 잠깐 하다가 늘 이겨내곤 했다. 한 가지 말하겠는데, 내 호흡기에는 아무런 문제가 없었다. 물론 이 기관에 내재하는 고통거리들을 제외하고 말이다. 그렇다, 산소를 함유한 듯한 공기가 내 몸속으로 내려가려 하지도 않고, 끝내 내려갔다고 해도 밖으로 배출되려고도 하지 않았던 날들이 있었다. 그런 날들이 얼마나 되는지 이제야 셀 수 있었다. 아 그렇다. 기관지를 끊어서, 그걸 끝내려는 유혹을 내가 몇 번이나 받았던가? 하지만 난 잘 견뎌냈다. 그 소리가 자꾸만 내 존재를 폭로했고, 내 얼굴은 보랏빛이 되곤 했다. 그런 일은 특히 밤에 갑자기 일어났는데, 그에 대해 내가 만족해야 하는지 만족하지 말아야 하는지는 알 수 없었다. 왜냐하면 밤에는 갑작스러운 색깔의 변화는 중요하지 않고, 밤의 고요함 때문에 작은 소리도 유난히 표시가 나기 때문이다. 하지만 그것은 발작에 지나지 않았으며 밀물도 썰물도 모르고 그 밑은 지옥에 닿을 만큼 깊었다. 나를 움켜잡아 비틀고, 제3자의 눈에 띄게 하지 않으면서 마침내 나를 살짝 자비롭게 내던지는 발작에 대하여 한마디도, 절대로 한마디도 비난하지 않겠다. 나는 외투를 머리에 둘러쓰고 외설스러운 질식 소리를 죽이거나 기침의 발작으로 위장했는데, 기침 발작은 일반적으로 너그러이 받아들여지지만 동정심을 유발할 수 있는 단점을 가졌다. 안 하느니보다는 늦게라도 하는 것이 나아 지금 이 말을 하는데, 즉 내 성한 다리가 쇠약해짐에 따라 나의 진전은 느려졌다. 사실 내 몸 여기저기에서 다른 약점들이 생겨났으며, 그곳들은 예상했던 대로 점점 더 약해지고 있었고 바닷가에서 출발한 뒤로는 쇠약해졌다. 바닷가에 머물렀던 동안은 내 몸이 예상대로 약해졌지만, 느낄 수 없을 만큼 빨라졌었다. 그래서 예컨대 내 항문을 만지며, 어라 어제보다 훨씬 나아졌는데 다른 구멍 같아, 라고 주장하긴 매우 어려웠다. 또다시 이 외설스런 구멍으로 돌아옴을 사과해야겠다. 그것을 원하는 것은 나의 뮤즈이다. 그것에 대해서 불리는 이름의 흉측함보다는 내가 말하지 않는 흉측함의 상징성을 더 보아야 할 텐데, 그것은 아마도 정중앙이라는 위치와, 나와 다른 배설물 사이의 연결선을 닮은 그 모양 때문일 것이다. 내 생각에 우리는 작은 구멍을 무시하고, 그것을 항문이라고 부르며 멸시한다. 하지만 그것은 오히려 진정한 존재의 입구가 아닐까? 그리고 유명한 입은 단지 입에 불과하지 않을까? 그 입을 통과하는 음식 가운데 즉석에서 거부당하거나 거부당할 뻔하지 않은 음식은 거의 없다. 그것은 밖으로부터 입으로 들어오는 거의 모든 것을 혐오하고, 안으로부터 입에 이르는 것도 특별히 환영하지는 않는다. 의미심장하지 않은가? 그에 대해서는 역사가 판단하리라. 그럼에도 나는 앞으로 그것에게 자리를 조금 적게 내주려고 노력하겠다. 그리고 본질을 제쳐두는 일이라면 나는 그것을 훤히 안다고 생각하며 그 괴상한 녀석에 대해서는 본질과 반대되는 정보들만 갖는다고 여긴다. 내 약점들로 다시 돌아온다면, 바닷가에서는 그 약점들이 정상적으로 진전되었다고 되풀이해서 말하겠다. 그렇다. 비정상적인 그 어떤 것도 나는 발견하지 못했다. 내 성한 다리의 변형에 몰두한 나머지, 내가 거기에 충분한 관심을 기울이지 않았거나, 진짜 그 문제에 대해 특별히 주목할 만한 게 아무것도 없었기 때문이다. 어느 화창한 날 어머니로부터 멀리 떨어진 곳에서 잠이 깨면 어쩌나 하는 두려움으로 바닷가를 떠나자마자 내 약점들이 더욱 두드러졌다. 그렇게 약한 상태를 지나 나는 말 그대로 죽어가고 있었다. 그 약점들은 생명에 직결되진 않았지만, 이런 상태가 원인이 되자 온갖 불편함이 뒤따랐다. 나는 예컨대 초목이 없는 시골 벌판에서 내 발가락이 와르르 빠져나간 때를 이 무렵으로 보고 있다. 이 얘기는 내 다리와 관련된 일부이다. 어쨌든 문제가 되는 그 다리로 땅을 딛지 못하니 여러분은 이것이 그다지 중요하지 않다고 말할 수도 있다. 좋다, 그런데 여러분은 문제의 그 발이 어느 쪽인지라도 아는가? 모르고 있다. 나도 모른다. 잠깐만, 생각 좀 해보겠다. 그런데 여러분이 맞다! 내 발가락들은 정확히 말해서 약점은 아니었고 몇 군데의 티눈과 살에 파고드는 발톱, 튀어나온 관절, 경련기 등을 빼고는 상태가 아주 양호했다. 그렇다. 정말 나의 약점들은 다른 데 있었다. 내가 곧바로 다른 약점들의 인상적인 목록을 작성하지 않는 이유는 앞으로도 언급하지 않을 것이기에 그렇다. 나는 결코 그렇게 하지 않으리라. 아니, 아마 그렇게 할지도 모른다. 게다가 나는 내 건강에 대해서 잘못된 생각을 알려주기 싫은데, 사실 내 건강 상태는 놀라울 만큼 튼튼했다. 그렇지 않았다면 이렇게 내가 엄청난 나이가 될 수 있었겠는가? 높은 정신력 때문에? 알맞은 위생 관념 때문에? 공기가 좋아서? 굶주림 때문에? 수면 부족 때문에? 고독 때문에? 핍박 때문에? 기나긴 침묵의 함성 (함성을 지르기에는 위험한) 때문에? 땅이 나를 삼켜버렸으면 하는 매일의 욕구 때문에? 설마, 말도 안 된다. 운명에 원한을 품고 있었지만 그 정도까지는 아니다.

내 어머니를 봐. 어머니와 나는 왜 떨어져 살고 있지? 가끔 궁금하다. 어머니가 산 채로 묻혔다고 해도 놀랄 일은 아니었다. 아, 그 주책없는 여자가 내게 소멸되지 않을 더러운 염색체들을 잘도 물려주었다. 나는 어린 시절부터 종기투성이였지만 내 심장은 뛴다. 그런데 어떻게 뛰는가. 내 부신도, 방광도, 요도도, 귀두도, 산타 마리아, 한 가지 내 명예를 걸고 말하겠는데 난 오줌을 누지 않는다. 하지만 내 음경의 포피에서는 말 그대로 밤낮 오줌이 샌다. 아무튼 그것은 오줌이라고 생각하는데, 그 오줌에서는 콩팥 냄새가 난다. 후각을 잃은 지 오래된 내가 그런 말을 하다니. 이런 상황에서 오줌을 눌 수 있다고 생각하나? 부질없는 일이다. 나는 땀밖에 흘리지 않는데, 그것에서도 이상한 냄새가 난다. 늘 질질 흘리는 내 침도 냄새가 나는 것 같다. 아 난 배설한다. 노폐물을 배설한다. 요독증으로 내가 죽을 것 같지는 않다. 만일 정의가 존재한다면 나는 절망 속에서 산 채로 매장하리라. 나를 끝장낼까 봐 두려워서 결코 작성하지 않는 내 약점들의 목록도 내 소유물과 재산 목록을 작성할 때 만들지도 모른다. 왜냐하면 행여 그날이 온다면 내가 끝장나는 것에 대해 현재보다는 덜 두려워하게 되기 때문이다. 오늘 비록 내가 내 인생행로의 출발점에 있다고는 느끼지 않지만, 도착점 근처에 와 있다고도 생각지 않는다. 따라서 인생의 달음질을 위해 나는 힘을 아끼고 있다. 하지만 포기도, 잠깐의 멈춤도 허용되지 않는다. 그래서 나는 조심해서 앞으로 걸어가면서도, 종소리가 내게 말할 때까지 기다린다. 몰로이, 한 번만 힘을 내, 이제 목적지야. 난 이런 방식으로 내 상황에 별로 적절하지 않은 영상들을 써서 추린다. 게다가 내 소유물들은 많지는 않지만 나를 더 이상 떠나지도 않는다. 하지만 내가 아무것도 획득할 수도, 잃어버릴 수도, 던져버릴 수도, 남에게 줄 수도 없다고 확신할 때까지는 기다려야 한다. 그때는 실수의 두려움 없이 내 소유물 가운데 목적지까지 가서 남은 것에 대해 말할 수 있을 것이고 그것은 끝일지도 모른다. 그러면 지금부터 그때까지, 나는 더 가난해질 수도 더 부자가 될 수도 있겠지만 현 시점에서 내 소유물 전체 가운데 무엇이 남았는지 알리지 않을 가능성도 있다. 아직까지 모든 걸 가진 것은 아니니까. 하지만 나는 이 예감을 전혀 이해할 수 없으면서도 좋은 예감이라고 생각한다. 그런데 가장 좋은 이런 예감들은 사람들이 이해할 수가 없다. 아마도 이것은 진짜 예감일 것이다. 그렇다면 가짜 예감들은 더 나쁜 느낌을 줄까? 그렇다고 생각한다. 가짜인 모든 것은 쉽게 줄여지리라. 다른 모든 개념으로부터는 명확하게 구분되는 개념들에 이르도록 더욱 쉽게 축소될 수 있다고 생각한다. 하지만 내가 틀릴 수도 있다.

　나는 예감보다는 위로부터 오는 느낌의 소유자였다. 난 미리 알고 있었으므로 내게는 예감이 불필요했다. 더 나아가서 (내가 잃을 게 뭐가 있겠는가?) 나는 초인간적인 노력을 발휘했을 때와 무지 속에 빠졌을 때 예상했다. 그래서 이 모든 것을 종합적으로 고려해 보면 사물들에게 써야 한다. 만약 내가 아직 건강하더라도 여기저기 파릇파릇함이 남아 있는 놀라운 노년에 대해서 설명하기에는 불충분하다. 간단한 추측으로 나는 아무 결론에도 이르지 못했다. 그런데 이 단계에서 내 전진이 점점 느리고 고통스러워졌던 원인은 단지 다리 때문만이 아니라, 다리와는 전혀 상관없는 무수한 약점들 때문이라고 생각한다. 물론 전혀 근거도 없이 그 약점들과 내 다리가 다른 증상에 속한다면 그 증상은 복잡하고 사악한 성격을 띨 것이다. 이제 와서 그것을 고치기엔 너무도 늦었고 이번 걸음을 걷는 동안 내내 나머지는 무시하면서 너무 다리만 강조했다. 나는 평범한 불구자와는 거리가 멀었다. 어떤 때는 내 신체 가운데에서 다리가 가장 멀쩡했던 날들도 있었기 때문이다. 그러한 판단을 내릴 수 있는 두뇌를 제외하면 말이다. 그래서 나는 더욱 자주 멈춰 서야 했고, 지치지 않고 거듭해서 말할 것이다. 나는 규칙을 어기며 등을 대고 누웠다가, 엎드려 누웠다가, 한쪽 옆으로 누웠다가, 또 다른 쪽 옆으로 누웠다가 하면서 피가 거꾸로 흐르도록, 가능한 한 자주 다리를 머리보다 높게 해서 누워야 했다. 그런데 양쪽 다리가 뻣뻣할 때 다리를 머리보다 높여 눕는 일은 결코 쉽지 않다. 나는 나의 편안함이 위험에 처하면 수고를 아끼지 않고 어디든지 갔다.

숲은 나를 사방으로 둘러싸고 있었으며, 나뭇가지들은 내 키에 비해 꽤 높은 곳에서 서로 뒤엉켜 햇빛과 거친 날씨로부터 나에게 피난처를 제공해 주었다. 맹세하건대 어떤 날들은, 서른이나 마흔 걸음밖에 걷지 못했다. 나는 뚫을 수 없는 어둠 속에서 비틀거렸다. 그렇다, 뚫을 수 없었다. 비틀거렸다. 그렇지만 하나의 파란색 음영이 깔려 있어서, 내가 보는 데는 충분하고도 남았다. 나는 그 음영이 초록이 아닌 파란색이었다는 게 놀라웠지만, 그것은 파란색으로 보였고 아마 실제로도 그랬을 것이다. 태양의 붉은빛이 잎사귀들의 초록과 섞여서, 마침내 파란색을 띠었다고 나는 생각했다. 나는 이런 식으로 추정을 했다. 그러나 아주 이따금씩, 이따금씩. 이 짧은 말에는 부드러움과 동시에 야만성이 있지 않은가. 그런데 이따금씩 나는 하나의 갈림길, 별 모양, 서커스 곡예 같은 길을 만났는데 사람의 발길이 닿지 않는 깊은 숲에서 볼 수 있는 그런 길이었다. 그러면 나는 앞쪽을 돌아보며 거기로부터 퍼져나가는 오솔길들을 향해 차례로 내 자리에서 완전히 한 바퀴를 돌거나, 한 바퀴가 못 되게, 또는 한 바퀴가 더 되게 돌았다. 어마어마하게도 그 오솔길들은 너무나 비슷했다. 그런 곳은 어둠이 그다지 짙지 않아서, 나는 서둘러 그곳을 빠져나왔다. 난 어둠이 옅어지면 싫다. 그곳에는 그늘진 무엇인가가 있다. 나는 물론 그 숲속에서 몇 사람을 만났다. 특히 어떤 숯장수 하나와 맞닥뜨렸다. 내가 그때 일흔 살만 적었다면 그를 좋아했을지도 모른다. 하지만 그것은 확실하지 않다. 왜냐하면 그때 그 숯장수도 보기보다 나이가 훨씬 적었을 수도 있으니까. 사실 나에게는 남아돌 만큼의 충분한 애정은 없었지만, 내가 어렸을 때는 조금이나마 내 몫의 애정이 있었다. 그것도 될 수 있으면 우선적으로 노인들을 향했다. 난 그 중에 한둘을 사랑한 때도 있었는데, 오, 물론 진정한 사랑은 아니었고 노파와 는 아무런 관계도 없다. 그녀의 이름을 또 잊었나, 로즈였나, 아니다. 아무튼 누 구를 말하는지 사람들은 알았다. 하지만 다 같다. 그래도 뭐랄까, 부드럽게 말 한다면, 마치 더 좋은 땅을 눈앞에 둔 약혼자들처럼 다정한 사이였다. 아, 나는 어렸을 때 조숙했고 커서도 그랬다. 그들은 배설물과 과일, 풋과일, 가지에 달 린 채 썩어가는 열매들을 주었다. 그 숯장수는 내게 덤벼들어 자신의 오두막집 에서 같이 살자고 애원했다. 믿기지 않겠지만 말이다. 전혀 모르는 사람이었다. 아마도 외로움에 병든 사람 같았다. 숯장수라고 말했지만, 사실 난 그에 대해 아무것도 모른다.

어디선가 연기가 보인다. 연기는 결코 나를 피할 수 없는 무언가이다. 긴 대 화가 이어졌고, 탄식 소리도 이따금 들렸다. 나는 그에게 우리 읍으로 가는 길 을 물어볼 수 없었고, 더구나 이름이 생각나지 않았다. 난 그에게 가장 가까운 읍으로 가는 길을 물으며, 말주변 좋게 적절한 말과 억양을 골랐다. 그는 그 의 도를 알아채지 못했다. 아마 그는 숲에서 태어나 평생을 그 속에서 보냈을지도 모른다. 난 그에게 숲을 빠져나가는 지름길을 가르쳐달라고 부탁했다. 그의 대 답은 혼란스러웠다. 그의 말을 내가 이해하지 못했거나, 내가 한 말을 그가 이 해하지 못했거나, 또 실제로 그가 아무것도 몰랐거나, 이런 이유 등으로 그는 나를 자기 옆에 두려 했다. 나는 이 가운데 네 번째의 가설에 끌리는데, 왜냐하 면 내가 떠나려고 했을 때 그가 내 소매를 잡았기 때문이다. 그래서 난 재빠르 게 목발 하나를 빼어 들어서 그의 머리통을 한 방 세게 후려쳤다. 그랬더니 역 겨운 늙은이는 잠잠해졌다. 나는 일어서서 다시 내 길을 갔다. 그런데 몇 걸음 가지 않아서 그를 살펴보려고 되돌아서 그에게 다시 갔다. 그러나 아직도 그가 숨을 쉬는 걸 보고 나는 구두 뒷굽으로 갈비뼈를 열나게 몇 번 박아주고 만 족했다. 이런 식이 나의 행동이었다. 난 목발 사이에 잘 고정시키고 몸을 흔들 기 시작했다. 앞으로, 뒤로, 두 발을 붙이고. 아니 더 정확히 말하자면 두 다리 를 조이고서. 흔들지 않으면, 내 다리의 상태를 볼 때 어떻게 두 발을 붙일 수 있겠는가? 그런데 그 상태를 볼 때, 어떻게 두 다리를 서로 조일 수 있지? 하지만 난 다리를 조였다. 이렇게 말할 수밖에 없다. 붙잡든가, 아니면 내버려둔다. 아니, 나는 다리를 서로 조이지 않았다. 그게 무슨 상관이 있겠는가? 나는 몸을 흔들었다. 오직 그게 중요하다. 점점 넓은 폭으로 몸을 흔들다가, 적당한 순간이 왔다고 판단했을 때 몸을 앞으로 힘껏 내쳤다가 잇따라 다음 순간 뒤로 내쳤더니, 예상했던 결과가 나왔다. 나에게 그런 발작적 접근법이 어디서 나왔지? 아마도 내 허약함에서 나왔을지도 모른다. 나는 그 충격으로 거꾸러지고 곤두박질쳤다. 자연스러운 결과이다. 우리는 모든 것을 다 가질 수 있다고 자주 깨달았다. 난 조금 쉬었다가, 일어나서 다시 목발을 집어 들고 그 몸뚱이의 반대편으로 가서 신중하게 똑같은 운동을 실시했다. 난 언제나 대칭을 고수하는 괴이한 버릇이 있었다. 하지만 분명 약간 낮게 겨냥했는지 구두 뒷굽 한쪽이 물렁한 곳에 박혔다. 비록 그 구두 뒷굽 때문에 갈비뼈는 빗나갔지만, 아무튼 내가 콩팥을 적중시켰던 것은 분명했다. 오, 터지게 할 만큼의 위력은 아니었다. 아니다. 그렇게 생각하지는 않는다. 사람들은 우리가 늙고, 가난하고, 병약하고, 겁이 많아서, 자신을 막아낼 능력이 없다고 생각하는데 일반적으로는 그렇다. 하지만 우리에게 유리한 상황이 주어지면, 이를테면 공격자가 허약하고 서투르면, 사람들은 모든 도덕이 그렇듯이 자신들이 어떤 사람인지 보여줄 좋은 기회를 갖는다. 그런데 내가 적어도 가끔씩은 뭐라도 먹었던가? 당연하지, 당연해, 나무뿌리와 열매들, 가끔씩 조그만 뽕나무 열매 하나를 먹었고, 때로 버섯 한 개를 부들부들 떨면서 먹었다. 난 버섯에 대해 잘 알지 못했다. 또 뭐가 있나, 아 그렇지, 염소들이 그렇게도 좋아하는 야생 콩도 먹었다. 아무튼 나는 맛있는 먹을거리로 풍부한 숲들을 얼마든지 발견했다. 그런데 숲에서는 내가 배우거나, 즐기거나, 바보가 되거나, 시간을 죽여야만 이롭다고 믿었던 시절들과 달리, 자기가 앞으로 똑바로 간다고 생각하지만 사실은 빙 돌아갈 뿐이라고 말했다. 그래서 나는 앞으로 가고 있다고 희망하면서 한편으로는 빙 돌아가기 위해 최선을 다했다. 나는 노력을 할 때마다, 또 어려움을 겪을 때마다 교활해지곤 했다. 그리고 나의 머릿속에는 내게 유익할 수 있는 모든 정보가 기억되었다. 그래서 내가 철저하게 똑바른 일직선으로 간 것은 아니지만 빙 돌아가면서 날이면 날마다, 밤이면 밤마다 언젠가는 숲을 빠져나갈 수 있기를 간절히 바랐다. 우리 지방 전체가 숲은 아니었기 때문이다. 들판, 산, 바다도 있고, 크고 작은 길로 서로 이어진 몇 개의 읍과 마을도 있었다. 그리고 한 번 이상 숲에서 빠져나온 적이 있었으므로 언젠가는 그곳에서 빠져나올 수 있으리라고 나는 더욱더 확신했고, 사람들이 이미 겪어본 대로 또다시 하지 않는 것의 어려움을 알았다. 하지만 그때는 상황이 좀 달랐다. 그럼에도 나는 마치 구리로 만든 것처럼 움직이지 않았다. 자연의 빛을 언젠가 보게 되리라. 이런 강한 희망을 가졌다. 입김이 섞인 적이 없는 채로. 그런데 나는 그날을 두려워하기도 했고 그날은 더 빨리 아니면 더 늦게 오리라고 확신했다. 숲속에서 머물기란 그다지 나쁘지 않았으므로 나는 나쁜 불평을 하지 않고, 게다가 햇빛, 평원, 그리고 우리 지방의 다른 쾌적한 시설들을 그다지 그리워하지 않으면서 숲에서 죽을 때까지 살기를 바랐다. 나는 그것들이 숲에 비해 손색이 없다고 생각했기 때문이다. 손색이 없을 뿐만 아니라 내 생각엔 그 시설들과 견주어 장점을 갖고 있었다. 내가 그 속에 있었다는 것, 그것은 사물을 바라보는 희한한 방식이 아닌가. 아마 보기보다 그렇게 이상하지 않을 수도 있다. 왜냐하면 다른 곳들에 비해 더 나쁘지도 더 좋지도 않은 곳에 있었기 때문이다. 그리고 거기에는 머물 자유가 있고, 숲속 자체 때문이 아니라 내가 거기에 살아서 그곳에 머무른다고 생각하면 자연스러웠다. 내가 거기에 있었으므로 그곳에 갈 필요는 없었고, 내 다리와 전반적인 내 몸의 상태를 고려해 볼 때 이 상황은 무시할 수 없었다. 그게 내가 말하고 싶었던 전부였다. 그래서 나는 그렇게 할 수 없었고 그것은 내게 허용되지 않았다. 즉 머물 수 있었고, 육체적으로 내게 그보다 쉬운 일은 없었지만, 정신적으로는 무언가 모자랐다. 숲에 머물면 내가 어떤 절대적 명령을 개의치 않는다는 느낌을 갖게 될 것 같았고, 또 최소한 나는 그런 인상을 갖고 있었다. 그런데 내가 틀렸을 수도 있다. 숲에 머무는 것이 아마도 더 나았을는지도 모른다. 나는 양심의 가책도 없이 거의 죄에 가까운 잘못을 저지르고 있다는 괴로운 느낌도 없이 거기에 머물 수도 있었다. 나의 프롬프터[3]에게 언제나 많은 죄를 지어왔기 때문이다. 내가 그것에 대해 떳떳하게 자축할 처지는 아니지만, 그렇다고 가책을 느낄 만한 이유는 없었다. 그런데 절대적 명령들은 조금 달라서, 난 언제나 그것들에 복종하는 경향이 있었다. 왜냐하면 그 명

---

3) 연극·영화 등에서 출연자를 위해 대사나 동작을 일러주는 사람.

령들은 결코 나를 어딘가로 데려가지는 않고, 나쁘게 느끼지 않는 장소들로부터 나를 늘 떼어놓고서는, 남겨둔 채 침묵해 버렸기 때문이다. 따라서 나는 내 명령들을 잘 알고 복종했다. 그것은 하나의 습관이 되어버렸다. 그 명령들은 어머니와 나의 관계에 대한 문제와 관련되었고, 그 명령들에 대해 가장 빠른 시일 안에 약간의 빛을 부여해야 했다. 심지어 그렇게 관련시키기에 알맞은 빛의 종류와, 그렇게 하기에 가장 효과적인 방법의 명령들이었다고 말할 필요가 있다. 그렇다. 그 명령들은 나를 마침내 움직이도록 작동시켜 놓고서, 횡설수설하기 시작한 뒤에는 완전히 침묵해 버렸다. 그 뒤 나를 바보처럼 그 자리에 처박아두고 어디로 가는지도 모르는 바보처럼 되게 했다. 그 명령들은 고통스러운 하나의 문제였다. 그래서 난 그중에 다른 내용을 가진 것은 언급할 수 없을 정도라고 생각했다. 그때 내게 가장 빨리 숲을 떠나도록 내린 명령도 내용적인 면에서 익숙했고, 그 형식에서 나는 새로운 무언가를 발견했다. 평소의 그 감언이설 뒤에 라틴어에서 온 니미스 세로(nimis sero) 이런 엄숙한 경고가 끼어들었으니까. 아마 너무 늦었을지도 모른다. 부드럽다. 그러나 내가 어머니 문제를 결코 처리하지 못했지만, 그 잘못은 때가 되기도 전에 나를 내팽개친 그 목소리 탓으로만 돌려서는 안 된다. 일부 책임은 있다. 바로 그만큼이 비난받을 전부이다. 외부적인 요소도 다양하고 꼬인 방법으로 그렇게 하지 못하게 저항했기 때문이다. 나는 그에 대한 예를 몇 가지 말한 바 있다. 그래서 비록 그 목소리가 나를 귀찮게 괴롭혀 행위의 현장까지 몰고 갈 수 있었다고 해도, 내 길을 막고 있던 다른 방해물들 때문에 그 문제를 더욱 잘 해결할 수는 없었을 것이다. 그리고 머뭇거리다가 죽어버린 그 명령에서, 어떻게 이런 암시적 간청을 간과할 수 있을까. 몰로이, 그런 일은 하지 마! 그 명령이 내게 끊임없이 그 의무를 상기해 준 이유는 단지 그 의무의 부조리함을 보여주기 위해서였나? 아마도 그렇다. 그런데 다행히도 그 명령은 긴장감일 뿐이어서, 선천적인 불완전 의욕을 사람들이 좋다고 하면 본뜨고 있었을 뿐이다. 그런데 나는 오래전부터 어머니를 향해 가곤 했는데, 그 목적은 우리의 관계를 좀 더 돈독하게 하기 위해서였다. 그런데 내가 어머니의 집에 있을 때는 아무것도 하지 않고 있다가 어머니를 떠나왔다. 그러고 나서 내가 더 이상 그곳에 있지 않을 때는, 다음 번에는 더 잘하리라는 희망으로 난 또다시 길을 떠났다. 그런데 내가 자기를 단념하고 다른 일을 하거나 아무 일도 하지 않는 것처럼 보일 때에도, 사실 나는 내 계획을 갈고닦아서 어머니 집으로 가는 길을 찾고 있었다. 이 점은 이상한 양상을 띤다. 그래서 내가 의문을 제기한 부분에 절대적 명령이 없었더라도 숲에 머무는 것은, 어머니가 그곳에 없다고 전제해야 했다. 하지만 어려운 숲속의 체류를 시도해 보아도 좋았을 뻔했다. 나는 혼잣말로 이렇게 말했다. 일이 이런 추세로 진행되면 지금부터 얼마 안 가서 나는 더 이상 움직일 수 없고, 나를 데려가지 않는 한 그곳에 머무를 수밖에 없을 거야.

난 이런 말을 맑은 언어로 말한 것은 아니다. 이런 경우에는 일이 어떻게 돌아가는지 정확하게 모르기에 상황을 희미하게 알았다는 뜻이다. 그리고 내가 이런저런 것을 혼잣말로 말했다고 할 때마다 몰로이, 하면서 분명하고 단순하게 좋은 문장으로 말하는 내면의 목소리가 있었다. 혹은 어떤 제3자의 입을 빌려서 알아들을 수 있는 말들을 하거나, 다른 사람에게 나 자신의 목소리가 어느 정도 적절하면 나는 단지 사람들에게 거짓말을 하거나 입을 다물라고 말했다.

왜냐하면 일의 참모습은 정반대이기 때문이다. 그래서 나는 일이 진전되는 비율에 따라서, 아직 잠깐만…… 등을 말하지는 않고, 아마도 내가 말한 대로일 거야, 만일 내가 그렇게 할 수 있었다면, 이라고 말했다. 사실 내가 말로 한 것은 아무것도 없었으며, 침묵 속에서 잘못되어 버린 어떤 속삭임을 들었다. 나는 마치 몸을 부르르 떨며 죽은 듯이 꼼짝 않는 한 마리의 짐승처럼 그 속삭임에 귀를 기울였다. 그러면 그때 가끔씩 내 안에서 희미하게 하나의 의식이 생겨났다. 나는 그것을 혼잣말로 표현했다. 난 이러이러하게…… 말했어. 혹은 몰로이, 그런 일은 하지 마. 혹은 기억을 인용하면 그게 당신 어머니의 이름이요? 경찰서장이 말했다 등등으로 그 의식을 표현했다. 또는 그렇게 직접화법 수준까지 낮게 떨어지지는 않지만 허위적인 형태로서 말했다. 예를 들면 그러그러한 것'처럼' 보였다고 하거나, 그러그러한 '인상'을 받았다 등등으로 그 의식을 표현하는 것이다. 이렇게 표현하는 이유는, 사실 겉으로 보기에는 어떤 종류의 인상도 주지 않을 만큼 전혀 아무것도 아닌 일로 보였고, 이러한 변화는 나와 세상 자체를 바꾸게 만들었기 때문이다. 마침내 아무 상대가치도 변할 필요가 없었다. 그리고 마치 '갈릴레이의 그릇'들 사이에서처럼 조금씩 이루어지는 조정들이 있는데 나는 말투에 따라 이를테면, 나는 이러이러한 것을 두려워했다. 또는 이러이러한 것을 바랐다. 아니면 그것이 당신 어머니의 이름이요? 경찰서장이 말했다, 등으로 표현하여 조정했다. 또 문제에 완전히 빠지게 되면 다른 방식으로 더 잘 표현하여 조정했다. 아마도 난 언젠가 오늘보다 문제의 공포를 덜 갖게 될 때 그렇게 표현하리라. 하지만 난 그렇게 생각하지 않는다. 그러니까 난 혼잣말로 이렇게 말했다. 잠깐만, 일이 이런 추세로 나아가면 이제 얼마 안 가서 나는 더 이상 움직일 수도 없게 될 테고, 친절한 사람이 없는 한 난 그 자리에 머무르게 될 거야. 왜냐하면 나의 하룻길은 점점 짧아졌고, 따라서 멈추는 일도 점점 잦고 길어졌기 때문이다. 오랫동안 멈추었던 일들의 개념은 짧은 도보 여정의 개념으로부터 나오는 얘기가 아니며, 사람들은 생각하고 있지도 않은 의미를 자주 언급하지 않아야 한다. 나는 그렇게는 절대 하고 싶지 않다. 그리고 작은 숲에 지나지 않을망정 내가 거기서 빠져나올 가능성은 점점 더 없어질 터이므로 더욱더 그 숲에서 빨리 빠져나와야만 했다.

때는 겨울이었다. 그래서 많은 나무들마다 잎사귀가 없었을 뿐만 아니라, 그 잎사귀들도 검고 폭신폭신해져서 목발이 그 속으로 푹 빠졌으며, 목발이 갈라지는 데까지 들어갈 만큼 깊었다. 이상하게도 평소보다 덜 추운 느낌이었다. 아마 가을이었는지도 모른다. 그런데 나는 언제나 온도의 변화에 무감각했다. 그리고 빛은, 비록 그 푸른빛이 퇴색된 듯 보이긴 했지만 음영은 이전만큼 여전히 짙었다. 이 광경을 보고 나는 마침내 말했다, 음영이 푸른빛을 덜 띠는 까닭은 초록색이 줄었기 때문이야, 하지만 여전히 음영이 짙은 것은 납빛 겨울 하늘 때문이지. 그다음에는 검은 어둠이 흘러 내려오는 검은 나뭇가지, 그런 계통의 어떤 것 때문이겠지. 검고 진창 같은 나뭇잎 더미들이 속도를 매우 떨어뜨렸다. 하지만 나뭇잎이 아니었어도 나는 사람의 걸음걸이처럼 두 발로 서서 걷는 일을 포기했다. 그런데 나는 휴식을 취하느라 규칙을 어기고 배를 깔고 엎드려 있다가 갑자기 이마를 탁 치면서 어라, 기어가는 방법이 있구나. 내가 그 생각을 못 했었네. 소리치던 그날을 아직도 기억한다. 하지만 내 다리와 몸통의 상태로 봐서 어떻게 한다지? 내 머리의 상태도 그렇고. 그런데 좀 더 멀리 가기 전에 숲의 속삭임들에 대해서 한마디 하겠다.

내가 아무리 귀를 기울여보아도 그런 종류의 소리는 하나도 듣지 못했다. 그러나 더 정확하게 말하면, 아주 열심히 귀를 기울이고 약간의 상상력을 동원했더니 드문드문 희미한 징 소리가 들려왔다. 숲속에서 뿔피리 소리라면, 그것은 괜찮다. 사람들은 그런 소리를 예상할 수 있다. 사냥꾼의 소리이다. 하지만 징이라! 만약의 경우에 그것이 북소리라고 해도 난 놀라지 않았을 것이다. 그런데 징이라! 정말 실망스러운 일이었다. 그것은 아직도 뛰고 있는 내 심장의 고동 소리였다고 희망을 가질 수 있었다. 하지만 그것은 잠시뿐이었다. 내 심장은 고동치지 않으므로, 이 낡아빠진 펌프가 내는 쩌억 쩍 소리 같은 유압식 기계에 비유해야 했다. 나뭇잎들이 떨어지기 전에 그 잎사귀들에도 귀를 기울였지만 헛일이었다. 그것들도 소리를 내지 않았으며 꼼짝 안 하고 뻣뻣한 채여서 마치 놋쇠 같았다. 숲의 속삭임에 대한 이야기는 이게 전부다.

나는 가끔씩 천 주머니 사이로 나팔 경적을 작동해 보았다. 그 콧방귀는 점점 희미한 소리를 냈다. 난 그것을 내 자전거에서 떼어냈었다. 그게 언제였더라? 잘 모르겠다. 자, 이제 끝내기로 하자. 나는 배를 깔고 엎드린 뒤 목발을 갈고리처럼 떨기나무 속으로 던져서 잘 걸렸다고 느껴지면, 손목에 힘을 주어 몸을 앞으로 끌었다. 내 손목은 비록 하나의 변형성 관절염 때문에 몹시 붓고 뒤틀려 있었지만 말기적 전신 쇠약에도 불구하고 다행히 아직 꽤 억센 편이었다. 이런 이동 방식은 다른 방식들에 비해 쉬고 싶을 때는 더 야단법석을 떨지 말고 멈추어 쉬면 됐었다. 서서는 쉴 수가 없고 앉아서도 쉴 수 없기 때문이다. 그런데 어떤 사람들은 앉아서 심지어 무릎을 꿇고서도 갈고리를 이용해 오른쪽, 왼쪽, 앞으로, 뒤로 몸을 움직인다. 하지만 파충류처럼 기어가는 움직임에서 쉬러 가기 전에 쉬려고 멈추는 사람, 그리고 그 멈춤의 동작은 모두가 휴식임을 의미했다. 나를 그렇게도 피곤하게 했던 다른 동작들에 비하면 휴식이나 다름없다. 그래서 난 이런 방식으로 숲속에서 앞으로 나아갔고, 내 체력을 소모하지 않고서도 하루에 열다섯 발짝씩 나아갔다. 나는 내 뒤쪽 잡목 덤불 속으로 아무렇게나 목발을 내던지고 등을 대고 누워서도 기었는데, 반쯤 감은 눈 속에 나뭇가지로 덮은 검은 하늘이 들어왔다. 나는 엄마 집에 가고 있었다. 그래서 이따금씩 나는 엄마, 하고 불렀는데, 아마도 나를 격려하기 위해서였던 것 같다. 매 순간 나는 모자를 잃어버렸으며 그 때문에 모자 끈이 떨어진 지도 오래되었다. 어느 순간 발작적으로 화가 나서 모자를 머리통에 쿡 눌러썼더니, 너무도 세게 눌러서 도저히 벗을 수가 없었다. 만일 내가 여자들을 만났다면 그리고 이미 여자 친구들이 있었다면 나는 힘을 잃고서 똑바로 인사도 못했을 것이다. 그런데 힘들긴 했지만 내 마음속에선 언제나 돌아야 한다는 생각을 했다. 그래서 나는 서너 번째 당길 때마다 방향을 바꾸어 원은 아니더라도 커다란 다각형 모양을 그렸고 밤낮으로 어머니를 향해 직선으로 가고 있었다. 그리고 마침내 숲이 끝나는 날이 와서 나는 들판의 빛을 보았는데, 내가 예상했던 그대로였다. 그러나 그 빛은 내가 기대했던 대로 잘려진 그루터기 너머 멀리서 흔들리며 보인 것이 아니었다. 어느덧 난 그곳에 있었고, 눈을 떴고, 도착했음을 확인했다. 아마도 그 이유는 내가 꽤 오래전부터 아주 특별한 경우가 아니면 눈을 뜨지 않았다는 사실로 설명될 수 있다. 그래서 난 어림잡아 약간의 방향 전환조차 어둠 속에서 했다. 숲은 어느 도랑에서 끝났는데 그 이유는 모르겠다. 그 도랑 속에서 나는 내게 무슨 일이 일어났는지 깨달았다.

　내가 눈을 뜬 것은 아마도 도랑 속에 떨어지면서였으리라. 왜냐하면 그렇지 않았다면 내가 왜 눈을 떴겠는가? 나는 내 앞에서 보이지 않을 만큼 멀리까지 물결치고 있는 들판을 바라보았다. 아니다. 그만큼 멀리까지는 아니었다. 내 눈이 빛에 적응하면서, 어느 읍의 종탑들이 지평선을 배경으로 어렴풋이 보였고 그것이 우리 읍이었다고 추측할 만한 근거는 아무것도 없었다. 들판이 내게 낯익었지만, 우리 지방에선 모든 들판이 서로 비슷하여 한 사람만 알면 모두 아는 셈이 된다. 그런데 그게 우리 읍이었든 아니었든, 희미한 아지랑이 속 어머니가 숨을 쉬고 있었든, 거기서 160킬로미터 떨어진 곳까지 악취로 공기를 오염시키고 있었든지 그것을 순수하게 안다는 측면은 흥미로웠다. 하지만 나 같은 상황에 있는 사람으로서는 우스꽝스러울 만큼 지루한 문제들이었다. 왜냐하면 어떻게 그 광활한 목장을 기어서 다닌다는 말인가? 목발로 아무리 더듬어도 소용없을 텐데? 아마도 굴러서 가겠지. 그다음엔? 어머니 집까지 굴러서 가도록 사람들이 날 내버려둘까? 다행히 비참함까지는 아니지만 어렴풋이 예상했던 고통스러운 상황 속에서도, 내 안에서는 걱정하지 말라고 나를 도와주러 오고 있다고, 말하는 소리가 들렸다. 문자 그대로였다. 이 말들은, 내가 몸을 구부려 구슬을 주워줬던 꼬마의 꽤 고마워요, 하는 정도의 인사말처럼 크고 분명하게 내 귀와 내 뇌리에 울려 퍼졌다. 과장이 아니다. 걱정하지 마, 몰로이, 우리가 오고 있어. 어쨌든 사람들은 모든 시도를 해본 뒤라야 그들 세계의 자연 자원에 대해 완벽한 그림을 볼 수 있을 것이다.

나는 도랑의 바닥까지 굴러떨어졌다. 때는 분명 봄이었던 것 같다. 어느 봄날 아침의 새소리, 아마도 종달새 소리가 들리는 듯했다. 나는 새소리를 전혀 듣지 못한 지 오래였다. 어떻게 숲속에서 새소리를 듣지 못했던가? 보지도 못했고, 그때까지는 그 점이 이상하게 여겨지지 않았다. 그런데 그때는 그 점이 이상하게 보였다. 내가 새소리를 바닷가에서는 들었던가? 갈매기를? 나는 기억할 수 없었다. 그러나 뜸부기 소리는 기억났다. 두 명의 여행자도 기억에 되살아났는데, 한 사람은 곤봉을 갖고 있었다. 암양들도 다시 떠올랐다. 아무튼 이 말은 지금 하는 말이다. 나는 걱정하지 않았다. 내 삶의 다른 장면들이 떠올랐다. 번갈아서 비가 왔고, 해가 떴던 것 같다. 진짜 봄 날씨였다. 난 숲속으로 돌아가고 싶은 욕구를 느꼈다. 오, 진짜 욕구는 아니었다. 마침내 몰로이는 자신이 있게 되었던 곳에 그대로 머물 수 있었다.

제2부

밤 12시다. 비가 창문을 세차게 때리고 있다. 나는 평온하다. 모두 잠들었다. 하지만 나는 일어나서 책상으로 간다. 잠이 오지 않는다. 램프는 한결같고 부드러운 불빛으로 나를 비춰주고 있다. 내가 그것을 손질해 놓았다. 날이 샐 때까지는 꺼지지 않으리라. 수리부엉이의 울음소리가 들린다. 예전에도 멈춰 서서 들었는데 이 얼마나 끔찍한 전쟁 소리 같은가! 내 아들 녀석은 잠들어 있다. 녀석을 잘 자게 내버려둔다. 아들 녀석 또한 잠을 못 이루고 자기 책상에 앉게 될 밤이 올 것이다. 그때가 되면 나는 잊히겠지.

내 보고서는 길어지고. 아마 끝내지 못할 수도 있다. 내 이름은 모랑, 자크 모랑이다. 그렇게 불린다. 나는 그 이름으로 결딴이 난 사람이다. 내 아들도 그렇다. 하지만 녀석은 그걸 짐작하지 못하고 있다. 틀림없이 자신이 인생의 문턱, 진정한 인생의 문턱 앞에 와 있다고 믿고 있다. 맞는 얘기다. 아들의 이름도 나와 마찬가지로 자크다. 이 때문에 혼란스러울 염려는 없다.

몰로이를 맡으라는 지시를 받은 그날을 기억한다. 여름의 어느 일요일이었다. 나는 우리 집 조그만 정원에서 등나무 안락의자에 앉아 있었고, 내 무릎 위에는 검은 책 한 권이 덮인 채 놓여 있었다. 틀림없이 11시쯤으로, 성당에 가기엔 아직 너무 일렀다. 나는 어떤 교구들이 일요일 휴식을 강조하는 것을 한탄스럽게 생각하면서도 그 휴일을 만끽하고 있었다. 내 생각엔 일요일에 일하고, 오락을 한다고 해서 비난할 만한 일은 아니었다. 모든 것은 일하는 사람이나 오락하는 사람의 정신 상태와 일, 오락의 성격에 달려 있었다. 내 생각엔 그랬다. 나는 이런 약간 자유주의적인 시각이 성직자들 사이에서조차 점점 유력해지고 있다는 사실을 생각했다. 그들은 미사에 참석하고 십일조를 낸 이상 어떤 면에서 안식일도 다른 날과 똑같이 여겼다. 그렇다고 해도 내 개인적으로는 아무런 영향도 없었다. 나는 언제나 무위도식을 좋아했다. 그리고 형편만 된다면, 난 일할 수 있는 날에도 기꺼이 쉬고 싶은 마음이었다. 내가 정말 게을러서가 아니었다. 나는 나 자신이 훨씬 더 잘해 냈을 일, 또한 내가 마음먹을 때마다 잘하던 일들을 볼 때면 다른 완성품을 보는 느낌이었다. 나는 어떤 모습의 행동으로도 기능을 수행할 것 같은 인상을 받았다. 하지만 주중에는 이런 즐거움에 좀처럼 빠져들 수 없었다.

날씨가 좋았다. 나는 내 벌통에서 꿀벌들이 드나드는 광경을 멍하니 바라보았다. 자갈 위로, 뭔지는 모르지만 쫓고 쫓기는 놀이에 신이 난 아들 녀석의 재빠른 발소리가 들렸다. 나는 옷을 더럽히지 말라고 아이에게 소리쳤다. 녀석은 대답이 없었다.

모두가 평온했다. 바람 한 점 없었다. 이웃들의 굴뚝에서 푸른 연기가 똑바로 올라오고 있었다. 오직 조용하게 소리들이 들려왔다. 공이 나무망치에 탁 부딪히는 소리, 자갈밭을 긁는 갈퀴 소리, 멀리서 들려오는 잔디 깎는 기계 소리, 정다운 우리 성당의 종소리. 그리고 개똥지빠귀와 꾀꼬리를 비롯한 새들의 소리들이 유감스럽게도 더위에 지쳐 점점 죽어가는 소리를 내었다. 새들은 새벽의 높은 가지들을 떠나 떨기나무들의 그늘 속으로 날아가고 있었다. 나는 레몬 향의 마편초가 뿜어내는 향기를 기쁘게 들이마셨다.

이렇게 나를 에워싼 숲속에서 나의 행복과 평온함의 마지막 순간들이 흘러가고 있었다.

한 남자가 정원으로 들어오더니 내 쪽으로 성큼성큼 다가왔다. 내가 잘 아는 사람이었다. 난 아무도 만나고 싶지 않았지만 일요일에 이웃 사람이 내게 인사를 건네려고 들어온다면 허락할 수 있다. 하지만 문제의 그 남자는 이웃이 아니었다. 우리의 관계는 오로지 일과 관련된 것이었고, 그 사람은 멀리서 온 여행자였다. 나를 방해하기 위해서 말이다. 따라서 그를 맞이하는 나의 태도는 매우 싸늘했다. 그가 감히 내가 앉아 있던 '목욕나무'라는 붉고 노란 사과나무 아래까지 곧장 들어왔으니 더더욱 그랬다. 나는 이렇게 멋대로 하는 사람들에게 나쁜 감정을 가지고 있었다. 내게 할 말이 있으면 내 집 대문에서 초인종을 누르면 될 것이었다. 마르트가 지시 사항을 알고 있었으니까. 하지만 정원문이 삐걱하는 소리에 신경이 거슬려 뒤돌아보니, 나뭇잎 때문에 희미했지만 잔디밭을 가로질러 곧바로 내 쪽으로 돌진해 오는, 기다란 덩어리가 보였다. 나는 일어나지도 않았고 그에게 앉으라고 권하지도 않았다. 그는 내 앞에서 멈췄고 우리는 아무 말 없이 서로를 똑바로 바라보았다. 그는 무겁고 어두운 색조의 나들이옷을 거창하게 차려입었는데, 이것이 나의 불쾌감을 한껏 자극했다. 정신은 누더기를 입고서 외모만 조잡하게 꾸민 겉치레는 내겐 언제나 혐오스럽게 보였다. 나는 나의 데이지꽃들을 짓밟은 커다란 발을 쳐다보았다. 나는 기꺼이 볼기를 쳐서 그를 쫓아낼 수도 있었다. 하지만 불행하게도 문제는 그가 아니었다. 마침내 그도 중개인으로서 자기 일을 수행하고 있었을 뿐이었고, 그제야 나는 마음이 조금 누그러져 앉으시죠, 라고 말했다. 그렇다. 갑자기 그가 불쌍해 보였으며, 나도 불쌍해 보였다. 그는 앉아서 이마의 땀을 닦았다. 이때 떨기나무 뒤에서 우리를 몰래 살피는 아들이 보였다. 녀석은 그 무렵 열세 살이나 열네 살이었다. 나이에 비해서 덩치가 크고 힘이 셌다. 지능은 평균보다 좀 못해 보였다. 결국 내 아들 아닌가, 뭐. 나는 그 녀석을 불러서 맥주를 가져오라고 시켰다. 나로 말하면, 전문적으로 엿보고 캐내는 일이 직업이었다. 내 아들도 본능적으로 나를 따라하고 있었다. 녀석은 잔 두 개와 1리터짜리 맥주 한 병을 들고 매우 짧은 시간 안에 돌아왔다. 그리고 병마개를 따서 우리에게 따라주었다. 녀석은 병마개 따기를 무척 좋아했다. 나는 녀석에게 가서 씻고 옷매무새를 단정히 하라고, 말하자면 남들 앞에 나설 준비를 하라고 일렀다. 곧 미사 시간이었기 때문이다. 여기 있어도 괜찮소. 가베르가 말했다. 그래서 내가 녀석이 여기 있는 걸 원치 않소, 내가 말했다. 그런 다음 녀석을 향해 돌아보며, 다시 한번 가서 준비하라고 말했다. 그 무렵 내 기분을 언짢게 하는 일 한 가지가 있었다면, 그것은 마지막 미사에 늦는 것이었다. 마음대로 하시오. 가베르가 말했다. 자크는 손가락을 입에 넣고 그르렁거리며 투덜대면서 가버렸다. 구역질나는 그 비위생적인 습관은 아직까지 고치지를 못했다. 하지만 여러모로 생각해 보면 콧속에 손가락을 집어넣는 것보다는 나았다. 만일 이 손가락을 입에 넣음으로써 코나 다른 곳에 넣지 않을 수 있다면 어떤 면에서는 옳았다.

여기 지시 사항이 있소. 가베르가 말했다. 그는 주머니에서 수첩을 꺼내 읽기 시작했다. 그는 가끔씩 조심스럽게 손가락으로 표시를 해놓고 수첩을 덮은 뒤, 나에게 필요 없는 말과 관찰한 사항들을 소상하게 말해 주었는데, 나는 내 일을 잘 알고 있었으므로 그런 것들이 필요 없었다. 그가 말을 마치자 나는 그에게, 그 일은 내게 흥미 없으며 소장은 다른 요원에게 맡기는 편이 낫다고 말해 주었다. 이유는 모르겠지만, 대리 소장은 당신이 맡길 원하오. 가베르가 말했다. 아마도 그가 이유를 말했겠지요. 아부하는 냄새를 풍기며 내가 말했다. 아부라면 나는 잘 몰랐지만. 이 일을 할 수 있는 사람은 당신밖에 없다고 말하더군요. 다시 가베르가 말했다. 그것이 대략 내가 듣고 싶었던 말이다. 그렇지만 이것은 어린아이도 할 수 있는 단순한 사건처럼 보이는데요. 내가 말했다. 가베르는 짜증을 내며 우리의 고용주를 비난하기 시작했다. 그는 한밤중에, 그것도 가베르가 자기 부인과 사랑을 나누려고 자세를 잡고 있던 순간에 자기를 불렀다고 말했다. 이런 바보 같은 짓 때문에 말이요. 그는 덧붙여 말했다. 그런데 나밖에 믿을 사람이 없다고 소장이 말하던가요? 내가 물었다. 소장은 자기가 무슨 말을 하는지도 모르는 사람이오. 가베르가 말했다. 무슨 짓을 하는지도 모르고 있어요. 그는 또 덧붙였다. 그는 마치 뭔가를 찾는 듯이 자신의 중산모 속을 자세히 들여다보며 모자 안 이음선을 닦았다. 그러니까 내가 거절하기 어렵겠군요. 어떤 이유에서라도 거절하기 불가능한 것을 알고 있으면서도, 나는 이렇게 말했다. 거절이라니! 그렇지만 다른 요원들은 자기들끼리 재미 삼아 불평하면서 자유인인 듯한 태도를 자주 취했다. 오늘 떠나세요. 가베르가 말했다. 오늘 말이오? 아니, 소장이 정신 나간 모양이오! 내가 소리쳤다. 당신 아들도 함께 갈 수 있습니다. 가베르가 말했다. 나는 더 이상 말하지 않았다. 이야기가 진지해지면 우리는 입을 다물곤 했다. 그러면서 가베르는 수첩을 단추로 채워 주머니 속에 넣고, 그 주머니의 단추도 채웠다. 그는 일어나서 손을 가슴에 대고 어루만졌다. 한 잔 더 마시고 싶군요. 그가 말했다. 부엌으로 가시오. 하녀가 드릴 거요. 내가 말했다. 잘 있어요, 모랑. 그가 말했다.

미사에 가기에는 시간이 너무 늦었다. 그 사실을 확인하기 위해 시계를 볼 필요도 없었다. 나를 빼놓고 미사가 시작되었구나, 생각했다. 미사에 한 번도 빠진 적이 없었던 내가 하필 이 일요일에 미사에 빠지다니! 꼭 필요한 때에! 일을 서두르기 위해서! 나는 오후 중에 개별 영성체를 신청해 보기로 다짐했다. 점심은 거르기로 했다. 사람 좋은 앙브루아즈 신부님과는 늘 협조적으로 해결책이 마련되어 있었다.

나는 자크를 불렀다. 소용이 없었다. 녀석은 내가 계속 면담 중인 걸 보고서 혼자 미사에 간 거야, 나는 혼잣말을 했다. 그럼에도 떠나기 전에 녀석이 나를 보러 올 수도 있었을 텐데, 나는 덧붙여 중얼거렸다. 나는 혼자 지껄이면서 내 멋대로 추측을 하곤 했는데, 그때 내 입술은 눈에 보일 만큼 움직였다. 아마도 녀석은 나를 방해하면 꾸지람을 들을까 봐 무서웠겠지. 나는 아들 녀석을 가끔 호되게 나무라는 경우가 있었고, 결과적으로 그 녀석은 나를 좀 무서워했다. 나로서는 어렸을 때 심하게 야단을 맞은 적은 없었다. 오, 혼나지 않았다고 해서 못쓰게 망가졌다는 말은 아니고, 그저 소홀하게 취급받았을 뿐이다. 그래서 결코 고칠 수도 없고 아무리 신앙심을 발휘해도 버릴 수 없는 나쁜 버릇들이 생겼다. 이 불행한 일을 내 아들 녀석이 겪지 않도록 나는 가끔씩 녀석을 심하게 때리며 이유를 말해 주었다. 계속해서 나는 혼잣말로, 만일 녀석이 미사에 참석하지 않고서도, 미사에서 오는 길이라고 속여서 말할 수 있을까. 예컨대 도살장 뒤에서 또래 친구들과 함께 뛰어다니다가 왔을 뿐인데? 그리고 이 문제에 대해선 앙브루아즈 신부님에게 물어보기로 작정했다. 내 아들 녀석이 내게 거짓말을 하고도 혼나지 않는다고 상상하면 안 되기 때문이다. 그래서 만일 앙브루아즈 신부님이 내게 알려줄 수 없을 경우에는 성당지기에게 물어보려고 했는데, 정오 미사에 아들 녀석이 참석했다면 그가 틀림없이 봤을 테니까. 내가 확실히 아는 바에 따르면, 성당지기가 신도들의 명부를 갖고 있었고, 성수반 (聖水盤) 옆의 자기 자리에 있다가 사죄 시간이 되면 우리를 명부에 체크했다. 주목해야 할 것은, 앙브루아즈 신부님은 이런 교활한 행위들을 하나도 모르고 있었다. 당연히 그랬다. 사람 좋은 앙브루아즈 신부님에게는 감시 행위라는 모든 것이 가증스러웠다. 만일 신부님이 성당지기가 그토록 능수능란하게 직무 이상으로 일을 잘해 내는 것을 보았다면 당장 그를 쫓아냈을 것이다. 성당지기는 분명 자신을 교화시키기 위해서 그렇게 열심히 신도의 명부를 체크했다. 나는 단지 정오 미사에서 어떤 식으로 일이 진행되는지만 알고 있었을 뿐이다. 다른 미사에는 한 번도 참석해 보지 않아서 개인적으로 경험한 적은 없었다. 다른 교회 근처에는 1마일 이내에도 가본 적이 없다. 하지만 나는 다른 미사에서도 성당지기가 똑같은 체크를 한다고 들었다. 신도들의 영역이라기보다는 목자의 영역인 것 같은 교구는 목자보다 신도들이 더 잘 알고 있었다.

이렇게 생각하면서 나는 아들 녀석의 귀가와 가베르의 출발을 기다리고 있었는데, 그가 떠나는 소리를 아직 듣지 못했다. 그런데 지금 내가 그 생각을 했다니 이상하게 느껴진다. 내 아들 녀석, 내 교육의 부족, 앙브루아즈 신부님, 성당지기 졸리와 그의 명부 등을 생각하고 있는 그런 순간에 말이다. 내가 조금전에 들었던 말 때문에 더 좋은 일은 없었던 것일까? 사실 그때까지도 나는 그사건을 진지하게 생각하지 않았다. 그런 경솔함은 내 성격에 맞지 않았으므로그 점은 더더욱 놀라웠다. 아니면 평화로운 순간을 확보하기 위해서 내가 본능적으로 그 사건 맡기를 피하고 있었던가? 가베르의 보고서를 읽어보니 그 사건은 내가 맡을 만한 가치가 없어 보였지만, 다른 요원보다는 내가 맡아야 한다고 소장이 주장한 것과 내 아들 녀석도 함께 가야 한다는 말로 보아서는 심상치 않아 보였다. 그런데 나는 내 마음과 경험의 모든 자연 자원을 동원해서그 사건에 곧바로 관여시키는 대신에, 가문의 약점과 주변 사람들의 독특함에 대해서만 생각했다. 그럼에도 내게 독은 작용하기 시작했다. 방금 내 안에부어진 독이 말이다. 나는 안락의자에 앉아 손으로 얼굴을 문지르고, 다리를꼬았다 풀었다 하는 등, 끊임없이 몸을 움직였다. 세상의 색깔과 무게가 이미달라지고 있었으므로, 나는 내가 불안해하고 있었다는 것을 고백해야 할 것같다.

방금 마셨던 라거맥주가 꺼림칙한 기분을 느끼게 했다. 발렌슈타인을 한 잔마신 뒤에도 그리스도의 성체를 내가 받을 수 있을까? 만일 내가 아무 말도하지 않는다면? 금식했습니까, 형제님? 아마 이렇게 물어보지 않겠지만, 하느님은 머잖아 아시겠지. 혹시 나를 용서해 주실지도 모른다. 그런데 아무리 가볍게 마셨다고 해도, 맥주 마신 뒤에 영성체가 똑같은 효과를 낼 수 있을까? 어쨌든 언제나 시도는 해볼 수 있었다. 그 문제에 대한 교회의 가르침은 무엇이었나? 내가 신성모독죄를 범하려 했다면 어떻게 되는가? 나는 신부님의 사택으로 가는 길에 박하사탕 몇 알을 빨기로 마음먹었다.

나는 일어나서 부엌으로 갔다. 자크가 돌아왔는지 물어보았다. 그를 보지 못했어요. 마르트가 대답했다. 그녀는 기분이 나빠 보였다. 그럼 그 사람은? 내가 말했다. 그 사람이라니 누구요? 그녀가 물었다. 맥주 한 잔 달라고 내가 보낸 사람 말이오. 내가 대답했다. 제게 무엇을 달라고 온 사람은 아무도 없었어요. 마르트가 말했다. 그런데 말이오, 오늘은 점심을 먹지 않겠소. 내가 침착하게 말했다. 그녀는 내게 아프냐고 물었다. 사실 나는 원래 대식가에 속하는 편이었다. 특별히 일요일 점심은 언제나 매우 성대하게 먹기를 좋아했다. 부엌에서 맛있는 냄새가 났다. 오늘 점심은 좀 늦게 먹으려 해요, 그뿐이오. 내가 말했다. 마르트는 화가 나서 나를 쳐다보았다. 4시로 합시다. 내가 말했다. 그 주름진 이마 뒤로 모든 반발심과 참을 수 없는 분노를 드러냈다. 유감스럽지만 오늘은 외출을 삼가시오. 나는 차갑게 말했다. 그녀는 화가 나서 아무 말 없이 냄비들 쪽으로 후다닥 가버렸다. 최대한 이 모든 것을 따뜻하게 보관해 주시오. 내가 말했다. 그런 다음, 그녀가 충분히 내 음식에 독을 넣을 수도 있기에, 대신 괜찮다면 내일은 온종일 자유 시간이오, 덧붙여 말했다.

나는 밖으로 나가서 길가로 갔다. 그러니까 가베르는 맥주를 마시지 않고 떠났다는 말이다. 무척 마시고 싶어 했었는데. 발렌슈타인은 좋은 상품이었다. 나는 숨어서 자크가 도착하기를 기다렸다. 그가 성당에서 온다면 내 오른쪽에서 나타날 테고, 도살장에서 온다면 내 왼쪽에서 나타날 테지. 자유분방한 생각을 가진 이웃 사람 하나가 지나갔다. 어이, 오늘은 미사 안 드리나? 그가 물었다. 그는 내 습관을 알고 있었다. 일요일의 습관 말이다. 모든 사람이 그 습관을 알고 있었고, 소장은 멀리 떨어져 있었는데도 아마 그 누구보다도 더 잘 알고 있었을 것이다. 귀신이라도 보았나, 왠지 몹시 당황한 기색이군. 이웃 사람이 말했다. 자네야말로 볼 때마다 나를 당황하게 했지. 내가 말했다. 억지로 짓는 듯한 그의 흉악한 웃음을 뒤로하고, 나는 집 안으로 돌아왔다. 나는 그가 자기 정부에게 달려가서 그 불쌍한 멍청이 모랑 알지? 내게 하는 걸 당신이 봤어야 하는데! 아무 말도 못 하고 달아나더군! 이렇게 말하는 걸 훤히 볼 수 있었다.

자크는 그 뒤 얼마 되지 않아 돌아왔다. 장난질한 흔적은 보이지 않았다. 녀석은 혼자서 성당에 있었다고 말했다. 나는 미사의 진행과 관련하여 몇 가지 적절한 질문을 해보았다. 녀석은 내가 인정할 수 있게끔 대답을 했다. 나는 자크에게 손을 씻고 점심 식탁에 앉으라고 말했다. 그리고 나는 다시 부엌으로 갔다. 그러나 단지 왔다 갔다 서성이기만 했다. 식탁을 차려도 되오. 내가 말했다. 그녀는 울었던 모양이다. 나는 냄비들을 살짝 들여다보았다. 아이리시스튜였다. 소화는 잘 안 되지만 영양 많고 값싼 요리였다. 이 요리가 알려진 이 나라에 영광이 있으라. 4시에 식사하겠소. 내가 말했다. 정각이라고 덧붙여 말할 필요는 없었다. 나는 정확한 걸 좋아해서, 내 지붕 밑에 기거하는 모든 사람 또한 나처럼 정확해야 했다. 나는 내 방으로 올라갔다. 그곳에 가서야 커튼을 드리우고 침대에 몸을 뻗은 채 처음으로 몰로이 사건에 관심을 가져보려 했다.

나는 먼저 그 사건과 관련해서 그들이 내게 요구한 직접적인 괴로움과 꼭 준비해야 할 당장의 문제들만 생각했다. 몰로이 사건에 대해서는 여전히 생각하기를 피했다. 아주 큰 혼란이 내게 엄습해 왔다.

소형 오토바이로 떠나볼까? 나는 이 문제부터 시작했다. 나는 체계적인 정신을 갖고 있었으므로 임무 수행을 위한 최선의 출발 방법을 생각해 보기 전에는 출발하지 않았다. 그것은 매번 조사를 시작할 때마다 가장 먼저 해결해야 할 문제였고, 그 문제가 먼저 만족스럽게 풀리지 않으면 난 결코 움직이지 않았다. 때로는 오토바이로, 때로는 기차로, 때로는 장거리버스로 갔지만 때로는 걸어서, 혹은 자전거로 밤에 조용히 출발한 적도 있었다. 내가 그랬듯이 우리가 적들에게 둘러싸여 있을 때는, 아무리 밤이라도 오토바이로는 표시를 내지 않고 출발할 수 없기 때문이다. 이것을 보통 자전거처럼 쓰지 않는다면 그렇다는 말이다. 그런데 터무니없는 일이었다. 비록 맨 먼저 이 민감한 교통 문제를 푸는 일이 내 습관이었다고 할지라도, 그 전에 문제를 좌우하는 원인들에 대해서 신중하게라도 생각해 보았다. 왜냐하면 사람들이 사전에 어디로 가고 어떤 목적으로 가는지 알지 못하면 어떻게 출발 방법을 결정하겠는가? 하지만 지금 나는 가베르의 보고서를 보며 건성으로 얻은 정보 말고는 다른 준비를 않고 교통수단만 생각했다. 이 보고서의 모든 세부 사항은 내가 원하는 때에 다시 생각해 볼 수도 있었다. 그러나 나는 아직까지 그런 수고를 할 수 없었다. 이것은 평범한 사건이야, 혼잣말을 하면서 그렇게 하는 걸 회피했다. 이런 상황에서 교통 문제를 풀고자 한다면 그건 미친 짓이었다. 그런데도 나는 그렇게 하고 있었다. 이미 나는 이성을 잃어버린 것이다.

나는 오토바이로 떠나는 걸 무척 좋아했고, 이 이동 수단에 애착을 가지고 있었다. 게다가 반대할 만한 뚜렷한 이유도 없었기에, 나는 오토바이로 출발하기로 마음먹었다. 이렇게 몰로이 사건은 문턱에서부터 그 치명적인 쾌락의 원칙이 들어가게 되었다.

햇살이 커튼 사이로 들어와서 떠다니는 먼지들을 드러내 보였다. 그래서 나는 여전히 날씨가 좋다고 결론을 내렸고 매우 기뻤다. 오토바이로 떠나려면 날씨가 좋은 편이 낫다. 그러나 나는 잘못 알고 있었다. 날씨는 더 이상 좋지 않았고, 하늘에는 구름이 끼더니 곧 비가 왔다. 하지만 그 순간에도 태양은 여전히 빛나고 있었다.

이런 상황을 미리 짐작하지 못한 나 자신이 상상할 수 없을 만큼 가벼워 보였다.

그다음에 나는 습관대로, 아주 중요한 문제인 소지품에 대해 생각하기 시작했다. 이 문제에 대해서도 아들 녀석이 들어오지 않았다면 어리석은 결정을 내릴 뻔했는데, 녀석은 나가고 싶다고 불쑥 말을 했다. 나는 자제하도록 했다. 녀석은 손등으로 입을 닦았고 그것은 보기 싫은 행동 가운데 하나였다. 하지만 그보다 더 보기 흉한 행동들을 하기도 하는데, 나는 그 몇 가지를 봤기에 말하는 것이다.

나가? 어디에 가려고? 내가 물었다. 나간다니! 그런 모호한 말은 딱 질색이다. 나는 몹시 배가 고프기 시작했다. 느릅나무 공원에요. 녀석이 대답했다. 우리 지역의 작은 식물원을 그렇게 불렀다. 하지만 그곳에 느릅나무는 한 그루도 없다. 확실하게 들은 이야기이다. 뭐 하려고? 내가 물었다. 식물학을 복습하려고요. 녀석이 대답했다. 아들 녀석이 엉큼하다고 의심되는 순간들이 가끔 있었는데 이번에도 그런 경우였다. 차라리 바람 좀 쐬려고요, 아니면 여자애들을 구경하려고요, 라고 말했으면 더 나았으리라. 유감스럽게도 식물학에 대해서는 녀석이 나보다 훨씬 잘 알고 있었다. 그러지만 않았다면 녀석이 돌아올 때, 나는 녀석에게 몇 가지 어려운 질문을 할 수도 있었을 것이다. 나는 아주 순수하고 단순하게 식물만 좋아했다. 가거라. 하지만 4시 반까지 돌아와야 해, 네게 할 말이 있어. 내가 말했다. 알았어요, 아빠. 녀석이 말했다. 알았어요, 아빠! 야아!

나는 잠깐 잠을 잤다. 좀 빨리 가자. 성당 앞을 지나면서 바로크 양식의 매우 아름다운 성당의 정문이 나를 멈추게 했다. 그런데 이상하게도 그 문이 흉물스러워 보였다. 나는 서둘러 사택까지 갔다. 신부님은 주무십니다. 하녀가 말했다. 기다리겠습니다. 내가 말했다. 급한 일인가요? 하녀가 물었다. 그렇기도 하고 아니기도 합니다. 내가 대답했다. 하녀는 장식도 없고 으스스하고 끔찍한 거실로 나를 안내했다. 앙브루아즈 신부님이 눈을 비비며 들어왔다. 방해해서 죄송합니다, 신부. 내가 말했다. 신부님은 그렇지 않다는 표시로 입천장에 혀를 찼다. 신부님은 내게 시가 한 대를 권했는데, 나는 기꺼이 받아서 주머니 속 볼펜과 샤프펜슬 사이에 꽂았다. 앙브루아즈 신부님은 자신이 처세술과 예의범절을 잘 안다고 우쭐해했다. 그리고 모든 사람은 신부님을 대범한 사람이라고 말했다. 나는 정오 미사에서 내 아들 녀석을 보았냐고 물었다. 보다마다요, 서로 이야기도 했는걸요. 신부님이 말했다. 나는 분명 놀란 표정으로 보았었다. 그래요, 미사 때 맨 앞줄에 형제님이 안 보이기에 혹시 편찮으신가 걱정을 했지요. 그래서 아드님을 불러오게 했는데, 나를 안심시켜 주더군요. 아주 때아닌 방문을 받아서 제시간에 빠져나올 수가 없었습니다. 내가 말했다. 아드님도 그렇게 말하더군요, 신부님이 말했다. 그리고 이렇게 덧붙였다. 자, 앉읍시다. 서두를 것 없잖습니까. 신부님은 껄껄 웃으며 무거운 신부복을 젖히면서 앉았다. 식후의 술 한 잔 드릴까요? 신부님이 말했다. 나는 당황했다. 자크가 라게에 대해 누설했나? 충분히 그럴 수 있는 녀석이다. 부탁드릴 게 있어서 왔습니다. 내가 말했다. 말씀하십시오. 신부님이 말했다. 우리는 서로를 쳐다보았다. 실은, 내가 말했다. 영성체 없는 일요일은 저에게 마치…… 신부님은 내 말을 가로막더니, 무엇보다도 불경한 비유는 하지 마십시오, 라고 말했다. 그는 혹시 콧수염 없는 키스라든가 겨자 소스 없는 갈비구이를 생각했나 보다. 누가 내 말을 가로막으면 나는 기분이 좋지 않다. 나는 샐쭉한 태도를 보였다. 무슨 생각을 하고 계신지 다 압니다. 그만 말씀하세요, 윙크하거나 머리를 끄덕이거나 마찬가지죠. 영성체를 원하시요, 신부님이 말했다. 나는 고개를 숙였다. 그것은 규칙에 어긋나는 일입니다. 신부님이 말했다. 나는 신부님이 식사를 했는지 궁금해졌다. 나는 그가 장기간의 금식에 대하여 열심이라고 알고 있었는데, 물론 첫번째는 고행의 정신에서이고 두 번째는 의사가 그렇게 하라고 충고했기 때문이다. 이렇게 하는 것이 그에게는 일석이조의 효과를 얻은 셈이었다. 어떤 영혼에게도 말씀하지 마십시오. 신부님이 말했다. 이것은 우리끼리만 알고 있어야 합니다. 우리 한번…… 신부님은 말을 멈추고 천장을 향해 손가락과 눈을 들면서 물었다. 아니, 저 자국은 뭐죠? 나도 천장을 쳐다보았다. 습기 자국이군요. 내가 말했다. 아이고! 심란해라, 신부님이 말했다. 아이고, 지금 이 순간 이 말이 내게는 최고의 발광적인 말로 들렸다. 울고 싶을 때가 가끔 있지요. 신부님이 말했다. 그리고 일어났다. 내 가방을 가져오겠습니다. 신부님이 말했다. 그는 그것을 자기 가방이라고 불렀다. 나는 혼자 남아서 손가락 관절이 우두둑거릴 만큼 두 손을 꽉 끼고 하느님에게 충고와 도움을 청했다. 응답은 없었다. 하지만 그것만으로도 위로가 되었다. 앙브루아즈 신부님이 가방을 가지러 민첩하게 달려간 걸 보면 분명 아무것도 의심하지 않았다. 아니면 내가 어디까지 갈지 지켜보며 재미를 느끼고 있었던가? 또는 나를 죄악으로 이끌면서 스스로 즐기고 있었던가? 나는 그 상황을 요약했다. 만일 신부님이 내가 맥주를 마셨다는 것을 알면서도 내게 영성체를 주었고, 만일 그것이 죄가 된다면, 신부님의 죄는 나의 죄와 똑같다. 그러므로 내게 위험은 별로 없었다. 신부님은 어떤 성합(聖盒) 가방을 가지고 돌아와서 열더니 한순간도 머뭇거리지 않고 내게 영성체를 주었다. 나는 물론 몸을 일으켜 열렬하게 감사를 표했다. 푸우, 별거 아닙니다. 신부님이 말했다. 자, 이제 얘기합시다.

　나는 신부님에게 달리 할 말이 없었다. 내겐 오직 한 가지 생각밖에 없었는데, 될 수 있는 한 빨리 집에 가서 스튜를 잔뜩 먹는 일이었다. 영혼이 충족되었으니, 이제 배가 고팠다. 하지만 내 시간표보다 시간이 조금 일렀으므로 나는 집에 느긋하게 가기로 하고 신부님에게 8분을 내어주기로 했다. 8분은 매우 길게 느껴졌다. 그가 내게 알려주기를, 클레망 여사는 약사의 부인이며 그자신도 일류 약사로서, 자신의 약국 실험실 사다리 꼭대기에서 떨어져 목이 부러지고—목이 부러져요? 내가 소리쳤다. 넙다리뼈 목 말입니다, 내 말을 끝내게 해주시지 않는군요. 신부님이 말했다. 그는 그런 일이 일어나게 되었다고 덧붙였다. 그래서 나로서는 지지 않고 이야기 빚을 갚기 위해—나는 내 암탉들이 더 이상 알을 낳지도 품지도 않으며, 한 달 넘게 아침부터 저녁까지 꽁지를 흙 속에 묻고 멍청히 앉아만 있는 것이 걱정이라고 말했다. 마치 욥처럼 말이군요, 하하. 신부님이 말했다. 나도 하하 하고 따라 웃었다. 가끔씩 이렇게 웃으니까 좋군요. 신부님이 말했다. 그렇죠? 내가 말했다. 그것이 인간의 속성이지요. 신부님이 말했다. 알고 있어요. 내가 대답했다. 짧은 침묵이 뒤따랐다. 암탉에게 먹이로 무엇을 주십니까? 신부님이 물었다. 주로 옥수수를 먹이고 있습니다.

내가 대답했다. 죽으로요 아니면 알갱이로요? 신부님이 물었다. 둘 다요. 내가 말했다. 암탉이 이젠 전혀 아무것도 먹지 않는다고 나는 덧붙였다. 아무것도 안 먹다니요! 신부님이 크게 말했다. 아주 조금만 먹죠. 나는 말했다. 동물들은 결코 웃지 않아요. 신부님이 말했다. 우스운 생각이 듭니다. 내가 말했다. 뭐라고요? 신부님이 물었다. 우스운 생각이 든다고요. 내가 큰 소리로 대답했다. 신부님은 생각에 잠겼다. 우리가 아는 한, 그리스도는 결코 웃지 않으셨어요. 신부님은 이렇게 말하고는 나를 쳐다보았다. 믿으실 수 있어요? 내가 말했다. 물론이죠. 신부님이 말했다. 우리는 서로에게 쓸쓸히 미소를 지었다. 아마 암탉이 혓바닥 병에 걸린 것 아닐까요? 신부님이 물었다. 나는 아니라고 했다. 확실히 아니다. 다른 병에 다 걸렸다고 해도 혓바닥 병은 아니었다. 신부님은 곰곰이 생각했다. 탄산수소나트륨을 먹여보셨나요? 신부님이 말했다. 뭐라고요? 내가 말했다. 나트륨 말입니다, 그걸 먹여보셨나요? 신부님이 말했다. 그야, 안 먹여봤죠. 내가 말했다. 한번 먹여보세요. 신부님은 즐거워 얼굴이 붉어지면서 크게 말했다. 찻숟갈로 몇 번씩 떠 넣어 삼키게 하세요, 하루에 여러 번, 몇 달 동안 계속하면 닭이 다시 건강해질 겁니다. 두고 보십시오. 그것은 가루예요? 내가 물었다. 물론이지요. 신부님이 대답했다. 감사합니다, 오늘부터 해보겠습니다. 내가 말했다. 예쁜 암탉이 되어서 알도 잘 낳을 겁니다. 신부님이 말했다. 아니 정확히 내일부터 해봐야겠어요. 내가 말했다. 나는 약국이 닫혔다는 것을 잊고 있었다. 물론 급한 경우를 제외하고 말이다. 자, 이젠 식사하고 나서 술을 조금만 들까요? 신부님이 말했다. 하지만 나는 사양했다.

앙브루아즈 신부님과의 이 면담은 내게 고통스러운 인상을 남겼다. 그는 여전히 정다운 사람이었지만, 한편으로는 그렇지 않았다. 그의 얼굴에서 뭔가가 모자란 기품을 발견한 느낌이었다. 나는 영성체가 안 내려갔다고 말할 필요가 있었다. 집으로 돌아오는 내내 나는 마치 진통제 한 알을 삼키고도 여전히 고통스러워하는 사람처럼 느껴졌다. 나는 그 점에 대하여, 아침나절 나의 방탕함을 알아채고 축성하지 않은 빵을 준 앙브루아즈 신부님을 의심하게 되었다. 또는 신부님이 신비의 축사를 건성으로 했다고 생각하면서, 퍼붓는 비를 맞으며 몹시 언짢은 기분으로 집에 돌아왔다.

스튜는 실망스러웠다. 양파는 어디 있소? 내가 소리쳤다. 졸아들었어요. 마르트가 말했다. 나는 마르트가 양파를 일부러 빼놓았다고 의심하며 양파를 찾기 위해 부엌으로 급히 갔다. 그러나 쓰레기통까지 뒤졌음에도 아무것도 찾을 수 없었다. 그러자 그녀는 나를 비웃으며 바라보았다.

나는 내 방으로 올라가서, 고약한 하늘이 드러나도록 커튼을 젖히고 누웠다. 내게 무슨 일이 일어났는지 이해가 안 되었다. 그때에는 이해할 수 없다는 것이 나로서는 무척 괴로운 일이었다. 나는 정신을 차리려고 애썼다. 실패였다. 어쩔 수 없었다. 내 삶이 뛰쳐나가고 있었으나 어디로 가는지 알 수 없었다. 그럼에도 나는 얕은 잠을 잘 수 있었는데, 고통이 확실히 규명되지 않았을 때 잠을 잔다는 건 쉽지 않았다. 그래서 이 어스름한 잠 속에서도 그렇게 잠들 수 있는 걸 기쁘게 생각하던 참에, 아들 녀석이 노크도 없이 들어왔다. 내가 혐오하는 행동이 한 가지 있다면, 그것은 누가 노크 없이 내 방에 들어오는 것이다. 내가 전신 거울 앞에서 자위를 하고 있을 수도 있지 않은가. 바지 앞은 열려 있고, 눈은 튀어나와, 침울하고 떨떠름한 쾌감을 뽑아내려고 애쓰는 아버지의 모습을 어린 아들 녀석에게 보인다면 그다지 교육적인 광경은 되지 못하리라. 나는 예절에 대해 녀석에게 모질게 주의를 주었다. 녀석은 두 번씩이나 노크를 했다고 내게 항의했다. 네가 백 번을 두드렸어도 들어오라고 하기 전에 넌 들어올 권리가 없어. 내가 말했다. 하지만, 하고 녀석이 또 말했다. 하지만 뭐? 내가 말했다. 저보고 아빠가 4시 반에 오라고 하셨잖아요. 녀석이 말했다. 살다 보면 시간을 정확히 지키는 일보다 더 중요한 게 있어. 내가 말했다. 바로 예의라는 거야, 따라해. 이 경멸적인 입 속에서 나오는 말은 나 자신에게 수치심을 주었다. 녀석은 흠뻑 젖어 있었다. 너 뭘 보고 왔니? 내가 물었다. 백합들요, 아빠! 녀석이 대답했다. 아들 녀석은 나에게 상처를 주고 싶을 때, 아빠라는 말을 하곤 했다. 이제 내 말 잘 들어. 내가 말했다. 녀석의 얼굴이 걱정스럽게 주의를 기울이는 표정이 되었다. 오늘 저녁 우린 여행을 떠난다. 내가 요점을 설명했다. 너는 교복을 입어, 초록색 옷—그것은 파란색이에요, 아빠. 녀석이 말했다. 파란색이든 초록색이든 그걸 입도록 해, 나는 큰 소리로 말했다. 네 생일에 사준 작은 배낭에 세면도구와 셔츠 한 개, 팬티 일곱 개, 양말 한 켤레를 넣어, 알았어? 어떤 셔츠요, 아빠? 녀석이 말했다. 어떤 셔츠든 상관없어, 하나만 넣어! 내가 소리쳤다. 어떤 신발을 신어야 해요? 녀석이 말했다. 넌 신발이 두 켤레잖아, 일요일에 신는 것과 평상시에 신는 것, 그런데 어떤 신발을 신어야 하는지 내게 묻는 거냐? 나는 이렇게 말하며 몸을 일으키고, 너 날 우롱하고 있는 거냐? 소리쳤다.

나는 방금 아들 녀석에게 자세하게 지시했지만 과연 옳은 일이었을까? 다시 한번 생각해 봐도 옳다고 판명이 될까? 겨우 얼마 안 되어서 내가 다시 지시 내용을 바꾸게 되지는 않을까? 내 아들 녀석 앞에서는 결코 말을 뒤집지 않던 내가 말이다. 모든 일이 염려스러웠다.

우리 어디로 가요, 아빠? 녀석이 물었다. 내게 질문하지 말라고 몇 번이나 녀석에게 말했던가. 그런데 사실 우리는 어디로 가려고 했었지? 내가 말한 대로 해, 라고 내가 말했나. 저 내일 피(Py) 씨와 약속이 있어요. 녀석이 말했다. 다른 날 가면 돼. 내가 말했다. 하지만 저 아파요. 녀석이 말했다. 다른 치과의사들도 있어. 피 씨가 북반구에서 유일한 치과의사는 아니야. 내가 말했다. 그리고 아무 생각 없이 이렇게 덧붙였다. 우린 사막으로 가는 게 아니야. 하지만 그분은 매우 훌륭한 치과의사예요. 녀석이 말했다. 치과의사는 다 비슷해. 내가 말했다. 나는 녀석에게 치과의사 얘기 좀 집어치우라고 말할 수도 있었는데, 천만에. 나는 녀석과 함께 천천히 생각을 펼쳐나가면서, 마치 대등한 사람에게 말하듯 녀석에게 말을 했다. 또한 나는 녀석에게 아프다고 한 것은 거짓말이라고 지적할 수도 있었다. 내 생각에 녀석은 작은 어금니 하나가 아프긴 했었지만 다 나은 상태였다. 이를 치료했으니, 아드님은 더 이상 아프지 않을 겁니다. 피가 직접 내게 그렇게 말했었다. 나는 이 대화를 똑똑히 기억했다. 그 아이는 원래 이가 매우 나쁘지요. 피가 말했다. 원래요? 어째서 원래라고 하십니까? 내가 물었다. 무슨 뜻으로 그런 말을 하십니까? 그 아이는 나쁜 이를 갖고 태어났습니다. 그래서 앞으로도 평생 나쁜 이로 살아야 할 겁니다. 피가 대답했다. 원래 나는 내가 할 수 있는 모든 일을 다 하고 내가 할 수 없는 모든 것을 다 할 수 있도록 태어났다. 어쩔 수 없이 난 언제나 내가 할 수 있는 모든 일을 다 해야 한다. 나쁜 이를 갖고 태어났다고! 내겐 앞니밖에 남아 있지 않았다. 덥석 무는 이 말이다.

아직도 비가 오냐? 내가 물었다. 아들 녀석은 주머니에서 작은 거울을 꺼내어 손가락으로 윗입술을 쳐들고 입 속을 들여다보고 있었다. 아야! 아들 녀석은 계속 들여다보며 소리를 질렀다. 입 좀 그만 만지작거려! 창가로 가서 아직도 비가 오는지 말해 다오. 내가 소리쳤다. 녀석은 창가로 가서 아직 비가 온다고 말했다. 하늘이 완전히 구름으로 덮였냐? 내가 물었다. 네. 녀석이 대답했다. 개인 데가 조금도 없어? 내가 물었다. 없어요. 녀석이 말했다. 커튼을 닫아라. 내가 말했다. 눈이 어두움에 적응하기 전 감미로운 순간이 왔다. 너 아직도 거기 있냐? 내가 물었다. 아들은 아직도 거기 있었다. 나는 녀석에게 내가 말한 채비를 하지 않고 뭘 꾸물거리느냐고 말했다. 나 같았으면 벌써 오래전에 떠났을 텐데. 녀석은 나와 함께 있을 만한 가치가 없었다. 바탕부터가 틀렸다. 내가 깨달은 달갑지 않은 결론은, 아들 녀석에 대한 우월감과 그 녀석을 태어나게 한 것에 대한 후회였다. 제 우표 수집 앨범을 가져가도 돼요? 녀석이 물었다. 녀석은 두 개의 우표 수집 앨범을 가지고 있었다. 정확히 말하면 수집 우표가 담긴 큰 앨범 하나와, 사본이 들어 있는 작은 앨범 하나이다. 나는 이 작은 앨범을 가져가도록 녀석에게 허락했다. 내 원칙을 어기지 않고 즐거움을 줄 수 있다면, 나는 기꺼이 그렇게 한다. 녀석은 방을 나갔다.

나는 일어나서 창가로 갔다. 가만히 있을 수 없었다. 커튼 사이로 머리를 내미니, 가랑비가 내리고 하늘은 흐려 있었다. 녀석은 내게 거짓말을 하지 않았다. 8시나 8시 반쯤 날이 개리라. 그다음은 아름다운 석양과 땅거미, 밤이 오고 점점 작아지는 달은 자정쯤에나 떠오를 것이다. 나는 종을 쳐서 마르트를 부른 뒤에 다시 누웠다. 저녁은 집에서 먹겠소, 내가 말했다. 그녀는 놀라서 나를 쳐다보았다. 우린 언제나 집에서 저녁을 먹지 않았던가? 나는 아직 마르트에게 우리가 떠난다는 말을 하지 않았다. 그녀에게는 떠나기 전 마지막 순간에야 말하려고 한다. 흔히 말하듯, 말의 등자(鐙子)에 발을 디뎠을 때. 나는 그녀를 완전히 믿지 않았다. 마지막 순간에 그녀를 불러서 말하리라. 마르트, 우리 떠나요, 하루가 될지, 이틀, 사흘, 일주일, 보름이 될지 모르오, 잘 계시오. 그녀의 주의를 끌어서는 안 된다. 그렇다면 나는 왜 그녀를 오게 했을까? 그녀는 어쨌거나 매일 하던 대로 오늘 저녁 식사를 준비하게 된다. 내가 그녀의 처지를 헤아린 게 실수였다. 그녀의 오후 시간을 없애버린 것은 그런대로 이해가 되었지만 집에서 저녁을 먹겠다고 말한 일은 어리석은 실수였다. 그녀는 이미 그것을 알고 있었으니까. 그런데 왜 이런 불필요한 지적으로 그녀가 이상한 낌새를 눈치채고, 무슨 일인가 알아보려고 우리를 염탐하게 하는가. 이것이 내 첫 번째 실수였다. 두 번째 실수로는 내가 한 말을 아무에게도 옮기지 말라고 아들 녀석에게 엄명하지 못한 것이다. 그렇다고 해서 달라지는 점은 분명 아무것도 없었을 것이다. 그렇더라도 나는 그 점을 분명하게 해뒀어야 했다. 그랬어야 했다. 내가 한 일은 오로지 어리석은 짓밖에 없다. 평소에는 그렇게도 영특한 내가 말이다. 평소보다 좀 늦게 먹을 거요, 9시 전에는 아니오. 나는 이렇게 말하면서 일을 바로잡아 보려고 했다. 그녀는 이미 끓어오르는 거친 심정으로 나가려고 했다. 내 집에서 내 마음대로 할 수 있어야 좋은 거 아니오? 내가 말했다. 나는 그녀가 어떻게 할지 알고 있었다. 어깨에 가방 하나를 메고 정원 맨 안쪽으로 쏙 들어가서, 엘스너 자매 가운데 늙은 요리사인 한나를 불러, 철책을 사이에 둔 채 속닥거리리라. 한나는 한 번도 외출을 하지 않았다. 그녀는 외출을 싫어했다. 엘스너 자매는 꽤 좋은 이웃이었다. 다만 좀 지나치게 음악 소리를 내는 행위만이 그녀들의 유일한 흠이었다. 내 신경을 거스르는 한 가지가 있다면, 음악이다. 내가 현재시제로 긍정하거나 부정하거나 의심한다는 말은 오늘도 또한 그렇게 할 수 있다는 뜻이다. 하지만 이제부터는 무엇보다도 다양한 과거시제를 쓰려고 한다. 왜냐하면 대부분의 경우 내가 확신할 수 없고, 이제 더 이상 그렇지 않을 수도 있으며, 아직 모를 수도 있고, 그냥 단순히 모를 수도 있으며, 아마 앞으로도 결코 모를 수 있기 때문이다. 나는 엘스너 자매에 대해 잠깐 생각했다. 그때 모든 채비를 계획해야 했지만, 나는 엘스너 자매에 대해 생각하고 있었다. 그 자매는 줄루라고 불리는 스코티시테리어 한 마리를 기르고 있었는데, 사람들은 그 개를 줄루라고 불렀다. 가끔 내가 기분이 좋을 때, 줄루! 귀여운 줄루! 부르면, 그 개는 나에게 와서 철책 너머로 인사를 하곤 했다. 원래 나는 동물들을 좋아하지 않는다. 참 이상하게도, 나는 사람도 싫어하고 동물도 싫어한다. 하느님은 나를 혐오하기 시작한다. 나는 쭈그리고 앉아서 철책을 사이에 두고 달콤한 말로 줄루를 귀찮게 했다. 개는 내가 자기를 혐오한다는 것을 깨닫지 못했다. 그 개는 뒷다리를 딛고 일어서서 철책에 가슴을 갖다 대었다. 그러면 젖은 털이 가늘게 꼬여 달려 있는 검은색의 작은 양물이 보였다. 개는 불안정하게 서서 오금을 떨며, 가느다란 다리들을 번갈아가며 디딜 자리를 찾는 듯했다. 나도 발뒤꿈치에 앉아서 자세가 흔들렸다. 나는 빈손으로 철책을 잡고서 몸을 고정시켰다. 나 또한 개에게 혐오감을 주었는지도 모른다. 나는 이런 허튼 생각들을 뿌리치기 어려웠다.

이내 나는 잡생각에 반발심이 솟구쳐서 누가 내게 이 일을 강요했는지 스스로 물었다. 하지만 난 이미 그 일을 받아들였고 다짐도 한 상황이다. 너무 늦었다. 명예가 있다. 나는 서둘러 나의 무능력을 치장했다.

우리의 출발을 다음 날로 미룰 수 없나? 아니면 혼자서 떠날 수는 없나? 쓸데없는 핑계. 하지만 우린 마지막 순간, 자정이 조금 못 되어 떠날 것이다. 이 결정은 돌이킬 수 없다고 생각했다. 달의 상태도 그걸 입증해 주고 있었다.

나는 마치 잠을 이룰 수 없을 때처럼 행동했다. 머릿속으로 천천히 산책하면서 내 정원만큼이나 낯익지만 늘 새롭고, 한껏 조용했다가 다시 이상한 만남들로 활기를 띠는 오솔길들의 미로를 곳곳마다 살폈다. 멀리서 심벌즈 소리가 들려왔다, 아직 시간이 있어, 아직 시간이 있어. 그러나 그것은 그렇지 않다는 증거였다. 말하자면 내가 멈췄고, 모든 것은 사라졌으며, 나는 다시 몰로이 사건을 생각하려고 애썼다. 헤아릴 수 없는 머릿속은 때로는 바닷물이 되었다가, 때로는 등대가 되었다.

우리 요원들은 서면으로는 결코 아무것도 받지 못했다. 가베르는 나와 같은 의미의 요원이 아니라 연락원이었다. 그래서 그는 수첩을 쓸 권리가 있었다. 연락원이 되기 위해서는 특별한 자질이 요구되어서, 유능한 연락원은 유능한 요원보다는 드물었다. 유능한 요원이었던 나로 말하면, 보잘것없는 연락원밖에는 되지 못했으리라. 그래서 자주 그 점을 유감스럽게 생각했다. 가베르는 여러 방면으로 보호되고 있었다. 그는 자기를 제외한 다른 사람은 전혀 알아볼 수 없는 표기법을 썼다. 연락원은 임명되기 전에 각자 자기 고유의 표기법을 상부에 제출해야만 했다. 가베르는 자기가 전달하는 메시지의 내용을 전혀 이해하지 못해서, 메시지를 봤음에도 지나친 오류를 이끌어냈다. 그렇다. 그는 메시지를 전혀 이해하지 못했으면서도, 동시에 이해한다고 믿어야 했다. 그러나 그것이 전부가 아니다. 그의 기억력은 너무나 불완전해서 전달할 메시지가 머릿속에 기억되어 있지 않고 오로지 수첩에만 존재할 정도였다. 그는 수첩만 접으면 채 1분도 못 되어서 그 내용을 까맣게 잊어버렸다. 나는 그가 전달할 메시지를 곰곰 생각한 뒤 결론을 이끌어냈다고 생각하는데, 그것은 조금씩 읽어 내려가면서 생각했다는 말이다. 그리고 그는 고개를 들고 보조 설명을 할 때 잠시도 머뭇거리지 않았는데, 한순간이라도 놓쳤다가는 본문과 설명 모두를 잊어버릴까 봐 그랬다. 이 정도까지 건망증에 걸렸는데 연락원들에게 어떤 조처가 가해지고 있진 않을까 나는 가끔 궁금했다. 하지만 그렇게 생각하지는 않는다. 메시지와 관계되지 않은 모든 것에 대해서는 매우 좋은 기억력을 갖고 있었기 때문이다. 그리고 나는 가베르가 자신의 어린 시절과 가족에 대해서 무척 수긍이 가도록 하는 이야기를 들었다. 자신이 쓴 것을 혼자서만 읽을 수 있고, 자신이 전달할 내용에 대해서는 자신도 모르게 완전히 깜깜하게 잊고 몇 초 이상만 기억한다. 그것은 한 개인이 갖추기 드문 자질들이다. 그럼에도 그것은 우리 연락원들에게 요구되었던 바이다. 이러한 점에서 명석하기보다는 성실한 자질을 가진 요원들에 비해 그들은 더 높이 평가되었다. 그들은 주당 8파운드의 고정급을 받았고, 우리는 6파운드 10실링밖에 지급받지 못했다. 이는 상여금과 이동 경비를 제외한 숫자였다. 그런데 내가 요원이나 연락원 수를 복수로 말하지만, 확실치는 않다. 나는 나 말고 다른 요원과 가베르 이외의 다른 연락원을 본 적이 없기 때문이다. 하지만 나는 우리가 혼자만은 아니라고 생각했고, 가베르도 마찬가지였다. 왜냐하면 우리 각자의 영역에 단지 둘밖에 존재하지 않는다면 우린 견디지 못했을 테니까. 그래서 우리는 각 요원에게 연락원 한 명만 배당되었다는 점을 자연스럽게 여겼고, 가베르는 각 연락원에게 자신과 같은 요원 한 명만 배당되었다는 점이 자연스럽게 여겨졌을 것이다. 그러므로 내가 가베르에게, 이 일을 다른 요원에게 주라고 하시오, 나는 이 일을 원치 않소, 라고 말할 수 있었으며, 가베르는 내게, 그가 당신 외에 다른 요원을 원치 않소, 라고 대답할 수 있었다. 이 마지막 말이 가베르가 일부러 나를 난처하게 만들기 위해서 꾸며댄 말이 아니라면, 소장이 우리의 환상을 유지시키려고 한 말일 수도 있다. 이 모든 일은 그다지 분명하지 않다.

어려움을 나누면 줄어든다는 인간적인 감정 때문에 우리는 우리 자신을 거대한 조직의 일원으로 생각했다. 하지만 이성의 날카로운 목소리에 귀를 기울일 줄 알았던 내가 보기에는, 우리와 같은 일을 하고 있는 사람은 없었다. 그렇다. 내가 명민해지는 순간에는 그 일이 가능했다. 여러분에게 아무것도 숨기지 않고 말하겠는데, 이 명민함은 때때로 너무나 날카로워져서 나는 가베르의 존재까지 의심하게 되었다. 만일 내가 어둠 속으로 재빠르게 다시 잠기지 않았다면, 나는 아마도 요술을 부려서 소장을 없애버리기까지 하고, 불행한 내 존재에 대한 책임은 오로지 내게 있다고 생각했을 것이다. 나는 주당 6파운드 10실링에 상여금과 모호한 수당을 받는 내가 불행하다고 여겼다. 그런데 가베르와 소장(유디라고 불리는)을 없애버리고 나면, 내가 그 즐거움을 거절할 수 있었을까.

나는 부엌으로 내려갔다. 거기서 마르트를 보리라고는 생각지 못했는데, 나는 거기서 그녀를 보았다. 그녀는 벽난로 한쪽 구석의 흔들의자에 앉아 시무룩하게 몸을 흔들고 있었다. 그녀 말에 따르면, 그 흔들의자는 그녀가 애착을 가졌던 유일한 소유물이었으며, 왕국을 준다고 해도 떨어질 수 없다고 했다. 주목할 점은 그녀는 그 의자를 자기 방에 놓지 않고 부엌 벽난로 한쪽 구석에 놓은 것이다. 늦게 자고 일찍 일어났으므로 그녀가 그 의자를 가장 잘 이용할 수 있는 곳은 부엌이었다. 나도 다른 많은 주인들처럼, 일하는 장소에 안락용 가구를 놓는 모양새를 달갑지 않게 보았다. 하녀가 휴식을 원한다고? 자기 방으로 가면 될 텐데. 부엌 안에 있는 모든 기구는 하얗고 반듯한 목재여야 한다. 사실 마르트는 내 집에 고용되어 들어오기 전에, 자신의 흔들의자를 부엌에 놓도록 허락해 달라고 요청했었다. 나는 못마땅해하며 거절했다. 그런데, 끝내 그녀가 굽히지 않아서 할 수 없이 내가 양보했다. 나는 마음이 너무 고운 사람이다.

매주 토요일마다 일주일분의 라거 비축품, 즉 1리터짜리 여섯 병이 배달되었다. 다음 날까지 나는 그것들에 손을 대지 않았는데, 라거는 조금이라도 움직인 뒤에 가만히 놔둬야 하기 때문이다. 그 여섯 병 가운데에서 가베르와 나는 둘이서 한 병을 비웠다. 따라서 다섯 병과, 지난주에 바닥만 남은 병 한 개를 남겼었다. 나는 음식저장실로 갔다. 다섯 병이 마개를 따지 않고 밀봉된 채로 거기 있었고, 마개를 딴, 4분의 3이 비어 있는 병 하나가 있었다. 마르트는 시선으로 나를 좇았다. 나는 그녀에게 아무 말도 걸지 않고 나와서 위층으로 다시 올라갔다. 그저 갔다가 왔을 뿐이었다. 나는 아들 녀석의 방으로 들어갔다. 녀석은 작은 책상 앞에 앉아, 큰 것과 작은 것, 두 개의 우표 앨범 속 우표들을 감상하고 있었다. 내가 다가가자 녀석은 앨범들을 잽싸게 덮었다. 나는 곧바로 녀석이 어떤 음모를 꾸미고 있는지 알았다. 하지만 먼저 이렇게 물었다. 네 소지품 준비했니? 녀석은 일어나 제 가방을 집어서 내게 건네주었다. 나는 안을 들여다보았다. 그 안에 손을 넣어 시선을 멀리하고 내용물을 더듬어보니 모두 그 안에 들어 있었다. 나는 가방을 녀석에게 돌려주며, 너 뭐 하고 있냐? 물었다. 우표를 좀 보고 있었어요. 녀석이 대답했다. 그게 우표를 보고 있는 거였냐? 내가 말했다. 정말이에요. 상상할 수 없을 만큼 뻔뻔스럽게 녀석이 말했다. 입 닥쳐, 거짓말쟁이야! 내가 소리쳤다. 그 녀석이 무엇을 하고 있었는지 아는가? 진짜 멋진 수집 앨범에서 고작 사본 우표 앨범으로 우표들을 옮겨 끼우고 있었다. 희귀하고 비싼 우표들을 녀석은 매일 경이로움이 가득 찬 눈으로 바라보았다. 티모르섬 새 우표 보여다오, 5헤이스짜리 노란색 말이야. 내가 말했다. 녀석은 망설였다. 보여달란 말이야! 내가 소리쳤다. 그 우표는 내가 직접 녀석에게 준 것으로, 1플로린을 주고 사왔었다. 그 무렵엔 헐값이었다. 이 안에 넣었어요. 녀석은 사본 앨범을 들추며 민망스럽게 말했다. 그것이 내가 알고자 했던 전부였다. 아니 더 정확하게 말한다면, 녀석이 제 입으로 그렇게 하는 말을 듣고 싶었다. 나는 이미 알고 있었으니까. 됐어. 내가 말했다. 나는 방문 쪽으로 갔다. 두 개의 앨범을 집에 놔둘 거야, 큰 것과 작은 것 모두. 내가 말했다. 나는 질책하는 말 한마디도 없이 예언적 단순미래형을 썼는데, 유디가 썼던 당신 아들이 갈 겁니다 등의 말투들을 본떴다. 나는 방을 나왔다. 평소처럼 내 양탄자의 폭신함에 흡족해하면서, 살살 걸음으로 내 방 쪽을 향해 마루를 지났다. 그러다가 갑자기 어떤 생각이 떠올라서 나는 아들 녀석의 방으로 되돌아갔다. 녀석은 같은 자리에 앉아 있었는데, 팔을 책상 위에 올리고 얼굴을 팔에 묻고 있었다. 이 광경은 곧장 내 가슴에 파고들었지만 그렇다고 해서 내 의무를 어기지는 않았다. 녀석은 움직이지 않았다. 확실한 안전을 위해 우리가 돌아올 때까지 이 앨범들을 금고에 넣어둘 거야. 내가 말했다. 녀석은 여전히 움직이지 않았다. 너 내 말 듣고 있는 거야? 내가 물었다. 그러자 녀석은 후다닥 일어나다가 의자를 넘어뜨리더니 분노에 찬 말들을 퍼부었다. 마음대로 하세요! 이제 더 이상 그것들을 보지 않을 거예요! 분노는 가라앉을 때까지 기다려야 한다. 내 생각은 이렇다. 염증이 가신 뒤에 수술을 해야 하는 법이다. 나는 앨범들을 집어 들고 더이상 한마디도 하지 않고 아들 방에서 나왔다. 녀석은 나에 대한 존경심을 보이지 않았지만, 녀석에게 그 점을 인정하게 할 때는 아니었다. 나는 복도에 움직이지 않은 채 서서 떨어지고 부딪치는 소리들을 들었다. 나보다 자제력이 없는 사람이 이 말을 들었다면 가서 혼을 냈을 것이다. 그러나 나는 아들 녀석이 자신의 괴로움을 자유롭게 발산하는 것이 그다지 불쾌하지 않았다. 감정을 정화해 주기 때문이다. 나는 잠잠한 고통이 더 무섭다고 생각한다.

나는 앨범들을 팔에 끼고 내 방으로 갔다. 아들 녀석에게 무서운 유혹의 기회를 없애주기 위해서였다. 녀석이 여행 도중에 즐기려고, 아주 특별히 좋아하는 우표 몇 장을 주머니에 넣는 유혹 말이다. 우표 몇 장을 몸에 지닌다는 사실 자체가 비난받을 만한 일은 아니지만 그것은 불복종인 것이다. 그 우표들을 보려면 녀석은 아버지에게서 숨어야 했고, 그리고 그 우표들을 잃어버리는 경우에는 변명하기 위해 거짓말을 해야 한다. 그렇게는 안 된다. 만일 정말로 녀석이 좋아하는 우표들과 떨어질 수 없다면, 앨범을 몽땅 가져가는 편이 나았다. 낱장의 우표보다는 앨범이 보관하기 쉬우니까. 하지만 녀석이 무엇을 할 수 있고 할 수 없는지에 대해선 내가 판단했다. 나는 이번 시련이 아들에게는 유익하리라는 사실을 알고 있었기 때문이다. 없는 대로 지내야 하느니라(Sollst entbehren), 바로 이 교훈을 녀석에게 불어넣어 주고 싶었다. 내가 열다섯 살 때까지만 해도 함께 결합할 수 있다고는 꿈조차 꾸지 못했던 이 마법적인 두 단어. 이러한 노력으로 말미암아 녀석의 눈에 비친 내가 가증스럽고, 녀석이 나 자신을 넘어서서 아버지라는 개념 자체까지 미워하게 되더라도 모든 일을 내 권한으로 추구하고 싶었다. 내가 죽고 나서 녀석이 죽을 때까지, 잠시라도 아버지가 옳지 않았나 하고 자문할 수도 있다는 생각. 그것만으로도 내게는 충분했고 내가 미래에 들일 모든 수고를 보상해 주었다. 녀석은 처음에는 부정적으로 대답하고 나에 대한 증오를 다시 키울 것이다. 의혹의 씨앗은 뿌려질 것이고, 녀석은 다시 그 의혹으로 돌아오리라. 나는 이런 식으로 추론했다.

저녁 식사까지는 아직도 몇 시간이 남아 있었다. 나는 이 시간을 최대한으로 이용하려고 마음먹었다. 나는 저녁 식사 뒤엔 늘 살짝 졸기 때문이다. 나는 윗도리와 신발을 벗고, 바지 단추를 풀고 이불 속으로 들어갔다. 이 휴식 덕분에 바깥 소란의 장막을 가장 잘 꿰뚫고, 사냥감을 분별해서 따라야 할 감각도 구별하게 된다. 그래서 타인의 어리석은 고통 속에 평화를 찾기도 했다. 나는 세상으로부터, 즉 그 소음과 광란, 물어뜯음, 거무죽죽한 빛으로부터 멀리 떨어져서 세상을 심판하고, 나처럼 그 안에 구제 불능으로 빠져 있는 자들, 그리고 나 자신도 구제할 줄 모르는 나에 의해 구조를 받아야 하는 자도 심판한다. 모두가 어둡지만, 그것은 크게 훼손된 팔다리에 발라진 향유처럼 따라다니는 단순한 어둠이다. 떨어져 나간 여기저기의 어둠은 커다란 덩어리들이 움직이고 있으며 마치 법률처럼 냉혹하다. 그 덩어리들이 무엇으로 만들어졌는지에 대해서는 별로 관심이 없다. 인간 또한 거기 어디쯤인가에 있다. 모든 자연 왕국의 커다란 복합체로서 외로우며 한계가 있다. 그리고 이 건물 덩어리 안 어딘가에는, 내 손님이 자신을 따로 있는 존재라고 여기며 묶고 있다. 누구라도 그럴 것이다. 하지만 나는 손님을 찾아내는 일로 돈을 받는다. 내가 도착하면, 그는 그 덩어리에서 분리되어 나온다. 일생 동안 그는 오로지 이때만을 기다려왔다. 선호되는 자가 되고, 자신을 저주받은 자이자 축복받은 자로 여기려고, 그중에서도 특히 다른 사람들과 같은 평범한 자로 여기려고. 온기와 희미한 빛, 내 침대 냄새가 내게 미치는 효과들이다. 나는 일어나서 나온다. 그러면 모든 것이 바뀐다. 내 머리는 핏기가 없어지고 사물들의 소음이 산산이 부서져 섞였다가 다시 서로 피하고, 사방에서 공격을 가한다. 내 눈은 헛되이 서로 닮은 두 가지의 존재를 찾고, 내 피부는 거의 각 세포마다 다른 메시지를 외쳐대며, 나는 현상의 흐릿한 분무 속에 빠져 죽는다. 즉 나는 이러한 상상의 감흥들 덕분에 살아야 하고 일해야 한다. 나에게서 하나의 의미를 발견한다. 이 느낌들 덕분이다. 그래서 갑작스런 고통인 그 사람이 깨어난다. 굳어져서 숨을 멈추고 기다리며, 이건 악몽이야, 또는 이건 가벼운 두통이야, 이렇게 혼잣말을 하고 숨을 쉬고 여전히 떨면서 다시 잠을 잔다. 그렇지만 일을 시작하기에 앞서 이 거대하고 느린 세계에 잠수하는 일은 불쾌하지 않다. 그렇지만 그 세계의 모든 것은 황소처럼 침울하고 무겁게 태고의 길을 따라서 참을성 있게 움직인다. 물론 그 어떤 조사 작업도 불가능한 세계이다. 하지만 이 경우에는 되풀이한다. 이 경우에는, 그런 세계에 빠져 느리게 생각하는 이유가 있다. 뭐랄까, 끝이 없는 마지막의 분위기랄까. 이번처럼 변경할 수 없는 마지막 분위기에서 수행할 일로 여겨야 했다. 왜 안 되겠는가, 이런 분위기 속에 내가 실행해야 할 임무를 옮겨놓아야 비로소 나는 손안에 맡아놓은 사건을 시도할 수 있었다. 왜냐하면 몰로이와 모랑이 존재할 수 없는 곳에서도 모랑은 몰로이에게 마음을 쏟기 때문이다. 그리고 비록 이 조사 작업이 나의 임무 실행을 위해 특별히 이득이 되거나 유용하지 않다고 하더라도, 나는 하나의 관련성을 확보할 수 있을 것이다. 내가 아는 한, 계약 조건이 허위라고 해서 반드시 관계가 허위는 아니니까. 그뿐만 아니라 나는 나의 대상 인물을 처음부터 전설적인 존재의 분위기로 조사했다. 누군가의 귀띔으로는, 나중에 분명 내 사업에 도움이 될 조사였다. 그러므로 나는 내가 할 일을 너무나도 잘 알고 있었기에, 평온한 양심으로 윗도리와 신발을 벗고 바지의 단추를 풀고 이불 속으로 들어갔다.

몰로이, 또는 몰로즈는 나에게 낯선 사람이 아니었다. 만일 내게 동료들이 있었다면 예전에 그에 대해 동료들과 이야기를 나눈 적이 있었던가, 의심해 볼 수 있을 정도였다. 하지만 나는 동료가 없었고, 그가 있었던 상황에 대해서도 몰랐다. 어쩌면 그는 내가 지어낸 인물일 수도 있다. 사람들은 가끔 낯설지만 전혀 낯설지 않은 사람들을 만난다. 낯선 사람들이 뇌의 지적인 얼레 속에서 어떤 역할을 하기 때문에 그렇다. 그런 일은 내게 한 번도 일어난 적이 없었고 그런 경험은 내 체질에 맞지 않다고 생각했으며, 이미 본 적이 있는 단순한 것조차 내게는 저 멀리 있었다. 그런데 그런 일이 내게 일어나려 했다. 아니라면 내가 큰 오해를 했을까. 도대체 나 말고 누가 내게 몰로이에 대해 말을 했겠으며, 나 말고 누구에게 그의 이야기를 했겠는가? 나는 억지로 마음속에서 찾아보았으나 헛수고였다. 내가 사람들과 대화를 나눈 것도 드물지만 대화를 할 때도 그런 낯선 주제는 애써 피했었다. 다른 사람이 몰로이에 대해 말했다고 할지라도 나는 그에게 입을 다물라고 부탁했을 테고, 그 어떤 대가로도 나는 그의 존재를 누설하지 않았을 것이다. 물론 나에게 동료들이 있었다면 달랐겠지만 말이다. 동료들 사이에서는 다른 사람들과 하지 않는 이야기들을 한다. 하지만 내게는 동료들이 없었다. 그래서 아마도 이 사건의 첫머리에서부터 내가 커다란 불안감을 느낀 것 같다. 왜냐하면 치욕의 무대에 선 자신을 바라본다는 일이 보통 일은 아니었고, 바로 거기에서 경각심을 가져야 하기 때문이다.

어머니 몰로이, 또는 몰로즈도 나에게는 완전히 낯설지 않았다. 나에겐 그렇게 보였다. 하지만 그녀는 그녀의 아들보다 훨씬 생생하지 않았는데, 그 아들도 생생함과는 거리가 멀었다. 단지 아들이 그 어머니의 흔적을 갖고 있지 않다면, 마침내 나는 어머니 몰로이 또는 몰로즈에 대해서 아무것도 모르고 있었을 수도 있다.

　몰로이(Molloy)와 몰로즈(Mollose), 이 두 이름 가운데 두 번째가 내게는 더 맞게 보였다. 하지만 그 차이는 조금이었다. 내게 들리기로는, 첫 번째 음절 '몰(Mol)'은 무척 분명했다. 그 뒤에 곧바로 희미한 두 번째 음절은 마치 첫 번째 음절에 먹힌 것처럼 따라오는데, 이것은 '오이'가 될 수도 있고 '오즈'나 '오트' 또는 '옥'도 될 수 있었다. 내가 오즈 쪽으로 기우는 이유는 분명히 내 마음이 그 끝음절을 편애하기 때문이었고, 한편으로 다른 음절들은 끝음절을 차갑게 냉대했기 때문이다. 하지만 가베르가 매번 똑같이 분명하게 몰로이라고 말한 이상, 나 또한 몰로이라고 말해야 하며 몰로즈가 틀린 것이라 인정할 수밖에 없었다. 그러므로 이제부터는 나의 기호를 잊어버리고, 가베르처럼 나도 몰로이라고 해야 하리라. 하나는 나의 몰로즈, 하나는 조사 대상인 몰로이로, 저마다 다른 두 인물일 수도 있다는 생각은 내 머릿속에 스치지도 않았다. 만일 그랬더라면 나는, 마치 모기나 말벌을 쫓아내듯이 그 생각을 쫓아냈으리라. 세상에 어쩌면 인간은 자기 자신과도 그리 일치될 수 없는지. 크리스털처럼 냉정하며 가식적 깊이가 전혀 없는 감각적 인물이라고 우쭐해하던 나였는데 말이다.

　비록 그에 대해 많은 것을 알고 있지는 않지만 나는 몰로이를 알고 있었다. 나는 그에 대해 거의 알고 있지 못한 것, 아울러 가장 인상적인 점들을 간략히 그려보고자 한다.

　그가 가진 공간은 아주 작았다. 그의 시간 또한 한정되어 있었다. 그는 절망한 듯, 아주 가까운 목표물들 쪽으로 멈추지 않고 서둘러 가고 있었다. 때때로 그는 갇힌 자가 되어 나도 모르는 협소한 한계들 쪽으로 내달았고, 때로는 무언가를 사냥하러 나서고 읍내 한복판에 피난처를 찾았다.

　그는 헐떡였다. 그가 내 안에 나타나기만 하면 그는 헐떡임으로 가득 차 있었다.

　평평한 들판에서조차도 그는 정글을 밟으며 뚫고 나가려 애쓰는 모양새로 보였다. 걷는다기보다는 비난하고 있었다. 그럼에도 그는 아주 천천히밖에는 나갈 수 없었다. 그는 곰처럼 몸을 좌우로 흔들며 걸었다.

　그는 알아들을 수 없는 말들을 하며 머리를 흔들었다.

　그의 몸은 커다랗고 뚱뚱했으며, 기형적이라고 할 정도였다. 그리고 검지는 않았지만, 어두운 색깔이었다.

그는 끊임없이 길을 가고 있었다. 나는 그가 쉬는 모습을 한 번도 보지 못했다. 그는 가끔 멈춰서 분노의 눈길로 주변을 바라보았다.

그는 내게 드문드문 이런 모습으로 찾아왔다. 그럴 때면 나의 존재는 단지 소란, 무거움, 분노, 질식, 미친 듯이 헛되고 부단한 노력일 뿐이었다. 사실 평소의 나와는 전혀 반대였다, 변화였다. 나는 온몸이 분노의 호령인 그가 사라지는 모습을 아쉽게 바라보았다.

그가 목적한 바가 무엇이었는지는 전혀 몰랐다.

그의 나이를 알 수 있는 단서도 없었다. 내가 그에게서 본 이런 모습, 나는 그가 이런 모습을 오래전부터 지녀왔다고 느꼈다. 참으로 끝까지 지니리라고 생각했는데, 그 끝은 내가 떠올리기 어려웠다. 왜냐하면 나는 어쩌다 그가 이곳을 지나치게 되었는지 생각할 수 없었고, 그가 혼자 내버려진 처지에 어떻게 그 상태를 끝낼 수 있을지 생각할 수 없었기 때문이다. 왠지 모르지만 자연스러운 끝은 가능성이 희박해 보였다. 그러나 자연스러운 끝은 내게도 있음직하지 않았다. 나의 자연스런 끝은 그의 끝과 똑같을까? 나는 그런 끝을 확정적으로 보았다. 대단치는 않다. 나에게는 나대로의 의심점들이 있다. 한편 자연스럽지 않은 끝도 존재하고 모든 끝은 아름다운 자연에 의해 이루어지지 않는가, 부정할 수 없을 만큼 좋은 끝과 나쁜 끝 모두가? 헛된 억측일 뿐이다.

그의 얼굴 생김새에 대해서 나는 아무런 정보도 갖고 있지 않았다. 나는 그가 수염이 덥수룩하고 투박하며 찌푸린 얼굴을 하고 있으리라 추측했다. 그것이 당연하다고 말할 수는 없지만.

나 같은 남자는, 전체적으로 그렇게도 꼼꼼하고 차분하며 많은 인내심으로 외부 세계의 악에 관심을 가졌다. 동시에 자신의 가정과 정원 등, 작은 소유물에 착실한 사람, 혐오감을 주는 직업을 충성스럽고 능력 있게 수행하며, 계산된 범위 안에서 자신의 생각을 자제할 줄 알았다. 내 상상 속에 있는 그의 공포는 극심했고 나 스스로 그러한 생각들에 지배당하게 됐다. 이런 약점은 분명 내게 낯설게 보였고 내 이익을 위해 조심해야 할 경고였다. 그러나 그런 일은 조금도 없었다. 나는 오로지 그것을 혼자 사는 자의 약점이자, 반드시 탄식해야 할 약점으로만 보았다. 그래서 나는 내 암탉이나 내 신앙에 대해서는 작은 열정과 많은 통찰력으로 집착했다. 게다가 그것은 나의 삶 안에서 자리를 차지하지 않았고, 내 꿈들만큼이나 위험에 빠뜨리지도 않았으며, 금방 잊혔다. 사냥당하기를 기다렸다가 숨는 짓은 하지 말자. 그것이 내 교훈이었다. 그리고 만약 나의 삶에 대해 말해야 했다면 나는 이 환영들에 대해 암시조차 않고, 무엇보다도 불운아 몰로이의 존재에 대해서는 더더욱 그랬을 것이다. 사실 그보다 훨씬 더 흥미진진한 다른 존재들이 있었기 때문이다.

하지만 이런 종류의 환영들은 늘 이미지 왜곡을 가한다. 그중 많은 이미지들은 의지를 빼앗기고, 없는 이미지들은 의지를 억지로 떠맡긴다. 그러므로 기억에 남을 만한 8월의 일요일에 내가 생각한 몰로이는 내 깊은 내면에 잠재하고 있던 그 몰로이가 아니었는데, 아직 그가 나타날 때가 아니었기 때문이다. 하지만 본질적인 특징들에 대해서는 걱정할 것이 없었다. 서로 닮은 점이 있었으니까. 그 불일치점은 나의 염려보다 더 컸을 수도 있었다. 왜냐하면 내가 하고 있었던 일을 몰로이를 위해서 하지 않았고 내가 포기해 버렸던 나 자신을 위해서 하지도 않았기 때문이다. 단지 우리는 성취할 필요는 있지만 본질적으로는 익명의 성격을 지녔고, 인간들의 머릿속에서 존속할 어떤 임무를 지녔다. 내가 내 일을 진지하게 여기지 않은 것은 아니다. 그보다는 차라리, 연민을 가지고서 이렇게 말하라. 아! 이 옛 장인들, 그 인종은 멸종되었고 그 거푸집은 깨졌다.

두 가지 주목할 점이 있다.

첫째로 내가 이처럼 마음속으로 신중하게 접근했던 몰로이는 분명 진짜 몰로이, 내가 곧 산 넘고 골짜기를 건너 열렬히 추격해야 할 그 몰로이와는 희미할 만큼만 닮았다.

또 나는 아마도 그것을 깨닫지 못한 채, 이렇게 내 안에 사적으로 형성된 몰로이는 가베르가 묘사한 몰로이와 혼합되었는지도 모른다.

사실 세 명, 아니 네 명의 몰로이가 있는 셈이었다. 내 마음속에 있던 몰로이, 그에 대하여 내가 그려가고 있던 몰로이, 가베르의 몰로이, 그리고 어디선가 나를 기다리고 있는 피와 살을 가진 몰로이. 만일 가베르가 전갈에 적힌 대로 시신을 믿을 수 없었다면, 유디의 몰로이도 더할 수 있었다. 하지만 잘못된 추론이다. 왜냐하면 유디가 아는 모든 것을 가베르에게 숨김없이 말했다고 추측할 수 없기 때문이다. 확실히 그것은 아니다. 그는 자신의 명령들을 빠르고 정확하게 실행되도록 필요한 정보만 말해 주었다. 그러므로 나는 다섯 번째 몰로이, 즉 유디의 몰로이를 더하겠다. 그런데 이 다섯 번째 몰로이는 네 번째의 진짜 몰로이, 즉 자기 그림자에 의해 추격을 당하던 몰로이와 반드시 일치한다고 볼 수는 없을까? 그걸 알 수 있다면, 나는 그 어떤 값이라도 치렀을 것이다. 물론 다른 몰로이들도 있었다. 하지만 괜찮다면 여기, 우리의 작은 모임 안에 머문다. 또한 이 다섯 명의 몰로이가 어디까지 멀리 끈덕지게 가서, 어디까지 어쩔 수 없이 달라지게 되었는지 알려고 참견하지도 않는다. 왜냐하면 유디는 자신의 의견을 매우 편리하게 바꾸는 독특함을 지녔었기 때문이다.

이로써 주목할 점이 세 가지나 되었다. 나는 단지 두 가지만 준비했는데 말이다.

어쨌든 실마리가 풀렸으니, 나는 가베르의 보고서를 마주 대하고서 공식적으로 이미 알려진 사실들의 핵심으로 들어가는 느낌이었다. 조사가 드디어 시작될 듯 보였다.

수프가 차가워졌다고 알리는 징 소리가 집 안을 가득 채운 것은 9시쯤이었다. 나는 일어나서 옷차림을 가다듬고 서둘러 내려갔다. 그 소리는 언제나 마르트에게 하나의 작은 승리였고 큰 만족이었다. 왜냐하면 보통 나는 약속된 시간 몇 분 전에 식탁에 앉아 냅킨을 가슴에 펼치고 빵을 부스러뜨리며 음식 그릇을 만지작거리고 장난하면서, 지정된 시간까지 식사가 나오기를 기다렸기 때문이다. 나는 수프로 달려들었다. 자크는 어디 있소? 내가 물었다. 그녀는 어깨를 살짝 올렸다. 밉살스러운 노예의 몸짓이었다. 그 녀석에게 곧바로 내려오라고 하시오. 내가 말했다. 내 앞의 수프는 더 이상 김이 나지 않았다. 김이 나긴 했었나? 그녀가 돌아왔다. 내려오지 않겠답니다. 그녀가 말했다. 나는 숟가락을 놓았다. 말해 주시오, 마르트, 이 조리 음식은 뭐요? 내가 물었다. 그녀는 내게 그 이름을 말해 주었다. 내가 먹어본 적 있는 거요? 내가 물었다. 그녀는 그렇다고 내게 확인시켜 주었다. 재치를 떤 내 말에 너무 웃었더니 마침내 딸꾹질을 하기 시작했다. 그것은 마르트에겐 패배였고, 그녀는 얼빠진 상태로 나를 바라보았다. 녀석을 내려오게 하시오. 드디어 내가 말했다. 뭐라고 하셨어요? 마르트가 물었다. 나는 내가 한 말을 되풀이했다. 그녀는 여전히 정말로 당황한 기색이었다. 이 작은 궁전에 우리 셋뿐이오, 당신, 내 아들, 그리고 나. 난 녀석이 내려와야 한다고 말했소. 내가 말했다. 하지만 아드님은 아파요. 마르트가 말했다. 죽어간다고 해도 내려와야 하오. 내가 말했다. 화가 나면 나는 가끔 말을 좀 지나치게 했다. 그 말을 후회할 수는 없었다. 나에게는 모든 말이 말의 허황된 과장으로 보였다. 나는 그 부풀려진 말들을 자연스럽게 고백했다. 이렇게 해서 나의 죄는 모자라고 약해졌다.

자크는 작약처럼 얼굴이 붉었다. 수프를 먹어봐, 너 정말 놀랄 거야. 내가 말했다. 저는 배가 고프지 않아요. 녀석이 말했다. 수프 먹어. 내가 말했다. 나는 녀석이 수프를 먹지 않으리라는 것을 알았다. 너, 불만이 뭐야? 내가 물었다. 몸이 안 좋아요. 녀석이 대답했다. 어린것들은 너무나 지긋지긋해, 좀 더 또렷하게 말해 봐. 내가 말했다. 나는 일부러 어린아이가 이해하기에 조금 어려운 말투를 썼는데, 며칠 전에 그 뜻과 사용법을 녀석에게 알려주었다. 그러므로 나는 녀석이 무슨 말인지 모르겠다고 말하길 한껏 기대하고 있었다. 하지만 녀석은 나름대로 영악한 놈이었다. 마르트! 나는 고함쳤다. 그녀가 나타났다. 다음 것을 내와요! 내가 말했다. 나는 창문 밖을 더 자세히 쳐다보았다. 내가 이미 알고 있었듯이 비가 멎었을 뿐만 아니라, 서편에서 아롱거리는 멋진 붉은 광채의 띠들이 하늘에서 점점 더 올라오고 있었다. 나는 그 빛의 띠들을 보았다기보다는 내 작은 숲을 가로질러 상상했다. 그렇게도 아름답고, 그렇게도 희망적인 광경 앞에서 과장 없이 아주 커다란 기쁨이 홍수처럼 밀려왔다. 나는 한숨을 지으며 거기서 시선을 돌렸다. 왜냐하면 아름다움이 불러일으키는 기쁨은 순수하지 않기 때문이다. 그리고 내 앞에는 내가 속편이라고 말하던 것이 놓여 있었다. 이것은 또 뭐요? 내가 물었다. 보통 일요일 저녁이면 우리는 토요일 저녁에 먹다 남은 조류 요리를 차게 해서 먹었다. 닭고기, 새끼 오리, 거위, 칠면조, 그 밖에 또 여러 가지를. 나는 칠면조를 기르는 데 늘 성공했다. 내 생각에 오리보다는 칠면조를 기르는 게 더 재미있다. 아마 조금 더 까다로울지는 모르지만 칠면조의 비위를 잘 맞추고 조심해서 잘 다룰 줄 아는 사람, 즉 짧게 말해서 칠면조를 좋아하고, 그래서 칠면조가 자기를 좋아하게 만들 줄 아는 사람은 훨씬 수익성이 좋다. 그것은 목동의 요리예요. 마르트가 말했다. 나는 그 요리를 큰 접시째 맛보았다. 그럼 어제 먹던 새고기는 어떻게 했소? 내가 물었다. 그러자 마르트의 얼굴은 승리의 표정을 띠었다. 그녀는 이 질문을 기다리고 있었다. 분명하다. 그녀는 기대하고 있었나 보다. 떠나시기 전에 따뜻하게 드시는 게 좋으리라 생각했어요. 그녀가 물었다. 그런데 내가 떠날 거라고 누가 당신에게 말했소? 내가 물었다. 그녀는 부엌문 쪽으로 갔고, 이는 내게 말화살을 쏘아붙이려는 확실한 표시였다. 그녀는 달아나면서 모욕할 수밖에 없었다. 저는 장님이 아니에요. 그녀가 말했다. 그리고 그녀는 문을 열었다. 유감스럽게도요. 그녀가 이렇게 말하고는 문을 닫고 나가버렸다.

나는 아들 녀석을 쳐다보았다. 녀석은 입을 벌리고 눈을 감고 있었다. 네가 말했지? 내가 물었다. 녀석은 못 알아들은 척했다. 우리가 떠난다고 네가 마르트에게 말했냐? 내가 다시 물었다. 녀석은 아니라고 했다. 왜 안 했냐? 내가 말했다. 녀석은 뻔뻔스럽게 마르트를 보지 못했어요, 대답했다. 방금 마르트가 네 방에 올라갔었어. 내가 말했다. 파이 요리는 원래 준비되어 있었어요. 녀석이 말했다. 때로 녀석은 거의 나와 맞먹는 수준이었다. 그런데 녀석이 요리 얘기를 한 것은 잘못이었다. 하지만 아직 녀석은 어리고 경험이 없었으므로 나는 녀석을 들볶는 일을 그만두었다. 네 상태가 어떤지 좀 더 자세하게 말해 보거라. 내가 말했다. 배가 아파요. 녀석이 대답했다. 배가 아프다고! 열이 있냐? 내가 물었다. 잘 모르겠어요. 녀석이 대답했다. 그럼 알아봐. 내가 말했다. 녀석은 정신이 점점 흐리멍덩해지는 기색이었다. 다행히도 나는 신중하게 행동했다. 가서 분(分) 체온계를 찾아봐, 내 책상 오른쪽, 위에서 두 번째 서랍에 있어. 네 체온을 재고 체온계를 나한테 가져와. 내가 말했다. 몇 분이 지난 다음, 나는 명령어가 세 개나 들어 있는 어려운 문장들을 다시 한번 또박또박 되풀이해서 말했다. 아마도 녀석은 요점을 파악한 듯 멀어져 갔고 나는 익살맞게 덧붙여 말했다. 어떤 입에다 온도계를 넣을지 알고 있냐? 나는 아들 녀석과의 대화에서 교육 목적으로, 의심할 때는 농담을 하지 않았다. 그런데 그런 농담들은 이제까지 아주 많았고, 녀석은 생각해 보거나 친구들과 함께 가장 비슷한 해석을 찾아냈다. 그것은 그 자체로 아주 훌륭한 훈련이었다. 그러면서 나는 녀석의 어린 정신을 육체와 기능에 반대쪽으로 이끌었다. 그런데 내가 말을 잘못했다. 마음먹었던 대로 말하지 않았다. 내가 이런 후회를 하게 된 것은 목동의 요리를 자세히 살피면서부터였다. 나는 숟가락으로 껍질을 벗겨내고 그 속을 들여다보았다. 그리고 포크로 조사해 보았다. 나는 마르트를 불러 그녀에게 말했다. 목동의 개가 요리를 먹지 않을 것 같소. 나는 웃으면서 내 책상을 생각했다. 서랍은 양쪽에 세 개씩, 전부 여섯 개뿐인데 대부분의 경우 비어 있거나 그 공간에다 내가 다리를 집어넣곤 했다. 당신의 저녁 요리를 먹을 수 없으니까, 닭고기 가운데 당신이 다 못 먹고 남긴 것으로 샌드위치를 만들어주면 고맙겠소. 내가 말했다.

아들 녀석이 마침내 돌아왔다. 정밀 체온계를 가지고 있어서 다행이다. 녀석은 내게 그 체온계를 건네주었다. 이걸 닦기는 했냐? 내가 물었다. 내가 눈을 비스듬히 뜨며 수은주를 쳐다보자 녀석이 문 쪽으로 가서 불을 켰다. 이 순간 유디는 얼마나 멀리 있단 말인가. 가끔 겨울에 업무로 기진맥진해서 집에 돌아오면, 내 가죽 슬리퍼는 난로 앞에서 말려지곤 했다. 녀석은 열이 있었다. 넌 아무렇지 않아. 내가 말했다. 올라가도 돼요? 녀석이 물었다. 뭘 하려고? 내가 말했다. 자려고요. 녀석이 대답했다. 어떤 나쁜 불가항력의 경우가 진전되진 않았던 걸까? 틀림없었지만, 나는 함부로 그 말을 불러낼 수 없었다. 단순히 아들 녀석이 복통이 있다고 해서 다시는 일어나지 못할 수도 있었던 벼락을 끌어들이고 싶지는 않았다. 만일 녀석이 가는 도중에 심하게 아프면 그것은 별개의 일이었다. 내가 구약성경을 헛되게 공부하지는 않았다. 얘야, 너 똥 쌌냐? 내가 부드럽게 물었다. 노력은 해봤어요. 녀석이 대답했다. 싸고 싶으냐? 내가 물었다. 예. 녀석이 대답했다. 그런데 아무것도 안 나오는구나. 내가 말했다. 예. 녀석이 대답했다. 바람만 약간 나오냐? 내가 물었다. 예. 녀석이 대답했다. 갑자기 앙브루아즈 신부님의 시가가 생각났다. 나는 그 시가에 불을 붙였다. 어디 한번 보자꾸나, 도울 일이 있는지. 나는 일어나면서 말했다. 우리는 위층으로 올라갔다. 소금물을 타서 녀석에게 관장을 해주었다. 녀석은 발버둥을 쳤으나 오래가지 않았다. 나는 관장기를 뺐다. 참으려고 노력해 봐. 요강에 앉아 있지만 말고, 배를 대고 엎드려 있어. 내가 말했다. 우리는 욕실에 있었다. 녀석은 커다란 궁둥이를 불쑥 내밀고 타일 위에 엎드렸다. 관장액이 잘 스며들게 해. 내가 말했다. 별난 하루였다. 나는 시가의 재를 쳐다보았다. 파랗고 단단했다. 나는 욕조 가장자리에 앉았다. 사기, 유리거울, 크롬이 내 마음속에 커다란 평온을 불러일으켰다. 그런데 시간이 지나니 그렇게 큰 평온은 아니었다. 나는 일어나서 시가를 내려놓고 앞니를 닦았다. 나는 안쪽의 잇몸도 닦았다. 보통 때 가만히 있으면 입 속으로 말려드는 입술을 젖히고 거울을 보았다. 내 모습은 어떻지? 나는 속으로 말했다. 콧수염을 보니, 평소처럼 신경에 거슬렸다. 상태가 좋지는 않았다. 콧수염은 나한테 잘 어울렸고, 콧수염 없는 나를 떠올리기 어려웠다. 하지만 그보다 더 잘 어울렸어야 했다. 자를 때 변화만 조금 주면 충분할 것 같았다. 그렇지만 어떻게? 너무 많이 잘랐나, 아니면 너무 조금? 나는 내 얼굴을 계속 들여다보면서 이제 요강에 앉아서 힘을 줘라, 아들에게 말했다. 그 색깔이 아니었나? 변이 나오는 소리가 내 관심을 덜 고상한 곳으로 되돌렸다. 녀석은 몸을 덜덜 떨면서 일어났다. 우리는 요강 위에 함께 몸을 굽혔고, 한참 있다가 나는 마침내 요강의 손잡이를 잡고 좌우로 기울였다. 심줄이 있는 찌꺼기 몇 개가 누르스름한 액체 속에 떠다녔다. 배 속에 아무것도 없는데 똥을 어떻게 싸려는 거냐? 내가 말했다. 녀석은 점심을 먹었다고 항의했다. 너 입도 안 댔잖아. 내가 말했다. 녀석은 더 이상 말을 안 했다. 내가 아들의 정곡을 찔러 아무 말도 못 하게 했던 것이다. 우리가 한두 시간 뒤에 떠난다고 했는데 넌 잊고 있어. 내가 말했다. 전 못 떠날 것 같아요. 녀석이 대답했다. 그러니까 넌 먹어야해. 내가 추궁했다.

그때 거친 통증이 내 무릎을 관통했다. 왜 그러세요, 아빠? 녀석이 물었다. 나는 받침대 위에 주저앉아, 바지를 걷고 다리를 여러 번 굽혔다 폈다 했다. 빨리, 소염제를! 내가 외쳤다. 아빠가 깔고 앉으셨잖아요. 녀석이 말했다. 내가 일어서자 바지가 다시 발목까지 흘러내려 왔다. 이 사물의 관성에는 문자 그대로 사람을 미치게 하는 측면이 있다. 나는 으악, 소리를 질렀는데, 분명 엘스너 자매가 들었을 것이다. 그녀들은 책을 읽다가 멈추고 고개를 들어 서로 바라보며 귀를 기울였고, 더 이상 소리는 들리지 않겠지. 한밤중에 비명 한 번, 그리고 또 한 번. 늙고 힘줄이 튀어나온 반지를 낀 늙은 두 손이 서로를 찾아서 꽉 쥐었으리라. 나는 화가 나서 다시 바지를 걷어 허벅지까지 말아 올린 뒤, 받침대 덮개를 열고 소염제를 꺼내 무릎에 문질렀다. 무릎에는 움직이는 작은 뼈들이 많이 있다. 약이 잘 스며들게 하세요. 아들 녀석이 말했다. 나는 아들을 잠시 밀쳐두었는데, 녀석은 내가 대가를 치르게 된 것이라 생각하는 듯했다. 끝을 내자, 나는 모든 것을 제자리에 돌려놓고, 받침대 위에 다시 앉아 귀를 기울였다. 아무 소리도 안 들렸다. 네가 진짜 구토제를 먹고 싶지 않다면 가만히 있거라. 나는 말했다. 저 졸려요. 녀석이 말했다. 가서 자거라, 네가 좋아할 간식을 침대로 갖다주마. 잠깐 자거라, 그런 다음 우리 함께 떠나는 거다. 내가 말했다. 나는 녀석을 가슴에 끌어안았다. 어떻게 생각하냐? 내가 물었다. 예, 아빠. 녀석이 대답했다. 이 순간 내가 녀석을 사랑했던 만큼 녀석도 나를 사랑했을까요? 엉큼한 녀석의 속은 전혀 알 길이 없었다. 얼른 가서 자거라. 이불 잘 덮어, 곧장 갈게. 내가 말했다. 나는 부엌으로 내려가서 따끈한 우유 한 사발과 잼을 바른 빵 한 조각을 준비해서 멋진 칠기 쟁반에 올려놓았다.

그가 보고서를 원했다. 그는 자신의 보고서를 갖게 될 거다. 마르트는 흔들의자에 빈둥빈둥 앉아서 한마디도 않고 나를 쳐다보고만 있었다. 실가닥이 다 떨어진 운명의 여신 파르카와 같았다. 나는 내 뒤를 깨끗이 정리한 다음 문 쪽으로 향했다. 저 가서 자도 돼요? 그녀가 말했다. 그녀는 이 질문을 하기 위해, 내가 쟁반을 손에 들고 일어날 때까지 기다렸다. 나는 계단 밑에 있는 의자에 쟁반을 놓고 다시 부엌으로 나갔다. 샌드위치 만들어놓았소? 내가 물었다. 그 사이 우유는 차가워지고 역겨운 막으로 한 꺼풀 덮여갔다. 그녀는 샌드위치를 이미 만들어놓았다. 저 가서 자겠어요. 그녀가 말했다. 모두 자고 있었다. 한두 시간 뒤에 일어나서 문을 잠가줘야 하오. 내가 말했다. 이런 상황인데도 자야 더 나을지는 그녀가 결정할 일이었다. 그녀는 내가 얼마 동안이나 집을 떠나 있을지 물었다. 내가 혼자 떠나지 않는다는 걸 그녀는 알고 있었을까? 아마도 그랬다. 아들 녀석에게 말하기 위해 올라갔을 때, 녀석이 아무 말을 안 했어도 분명 배낭을 보았을 것이다. 잘 모르오. 내가 대답했다. 그런 다음 금방 말했다. 늙은 것보다 더 못하고, 슬프고 침울하게 있는 그녀를 보면서 자자, 그렇게 길지는 않을 거요. 그러면서 내 딴에는 따뜻한 말로, 내가 없는 동안 잘 쉬고 친구들도 방문하고 집으로도 초대해서 즐겁게 지내라고 권했다. 차도 설탕도 아끼지 마시오, 그리고 혹시 돈이 필요하거든, 사보리 변호사에게 연락하시오. 내가 말했다. 나는 이 갑작스러운 친절을 밀어붙여 그녀와 악수까지 했는데, 그녀는 내 의도를 파악하자마자 얼른 그 손을 빼서 앞치마에 닦았다. 악수가 끝났는데도 나는 빨갛고 부드러운 그녀의 손을 놓지 않았기 때문이다. 대신에 손가락 하나를 내 손끝 사이에 잡아 내 쪽으로 당기며 바라보았다. 만일 내게 쏟을 눈물이 있었다면, 나는 그때 폭포수같이 몇 시간 동안 눈물을 쏟았으리라. 그녀는 아마도 내가 자기에게 도덕적이지 않은 행동을 시도하나 의심했을 것이다. 나는 그녀의 손을 놓아주고 샌드위치를 들고 나갔다.

마르트가 내게 고용되어 들어온 지는 오래되었다. 그동안 나는 자주 여행을 떠났다. 그러나 이런 식으로 그녀와 작별했던 적은 한 번도 없었고, 심지어 긴 여행이 걱정스러울 때에도 이런 경우는 없었다. 나는 늘 거만한 태도로 떠났으며, 어떤 때는 그녀에게 말 한마디 없이 가버리기도 했다.

나는 아들 녀석의 방에 들어가기 전에 내 방으로 들어갔다. 여전히 시가를 입에 물고 있었기에 꽤 많은 재가 떨어졌다. 나는 이런 부주의를 자책했다. 나는 우유에 수면제 가루약을 녹였다. 그는 보고서를 요구했었다. 곧 보고서를 받게 되리라. 녀석을 봐주는 일은 결코 않겠다. 쟁반을 들고 나가려고 하는데 책상 위에 놓인 두 권의 앨범에 시선이 머물렀고, 내가 누그러들지 않을까 봐 스스로 염려했다. 아까 녀석이 체온계를 찾으러 여기에 왔었다. 녀석은 오래 걸렸었다. 녀석이 그 기회를 틈타서 좋아하는 우표 몇 장을 가로챘을까? 나는 모두 확인할 시간이 없었다. 나는 쟁반을 놓고 무작위로 우표 몇 장을 찾아보았다. 멋진 배가 있는 1마르크짜리 진홍색 토고 우표, 1901년도에 발행된 10헤이스짜리 니아사 우표, 그리고 다른 우표들 몇 장. 나는 니아사 우표를 무척 좋아했다. 그 녹색 우표에는 야자수 꼭대기의 잎을 뜯어 먹는 기린이 그려져 있었다. 우표는 모두 제자리에 있었기에 아무런 증거도 되어주지 못했다. 다만 그 우표들이 제자리에 있다고만 증명해 줄 뿐이었다. 나는 내 권위를 손상시키지 않고서 자유롭게 내려갔고, 분명하게 말한 나의 결정을 취소할 수 없다고 판단했다. 그래서 풍전등화였던 내 권위가 아예 없어질지도 모른다고 생각했다. 나는 그것이 슬펐다. 아들 녀석은 이미 잠들어 있었다. 녀석을 깨웠다. 녀석은 구역질이 난다고 얼굴을 찌푸렸고 우유를 마신 뒤 샌드위치를 먹었다. 바로 이런 식으로 녀석은 감사의 표시를 했다. 나는 마지막 한 방울, 마지막 부스러기 한 점까지 없어지기를 기다렸다. 녀석이 벽 쪽으로 몸을 돌리자 나는 녀석의 이불 깃을 매트리스 밑으로 접어 넣었다. 하마터면 녀석에게 입맞춤을 할 뻔했다. 녀석도 나도 한마디도 하지 않았다. 그 무렵 우리에게는 더 이상 말이 필요 없었다. 하기야 아들 녀석이 내게 먼저 말을 거는 일은 드물었다. 게다가 내가 녀석에게 말을 하면, 녀석은 천천히 내키지 않는 듯 대답했다. 그렇지만 자기 친구들과는 믿기 어려울 만큼 말이 많았다. 나의 존재가 아들의 그러한 기질을 죽이더라도 불쾌하지는 않았다. 백에 한 사람이라도 입을 다물고 듣는 것의 의미를 알지 못한다. 하지만 그럴 때야말로 우리는 무의미한 소란을 넘어서, 우주를 이루는 침묵을 발견할 수 있다. 나는 내 아들 녀석이 그런 특권을 갖게 되기를 바랐다. 그리고 독수리처럼 날카로운 눈빛을 갖고 있다고 칭찬하는 사람들로부터 녀석이 멀리 떨어지기를 바랐다. 나는 내 아들 녀석도 그렇게 하기를 바라지만, 투쟁하고 고생하고 고통을 겪으며 어떤 지위를 확보하거나 아프리카의 호텐토트족(族)처럼 사는 것을 원하지는 않았다. 나는 까치발을 디디면서 물러났다. 나는 내 역할을 끝까지 잘할 생각이었다.

내가 이런 식으로 할 일을 피해 왔으니, 이렇게 한 말에 대해 사과를 해야 하나? 나는 만약을 위해서 이 사과의 제안을 버린다. 그것도 사무적으로. 그리고 그 무렵 나의 생각이 몰로이를 거부했듯이, 오늘 밤 나의 펜도 마찬가지이다. 이미 얼마 전부터 이 사실이 나를 괴롭혀왔고 이 사실을 고백해도 내 마음은 편하지 않다.

나는 쓰디쓴 만족을 느끼며, 만일 내 아들 녀석이 여행 도중에 죽게 되더라도 나 때문은 아니라고 생각했다. 각자에겐 저마다 책임이 있다. 그렇다고 그 책임 때문에 잠 못 이루지는 않는다는 사실을 나는 알고 있다.

이 집에는 내가 행동하지 못하게 막는 무엇인가가 있다. 나는 혼잣말을 했다. 나 같은 사람은 내가 무엇을 피하고 있는지 그 대상을 잊지 않는다. 나는 정원으로 내려가 완전히 깊어진 어둠 속을 거닐었다. 만일 정원이 내게 그렇게 익숙하지 않았다면, 나는 화단 속을 더듬어 거닐다가 덤불이나 벌통에 부딪쳤을 것이다. 나의 시가는 내가 주의하지 않은 사이에 이미 꺼져버렸다. 나는 재를 털어내고 남은 시가를 나중에 재떨이나 휴지통에 버릴 생각으로 주머니 속에 넣었다. 그 뒤 쉬트(Shit)에서 멀리 떠나왔을 때, 나는 그 시가를 주머니 속에서 다시 발견하고는 매우 반가웠다. 아직 몇 모금 더 뻐끔거릴 수 있었기 때문이다. 이 사이로 차디찬 시가를 물었다가 뱉어버리고 어둠 속에서 다시 찾고, 줍고, 그렇게 해야 무슨 소용이 있나 자문하고는, 그 재를 털고 주머니에 넣고 재떨이와 휴지통을 생각하고, 이 모든 행위는 적어도 15분쯤 장황하게 걸린 한 과정의 동작이었다. 그 밖에 다른 과정은, 개 줄루와 비 때문에 열 배로 진해진 향기가 어디서 나오는지 알아보면서 재미있어하고, 어떤 이웃집의 불빛, 또 다른 이웃집의 소리 등등이었다. 내 아들 녀석의 방 창문에 희미하게 불이 켜져 있었다. 녀석은 옆에다 취침등을 켜놓고 자는 것을 좋아했다. 녀석의 이 엉뚱한 취미를 받아준 건 후회스러웠다. 얼마 전부터 녀석은 곰 인형을 안아야만 잠을 잘 수 있었다. 녀석이 곰 인형(자노)을 잊어버릴 때쯤 되면 취침등도 없애려고 한다. 그날 아들 녀석이 내 생각을 딴 데로 끌지 않았더라면 나는 무엇을 했을까? 아마도 내 의무적인 일을 했겠지.

정원에서도 내 기분이 처져 있어서 집 안으로 들어갈 참이었다. 그러면서 중얼거렸다. 내 집 안은 내가 무의미하게 왔다 갔다 했던 그런 무의미한 장소가 아니거나, 조그만 내 집 전체가 비난을 받아야 하거나 둘 가운데 하나다. 이 두 번째 가정을 받아들인다면 나는 지금까지 내가 한 일과, 내가 했어야 할 일을 미리 용서한 셈이다. 그 덕에 나는 겉모습을 용서했으며, 실질적으로 자유를 즐길 간단한 순간을 소유하게 되었다. 그래서 나는 그 두 번째 가정을 채택했다.

멀리에서는 부엌이 어둠 속에 있는 것처럼 보였다. 어떤 의미에서는 그랬다. 그러나 다른 의미에서는 전혀 그렇지 않았다. 내가 유리창에 눈을 갖다 대었을 때 그 안에 불그스레한 희미한 빛이 보였기 때문인데, 그 빛이 오븐에서 나올 리는 없었다. 나에겐 오븐이 없었고, 간단한 가스레인지만 있었기 때문이다. 원한다면 오븐이라고 말할 수 있겠지만, 가스오븐이었다. 다시 말하면 부엌에는 진짜 오븐도 있었는데, 그 오븐은 쓰지 않았다. 어쩌겠는가. 나는 가스오븐이 없는 집에서는 편안함을 느낄 수 없었을 것이다. 나는 밤에 산책하다 멈추고, 창가로 올라가서 방들을 들여다보기를 좋아했다. 그 안에서 무슨 일이 일어나고 있는지 보기 위해서였다. 나는 두 손으로 얼굴을 가리고 손가락 사이로 안을 살짝 들여다본다. 이런 식으로 나는 한 명 이상의 이웃을 공포에 질리게 했다. 그는 서둘러 밖으로 나오지만 아무도 발견하지 못한다. 그때는 마치 사라진 낮의 빛이 가득 찬 듯, 가장 어두운 방들이 나를 위해 어둠 속에서 나왔다. 하지만 부엌의 희미한 빛은 종류가 달랐다. 그 빛은 부엌의 성모 마리아상의 발치에서 켜져 있는 원형의 빨간 취침등이었다. 흔들의자에 앉아 있다가 싫증 난 그녀가 자기 침대에 누우려고 부엌을 떠나면서, 방문을 열어놓았던 탓이었다. 그러나 그녀는 이미 잠들어 있었다.

나는 위층으로 올라갔다. 아들 녀석의 방문 앞에서 발을 멈췄다. 나는 자물 쇠에 귀를 붙이고 몸을 숙였다. 대체로 다른 사람들은 자물쇠에 눈을 붙이는 데 나는 귀를 붙인다. 그런데 아무 소리가 안 들려서 나는 깜짝 놀랐다. 평소에 아들 녀석은 입을 벌리고 중얼대면서 시끄럽게 자기 때문이었다. 나는 문을 열 지 않으려 조심했고 그 정적 속에는 내 마음을 사로잡은 무언가가 있었다. 나 는 내 방으로 갔다.

이때 모랑이 보였다. 그는 자신이 어디로 갈지도 모르고 지도나 일정표도 보 지 않고, 가는 코스나 숙영지의 문제를 고려해 보지도 않고, 일기예보에도 아 랑곳하지 않았다. 또한 갖춰야 할 중요한 도구나 예상되는 여행 기간, 필요한 경비, 제공해야 할 임무 따위도 생각하지 않은 채 오로지 희미한 생각으로 떠 날 준비를 했다. 그럼에도 나는 아들 녀석에게 지적한 것과 비슷하게 최소한의 옷을 가방에 쑤셔 넣으며 휘파람을 불었다. 나는 희끗희끗한 밝은색 사냥복을 입고, 무릎 밑에서 단추를 채우는 짧은 바지를 입고, 그에 맞는 스타킹과 목이 높이 올라오는 튼튼한 신발을 신었다. 나는 손을 엉덩이에 짚고 몸을 굽혀 다 리를 쳐다보았다. 내 다리는 가느다랗고 안쪽으로 휘어서 이 괴상한 옷차림이 잘 맞지 않았는데, 마을 사람들은 나의 이런 옷차림을 본 적이 없었다. 비록 괴 상한 옷차림이었지만 내게는 편했기에 나는 곧잘 이런 차림을 했다. 여기에다 나비 채 하나만 들면 얼핏 요양 중인 시골 초등학교 선생님의 모습이었다. 감 색 저지 바지가 더 어울릴 듯 보였던 반짝거리는 검은색의 무거운 반장화는 이 한 벌의 복장에 결정적인 타격을 주었다. 그것만 아니었다면 잘 모르는 사람들 에게는 교육을 잘 받고 자란 사람의 악취미쯤으로만 보였을 것이다. 한동안 망 설인 끝에 모자는 누레진 밀짚모자로 결정했다. 그런데 모자에 달려 있던 리본 이 없어져서, 모자가 지나치게 높아 보였다. 덮개가 달린 검은색 짧은 외투를 입을까 망설였지만 결국 묵직한 손잡이가 달린 무거운 겨울 우산을 가져가기 로 했다. 덮개 달린 짧은 외투는 실용적인 이 옷 말고도 더 있다. 그 옷은 팔을 움직이기에 아주 편하면서도 동시에 팔을 감춰주기도 한다. 그리고 때때로 그 옷이 꼭 필요한 경우가 있다. 하지만 우산 또한 큰 장점이 있다. 그래서 만일 그 때가 여름이 아니라 겨울이었다면, 또는 가을이었다고 해도 나는 아마 두 가지를 다 가져갔을 것이다. 나는 그렇게 해서 몹시 만족스러웠다.

이런 옷차림은 눈에 띄었다. 눈에 띄지 않게 하는 행동은 내 직업에서는 초보적 기술이었다. 동정과 너그러움의 감정을 자아내고, 폭소와 야유의 밑동이 될 필요가 꼭 있다. 일을 눈에 띄지 않게 하는 비밀의 통 속에는 많은 통풍구들이 있다. 감동받거나, 모욕하거나, 웃지 않을 수 있다는 조건 아래에서 말이다. 나는 쉽게 이런 상태에 들어가곤 했다. 그다음엔 밤이 되었다.

내 아들 녀석은 내게 방해만 될 것 같았다. 녀석은 같은 또래, 같은 상황의 수많은 아이들과 비슷했다. 그런데 아버지의 처지에서는 조롱이나 비웃음을 막아주는 무언가가 있다. 약간 흉측스럽긴 해도 그는 어떤 존경심을 불러일으킨다. 그래서 그가 아들과 함께 거니는 모습을 사람들이 봤을 때 아이의 얼굴이 시무룩해지면, 더 이상 일하기가 불가능했다. 사람들은 나를 홀아비로 생각한다. 가장 밝은 색깔 옷을 입어도 소용이 없다. 그것은 마치 아이를 낳다가 죽었을 배우자에 대한 책임을 지우면서 상황을 악화시킨다. 그리고 그들은 나의 괴이한 버릇에서 내 정신을 혼란스러운 홀아비 생활의 결과로 볼 것이다. 속에서부터 내게 이러한 족쇄를 채우는 자에 대해 화가 치밀어 올랐다. 만일 그 자가 내 실패를 보고자 했다면 훨씬 더 좋은 방법을 생각해 낼 수 있었으리라. 만일 내가 평소처럼 나에게 요구된 일을 깊이 생각했다면, 그 일은 내 아들의 존재로 인해 쉽게 풀렸을 것이다. 하지만 이 문제에 대하여 다시 논하지 않기로 했다. 나는 녀석을 내 조수나 단순히 조카로 말할 수도 있었다. 남들 앞에서 나를 아빠라고 부르거나 애정을 표시하지 못하도록 하고, 어기면 무섭게 따귀를 맞는다는 조건을 내걸 수도 있었다.

그런데 이 모든 침울한 생각을 이리저리 굴리면서도 내가 가끔 몇 소절씩 휘파람을 불 수 있었던 것은 내 집과, 내 정원과, 내 마을을 떠나게 되어 내심 기뻐했기 때문이다. 평소에는 섭섭함을 갖고 떠났던 내가 말이다. 이유 없이 휘파람을 부는 사람들도 있으니까. 나는 아니다. 방 안을 정리하고, 옷장 속에 옷을 가지런히 놓고, 자유롭게 선택하려고 꺼내놓았던 모자들을 제 상자에 다시 넣고, 여러 서랍을 열쇠로 잠그고 방 안에서 왔다 갔다 하며 그렇게 하는 동안, 나는 내 고장과 아는 사람들, 그리고 내 모든 구원의 닻으로부터 멀리 떠나왔다. 그 뒤 어둠 속 경계석 위에 다리를 꼬고 앉아 한 손을 허벅지 위에 올려놓고, 또 그 손 위에 다른 쪽 팔꿈치를 올려놓고, 다른 손으로 턱을 괴고, 눈은 마치 장기판을 보듯 땅에 고정시키고서, 미래의 계획을 세우며 다가올 시간을 기쁨으로 그렸다. 그런데 그때는 내 아들 녀석이 내 옆에서 불평하고 떼쓰며 더럽힐 것을 잊고 있었다. 나는 침대 곁에 있는 탁자 서랍을 다시 열어 내가 가장 좋아하는 안정제 튜브 하나를 통째로 꺼냈다.

내 열쇠 꾸러미는 매우 커서 무게가 1파운드가 넘는다. 나는 어디든지 내 집의 문과 서랍 열쇠를 하나도 빠짐없이 가지고 다닌다. 나는 그 열쇠들을 바지, 이번 경우에는 반바지의 오른쪽 주머니에 넣었다. 바지 멜빵에 매단 두꺼운 사슬 때문에 열쇠 꾸러미를 잃어버릴 일은 없다. 그 사슬은 필요 이상으로 네다섯 배나 길어서 주머니 속 열쇠 꾸러미 위에 똬리를 틀고 놓여 있다. 내가 피곤할 때나 엄청나게 힘을 써서 조절 감각을 잊을 때면 그 무게 때문에 내 몸이 오른쪽으로 기울어지곤 한다.

나는 마지막으로 주변을 둘러보고는 몇 가지 조심할 사항을 무시했음을 깨달았다. 가방과 밀짚모자와 우산을 집어 들고, 아무것도 빠뜨리지 않았기를 바라며 불을 끈 뒤, 복도로 나와 열쇠로 방문을 잠갔다. 최소한 깨끗이 정리되었다. 곧이어 목 조르는 소리가 들렸다. 자고 있던 아들 녀석이 내는 소리였다. 나는 녀석을 깨웠다. 우린 지체할 시간이 없어. 내가 말했다. 하지만 녀석은 필사적으로 잠에 매달렸다. 자연스러운 일이었다. 겨우 막 사춘기에 접어들고 소화불량으로 고통을 겪은 신체 조직에는 아무리 깊은 잠이라도 몇 시간으로는 충분치 않다. 그래서 나는 녀석을 흔들어 침대에서 나오도록 처음에는 팔을 잡아당기고, 그다음에는 머리카락을 잡아당겨 도와주었다. 녀석은 화가 났는지 내게서 몸을 돌려 벽 쪽을 향하더니 매트리스를 손으로 움켜쥐었다. 나는 녀석의 저항을 이겨내기 위해 온 힘을 다 써야 했다. 그런데 녀석을 침대에서 끌어내자마자 녀석은 내 손에서 빠져나가 방바닥에 몸을 던져 구르며 분노와 반항의 소리들을 질러댔다. 벌써부터 시작이었다. 그 진절머리 나는 장면 앞에서 나는 두 손으로 우산을 사용했다. 잊기 전에 내 밀짚모자에 대해 한마디 해야겠다. 그 모자의 가장자리에는 구멍이 두 개 뚫려 있었는데 이 구멍들 속에 고무줄 하나를 넣어 양 끝을 고정시켰다. 이렇게 함으로써 내가 아무리 몸을 움직여도 밀짚모자는 제자리에, 즉 내 머리 위에 그대로 있었다.

부끄럽지도 않냐, 요 더럽고 버릇없는 녀석아! 내가 소리쳤다. 조심하지 않았다면 나는 화를 낼 뻔했다. 그런데 화를 내는 일은 내게 허용될 수 없는 하나의 사치이다. 왜냐하면 그 순간 눈앞이 캄캄해지고 피의 장막이 눈앞에 드리워지면서, 나는 저 위대한 귀스타브처럼 중죄 재판소의 의자가 삐걱거리는 소리를 듣기 때문이다. 오, 우리가 매일, 매년, 부드럽고 얌전하고 합리적이고 인내할 수 있으려면 반드시 대가가 필요하다. 나는 우산을 던지고 서둘러 방을 나왔다. 계단에서, 나는 흐트러진 머리칼에 단정치 않은 옷차림을 하고 올라오던 마르트를 만났다. 무슨 일인가요? 그녀가 외쳤다. 나는 그녀를 쳐다보았다. 그러자 그녀는 부엌으로 돌아갔다. 나는 몸을 떨면서 곳간으로 달려가 도끼를 집어 들고 마당으로 나갔다. 소매를 짧게 걷어 올리고 오래된 그루터기를 찍기 시작했다. 도끼날이 그곳에 너무 깊이 박히는 바람에 나는 더 이상 빼낼 수가 없었다. 날을 빼기 위해 애를 쓰다 보니 피로와 함께 평정심이 찾아왔다. 나는 위층으로 다시 올라갔다. 아들 녀석은 울면서 옷을 입고 있었다. 모두가 울고 있었다. 나는 녀석이 배낭을 메도록 도와주고 우비를 잊지 말라고 말해 주었다. 녀석은 그 우비를 배낭 속에 넣으려고 했다. 나는 녀석에게 얼마 동안은 그것을 팔에 들고 다니라고 했다. 거의 자정이 되었다. 나는 우산을 집어 들었다. 우산은 무사했다. 앞장서라. 내가 말했다. 녀석은 방을 나갔고, 나는 녀석을 뒤따르기 전에 잠깐 동안 방을 둘러보았는데 그야말로 엉망진창이었다. 내 부족한 소견으로는 밤 날씨가 좋았다. 공기는 향기로웠다. 자갈이 우리 발밑에서 소리를 냈다. 아냐, 이쪽이야. 내가 말했다. 나는 작은 숲속으로 들어갔다. 내 뒤에서 아들 녀석이 비틀거리며 그루터기에 부딪혔다. 녀석은 어둠 속에서는 잘 걷지 못했다. 녀석은 아직 어렸으므로 아들을 향한 비난의 말들이 내 입 속에서 죽어갔다. 나는 멈췄다. 내 손을 잡거라. 내가 말했다. 네 손을 줘, 말할 수도 있었다. 그런데 나는 내 손을 잡으라고 말했다. 이상했다. 하지만 오솔길이 너무 좁아서 우리가 나란히 갈 수는 없었다. 그래서 내가 손을 등 뒤에 대고 있었더니, 아들 녀석은 그 손을 고마워하며 붙잡았다. 우리는 이렇게 해서 열쇠로 잠겨 있는 쪽문 앞까지 닿았다. 나는 문을 열고 녀석이 먼저 나갈 수 있도록 뒤로 물러났다.

나는 집 쪽으로 몸을 돌렸다. 나무숲이 집을 부분적으로 가리고 있었다. 희미한 몇 개의 별이 반짝이는 하늘을 배경으로, 틀니 모양의 지붕마루와 네 개의 연통이 희미하게 드러났다. 나는 내 소유였고 향기 나는 식물로 이루어진 이 커다란 검은 물체에게 내 얼굴을 보였다. 그 속에는 노래하는 새가 많았는데, 새들은 나를 알고 있었으므로 아무것도 두려워하지 않고 머리를 날개 밑에 묻었다. 내 나무들, 내 딸기나무들, 내 화단들, 내 작은 잔디밭들을 사랑한다고 생각했다. 내가 때때로 그 가지 하나 꽃 하나를 잘라낸 것은 오로지 그것들을 위해서, 즉 더 무성하고 행복하게 자라도록 하기 위해서였다. 하지만 그렇게 하는 것마저도 늘 내 가슴은 아팠다. 하기야 그 일은 간단하다. 내가 그 일을 직접 하지 않고 크리스티를 시켰다. 나는 채소를 가꾸지 않았다. 닭장은 멀지 않았다. 칠면조 따위를 키운다고 했을 때 나는 거짓말을 했다. 내게는 암탉 몇 마리밖에 없었으니까. 잿빛 암탉은 땅바닥에 내려와 있어 한쪽 구석에 있는 쥐들에게 시달림을 당하고 있었다.

수탉은 더 이상 그 암탉을 찾아내어 덮치려고 하지 않았다. 만일 그 암탉이 기운을 차리지 못했다면, 다른 암탉들이 힘을 합해 부리와 발톱으로 쪼아서 산산조각 냈을 터였다. 모든 것이 조용했다. 내 귀는 무척 예민하다. 하지만 나는 음악가의 자질이 전혀 없다. 닭장에서 밤부터 동이 트기 훨씬 전에 끝이 나는 그 사랑스러운 소리, 작은 발걸음과 불안스러운 깃털 소리, 금방 잦아드는 미미한 꼬꼬댁거림으로 이루어진 그 사랑스러운 소리를 들었다. 얼마나 많은 밤에 나는 황홀하게 그 소리를 들어왔던가. 나는 내 작은 소유물을 떠나기 전에 그 모두가 잘 보존되기를 바라면서 마지막으로 돌아보았다.

쪽문을 열쇠로 잠근 뒤 골목길로 나와서, 나는 아들 녀석에게 왼쪽으로, 라고 말했다. 비록 가끔 마음은 간절했지만, 나는 오래전부터 아들 녀석과 함께 산책하기를 포기했었다. 녀석과 조금만 나가도 나는 심한 고통을 받았다. 녀석은 방향을 잘 알지 못했다. 그런데도 혼자서는 모든 지름길을 다 아는 듯했다. 식료품점이나, 클레망 여사한테나, 혹은 더 멀리 V도로까지 곡류를 사러 보내면, 내가 직접 가서 걸릴 시간보다 절반은 더 빨리 돌아왔다. 그것도 달리지 않고서. 나는 녀석이 길거리에서 뛰어다니는 꼴을 사람들이 보는 것을 원하지 않았기 때문이다. 나는 녀석이 아빠인 나처럼 걷기를 원했다. 작고 재빠른 걸음으로, 머리를 들고, 숨은 고르게 아껴서 쉬고, 팔을 흔들며, 좌우를 돌아보지 않고 마치 아무것도 보지 않는 듯이. 그러나 사실은 길의 미세한 사물들까지도 주의를 기울이며 걷기를 원했다. 하지만 나와 함께 갈 때면 녀석은 변함없이 틀린 모퉁이로 들어섰고, 십자로나 단순한 교차점만 나오면 녀석은 내가 선택한 옳은 길에서 벗어나기 일쑤였다. 녀석이 일부러 그렇게 했다고는 생각하지 않는다. 아무튼 나에게 의지하면서 녀석은 자신이 무엇을 하는지 잊었고, 어디로 가고 있는지 쳐다보지도 않았다. 마치 어떤 꿈속에 푹 잠겨서 기계처럼 앞으로 나아갔다. 그 기계는 자기를 사라지게 할 수 있는 모든 열린 구멍들 속으로 빨려 들어가게 만들었다. 그 결과 우리는 저마다 따로 산책하는 습관을 갖게 되었다. 그래서 우리가 유일하게 함께 정규적으로 하던 산책은, 일요일에 집에서 성당까지, 그리고 미사가 끝나면 성당에서 집까지 오는 길이었다. 그때는 신자들의 느린 물결 속에 끼어서 아들 녀석은 더 이상 나와 단둘이 아니었다. 녀석은 다시 한번 하느님의 은총에 감사드리고 용서와 자비를 간구하기 위해 갔다가, 그다음에는 평온해진 영혼으로 만족감을 향해 되돌아오는 온순한 양 떼 가운데 하나였다.

나는 녀석이 간 길을 되돌아오기를 기다렸다가, 이 문제를 영원히 해결 짓기 위해 몇 마디 했다. 내 뒤에 서서 나를 따라오거라. 내가 말했다. 이 해결책은 여러 관점에서 좋았다. 하지만 녀석이 내 뒤에서 따라올 수 있었을까? 녀석이 고개를 들어 이상한 곳에 혼자 있다는 걸 발견하고 나도 생각들을 떨쳐버리고 뒤돌아서 녀석이 사라진 것을 확인하게 되지 않을까? 나는 긴 끈을 써서 그 양쪽 끝을 우리의 허리에 감아서 녀석을 내게 붙들어 맬 생각을 잠시 해보았다. 그것 말고도 스스로 눈에 띄게 하는 여러 방법이 있는데, 그중에 그 방법이 좋다는 확신이 들지 않았다. 그리고 녀석은 조용히 묶은 매듭을 풀고 맘대로 돌아다니면서, 나는 칼레의 시민처럼 먼지 속에 긴 끈 하나만 질질 끌면서 갈 수도 있었다. 어느 순간 그 끈이 어느 곳에 고정되어 있거나 무거운 물체에 걸려 내 걸음을 멈추게 할 때까지. 따라서 부드럽고 소리가 안 나는 끈 대신에 쇠사슬이 하나 필요했을 터인데, 그런 생각은 해서는 안 되었다. 그럼에도 나는 그 방법을 생각했고 어떻게 하면 아들 녀석을 사슬로 묶어서 나를 따라오게 할지 궁리해 보았다. 이 일은 참 재미를 느끼게 했다. 그것은 단순히 올가미와 매듭의 문제였으며, 만일 필요했다면 나는 그 문제를 풀 수도 있었다. 하지만 내 뒤에서가 아니라 내 앞에서 걸어가고 있는 아들 녀석의 모습은 이미 나의 주의를 다른 곳으로 끌었다. 녀석으로부터 뒤에 있었다면 눈으로 녀석을 볼 수 있고, 녀석이 조금이라도 잘못 들어서면 내가 끼어들 수도 있었다. 그렇지만 이 조사 여행 동안, 내가 감시인이나 간병인 역할 외에 다른 역할을 해야 한다는 생각 말고도, 통통한 이 작은 몸뚱이에서 한 발짝도 뗄 수 없다는 생각이 들었다. 이쪽으로 와! 내가 소리쳤다. 녀석은 내가 왼쪽으로 가야 한다고 말하는 소리를 듣고서, 마치 나를 격분시키려고 작정한 듯 모습이 보이지 않는 데까지 왼쪽으로 가버렸기 때문이다. 나는 우산을 짚고 털썩 주저앉아 저주받은 듯 머리를 숙이고, 다른 손의 손가락은 쪽문의 두 널빤지 사이에 갖다 댄 채 조각상처럼 움직이지 않았다. 그래서 녀석은 두 번째로 제가 간 길을 다시 되돌아왔다. 나를 따라오라고 했는데 넌 나보다 앞서 가고 있잖아. 내가 말했다.

그때는 여름방학이었다. 녀석의 학생 모자는 녹색이었고, 앞에는 학교 이름의 첫 글자들과 함께 사슴 머리인지 멧돼지 머리인지가 금색으로 수놓아져 있었다. 모자는 녀석의 커다란 금발 머리통 위에 뚜껑처럼 정확히 놓여 있었다. 녀석은 모자를 그런 식으로 쓰는 것을 좋아했다. 이렇게 모자만 쓰는 데도 나를 격분시키는 재주를 가진 무언가가 있다. 녀석의 우비에 대해 말하면, 녀석은 내가 말한 대로 접어서 팔에 걸거나 어깨 위에 걸치지 않고, 동그랗게 말아서 배에 대고 두 손으로 잡고 있었다. 녀석은 큼직한 두 발을 벌리고, 무릎은 구부정하며, 배가 나오고, 가슴은 쑥 들어가고, 턱 끝은 공중에, 입은 벌린 채 그야말로 바보 같은 자세로 내 앞에 서 있었다. 나 또한 오로지 우산 덕분에, 쪽문에 기대야만 설 수 있는 모습으로 있었음에 틀림없다. 나는 드디어 입을 열어 말할 수 있었다. 너 날 따라올 수 있는 거냐? 녀석은 대답하지 않았다. 하지만 나는 녀석의 생각을 뚜렷이 파악했다. 그럼 아빠는요, 저를 데려가실 수 있어요?

자정의 종소리가 울렸다. 정다운 우리 성당 종탑에서 울렸다. 상관없었다. 나는 이미 집을 나온 상태였다. 나는 내 귀중한 물건을 녀석이 가져갔는지 찾아보았다. 네 보이스카우트 칼 잊지 않았겠지? 그게 필요할 거야. 내가 말했다. 그 칼은 1차적으로 필요한 대여섯 개의 칼날 말고도 병따개, 통조림따개, 송곳, 드라이버, 집게, 그리고 더 이상 모르는 하찮은 잡기들이 달려 있었다. 녀석에게 그 칼을 준 것은 나였다. 녀석이 처음으로 역사와 지리에서 1등 상을 탄 기념으로 주었는데, 녀석이 다니던 학교에서는 무슨 이유에서인지 그 두 과목이 서로 통합된 과목이었다. 문학과 이른바 정밀과학에 관계되는 모든 부문에서는 열등생 가운데 꼴찌인 녀석이, 전쟁, 혁명, 왕정복고, 빛을 향하여 천천히 상승하면서 세운 인류의 다른 공적들의 날짜들과, 국경선들, 산봉우리의 고도에 대해서는 최고였다. 그것만으로도 캠핑 칼을 받을 만한 가치가 충분했었다. 집에 두고 왔다는 소릴랑 하지 마라. 내가 말했다. 안 그럴걸요. 녀석이 자기 주머니를 두드리며 자랑스럽게 만족하며 말했다. 그렇다면 그 칼을 내게 다오. 내가 말했다. 녀석은 당연히 대답을 하지 않았다. 녀석은 줄곧 나의 경고를 귀담아듣지 않았다. 그 칼을 내게 줘! 내가 소리쳤다. 녀석이 그것을 내게 주었다. 아무 얘기도 하지 않고 나와 단둘이 있는 밤에 그가 혼자 무엇을 하겠나? 녀석은 자신의 선의를 위해서 길을 잃지 않았다. 보이스카우트 칼이 있는 바로 그곳에 보이스카우트 대원의 마음도 있기 때문이다. 녀석은 돈이 필요 없어 현금을 몸에 지니지 않았고, 받은 모든 동전을 이탈리아 저금통에 넣었다가, 그 다음에 저축 창구에 넣었다. 그리고 그 저축 통장은 내 이름으로 내가 간직하고 있었다. 녀석은 내 주머니에 넣어둔 바로 그 칼로 분명 내 목을 찌를 수도 있었다. 하지만 그 녀석, 내 아들 녀석은 아직 너무 어렸으며, 그런 커다란 앙갚음을 저지르기에는 아직 너무 보드라웠다. 그렇지만 시간은 녀석의 편에 있었고, 녀석은 그 시간에 대한 생각으로 위안을 삼았나 보다. 어쨌든 이번만큼은 녀석은 눈물을 참았고, 나는 그 점에 대해 녀석에게 고마움을 느꼈다. 나는 다시 몸을 일으켜 녀석의 어깨에 손을 얹으며 말했다. 인내심을 가져라, 아들아, 인내심을! 이런 종류의 일에서 나쁜 점은, 의지가 있으면 길이 없고, 반대로 길이 있으면 의지가 없다는 사실이다. 하지만 그런 사실을 내 아들 녀석은 아직 상상할 수 없었다. 가련한 녀석, 녀석은 자신을 부르르 떨게 하고 얼굴을 일그러지게 하던 그 분노를 풀어야만 없앨 것 같았다. 그때만이 아니다. 그러고 나서 나는 녀석의 그 무기력한 어깨를 한 번 세게 치면서 말했다, 출발! 그래서 진정으로 사실상 나도 출발을 했고, 아들 녀석은 내 뒤에서 움직이기 시작했다. 내가 지시받았던 대로 아들 녀석을 데리고서, 나는 떠났다.

나는 몰로이의 고장에 닿기까지 나와 내 아들이 함께 혹은 따로 겪었던 모험들에 대해 이야기할 생각은 없다. 그것은 지루하니까 말이다. 하지만 그 때문에 그만두지는 않는다. 내게 맡겨진 이 이야기는 다 지루하다. 그러나 어떤 지점까지는 내 마음대로 이끌어가려고 한다. 나는 말을 재미있고 과장스럽게 하는 상상력을 지니지 못했다. 그래도 예전보다는 상상력이 훨씬 많아진 편이다. 그리고 이 시시한 서기 일은 내 영역이 아니지만, 다른 이유에서 나는 이 일을 감수하고 있다. 말하자면 나는 아직도 명령에 복종하고 있지만 더 이상 두려움 때문은 아니다. 그렇다. 나는 늘 두려움을 느끼고 있지만 단순히 습관의 힘 때문이다. 그리고 내가 듣는 그 목소리, 그것을 전달해 주기 위해서 내겐 가베르가 필요하지 않았다. 그 목소리는 내 안에 있기 때문이며, 그의 목소리는 나더러 어떤 명분을 위한 종이며 비참한 내 역할을 성실하게 수행하게 권고했다. 그것도 내 주인에 대한 증오와 그의 계획에 대한 냉소를 가지고서. 보다시피, 그 목소리는 꽤 모호해서 그 논리와 명령을 따르기란 언제나 쉽지 않다. 그럼에도 나는 목소리를 이해하고, 또 그에 복종한다는 의미에서 그럭저럭 그 목소리를 따른다. 그런데 우리가 이렇게 많이 이야기할 수 있는 목소리는 흔치 않다. 그래서 그 목소리가 내게 무엇을 명령하든, 앞으로도 나는 따를 것 같은 느낌이 든다. 그리고 그 목소리가 잠잠해져서 나를 의심과 어둠 속에 버려두고 명령할지라도, 나는 아무것도 하지 않고서 그 목소리가 다시 돌아오기를 또 기다리겠다.

하지만 오늘 저녁, 아니 오늘 아침에 나는 평소보다 약간 술을 더 마시고 내일은 생각이 바뀔 수도 있다. 내가 이제 겨우 알기 시작한 그 목소리가 말한다. 이 일을 양심적으로 끝냈다는 기억이 긴 고통을 견디도록 나를 도와주리라고. 나는 어느 날 내 집과 내 정원에서 쫓겨나고, 내 나무들과 내 잔디밭들, 내가 그저 조금 알고 있는 새들, 자기 나름대로 노래하고 날고, 내 쪽으로 다가오고, 또는 내가 다가가면 날아가고 하는 새들을 잃었다. 내 가정, 즉 각자가 제자리에 있고 인간으로 존재하는 고통을 견디는 데 필요한 모든 것이 내 손안에 쥐어졌다. 내 적들은 나를 가정으로부터 상실되게 한다는 뜻인가? 이 모든 것을 잃기에 나는 너무 늙었다. 다시 시작하기엔 나는 너무 늙었어! 자, 모랑, 진정해. 제발 감정은 금물이야.

나는 내 고장에서부터 몰로이의 고장에 이르는 도중에 있었던 모든 사건을 이야기하지 않겠다고 말했다. 그렇게 할 의도가 내게 없다는 단순한 이유에서이다. 그런데 이 말을 쓰면서, 그 어느 때보다도 지금 내가 환심을 사고, 불쾌감을 표시하는 게 얼마나 위험한지를 알고 있다. 그래도 지금 나는 같은 말을 쓴다. 그것도 재앙처럼 내 페이지를 먹어버리는, 베틀의 북처럼 단호한 손으로. 하지만 몇 가지 점에 대해서는 짧게 이야기하려고 하는데, 그렇게 해야 좋을 듯하기 때문이다. 그렇게 하기 전에, 먼저 내 고장과는 전혀 다른 몰로이의 고장에 대해 내가 알던 얘기를 하겠다. 나는 아무것도 모르는 척해야 되며, 집에서 떠날 때 내가 안다고 여겼던 사실들을 다시 한번 안다고 여겨야 한다. 그래서 만일 내가 때때로 이 규칙을 어긴다면, 그것은 단지 하찮은 지엽적인 측면을 표현하기 위해서일 뿐이다. 그리고 전반적으로는 아주 열렬하게 이 규칙에 따른다. 오늘까지도, 대부분은 처음 그 말을 발견하는 사람의 처지에 있다. 내가 내 방의 침묵 속에서, 바보 같은 내 아들 녀석 옆에서 쪽문을 잡고 늘어졌던 그날 밤, 내가 어디로 가야 할지 잘 안다고 했지만 그것은 겨우 조금에 지나지 않는다. 그래서 앞으로 계속 이어질 이야기들에서 내가 사건들의 엄격하고 실제적인 진행 단계에서 벗어나더라도 놀랄 일은 아니다. 아무리 시시포스라고 하더라도 늘 정확히 같은 자리에서 긁적이고, 신음하고, 기뻐 날뛰도록 강요받을 수는 없다고 생각한다. 예정된 기간 안에 무사히 목적지에 닿은 이상 그가 선택한 길에 대해서 우리는 너무 구애받지 않아도 되리라. 그리고 그는 매번 갈 때마다 첫 번째라고 믿을 수도 있지 않은가? 그래야 그에게 희망을 간직하게 해주리라. 그런 희망이 아니라면 지독히도 기분 나쁜 희망을 갖게 될지도 모른다. 한편 끊임없이 같은 일을 되풀이하는 자신을 보는 일, 그것은 우리를 만족감으로 가득 채운다.

몰로이의 고장이라고 할 때 내가 말하는 뜻은 금지되어서 그랬는지, 원치 않아서 그랬는지, 물론 어떤 놀라운 우연의 결과 때문이었는지 그는 한 번도 그 행정적인 경계선 밖을 넘은 적이 없었다. 이는 앞으로도 결코 넘을 것 같지 않은 무척 한정된 범위의 지역을 뜻한다. 그 지역은 내가 살던 더 우아한 지역보다 북쪽에 있었는데, 어떤 이들은 읍내라고 불러주고 다른 이들은 단지 마을로 보았던 하나의 주거 지대와 주변의 농촌들로 이루어져 있다. 이 읍내 또는 이 마을로 말하자면, 이름은 발리(Bally)였고 그 관할에 속한 땅을 합해서 면적이 넓어야 13~16평방킬로미터였다. 선진국에서는 그 지역을 아마도 면이나 읍으로 부르는데, 잘 모르겠다. 우리나라에서는 이런 세분된 영토를 가리키는 추상적이고 종합적인 말이 없다. 그래서 그것을 표현하기 위해 우리는 아주 멋지고 단순한 다른 시스템을 갖고 있는데, 발리를 뜻할 때는 발리(발리에 해당되니까)라 하고, 발리와 거기 속하는 땅들을 합해서는 발리바, 발리 자체를 제외한 발리의 주변 땅들을 발리바바라고 한다. 예를 들어 나는 쉬트바의 중심지인 쉬트에 살았고, 또 아직도 그곳에서 살고 있다. 그래서 저녁에 바람을 쐬러 쉬트 밖에서 산책할 경우에, 나는 쉬트바바의 바람을 쐬었던 것이지, 다른 곳의 바람을 쐬었던 것이 아니다.

발리바바는 땅덩이는 좁았지만 어느 만큼의 다양성을 지니고 있었다. 이른바 목장들과 약간의 소택지, 몇몇 작은 숲, 그리고 그 경계들에 다가갈수록 하얀 물결이 이는 듯한 지형의 모습들. 그러나 그 지역의 주된 아름다움은 회색 파도가 천천히 비우고 채우고, 비우고 채우고 했던 목이 조여진 좁은 포구였다. 그래서 낭만을 전혀 모를 것 같은 사람들이 떼를 지어 읍내에서 나와 그 광경을 황홀하게 바라보았다. 어떤 사람들은 살짝 물에 젖은 이 모래사장보다 더 아름다운 것은 없지, 라고 말했다. 다른 사람들은 이렇게 말한다. 발리바의 포구를 보려면 만조(滿潮) 때 와야 해. 그때 그 납빛의 물, 모르는 사람들에게는 마치 고여 있는 것처럼 보이는 그 물이 얼마나 아름다운지! 그리고 마지막으로 어떤 사람들은 그 포구가 지하의 호수와 비슷하다는 주장도 했다. 하지만 모든 사람은 이즈니의 주민들처럼 그들의 읍내가 바다 위에 있다는 점에 동의했다. 그래서 그들은 편지지 맨 위에 '해상 발리'라고 적었다.

발리바의 인구는 적었는데, 솔직히 그 점에 대해서는 나는 예전부터 만족스러워했다. 그곳의 땅들은 개발하기에 알맞지 않았다. 경작지나 목장 하나의 규모가 조금만 커져도 신성한 숲이나 늪지대 때문에 실패를 보곤 했다. 그곳에서 얻어낼 것은 거의 없었고 다만 약간의 질 나쁜 토탄과 납작한 참나무 조각들만 있을 뿐이었다. 그것으로 성냥, 종이칼, 냅킨 고리, 묵주, 다른 작은 장식품들을 만들었다. 예를 들어 마르트의 마리아상도 발리바의 제품이었다. 목장들은 많은 비가 내림에도 토질이 무척 나쁘고 바위가 여기저기 흩어져 있었다. 그곳에서 무성하게 자라는 것은 개밀과 푸르스름하고 쓰디쓴 이상한 풀밖에 없었는데, 그 풀은 큰 짐승들에게는 먹이로 적절하지 않았으나 당나귀, 염소, 흑양에게는 그럭저럭 먹이가 되었다. 그렇다면 발리바는 어디에서 그 부유함을 얻어내고 있었을까? 그것을 말해 주겠다. 아니, 나는 아무것도 말하지 않겠다. 아무것도.

이것이 내가 바로 집을 떠나면서 발리바에 대해 알고 있다고 생각한 일부이다. 내가 다른 장소와 혼동하고 있었는지는 모르겠다.

우리 집 쪽문에서 몇십 보 떨어진 곳에서부터 골목길은 묘지의 벽을 따라 뻗기 시작한다. 골목길을 내려갈수록 묘지의 벽은 점점 높아진다. 어떤 지점을 지나면 우리는 죽은 자들보다 더 낮은 곳으로 걸어간다. 바로 그곳에 영구히 사버린 내 묘지가 있다. 땅이 존속하는 한, 그 자리는 변함없이 내 것이다. 나는 가끔 그곳에 가서 내 묘를 바라보았다. 묘석은 이미 만들어져 있었다. 그것은 단순한 라틴식 하얀 십자가였다. 나는 그 위에 '여기 고이 잠들다'라는 말과 내 생년월일과 함께 내 이름을 새겨 넣길 원했다. 그러면 내 죽은 날짜만 더하면 되었으리라. 그러나 그것은 내게 허용되지 않았다. 때때로 나는 이미 죽은 것처럼 미소 짓곤 했다.

우리는 며칠 동안 비밀스러운 길들을 따라서 걸었고, 나는 큰길에 나를 드러내고 싶지 않았다.

첫날 나는 앙브루아즈 신부님이 준 시가의 꽁초를 발견했다. 나는 그것을 재떨이나 휴지통에 버리지 않고 옷을 갈아입으면서 주머니에 넣었던 것이다. 그것은 내가 모르는 사이에 일어난 일이었다. 난 놀라서 그것을 쳐다보았고, 불을 켜서 몇 모금 빨고 버렸다. 그것이 그 첫날 낮 동안에 일어난 눈에 띄는 일이었다.

나는 아들 녀석에게 휴대용 나침반 쓰는 법을 가르쳐주었다. 녀석은 그것을 무척 좋아했다. 녀석은 말을 잘 들었다. 내가 바랐던 것보다 더. 드디어 셋째 날에 나는 녀석에게 칼을 돌려주었다.

날씨는 우리 편이었다. 우리는 하루에 16킬로를 쉽게 걸었다. 잠은 한데서 잤다. 그렇게 하는 것이 신중하다고 생각했다.

나는 아들 녀석에게 나뭇가지로 어떻게 은신처를 만드는지 가르쳐주었다. 녀석은 보이스카우트에 속해 있었지만 아무것도 할 줄 몰랐다. 아니다. 캠프파

이어를 피울 줄 알았다. 매번 멈출 때마다 녀석은 그 재주를 쓰게 해달라고 애원했다. 하지만 나는 그 필요성을 느끼지 못했다.

우리는 찬 음식을 먹었는데, 녀석을 마을에 보내 사 오게 한 통조림들이었다. 녀석은 이런 일에는 도움이 되었고 우리는 개울물을 마셨다.

이런 모든 조심성은 분명 쓸데없는 것이었다. 어느 날 어떤 들판에서 내가 아는 농부 하나를 발견했다. 그는 우리 쪽으로 오고 있었다. 나는 얼른 뒤돌아서 아들 녀석의 팔꿈치를 잡아, 가던 길의 반대 방향으로 끌고 갔다. 그 농부는 내가 예상했던 대로 우리를 따라잡았다. 그는 나에게 인사하며 우리가 어딜 가는지 물었다. 그 들판은 분명 그의 땅이었을 것이다. 나는 집에 간다고 대답했다. 다행히도 우린 집에서 아직 멀리 떨어져 있지 않았다. 그는 아마도 소나 돼지 한 마리를 도둑맞았나 보다. 한 바퀴 돌았지요. 내가 대답했다. 제 차로 모셔다드리고 싶지만, 전 밤에나 떠날 수 있습니다. 그가 말했다. 유감입니다. 내가 말했다. 만약 기다려주신다면 기꺼이 모셔다드리죠. 그가 말했다. 하지만 나는 사양했다. 다행히도 아직 정오가 되지 않았다. 밤까지 기다리고 싶지 않다는 것은 이상할 게 없었다. 그럼 좋습니다. 안녕히 돌아가세요. 그가 말했다. 우리는 상당히 돌아서 북쪽으로 가는 길로 다시 들어섰다.

아무래도 그런 조심성들은 과장된 것이었다. 수행을 잘하려면 적어도 초기에는 밤에 여행을 하고 낮에는 숨어야 했을 것이다. 하지만 날씨가 너무 좋아서 그런 결심을 할 수가 없었다. 나는 오로지 내 즐거움만을 생각한 것은 아니었지만, 그것에 대해서도 생각을 했다! 내 일을 수행하는 과정에서 그런 일은 일어난 적이 없었다. 게다가 우리가 나아갔던 그 느린 속도란! 나는 목적지에 닿는 것에 대해 조급하게 생각하지 않았다.

나는 끝나가는 여름의 부드러움 속에 나를 맡기며, 이따금씩 가베르의 지시사항들을 떠올렸다. 나는 그것들을 만족스럽게 재구성하지 못했다. 밤이 되자 자연의 매력에서 벗어나, 나는 나뭇가지 밑에서 이 문제에 대해 전적으로 몰입했다. 아들 녀석이 자면서 내는 소리가 무척 방해가 되었다. 가끔 나는 은신처에서 나와 이리저리 어둠 속을 돌아다녔다. 또는 그루터기에 등을 기대고 앉아서 발을 내 밑으로 모으고 팔로 다리를 감싸고, 턱 끝을 무릎 위에 얹었다. 이런 자세로도 문제를 똑똑히 파악할 수가 없었다. 정확히 내가 찾고 있던 것은 무엇이었나? 그것은 말로 표현하기 어려웠다. 나는 가베르의 보고서가 완벽하도록 하기 위해서 뭔가 빠진 것을 찾고 있었다. 일단 몰로이를 찾으면 몰로이를 어떻게 해야 한다고 가베르가 나에게 분명 말했을 것으로 보였다. 내 일은 단지 소재를 알아내는 데에서 끝나지 않았다. 소재만 알아내는 일이라면 무척이나 좋았을 것이다. 하지만 나는 언제나 그 당사자에게 지시에 따라 어떤 방식으로든 행동을 취해야만 했다. 그러한 개입은 가장 정력적인 것부터 가장 은밀한 것까지, 매우 다양한 형태를 띠고 있었다. 예르크 사건은 완수하는 데 석 달이 걸렸는데, 내가 그의 넥타이핀을 빼앗아 없애버리는 것으로 끝이 났다. 그와 접촉을 시작한 것, 그것은 눈곱만큼도 내 일이라고 볼 수 없었다. 나는 예르크를 사흘 만에 찾았다. 내가 성공했다는 증거를 아무도 내게 요구하지 않았고, 내 말을 믿었다. 유디는 사실 검증 방법들을 분명 갖고 있었을 것이다. 때때로 나는 보고서를 요구받기도 했다.

한번은 당사자를 어떤 시간에 어떤 장소로 데려오는 것이 나의 임무였다. 그것은 가장 까다로운 일이었는데, 그것에 관계된 사람이 여자가 아니었기 때문이다. 나는 단 한 번도 여자를 맡을 필요가 없었다. 그것을 유감스럽게 생각한다. 유디가 여자들에게 별로 관심이 없었기 때문이리라. 나는 그 점에 대해서 여자들의 영혼에 대한 오래된 농담 하나를 기억한다. 질문, 여자들에게 영혼이 있는가? 답, 있다. 질문, 그 이유는? 답, 지옥에 떨어지기 위해서. 무척 재미있다. 다행히도 날짜에 대해서는 내 멋대로 할 수 있는 자유가 허용되었다. 중요한 것은 시간이지 날짜가 아니었다. 일단 그를 약속 장소에 데려다놓은 뒤, 나는 어떤 변명을 둘러대고 그를 떠나왔다. 꽤 침울하고 과묵하면서도 착한 남자였다. 내가 어느 여자의 이야기를 꾸며낸 것이 어렴풋이 기억난다. 잠깐만, 이제 기억난다. 그렇다. 나는 그녀가 6개월 전부터 그와 사랑에 빠져 어떤 외딴 장소에서 그를 만나기를 간절히 바란다고 했다. 나는 그 여자에게 이름도 붙여주었다. 그녀는 꽤 잘 알려진 여배우였다. 따라서 그녀가 지정한 장소까지 그를 데려간 뒤, 내가 빠져나오는 것은 자연스러웠다. 멀어져 가는 나를 바라보는 그의 모습이 아직도 눈에 선하다. 그는 나를 친구로 삼고 싶었을 것이라고 생각된다. 그에게 무슨 일이 일어났는지는 모른다. 일단 중재 역할이 끝나면, 나는 당사자들에 대해 관심을 접었다. 그 뒤로 그들 가운데 한 사람도 다시 본 적이 없었다. 나는 아무것도 숨기지 않고 그렇게 말한다. 오, 내 마음이 평안하다면 다른 이야기도 해줄 수 있다. 내 머릿속에 있는 이 오합지졸은 무엇이며, 기진맥진한 자들의 이 행렬은 무엇인가. 머피, 와트, 예르크, 메르시에. 그 밖에 다른 많은 사람들. 나는 결코 그것을 믿지 못했을 것이다. 아니, 난 기꺼이 그것의 이야기들을 믿는다. 이야기들, 말이다. 하지만 나는 그 이야기들을 말할 수 없었다.

가베르가 이 문제에 대해서 나에게 주었을 그 단서들은 아쉽게도 머릿속에서 모두 사라졌다. 그래서 나는 몰로이를 찾으면, 그에 대하여 어떤 방식으로 행동을 취할 것인지 알아내지 못했다. 일요일 온종일 바보같이 지낸 결과가 바로 그거였다. 자, 보통 내게 요구하는 것이 무엇이더라. 이렇게 혼자서 말해 봤자 소용없었다. 내 지시 사항들은 관례적인 것이 하나도 없었다. 물론 가끔씩 되풀이되는 어떤 특별한 작전이 있긴 했지만, 내가 찾고 있던 것과 일치될 만큼 자주 있는 것은 아니었다. 설령 여느 때와는 다른 것이 한 번쯤 요구되었다고 할지라도, 그 단 한 번은 나를 속수무책으로 만들었다. 그만큼 나는 세심했다.

나는 그것에 대해 더 이상 생각하지 않는 게 좋고, 일단 몰로이를 찾은 뒤 생각해 보기로 했다. 그때까지 시간이 있을 거라고, 뜻밖의 순간에 그것이 생각날 거라고 믿어보았다. 만일 몰로이를 찾고 나서도 무엇을 해야 할지 여전히 모르겠으면 유디 몰래 가베르와 서로 연락을 취할 수 있으리라 생각했다. 그가 내 주소를 알고 있듯이 나도 그의 주소를 알고 있었다. 나는 그에게 전보를 보낼 것이다. M을 어떻게 할까요? 그는 필요상 모호하게나마 분명한 말로 내게 답변해 줄 수 있으리라. 하지만 발리바에 전신기가 있을까? 또한 나도 인간인지라 몰로이를 빨리 찾지 않을수록 그를 만난 뒤 무엇을 해야 할지 기억해 낼 기회가 많을 거라고 생각했다. 그리고 다음의 사건만 없었다면, 우리는 느긋하게 걸어서 계속 나아갔을 것이다.

어느 날 밤, 나는 평소처럼 아들 녀석 옆에서 잠이 들었는데, 마치 누군가가 방금 나를 세게 때린 것 같은 느낌이 들어 놀라 잠에서 깨어났다. 걱정하지 말라. 나는 엄밀한 의미의 꿈 얘기를 할 줄 모른다. 가장 짙은 어둠이 우리의 은신처를 덮고 있었다. 나는 움직이지 않고 주의 깊게 귀를 기울였다. 그러나 아들 녀석의 코 고는 소리와 헐떡거리는 소리밖에 들리지 않았다. 나는 그것이 악몽에 지나지 않는다고 결론지으려고 했는데, 그때 갑작스러운 통증이 내 무릎을 관통했다. 이것으로 나는 갑자기 깨어났다. 그것은 사실 한 대 때리는 것, 내 생각엔 마치 말이 발길질을 하는 것과 비슷했다. 나는 부동자세로 숨을 거의 쉬지 않고 온몸이 땀에 젖은 채, 걱정스럽게 그 통증이 다시 오길 기다렸다. 요컨대 나는 그런 상황에서 사람들이 할 만하다고 생각되는 행동을 했다. 그리고 사실 몇 분 지나서 통증이 다시 왔지만 처음보다는, 아니 더 정확하게 말하면 두 번째보다는 심하지 않았다. 혹시 내가 예상했었기 때문에 덜 심하게 여겨졌던 것은 아닐까? 아니면 내가 이미 거기에 익숙해지기 시작했기 때문이었나? 그렇게 생각되진 않는다. 왜냐하면 통증은 여러 번 되풀이되었지만 저번보다 심하지 않았고, 마침내 완전히 누그러져서 다행히 나는 그런대로 평온을 되찾아 다시 잠이 들었기 때문이다. 하지만 다시 잠들기 전에 이 문제의 통증은 새로운 것이 아님을 기억해 냈다. 우리 집 욕실에서 아들 녀석에게 관장을 시킬 때 이미 그 통증을 느꼈었기 때문이다. 그런데 그때는 그것이 단 한 번만 나를 엄습했고, 그 뒤로는 다시 오지 않았었다. 그리고 그때도 잠을 청하기 위해, 방금 나를 그토록 아프게 했던 그 다리였는지 아니면 다른 쪽이었는지 궁금해하면서, 나는 다시 잠이 들었다. 그런데 그것은 내가 결코 알아낼 수 없는 것이었다. 우리가 떠나던 그날 저녁 소염제로 내가 문질렀던 무릎이 어느 쪽이었는지 잘 기억하지 못했다. 나는 이것은 오랜 도보 여행과 차갑고 습한 밤들로 인해 생긴 약간의 신경통이야, 혼잣말을 하면서 기회가 닿는 대로 예쁜 악마가 그려져 있는 약솜 한 상자를 사겠다고 다짐했다. 생각의 속도는 이렇게 다르다. 하지만 그 일은 끝나지 않았다. 왜냐하면 동틀 무렵 다시 깨어났을 때, 내 음경이 약간 일어선 상태여서 나는 일어날 수가 없었기 때문이다. 즉 일어나야 했으므로 결국에는 일어나긴 했는데, 얼마나 엄청난 노력의 대가를 치렀던가! 무엇을 할 수 없다는 것, 그것은 쉽게 말해지고 쓰이지만, 사실은 그보다 더 어려운 것도 없다. 그것은 아마 의지 때문일 텐데, 그 의지는 최소한의 억제에도 드러나는 듯하다. 이렇게 나는 처음에 내 다리를 굽힐 수 없다고 생각했으나 악착같이 노력해서 다리를 조금 굽히게 되었다. 하지만 완전한 관절 경직은 아니었다. 그런데 그 무릎은 초저녁에 나를 깨운 그 무릎이었나? 나는 그것을 판단할 수 없었다. 다행히 통증은 없었다. 단지 굽혀지지 않는 것뿐이었다. 통증은 여러 번 나에게 헛되이 경고를 하더니 잠잠해졌다. 내가 보는 상황은 그러했었다. 예를 들어 내가 무릎을 꿇는 것은 불가능했다. 왜냐하면 우리는 캅카스 무용수들처럼 아픈 다리를 앞으로 쭉 뻗지 않는 한 언제나 두 무릎을 굽혔기 때문이다. 나는 아픈 무릎을 전등불에 비추고 쳐다보았다. 무릎은 붉지도 붓지도 않았다. 나는 무릎뼈를 만지작거렸다. 마치 음핵 같았다. 그 시간 내내 내 아들 녀석은 바다표범처럼 숨을 내쉬었다. 녀석은 인생이 어떤 것일지 짐작하지 못했다. 나도 순진했다. 그렇지만 나는 그것은 알고 있었다.

하늘에는 해돋이 직전의 무시무시한 빛이 서려 있었다. 사물들은 엉큼하게 낮의 위치로 돌아와 제자리를 잡고 죽은 척 꼼짝도 하지 않는다. 나는 조심스럽게 약간의 호기심을 갖고 땅바닥에 앉았다. 다른 사람들 같았으면 평소처럼, 즉 아무렇게나 제멋대로 앉으려고 했을 것이다. 하지만 나는 아니었다. 그 새로운 십자가를 지고 갈 최선의 방법을 발견했다. 아무튼 우리가 땅바닥에 앉을 때는 책상다리를 하거나 태아의 자세로 앉아야 하고, 그것이 초보자들에게는 유일하게 가능한 자세들이다. 그런데 나는 머뭇거리지 않고 등을 대고 누워 버렸다. 우리는 편하게 서 있을 수도, 앉아 있을 수도 없는 상태에서는 어머니의 무릎에 누워 있는 아이처럼 여러 가지 수평적인 자세를 취한다. 전에는 없었던 그 자세들을 자꾸 개발하고 거기에서 상상하지 않았던 환희를 발견한다. 간단히 말해서 그 자세들은 무한하다. 그럼에도 만일 결국에 가서 그런 자세들이 싫증 나거든 얼마 동안 서 있으면 그만이며, 게다가 바닥에서 벌떡 일어나 앉으면 그만이다. 그것이 바로 통증 없는 국부적 마비 상태의 장점이다. 그리고 일반적인 심한 마비 상태도 이와 비슷하거나 심지어는 그보다 더 기막힌 만족감을 지니더라도 내게는 놀랍지 않다. 마침내 움직이는 것이 정말 불가능한 상태가 되는 것, 그것은 제일 대단할 텐데! 그리고 그와 함께 완전히 실어증이 온다! 그리고 어쩌면 완전한 귀먹음까지도! 그리고 누가 알겠는가, 망막의 마비가 올는지도! 그리고 거의 확실하게 기억상실증도! 환호할 수 있을 만큼의 손상되지 않은 뇌만 남고! 그리고 죽음을 재생처럼 두려워할 만큼의 뇌만 남고.

나는 내 다리가 더 좋아지지 않거나 악화될 경우에 어떻게 해야 할지를 곰곰이 생각했다. 나뭇가지들 사이로 하늘이 낮아지는 것을 바라보았다. 아침에는 하늘이 낮아지는데, 이 현상은 아직까지 충분히 관찰되지 않았다. 하늘이 마치 가까이 보려는 듯 다가온다. 떠나기 전에 허락을 받으려고 지구가 위로 올라가는 것이 아니라면 말이다.

　내 생각의 과정은 말하지 않겠다. 그렇게 하는 것은 아주 쉽고도 쉬울 것이다. 그 결론은 다음 구절의 작문을 가능하게 해주었다.

　잘 잤냐? 아들 녀석이 눈을 뜨자마자 내가 말했다. 녀석을 깨울 수도 있었으나 천만에, 스스로 깨어나도록 내버려두었다. 드디어 녀석은 몸이 좋지 않다고 내게 말했다. 그 녀석, 내 아들 녀석은 흔히 동문서답을 했다. 우리가 있는 곳이 어디냐, 그리고 가장 가까운 마을이 어디냐? 내가 물었다. 녀석은 마을 이름을 말했다. 나도 그 이름을 알고 있었고, 전에 거기에 가본 적도 있었다. 그곳은 큰 읍이었으며, 우리는 운이 좋았다. 그 주민들 가운데에는 아는 사람도 몇몇 있었다. 오늘이 며칠이냐? 내가 물었다. 녀석은 아무런 망설임 없이 내게 날짜를 말해 주었다. 그것도 방금 전에야 정신을 차렸는데 말이다! 녀석은 역사와 지리의 명수라고 내가 말하지 않았던가. 콩동(Condom)에 베즈(Baise)강이 흐른다는 것도 녀석에게 배웠다. 좋아, 곧장 홀(Hole)로 가거라, 길어야 세 시간이면 된다. 내가 말했다. 녀석은 놀라서 나를 쳐다보았다. 거기서 네 키에 맞는 자전거 한 대를 사거라. 되도록 중고품으로. 5파운드까지 쓸 수 있어. 나는 녀석에게 10실링짜리 잔돈으로 5파운드를 주었다. 짐받이가 튼튼해야 하니까, 별로 튼튼하지 않거든 아주 튼튼한 걸로 바꿔라. 내가 말했다. 나는 분명하게 이해시키려고 노력했다. 나는 녀석에게 좋으냐고 물었다. 녀석은 좋아하는 기색이 없었다. 나는 이 지시 사항을 한 번 더 되풀이해서 말한 뒤 녀석에게 좋으냐고 다시 한번 물었다. 녀석은 오히려 어리둥절한 표정이었다. 아마도 몹시 기뻐서 그런 것 같았다. 아마도 제 귀를 의심하는 듯싶었다. 적어도 이해는 했냐? 내가 물었다. 가끔씩 약간의 진정한 대화는 얼마나 좋은가. 네가 해야 할 일이 무엇인지 말해 보거라. 내가 말했다. 그것은 녀석이 이해를 했는지 알아보기 위한 유일한 방법이었다. 홀에 가야 해요, 여기서 24킬로예요. 녀석이 말했다. 24킬로? 내가 물었다. 예. 녀석이 대답했다. 좋아, 계속해 봐. 내가 말했다. 자전거 한 대를 사야 해요. 녀석이 말했다. 나는 기다렸다. 더 이상 아무 말도 없었다. 자전거라니! 내가 소리쳤다. 홀에는 자전거가 수백만 대가 있어! 어떤 종류의 자전거지? 녀석은 곰곰이 생각했다. 중고품요. 녀석이 용기를 내어 말했다. 내가 중고품이 없으면? 물었다. 아빠가 중고품이라고 말씀하셨잖아요. 녀석이 대답했다. 나는 꽤 오랫동안 입을 다물고 있었다. 만약 중고품을 못 살 경우에는 어떻게 할 거냐? 드디어 내가 입을 열었다. 아빠가 말씀을 안 해주셨는데요. 녀석이 말했다. 가끔 약간씩 잘못 알아들어 변화된 대화는 얼마나 재미있는가. 내가 너한테 얼마를 줬지? 내가 물었다. 녀석은 잔돈을 세었다. 4파운드 10실링요. 녀석이 대답했다. 다시 세어봐. 내가 말했다. 녀석은 다시 세었다. 4파운드 10실링인데요. 녀석이 말했다. 이리 줘봐. 내가 말했다. 녀석이 잔돈을 건네주었고, 나는 그것을 세었다. 4파운드 10실링. 내가 너한테 5파운드를 줬잖아. 내가 말했다. 녀석은 대답을 안 하고, 숫자가 대신 그것을 말하게 했다. 녀석이 10실링을 빼서 몸에 감추었나? 주머니를 꺼내봐. 내가 말했다. 녀석은 주머니를 비우기 시작했다.

　나는 여전히 누워 있었는데 녀석은 내가 아픈지 모르고 있었다. 하기야 나는 아프지 않았다. 나는 녀석이 내 앞에 펼쳐놓은 물건들을 어렴풋이 쳐다보았다. 녀석은 그것들을 주머니에서 하나씩 꺼내 엄지와 집게손가락으로 살짝 집어서 공중에 들고 내게 여러 각도로 돌려가며 보여준 뒤 내 옆 바닥에 놓았다. 주머니 하나가 비워지면 녀석은 주머니 안감을 꺼내 흔들었다. 그럴 때마다 조그만 먼지구름이 일었다. 이 어리석은 확인 작업은 나를 지치게 만들었다. 나는 녀석에게 그만하라고 말했다. 아마도 녀석은 10실링을 소매나 입 속에 숨겼을 것이다. 내가 일어나서 녀석을 샅샅이 뒤져야 할 것 같았다. 하지만 그러면 녀석은 내가 아프다는 사실을 알게 될 것이다. 내가 정확히 아팠다는 것은 아니다. 그런데 나는 왜 내가 아픈 걸 녀석이 모르길 원했을까? 나는 내게 남은 돈을 세어볼 수도 있었다. 그렇다고 무슨 소용이 있었겠는가? 내가 집에서 얼마를 가져왔는지나 알고 있었는가? 아니었다. 나는 내게도 기꺼이 소크라테스의 방법론을 적용했다. 나는 돈을 얼마나 썼는지 알고 있었는가? 아니었다. 평소에 나는 출장 회계를 무척 엄격히 기록하여 내가 쓴 이동 경비의 한 푼까지도 증거로 남겼다. 그런데 이번은 아니었다. 유람 여행이었다고 해도 그렇게 대책 없이 돈을 물 쓰듯 하진 않았을 것이다. 나는 아들에게 내가 틀렸다고 치자, 말했다. 녀석은 땅을 덮고 있던 물건들을 침착하게 주워서 다시 자기 주머니 속에 넣었다. 어떻게 녀석을 이해시킬 수 있을까? 이 일은 그만두고 내 말 잘 들어라. 내가 말했다. 나는 녀석에게 동전들을 건네주었다. 세어봐. 내가 말했다. 녀석은 동전을 세었다. 얼마지? 내가 물었다. 4파운드 10이요. 녀석이 대답했다. 10이라니? 내가 물었다. 10실링요. 녀석이 다시 대답했다. 넌 4파운드 10실링을 갖고 있어. 내가 말했다. 예. 녀석이 말했다. 난 너에게 4파운드 10실링을 줬어. 내가 말했다. 예. 녀석이 대답했다. 그것은 사실이 아니었다. 나는 녀석에게 5파운드를 주었었다. 너도 동의하지? 내가 말했다. 예. 녀석이 말했다. 그럼 내가 왜 이렇게 많은 돈을 네게 주었다고 생각하냐? 내가 물었다. 왜 이렇게 많은 돈을요? 녀석이 말했다. 녀석의 얼굴이 환해졌다. 자전거 한 대 사라고요. 녀석이 대답했다. 어떤 종류의 자전거냐? 내가 물었다. 중고품요. 녀석이 잽싸게 대답했다. 너는 중고 자전거 한 대에 4파운드 10실링이나 들 거라고 생각하냐? 내가 말했다. 모르겠어요. 녀석이 말했다. 나 또한 그것을 몰랐다. 하지만 문제는 그게 아니었다. 내가 정확히 너에게 뭐라고 말했지? 내가 물었다. 우리는 서로 골똘히 생각했다. 되도록 중고품이라고 말했어. 그게 바로 내가 네게 한 말이야. 마침내 내가 말했다. 아아. 녀석이 말했다. 둘이 나눈 그 대화, 나는 그것을 자세히 말하지 않고 핵심만 지적했다. 난 중고품이라고 말하지 않았어. 되도록 중고품이라고 했지. 내가 말했다. 녀석은 짐을 챙기기 시작했다. 그냥 놔두고 내가 하는 말 잘 들어! 내가 소리쳤다. 녀석은 나더러 보란 듯이 복잡하게 엉킨 실뭉치 하나를 허세를 부리며 떨어뜨렸다. 10실링이 어쩌면 그 속에 들어 있을 수도 있었다. 넌 말이야. 넌 중고품과 되도록 중고품과의 차이도 모르냐? 내가 다그쳤다.

나는 시계를 들여다보았다. 10시였다. 나는 우리의 생각에 혼란만 더하고 있었다. 더 이상 알 필요 없다. 하지만 이제부터 내가 하는 말 잘 들어라. 두 번 다시 말 안 할 테니까. 내가 말했다. 녀석은 내게 가까이 다가와서 무릎을 꿇었다. 마치 내가 죽으려는 것 같았다. 너, 새 자전거가 뭔지 아냐? 내가 물었다. 예, 아빠. 녀석이 말했다. 그러면 좋다. 내가 말했다. 만약 중고 자전거를 못 찾으면 새 자전거를 사거라. 반복한다. 나는 반복했다. 반복하지 않겠다고 말했던 내가 말이다. 이제 네가 할 일이 뭔지 말해 보거라. 내가 말했다. 네 얼굴 좀 치워, 입 냄새가 나. 나는 덧붙여 말했다. 넌 이도 안 닦으면서 잇몸이 곪는다고 불평하냐. 이 말도 할 뻔했으나 나는 제때에 자제했다. 지금은 다른 주제를 끌어올 때가 아니었다. 네가 해야 할 일이 뭐냐? 나는 거듭 물었다. 녀석은 생각을 가다

듣고 말했다. 홀에 가는 거요. 녀석이 말했다. 여기서 24킬로…… 몇 킬로미터인지는 신경 쓰지 마. 내가 말했다. 너는 홀에 있어. 무엇 때문에? 아니다. 그럴 수 없다. 녀석은 결국 이해했다. 그 자전거는 누굴 위해 사는 거지, 괴링을 위해서냐? 내가 말했다. 녀석은 아직도 자기를 위해 자전거를 산다는 것을 알지 못했다. 사실 녀석은 그 무렵에 나보다 키가 작지 않았다. 짐받이에 대해서는, 마치 내가 아무 말도 안 했던 것처럼 되었다. 하지만 녀석은 마침내 모든 걸 알아차렸다. 돈이 충분하지 않으면 어떻게 해야 하느냐고 내게 묻기까지 했다. 여기로 다시 오거라, 잘 생각해 보자꾸나. 내가 말했다. 나는 물론 녀석이 깨어나기 전 이 모든 문제를 곰곰이 생각했다. 사람들이 녀석을 곤경에 빠뜨릴 수도 있고, 어린아이인 녀석에게 그 많은 돈이 어디서 났느냐고 물을 수도 있었다. 그럴 경우, 녀석은 어떻게 해야 할지 나는 알고 있었다. 즉 수사반장 폴을 찾거나 그에게 데려다달라고 부탁하면 됐었다. 이름을 대고 나서는 나는 마치 쉬트에 남아 있는 것처럼 자전거를 한 대 사러 녀석을 홀에 보냈다고 말하는 것이었다. 거기에는 분명 뚜렷이 다른 두 가지 작업이 관련되어 있었는데, 먼저 그런 경우를 예상하는 작업과 (아들 녀석이 깨어나기 전에) 그다음에는 그것을 받아넘길 방법을 찾는 작업이었다(홀이 가장 가까운 마을이라는 소식을 듣고서). 하지만 나는 녀석에게 그렇게까지 까다로운 지시 사항을 전달하는 것은 그만뒀다. 걱정하지 마라, 넌 멋진 자전거를 살 만큼 충분한 돈을 갖고 있어, 한순간도 늦추지 말고 그것을 사면 여기로 가져오너라. 내가 말했다. 아들 녀석과는 모든 걸 예상해야 했다. 녀석은 일반 자전거를 사면 그것을 어떻게 해야 할지 전혀 모를 수도 있었다. 새 지시 사항을 기다리며, 녀석은 아무도 알 수 없는 상황 속에서 홀에 남을 수도 있었다. 녀석은 내게 어디 아프냐고 물었다. 내가 얼굴을 찡그린 게 분명했다. 널 보는 게 지겨워. 내가 말했다. 그러고는 녀석에게 뭘 꾸물대느냐고 물었다. 저는 몸이 안 좋아요. 녀석이 대답했다. 녀석이 내게 몸이 어떠냐고 물었지만 나는 아무 말도 안 했고 녀석에겐 아무것도 묻지 않았는데 녀석은 몸이 좋지 않다고 말했다. 넌 번쩍거리는 새 자전거를 혼자서 모두 차지하게 되었는데도 기쁘지 않냐? 내가 물었다. 나는 녀석이 기쁘다고 말하는 걸 들으려고 그 말에 너무 집착했다. 나는 내가 한 말을 후회했고, 그것은 녀석에게 혼란만 더했다. 아무튼 가족 대화는 이것으로 충분했다. 녀석은 은신처를 떠났고, 녀석이 충분히 멀리 갔다고 판단되었을 때 나도 겨우 그곳에서 나왔다.

녀석은 스무 발짝쯤 갔다. 나는 나무줄기에 등을 단단히 기대고 멀쩡한 다리를 다른 쪽 다리 앞으로 과감히 굽혔다. 나는 녀석을 소리쳐 불렀다. 녀석이 뒤돌아보았다. 나는 손을 흔들었다. 녀석은 나를 잠시 바라보더니 등을 돌리고 다시 제 갈 길을 갔다. 나는 녀석의 이름을 불렀다. 녀석은 다시 뒤돌아보았다. 등! 내가 소리쳤다. 좋은 등으로! 녀석은 알아듣지 못했다. 한 발짝만 떨어져도 아무것도 못 알아듣는 녀석이 스무 발짝이나 떨어져서 어떻게 내 말을 알아들을 수 있었겠는가. 녀석은 내 쪽으로 다시 오고 있었다. 나는, 가! 어서 가!라고 소리치며 녀석에게 멀어지라는 신호를 보냈다. 녀석은 발길을 멈추고, 완전히 어리둥절해서 앵무새처럼 고개를 한쪽으로 갸우뚱하고 나를 쳐다보았다. 나는 돌이나 나뭇조각, 또는 흙덩이 등 아무거나 던질 만한 것을 줍기 위해서 생각 없이 몸을 굽히는 동작을 했다가 넘어질 뻔했다. 나는 머리 위에 있는 나뭇가지 하나를 꺾어 녀석 쪽으로 세게 내던졌다. 녀석은 돌아서서 뛰기 시작했다. 아들인데도 녀석을 이해하지 못할 때가 여러 번 있었다. 아무리 좋은 돌이 있더라도 내가 녀석을 못 맞힐 텐데도, 녀석은 부리나케 달아났다. 아마도 내가 쫓아가지나 않을까 겁이 났었나 보다. 사실, 내가 달리는 방식은 다른 사람을 겁에 질리게 할 만큼 무서웠다. 머리는 뒤로 젖히고, 이를 악물고, 팔꿈치는 최대한으로 굽히고, 무릎은 거의 얼굴을 때릴 만큼 올라온다. 나는 이런 식으로 달려서 나보다 빠른 사람들을 자주 따라잡았다. 그들은 자신들을 뒤쫓는 끔찍한 광란의 장면을 연장시키느니, 차라리 멈춰 서서 나를 기다렸다. 자전거 등에 대해서 말하자면, 우리에겐 등이 필요 없었다. 나중에 아들 녀석의 삶 속에 자전거가 자리를 잡게 된다면, 그때 녀석의 밤길을 비춰줄 등이 하나 필요할 것이다. 내가 등을 생각하고 녀석에게 좋은 걸로 사라고 소리쳤던 것은 나중에 녀석의 오가는 길이 위험하지 않도록, 그의 행복한 미래에 대비한 것이었다. 또한 벨을 조심해서 보고, 거래를 마치기에 앞서 소리가 잘 나는지, 상태는 좋은지 확인하고, 어떤 소리가 나는지 들어보라고 녀석에게 말할 수도 있었다. 하지만 우리는 나중에 이 모두를 살펴볼 시간이 있을 것이다. 때가 되면, 아들 녀석의 자전거에 이 세상에서 가장 좋은 등을 앞뒤로 달아주고, 최고의 벨과 브레이크를 달아주리라.

하루가 길게 느껴졌다. 아들 녀석이 보고 싶어지다니! 나는 최선을 다해 바쁘게 지냈다. 나는 음식을 여러 번 먹었다. 하느님 말고는 보는 사람이 없기에 혼자 있는 시간을 이용하여 자위를 했다. 아들 녀석도 분명 똑같은 생각을 하고 멈춰서 자위를 했을 것이다. 그 즐거움이 나보다는 녀석에게 더 컸기를 바란다. 나는 무릎에 좋은 운동이 될 거라 생각하며 은신처를 몇 바퀴나 돌았다. 꽤 빨리, 별로 통증 없이 걸었으나 금방 피곤해졌다. 열두어 발짝 가면 다리에 무거운 느낌이 엄습하곤 해서 나는 멈춰야 했다. 그것은 곧 지나갔으며 나는 다시 떠날 수 있었다. 나는 약간의 모르핀을 먹었다. 그리고 나 자신에게 몇 가지를 물어보았다. 왜 나는 아들 녀석에게 내 치료약을 사오라고 말하지 않았는가? 왜 녀석에게 내가 아픈 것을 숨겼는가? 나는, 내게 닥친 일을 내심 기뻐했던 것인가? 나는 꽤 오랫동안 그 장소의 아름다움에 흠뻑 빠졌으며, 나무들과 들판, 하늘, 새들을 한참 동안 바라보았다. 또한 가까이에서 혹은 멀리서 들려오는 소리들에 귀를 기울였다. 어느 순간 이미 앞에서 문제가 되었다고 생각되는 그 침묵을 느꼈다. 나는 은신처에 누워서 내가 이 사건에 투입된 임무에 대해 생각해 보았다. 몰로이를 찾으면 어떻게 해야 할지 다시 한번 기억해 보려고 애썼다. 나는 개울까지 힘들게 움직여 갔다. 그리고 얼굴과 손을 씻기 전에, 엎드려서 그 냇물에 나를 비춰 보았다. 내 모습이 제대로 떠오르길 기다렸다가, 냇물이 점점 나를 닮아가는 것을 바라보았다. 가끔씩 내 얼굴에서 떨어지는 물방울이 다시 그 모습을 흐려놓았다. 나는 온종일 아무도 보지 못했다. 그런데 저녁 무렵 은신처 주변을 맴도는 발소리가 들렸다. 나는 움직이지 않았다. 발소리는 차츰 멀어져 갔다. 그런데 무슨 목적이었는지는 모르지만 조금 뒤에 은신처에서 나왔을 때, 나는 내게서 몇 발짝 떨어진 곳에 꼼짝도 하지 않고 서 있는 남자를 보았다.

그는 나를 등지고 있었다. 그는 계절에 비해서 무거운 외투를 입고 있었으며 꽤 묵직한 지팡이를 짚고 있었는데, 그것은 위쪽보다 아래쪽이 훨씬 더 굵어서 마치 곤봉 같았다. 그가 몸을 돌리고 나서, 우린 꽤 오랫동안 말없이 서로를 바라보았다. 즉 나로서는 내가 겁내지 않는다는 것을 보여주기 위해서 그를 뚫어지게 응시했다. 반면에 그는 가끔씩 나를 슬쩍 바라보고는 시선을 땅에 떨어뜨렸는데, 그것은 아마 수줍어서라기보다는 조용히 생각해 보기 위해서인 것 같았다. 그 눈길은 차갑고 강력한 힘을 지니고 있었기 때문이다. 얼굴은 창백했고 잘생겼는데, 내가 그쯤이라면 나는 만족했을 것이다. 그가 모자를 벗어 손에 잠시 들고 있다가 다시 머리에 쓰자 쉰 살쯤 되어 보였다. 그 동작은 우리가 모자를 벗어 인사한다고 말하는 것과는 전혀 달랐다. 하지만 나는 고개를 숙이는 것이 좋겠다고 생각했다. 그의 모자는 모양과 색깔이 정말 독특했다. 그것을 묘사하지는 않겠다. 그것은 내가 알고 있었던 어떤 종류와도 달랐다. 그의 머리카락은 지저분한 대로 백발을 드러내 보였으며, 숱이 많고 부풀어 있었다. 그가 모자 속으로 머리카락을 다시 눌러 넣기 전에, 나는 그 머리카락이 머리통에서 천천히 일어서는 것을 바라보았다. 얼굴은 더럽고 털이 많았다. 그렇다. 그는 창백하고, 잘생겼고, 더럽고, 털이 많았다. 그의 움직임은 이상했는데, 마치 암탉이 깃털을 부풀린 다음 천천히 오므려서 전보다 작아지는 것 같았다. 나는 그가 내게 말을 걸지 않고 그냥 떠나가려는 줄 알았다. 그런데 갑자기 내게 빵 한 조각만 달라고 요구했다. 굴욕적인 부탁을 하는 그의 눈길이 이글거렸다. 그의 억양은 이방인의 억양이거나 말하는 습관을 잃어버린 사람의 억양이었다. 사실 나는 그의 뒷모습만 보고서 안도의 숨을 쉬며, 저 사람은 이방인이야, 혼잣말을 했었다. 정어리를 한 통 드릴까요? 내가 물었다. 그는 내게 빵을 요구했는데 나는 그에게 생선을 제안한 것이다. 나의 모든 성격이 여기에 나타났다. 빵이요. 그가 말했다. 나는 은신처에 들어가서 아들 녀석을 위해 남겨둔 빵 조각을 가져왔다. 녀석이 돌아오면 분명 배가 고플 테지만 나는 빵을 그에게 주었다. 나는 그가 빵을 그 자리에서 게걸스럽게 먹을 거라고 예상했다. 그런데 그는 그것을 두 쪽으로 자르더니 외투의 양쪽 주머니에 넣었다. 당신의 지팡이를 살펴봐도 되겠습니까? 내가 물었다. 나는 손을 내밀었다. 하지만 그는 움직이지 않았다. 나는 그의 손 아래쪽으로 지팡이에 손을 대었다. 그러자 잡은 지팡이를 천천히 놓아주는 그의 손가락이 느껴졌다. 이제 그 지팡이를 잡은 것은 나였다. 나는 그 가벼움에 몹시 놀랐다. 나는 지팡이를 다시 그의 손에 쥐여주었다. 그는 내게 마지막 시선을 던지고는 가버렸다.

거의 밤이 되었다. 그는 재빠르면서도 불확실한 걸음으로 걸어갔으며, 지팡이를 짚는다기보다는 끌면서 방향을 바꾸었다. 나는 선 채로 오랫동안 그를 쳐다보았다. 내가 한낮 사막의 한복판에 있었다면, 나는 그가 지평선 끝에서 작은 점이 될 때까지 눈으로 그를 따라갔을 것이다. 나는 한참 동안 밖에 더 남아 있었다. 가끔씩 귀를 기울여보았다. 그러나 아들 녀석은 아직 오지 않았다. 나는 추위를 느끼기 시작했고 은신처 안에 들어가서 아들 녀석의 우비를 덮고 누웠다. 하지만 졸음이 엄습해 오자 다시 밖으로 나와서 큰 장작불을 지펴 아들이 내 쪽으로 오도록 안내했다. 불길이 피어오르자, 이제 몸을 녹일 수 있겠구나! 하고 혼잣말을 했다. 나는 손에 불을 쪼이고 또다시 불에 쪼이기 전에 서로 비비고, 불 쪽으로 등을 돌리면서 웃옷 자락을 쳐들고, 또 꼬치에 꽂은 것처럼 빙빙 돌면서 몸을 녹였다. 그리고 마침내 불 가까운 땅바닥에 누워 열기와 피로를 더 이상 견디다 못해 잠들었다. 어쩌면 불똥이 내 옷에 튀어 살아 있는 횃불이 되어야 깨어날 것 같았다. 또한 여러 가지 다른 것들, 분명 겉으로 보기에는 연관성이 없는 다른 일련의 것도 생각했다. 그런데 내가 깨어났을 때는 어느새 낮이 되었고 불은 꺼져 있었다. 그러나 그 숯불은 아직도 뜨거웠다. 내 무릎은 더 좋아지지도 더 나아지지도 않았다. 즉 어쩌면 무릎이 약간 더 나아졌으나 너그러워진 습관 때문에, 나는 그것을 감지하지 못하는 상태에 이르렀다. 하지만 그렇게 생각하진 않는다. 내 무릎에 귀를 기울이고 여러 가지 시련을 주면서, 나는 그 습관을 경계했고 그것을 없애려고 노력했기 때문이다. 그래서 오히려 아무 변화가 없어 모랑, 이라고 말하던 것은 내 독자적인 감각 속에 들어온 다른 사람이었다. 이것은 불가능하게 보일 수도 있다.

나는 지팡이 하나를 만들려고 숲으로 갔다. 그러다가 마침내 내게 맞는 나뭇가지 하나를 발견했을 때 칼이 없다는 것을 깨달았다. 나는 아들 녀석이 땅에 놓고 다시 주워 담지 않았던 물건들 가운데 녀석의 칼이 있기를 바라면서 은신처로 돌아왔다. 그러나 칼은 그곳에 없었다. 반면에 내 시선이 우산으로 향했고, 나는 우산이 있는데 지팡이를 깎는 것이 무슨 소용이야, 라고 혼잣말했다. 그래서 우산을 짚고 걷는 연습을 했다. 그런 식으로 하면 비록 더 빨리 움직이거나, 통증이 덜 하지는 않았지만 적어도 쉽게 피곤해지지는 않았다. 그리고 열 발짝마다 멈추는 대신, 멈추게 될 때까지 열다섯 발짝을 갔다. 게다가 쉬는 동안에도 역시 우산이 도움이 되었다. 왜냐하면 그것을 짚었을 때는 아마도 혈액순환의 부족으로 느껴진 다리의 무거움이 내 근육과 내 생명나무에 의지할 때보다 훨씬 빨리 사라졌기 때문이다. 그런데 이렇게 장비가 갖춰지자 나는 전날 했던 것처럼 은신처 주변만 맴도는 것만으로는 만족하지 못하고 사방으로 돌아다녔다. 그래서 심지어는 아들 녀석이 보이게끔 전부 내려다보이는 조그만 언덕에까지 이르렀다. 나는 가끔씩 상상 속에서 핸들에 몸을 굽히거나 페달을 딛고 선 채로 점점 다가오는 녀석을 보았다. 녀석의 헐떡거리는 소리도 들었으며, 그 포동포동한 얼굴에 돌아온 기쁨의 빛까지 보았다. 그러나 나는 동시에 은신처도 감시했는데, 한 번 나갈 때 마지막 지점에서 다음 번 나갈 때 마지막 지점으로 곧바로 간다면 편리한데도 나는 그렇게 하지 않았다. 나는 나갈 때마다 매번 반대 방향으로 은신처까지 돌아와서, 그 안의 모든 것이 제자리에 있는지 확인하고, 그런 다음 다시 나갔다. 그래서 나는 이 두 번째 날을 대부분 이런 감시와 상상들 속에서 헛되이 왔다 갔다 하면서 보냈다. 그래도 온종일 그렇게 보낸 것은 아니었다. 왜냐하면 가끔씩 나는 내게 작은 집이 되어버린 은신처에 누워서 가만히 몇 가지 것에 대해 생각해 보았기 때문이다. 특히 그것은 필수 먹거리에 대한 것이었고, 한번 진탕 먹고 났더니 정어리 통조림 두 통과 비스킷 한 줌, 사과 몇 개밖에 남지 않았다. 하지만 나는 일단 몰로이를 찾으면 그를 어떻게 해야 할지 기억해 냈다. 그리고 나 자신에 대해서도 마찬가지로 내 안에서 변한 게 무엇이었는지 검토했다. 그런데 나는 하루살이의 속도로 늙어가는 나 자신을 보는 것 같았다. 그러나 그때 내게 일어났던 생각은 정확하게 노화에 대한 생각은 아니었다. 내가 본 것은 오히려 하나의 무너짐, 오래전부터 늘 나를 보호해 주었던 모든 것의 맹렬한 붕괴였다. 또는 한때 알았다가 저버린 어느 빛과 얼굴을 향해서, 나는 점점 더 빨라져 가는 어떤 구멍 뚫기를 지켜보았다. 하지만 어둡고 육중한 것이 삐걱거리며 돌아다니다가 액체가 되던 그 느낌을 어떻게 묘사해야 할까.

바로 그때 나는 잔잔한 바다를 뚫고 심연으로부터 천천히 올라오는 작은 공을 보았다. 그것은 처음에 매끈해서 그것을 호위하는 소용돌이보다 그다지 선명하지 않다가, 조금씩 눈과 입의 구멍들과 다른 상처 자국들이 있는 얼굴이 되었다. 그것이 여자의 얼굴인지 남자의 얼굴인지, 젊은이의 얼굴인지 늙은이의 얼굴인지도 가릴 수 없었다. 또한 그 평온함도 그것과 빛 사이에 있는 물의 효과 때문인지 알 수 없었다. 그러나 나는 그 가엾은 얼굴들을 건성으로만 지켜보았다는 것을 말해야 한다. 그 얼굴들 속에서 아마도 내가 와해되는 느낌을 스스로 억누르려 애쓰고 있었는지도 모른다. 그리고 나의 무관심은 내가 자제하는 것에 얼마나 무관심하고 변했는지를 나타냈다. 그런데 만일 내가 나에 대하여 계속했더라면 아마 여러 가지 발견을 했을 것이다. 하지만 나는 거기에서, 약간의 빛이 뻗어 나온 것만으로도 근심을 덜기에 충분했다. 그리고 조금 뒤에 가면 모든 것을 다시 시작해야 했다. 그래서 이렇게 하는 방식에서 나 또한 나 자신을 알아보기 어려웠다. 왜냐하면 여러 계략을 함께 강구하는 것은 내 습관 속에 있지 않았고, 나는 그것들을 따로따로 분리해서 최대한으로 밀고 나가곤 했기 때문이다. 게다가 몰로이에 대하여 내게 부족했던 단서들조차 내 기억 속에서 들썩거리자, 나는 그것들로부터 돌아서서 미지의 것들로 향했다. 그리고 보름 전만 해도 비타민과 칼로리의 문제까지 들먹이며 내게 남아 있는 음식으로 얼마나 버틸 수 있을지 즐겁게 계산하던 내가, 만일 식량을 채워 놓지 못하면 영양실조로 죽을 거라고 인정하기에 이르렀다. 이렇게 해서 두 번째 날이 지나갔다. 그런데 세 번째 날로 넘어가기 전에 주목해야 할 한 가지 사건이 남아 있었다.

저녁 무렵, 나는 방금 불을 지피고 불길이 올라오는 걸 지켜보고 있다가 누군가 나를 부르는 소리를 들었다. 그 목소리는 너무 가까워서 소스라치게 놀랐는데, 분명 남자 목소리였다. 깜짝 놀란 뒤 나는 다시 침착해져서 마치 아무 일도 없었던 것처럼 나뭇가지 하나를 가지고 뒤적이며 불을 살펴보았다. 그런데 그 나뭇가지는 내가 바로 그 전에 불을 뒤적일 용도로 꺾었던 것으로, 나는 그 잔가지들과 잎사귀들 심지어 그 껍질의 일부로 내 손톱 하나도 제거했었다. 나는 언제나 나뭇가지들의 껍질을 벗겨 그 하얗고 매끄러운 예쁜 속 줄기를 드러내는 것을 좋아했다. 하지만 대부분의 경우 나무를 향한 알 수 없는 애정과 연민의 감정이 그렇게 하지 못하게 했다. 그런데 나는 낙뢰를 맞아 500세에 죽은 테네리페섬의 용혈수를 내 가까운 친구들 가운데 하나로 꼽고 있었다. 그것은 장수의 본보기였다. 이 나뭇가지는 수액이 많은 통통한 가지라서 내가 불 속에서 쑤셔도 불이 붙지 않았다. 나는 그 나뭇가지의 가는 끄트머리를 잡았다. 불이 내는 나무의 뒤틀리는 탁탁 소리 때문에 그 남자는 내게 가까이 다가올 수 있었다. 내 신경을 건드리는 것이 한 가지 있다면, 나 자신이 불시에 일을 당하는 것이다. 그래서 겁에 질린 내 동작이 눈에 띄지 않기를 바라면서, 나는 마치

나 혼자인 것처럼 계속 불을 쑤셔 불꽃을 일으켰다. 그런데 내 어깨를 두드리는 그의 손이 닿자 나는 잘 꾸며진 두려움과 분노의 동작으로 재빨리 돌아섰다. 이제 나는 한 남자와 얼굴을 마주한 채 서 있게 되었고, 어둠 때문에 먼저 그의 신체를, 그다음엔 그의 얼굴을 잘 분간할 수가 없었다. 친구여 안녕! 그가 말했다. 차츰 나는 그가 어떤 유형의 인간인지 파악할 수 있게 되었다. 정말이지 그의 신체 여러 부분과 부분 사이에는 굉장한 일치와 조화를 이루었다. 우리는 그에 대하여 몸은 그의 얼굴에 어울리고, 또 반대로 얼굴은 그의 몸에 어울린다고 말할 수 있을 것 같았다. 만약 내가 그의 엉덩이를 볼 수 있었다면, 그것도 나머지 다른 부분과 어울릴 것은 의심할 여지가 없었다. 이 벽촌에서 누군가를 만나리라고는 기대하지 않았소, 내가 아주 운이 좋군. 그가 말했다. 내가 뜨겁게 타오르기 시작하던 불에서 비켜서며 더 이상 가리지 않자 그 빛은 침입자를 비추었는데, 그때 나는 내가 틀리지 않았다는 것과 내가 얼핏 본 바로 그는 그런 부류의 귀찮은 놈이라는 것을 알아차릴 수 있었다. 말해 줄 수 있겠소? 그가 물었다. 비록 내 원칙에 어긋나지만, 나는 간결하게 그를 설명해야 할 것 같다. 그는 키가 작은 편이었으나 어깨가 딱 벌어져 있었다. 재단이 엉망인 짙은 감색의 두꺼운 양복(상의가 더블로 된)을 입었고, 통이 매우 넓고 발끝이 발등보다 높은 검은색 구두를 신고 있었다. 이런 흉측한 모양은 검은 구두 때문인 것 같다. 무슨 일이 있었는지 당신은 모르시오? 그가 물었다. 끝에 수술이 달린 검은색 목도리는 길이가 적어도 2미터는 되었는데, 그는 목에 여러 번 감아서 그 끝을 등 뒤로 내렸다. 그는 챙이 좁은 진한 청색 펠트 모자를 쓰고 있었고, 그 리본 속 낚시 갈고리는 꽤 운동선수 같은 분위기를 풍겼다. 내 말 들리시오? 그가 물었다. 하지만 유감스럽게도, 그의 얼굴과 내 얼굴을 비교해 보면 어렴풋이 닮은 구석이 있었다. 물론 나보다 갸름하지는 않았지만 실패한 작은 콧수염도 같고, 작은 족제비 눈도 같고, 코 측면이 말려 있는 것도 같고, 얇고 붉은 입술은 마치 몹시 말을 많이 하고 싶어서 충혈된 것처럼 보였다.

이봐요! 그가 말했다. 나는 불 쪽으로 다시 갔다. 불은 잘 타고 있었으며 나는 그 위에 나뭇조각을 던졌다. 내가 당신에게 말을 건 지 5분이나 되었소. 그가 말했다. 나는 내 은신처 쪽으로 갔으나 그가 길을 막았다. 내가 다리를 절뚝거리는 걸 보더니 그는 대담해졌다. 대답하는 게 좋을 거요. 그가 말했다. 나는 댁을 모르오. 내가 말했다. 그리고 웃었다. 사실 그것은 선의의 웃음이었다. 내 신분증을 보고 싶소, 선생? 그가 물었다. 봐도 소용없을 거요. 내가 대답했다. 그는 내 쪽으로 더 바싹 다가왔다. 비켜주시오. 내가 말했다. 이번에는 그가 웃었다. 대답 안 할 거요? 그가 물었다. 나는 꾹 참았다. 뭘 알고 싶으시오? 내가 말했다. 그는 내가 호탕한 본심으로 돌아온 줄로 생각했나 보다. 그렇게 나와야지. 그가 말했다. 나는 금방이라도 도착할 것 같은 아들 녀석의 모습을 떠올리며 구조를 바랐다. 이미 말했잖소. 그가 말했다. 나는 떨렸다. 다시 한번만 말해 주시기 바라오. 내가 간략하게 말하자, 그는 지팡이를 든 노인이 지나가는 걸 보았느냐고 내게 물었다. 그는 그 노인의 용모를 설명했다. 매우 서툴렀다. 목소리가 멀리서 아련하게 들려오는 듯했다. 아니오. 내가 말했다. 아니라뇨? 그가 말했다. 난 아무도 못 보았소. 내가 말했다. 그렇지만 그 노인은 이쪽으로 지나갔소. 그가 말했다. 나는 입을 다물었다. 여기엔 언제부터 계셨소? 그가 물었다. 마치 그는 분리되는 것처럼 몸의 형체마저도 흐려졌다. 당신은 여기서 뭐 하시오? 그가 말했다. 댁은 이 지역의 감시를 맡고 계시오? 내가 물었다. 그는 한 손을 내 쪽으로 내밀었다. 나는 거기서 비키라고 그에게 다시 한번 말했던 것 같다. 아직도 쥐었다 폈다 하며 내 쪽으로 다가오던 그의 하얀 손이 생각난다. 마치 손이 저절로 움직이는 것 같았다. 나는 그때 무슨 일이 일어났는지 모른다. 하지만 조금 뒤에 나는 머리가 짓이겨진 채로 땅바닥에 누워 있는 그를 발견했다. 어떻게 해서 그런 결과를 초래했는지 가르쳐줄 수 없어서 유감이다. 그것은 아주 흥미로운 대목이 되었을 텐데. 나 자신은 아무 데도 다친 곳이 없었다. 아니, 있었다. 나는 다음 날 몇 군데 할퀸 상처를 발견했다. 나는 그에게 몸을 굽혔다. 그렇게 하면서 다시 내 다리가 굽혀지는 것을 알게 되었다. 그러자 그는 더 이상 나와 비슷해 보이지 않았다. 나는 그의 발목을 잡고 뒷걸음질을 쳐서 내 은신처 안으로 끌고 갔다. 그의 구두는 두껍게 바른 기름 묻은 왁스 때문에 번쩍였다. 양말은 갈매기 무늬가 그려져 있었다. 바지가 올라가서 하얗고 털이 없는 다리의 살이 드러났다. 그의 발목은 나처럼 가늘고 뼈는 앙상했다. 거의 내 손가락으로 쥐어질 정도였다. 그는 양말대님을 하고 있었는데 한쪽은 풀어져서 늘어져 있었다. 이런 모습을 보자 측은한 생각이 들었다. 나는 다시 불 가까이로 갔다. 내 무릎은 또다시 뻣뻣해져 갔다. 더 이상 굽힐 필요가 없었다. 나는 다시 은신처로 돌아와서 아들 녀석의 우비를 집어 들었다. 그리고 불가로 가서 우비를 덮고 누웠다. 나는 푹 잔 것은 아니지만 조금은 잤다. 올빼미들 소리가 들려왔다. 부엉이는 아니었다. 그것은 기차의 기적 소리와 같은 울음소리를 냈다. 꾀꼬리 소리도 들렸다. 멀리서 흰눈썹뜸부기들이 우는 소리도 들려왔다. 만일 내가 밤에 울며 노래하는 다른 새들에 대해 말하는 것을 들었다면, 그것들도 들었을 것이다. 나는 두 손을 펴고 포갰고 그 위에 뺨을 얹은 채 불이 꺼져 가는 것을 지켜보았다. 새벽을 기다렸다. 동이 트자마자 나는 일어나서 은신처로 갔다. 그의 양쪽 무릎은 매우 굳어져 있었다. 하지만 다행히 허리 관절들은 아직도 움직였다. 나는 그를 숲으로 끌고 가면서 쉬기 위해 자주 멈췄지만, 다시 몸을 굽힐 필요가 없도록 다리를 내려놓지 않았다. 그런 다음 은신처를 해체시켰고 그렇게 해서 생긴 나뭇가지들을 시체 위에 던져 버렸다. 나는 짐을 싸서 두 개의 가방을 어깨에 메고 우비와 우산을 들었다. 뭐, 한마디로 말하면 야영지를 철수한 거였다. 하지만 떠나기 전에 나는 아무것도 잊어버린 게 없도록 생각을 가다듬었는데, 내 머리를 믿을 수가 없었다. 주머니를 더듬어보고 주위를 둘러보았으니까. 그런데 바로 주머니를 더듬다가 나는 열쇠들이 없다는 것을 확인했고, 내 머리는 없어진 사실을 미리 알려주지 못했다. 나는 곧 고리가 부러져서 땅바닥에 여기저기 흩어져 있는 열쇠들을 다시 찾아냈다. 사실대로 말하면, 먼저 쇠줄을 찾았고 그다음에 열쇠들, 마지막으로 두 동강이 난 고리를 찾았다. 우산을 짚는다고 하더라도 열쇠 한 개를 줍기 위해 매번 몸을 굽힌다는 것은 힘들었기에, 나는 가방과 우산을 내려놓고 열쇠들 사이로 납작 엎드렸다. 그러자 그것들을 꽤 쉽게 주웠다. 그리고 내가 닿지 않는 곳에 열쇠 하나가 있으면 나는 두 손으로 풀을 거머쥐고 거기까지 몸을 질질 끌며 갔다. 그리고 저마다 열쇠를 주머니에 넣기 전에 물기가 있든 없든 풀로 닦았다. 나는 가끔 손을 짚고 몸을 일으켜 주변을 잘 둘러보았다. 꽤 멀리 떨어진 곳에서 여러 개의 열쇠를 발견하자 커다란 실린더처럼 데굴데굴 뒹굴었다. 더 이상 열쇠가 보이지 않자 나는 그것들을 세어볼 필요가 없어, 라고 혼잣말을 했다. 그런 다음 눈으로 다시 한번 찾아보기 시작했다. 하지만 결국엔, 할 수 없지, 갖고 있는 걸로 만족해야겠어, 라고 말했다. 그런데 이렇게 열쇠를 찾다가 내가 숲에 버렸던 귀마개 한쪽을 발견했다. 게다가 더 이상한 것은 머리에 쓰고 있다고 생각했던 내 밀짚모자를 발견했다는 사실이었다! 감히 이런 표현을 써본다면, 고무줄이 통과했던 두 구멍 가운데 하나는 모자의 챙 끝까지 넓혀지고 벌어져 더 이상 구멍이 아니라 아귀 같았다. 하지만 다른 쪽 구멍은 괜찮았고 고무줄도 여전히 끼워져 있었다. 그리고 마침내 나는 일어났고 위에서 내려다보며 마지막으로 땅을 살펴봐야지, 라고 혼잣말했다. 그리고 나는 그렇게 했다. 바로 그때 나는 고리를 찾았는데 처음에는 한쪽을, 그다음에는 다른 쪽을 찾았다. 그런 다음 내 것이든 아들 녀석의 것이든 더 이상 아무것도 눈에 띄지 않자, 나는 가방들을 다시 메고 머리에 밀짚모자를 푹 눌러썼다. 그 뒤 아들 녀석의 우비를 팔에 포개어 걸친 채 우산을 집어 들며 그곳을 떠났다. 하지만 멀리 가지는 않았다. 그것은 곧 어느 언덕 꼭대기에서 발길을 멈췄기 때문이며, 그곳에서도 야영 자리와 주변의 들판을 감시할 수 있었다. 그리고 나는 이상한 점을 발견했는데, 그 장소의 지형과 하늘, 구름들까지 마치 어느 대가의 그림에서처럼 눈길은 천천히 야영지 쪽으로 이끌어가도록 배치되어 있었다. 나는 가능한 한 아주 편안하게 자리를 잡았다. 여러 가지 짐을 내려놓고 정어리 통조림 한 통 전부와 사과 한 개를 먹고 나서 아들 녀석의 우비를 깔고 그 위에 엎드려 누웠다. 팔꿈치를 땅에 대고 두 손으로 턱을 받치기도 했는데, 그렇게 하면 내 시선이 지평선으로 향했다. 마침내 땅에다 내 두 손으로 쿠션을 만들어서 그 위에 뺨을 뉘고 한쪽 뺨 5분, 다른 쪽 뺨 5분씩 엎드려 있기도 했다. 가방 두 개로 베개를 만들 수도 있었을 텐데 나는 그렇게 하지 않았다. 그것은 생각지도 못했다. 그날은 그 어떤 사건도 없이 조용히 흘러갔다. 오직 개 한 마리가 나에게 이 셋째 날의 단조로움을 깨뜨려주었는데, 처음에는 내가 불을 피웠던 자리의 잔해 주변을 돌더니, 그다음에는 숲으로 들어갔다. 그런데 나는 그 개가 거기서 나오는 것은 보지 못했다. 내 주의가 다른 데로 향해 있었거나, 아니면 개가 숲을 가로질러 다른 쪽으로 빠져나갔기 때문이다. 나는 모자를 고쳤는데, 정어리 통조림 따개를 써서 예전의 구멍 옆에 새로 구멍 하나를 만들어서 거기에다 고무줄을 고정시켰다. 고리도 두 조각을 서로 꼬아 거기에 열쇠들을 끼운 뒤 긴 쇠줄을 다시 달아 고쳤다. 그리고 시간이 좀 짧게 느껴지게끔 몇 가지 질문을 던지고 거기에 스스로 답했다. 그중 몇 가지는 이렇다.

질문 그 청색 펠트 모자는 어떻게 되었나?

답

질문 지팡이를 든 그 노인이 혐의를 받지 않을까?

답 그럴 가능성이 크다.

질문 그가 무죄로 드러날 가능성은 어떠한가?

답 희박하다.

질문 아들 녀석에게 무슨 일이 일어났었는지 알려주어야 할까?

답 아니다. 그러면 녀석은 나를 고발할 의무를 지게 될 테니까.

질문 녀석이 나를 고발할까?

답

질문 내 기분은 어땠나?

답 평소와 거의 비슷했다.

질문 그렇지만 나는 변했고 여전히 변하고 있었나?

답 그렇다.

질문 그런데도 내 기분은 거의 평소와 비슷했나?

답 그렇다.

질문 어떻게 그럴 수 있었지?

답

이 질문들과 또 다른 질문들 사이사이뿐 아니라, 질문과 답 사이에도 조금 간격이 있었다. 그리고 답들이 언제나 질문의 순서대로 되었던 것은 아니다. 하지만 주어진 질문에 대한 하나의 답이나 여러 답을 찾는 중에도, 나는 이미 던졌던 질문에 대한 답들을 발견하거나, 곧바로 답이 요구되는 다른 질문들을 발견하기도 했다.

이제 상상 속에서 나를 현재 시점과 결부하여 볼 때, 나는 위의 모든 구절을 단호하고 만족스러우며 침착하게 썼었다. 왜냐하면 이 글들이 읽히기 전에 나는 멀리, 아무도 나를 찾아올 생각을 하지 못할 곳에 있을 것이기 때문이다. 그리고 유디가 나를 돌봐줄 것이고, 임무를 수행하는 동안 저지른 잘못 때문에 내가 처벌을 받도록 내버려두지는 않을 것이다. 또한 누구도 내 아들 녀석한테는 무슨 일을 저지르지 못할 테고, 오히려 그런 아버지를 두었다고 사람들은 녀석을 동정할 게 분명했다. 그 뒤 녀석에게는 사방에서 원조 제의와 존중을 보장하는 말들이 넘쳐 들어올 것이다.

그렇게 셋째 날이 흘러갔다. 나는 5시쯤에 마지막 정어리 통조림과 비스킷 몇 개를 맛있게 먹었다. 그래서 내게 남은 것은 사과 몇 개와 비스킷 몇 개뿐이었다. 그런데 7시쯤 태양이 이미 낮게 내려가 있을 때, 아들 녀석이 도착했다. 내가 깜빡 졸았었나 보다. 녀석이 먼저 지평선에 나타나서 매 순간마다 점점 커지는 것을 나는 전혀 보지 못했기 때문이다. 반면 내가 녀석을 보았을 때, 녀석은 이미 야영지와 나 사이에 있었으며 야영지 쪽으로 가 있었다. 순간 심한 노여움이 홍수처럼 밀려와서 나는 벌떡 일어나 우산을 마구 흔들어대며 고함 치기 시작했다. 녀석이 뒤를 돌아보자, 나는 마치 손잡이로 뭔가를 걸어서 잡아당기려는 듯 녀석에게 다가오라는 신호를 보냈다. 나는 순간적으로 녀석이 나를 무시하고 야영지까지, 아니 더 이상 야영지는 없었으니까 더 정확히 말하면 야영지가 있었던 자리까지 가던 길을 계속 가리라 생각했다. 그런데 끝내는 내 쪽으로 왔다. 녀석은 자전거 한 대를 밀고 왔는데 나를 만나자 더 이상 못하겠다는 몸짓으로 그것을 넘어뜨렸다.

일으켜 세워라, 한번 봐야겠다. 내가 말했다. 사실 꽤 좋은 자전거였던 것 같다. 나는 기꺼이 그것을 묘사할 수도 있고, 그것에 대해서 쉽게 4000단어를 쓸 수도 있을 것이다. 네 자전거가 그거냐? 내가 물었다. 녀석이 대답을 하리라고는 그다지 기대하지 않으면서 나는 계속 자전거를 들여다보았다. 그런데 녀석의 침묵 속에 뭔가 심상찮은 점이 있어서 녀석 쪽으로 눈길을 돌렸다. 녀석은 눈을 부라리고 나를 쳐다보고 있었다. 무슨 일이냐, 내 바지 단추가 열리기라도 했단 말이냐? 내가 물었다. 녀석이 다시 자전거를 놓자 쓰러져버렸다. 다시 세워라. 내가 말했다. 녀석은 자전거를 다시 세웠다. 무슨 일이 있었어요? 녀석이 물었다. 넘어졌어. 내가 대답했다. 넘어졌다고요? 녀석이 말했다. 그래, 넘어졌어. 넌 말이지, 넌 한 번도 넘어진 적이 없냐? 내가 소리쳤다. 나는 교수형에 처해진 사람들의 사정(射精)으로 생겨나서 꺾으면 소리를 지르는 식물의 이름을 기억해 내려 했다. 얼마나 들었냐? 내가 물었다. 4파운드요. 녀석이 대답했다. 4파운드나! 내가 소리쳤다. 만일 녀석이 2파운드나 심지어 30실링이라고 말했어도 나는 똑같이 소리쳤을 것이다. 4파운드 5실링을 달라고 했어요. 녀석이 말했다. 영수증 받았냐? 내가 물었다. 녀석은 영수증이 무엇인지 알지도 못했다. 나는 녀석에게 영수증에 대해 설명해 주었다. 녀석의 교육비로 지출했던 돈이 얼만데 간단한 영수증조차 모르다니. 하지만 녀석도 그것을 나만큼 잘 알고 있었다고 생각한다. 내가 녀석에게 자, 영수증이 무엇인지 말해 봐, 하고 말했을 때 녀석은 대답을 썩 잘했기 때문이다. 녀석이 실제 자전거값보다 서너 배를 더 냈든, 자전거를 사라고 준 돈 가운데에서 일부를 가로챘든 그것은 내게 아무런 상관이 없었다. 내 주머니에서 나가는 것이 아니었기 때문이다. 나머지 10실링 내놔. 내가 말했다. 다 썼어요. 녀석이 말했다. 됐다. 됐어. 녀석은 내게 설명하기 시작했다. 첫째 날은 가게들 문이 닫혔고, 둘째 날은—. 충분해, 됐다니까. 내가 말했다. 나는 짐받이를 살펴보았다. 자전거에서는 그것이 가장 튼튼했다. 공기 넣는 펌프와 함께. 최소한 굴러가기는 하냐? 내가 물었다. 홀에서 3킬로미터를 왔는데 펑크가 났어요. 그다음부터 나머지 길은 걸어왔어요. 녀석이 대답했다. 나는 녀석의 신발을 쳐다보았다. 바람을 다시 넣어라. 내가 말했다. 나는 자전거를 붙잡았다. 어떤 바퀴였는지 더 이상 알 수 없었다. 거의 비슷하게 생긴 물건이 두 개만 있으면 나는 뭐가 뭔지 알 수 없게 된다. 녀석은 나를 속이고 있었다. 녀석이 일부러 나사를 꽉 잠그지 않아서 바람이 튜브와 밸브 사이로 빠져나가고 있었다. 자전거를 붙들어라, 그리고 펌프를 이리 줘. 내가 말했다. 타이어는 금방 단단해졌다. 나는 아들 녀석을 쳐다보았다. 녀석은 항의하기 시작했다. 나는 녀석의 입을 다물게 했다. 5분 뒤에 타이어를 만져보았다. 단단해졌다. 고약한 놈. 내가 말했다. 녀석은 주머니에서 초콜릿 한 개를 꺼내 내게 내밀었다. 나는 그것을 받았다. 사실 먹고 싶었고 낭비도 싫어하긴 했지만, 나는 잠시 망설이다가 그것을 먹는 대신에 멀리 내던져버렸다. 그 망설였던 순간을 아들 녀석이 눈치채지 못했길 바랐다. 그만두자.

우리는 도로로 내려왔다. 그곳은 오솔길에 더 가까웠다. 나는 짐받이에 앉아보려고 했다. 뻣뻣한 다리의 발이 자꾸 땅속으로, 무덤 속으로 들어가려고 했다. 나는 배낭을 깔고 내 몸을 높였다. 잘 잡아라. 내가 말했다. 하지만 그것으로는 충분하지 못했다. 나는 가방을 포갰는데, 그 툭 튀어나온 것들이 자꾸 내 궁둥이를 찔렀다. 뭔가 내게 저항하면 할수록 나는 더욱더 맹렬해진다. 시간이 흐르면서 손톱과 치아만으로, 나는 땅거죽까지 기어 올라갈 것이다. 그렇게 해서 내가 얻을 게 아무것도 없다는 사실을 아주 잘 알면서도 말이다. 그리고 더 이상 손톱도 이도 없으면 내 뼈로 바위를 긁을 것이다. 여기 내가 찾은 해결책을 몇 마디로 소개하겠다. 먼저 가방, 그다음엔 배낭, 그다음엔 네 겹으로 접은 아들 녀석의 우비, 이 모든 것을 아들 녀석의 끈으로 짐받이와 안장 기둥에 꽁꽁 묶었다. 난 우산을 목에 걸었는데 그것은 자유로운 두 손으로 아들 녀석의 허리를, 아니 더 정확히 말해서 겨드랑이 밑을 잡기 위해서였다. 달려라! 내가 말했다. 녀석은 필사적으로 노력했다. 그렇게 믿고 싶지만 우린 넘어졌다. 정강이에 심한 통증이 느껴졌다. 나는 뒷바퀴에 끼여 꼼짝 못 했다. 도와줘! 내가 소리쳤다. 아들 녀석이 내가 일어나도록 도와주었다. 내 스타킹이 찢어져 다리에서 피가 나고 있었다. 그것은 다행히도 아픈 다리였다. 두 다리가 모두 고장 나면 나는 어떻게 하겠는가? 물론 다른 방법을 강구했겠지. 어쩌면 뜻밖의 좋은 결과를 얻을 수도 있었다. 나는 물론 정맥 절개술을 생각하고 있었다. 안 다쳤냐? 내가 물었다. 아뇨. 녀석이 대답했다. 아무렴. 나는 우산으로 녀석의 오금을 세게 찔렀다. 반바지와 스타킹 사이에 살이 빛나고 있던 자리였다. 녀석이 소리를 질렀다. 너 우리를 죽이려고 그러냐? 내가 말했다. 힘이 없어요, 힘이 없다고요. 녀석이 말했다. 자전거는 겉으로 보기에 아무렇지도 않았는데, 아마 뒷바퀴가 좀 휘어졌던 것 같다. 나는 곧바로 내가 저지른 잘못을 깨달았다. 그것은 떠나기 전에 두 다리를 쳐들고, 내 자리에 완전히 앉았다는 것이다. 나는 곰곰이 생각했다. 다시 한번 해보자. 내가 말했다. 전 못해요. 녀석이 말했다. 날 화나게 만들지 마라. 내가 말했다. 녀석은 자전거대에 다리를 걸쳤다. 내가 신호하면 천천히 떠나. 내가 말했다. 나는 뒷자리에 올라탔다. 앉아보니 발이 땅에 닿지 않았다. 그래야 했다. 신호를 기다려라. 내가 말했다. 나는 한쪽으로 약간 미끄러져서 성한 다리의 발이 땅에 닿게 했다. 기어가 달린 바퀴에는 고통스럽게 쳐들고 벌린 아픈 다리의 무게만 실렸다. 나는 아들 녀석의 윗도리에 손가락을 쑤셔 넣었다. 천천히 앞으로 가거라. 내가 말했다. 바퀴들이 다시 돌기 시작했다. 나는 절반은 끌려, 절반은 깡충깡충 짚으며 따라갔다. 조금씩 흔들리는 내 고환들이 걱정되었다. 더 빨리 가! 내가 소리쳤다. 녀석은 페달을 밟았다. 나는 펄쩍 뛰어서 내 자리에 앉았다. 자전거가 흔들렸다가 다시 중심을 잡고 속도를 냈다. 잘했어! 기뻐서 어쩔 줄 모르며 내가 소리쳤다. 만세! 아들 녀석도 소리쳤다. 내가 얼마나 그 감탄사를 싫어하는지! 나는 그것을 적지도 못할 뻔했다. 녀석도 나만큼 기뻤다고 생각한다. 녀석의 심장이 내 손과 손 밑에서 뛰고 있었다. 그런데 내 손은 녀석의 심장에서 멀리 있었다. 다행히도 내 모자를 고쳤으니 괜찮았지, 그렇지 않았더라면 바람에 날려 갔을 것이다. 더군다나 날씨가 좋았고 아주 다행스럽게도 더 이상 나는 혼자가 아니었다.

이렇게 해서 우리는 발리바에 도착했다. 우리가 극복해야 했던 장애물들, 따돌려야 했던 악당들, 아들의 빗나간 행동으로 발생된 아버지로서의 좌절감은 말하지 않겠다. 나는 이 모든 것을 이야기할 의도를 갖고 있었지만 이제는 더 이상 그럴 생각이 없고, 그 순간은 왔으나 욕구는 사라졌다. 내 무릎은 좋아지지도 더 나빠지지도 않았다. 정강이의 상처는 아물었다. 나 혼자서는 결코 도착하지 못했을 것이다. 아들 녀석이 도와준 덕분이다. 뭐가? 도착한 것 말이다. 녀석은 건강과 배, 이에 대해 자주 불평했다. 나는 녀석에게 모르핀을 주었다. 녀석의 얼굴색이 점점 더 나빠진 듯 보였다. 어디가 아프냐고 물어보면 녀석은 대답을 하지 못했다. 자전거도 말썽을 부렸다. 하지만 잘 수습되었다. 아들 녀석이 아니었다면 나는 도착하지 못했을 것이다. 여러 번 길을 잘못 들고, 서두르지도 않았으므로 도착하는 데 꽤 오랜 시간이 걸렸다. 몇 주가 걸렸다. 나는 여전히 몰로이를 찾으면 어떻게 해야 할지 몰랐다. 하지만 나는 그것에 대해 더 이상 생각하지 않았다. 그 대신 나는 나 자신에 대해 많이 생각했다. 녀석은 무엇을 알아보러 가거나 먹을 것을 사러 가서 자주 없었기 때문이다. 야영지에서 나가는 동안에 아들 녀석의 머리 너머를 바라보았다. 이를테면 나는 아무것도 하는 게 없었다. 녀석은 나를 잘 보살폈고, 나는 그걸 인정해야 한다. 녀석은 서투르고, 미련하고, 느리고, 더럽고, 거짓말하고, 씀씀이가 헤프고, 엉큼하고, 다정하지도 않았지만 나를 버리지는 않았다. 나는 나에 대해서 많은 생각을 했다. 즉 자주 나 자신에 대해서 대충 훑어보고, 눈을 감아버렸다가 잊어버리고, 다시 또 그것을 시작했다. 우리는 발리바에 도착하는 데 매우 오래 걸렸고, 거기에 도착한지도 모른 채 도착했다.

멈춰라. 어느 날 나는 아들 녀석에게 말했다. 방금 목동 하나가 눈에 띄었는데 그 모습이 내 마음에 들었다. 그는 땅바닥에 앉아서 개를 쓰다듬고 있었다. 털이 거의 없는 검은 양들이 걱정 없이 그들의 주변을 돌아다녔다. 세상에, 이 얼마나 평화로운 고장인가! 나는 아들 녀석을 길가에 놔두고 작은 목장을 지나 그들 쪽으로 갔다. 나는 멈춰 서서 우산을 짚고 쉬었다. 목동은 일어나지 않은 채 내가 오는 것을 바라보았고 개도 짖지 않고 바라보았다. 양들도 마찬가지였다. 천천히, 하나씩 하나씩, 양들은 나를 향해 돌아서서 나를 마주하고 내가 오는 것을 바라보았다. 가느다란 다리로 땅을 치며 뒤로 짧게 물러나는 움직임만이 양들의 불안감을 나타냈다. 양들치고는 겁이 많지 않은 것 같았다. 또한 아들 녀석은 내가 멀어져 가는 것을 지켜보았고, 등 뒤로 녀석의 눈길이 느껴졌다. 침묵은 완벽했다. 여하튼 심오했다. 모든 것을 고려해 볼 때 그것은 엄숙한 순간이었다. 날씨는 찬란했다. 저녁이 오고 있었다. 나는 멈출 때마다 주변을 둘러보았다. 목동과 양들, 개, 하늘을 쳐다보았다. 그러나 내가 걸어갈 때는 땅과 내 발의 움직임만 보였는데 성한 쪽 발은 땅에 디딘 다음 멈추고, 다른 쪽이 와서 합류하길 기다렸다. 나는 마침내 목동에게서 열 발짝쯤 떨어진 곳에 멈춰 섰다. 더 가까이 갈 필요는 없었다. 그에 대해서 자세히 이야기할 수 있다면 참으로 기쁠 것이다. 그의 개는 그를 좋아했고, 양들은 목동을 두려워하지 않았다. 그는 이제 이슬이 내리는 것을 느끼며 곧 일어나리라. 양들의 우리는 멀고 멀었다. 그는 멀리 자기 집의 불빛을 보았다. 나는 이제 양들의 가운데에 있었고, 양들은 나를 둘러싸고 시선을 내 쪽으로 집중했다. 나는 마치 양을 고르러 온 정육점 주인 같았다. 나는 모자를 들었다. 개의 시선이 내 손의 움직임을 따라가는 것을 보았다. 나는 아무 말도 하지 못하고 다시 한번 주변을 둘러보았다. 그 침묵을 어떻게 깨야 할지 몰랐다. 하마터면 아무 말도 하지 않은 채 거기서 돌아설 뻔했다. 나는 드디어 질문으로 들리길 바라는 투로, 발리바요? 라고 말했다. 목동은 입에서 담뱃대를 빼 그것으로 땅 쪽을 가리켰다. 나는 그에게, 나를 함께 데려가주시오. 재워주고 먹여주기만 한다면 충성을 다해 모시겠습니다, 말하고 싶었다. 나는 이해를 했는데, 그가 담뱃대를 땅에 치면서 같은 동작을 여러 번 되풀이하는 걸 보아 짐작할 수 있었다. 발리요? 내가 말했다. 그는 손을 들었고, 그 손은 마치 지도 위에서처럼 잠시 머뭇거리다가 고정되는 듯했다. 담뱃대에서는 아직 희미하게 연기가 났으며, 그 연기는 잠시 공기를 푸르스름하게 하더니 사라졌다. 나는 그가 가리킨 방향을 바라보았다. 개도 역시 바라보았다. 우리 셋은 모두 북쪽을 바라보았다. 양들은 내게 쏠았던 관심을 다른 곳으로 돌리기 시작했다. 아마 양들도 이해를 했나 보다. 다시 풀을 뜯어 먹으며 돌아다니는 소리가 들렸다. 나는 마침내 평원의 끝에서 거리의 수많은 불빛이 뒤섞여 모인, 희미하고 불그스름한 빛을 보았다. 그것은 은하수와 비슷했으며 마치 곧고 어두운 지평선의 아름다운 선 속에서 살짝 깨어진 틈처럼 보였다. 나는 하늘의 별들과 땅 위에 있는 사람들에게 순박한 작은 불빛들을 보여주는 저녁에 고마워했다. 낮이었다면 목동이 하늘과 땅이 맞닿는 뚜렷하고 밝은 긴 지평선을 향하여 담뱃대를 쳐들어봐야 헛일이었을 것이다. 그런데 이제 나는 다시 내 쪽으로 돌아보는 목동과 개의 시선을 느꼈고, 목동은 담뱃대가 꺼지지 않았기를 바라면서 그것을 다시 빨아대기 시작했다. 그래서 나는 그 희미한 빛을 바라보는 건 나 혼자뿐이라는 것을 알았으며, 그 빛은 점점 더 활기차게 타오르다가 순식간에 꺼져버렸다. 이렇게 매혹되어 있는 것이 나 혼자라는 사실이 맘에 걸렸다. 그래서 내가 어떻게 하면 나 자신을 혐오하지 않고 마음 아프지 않게 거기서 돌아설 수 있을까 생각했다. 바로 그때, 내 주위에서 커다란 탄식 소리가 들려왔으며 그 소리는 떠나는 것이 내가 아니라 양 떼라고 알려주었다. 나는 목동을 선두로, 그다음에는 조밀조밀 머리를 숙인 양들이 서로 밀치고 가끔씩 종종걸음을 치는 것을 보았다. 또 양들은 멈추지 않은 채 마치 장님처럼 땅에서 마지막 한 입을 뜯었고, 그리고 맨 끝엔 검고 털이 복슬거리는 개가 큰 꼬리를 흔들면서 기우뚱거렸다. 나는 자기의 만족을 아무도 봐주지 않는데도 꼬리를 흔들면서 멀어져 가는 개를 바라보았다. 그 작은 양 떼는 주인이 소리를 지를 것도 없고 개가 끼어들 것도 없이, 그렇게 질서 정연하게 가고 있었다. 그리고 아마도 우리나 울 안까지 그렇게 갈 것이다. 거기서 목동은 한쪽으로 비켜서서 자기 양들을 지나가게 하고, 양들이 자기 앞으로 일렬로 지나가는 동안 그것들을 셀 것이다. 그런 다음 그는 자신의 집으로 간다. 부엌문은 열려 있고 등불이 타고 있으며, 그는 들어가서 모자를 벗지 않은 채로 식탁 앞에 앉을 것이다. 하지만 개는 들어가도 되는지, 아니면 밖에 있어야 하는지 잘 알 수 없어 문지방에서 멈추겠지.

그날 밤 나는 아들 녀석과 함께 꽤 격렬하게 한바탕 싸웠다. 무슨 일 때문이었는지는 기억나지 않는다. 잠깐만, 어쩌면 그것은 중요한 문제일 수도 있다.

아니다, 잘 모르겠다. 나는 아들 녀석과 수없이 싸웠다. 그 무렵엔 분명 다른 때와 비슷한 싸움으로 보였을 것이고, 그것이 내가 아는 전부이다. 나는 분명 어떤 확실한 기술로 잘 싸웠을 터이며, 녀석의 잘못이 얼마나 큰지 확실하게 보여주었을 것이다. 그런데 그다음 날 나는 내가 틀렸다는 것을 알아차렸다. 일찍 일어났는데 은신처에 나 혼자 있었기 때문이다. 언제나 내가 먼저 일어났었는데 말이다. 나는 내가 혼자 남은 지 오래되었다는 것을 오랫동안 녀석의 숨결이 내 숨결과 뒤섞이지 않은 것으로 알았다. 그런데 밤사이에 또는 첫새벽에 수치심을 느껴서 녀석이 자전거를 갖고 떠났다는 사실, 그 자체는 별로 걱정할 게 없었다. 만일 그뿐이었다면 그것에 대해 훌륭하고 명예로운 해명을 찾아낼 수 있었을 것이다. 유감스럽게도 녀석은 제 가방과 우비까지 가져갔다. 그리고 은신처 안팎에도 녀석의 물건이 하나도 남아 있지 않았다, 단 한 개도. 그뿐만 아니라, 가끔씩 이탈리아 저금통에 넣을 몇몇 펜스만 만졌던 녀석이 상당한 액수의 돈도 가져갔다. 물론 내 지시였지만, 녀석이 모든 것, 특히 물건 사는 일을 도맡은 뒤로 나는 어느 정도까지는 돈에 대하여 녀석을 믿었었다. 그래서 녀석은 꼭 필요한 것보다 훨씬 많은 액수를 늘 몸에 지니고 있었다. 그 점에 좀 더 사실성을 부여하기 위해 다음을 덧붙이겠다.

1. 나는 녀석이 이중으로 부기 장부를 기록하는 법을 배우기를 원하면서 녀석에게 그 기초를 몸에 익히도록 가르쳤다.

2. 나는 한때 나의 즐거움이었던 이 귀찮은 일을 더 이상 하고 싶지 않았다.

3. 나는 녀석에게 돌아다니는 동안에 눈을 크게 뜨고 가볍고 값이 저렴한 두 번째 자전거를 봐두라고 말했다. 왜냐하면 나는 짐받이에 이골이 났고, 게다가 아들 녀석도 두 사람을 위해서 페달을 밟을 힘이 더 이상 없게 될 날이 올 것을 알았기 때문이다. 그리고 조금만 연습하면 나도 한 발로 페달을 밟을 수 있다고 믿었다. 아니, 내가 지금 무슨 말을 하고 있나, 알고 있었다. 그러면 나는 내게 마땅한 자리를, 내 말은 앞자리를 차지할 수 있을 것이다. 그리고 아들 녀석은 뒤에서 나를 따라올 것이다. 그러면 말도 안 되게 아들 녀석은 내 지시를 무시하고 오른쪽으로 가라면 왼쪽으로 가고, 왼쪽으로 가라면 오른쪽으로 가거나, 오른쪽이나 왼쪽으로 가라면 곧장 앞으로 가버리는 짓을 다시는 못할 것이다. 사실 그런 일은 최근에 점점 더 자주 일어나고 있었다.

이것이 내가 덧붙이고 싶었던 것들의 전부이다.

나는 지갑을 들여다보고는 15실링밖에 들어 있지 않다는 것을 확인했다. 그것으로 보아 아들 녀석이 이미 갖고 있던 돈에 만족하지 않고 떠나기 전, 내가 자는 동안에 내 주머니를 몽땅 턴 것이 틀림없었다. 그런데 사람의 마음이란 얼마나 기이한지, 나는 구조대가 닿을 때까지 적은 액수를 남겨준 녀석에게 고마워했고, 게다가 나는 거기서 어떤 세심한 배려를 보았다!

그러니까 나는 내 가방처럼 녀석이 가져갈 수도 있었지만 남겨둔 우산, 15실링과 함께 홀로 남았고 냉정하게 발리바에 버려졌다는 것을 알게 되었다. 내가 실제로 거기 있었다면 말이다. 그러나 발리로부터는 아직도 멀리 떨어져 있었다. 그래서 나는 며칠 동안, 며칠인지는 모르겠지만 아들 녀석이 나를 버리고 간 바로 그 장소에서 마지막 남은 식량을 먹으며 (녀석은 그것도 쉽게 가져갈 수 있었다), 살아 있는 사람은 하나도 보지 못한 채 더 이상 움직이지 못할 만큼 굳세게 남아 있었다. 그것은 내가 평온했기 때문인데, 나는 모든 게 끝나거나 다시 시작되리라는 것을 알고 있었다. 그 어느 쪽이든 중요하지 않았고 그 방법도 중요하지 않았으며, 나는 오직 기다리면 됐다. 그래서 나는 이따금 내 안에 어린아이 같은 희망들이 자라게 한 뒤, 그것들을 깡그리 터뜨리면서 재미를 느끼기도 했다. 예를 들면 내 아들 녀석은 분노를 가라앉힌 다음 나를 불쌍하게 생각하고 다시 내 쪽으로 오리라는 것! 혹시 그것은 몰로이의 고장이었기에 내가 있는 곳까지 그가 오리라는 것, 그러면 나는 그를 친구로, 아버지로 삼을 것이며 그는 유디가 나에게 화를 내고 처벌하지 않도록 내가 해야 할 일을 도와주리라는 것! 그렇다. 나는 그 희망들이 내 안에서 점점 자라서 뭉게뭉게 일어나 반짝이고 매혹적인 수많은 장식으로 꾸며지게 놔두었다. 그 뒤, 다시 혐오의 빗자루를 크게 휘둘러 모조리 쓸어버리고 내 안을 깨끗이 청소한 다음 그것들이 더럽히려 했던 빈 공간을 만족스럽게 바라보았다. 그리고 저녁에는 발리의 불빛 쪽으로 몸을 돌려 그 불빛들이 점점 더 밝게 빛나다가 거의 동시에 꺼져버리는 것을 보았다. 이는 공포에 떠는 인간들의 더럽고 작은 불빛들이 깜빡이다가 꺼져버리는 것과 같았다. 그리고 나는 이 불행이 닥치지 않았다면, 어쩌면 나도 저곳에 있을 뻔했는데!라고 혼자서 말하곤 했다.

그런데 내가 이야기할 뻔했고, 그렇게도 가까이서 보고 싶어 했던 오비딜은 가까이서건 멀리서건 결코 보지 못했으며, 그가 존재하지 않았다고 해도 놀라지 않았을 것이다. 그리고 유디가 나에게 가할 수 있는 징계들을 생각하자 너무 웃겨서 온몸이 흔들렸는데, 아주 작은 소리도 나지 않았고 내 얼굴엔 슬픔과 평온 말고 다른 표정이 나타나지도 않았다. 그러나 그 웃음 때문에 내 온몸은 흔들렸고 다리까지도 흔들려서, 서 있을 때 이런 일이 일어나면 나는 나를 균형 있게 지탱할 수 없었다. 그리하여 나는 나무나 떨기나무에 기대어야 했다. 참으로 이상한 웃음이었다. 그리고 나는 그것에 대하여 더 이상 생각하지 않았다. 하지만 때때로 나는 그것이 멀리 있지 않고, 높이 올라왔다가 하얗게 부서지는 파도를 향하는 모래들처럼 그것을 향해 다가가고 있는 것을 보았다. 그러나 이 비유는 내 상황에 별로 맞지 않는다. 내 상황은 그보다는 물로 씻겨 내리기를 기다리는 똥의 이미지였다. 나는 언젠가 나의 집에서 파리 한 마리가 내 재떨이 위를 낮게 날다가 날개로 바람을 일으켜 약간의 담뱃재를 일으켰을 때 느꼈던 가슴의 작은 고동을 여기에 적는다. 나는 점점 더 쇠약해져 갔으나 나로서는 만족스러웠다. 며칠 전부터는 아무것도 먹지 않았다. 뽕나무 열매나 버섯을 찾아 먹을 수도 있었겠지만, 나는 그것에 흥미가 없었다. 나는 온종일 아들 녀석의 우비를 아련히 그리워하면서 은신처에 누워 있었고, 저녁에는 밖으로 나와 발리의 불빛들 앞에서 한바탕 웃어젖혔다. 그리고 약간의 위경련과 부기로 고통스러워하면서도 매우 만족했고 나 자신에 대해 거의 열광에 가까울 만큼 만족을 느낀 뒤, 매혹되었다. 그리고 나는 곧 의식을 완전히 잃게 되겠지. 그것은 시간문제일 뿐이야, 라고 혼잣말을 했다. 하지만 가베르의 도착으로 이 심심풀이 오락도 끝이 났다.

어느 날 저녁이었다. 나는 실없이 웃기 위해, 그리고 내 연약함을 더 잘 음미하기 위해 은신처 밖에서 어슬렁거렸다. 그는 얼마 전부터 이미 와 있었다. 그는 반쯤 졸린 상태로 그루터기에 앉아 있었다. 안녕하시오, 모랑. 그가 말했다. 날 알아보겠소? 내가 물었다. 그는 수첩을 꺼내 열고 손가락에 침을 묻혀가며 페이지를 넘기고, 해당되는 쪽을 찾아서 눈에 가까이 가져가며 동시에 눈을 그쪽으로 내리떴다. 아무것도 안 보이는군. 그가 말했다. 그의 옷차림은 지난번과 같았다. 따라서 그의 일요일 옷차림에 대해 나쁘게 생각했던 것은 나의 잘못이었다. 만일 그날이 일요일이 아니었다면 말이다.

그런데 언제나 나는 그가 그렇게 입은 것을 보지 않았던가? 성냥 갖고 계시오? 그가 물었다. 나는 멀리서 들려오는 목소리로는 그를 알아보기 어려웠다. 아니면 손전등이라도. 그가 말했다. 그는 분명 내 얼굴 표정에서 비출 만한 것도 갖고 있지 않다는 것을 알아차린 듯했다. 그는 자신의 주머니에서 조그만 전등을 꺼내 수첩의 페이지를 비추면서 읽었다. 자크 모랑, 만사를 제쳐놓고 집으로 돌아올 것. 그는 전등을 끄더니 손가락을 끼워놓은 채 수첩을 닫고 나를 바라보았다. 난 걸을 수 없소. 내가 말했다. 뭐라고요? 그가 말했다. 난 아프오, 몸을 움직일 수 없소. 내가 말했다. 당신이 하는 말을 한마디도 이해할 수 없소. 그가 말했다. 나는 그에게 몸을 움직일 수 없다고, 아프다고, 나를 실어가야 할 거라고, 내 아들 녀석이 나를 버렸다고, 이젠 지긋지긋하다고 소리쳤다. 그는 애쓰며 나를 머리에서 발끝까지 살펴보았다. 나는 내가 걷지 못한다는 것을 그에게 보여주기 위해서 우산을 짚고 몇 발짝을 떼었다. 그는 수첩을 다시 열어 페이지를 비추고 천천히 살펴본 다음 말했다. 모랑, 만사를 제쳐놓고 집으로 돌아갈 것. 그는 수첩을 닫고 전등도 주머니에 집어넣은 다음, 일어나서 손으로 가슴을 어루만지며 목이 말라 죽겠다고 말했다. 내 몰골에 대해선 한마디도 없었다. 그런데 나는 아들 녀석이 홀에서 자전거를 가져온 날부터 면도도 안 했고, 머리도 안 빗었고, 씻지도 않았었다. 온갖 종류의 결핍과 커다란 내적 변화들은 말할 것도 없이 말이다. 나를 알아보시겠소? 내가 소리쳤다. 당신을 알아보겠냐고요? 그가 말했다. 그는 곰곰이 생각했다. 나는 그가 무슨 생각을 하고 있는지 알고 있었다. 그는 나에게 상처를 줄 수 있는 가장 좋은 말을 찾고 있었던 것이다. 대단한 모랑! 그가 말했다. 나는 힘이 빠져 넘어지려고 했다. 내가 그의 발아래 쓰러져 죽을지라도 그는 아, 정다운 모랑, 언제나 여전하군요. 이렇게 말했을 것이다. 날은 점점 어두워지고 있었다. 나는 그가 정말 가베르인지 의심스러웠다. 소장이 나한테 화가 나 있소? 내가 물었다. 혹시 맥주 한 병 있소? 그가 말했다. 그가 화났는지 묻고 있소. 내가 소리쳤다. 화났다니, 재미있는 일이군요. 그는 아침부터 저녁까지 손을 비비고 있소, 그 소리가 대기실에서도 들리지요. 가베르가 말했다. 그건 아무 뜻도 없는 소리요. 내가 말했다. 그는 혼자서 킥킥 웃고 있소. 가베르가 말했다. 그는 분명 나한테 화가 나 있을 거요. 내가 말했다. 저번에 그가 나한테 뭐라고 말했는지 아시오? 가베르가 말했다. 그가 변했소? 내가 말했다. 뭐라고요? 가베르가 말했다. 그가 변했느냐고요?

내가 소리쳤다. 변하다니, 천만에. 안 변했소, 왜 변하겠소, 당신도 세상 사람들처럼 늙어가는 거지, 그뿐이오. 가베르가 말했다. 오늘은 당신 목소리가 아주 이상하오. 내가 말했다. 가베르가 내 말을 들었다고 생각하지 않는다. 좋소. 그는 손을 가슴에 대고 위에서 아래로 쓸어내리며 말했다. 난 가겠소, 당신은 나에게 아무것도 줄 게 없잖소. 그는 나에게 작별 인사도 없이 떠났다. 하지만 그가 주는 혐오감과 내 허약함과 아픈 다리에도 불구하고, 나는 그를 따라잡아 그의 소매를 붙들었다. 그가 당신에게 뭐라고 말했소? 내가 물었다. 그는 멈춰 섰다. 모랑, 당신은 날 정말 짜증 나게 만들려고 하오. 그가 말했다. 부탁이오, 그가 뭐라고 말했는지 말해 주시오. 내가 말했다. 그는 나를 밀었다. 나는 넘어 졌다. 그가 일부러 나를 넘어뜨린 것은 아니었다. 그는 내가 어떤 상태에 있었는지 몰랐으며, 다만 나를 떼어놓고 싶었던 것이다. 나는 일어나려고 하지 않았다. 나는 버럭 소리를 질렀다. 그가 다가와서 내 위로 몸을 굽혔다. 그는 갈리아 풍의 커다란 밤색 팔자 콧수염을 하고 있었다. 그 수염이 움직이며 입술이 열리는 게 보였고, 속삭이듯 곧장 배려의 말들이 들렸다. 가베르, 그 사람은 거칠지 않았다. 나는 그를 잘 알고 있었다. 가베르, 나는 당신에게 대단한 걸 요구하지 않소. 내가 말했다. 나는 이 장면을 잘 기억한다. 그는 내가 일어나도록 도와주려고 했다. 나는 그를 밀어냈다. 내가 있던 그대로가 괜찮았다. 그가 당신에게 뭐라고 말했소? 내가 물었다. 이해할 수가 없소. 가베르가 대답했다. 방금 전에 그가 뭔가 말했다고 말하려고 했는데 내가 끊었잖소. 내가 말했다. 끊어요? 가베르가 말했다. 저번에 그가 나한테 뭐라고 말했는지 아시오. 이렇게 당신이 직접 말했잖소. 내가 말했다. 그의 얼굴이 밝아졌다. 그 뚱보 가베르, 그는 내 아들만큼이나 이해가 빨랐다. 그가 나한테 말했소. 가베르가 말했다. 나한테—. 더 크게 말하시오! 내가 소리쳤다. 그가 나한테 말했소. 가베르, 삶은 아주 아름다운 것이오. 가베르, 놀라운 것이오, 라고 그가 나한테 말했소. 가베르가 말했다. 그는 내 쪽으로 얼굴을 들이댔다. 놀랍게도 그는 미소를 짓고 있다. 나는 눈을 감았다. 그 미소는 무척 아름답고 용기를 주는 반면에 약간의 감상할 준비가 필요하다. 그가 인간의 삶에 대해 말했다고 생각하시오? 내가 물었다. 나는 귀를 기울였다. 그가 인간의 삶에 대해 말한 것인가 말이오. 내가 말했다. 나는 다시 눈을 떴다. 그런데 나는 혼자였다. 내 손에는 나도 모르게 쥐어 들었고 여전히 쥐어뜯고 있던 풀과 흙이 가득했다. 나는 문자 그대로 풀을 뿌리째 뽑고 있었다. 내가 무엇을 했으며 무엇을 하고 있었는지 깨달은 순간, 나는 하던 짓을 이내 멈추었다. 그렇다. 너무도 잔인한 짓, 끔찍한 그 짓을 끝내고 손을 펴자 손에는 이내 아무것도 없게 되었다.

그날 밤 나는 집으로 발걸음을 옮기고 있었다. 멀리 가지는 못했다. 하지만 그것은 작은 시작이었다. 중요한 것은 첫발이다. 두 번째는 그보다 조금 더 갔다. 이 문장은 분명치 않아서 내가 바라던 바를 뜻하지 못한다. 나는 처음에는 열 발짝씩 계산했다. 더 이상 걸을 수 없을 때는 멈추고 이렇게 혼잣말을 했다. 잘했어, 열 발짝씩 여러 번 했어, 어제보다 그만큼 많이 왔어. 그다음에는 열다섯, 스물, 그리고 마침내는 쉰 걸음씩 계산했다. 그렇다. 마침내 내 충직한 우산을 믿고 쉬려고 멈춰 서기 전에 쉰 걸음 걸었다. 나는 처음에 발리바에서 좀 헤맸던 것이 분명하다. 정말로 내가 거기에 있었다면 말이다. 그다음부터는 우리가 봤던 길들을 따라갔다. 하지만 반대 방향으로 다시 갈 때는 길의 모습이 바뀌었다. 나는 이성의 목소리를 따라서 모든 자연이 내게 제공해 주는 먹을거리들을 다 먹었다. 모르핀은 다 썼다.

내가 돌아오라는 명령을 받은 것은 8월, 늦어도 9월이었다. 그러고 나서 우리집에는 봄이 되어서야 도착했는데, 더 이상 자세히 설명하지는 않겠다. 그러니까 나는 겨울 내내 걸었던 것이다.

이런 경우, 대부분 사람들은 다시는 일어날 수 없다고 체념하고 눈 속에 누워버렸을 것이다. 하지만 나는 아니다. 예전에 나는 사람들이 나를 이길 수 없을 거라고 생각했다. 아직도 나는 나 자신이 자연의 사물들보다 더 영악하다고 생각한다. 자연에는 사람들과 사물들이 있는데, 동물들에 대해서는 말하지 말라. 하느님에 대해서도. 나에게 저항하는 어떤 사물이 있다면, 비록 그게 나를 위한 것일지라도 그 저항은 오래가지 못한다. 눈을 예로 들어보자. 사실 그 눈은 나에게 저항했다기보다는 나를 꾀었다. 하지만 어떤 면에서는 나에게 저항했다. 그것으로 충분했다. 나는 기뻐서 이를 갈며 그것을 정복했다. 우리는 앞니로도 충분히 갈 수 있었다. 나는 눈을 헤치고, 나의 상실이라고 불렀을 것을 향해 길을 갔다. 어쩌면 나는 그 뒤로 그것을 생각해 냈을 수도 있고 아직도 생각해 내지 못했을 수도 있지만, 시간이 흐르면 우리는 꼭 다시 생각해 내기 마련이다. 나도 그렇다. 하지만 그 여행 중에 나는 사람들과 사물들의 간교함의 대상이 되었고 내 육체는 쇠약함의 대상이 되었으므로 그것을 생각해 낼 수 없었다. 그때 내 무릎은 습관에 길들여진 것을 빼고는 첫날보다 더도 덜도 아프지 않았다. 아픈 것은 그 무엇이든 간에 더 이상 진전되지 않았다. 그런 일을 설명할 수 있을까? 그런데 파리 이야기로 생각해 보면, 실내에서 이른 겨울에 알을 까고 나와 얼마 안 있다가 죽는 것들이 있다. 아주 작은 것들은 따뜻한 구석에서 천천히 활기 없이 소리도 내지 않고 날아다니는 것을 볼 수 있다. 즉 가끔 한 마리씩 보인다는 뜻이다. 그 파리들은 알도 못 낳는 모양이다. 우리는 그것들을 쓸어낸다. 알지 못한 채 빗자루로 쓰레받기 속에 밀어붙인다. 그것은 이상한 종류의 파리들이다. 그런데 나는 다른 병(病)들의 먹이가 되었다. 병은 정확한 단어가 아니고, 대부분 장(臟)의 문제였다. 유감스럽지만 나는 그 문제들에 대해서 더 이상 말하고 싶지 않다. 하지만 나는! 몸을 절반 구부리고 빈손으로 배를 꽉 움켜쥔 채, 가끔씩 고통과 승리의 소리를 지르며 앞으로 나아갔다. 나의 복통은 내가 먹은 어떤 종류의 이끼들과 관련이 있었던 것 같다. 만일 내가 사형장에 정각에 출석해야겠다고 결심하면 피똥을 싸는 이질에 걸리더라도 나를 막지 못했을 것이다. 나는 심하게 토하면서 그리고 저주의 말들을 읊어대며 네 발로 기면서 나아갔다. 전에도 말했지만, 나를 이길 자들은 내 동포들이다.

나는 집으로 돌아가는 이 여행길 가운데, 분노와 배반에 대해 그다지 말하고 싶지 않다. 그리고 유디의 명령에 따라 내가 집에 돌아오는 것을 막으려고 했던 악당들과 유령들에 대해선 침묵하려 한다. 그렇지만 나 자신을 교화하고 끝마무리를 할 수 있는 마음을 갖기 위해, 거기에 대하여 몇 마디를 하겠다. 먼저 흔하지 않은 나의 생각들로 시작한다.

어떤 신학적인 문제들이 이상하게도 내 마음을 사로잡았다. 여기 그중 몇 가지가 있다.

1. 하와가 아담의 갈비뼈에서가 아니라 다리(엉덩이?)의 종기에서 나왔다는 이론에 부여되는 가치는 무엇인가?

2. 뱀은 기어다녔는가, 아니면 코메스토르가 주장하듯, 서서 걸어 다녔는가?

3. 성(聖) 아우구스티누스와 아도바르드가 주장하듯이 마리아는 귀로 수태

를 했는가?

4. 적(敵)그리스도는 아직도 얼마 동안이나 우리를 지치도록 기다리게 할 것인가?

5. 어느 쪽 손으로 항문을 씻느냐는 정말 중요한 것인가?

6. 아일랜드 사람들이 오른손은 성인(聖人)들의 성유골에, 왼손은 음경에 대고 맹세하는 것에 대해 어떻게 생각할 것인가?

7. 자연은 안식일을 지키는가?

8. 마귀들이 지옥의 고통을 전혀 느끼지 않는다는 것이 사실일까?

9. 크레이그의 대수적 위상수학(代數的位相數學)에 대해 어떻게 생각해야 하는가?

10. 성 로크가 아기였을 때 수요일과 금요일에 젖 빨기를 거부했다는 것이 사실일까?

11. 16세기에 이(蝨)를 출교(黜敎)시킨 것에 대해 어떻게 생각할 것인가?

12. 자신을 거세함으로써 십자가를 진 이탈리아의 구두 수선공 로바트의 행위를 인정해야 하는가?

13. 창조 전에 하느님은 무엇을 하고 있었나?

14. 천상에서의 지복직관(至福直觀)은 마침내 권태의 근원이 되지 않을까?

15. 유다의 형벌이 토요일로 유예된 것이 맞는가?

16. 죽은 자들을 위한 위령미사를 산 자들을 위해 올린다면?

그리고서 나는 그 재미있는 정적주의(靜寂主義)식 주기도문을 외웠다. 하늘에도 땅에도 지옥에도 계시지 않는 우리 아버지여, 당신의 이름이 거룩히 여겨짐을 나는 원치도 바라지도 않나이다, 당신께 적합한 것은 당신께서 모두 아시나이다. 등등. 그 중간과 마지막은 무척 재미있다.

내 잔이 넘칠 때, 나는 경박하고 매혹적인 이 세상 속에 내 몸을 감추나이다.

하지만 나는 어쩌면 나와 더욱 밀접한 관계가 있을 다른 질문들도 제기했다. 여기에 몇 가지가 있다.

1. 왜 가베르에게서 몇 실링을 빌리지 않았던가?

2. 왜 집으로 돌아가라는 명령에 복종했던가?

3. 몰로이는 어떻게 되었는가?

4. 나에 대해서도 같은 질문.

5. 나는 어떻게 될 것인가?

6. 내 아들 녀석에 대해서도 같은 질문.

7. 녀석의 어머니는 하늘나라에 있나?

8. 내 어머니에 대해서도 같은 질문.

9. 나는 하늘로 갈 것인가?

10. 언젠가 우리는 모두 하늘에서 만날 것인가, 나, 어머니, 아들 녀석, 그 아이 어머니, 유디, 가베르, 몰로이, 그의 어머니, 예르크, 머피, 와트, 카미에, 그리고 그 밖의 다른 사람들은?

11. 내 암탉들과 꿀벌들은 어떻게 되었을까? 잿빛 암탉은 아직도 살아 있을까?

12. 줄루와 엘스너 자매는 아직도 살아 있을까?

13. 유디의 사무실은 여전히 같은 장소에 있나, 아카시아 광장 8번지? 그에게 편지를 쓰면 어떨까? 그를 만나러 가면 어떨까? 나는 그에게 설명을 해주리라. 무엇을 설명해 줄까? 그에게 용서를 구하리라. 무엇에 대한 용서를?

14. 겨울은 독특하게도 혹독하지 않았는가?

15. 내가 고해성사를 하지도 않고 영성체를 모시지도 않은 지 얼마나 되었나?

16. 감옥에 갇혀 쇠사슬에 묶인 채, 이(蝨)와 상처로 뒤덮여서 움직이지 못하는 상태로, 자기의 매 위에 축성하고 스스로 사면(赦免)을 주었던 순교자의 이름은 무엇이었나?

17. 나는 죽을 때까지 무엇을 할 것인가? 죄에 빠지지 않고서 나의 죽음을 촉진시킬 방법이 없을까?

하지만 얼어붙었다가 녹아서 진흙투성이가 된 외딴 곳들을 가로지르기 전에, 나는 암탉들보다 내 꿀벌들을 더 많이 생각했다 말하고 싶다. 내가 암탉들에 대해 생각을 했는지 안 했는지는 하느님만이 아신다. 특히 나는 꿀벌들의 춤에 대해서 생각했는데, 내 꿀벌들은 춤을 추었기 때문이다. 오, 사람들이 즐기기 위해서 춤추듯 하는 것이 아니라 다른 방법으로 추었다. 그것을 아는 사람은 이 세상에 나밖에 없다고 믿었으며 나는 그것에 대하여 깊은 연구를 한 적이 있다. 그것은 특히 약간의 꽃꿀을 빨아 먹고 벌통으로 돌아오는 꿀벌들에게서 볼 수 있었는데, 그 형태와 리듬이 무척 다양했다. 거기에서 나는 마침내 하나의 신호 체계를 발견했고, 이는 수확에 만족하거나 또는 만족하지 않은 꿀벌들이 일하러 나가는 꿀벌들에게 어느 쪽으로 가거나 말아야 하는지를 알려주었다. 그런데 일하러 나가는 꿀벌들 또한 춤을 추었다. 그것은 아마도 알았어, 또는 내 걱정하지 마, 라고 그들 나름대로 말하는 방식이었을 것이다. 하지만 꿀벌들은 벌통에서 멀리 떨어져 한창 일을 할 때는 춤추지 않는다. 만일 꿀벌들이 이런 개념을 가질 수 있다고 전제한다면 여기서의 암호는 '각자 자기 일에 전념하기'인 것처럼 보였다. 그 춤은 특히 비상하면서 아주 복잡한 형태와 곡선으로 이루어져 있었고, 나는 그것들을 추정되는 의미와 함께 여러 종류로 나누었다. 하지만 또한 윙윙대는 소리의 문제도 있었는데, 벌통에 다가올 때나 벌통을 떠날 때 그 음색의 다양함이 우연의 결과라고 보기는 쉽지 않았다. 나는 먼저 각 형태는 그에 따른 고유의 윙윙 소리로 보강되었다는 결론을 내렸다. 그러나 나는 마음에 드는 그 의견을 버려야 했다. 왜냐하면 같은 형태(하여간 나는 같은 형태라고 이름을 붙였다)라도 매우 다양한 윙윙 소리를 동반했기 때문이다. 그래서 나는, 윙윙 소리는 결코 춤을 돋보이게 하는 데 쓰이는 것이 아닌 그것에 변화를 주는 데 쓰인다고 혼잣말을 했다. 그러므로 정확하게 같은 형태도 그에 동반되는 윙윙 소리에 따라서 그 뜻이 달라진다. 또한 나는 이 주제에 대해서 많은 관찰로 정보를 수집하고 분류했으며, 그 성과도 없지는 않았다. 그런데 단지 형태나 윙윙 소리만이 아니라, 형태가 이루어지는 높이와도 관계가 있었다. 그래서 같은 윙윙 소리를 동반하는 같은 형태라도 지상 4미터에서와 2미터에서의 의미는 전혀 다르다는 확신을 가졌다. 꿀벌들은 무턱대고 아무 높이에서나 춤을 추는 것이 아니라, 늘 높이가 같은 서너 곳에서 추었기 때문이다. 만일 내가 그 높이들은 얼마나 되며, 높이와 높이 사이의 관계를 말한다면 여러분은 나를 믿지 않을 것이다. 한편 지금은 의심 많은 사람들의 관심을 끌어들일 때가 아니다. 가끔씩 나는 대중을 위하여 글을 쓰고 있는 것 같다. 그런데 내가 이 문제들에 쏟은 모든 노력에도 불구하고, 나는 그때 셀 수 없이 많은 그 춤의 복잡함에 대해 어느 때보다도 더욱 얼떨떨해졌다. 거기에는 분명 내가 전혀 알지 못하는 다른 결정 인자들이 가세하고 있었다. 그래서 나는 황홀해하면서, 이것은 평생 연구해도 결코 알 수 없겠구나, 혼잣말을 했다. 그리고 돌아오는 여정 동안에 내게 다가올 작은 기쁨이 없을까 자문했을 때, 내가 거의 위안을 얻은 것은 내 꿀벌들과 그들의 춤을 생각할 때였다. 나는 가끔씩 찾아오는 작은 기쁨을 언제나 소중히 여겼던 것이다! 그런데 사실 그 춤이 경박하고 무의미한 서양식 춤일 수도 있었지만 나는 그 가능성도 주저 없이 받아들였다. 하지만 햇빛을 흠뻑 받고 있는 내 벌통들 옆에 앉아 있는 나로서는 내가 하느님께 저지른 그 잘못을 꿀벌들에게마저 저지를 수 없었다.

나에게 지시를 내리는, 아니 그보다는 충고를 하는 어떤 목소리에 대해 내가 말한 적이 있다. 내가 그 목소리를 처음으로 들은 것은 긴 여행에서 돌아오는 도중이었다. 나는 그것에 주의를 기울이지 않았다.

나는 이제 육체적인 측면에서 급속도로 알아볼 수 없게 되어가는 것 같다. 익숙한 동작으로, 내가 손으로 내 얼굴을 문질러보았을 때, 그것은 여태껏 내 손이 느끼던 그 같은 얼굴이 아니었고 내 얼굴이 느끼던 그 같은 손이 아니었다. 그럼에도 그 느낌의 본질은 내가 면도를 잘하고, 향수를 뿌리고, 부드럽고 하얀 지식인의 손을 가졌을 때와 똑같았다. 그리고 어떤 직관 덕분이었는지는 모르지만, 내가 알아볼 수 없었던 내 배도 여전히 나의 정다운 그 배였다. 그리고 사실을 말하면, 나는 나 자신을 계속 알아보게 되었고 나의 정체성도 은밀한 상처들과 뒤섞인 상흔들이 있음에도 이전보다 더욱 뚜렷하고 생생한 의미를 갖게 되었다. 그런데 나는 나의 다른 지식들과 비교했을 때 이러한 관점에서는 확실히 열등한 상태였다. 이 마지막 문장이 더 적절하게 표현되지 못해서 유감이다.

옷들 가운데에는 몸에 아주 잘 맞아서 평상시에는 몸에서 뗄 수 없는 옷들이 있다. 그렇다. 나는 절대로 세련된 멋쟁이는 아니었지만 늘 옷에 무척 예민했다. 튼튼하고 재단이 잘된 내 옷에 대해서는 불평할 것이 없었다. 물론 나는 충분히 옷을 입고 있지 않았지만, 누구를 탓하겠는가? 나는 겨울을 견디기에 적합하지 않았던 내 밀짚모자를 더 이상 쓰지 말아야 했고, 추위와 습기와 오랜 행군으로 빨 수 없어 구멍이 나버린 스타킹(두 켤레)도 더 이상 신지 못하고 버려야만 했다. 하지만 내가 멜빵을 최대로 늘렸더니 원래 무척 훌렁훌렁한 반바지가 장딴지까지 내려왔다. 내 반바지와 신발 목 사이에 드러난 푸르스름한 살을 보면서 나는 가끔씩 아들 녀석이 생각났고, 또 녀석을 때린 것도 생각났다. 그토록 정신은 비슷한 점에도 자극을 받는다. 내 신발은 손질을 하지 못해서 뻣뻣해졌다. 죽어 무두질한 가죽은 그런 식으로 스스로를 보호한다. 신발 속으로 바람이 자유롭게 통해서 아마도 발이 동상에 걸리는 걸 막아준 것 같다. 유감스럽게도 나는 내 팬티(두 개)도 버려야만 했다. 소변이 닿은 자리가 썩었던 것이다. 그래서 내 반바지의 밑은 더 빨리 닳아버렸으며 꽁무니뼈에서 음낭까지의 갈라진 선을 따라 톱질을 해댔다. 또 내가 버려야 했던 것이 무엇인가? 내 셔츠? 아, 천만에, 나는 자주 그것을 안팎으로 뒤집거나 앞뒤를 거꾸로 해서 입었다. 어디 보자. 나는 셔츠를 네 가지 방법으로 입었다. 앞뒤 안팎 제대로, 앞뒤 제대로 안팎 뒤집어서, 앞뒤 거꾸로 안팎 제대로, 앞뒤 거꾸로 안팎 뒤집어서. 또 그런 다음 다섯째 날엔 처음부터 다시 시작했다. 그것을 좀 더 오래가게 하려는 생각에서였다. 그렇게 해서 그것이 오래갔는가? 잘 모르겠다. 오래는 갔다. 작은 일에 노력을 기울이고 시간이 지나면 큰일에 이르게 된다. 그런데 내가 또 버려야 했던 것이 무엇인가? 떼었다 붙였다 하는 옷깃들, 그렇다. 그것들은 완전히 많아지기 전에 모조리 버렸다. 하지만 넥타이는 간직했으며 심지어 그것을 목에 묶어서 매기도 했는데, 아마도 허풍으로 그랬을 것이다. 넥타이는 물방울 무늬였으며 무슨 색깔인지는 잊어버렸다.

　비가 오거나 눈이 오거나 우박이 내릴 때 나는 다음과 같은 딜레마에 빠졌다. 우산을 짚고 계속 나아가 흠뻑 젖을 것인가, 아니면 멈춰 서 우산을 펴고 그 밑에서 몸을 피할 것인가. 다른 많은 딜레마가 그렇듯이, 그것은 거짓 딜레마였다. 왜냐하면 우산 지붕에는 우산대 주변으로 펄럭이는 몇 개의 천 조각밖에 남아 있지 않았지만, 나는 우산을 지팡이가 아니라 은신처로 쓰며 매우 천천히 계속 나아갔기 때문이다. 그런데 나는 한편으로 내 우산의 완전한 방수성에 무척이나 익숙해져 있었고, 다른 한편으로는 그것을 짚지 않고서는 더 이상 걸을 수가 없었다. 그리하여 그 딜레마는 고스란히 나에게 남아 있었다. 물론 나뭇가지로 지팡이를 하나 만들어 그것을 짚고 우산은 내 머리 위로 펴서 비나 눈, 우박 속에서도 계속 나아갈 수도 있었다. 그런데 무슨 이유에서인지 나는 그렇게 하지 않았다.

　하늘에서 비가 내리거나 다른 것들이 내리면 우산을 짚고 흠뻑 젖으며 계속 나아갔지만, 대부분의 경우에는 꼼짝 않고 서서 우산을 펴고 그것이 그치기를 기다렸다. 그때도 마찬가지로 나는 흠뻑 젖었다. 그러나 그것은 문제가 아니었다. 만약 만나[1]가 떨어졌더라도 나는 우산 밑에 꼼짝 않고 서서 그것을 주워 먹었을 것이다. 그리고 우산을 공중에 들고 있어서 팔이 아프면, 그제야 다른 손으로 우산을 붙잡았다. 그러면서 빈손으로는 닿을 수 있는 데까지 몸이 곳저곳을 때리거나 비벼서 혈액순환이 잘되게 유지하거나, 내 특유의 동작으로 얼굴을 쓰다듬었다. 내 우산의 뾰족하고 긴 끝은 마치 손가락 같았다. 이렇게 서 있는 동안에 가장 훌륭한 생각들이 머리에 떠올랐다. 그러나 비가 낮 동안이나 밤까지 그치지 않는다는 것이 확실하다면 그때는 체념하고 진짜 은신처를 만들었다. 나는 나뭇가지로 만든 은신처가 이제 싫었다. 얼마 안 가서 나뭇잎은 더 이상 남지 않고 침엽수들의 바늘잎들만 조금 남았기 때문이다. 하지만 그것은 내가 은신처를 진짜로 싫어하게 된 이유가 아니다. 그 속에 있으면 계속 내 아들 녀석의 우비가 생각나서였는데, 문자 그대로 그것이 공간을 가득 채워서였다. 사실 그 우비는 우리 영국 친구들이 트렌치코트라고 부르는 것이었다. 그래서 나는 되도록이면 한 나뭇가지로 만든 진짜 은신처 사용을 피했고 그것보다는 내 충직한 우산이나 나무, 울타리, 떨기나무, 폐가를 더 선호했다.

한길로 나가서 차로 실려 가는 것은 머릿속에 떠오르지도 않았다.

마을 농가에서 구조를 받는 생각이 떠올랐다면 나는 기분이 언짢았을 것이다.

나는 15실링을 그대로 가지고 집에 돌아왔다. 아니, 전혀 손도 대지 않은 것이 아니라 그 돈에서 2실링을 썼다. 어떤 상황에서였는지 말하겠다.

나는 이것 말고도 많은 괴롭힘과 기분 언짢은 일들을 견뎌야 했지만 그것들을 이야기하지는 않겠다. 그것들에 대해선 대표적인 사례를 말하는 것으로 만족하자. 앞으로도 나는 다음과 같은 경우들을 견뎌야 할지도 모르는데, 그것은 확실하지 않다. 어떤 경우들이 될지는 우리가 결코 알 수 없다. 그것은 확실하다.

어느 날 저녁이었다. 나는 우산을 쓰고 날씨가 좋아지기를 조용히 기다리고

---

1) 모세의 인도로 이집트를 탈출한 이스라엘 민족이 광야에서 굶주릴 때 하늘에서 내려주었다고 하는 기적의 음식.

있었는데, 갑자기 누가 뒤에서 내게 난폭하리만큼 거칠게 다가섰다. 그런데 나는 아무 소리도 듣지 못했다. 그 장소에는 나 혼자밖에 없었다. 한 손이 나를 뒤로 돌렸다. 얼굴이 빨간 뚱뚱한 농부였다. 그는 방수복을 입고 중산모를 쓰고 고무장화를 신고 있었다. 튀어나온 뺨에 물이 줄줄 흘러내렸고, 숱 많은 콧수염에서 물방울이 뚝뚝 떨어졌다. 그런데 이런 것들을 지적해서 무슨 소용이 겠는가. 우리는 증오심을 갖고 서로를 바라보았다. 어쩌면 그자는 전에 내 아들 녀석과 나를 자기 차에 태워주겠다고 아주 점잖게 제안했던 사람과 같은 인물인지도 모른다. 하지만 그렇게 생각하지는 않는다. 그런데도 그의 얼굴은 낯이 익었다. 얼굴만이 아니었다. 그는 손에 전등도 들고 있었다. 불은 켜 있지 않았지만 그는 곧 불을 켤 수도 있었다. 다른 손에는 삽을 들고 있었다. 그것으로 나를 땅에 묻으려고, 그는 내 양복 옷깃을 붙잡았다. 아직 정확히 나를 흔들어 댄 것은 아니었지만, 얼마 지나지 않으면 그는 나를 흔들기 시작했을 것이다. 그는 나에게 욕을 퍼부었다. 그를 그런 상태에 이르도록 내가 무슨 잘못을 했나 돌이켜보았다. 내가 눈썹을 치켜세운 게 분명하다. 그런데 나는 언제나 눈썹을 치켜세운다. 그래서 내 눈썹은 거의 머리털에 덮여 있고, 이마는 겹겹으로 주름져 있을 뿐이다. 마침내 나는 내가 우리 고장에 있지 않다는 것을 알아차렸다. 나는 그자의 땅을 밟고 있었다. 나는 그자의 땅에서 무엇을 하고 있었나?

내가 두려워하는 질문, 결코 만족스러운 답을 줄 수 없었던 질문이 하나 있다면 바로 그것이다. 게다가 남의 땅에서! 그것도 밤에! 개여도 시원치 않을 날씨에! 하지만 난 냉정을 잃지 않았다. 기도하러 갑니다. 내가 말했다. 나는 내가 원할 때는 꽤 점잖은 목소리를 낸다. 내 목소리가 그에게 깊은 인상을 주었나 보다. 그는 나를 놓아주었다. 순례길이지요. 내게 유리하게 되자 나는 이렇게 말했다. 그는 내게 어디로 가느냐고 물었다. 시합은 이미 이겼다. 쉬트의 성모 마리아에게로 갑니다. 내가 대답했다. 쉬트의 마리아라고? 마치 쉬트를 샅샅이 알고 있고, 그곳엔 마리아상이 전혀 없다는 걸 알고 있는 것처럼 그가 말했다. 그런데 마리아상이 없는 곳이 어디 있겠는가? 그렇습니다. 내가 말했다. 검은 마리아요? 나를 시험해 보려고 그가 말했다. 제가 알기로는 검지 않습니다. 내가 말했다. 다른 사람 같으면 당황했을 것이다. 하지만 나는 아니다. 나는 그것을 알고 있었다. 우리네 시골 사람들의 약점을 말이다. 결코 찾지 못할 거요.

그가 말했다. 제가 아들을 잃고 어미를 살릴 수 있었던 것은 모두 마리아 덕분입니다. 내가 말했다. 이런 감정은 젖소를 기르는 농부를 오직 기쁘게 할 뿐이었다. 그가 그걸 알고 있었다면! 나는 아아, 일어나지도 않았던 일을 그에게 천천히 설명해 주었다. 니네트가 그리워서가 아니었다. 그런데 그녀는 적어도 그리워는 할까. 어쩌면, 여하튼 그럴 거다. 애석하지만 하여간 여자들의 마리아죠. 임신한 여자들, 결혼하여 임신한 여자들, 그래서 나의 감사함을 나타내기 위하여 그 마리아상까지 가기로 맹세했지요. 내가 말했다. 이 사건은 그 무렵에도 여전했던 나의 수완을 감탄하게 만들 것이다. 그러나 그의 시선이 다시 나빠진 것으로 보아 내가 조금 지나쳤다. 부탁 하나 드려도 될까요? 하느님이 은혜를 갚아주실 겁니다. 내가 말했다. 그러고는 오늘 하느님께서 당신을 저에게 보내주셨습니다, 라고 덧붙였다. 우리를 곧 쓰러뜨리려고 하는 사람들에게 겸손하게 부탁을 하면 때때로 좋은 결과를 가져온다. 기운 좀 차릴 수 있도록 따끈한 차 좀 주십시오. 설탕도 우유도 넣지 말고. 나는 애원했다. 녹초가 된 순례자에게 이 같은 부탁을 듣고 물리치기는 어려웠을 거라고 여러분도 인정할 것이다. 좋소. 집으로 오시오, 몸도 말릴 수 있을 거요. 그가 말했다. 그럴 수 없습니다. 그럴 수 없어요, 곧장 가겠다고 맹세했습니다! 내가 소리쳤다. 그리고 이 말이 주었을 나쁜 인상을 지우기 위해서 주머니에서 1플로린을 꺼내 그에게 주었다. 자선함에 넣어주세요. 내가 말했다. 그리고 어두웠으므로 덧붙여 말했다. 1플로린입니다. 자선함에 넣어주세요. 여기서 먼 곳이오. 그가 말했다. 하느님이 당신과 함께하실 겁니다. 내가 말했다. 그는 곰곰이 생각했다. 그것은 당연했다. 무엇보다도 먹을 것은 절대 안 됩니다. 정말 안 돼요. 하나라도 먹어서는 안 돼요. 내가 말했다. 아아, 뱀 같은 교활함이 변함없는 모랑. 나는 물론 강력한 방법을 선호했지만 감히 모험을 걸 수는 없었다. 그는 마침내 기다리라고 말하고서는 멀어져 갔다. 그의 의도가 무엇이었는지는 모른다. 그가 충분히 멀어졌다고 판단했을 때, 나는 우산을 접고서 쏟아지는 비를 맞으며, 가야 할 곳과 정반대되는 곳으로 출발했다. 그렇게 해서 나는 1플로린을 썼다.

이제 나는 끝을 맺을 수 있을 것이다.

나는 묘지를 따라갔다. 밤이었다. 아마 자정쯤 되었을 것이다. 오르막길이어서 힘이 들었다. 희미하게 밝아진 하늘을 가로지르며 미풍이 구름을 몰아내고 있었다. 영원한 자기 소유의 묘지가 있다는 것은 좋은 일이다. 그것은 정말로 좋은 일이다. 만일 그런 영구성만 존재한다면 얼마나 좋을까. 나는 쪽문 앞에 이르렀다. 문은 열쇠로 잠겨 있었다. 아주 꽉 잠겨 있었다. 그런데 나는 그것을 열 수가 없었다. 열쇠가 열쇠 구멍으로 들어가긴 했는데 전혀 돌아가지 않았다. 오랫동안 쓰지 않아서인가? 자물쇠를 새로 만들었나? 나는 문을 부수었다. 골목 반대편까지 뒤로 물러났다가 문에 달려들었다. 나는 유디가 내게 명령한 대로 내 집에 돌아왔다. 드디어 나는 몸을 일으켰다. 무슨 향기가 그리도 좋았을까? 라일락? 아마도 앵초꽃이었을 수도 있다. 나는 벌통들이 있는 쪽으로 갔다. 내가 걱정했던 대로 벌통들은 그 자리에 있었다. 그 가운데 하나의 뚜껑을 열어 땅바닥에 놓았다. 그것은 용마루가 뾰족하고 급경사가 진 조그만 지붕이었다. 나는 벌통에 손을 넣고 빈 받침대들 사이를 거쳐서 밑바닥까지 더듬었다. 한쪽 구석에서 건조하고 가벼운 둥그런 공이 만져졌다. 내 손가락이 닿자 그 공은 부스러졌다. 그 공에 꿀벌들은 조금이나마 몸을 따뜻하게 하고 잠을 청하기 위해 밀집해 있었다. 나는 거기서 한 줌을 꺼냈다. 너무 어두워서 보이지 않았는데, 나는 주머니에 한 줌 넣었다. 아무런 무게도 느껴지지 않았다. 꿀벌들을 겨우내 밖에 놔두었다. 꿀은 거두고, 벌들에게 설탕을 주지 않았다. 그렇다. 나는 이제 끝낼 수 있다. 나는 닭장에는 가지 않았다. 내 암탉들도 모두 죽어 있었다. 나는 이미 알고 있었다. 그렇지만 그것들은 저마다 다른 방법으로 죽었다. 아마 유일하게 다른 잿빛 암탉만 빼고. 내 꿀벌들과 암탉들, 나는 그것들을 죄다 버렸다. 나는 집 쪽으로 갔다. 집은 어둠 속에 있었다. 현관문이 열쇠로 잠겨 있었다. 나는 문을 부수었다. 아마 열쇠로 열 수도 있었을 텐데. 나는 전기 스위치를 돌렸다. 불이 안 켜졌다. 나는 부엌으로 갔고 마르트의 방으로도 갔다. 아무도 없었다. 더 이상 할 말이 없었다. 집은 완전히 버려져 빈 상태였다. 전기회사에서 전기를 끊어놓았다. 그들은 나에게 다시 전기를 공급해 주려고 했다. 그러나 내가 원치 않았다. 나는 이런 사람이 되어 있었다. 나는 정원으로 다시 갔다. 다음 날 그 한 줌의 꿀벌을 쳐다보았다. 날개와 작은 고리 모양의 가루밖에 없었다. 계단 밑 우편함에서 우편물도 찾았다. 사보리한테서 온 편지 한 장이 있었다. 내 아들 녀석은 잘 지내고 있었다. 물론 그렇겠지. 그 녀석에 대해서 더 이상 말하지 말자. 녀석은 돌아왔다. 지금 자고 있다. 3인칭으로 외운 유디의 편지가 있었다. 보고서를 요청하는 그는 그의 보고서를 갖게 되리라.

지금은 다시 여름이다. 나는 1년 전 이맘때 출발했었고, 나는 떠나겠다. 어느날 가베르가 나를 찾아왔고, 그는 보고서를 원했다. 저런, 나는 내가 만나고 이야기하는 일들이 모두 끝난 줄 알았소. 다시 와주시오. 내가 말했다. 어느 날엔 앙브루아즈 신부님이 방문했다. 이런 일도 있나요! 그는 나를 보고 말했다. 그가 자기 방식으로 나를 정말 좋아하고 있다는 생각이 들었지만, 나는 그에게 나를 더 이상 믿지 말라고 말했다. 그는 수다를 떨기 시작했다. 그는 옳았다. 누가 옳지 않겠는가? 나는 그를 떠났고, 나는 내가 되었다. 어쩌면 나는 몰로이를 만날지도 모른다. 내 다리는 좋아지지 않았다. 최악은 아니었다. 이제 나는 목발을 짚는다. 난 앞으로 행복한 나날을 보낼 테니까. 모든 일이 빨리 진행되어야 하며, 빨리 진행될 것이다. 깨달음을 가지고. 팔 것은 모두 팔았다. 하지만 내겐 무거운 빚이 있었다. 나는 오랫동안 남자답게 살아왔지만 더 이상 견디지 못하겠다. 더 이상의 노력도 할 수 없었다. 더 이상 이 등불도 켜지 않으며, 나는 그것을 입으로 불어 끄고 정원으로 가려고 한다. 정원에서 살았던 5월과 6월의 긴 날들이 생각난다. 어느 날 나는 한나와 이야기를 했다. 그녀는 줄루와 엘스너 자매의 소식을 전해 주었다. 그녀는 내가 누구인지 알고 있었고, 나를 두려워하지 않았다. 그녀는 외출을 전혀 하지 않았으며, 외출하기를 좋아하지 않았다. 그녀는 자신의 창문에서 내게 말을 했다. 소식은 나빴지만 최악은 아니었다. 그 안에는 좋은 소식도 있었다. 아름다운 날들이었다.

지난겨울은 유난히도 혹독했었다. 모든 사람이 그렇게 말했다. 그래서 우리는 이 찬란한 여름을 즐길 권리가 있었지만, 정작 그럴 권리가 우리에게 있었는지는 모르겠다. 내 새들은 잡혀 죽지 않았다. 그것들은 들새였다. 그렇지만 사람을 무척 믿는 편이었다. 나는 새들을 알아보았고, 새들도 나를 알아보는 체했다. 물론 모를 일이다. 그중에는 없어진 새들도 있었고, 새로 나타난 것도 있는 듯했다. 나는 새들의 언어를 더 잘 알아들으려고 애썼다. 내 언어에는 아랑곳하지 않고서. 1년 중 가장 길고, 가장 아름다운 날들이었다. 나는 정원에서 살았다. 나는 나에게 이것을 하라, 저것을 하라고 말하던 한 목소리에 대해서 이야기한 적이 있다. 나는 이 무렵에 그 목소리를 조금씩 더 알아듣기 시작했고, 그 원하는 바가 무엇인지 이해하기 시작했다. 그 목소리는 모랑이 어렸을 때 배웠던 그런 말이 아니었으며, 그 자신도 어린 아들을 가르칠 때 그런 말들을 쓰지 않았다. 그래서 나는 처음에는 그 목소리가 무엇을 뜻하는지 이해하지 못했다. 하지만 마침내 그 언어를 이해하게 되었다. 나는 그것을 이해했었고, 또 여전히 이해하고 있다. 아마도 잘못 이해하고 있는지는 모르지만, 그것은 중요하지 않다. 바로 그 목소리가 내게 그 보고서를 쓰라고 말했다. 이는 내가 예전보다 더 자유롭다는 뜻인가? 잘 모르겠다. 알아보아야겠다. 그래서 나는 집 안으로 들어와 이렇게 썼다. 자정이다. 비가 창문을 때리고 있다. 그때는 자정이 아니었다. 비가 오고 있지 않았다.

Premier Amour

첫사랑

첫사랑

나는 옳고 그름을 떠나서 나의 결혼과 아버지의 죽음을 시간적 차원이라는 관점에서 생각해 본다. 이 두 사건 사이에는 다른 차원에서 다른 관계가 존재할지도 모른다. 그러나 나는 안다고 생각하는 것을 말하는 것만으로도 버겁다.

그리 오래된 일은 아니지만 하루는 아버지 무덤에 가서, 내가 아는 아버지 임종 날짜를 적어 왔다. 출생 날짜에는 관심이 없었기에 아버지가 죽은 날짜만을 적었다. 그날 나는 아침 일찍 나가 무덤에서 끼니를 때우고 저녁에 돌아왔다. 그런데 며칠 뒤, 아버지가 몇 살에 죽었는지 궁금해져서, 출생 날짜를 적어 오려고 아버지 무덤에 다시 가야만 했다. 나는 이 두 날짜를 종이에 적어서 지금도 주머니에 넣고 다닌다. 덕분에 나는 내가 스물다섯 살 무렵에 결혼했다고 자신 있게 말할 수 있다. 내가 태어난 해, 분명히 말해 두지만 다른 사람도 아닌 바로 내가 태어난 해는 절대로 잊을 수 없고, 적어놓아야 한다고는 한 번도 생각한 적이 없다. 적어도 태어난 해는 숫자로 기억 속에 새겨져 있어서 삶조차 그 기억을 지우기는 어려울 것이다. 날짜도 조금만 노력하면 기억이 나므로 나는 내 방식대로 그날을 자축하곤 했다. 너무 자주 돌아오니까 해마다 그런다고는 할 수 없고, 어쩌다 한 번씩 자축한다는 말이다.

개인적으로 무덤에 좋지 않은 감정이 있는 것도 아니어서, 외출해야 할 일이 생기면 다른 곳보다는 무덤에 가서 산책하는 편이 훨씬 좋다. 풀과 부식토에서 분명히 느껴지는 송장 냄새가 조금도 역겹지 않다. 조금 퀴퀴하고 끈적하긴 하지만 살아 있는 사람한테서 나는 냄새, 곧 겨드랑이 냄새, 발 냄새, 엉덩이 냄새, 음경의 포피(包皮) 냄새, 처녀의 난자 냄새에 비하면 얼마나 향기로운가. 더구나 아버지 유골이 조금이나마 거기에 합세했다고 생각하면 눈물이 나올 지경이다. 살아 있는 사람들은 아무리 씻고 아무리 향수를 뿌려봤자 악취를 없앨 수 없다. 그러니까 외출을 할 때면 무덤은 나한테 맡기고, 당신들은 공원이

나 시골로 산책을 가시라. 즐겨 먹는 샌드위치와 바나나도 무덤에 앉아서 먹으면 더 맛있고, 오줌을 누고 싶으면 가끔 그러고 싶을 때처럼 아무 데나 갈기면 된다. 또는 뒷짐을 진 채로 묘석, 말하자면 곧게 박힌 묘석, 판판한 묘석, 비스듬히 기운 묘석 사이를 돌아다니며 묘비명을 찾아본다. 묘비명은 절대로 내 기대를 저버린 적이 없다. 넘어지지 않으려면 십자가나 비석 또는 천사 석상을 움켜잡아야 할 만큼 배꼽을 빼는 비문이 늘 서너 개씩은 있기 마련이다. 나는 오래전에 내 비문을 써놓았는데, 지금도 그것에 만족, 아주 만족한다. 다른 글들은 잉크가 채 마르기도 전에 싫증이 나지만, 나의 비문만은 늘 마음에 든다. 내 비문은 문법상의 한 문제점[1]을 잘 보여준다. 하긴 국가가 보살펴주지 않는 한 그 비문이 그것을 구상한 머리뼈 위에 놓일 가능성은 유감스럽지만 없을 것이다. 아니 그 전에, 나를 매장하려면 먼저 나를 찾아내야 하는데, 내가 죽어 있든 살아 있든 국가가 나를 찾아내는 일이 가당키나 한가. 그래서 나는 너무 늦기 전에 서둘러 내 비문을 여기에 기록해 두려고 한다.

그토록 그곳을 피하려고 발버둥 치다가
이제 겨우 그곳을 벗어난 여기에 잠들다.

두 번째 행, 즉 마지막 행은 첫 번째 행보다 1음절이 많지만,[2] 내 생각에 그건 중요한 문제가 아니다. 내가 이 세상에서 없어지면 사람들은 그보다 더한 것도 용서할 테니 말이다. 조금 운만 따른다면, 살아 있는 사람들의 애도를 받으며 매장당할 수도 있고 어쩌면 구덩이 속으로 뛰어들려는 홀어미가 나타날 수도 있다. 또 먼지 어쩌고 하는 얘기가 꼭 나오지만, 내가 관찰한 바로는 그 구덩이만큼 먼지가 적은 곳도 없다. 땅은 기름지며, 시체도 불에 타 죽은 게 아니라면 별로 먼지를 풍기지 않는다. 그래도 역시 먼지가 어쩌고 하는 짤막한 연극은 재미있다. 그런데 내가 특별히 아버지 무덤에 집착했던 것은 아니다. 시골 한복판 언덕배기에 자리잡은 그 묘지는 여기서 너무 멀고 그 규모도 너무, 정

---

1) 뒤에 나오는 묘비명 가운데 échapper라는 동사에 이어지는 전치사 à 또는 de의 구분이 어렵다는 뜻인 듯하다.
2) 원문은 8음절로 된 2행시인데, 두 번째 행의 글자 수가 더 많다.

말이지 너무 작다. 그런 데다가 묘지에 무덤들이 거의 꽉 들어차서, 홀어미 몇 명만 들어서도 이제는 발 디딜 틈이 없을 정도였다.

거기보다는 특히 린네 쪽에 위치한 400헥타르나 되는 프로이센 땅에 송장이 빽빽하게 들어차 있는 올스도르프 공동묘지가 훨씬 더 좋았다. 거기서 내가 아는 사람은 평판 있는 조련사 하겐베크뿐이었지만. 내가 알기로는 그의 기념비에는 사자가 새겨져 있다. 하겐베크에게 죽음은 사자의 얼굴을 하고 있는 게 틀림없다.

시외버스 여러 대가 홀아비, 홀어미와 고아들을 가득 태우고 오가고 있다. 작은 숲들, 동굴들, 백조들이 노는 공원의 연못들이 유족들에게 위로의 말을 건넨다. 그때는 12월이었는데, 나는 정말 그렇게 추운 줄 몰랐다. 그러다 뱀장어 수프를 먹은 게 탈이나 죽을까 봐 겁이 나서 토하려고 멈춰 섰다. 그런데 그 와중에도 그들이 부러웠다.

그러면 이제는 좀 덜 슬픈 화제로, 나로 하여금 집을 나가게 만들었던 아버지의 죽음에 대한 이야기로 넘어가 보자.

내가 집에 있길 바란 사람은 바로 아버지였다. 아버지는 이상한 사람이었다. 어느 날 아버지는 이렇게 말했다. 저 아이를 그냥 놓아두시오. 저 아이는 아무도 괴롭히지 않소. 아버지는 내가 듣고 있는 것을 몰랐다. 아버지는 그 뒤에도 자주 그렇게 말해야만 했는데, 그때는 내가 자리에 없을 때였다.

사람들은 나에게 아버지의 유언장을 절대로 보여주고 싶어 하지 않았으며, 다만 아버지가 많은 돈을 남겼다고만 말했다. 나는 아버지가 유언장을 통해서 내가 썼던 방을 나에게 남겨주고 옛날처럼 먹을 것도 갖다주라고 부탁했을 것이라 믿었고, 오늘날까지도 그렇게 믿고 있다. 그것은 아버지가 나머지 모든 유언 사항을 걸고 제시한 조건이었을 것이다.

아버지는 틀림없이 집에서 풍기는 내 냄새를 좋아했던 것이리라. 그렇지 않다면 나를 쫓아내려는 사람들의 생각에 반대할 이유가 없었을 테니 말이다. 어쩌면 나에 대한 단순한 동정심 때문이었는지도 모르지만 나는 결코 그렇게 생각하지 않는다. 아버지는 내게 집을 몽땅 물려주었어야 했다. 그랬다면 나도 또 다른 이들도 모두들 평온했을 것이다. 내가 그들에게 다음과 같이 말했을 테니까. 자 그냥 그대로 계세요, 여러분의 집이라 생각하고 편안히 지내세요! 그 집은 엄청나게 큰 집이었다. 무덤 저편에 있으면서도 진정 나를 끝까지 돌보고자 그렇게 했던 거라면, 불쌍한 우리 아버지는 완전히 속은 것이었다.

돈에 대해서라면 불만은 없다. 그들은 아버지를 땅속에 묻은 바로 다음 날, 내게 돈을 주었다. 아마도 물질적인 면에서는 다르게 행동하기가 사실상 불가능했을 것이다. 나는 그들에게 이 돈을 가지고 아버지가 있을 때처럼 여기 내 방에서 계속 살 수 있게 해달라고 말했다. 그리고 그들을 즐겁게 해주려는 생각에서 신이 사랑을 베푸시기를, 이렇게 덧붙였다. 그렇지만 그들은 허락지 않았다. 나는 그들에게 집이 못쓰게 되길 바라지 않는다면, 집 안 구석구석까지 자질구레한 보수 작업을 내게 마음껏 시키라고 제안했다. 이유는 모르지만 집에서 손으로 하는 자질구레한 일들은 내가 지금도 할 수 있는 일이다.

나는 특히 온실을 돌보겠다고 그들에게 제안했다. 그곳에서는 토마토, 카네이션, 히아신스나 나무모들을 열심히 돌보면서 따뜻하게 하루 서너 시간은 가볍게 보낼 수 있었다. 이 집에서 토마토를 아는 사람은 아버지와 나밖에 없다. 그러나 그들은 허락지 않았다. 어느 날 화장실을 갔다 와보니 내 방문은 잠겨 있었고, 문 앞에는 내 물건들이 쌓여 있었다. 이야말로 그 무렵 내가 얼마나 심한 변비에 걸려 있었는지 알려주는 장면이다. 내가 변비에 걸렸던 것은 바로 불안증 때문이었다.

그런데 나는 정말로 변비에 걸렸던 걸까? 나는 그렇게 생각하지 않는다. 아니, 진정하자, 진정하자. 어쨌거나 내가 변비에 걸렸던 건 틀림없다. 만약 그렇지 않다면 좁은 화장실에서 보낸 그 지루하고도 끔찍한 시간을 달리 어떻게 설명할 수 있겠는가? 나는 언제 어디서나 책을 읽은 적이 한 번도 없었다. 그뿐 아니라 몽상이나 생각에 잠긴 적도 없었고, 단지 내 눈높이쯤에 걸린 달력을 멍하니 쳐다볼 뿐이었다.

그 달력에는 천연색으로 그려진 양 떼에 둘러싸인 수염 기른 젊은 남자가 있었다. 그는 분명 예수일 것이다. 어쨌든 나는 두 손으로 엉덩이를 넓게 벌리고는 노를 젓듯이 몸을 흔들면서, 하나! 끙! 둘! 끙! 소리를 내질렀다. 그러면서 한시라도 빨리 방으로 돌아가 몸을 쭉 펴고 눕고 싶은 초조함에 사로잡혀 있었다. 이것이 변비 증세가 아니고 무엇이었겠는가? 아니면 내가 변비와 설사를 혼동하는 것인가? 무덤과 결혼과 저마다 다른 종류의 대변이 내 머릿속에서 정신없이 뒤죽박죽 엉켜 있으니. 내 물건은 얼마 되지 않았고 그들은 내 물건을 문에 기대어 바닥에 쌓아두었다.

복도와 내 방 사이의 움푹하고 컴컴한 곳에 쌓인 물건 더미가 지금도 눈에 선하다. 나는 삼면이 막힌 이 좁은 공간에서 옷을 갈아입어야만 했다. 그러니까 실내복과 잠옷 대신 여행복으로, 다시 말해서 양말, 구두, 바지, 셔츠, 웃옷, 망토와 모자, 빠짐없이 이런 것들로 갈아입어야만 했다.

집을 떠나기 전에 나는 다른 방문 손잡이들을 돌리고 밀면서 열어보려고 했다. 그러나 그 어느 것도 열리지 않았다. 만일 내가 열리는 방을 하나라도 찾아냈다면 나는 그 안에 틀어박힌 채, 독가스가 살포되기 전까지는 절대로 기어나오지 않았을 것이다.

평소처럼 사람들이 집 안에 가득 차 있는 느낌이 들었으나 아무도 보이지는 않았다. 내 생각에 그들은 저마다 제 방에 틀어박혀서 귀를 쫑긋 곤두세우고 있었다. 그러다가 길가로 나 있는 문이 내 등 뒤에서 쾅 하고 닫히는 소리가 나자 모두들 후다닥 창가로 갔다. 그들은 창문에서 조금 뒤로 물러나서 커튼으로 몸을 가리고 나를 지켜봤다. 아아, 그냥 문을 닫지 말고 떠날걸. 이윽고 안 열리던 문들이 열리더니 남자와 여자와 아이들이 한꺼번에 쏟아져 나온다. 그들의 목소리, 한숨, 미소, 손, 손에 쥔 열쇠, 크게 안도하는 숨소리가 이어진다. 그리고 이렇게 저렇게, 또 저렇게 이렇게 지시들이 환기되었다. 그야말로 다들 축제 분위기에 젖어 고개를 끄덕인다. 식사하십시오, 식사, 그 방은 나중에 치웁시다. 하지만 이 모든 것은 상상이다. 나는 그 자리에 없었으니까.

실제 상황은 어쩌면 이와 달랐을지도 모르지만 상황이 벌어진 이상, 그 사실을 아는 게 뭐가 중요한가? 그리고 내게 입을 맞추었던 그 입술, 나를 좋아했던 마음(사람은 바로 마음으로 좋아하는 게 아닌가, 아니면 내가 다른 것과 혼동하고 있나) 내 손과 장난쳤던 손, 내 마음을 사로잡을 뻔했던 정신! 사람들은 정말 이상하다. 불쌍한 아버지가 그날 나와 우리를 볼 수 있었다면 몹시 곤란했을 것이다. 그러니까 나로 말미암아 난처했을 것이다. 육체를 벗어날 만큼의 현명함을 갖춘 그가, 아직 완전한 송장이라고 할 수 없는 그의 아들보다 더 멀리 보지 않았다면 말이다.

이제 우울한 이야기는 그만두고 좀 더 즐거운 화제로 넘어가자. 그로부터 얼마 뒤 나와 결혼한 여자 룰루는 최소한 자신의 이름은 그게 확실하다며 나에게 잘라 말했다. 하기야 이름 가지고 나에게 거짓말을 해본댔자 득이 될 건 별로 없었다. 물론 알 수 없는 일이지만 말이다. 프랑스인이 아닌 그녀는 자신의 이름을 루루라고 발음했다. 나 또한 프랑스인이 아니어서 그녀처럼 루루라고 발음했다. 우리 둘은 똑같이 루루라고 발음했다.

그녀는 내게 자신의 성도 가르쳐주었지만, 나는 잊고 말았다. 종이쪽지에라도 적어놓았어야 했는데 말이다. 나는 고유명사들이 생각나지 않는 것을 그다지 좋아하지 않는다. 마을에 있는 두 개의 운하 가운데 하나, 나로서는 절대로 구별할 수 없었던 두 운하 가운데 한 운하 기슭에 있는 벤치에서 나는 그녀를 알게 되었다. 벤치는 아주 좋은 위치에 있었다. 흙더미와 단단하게 굳은 쓰레기 더미를 등지고 있어서 내 뒷모습을 가려주었다. 내 양쪽 옆모습 또한 그 벤치 양쪽에 서 있는, 오래되다 못해 시들어버린 두 그루의 나무 덕택에 부분적으로만 보였다. 한때 그 나무들에게도 바람에 나부끼는 무성한 나뭇잎들이 있었을 것이다. 바로 그런 나무들을 보고 누군가 여기에 벤치를 놓을 생각을 했을 게 틀림없다.

몇 미터 앞쪽에는 운하가 흐르고 있다. 그것이 운하인지 나로서는 알 길이 없지만, 거기서 뭔가 뜻밖의 일이 일어나 나를 경악케 하지는 않을 것 같았다. 그럼에도 그녀는 나를 놀라게 했다. 날씨는 온화했다. 나는 몸을 쭉 펴고 누웠다. 내 머리 위에는 서로를 지탱하기 위해 이파리 하나 없이 앙상하게 얽혀 있는 두 그루 나무가 있었다. 나는 그 나뭇가지 사이로, 별이 총총한 하늘 모퉁이가 여기저기로 옮겨 다니는 것을 보고 있었다. 앞을 자리 좀 내주세요, 그녀가 말했다. 처음에는 반사적으로 그냥 가버리려고 했지만, 피곤하기도 하고 어디로 가야 할지도 몰라서 곧바로 그렇게 할 수는 없었다. 그래서 내가 다리를 약간 오므리자 그녀가 자리에 앉았다.

그날 저녁, 우리 두 사람 사이에는 아무 일도 없었다. 그녀는 금방 가버렸다. 내게는 말 한마디도 없었다. 그녀는 오로지 자신에게 도취된 듯 아무런 가사 없이 이 노래에서 저 노래로 이상하게 건너뛰며 불렀다. 그녀는 금방 부른 노래보다 더 맘에 드는 노래가 있으면 갑자기 그 노래를 불렀고, 또 그것을 다 끝내지도 않고서 앞서 멈추었던 노래로 되돌아가며, 오래된 고향 노래 몇 곡을 불렀다. 그녀의 목소리는 가성이었으나 듣기는 좋았다. 매사에 빨리 싫증을 느껴서 그 어떤 것도 끝마친 적 없었지만 세상에서 가장 지겹지 않은 영혼이 거기에서 느껴졌다. 그녀는 벤치에도 아주 빨리 싫증을 냈다. 나에 대해서도 언뜻 한 번 보는 것만으로도 충분한 모양이었다. 그러나 사실 그녀는 억세게도 귀찮게 달라붙는 여자였다. 그녀는 다음 날, 그다음 날에도 계속 그곳에 왔고 상황은 언제나 거의 비슷했다. 겨우 몇 마디 말이 오갔을 것이다.

다음 날은 비가 와서 평온하게 지낼 줄만 알았다. 그런데 그것은 내 착각이었다. 혹시 계획적으로 저녁마다 나를 방해하러 오는 것은 아닌지 그녀에게 물었다.

내가 방해가 되나요? 그녀가 내게 되물었다. 그녀는 분명히 나를 바라보고 있었을 것이다. 그래도 뭔가 대단한 것을 보지는 못했으리라. 기껏해야 어둠 속에서 두 눈꺼풀, 어슴푸레 드러난 코와 이마 정도는 봤겠지. 우리는 잘 지내고 있다고 생각했어요, 그녀가 말했다.

당신이 방해가 돼요, 내가 말했다. 당신이 거기 앉아 있으면 몸을 죽 펴고 누울 수가 없으니까요. 망토 깃에다 입을 대고 들릴 듯 말 듯 말했음에도 그녀는 내 말을 알아들었다.

그렇게도 몸을 죽 펴고 눕고 싶으세요? 그녀가 물었다.

따지고 보면 남에게 말을 거는 것 자체가 잘못이리라.

당신 두 발을 내 무릎 위에 올려놓기만 하면 되는데요, 그녀는 말했다. 나는 사양하지 않았다. 나의 빈약한 장딴지 밑으로 그녀의 포동포동한 넓적다리가 느껴졌다. 어느새 그녀가 내 발목을 쓰다듬기 시작했다. 발뒤꿈치로 그녀의 음부를 건드리면 좋으련만, 나는 생각했다.

사람들은 누워 있다고 하면 곧바로 누워 있는 육체를 상상한다. 그러나 신하가 없는 왕처럼 혼자 다니는 나는, 말라비틀어진 고깃덩어리에 불과한 내 몸뚱이가 하는 일은 관심도 없고 하찮게 여겨졌다. 내 관심은 곧 자아의 개념과 비자아는 물론이고 세상의 하찮은 일들과 대수롭지 않은 잔재들로 인해 마비 상태에 있었으니, 마침내 두뇌가 편히 드러누워 있는 것이었다. 그렇긴 하지만 스물다섯 살 된 남자는 육체적으로 이따금 발기를 하게 마련이다. 그것은 저마다 책임져야 할 몫이었다. 나 자신도 그것을 발기라고 부를 수 있다면 그 책임은 피할 수 없었다.

그녀가 이것을 알아챈 것은 당연한 일이다. 여자들이란 10킬로미터 이상 떨어져 있어도 코를 씰룩거리며 공기 중에 실려 온 남근 냄새를 맡고 저 남성이 어떻게 나를 볼 수 있었을까? 하고 갸우뚱하는 법이다. 이런 상황에서 인간은 더 이상 자기 자신이 아니다. 자신이 더 이상 자기 자신이 아니라는 것은 괴로운 일이다. 뭐니 뭐니 해도 그건 자기 자신인 것보다 훨씬 더 괴로운 일이다.

왜냐하면 자신이 자기 자신이면 좀 오락가락해도 자기가 뭘 해야만 하는지 알 수 있지만, 자신이 더 이상 자기 자신이 아니면 어느 누구라도 될 수 있으니 스스로를 모호하게 만들어버리기 때문이다. 우리가 사랑이라고 부르는 것은, 추방된 존재가 먼 곳에서 이따금 날아오는 그림엽서나 받아보는 정도의 그런 추상이다. 이것이 오늘 저녁 나의 느낌이다. 그녀가 하던 행위를 멈추었다. 나한테 길들여진 내 자아가 무의식의 도움으로 원상태로 돌아와보니 나는 혼자였다.

나는 이 모든 것이 꾸며낸 이야기이며 실제 상황은 완전히 달랐던 것인지, 잊어야만 했던 한 도식에 의거하여 스스로에게 물었다. 그녀의 이미지는 저녁의 벤치이다. 저녁 무렵 벤치의 이미지와 연관 지어 벤치에 대해서 말하는 것은 곧 그녀에 대해서 말하는 것이나 마찬가지이다. 그것은 아무것도 설명해 주지 않는다. 나는 아무것도 증명하고 싶지 않다. 낮의 벤치에 대해서는 말할 필요가 없다. 그때 나는 거기에 없었기 때문이다. 나는 아침 일찍 벤치에서 일어나, 해가 질 무렵에서야 벤치로 돌아가곤 했다. 그렇다, 낮에는 먹을 것을 구하고 숨어 있을 만한 곳들을 알아두었다.

만약 당신들이, 아버지가 물려준 돈으로 뭘 했는지 묻는다면 나는 아무것도 하지 않고 그냥 주머니에 넣어두었다고 말할 것이다. 내가 늘 젊은 상태로 있을 수는 없지 않은가. 여름은 영원히 이어지지 않고 가을도 마찬가지라는 것을 내 부르주아적인 영혼이 말해 주었다. 나 또한 그것을 알고 있기 때문이다. 이윽고 나는 그녀에게 싫증 났다고 말했다. 그녀는 내 곁을 떠나 있을 때도 나를 몹시 방해했다. 지금도 여전히 방해하고 있긴 하지만 다른 골칫거리들과 대충 비슷해졌다. 게다가 지금은 방해받아도 더 이상 아무렇지도 않다. 애초에 방해받는다는 것은 무엇인가. 어쩌면 나는 방해받기가 필요할지도 모른다. 나는 방식을 바꿨다. 요령을 알게 되었다. 잃어버린 판돈의 갑절을 건 상태이다. 아홉 번째 아니면 열 번째 판이지만 이것도 금방 끝날 것이고, 머지않아 사람들은 그것에 대해서나 그녀나 다른 이들에 대해서도, 또 똥이나 하늘에 대해서도 말하지 않을 것이다. 그럼 내가 더 이상 오지 않으면 좋겠어요? 그녀가 물었다. 사람은 마치 자신의 귀를 믿으면 화형이라도 당할 것처럼 방금 들은 말을 되풀이한다.

나는 그녀에게 가끔씩 오라고 대답했다. 지금도 잘 모르지만 그 무렵 나는 여자들에 대해 잘 몰랐다. 남자들도 그렇고 동물들도 마찬가지이다. 제법 안다고 할 수 있는 것은 내가 당하는 고통들뿐이다. 나는 날마다 내 모든 고통을 생각하지만, 그 생각은 신속하게 이루어졌다가 순식간에 사라진다. 그렇다고 그 고통들이 모두 생각에서 비롯된 것은 아니다. 이따금 내가 라인홀트[3] 유형의 혼합주의자라고 느껴지는 시간들이 있다. 특히 오후 시간이 그렇다. 이 얼마나 균형 잡힌 느낌인가.

다른 한편으로 보자면 나는 사실 내 고통들도 잘 모른다. 결국 내가 고통 그 자체만은 아니기 때문이리라. 이 교묘함을 보라. 그래서 나는 거기에서 떠나 다른 세계의 놀라움, 찬미가 있는 곳까지 간다. 아주 드문 일이지만 그것으로 족하다. 인생이 고통 그 자체 말고는 아무것도 아니라면, 모든 일은 너무 단순해지는 게 아닌가! 아주 철저하게 불편하다면! 그렇지만 경쟁적이고 비열한 짓거리가 될 텐데. 어쨌든 한 번쯤은 나의 이상한 고통들을 하나하나 상세하게 구별해서 확실히 밝혀볼 것이다. 그 뒤, 당신들한테 조목조목 이야기할 생각이다.

그러니까 당신들한테 분별의 고통, 마음이나 감정의 고통, 영혼의 고통(그것도 아주 대단한 영혼의 고통) 그리고 육체의 고통에 대해서 말할 것이다. 먼저 몸 안에 감추어진 고통들을 말한다. 그다음으로 몸 밖에 드러나는 고통들, 즉 머리카락에서부터 시작하여 천천히 발까지 내려가면서 여기저기 못 박인 엉덩이, 여러 가지 경련, 발바닥에 박인 티눈들, 살 속으로 파고드는 발톱, 가벼운 동상, 쥐와 그 밖의 기묘한 것들로 인한 고통들을 말할 것이다.

그리고 나의 이야기에 귀 기울일 만큼 상냥한 사람들에게는 말하는 김에

---

3) 카를 라인홀트(Karl Leonhard Reinhold, 1757~1823). 오스트리아 철학자. 예수회 신학에서부터 프로테스탄티즘, 칸트, 피히테를 거쳐 허버트에 이르기까지 다양한 사상을 섭렵했다.

누군지 모를 한 작가의 체계까지 말해 줄 계획이다. 약에 중독되지 않고서는, 술에 취하지 않고서는, 또 황홀경에 빠지지 않고서는 아무것도 느끼지 못하는 순간들도 말해 줄 생각이다. 어쨌든 한 번 말을 건 것이 잘못이었다. 그녀는 당연히 '가끔씩'이란 게 어느 만큼을 뜻하는지 알고 싶어 했다. 일주일 만에 올까요? 10일 만에 올까요? 보름마다 올까요? 나는 그녀에게 아주 가끔 오라고, 될 수 있으면 아예 오지 말거나 그게 안 되면 될 수 있는 한 아주아주 가끔 오라고 말했다.

그다음 날 나는 벤치를 단념했다. 그녀보다는 벤치 자체가 원인이었다. 벤치 주변에서 실제로 초겨울의 냉기가 느껴졌기 때문이다. 그 상황은 뭐 대수로운 욕구는 아니지만 내 생리적 욕구에 더 이상 들어맞지 않았으며, 또 그 밖에도 당신들같이 멍청한 종자들에게 말해 봤자 알아듣지도 못할 다른 이유들도 있었다. 그리하여 그간 두루 돌아다니면서 알아둔, 암소가 뛰쳐나간 외양간으로 피신했다.

외양간은 어느 넓은 터 한 모퉁이에 있었다. 그 터 표면에는 목초보다는 쐐기풀이, 쐐기풀보다는 진흙이 훨씬 더 많았지만 땅속에는 꽤 많은 재산이 묻혀 있을 것만 같았다. 손가락을 쑥 집어넣어 보았다. 휴 하는 한숨 소리와 함께 퍼석 부서지는 말라붙은 속 빈 쇠똥. 그 똥으로 가득 찬 외양간이었다. 나는 태어나서 처음으로 손안에 모르핀만 충분했다면 내 생의 마지막을 기꺼운 마음으로 알렸을 것이다. 그런데 그렇게 하지는 못하고 꽁꽁 얼어붙은 내 정신 속에서, 사랑이라는 끔찍한 이름을 부당하게 도용한 어떤 감정과 싸워야만 했다.

우리 고장의 매력은 변변한 피임 기구조차 구할 수 없음에도 주민이 별로 없다는 사실이다. 그 밖에 또 하나 꼽자면, 싼 지 오래된 똥 덩어리들 말고는 모든 것이 아무렇게나 방치되어 있다는 점이다. 사람들은 그 똥 덩어리들을 악착같이 주워 모아 짚으로 싸서 줄줄이 갖고 다닌다.

세월에 의해 썩은 똥 무더기가 생겨난 곳이라면 당신들은 어디서든지 웅크리고 코를 킁킁거릴 것이다. 그러다가 얼굴이 벌겋게 달아오른 우리 고장 사람들을 만날 것이다. 우리 고장은 집을 잃은 사람들의 천국이다. 자, 요컨대 이것이 내가 행복한 이유이다. 이곳은 모든 존재가 엎드리도록 이끌며 나는 이러한 관찰자들 사이에서 어떤 연관성도 보지 못했다. 그러나 거기에는 반드시 하나 이상의 연관성이 있는 것이 분명하다. 도대체 그게 무엇이란 말인가? 그래, 나는 그녀를 사랑했다. 이게 바로 그 무렵 내가 한 행위에 내가 붙인 이름이다. 안타깝게도 나는 지금도 그 이름을 쓰고 있다.

나는 이전에 사랑을 해본 적이 전혀 없었다. 그 때문에 예비지식이 하나도 없었다. 다만 집에서, 학교에서, 갈보집에서, 교회에서 자연스럽게 사랑에 대해서 말하는 것을 들은 적이 있다. 또한 그것을 집중적으로 다룬 산문과 운문으로 된 영어, 프랑스어, 이탈리아어, 독일어로 쓰인 소설들을 가정교사의 지도 아래 읽은 적은 있다.

이를 바탕으로 내가 자신의 행위에 하나의 이름을 붙일 수 있었던 것은, 오래된 암송아지 똥에다 룰루라고 써보는 나를 알아차렸을 때였다. 그게 아니면 달빛을 받으며 진흙탕에 누워 쐐기풀을 줄기가 상하지 않게 뿌리째 몽땅 뽑으려고 했을 때였다. 쐐기풀 가운데 큰 것들은 키가 1미터가 넘었다. 나는 그런 것들을 뽑으면서 조금 위안을 얻었으나 사실 잡초를 뽑는 것은 내 성격에 맞지 않았다. 오히려 그 반대로 퇴비를 가지고만 있다면 잡초에다 퇴비를 잔뜩 뿌려 주는 게 나한테 더 어울렸다.

그렇지만 그게 꽃일 경우는 또 다른 문제였다. 사랑이 당신들을 망친다는 것, 그건 분명한 사실이다. 그러나 이 사랑은 정확하게 무슨 사랑을 말하는 것일까? 정열적인 사랑? 나는 그렇게 생각하지 않는다. 사실 육감적인 사랑이라 하면 정열적인 사랑 아니겠는가? 그렇지 않다면 내가 또 다른 사랑과 혼동하고 있는 것일까? 사랑에는 정말 여러 종류가 있지 않은가? 이것도 저것도 다 아름답기는 하지만. 예를 들면 정신적인 사랑, 이게 방금 생각난 또 다른 사랑이다. 이것은 이해관계를 떠난 순수한 사랑이다. 내 사랑은 순수한 정신적인 게 아니었을까? 그러나 그렇게 보긴 어렵다. 순수하고 사심 없이 그녀를 사랑했다면 암소가 싼 오래된 똥 덩어리에 그녀의 이름을 쓰고 입 속에 넣고 쪽쪽 빨았겠는가?

자, 좀 진정하자. 진정하고, 나는 룰루를 생각했다. 그게 모든 걸 말해 주진 않지만, 내 생각에는 그래도 꽤 많은 것을 알려준다. 룰루라는 이름에 싫증이 나니까 지금부터는 다른 이름으로, 이번에는 한 음절로 된 이름을 써볼까. 예를 들면 안(Anne), 실제로 한 음절은 아니지만 무슨 상관이랴. 그냥 이 이름으로 그녀를 불러야겠다.

나는 안을 생각했다. 아무 생각 없이 사는 법을 터득한 내가 말이다. 내 고통들을 잠시 생각하고, 거기다 굶어 죽거나, 얼어 죽거나, 창피해 죽지 않으려고 대책을 강구할 때에만 머리를 쓰는 편이었는데. 그 밖에는 어떤 경우에도 실존하는 생물에 대해서(이게 무슨 말인지 나도 의문이 든다) 무슨 말이라도 시작하면 그것은 실존한 적이 없는 셈이리라. 살아 있는 생물에 대해서는 어떤 핑계로든 생각할 수 없는 것이다. 영원히 실존할 무생물에 대해서는 지금까지 줄곧 말해왔고 앞으로도 계속 말할 것이다. 하지만 내가 무생물에게 부여한 실존에 대해서는 예전처럼 앞으로도 말하지 않을 것이다.

'케피'라는 군인 모자를 예로 들자. 이 모자는 실제로 존재하고 있고 언젠가 이 세상에서 사라질 가능성도 없지만, 나는 군인 모자를 쓴 적은 한 번도 없었다. 아니, 그들은 나에게…… 모자를 줬다고 했다. 하지만 그들이 나에게 모자를 준 적은 한 번도 없었다. 예전에 아버지는 모자를 줬다. 나는 아버지가 준 내 모자를 늘 쓰고 다녔다. 그 모자 말고 다른 모자는 가져본 적도 없다. 더군다나 죽어서도 나는 그 모자를 썼다.

어쨌거나 나는 안을 생각했다. 많이 정말 많이, 하루에 20분, 25분, 심지어 30분 동안. 좀 더 작은 숫자들을 더해서 나는 이 숫자들에 다다른 것이다. 그것은 틀림없이 내가 사랑하는 방식이었다. 이것은 안에 대해 내가 어리석은 짓들을 저지르지 못하도록 미리 막는 지적 사랑으로 봐야 하는가? 그렇게 볼 수는 없다. 내가 그런 방식으로 그녀를 사랑했다면 아주 오래된 쇠똥 덩어리에 안이라는 글자를 쓰면서 즐거워했겠는가? 두 손 가득히 쐐기풀을 뽑으면서? 그리고 내 머리 밑에서 꿈틀대는 그녀의 두 넓적다리를 신비로운 두 개의 긴 베개처럼 느꼈겠는가?

어느 저녁이었다. 이 상황을 끝내기 위해 예전에 그녀가 나를 보러 왔던 시간에 벤치로 갔다. 그녀는 거기에 없었다. 그곳에서 기다렸으나 헛수고였다.

그때가 벌써 12월인가 1월이었으므로 제철 추위가 한창이었다. 제철을 맞은 것은 으레 완벽한 법이다. 아무튼 외양간으로 돌아간 나는 공식적인 시간이란 한 해를 이루는 날들만큼이나 다양한 방식으로 공기와 하늘 또 마음에 기록된다는 사실에 기초하여 멋진 하룻밤을 보낼 계획을 세웠다.

그래서 다음 날에는 전날보다 훨씬 일찍 벤치로 나갔다. 저녁이 이제 막 시작될 즈음에. 그러나 이미 늦었다. 그녀는 벌써 와서 언 채로 벤치 위에 앉아 있었기 때문이다. 서로 얽혀 바드득 소리를 내는 나뭇가지 아래로 꽁꽁 얼어 붙은 물이 있었다. 흙더미는 서리에 뒤덮여 하얗게 보였다. 이미 말했다시피 그 여자는 정말 끈덕지게 달라붙는 여자였다. 그렇지만 나는 아무 느낌도 없었다. 안은 무슨 득을 보겠다고 그렇게 나를 쫓아다녔던 것일까? 나는 추위를 견디려고 앉지도 않은 채로 왔다 갔다 발을 동동 구르면서 그녀에게 그것을 물어보았다. 추위가 오솔길을 울퉁불퉁하게 만들어놓았다. 그녀는 모르겠다고 대답했다.

그녀는 내게서 무엇을 보았던 것일까? 나는 간곡하게, 가능하다면 그게 뭔지 말해 달라고 부탁했다. 그녀는 불가능하다고 대답했다. 안은 옷을 따뜻하게 입은 것 같았다. 토시 속에 두 손을 폭 파묻었다. 나는 그 토시를 바라보며 울기 시작했던 기억이 난다. 그렇지만 그 색깔은 잊어버렸다. 그게 뜻대로 잘되지 않았다. 나는 언제나 아무 소득 없이 쉽게 눈물을 흘리곤 했다. 최근에도 마찬가지다. 그러다가 정작 눈물을 흘려야 할 때는 눈물 한 방울도 나오지 않을 거라 생각했다. 뜻대로 잘 안 된다.

나를 울리는 어떤 사물이 있었다. 그렇다고 내가 슬퍼했던 것은 아니다. 별다른 이유도 없이 나도 모르게 울게 되는 경우는 내가 미처 깨닫지 못하는 사이에 뭔가를 보았기 때문이다. 그래서 나는 그날 저녁, 나를 울게 만들었던 것이 그녀의 토시였다고 생각했다. 아니, 어쩌면 그보다는 오히려 단단하고 울퉁불퉁한 포장길을 생각나게 했을 오솔길은 아니었는지, 아니면 얼떨결에 내가 봤을지도 모르는 어떤 다른 것은 아니었는지. 그리고 보니 나는 그때 처음으로 그녀를 보았다.

그녀는 고개를 폭 숙이고 두 손을 토시에 끼운 채 품에 바짝 끌어안았다. 그리고 다리를 서로 꽉 붙여 뒤꿈치를 든 상태로 몸을 바짝 오그러서 감싸고 있었다. 그 모습으로는 형체도 나이도 알아볼 수 없었다. 심지어 살아 있는 것 같지도 않았다. 나는 그녀를 할머니로도 볼 수 있고 또 어린 소녀로도 볼 수 있다. 그런데 그녀는 모르겠다, 불가능하다는 말만 했다. 나 혼자서는 뭔가를 알 수도 없고 할 수도 없었다. 나 때문에 온 건가요? 내가 물었다. 그래요, 그녀가 대답했다. 자 내가 왔어요, 내가 말했다.

그러면 나는, 내가 여기로 온 것은 그녀 때문이 아니었나? 내가 왔어요, 내가 왔어, 나는 속으로 이렇게 말했다. 나는 그녀 곁에 앉았다. 앉자마자 뜨겁게 달궈진 쇳덩어리에라도 닿은 듯 다시 벌떡 일어났다. 그것으로 끝인가 알아보기 위하여 가버리고 싶었다. 하지만 좀 더 확실하게 해두기 위해서 가기 전에 노래 한 곡을 그녀에게 청했다. 처음에 나는 그녀가 거부하는 줄 알았다. 그러니까 간단히 말해 노래를 하지 않으려는 줄 알았다. 잠시 뒤에 그녀는 노래를 시작했다. 내 생각에 그녀는 오랫동안 한 가지 노래를 자세 하나 바꾸지 않고 계속 불러왔다. 그런데 지금 그녀가 부르는 노래는 지금껏 한 번도 들어본 적 없으며 앞으로도 두 번 다시 들어보지 못할, 내가 전혀 모르는 노래였다.

나는 단지 그 노래에서 레몬밭인지 오렌지밭인지 확실하지는 않지만 아무튼 둘 가운데 무슨 밭이 문제였다는 것을 기억한다. 레몬밭인지 오렌지밭인지 문제되었다는 사실을 기억하는 것만으로도 나로서는 상당한 수확이었다. 사실 귀머거리가 아닌 이상 사람이 노랫소리를 듣지 않고서 산다는 것은 물리적으로 불가능하다. 그 때문에 나도 여러 노래들을 들었다. 그러나 그런 노래들에서 기억나는 건 아무것도 없었다. 가사 한마디, 곡조 하나 제대로 기억나는 게 없었다. 가사와 곡조만 어렴풋이 기억하고 있을 뿐이다. 아, 말하다 보니 쓸데없이 문장만 꽤 길어지고 말았다.

노래를 듣다가 나는 떠났다. 길을 가면서 그녀가 다른 노래를 부르는 소리를 들었다. 어쩌면 같은 노래였을지도 모른다. 그 힘없는 목소리는 내가 멀어짐에 따라 점점 더 약해져 갔다. 이윽고 그녀가 노래를 끝냈는지 아니면 그 소리를 들을 수 없을 만큼 내가 멀리 갔는지 노랫소리는 들리지 않게 되었다. 그 무렵 나는 그런 불확실한 상태에 머물러 있는 것을 좋아하지 않았다. 그래서 필연적으로 불확실한 상황에서 의문을 품고 살았다. 이른바 물리학적 질서에 속하는 하찮은 종류의 불확실하고 의문스런 상태들은, 그것들이 하찮은 만큼 몇 주 동안 등에처럼 내 몸에 착 달라붙어 나를 괴롭힐 수 있었다. 그래서 나는 이를 곧장 없애버리고 싶었다. 나는 뒤로 몇 발자국 돌아가 멈추어 섰다.

처음에는 아무 소리도 듣지 못하다가 너무나도 희미하게 들려오는 목소리를 가까스로 들었다. 나는 목소리를 듣지 못하다가 어느 순간부터 듣기 시작한

게 분명했다. 실상은 그렇지 않았는데 조용히 침묵에서 흘러나온 그 목소리는 너무나도 침묵과 비슷했다. 시작이란 게 있을 수 없는 목소리였다. 그 목소리가 마침내 들리지 않게 되었다. 목소리가 멈춘 것이지 낮아진 것이 아님을 확인하기 위해서, 나는 그녀 쪽으로 다시 몇 발자국 다가갔다. 그러다가 문득 생각했다. 그녀 곁에 서서 그녀 쪽으로 몸을 기울여 들어보지 않고서야 그걸 어찌 알겠는가. 나는 낙심하여 의문만을 가득 안고 몸을 돌려 가버렸다.

그런데 몇 주 뒤에, 나는 잔뜩 겁에 질려 그 벤치로 다시 갔다. 그 벤치를 단념한 이래로 네댓 번째 회귀였다. 그때마다 거의 같은 시간에 거의 같은 하늘 아래, 아냐, 그게 또 그렇지가 않아, 왜냐하면 하늘은 언제나 똑같으니까. 아, 이걸 어떻게 표현하면 좋지. 그래, 표현하지 말자. 그래야지. 그녀는 거기에 없었다. 그런데 어느 순간에 갑자기 그녀가 다시 거기에 나타났다. 나는 그 언저리를 쭉 지켜보고 있었는데도, 그녀가 오는 것을 보지도 듣지도 못했다. 어찌 된 영문인지 모르겠다.

비가 내리고 있었다고 말하자. 변화를 좀 주는 의미에서 그녀가 비를 피해 우산을 쓰고 있었다면, 분명 특별한 옷을 입고 있었을 것이다. 나는 그녀에게 저녁마다 오느냐고 물었다. 아뇨, 그녀가 대답했다. 그냥 가끔 와요. 벤치에 물기가 너무 많아서 도저히 앉을 수가 없었다. 우리는 이리저리 거닐었다. 나는 그녀의 팔을 잡으면 기분이 좀 좋아질까 해서 잡아보았지만 전혀 그렇지 않았다. 그래서 그냥 놔버렸다. 그런데 도대체 뭣 때문에 이런 자질구레한 것들을 이야기하는 것인가? 운명의 날을 늦추기 위해서? 나는 그녀의 얼굴을 조금 더 자세히 바라보았다.

나한테 그녀의 얼굴은 평범한 얼굴로서 존재하는 무수한 얼굴들과 다를 바 없었다. 그녀는 사팔뜨기였다. 나는 그 사실을 훨씬 뒤에야 알았다. 그녀의 얼굴은 젊어 보이지도 않았고 그렇다고 늙어 보이지도 않았다. 생기 넘치는 탱탱한 얼굴과 늙어서 푸석거리는 얼굴 중간쯤이라고 해야 할 듯했다. 그 무렵 나는 이런 모호함을 견디지 못했다. 어쨌든 솔직히 말하자면 그녀의 얼굴이 예뻤었는지, 아니면 예뻐질 수 있는 얼굴인지 그런 것을 아는 것이 나에게는 정말 불가능했다.

만일 내가 아름다움에 대한 예비지식을 가지고 있었다면, 아마 예쁘다고 할 수 있는 얼굴들을 여러 번 사진에서 봤기 때문이리라. 그리고 죽어가는 아버지의 얼굴에서 인간적 아름다움의 가능성을 잠시 엿볼 수 있었다. 그런데 늘 찌푸린 낯에 피가 몰려 시뻘겋게 된 사람의 얼굴, 그것들도 대상으로 삼아야 할까. 나는 이 모호함과 혼미함 속에서, 아예 움직이지 않거나 느낄 수 없을 만큼 천천히 흐르는 물, 이 물이 갈망하듯 떨어져 높은 물보라를 일으키는 모습을 보고서는 감탄했다.

그녀는 자기가 노래하길 바라느냐고 내게 물었다. 나는 아니라고, 그보다는 무슨 말을 해주길 바란다고 대답했다. 나는 그러면서도 그녀가 할 말이 없다고 말하리라 생각했다. 또 사실 그래야 그녀다운 반응일 것이다. 그래서인지 나는 그녀가 방을 하나 갖고 있다는 말에 아주 기분 좋게 놀랐다. 그런데 그쯤은 이미 짐작하고 있었던 일이다. 자기 방 없는 사람이 어디 있겠는가? 와, 아우성소리가 들리는 것 같군. 방이 두 개예요, 그녀가 말했다. 아니, 정확히 방이 몇 개지요? 내가 물었다. 그녀는 방 두 개에 부엌 하나가 있다고 다시 대답했다. 그 수는 대답할 적마다 하나씩 늘어났다. 그녀는 마침내 욕실까지 기억해 냈다.

방이 정말 두 개란 말인가요? 내가 물었다. 그래요, 그녀가 대답했다. 두 방은 붙어 있나요? 내가 물었다. 이제야 대화다운 대화가 시작된 것이다. 그 사이에 부엌이 있어요, 그녀가 대답했다. 나는 왜 좀 더 빨리 그 사실을 말하지 않았느냐고 그녀에게 물었다. 그 무렵 내가 흥분해서 정신이 나갔던 게 틀림없었다. 나는 그녀 옆에 있으면 불편했다. 그녀 말고 다른 것을 생각할 수 없었다. 그것만으로도 대단한 것이었다. 오래전에 겪은 일들을 하나하나 들춰내다가 깊은 바다로 나 있는 계단을 하나씩 밟고 내려가듯 차츰차츰 빠져 들어간다. 이렇게 아무것도 생각하지 않게 되는 자유를 느끼는 것이다. 그러나 그녀 곁을 떠나면 그 자유마저도 잃게 되리라는 것을 나는 알고 있었다.

그곳에는 정말 부엌을 사이에 두고 서로 떨어져 있는 두 개의 방이 있었다. 그녀가 내게 거짓말을 한 것은 아니었다. 그녀는 나에게 소지품을 찾으러 가야 하지 않겠느냐고 말했다. 나는 소지품 같은 것은 없다고 말했다. 우리는 낡은 집 꼭대기에 있었다. 산을 보려면 그곳에 있는 창문들을 열어젖히고 내다보면 되었다. 그녀는 석유램프에 불을 붙였다. 전기가 안 들어오나요? 내가 물었다. 안 들어와요, 그녀가 대답했다, 그래도 수돗물이랑 가스는 나와요. 아, 그래요? 내가 대꾸했다, 가스가 나오는군요. 그녀는 옷을 벗기 시작했다. 여자들이란 더 이상 어떻게 해야 할지 모를 경우에는 옷을 벗는다. 아마도 그게 여자들이 할 수 있는 최선의 길인가 보다.

그녀는 거북이라도 신경질이 날 만큼 아주 천천히 느려터지게 옷을 벗었다. 모두 벗고 스타킹만 남겨두었다. 분명 내 흥분을 극도로 자극하려고 남겨둔 것 같다. 바로 그때 나는 그녀가 사팔뜨기라는 것을 알아차렸다. 다행스럽게도 여자의 알몸을 보는 게 처음이 아니라서 나는 태연할 수 있었다. 위험한 폭탄이 아니라는 것쯤은 알고 있었으니까.

나는 다른 방을 보고 싶다고 그녀에게 말했다. 다른 방을 아직 보지 못했기 때문이다. 만일 내가 다른 방을 이미 봤더라면 나는 그 방을 다시 보고 싶다고 말했을 것이다.

당신은 안 벗으세요? 그녀가 바라보며 물었다. 오, 나는요, 나는 말했다, 나는 그리 자주 옷을 벗는 편이 아니라서. 그건 그랬다. 나는 걸핏하면 옷을 벗는 위인은 절대로 아니었다. 나는 잠자리에 들 때, 말하자면 자려고 단장(단장이라고!)할 때나 구두를 벗었고, 그리고 기온에 따라 겉옷 정도를 벗었다.

아무튼 그래서 그녀는 할 수 없이 실내복을 걸치고 한 손에 램프를 든 채 나와 동행해야 했다. 우리는 부엌을 지나서 갔다. 돌이켜 보면 복도를 지나서도 갈 수 있었지만, 그때는 가장 빠른 길이었던 부엌을 지나서 갔다.

다른 방에 이르러 들여다보니 끔찍했다. 그 정도로 가구들이 꽉꽉 들어찰 수 있다니, 상상도 못 할 노릇이었다. 아, 그 방을 어디선가 꼭 본 것 같아! 나는 소리치면서 이 방은 무슨 방이요? 물었다. 응접실이에요, 그녀가 대답했다. 응접실? 나는 가구들을 하나씩 들어 복도 쪽에 있는 문밖으로 내놓았다. 그녀는 내가 하는 짓을 바라보고만 있었다.

내 추측으로 그녀는 슬퍼했던 것 같다. 사실 난 아무것도 모르지만. 그녀는 나보고 도대체 뭘 하는 것이냐고 물었다. 내 생각에는 대답을 바라고 한 질문은 아닌 것 같았다.

나는 하나씩 차례대로, 심지어는 한꺼번에 두 개씩 가구들을 들어 안쪽 벽에 기대어 복도에 잔뜩 쌓았다. 크고 작은 가구들이 수백 개에 이르렀다. 마침내 가구들이 문 앞까지 쌓여서 더 이상 그 문으로는 나올 수가 없었다. 그러니 그 문으로 들어가는 것은 생각할 수도 없었다. 문이 안쪽으로 열리니까 문을 겨우 여닫을 수는 있었지만 그 문으로 넘나들 수는 없었다. '넘나들 수 없는,' 참으로 심상찮은 말이다.

모자라도 벗으세요, 그녀가 말했다. 내 모자에 대해서는 나중에 말할 기회가 있을 것이다. 마침내 그 방에는 긴 안락의자와 벽에 고정된 몇 개의 선반만 남게 되었다. 안락의자, 그것을 문 옆쪽 벽에 바짝 끌어다놓았다. 선반들, 그것들 또한 다음 날 떼어서 다른 가구들이랑 같이 복도에다 내놓았다. 선반들을 떼어내면서 참 이상한 말인데 피브롬[4]인지 피브론인지 하는, 둘 가운데 무슨 말이었는지 모르겠으나 어쨌든 그런 비슷한 말을 들은 기억이 난다. 나는 그런 말은 전혀 알지도 못했고 그게 무슨 뜻인지도 몰랐다. 알고자 하는 호기심도 애당초 없었다. 기억하는 것이 고작 그런 것들이라니! 또 이야기하는 내용들도 그렇고! 모든 것이 정돈되자 나는 안락의자에 털썩 주저앉았다.

그녀는 내 일을 돕기는커녕 새끼손가락 하나 까닥하지 않았다. 깔개와 이불을 가져올게요, 그녀가 말했다. 그런데 나는 깔개가 전혀 필요치 않았다. 커튼 좀 쳐주지 않겠소? 내가 말했다. 창문은 이미 성에로 뒤덮여 있었다. 밤이라서 하얗게 보이지는 않았지만, 약간 빛을 발하며 반짝였다. 나는 발을 문 쪽으로 두고 누워보았다. 그래도 그 희미하고 차가운 빛이 나를 불편하게 만드는 것은 마찬가지였다. 나는 벌떡 일어나서 안락의자 위치를 바꾸었다. 그러니까 처음에 벽에 붙여놓았던 긴 등받이를 이번에는 바깥쪽으로 돌려놓았다.

이제 벽과 마주하는 부분은 소파의 앉는 쪽, 즉 등받이 반대쪽의 앉는 부분이었다. 그리고 나서 나는 바구니 속으로 기어 들어가는 개처럼 그 속으로 기어 들어갔다. 램프는 두고 갈게요, 그녀가 말했다. 그러나 나는 제발 가져가달라고 부탁했다. 그러다가 밤에 무슨 볼일이라도 생기면 어떻게 하려고요? 그녀가 말했다. 나는 그녀가 그다지 중요하지 않은 일을 놓고 이런저런 이야기를 하려는 것을 느꼈다.

화장실이 어디에 있는지 아세요? 그녀가 물었다. 그녀의 말에도 일리가 있었다. 그 점은 내가 미처 생각하지 못했던 점이다. 침대에 누운 채 용변을 보면 당

---

4) fibrome. '섬유종'을 뜻하는 의학용어.

장은 시원하지만 나중에는 귀찮아진다. 요강을 주세요, 나는 말했다. 나는 꽤 오랫동안 이 요강이라는 단어를 무척이나 좋아했다. 그 단어는 라신이나 보들레르 같은 인물들을 떠올리게 했다. 정확히 둘 가운데 누구였는지는 몰라도. 그래, 유감스럽게도 책을 좀 읽은 나는 박식했던 편이다. 그들로 말미암아 나는 이야기가 그치는 지점에 다다랐다. 그래, 마치 단테 같았다.

그런데 그녀에게는 요강이 없었다. 구멍 뚫린 의자는 있어요, 그녀가 대답했다. 나는 허리를 꼿꼿하게 편 할머니가 그 의자 위에 당당히 앉아 있는 것을 보곤 했다. 그녀는 얼마 전에 그런 의자를 사서, 아니, 그게 아니라 자선 모임에서 어쩌면 경품으로 받아서 이 골동품을 처음으로 쓰려고 했다. 아니 그보다는 누군가 그 의자를 봐주었으면 하고 은근히 바랐던 것이리라.

나중에 써봅시다, 나중에. 그 대신 평범하고 우묵한 그릇이나 하나 주시오, 내가 말했다, 이질에 걸리진 않았으니까. 그녀는 냄비 비슷한 것을 하나 들고 왔다. 그것을 진짜 냄비라고 할 수 없는 이유는, 긴 손잡이가 없었고 그릇 모양은 타원형이었으며 양쪽에 짧은 손잡이가 달렸고, 또 뚜껑이 있었기 때문이다. 스튜 냄비예요, 그녀가 말했다. 뚜껑은 필요 없어요, 나는 말했다. 뚜껑이 필요 없어요? 그녀가 물었다. 만일 내가 뚜껑이 필요하다고 말했더라면 그녀는, 뚜껑이 필요해요? 물었을 게다. 내가 그 물건을 이불 속에 넣었던 것은, 나는 자면서 뭔가를 손에 쥐는 것을 좋아하고, 또 그러면 좀 덜 무서워서였다.

내 모자는 아직도 흠뻑 젖어 있었다. 나는 벽 쪽으로 돌아누웠다. 그녀가 벽난로 위에 올려놓았던 램프를 들었다. 분명히 밝히자, 분명히. 나는 내 위로 드리워진 그녀의 그림자가 줄곧 넘나들기에 그녀가 가려나 보다, 생각했다. 하지만 그러기는커녕 내가 누워 있는 안락의자로 다가와 등받이 너머로 나한테 몸을 기울이고 있었다. 이 모두가 우리 집 보물이에요, 그녀는 말했다. 나라면 발끝으로 살금살금 조심스럽게 걸어 나갔을 텐데, 그녀는 꼼짝도 안 했다.

여기서 중요한 것은 내가 이제는 그녀를 더 이상 사랑하지 않게 되었다는 사실이다. 그래, 나는 그녀 때문에 아주 오랫동안 누리지 못했던 오랜 잠수(潛水)와 완만한 하강에 의해 기분이 훨씬 좋아졌고 거의 왕성한 원기까지 느끼고 있었다. 나는 막 그곳에 닿았다. 그러나 먼저 잠이 들었다.

나를 쫓아내려고 해봤자 소용없소, 나는 작은 목소리로 말했다. 이 말들의 의미, 또 그것들이 낳는 작은 소리마저도 실제보다 몇 초 뒤에나 겨우 의식 속에 들어왔다. 나는 평소에 거의 소리 내어 말하지 않으므로 문법적으로는 완전 무결하지만 철저하게 근거가 결핍된 문장들이 제멋대로 내 입을 빌려 튀어나오곤 했다. 그래도 그 문장들을 잘 따져보면 거기에서는 하나 또는 여럿의 의미를 얻을 수 있고, 내가 그 소리를 내는 한 반드시 듣게 되는 것이었다. 내 목소리가 그렇게 천천히 내 귀에 닿은 것은 그때가 처음이었다. 나는 무슨 일이 벌어지나 보려고 몸을 돌려 똑바로 드러누웠다. 그녀는 미소 짓고 있었다.

잠시 뒤에 그녀는 램프를 들고 나갔다. 나는 그녀가 부엌을 지나가는 소리를 들었고, 이어서 부엌으로 통하는 그녀의 방문이 닫히는 소리를 들었다. 마침내 깜깜해진 어둠 속에서 나는 홀로 있게 되었다. 더는 말하지 않으련다. 장소가 낯설기는 하지만 잠을 달게 자리라 생각했는데, 생각과는 달리 밤새도록 너무 심하게 잠을 설쳤다.

다음 날 아침 온몸이 축 늘어진 채로 일어났다. 내 옷이 어수선하게 풀어 헤쳐져 있고 이불도 엉망이었다. 물론 내 옆에는 안이 실오라기 하나 걸치지 않은 채 드러누워 있었다. 그녀가 애를 써서 이렇게 판을 벌여놓은 것이 분명하다! 나는 여전히 스튜 냄비를 손에 쥐고 있었다. 안을 들여다보았다. 그것을 쓰지는 않았다. 내 성기를 내려다보았다. 이놈이 말만 할 줄 알았더라면! 더는 말하지 않겠다. 그 밤은 내 사랑의 밤이었다.

비로소 그 집에서 내 생활 체계가 서서히 안정되어 갔다. 그녀는 내가 일러준 시간에 맞춰 식사를 가져왔다. 내가 잘 있는지 뭐 필요한 것은 없는지 가끔씩 살펴보러 왔다. 하루에 한 번씩 스튜 냄비를 비웠고 한 달에 한 번씩 방 청소를 했다. 내게 말 걸고 싶다는 유혹에 넘어갈 때도 있었으나, 그것만 빼면 대체로 나는 그녀에게 불평할 이유가 없었다.

나는 가끔씩 그녀의 방에서 흘러나오는 노랫소리를 들었다. 그 노랫소리는 그녀의 방문을 뚫고 부엌으로 나왔고, 내 방문을 통하여 나한테까지 희미하지만 분명하게 들려왔다. 그 소리가 복도를 지나온 것이 아니라면 말이다. 이따금 들려오는 노랫소리는 참기 힘들 만큼 나를 괴롭히지는 않았다.

어느 날 나는 히아신스 화분 하나를 가져다달라고 그녀에게 부탁했다. 그녀는 그것을 가져다 벽난로 위에 놓았다. 사실 내 방에는 물건을 놓을 수 있는 곳이 바닥 아니면 벽난로 위밖에 없었다.

나는 거의 날마다 나의 히아신스를 바라보았다. 그 빛깔은 장밋빛이었다. 푸른색이었다면 더 좋았으련만. 처음에는 잘 자라서 꽃도 몇 송이 피웠다. 나중에는 자라지도 않고 꽃도 피우지 않았다. 그러다가 금방 축 늘어진 잎사귀들에 감싸인 물컹거리는 줄기로 변해 버리고 말았다. 알뿌리는 산소를 찾는 듯 흙에서 반쯤 밖으로 솟아나와 악취를 풍겼다. 안이 그것을 치워버리려고 했으나 내가 그냥 놓아두라고 말렸다. 그녀는 나한테 다른 히아신스를 사주고 싶어 했지만 나는 다른 히아신스는 필요 없다고 말했다. 그보다도 나를 더 못살게 괴롭혔던 것은 밤낮으로 몇몇 시간마다 은밀하게 아파트를 가득 채우는 잔웃음과 신음 소리들이었다.

나는 더 이상 안을 생각하지 않았다. 그래도 내 삶을 살아가려면 침묵이 필요했다. 나는 이성적으로 생각했다. 공기는 이 세상의 소리를 나르며, 그 소리에 웃음소리와 신음 소리들이 자연히 포함된다고 나 스스로 이해하려고 힘썼다. 그럼에도 언짢기는 마찬가지였다. 나는 그들이 늘 똑같은 놈인지 아니면 여러 놈들인지 갈피를 잡을 수가 없었다. 킥킥거리는 웃음과 신음 소리들은 서로 너무나 비슷했다!

그때 나는 그처럼 비참하고 난처한 상황들이 너무나 싫었다. 그래서 깔끔하게 진실을 밝히려고 할 때마다 여지없이 함정에 빠지곤 했다. 언뜻 보게 된 눈의 색깔이나 저 멀리서 나지막하게 들리는 어떤 소리가 난 곳, 이런 문제들은 신의 존재나 원형질의 기원이나 자아의 존재와 같은 문제들보다 더 큰 무식을 드러내는 과오의 지옥이다. 이런 문제들이야말로 지혜를 동원해서 현명하게 피해 가야 한다. 그런데 나는 오랜 시간에 걸쳐서 말하자면 내 전 생애를 바쳐서 이 사실을 알게 되었다. 아무래도 좀 비참한 일이긴 하다. 평생에 걸쳐 이처럼 위안이 되는 결론을 얻었건만 그것을 활용할 시간이 얼마 남지 않았다니.

나는 꼬치꼬치 캐물었다. 그녀 자신이 교대로 받은 손님들 때문이라고 말했을 때 나는 매우 앞서 있었다. 나는 열쇠 구멍이 꽉 막혀 있지만 않았더라면 자리에서 일어나 열쇠 구멍으로 안을 엿보았을 것이다. 하지만 그렇게 한다 해도 조그만 구멍으로 뭐가 보이기나 했을까? 그러면 당신은 매춘으로 먹고사는 거요? 내가 물었다.

우리야 매춘으로 먹고사는 거지요, 그녀가 대답했다. 손님들한테 소리를 좀 죽여달라고 부탁할 순 없는 거요? 나는 말했다. 마치 그녀가 한 말을 믿지 않는다는 듯이. 그리고 덧붙여 말하기를, 아니면 다른 종류의 소리를 내달라고 하면 안 되오? 그러자, 그들은 그런 소리를 질러야 해요, 그녀가 말했다. 그러면 내가 떠날 수밖에 없네, 나는 말했다. 그녀는 잡다한 살림살이를 넣어둔 구석에서 오래된 벽걸이 하나를 끄집어내어 우리 방문 앞에 걸었다. 나는 가끔 파스닙[5] 한 뿌리를 먹을 수 없을까 하고 그녀에게 물었다. 파스닙이라고요! 그녀는 마치 내가 유대인 아기라도 먹고 싶다고 한 것처럼 소리를 빽 질렀다.

나는 그녀에게 바야흐로 파스닙 철이 끝나가고 있으니, 그 철이 다 가기 전에 파스닙만 배불리 먹을 수 있게 해준다면 고맙게 생각할 것이라고 설명했다. 파스닙만이라고요! 그녀가 또 소리를 빽 질렀다. 내 입맛으로는 파스닙에서 오랑캐꽃 맛이 난다. 나는 파스닙에서 오랑캐꽃 맛을 느낄 수 있어서 파스닙을 좋아한다. 또 마찬가지로 오랑캐꽃에서 파스닙 향기가 나서 오랑캐꽃을 좋아한다. 만일 이 세상에 파스닙이 없다면 나는 오랑캐꽃을 좋아하지 않을 것이고, 오랑캐꽃이 없다면 파스닙을 무나 홍당무처럼 나와 상관없는 식물로 여길 것이다. 그러나 지금과 같은 식물계의 상태에서도, 다시 말해서 파스닙과 오랑캐꽃이 공존하는 지금과 같은 세상에서도 나는 파스닙과 오랑캐꽃 없이도 별다른 어려움 없이 잘 지낼 수 있을 것이다.

어느 날 그녀는 뻔뻔스럽게도 내 아이를 임신했다고 말했다. 임신 4, 5개월째라고 알려왔다. 그녀는 옆으로 서서 나한테 자기 배 좀 보라고 말했다. 그녀는 홀랑 옷을 벗었다. 아마도 치마 안에 쿠션을 숨기고 있지 않다는 것을 보여주려는 속셈이겠지. 그러나 옷을 벗는 데서 느끼는 기쁨 때문이기도 했을 것이다. 단순히 가스가 차서 배가 불룩해질 수도 있어요, 나는 그녀를 위로했다.

무슨 색이었는지 기억나지 않지만 그녀는 커다란 두 눈으로, 아니 그보다는 커다란 한쪽 눈이라고 하는 편이 낫겠다. 왜냐하면 다른 쪽 눈은 분명 히아신스의 잔해에 시선을 고정시키고 있었으니까. 그녀는 나머지 한쪽 눈으로 나를 바라보았다. 그녀가 벌거벗을수록 사팔뜨기인 것이 더욱더 두드러지게 보였다.

---

5) 여러해살이 식물. 뿌리를 먹을 수 있다. 남자 성기를 뜻하는 은어로 쓰이기도 한다.

보세요, 고개를 숙여 자신의 젖가슴을 내려다본다. 그녀는 유두 언저리가 벌써 짙어지네, 말했다.

나는 죽을힘을 다해서 유산시켜요, 유산, 그러면 더 이상 유두도 짙어지지 않을 거요, 그녀에게 말했다. 그녀는 자기 몸의 여러 가지 둥근 선들을 단 하나도 놓치지 않고 보여주려고 커튼을 활짝 열어젖혔다. 그때 내가 보았던 험준하고 어두침침하고 으슥한 산에서는 아침부터 저녁까지 바람 소리, 마도요 소리, 그리고 저 멀리서 아득히 들려오는 화강암 다루는 석공의 땅땅거리는 망치 소리만 들렸다.

원한다면 낮에는 히스가 무성한 따뜻한 황야로 나갈 수 있다. 또 향기로운 야생 금작화가 자라는 들판으로 간다. 밤에는 저 멀리 반짝이는 도시의 불빛들과 어렸을 적 아버지가 가르쳐주었던 등대와 등대선들이 이뤄내는 또 다른 불빛들도 본다. 원한다면 등대 이름도 기억해 내리라는 것을 나는 알고 있었다.

그날부터 집 안에서 일어나는 모든 일이 나에게는 점점 나쁘게만 꼬여 갔다. 그것은 그녀가 나를 등한시해서가 아니었다. 그녀는 나를 절대로 등한시할 수는 없었다. 그녀는 나한테 자기 배와 가슴을 보여주었다. 아기가 곧 나올 것 같다고 말하며 아기가 배 속에서 노는 게 벌써 느껴진다고 했다. '우리' 아기로 나를 괴롭히려고 그녀가 끊임없이 찾아왔다는 얘기다. 그러나 벌써 태동이 느껴진다면 내 애가 아니오, 나는 말했다. 확실히 그 집에 있으면서 그리 불편했던 것은 아니지만, 그렇다고 나는 이상적인 생활을 했던 것은 분명 아니다. 그렇다고 그 이점들을 과소평가하지도 않았다.

나는 떠나는 것을 망설였다. 벌써 나뭇잎들이 떨어지기 시작했다. 나는 겨울이 두려웠다. 누구든 겨울을 두려워해서는 안 되는데 말이다. 겨울 또한 나름대로 관대해서 겨울에 내리는 포근한 눈은 소동을 가라앉힌다. 겨울의 창백한 하루는 금방 저문다. 그런데 그 무렵 나는 대지가 대지밖에 가진 게 없는 사람들에게 얼마나 관대할 수 있는지, 사람들이 그 대지 위에 살아 있는 동안 얼마나 많은 무덤들을 찾아볼 수 있는지 알지 못했다.

나에게 결정타를 날린 것은 바로 아기의 탄생이었다. 나는 그로 인해 잠에서 깼다. 애가 나온 게 틀림없었다. 아이란 얼마나 짐스러운지. 그녀가 다른 어떤 여자와 함께 있었다고 생각한 것은, 이따금 부엌에서 나는 발소리를 들었기 때문이다. 아무도 나를 내쫓지 않았는데도 집을 떠나는 상황이, 내 가슴을 아프게 했다. 나는 안락의자 등받이 위를 넘어 나왔다. 웃옷을 입고 망토를 걸치고 모자를 쓴 다음, 하나도 빼먹지 않고 다 챙겨 입은 뒤에 구두끈을 죄고 복도로 나 있는 문을 열었다. 잡동사니 더미가 내 길을 가로막았다. 그래도 나는 우당탕 깨지고 부딪히는 소리를 내면서 기어오르기도 하고 힘껏 밀어붙여 그곳을 뚫고 나왔다.

결혼에 대해서 이런저런 이야기를 했지만 어쨌거나 결혼은 하나의 결합이 아닌가. 타의 추종을 불허하는 그 울부짖음에 내가 신경 쓸 이유는 없었다. 그 여자는 분명히 초산이었을 것이다. 그 소리는 길거리까지 끈질기게 나를 쫓아왔다. 나는 대문 앞에 멈추어 선 채로 귀를 기울였다. 계속해서 울음소리가 들려왔다. 만일 아이가 집에서 울어대고 있다는 사실을 몰랐다면 아마도 나는 그 소리를 듣지 못했을 것이다. 그러나 나는 그 사실을 알고 있는 터여서 아기 울음소리를 잘 들을 수 있었다. 나는 내가 있는 곳이 어디인지 잘 몰랐다. 별들과 별자리 가운데서 큰곰자리를 찾아보았으나 좀처럼 찾을 수가 없었다. 하늘 속에 있는 것만은 틀림없겠지.

나한테 큰곰자리를 처음으로 알려준 사람은 바로 아버지이다. 아버지는 다른 별자리도 알려주었다. 하지만 아버지 없이 나 혼자 찾을 수 있는 별자리는 오로지 큰곰자리뿐이었다.

만일 이것을 놀이라고 할 수 있다면, 나는 노래에 맞춰 놀듯이 그 울음소리에 맞춰 앞으로 나아갔다 멈추고, 또 앞으로 나아갔다 멈추기를 되풀이하면서 놀았던 셈이다. 걷는 동안에는 내 발소리에 묻혀 그 소리를 듣지 못했다. 그런데 멈춰 서자마자 그 소리는 다시 들려왔다. 그때마다 소리가 점점 더 약해진 것은 분명했다. 그러나 사실 소리가 약하고 강한 게 무슨 상관이 있겠는가? 중요한 것은 그 소리가 그치는 것이다.

여러 해 동안 나는 그 소리가 머잖아 그칠 것이리라 생각했다. 이제는 더 이상 그렇게 생각하지 않는다. 어쩌면 나한테는 다른 사랑이 필요했는지도 모른다. 그러나 사랑이란 자기 뜻대로 되는 것이 아니지 않은가.

L'Expulsé

추방자

추방자

현관 앞 계단은 그리 높지 않았다. 예전에도 그 계단을 오르내릴 때마다 계단 수가 얼마나 되는지 수없이 세어보았는데도, 그 계단이 총 몇 개였는지는 아무래도 기억나지 않는다. 나는 계단 수를 셀 적마다 인도를 디딘 발을 하나로 치고 첫 번째 계단에 올려놓은 발을 둘, 이렇게 쭉 세어가야 할지 아니면 인도를 디딘 발은 세지 말아야 할지 늘 아리송했다. 계단을 모두 오르고 난 뒤에도 같은 갈등에 부딪혔다. 반대 방향, 그러니까 위에서 아래로 내려갈 때도 사정은 마찬가지였다.

나는 도대체 어떻게 시작하고 어디서 끝내야 할지 몰랐다. 있는 그대로 말한다면, 나는 뭐가 맞는지 전혀 알 수 없었지만 완전히 다른 세 가지 계단 수를 알아냈다. 내가 그 계단이 총 몇 개였는지 기억나지 않는다고 한 것은, 그 세 가지 계단 수 가운데 어느 하나도 기억나지 않는다는 말이다. 나는 다만 확실히 기억에 남아 있는 하나의 계단 수만 생각해 냈다. 그 계단 수에서 나머지 두 가지 계단 수를 끌어낼 수 없다면 오로지 그 가운데 계단 수를 기억해 내야 했다.

만일 내가 그 세 가지 계단 수 가운데 두 가지 계단 수를 기억해 낸다 하더라도, 나는 여전히 나머지 하나의 계단 수는 기억해 낼 수 없으리라. 그렇다. 그러므로 이 세 가지 계단 수를 다 알려면 세 가지 계단 수 모두를 기억해 내야만 한다. 참, 이놈의 기억이라는 것이 사람 잡네. 그러니까 그게 예컨대 당신들한테 중요한 것이라고 해도 생각할 것 없어요. 아니, 생각해야만 합니다. 왜냐하면 그것을 생각하지 않으면 당신들은 조금씩 아주 조금씩 그놈의 기억들을 기억해 낼 수 있으니까. 사실 하루에 몇 번씩, 잠깐, 한동안, 넘을 수 없는 끈끈하고 질퍽한 진흙층이 그 기억들을 다시 덮어버릴 때까지, 그것을 생각해야만 합니다. 그게 순서이니까요.

어쨌든 계단 수가 그렇게 중요한 문제는 아니다. 꼭 기억해 두어야 했던 것은 현관 앞 계단이 그리 높지 않다는 사실이다. 나는 그것을 기억했다. 아이에게도, 그 애가 알고 있던 다른 현관 앞 계단들에 비하면 그 계단들을 매일 보고 오르내리고, 그 계단들 위에서 오슬레 놀이[1]와 지금은 이름마저 잊어버린 다른 여러 가지 놀이를 해본 결과 그 계단은 높지 않았다. 그러니 성숙한 남자, 성숙의 단계를 넘어선 남자에게는 어떠했겠는가?

따라서 그 계단에서 굴러떨어져도 그리 크게 다치지는 않았다. 데굴데굴 굴러떨어지면서 나는 문이 쾅 하고 닫히는 소리를 들었다. 그런데 신기하게도 한창 굴러떨어지는 와중에도 그 소리가 나에게는 위안이 되었다. 왜냐하면 그 소리는 길을 가는 사람들이 보는 앞에서 나를 붙잡아 몽둥이로 두들겨 패기 위해 길거리까지 쫓아오진 않으리란 것을 의미했기 때문이다.

만일 그럴 생각이 있었다면, 그들은 현관에 모여든 사람들이 매질을 신나게 구경하고 교훈을 얻어가도록 문을 열어두었을 것이다. 한마디로 말하면 이번에 그들은 나를 그저 힘껏 내동댕이치는 것으로 만족했나 보다. 도랑에 처박히기 전, 이처럼 훌륭한 추리를 할 만한 시간이 있었다.

상황이 이러했으니 내가 서둘러 벌떡 일어날 필요는 없었다. 참 이상한 기억이지만 나는 보행로에다 팔꿈치를 대고 그 손으로 머리를 받친 채 내 처지를 곰곰이 다시 생각해 보았다. 그러다 나는 산사나무 꽃과 야생 장미들로 뒤덮인, 꿈처럼 매혹적인 풍경의 환각에서 퍼뜩 깨어났다. 아마 이 일은 좀 희미하긴 하지만 분명히 다시 쾅 하고 닫히는 문소리로 인해 생겨난 듯하다. 그러고는 두 손으로 땅을 짚고 두 다리를 뻗으면서 고개를 번쩍 쳐들었다.

빙글빙글 공중을 돌며 내게로 날아오는 모자가 보였다. 나는 그것을 받아 썼다. 그들은 자기네들의 신(神)을 본받아 매우 양심적이었다. 내 모자를 가질 수도 있었지만, 자기들 것이 아니라 내게 돌려준 것이다. 그러나 환상은 깨져버렸다.

이 모자를 뭐라고 해야 할까? 그런데 무얼 하려고? 내 머리통이 크게 자랐을 때, 이것은 다 커졌다는 게 아니라 어지간히 커졌다는 말이다. 어쨌든 그때

---

[1] 공기놀이와 비슷한 놀이.

아버지는 이미 오래전부터 어떤 정해진 장소에 내 모자가 있었던 것처럼 말했다. "자 아들아, 네 모자를 사러 가자." 아버지는 나를 데리고 곧장 모자가게로 갔다. 그때 나에게는 모자에 대한 발언권이 없었다. 모자가게 주인도 마찬가지였다. 잘 모르겠지만, 나는 이따금 아버지가 나에게 창피를 주려고 그랬던 것은 아닌지 생각한다. 이미 늙어 온몸이 퉁퉁 붓고 혈액순환이 잘 안 되는 바람에 피부가 보랏빛으로 변한 아버지였다. 지금 생각해 보면 아버지는 자기 자신에 비해 젊고 잘생기고, 혈기 왕성한 나를 질투하고 있었던 것 같다.

그날부터 나는 모자를 쓰지 않고는 밖에 나갈 수 없었다. 내 멋진 밤색 머리카락을 바람에 휘날리며 돌아다닐 수 없었다. 외진 길로 접어들 때면 나는 때때로 모자를 벗어 손에 들었다. 그때마다 사실 두려운 마음에 벌벌 떨었다. 나는 아침저녁으로 모자를 솔질해야 했다. 어쩔 수 없이 어울려야 했던 내 또래의 젊은이들은 나를 놀리고 비웃었다. 그럴 때면 나는 '문제는 모자가 아니야. 애들이 섬세하지 않으니까 고작 눈에 잘 띄는 이 모자나 웃음거리로 만드는 거야' 하고 생각했다.

온종일 나 자신의 참모습을 찾으려고 고심하는 나 자신과는 달리 거의 섬세하지 못한 요즘 사람들을 보면 언제나 놀랍다. 그렇지만 그건 어쩌면 꼽추의 코가 크다고 놀리는 것과 같을지도 모른다. 아버지의 죽음으로 이제는 나무랄 사람도 없다. 나는 이 모자에서 벗어날 수 있었지만 그렇게 하지 않았다. 그런데 이 모자를 뭐라고 해야 할까? 다음에, 다음에 말하자.

나는 다시 일어나 움직이기 시작했다. 그 무렵 내가 몇 살이었는지 지금은 기억나지 않는다. 조금 전 나에게 일어났던 일은 나의 삶에 한 획을 그을 만큼 대단한 사건은 아니었다. 그것은 어떤 것의 요람도 무덤도 아니었다. 그보다는 헷갈릴 만큼 많은 다른 요람들, 그리고 다른 무덤들과 비슷했다. 기억나진 않지만 그 무렵의 내 나이는, 자기 능력을 어느 만큼 발휘할 때였는데, 내 기억은 틀림없었다.

아, 내가 그런 능력을 가지고 있긴 했었지. 한 번 떠난 곳은 뒤돌아보지도 않던 내가 조금 전에 나를 내쫓았던 집으로 방향을 되돌렸다. 그 집은 얼마나 아름다웠던가! 창문마다 제라늄 화분이 놓여 있었다. 나는 몇 년 동안 그 제라늄을 유심히 살폈다. 제라늄은 유해하지만, 그때 나는 그걸로 마침내 내가 원하던 모든 것을 할 수 있었다. 낮은 현관 앞 계단 맨 꼭대기에 있는 그 집 현관문, 나는 그 문을 늘 마음속 깊이 감탄하면서 바라보았다. 그 문을 어떻게 표현해야 할까? 그 문은 매우 크고 무거우며 녹색 칠이 되어 있었다. 여름이면 구멍이 하나 나 있는 녹색과 흰색 줄무늬 가리개 같은 것으로 덮어씌워진다. 그 구멍으로, 단련된 쇠로 만들어진 우레 같은 소리를 내는 노커와 먼지나 벌레들, 박새 따위가 못 들어오게 용수철 달린 동판으로 닫아놓았고 기다란 홈이 있었다.

이것이 그 문이다. 문 양쪽에는 같은 색깔의 장식 기둥이 하나씩 서 있었다. 그 가운데 오른쪽 기둥에 초인종을 달아놓았다. 커튼은 그 집안의 기호를 잘 나타내준다. 집 안의 여러 굴뚝 가운데 하나의 굴뚝에서 연기가 뭉게뭉게 피어났다. 그런데 이 연기마저도 이웃집 연기보다 더 서글프고 더 푸르게 허공으로 길게 올라갔다 사라졌다. 나는 맨 꼭대기 층인 4층 내 방 창문이 활짝 열려 있는 것을 보았다. 대청소가 한창이었다. 몇 시간 뒤면 그들은 창문을 다시 닫고 커튼을 친 다음 분무기로 포르말린을 뿌릴 것이다. 나는 그런 것들을 잘 알고 있었다. 그 집에서라면 나는 기꺼이 죽을 수도 있으리라. 나는 문이 열리고 내 발이 걸어 나오는 환상을 보았다.

그들은 커튼 뒤에서 나를 엿보려고 하면 엿볼 수 있을 것이다. 그러나 그렇게 하지 않으리란 걸 알았으므로 마음 놓고 보았다. 게다가 나는 그들이 벌집 구멍 같은 저마다의 방으로 돌아가 제 일에 몰두하고 있는 걸 알고 있었다.

어찌 됐든 나는 그들과 아무 상관 없었다.

태어나서 첫걸음마를 떼었던 곳이자, 첫걸음마 이후의 내 모든 발자국이 남아 있는 곳이긴 해도 나는 그 도시를 잘 몰랐다. 나는 외출한 적이 거의 없었다! 그 대신 이따금 창가로 가서 커튼을 젖히고 밖을 내다보곤 했다. 그러나 이내 침대가 놓인 방 안쪽으로 되돌아가 버렸다. 나는 그런 식의 태도가 불편했다. 셀 수 없을 만큼 많은 희미한 전망들이 경계에서 헤매었다.

그렇지만 그 무렵만 해도 그때마다 어울리는 방식대로 처신할 줄 알았다. 나는 먼저 고개를 들어 우리에게 엄청난 도움을 주는 하늘을 바라보았다. 따로 길이 나 있지도 않고 사막처럼 자유롭게 떠다니며, 시야의 한계 말고는 어느 방향으로 보나 시원하게 트인 하늘을 바라보았다.

바로 그런 까닭으로 나는 고개를 들어 하늘을 보았다. 한 번씩 손쓸 도리가 없을 만큼 모든 일이 잘 안 풀릴 때면 하늘을 보았다. 구름도 끼어 납빛인 데다가 비까지 내려서 정말 우중충하지만, 도시와 시골과 대지의 혼잡과 무분별로부터 떨어진 하늘을 바라보았다.

좀 젊었을 때 나는 평원 한복판에서 살면 좋겠다 싶어 뤼네부르크 광야로 갔다. 머릿속으로 평원을 그리면서 나는 그 광야로 갔다. 근방에는 다른 광야도 많았지만 어느 한 목소리가 나에게 "당신은 뤼네부르크 광야로 가시오" 말했기 때문이다.

그곳은 달(月)이라는 요소와 어떤 연관이 있는 것이 틀림없었다. 그런데 참 어처구니없을 만큼 뤼네부르크 광야는 조금도, 아주 털끝만큼도 마음에 들지 않았다. 나는 실망한 만큼 동시에 안도감을 느끼며 그곳에서 돌아왔다.

'그래, 이유는 잘 모르겠지만 여태껏 나는 실망했던 적이 단 한 번도 없었다. 아니야, 젊은 시절에는 의심할 수 없는 안도감을 느낀 뒤에 바로, 또는 안도감을 느끼지도 않은 채로 자주 실망하곤 했지······.'

나는 걷기 시작했다.

이 얼마나 희한한 걸음걸이인가. 마치 자연으로부터 무릎을 거부당한 듯 뻣뻣하게 굳은 뒷다리와 보행(步行) 축의 양쪽에 달린 두 발이 기묘하게 벌어지는 모양 좀 보라. 그 와중에 온갖 누더기를 마구잡이로 가득 쑤셔 박은 자루처럼 물렁물렁했던 몸통 그리고 불규칙하게 움직일 때마다 보조 기계장치 탓인 듯 골반은 급격하고 미친 듯이 요동쳤다. 나는 자주 이런 결점들을 고쳐보려고 윗몸을 곧게 세우고 무릎을 굽히며, 최소 대여섯 개쯤 되는 내 다리를 앞뒤로 번갈아 움직이려고 애썼다. 하지만 마침내 늘 그랬던 것처럼 균형을 잃고 넘어졌다.

자기가 뭘 하는지 신경 쓰지 말고 걸어야 한다. 그런데 내 경우는 신경 쓰지 않고 걸을라치면 방금 말했던 대로 균형을 잃고 쓰러졌다. 그래서 신경 쓰기 시작하면 꽤 훌륭한 자세로 몇 발자국 걷는 듯싶다가 이내 넘어지고 말았다. 그래서 나는 나 자신을 그대로 내버려두기로 결심했다. 내 생각에는 그런 식의 거동은 완전하게 벗어날 수 없었던 버릇이다. 또한 성격이 막 형성되어 감수성이 예민하고, 유아기와 고전학기가 시작되는 3학년 무렵의 어린 시절, 그때의 버릇 때문이라고 본다.

그러고 보니 나는 팬티에 오줌을 지리거나 똥을 한 무더기 싸놓곤 했는데 그 시각은 대체로 오전 10시나 10시 30분 무렵이었다. 그러고는 아무 일도 없었던 것처럼 하루가 무사히 지나가기를 간절히 바랐다.

왜 그런지 모르겠지만 나는 옷을 갈아입히거나 나를 돕기만을 바라던 어머니에게 그 일을 알려야 했다. 나는 잠자리에 들 때까지, 뜨끈뜨끈하고 바삭하게 말라버린 배설물을 내 작은 넓적다리 사이나 엉덩이 끝에 매달고 다녔다. 바로 그런 버릇에서, 조심스럽고 다리를 아주 넓게 벌리는 걸음걸이와 안간힘을 다해 요동치는 상체의 움직임이 비롯되었다. 그 움직임은 내 걸음걸이로부터 시선을 딴 데로 돌리고 나를 아무 걱정 없이 사는 즐겁고 활기찬 사람으로 만들었다. 또 굳은 몸동작을 유전적인 류머티즘 탓으로 돌리는 내 설명을 그럴싸하게 뒷받침했다.

청춘의 열정이란 게 내 안에 있었지만 곧 시들어버렸다. 그 여파로 나는 신경이 날카로워지고 의심이 많아졌으며 남들보다 좀 더 빨리 은신처와 수평 자세를 바라게 되었다. 젊은 시절의 형편없는 답변들, 그건 아무 소용도 없다. 그러니까 어려워할 필요가 없다. 안개가 진을 칠 테니 겁내지 말고 궤변을 부려보자.

날씨는 화창했다. 나는 최대한 보행로에 바짝 붙어 길을 걸었다. 너비가 가장 넓은 보행로조차도 내겐 충분치 않았고 낯모르는 사람들을 불편하게 하고 싶지도 않았다. 한 경찰관이 나를 잡아 세우더니 "차는 차도로, 보행자는 보도로"라고 말했다. '구약성서'의 한 구절을 외우는 건가. 그래서 나는 용서를 구하다시피 하면서 보행로로 올라갔다. 그리고 한 아이를 깔아뭉개지 않으려고 바닥에 몸을 던졌다. 그 순간까지 그 혼잡한 보행로에서 족히 스무 걸음은 걸었다.

내 기억에 그 아이는 여러 개의 방울 달린 마구를 하고 있었다. 아마도 조랑말이나 페르슈산(産) 말[2]이라고 믿고 있는 듯했다. 뭐 그럴 수도 있지. 나는 애들이라면 치를 떠니까 기쁜 마음으로 그 아이를 깔아뭉갤 수 있었다. 또 그렇게 하는 편이 아이에게도 좋았을 테지만 보복이 두려워서 그렇게 할 수 없었

---

2) 북프랑스의 옛 지방인 페르슈는 크고 힘센 말의 산지로 유명.

다. 모든 이들이 같은 혈족이라는 사실, 바로 그 사실 때문에 당신의 희망은 금지되었다. 오고 감이 잦은 번잡한 거리에는 조그맣고 꾀죄죄한 놈들, 그놈들을 태운 유모차가 다녀야 한다. 또 굴렁쇠, 막대사탕, 외발 스케이트, 외발 롤러스케이트 등등 그놈들을 행복하게 해주는 작고 꾀죄죄한 것들이 모두 한곳으로만 다닐 수 있도록 전용도로를 만들어야만 했다.

어쨌거나 그래서 나는 넘어졌다. 넘어지면서 화려하지만 뚱뚱한 노부인을 쓰러뜨렸다. "아이코 아이코." 그 노부인의 울부짖음에 사람들이 우르르 몰려들었다.

나이 든 부인들의 넙다리뼈는 잘 부러지니까. 나는 당연히 그 노부인의 넙다리뼈도 부러졌을 거라고 생각했다. 아, 조금만 더 조금만 더 세게 넘어뜨렸으면 좋았을 것을. 나는 마치 내가 피해자인 듯, 혼란한 틈을 타 알아들을 수 없는 저주를 퍼부으며 달아나고 말았다.

그들은 이미 면죄부가 주어진 애들에게는 그놈들이 무슨 짓거리를 하든 절대로 폭력을 가하지 않는다. 나라면 기쁨을 느끼면서 그놈들에게 폭력을 가할 것이다. 그러니까 내가 직접 폭력을 가한다는 말은 아니다. 당연히 아니지. 나는 폭력적이지 않으니까 나 말고 다른 이들이 그렇게 하도록 격려할 것이다. 그러고 나서 일이 끝나면 그들에게 한잔 샀으리란 말이다.

하여간 내가 가까스로 뒷발질과 요동의 사라반드[3]를 다시 시작하자, 혹시 같은 사람이 아닐까 싶을 만큼 첫 번째 경찰관과 비슷한 두 번째 경찰관이 나를 잡아 세웠다. 경찰관은 모든 사람들 범주 안에 나는 속할 수 없다는 듯이 보행로는 모든 사람의 것이라고 주지시켰다. 나는 헤라클레이토스에 대해서는 단 한 순간도 생각한 적이 없다. "흐르는 봇도랑으로 내려갈까요?" 말하자 그는, "마음대로 하시오. 그렇지만 공간을 다 차지하지는 마시오" 했다. 나는 적어도 3센티미터는 볼록 튀어나온 그의 윗입술을 보고 그 입술에 후 하고 입김을 불었다.

지금 생각해 보면, 나는 마치 여러 사건의 고통스러운 압박에 못 이겨 깊은 한숨을 내쉬는 듯 입김을 불었다. 그런데도 그는 잠자코 있었다. 그는 퀴퀴하고

---

3) 17~18세기 유럽에서 유행했던 고전 무곡 또는 그에 맞춰 추는 춤.

메스꺼운 냄새를 참아야 하는 사체 부검이나 시체 발굴에 익숙해져 있었나 보다. 그는 모든 사람처럼 통행할 수 없다면 차라리 집에 그대로 있으라고 말했다. 내 생각도 마찬가지였다. 또 그놈의 경찰관 때문에 집 생각이 났다고 해서 기분 나쁘지도 않았다.

이런 일은 가끔 생기는 법이다. 그때 그곳으로 장례 행렬이 지나갔다. 행렬이 지나가자 모자들이 난리법석을 피웠고, 헤아릴 수 없이 많은 손가락들이 어른거렸다. 내가 직접 성호를 그어야 했다면 나는 코, 배꼽, 왼쪽 가슴, 오른쪽 가슴 등, 순서에 따라 제대로 하려고 애를 썼을 것이다. 그러나 그들은 성의 없이 재빨리 성호를 그었다. 그러고는 약간의 격식도 차리지 않은 채 손을 아무렇게나 하면서 턱이 무릎에 닿을 만큼 쭈그리고 앉았다. 그리고 십자가를 진 사내와 같은 시늉을 해 보였다. 그들 가운데에 가장 열광적인 사람은 꼼짝 않고 그 자리에서 뭐라고 중얼거렸다.

경찰관은 두 눈을 꼭 감았다. 그는 한 손에 경관 모자를 든 채 꼼짝하지 않았다. 나는 언뜻 행렬을 이루는 여러 대의 삯마차 안에서 열심히 담소를 나누는 사람들을 보았다. 그들은 죽은 남자 또는 여자의 생전 모습들을 떠올리는 게 분명했다. 남자냐 여자냐에 따라 영구 마차의 말 장식이 달라진다는 말을 들었다. 그런데 실제로 어떤 차이가 있는지는 전혀 알 수 없었다. 여러 마리의 말들은 마치 장(場)에나 가는 듯 방귀를 뀌고 똥을 싸곤 했다. 무릎 꿇는 사람은 단 한 사람도 보지 못했다.

이승에서의 마지막 여행, 그 여행이 우리 동네에서 재빠르게 이루어졌다. 따라서 그걸 피하려고 발걸음을 재촉해도 마침내 별수 없이 휩쓸리고 만다. 하인들을 태운 마지막 삯마차가 당신을 그 행렬에서 놓아주었고 행렬 때문에 일어난 일상의 마비는 끝났다. 사람들이 다시 정신을 차리고 일상으로 돌아가려는 그 순간, 마차는 다시 당신 앞에 멈추어 섰다.

그래서 나는 세 번째로, 이번에는 스스로 가던 길을 멈추고 한 삯마차에 올라탔다. 좀 전에 보았던 삯마차에는 열심히 담소하는 사람들로 꽉꽉 들어차 있었고 이는 내게 깊은 감명을 남겼다. 마차는 하나의 검은 큼직한 상자로서 밑에 용수철이 붙어 있어 몸체가 좌우로 흔들렸다. 작은 창문이 여러 개 나 있으며 그 안의 사람들은 구석에 웅크린 채로 앉아 있다. 퀴퀴한 곰팡내가 진동했다.

나는 내 모자가 천장에 살짝 스치는 것을 느꼈다.

잠시 뒤 나는 앞으로 몸을 구부려 창문들을 닫았다. 그러고는 제자리로 돌아가 계단 있는 쪽으로 등을 기대었다. 막 잠이 들려는 순간 한 목소리가, 바로 마부의 목소리가 나를 소스라치게 만들었다. 그는 차창 밖에서 아무리 말해도 별 반응이 없자 마차 문을 열었던 것이다. 나는 그의 콧수염만 바라보았다.

"어디 가쇼?" 마부가 물었다. 마부는 나에게 그것을 묻고자 일부러 자기 자리에서 내려왔던 것이다. 그것도 이미 멀리 왔다고 믿고 있던 나에게 말이다. 나는 무슨 길이나 기념물의 이름을 떠올려보려고 애를 썼다. 나는 "당신 마차 파는 거요?" 물었다. 그리고 덧붙였다. "그 말은 말고." 말 한 마리로 무엇을 하겠는가? 또 마차 한 대로는 무엇을 할 수 있겠는가? 이 안에서 몸이나 쭉 펴고 누울 수나 있을까? 누가 나에게 먹을 것을 가져다주겠는가? 나는 "동물원으로 갑시다" 대답했다. 동물원 없는 수도(首都)는 거의 없으니까 말이다. 그리고 나는 이렇게 덧붙였다. "너무 빨리 가지는 마시오."

그가 웃었다. 동물원에 너무 일찍 닿을 수 있다는 내 생각이 그를 웃긴 게 분명했다. 사실 마차가 한 대도 보이지 않는 상황은 아니었다. 또 천장에 의해 생긴 갖가지 그림자에 머리를 파묻은 채 차창에 무릎을 기대고 있는 나를 보았다. 그리고 이것이 분명 정말 자기 마차인가. 이게 마차가 맞기는 하는 것일까, 자문할 만큼 달라 보이는 마차를 타고 있는 나 자신만의 문제는 아니었다. 그 때문에 그는 재빨리 말을 쳐다보고는 안심했다.

그런데 사람들은 언젠가는 자신들이 왜 웃는지 알게 될까? 어쨌든 그의 웃음은 짧았다. 덕분에 나는 혐의에서 벗어난 듯했다. 그는 마차 문을 다시 닫고 자기 자리로 돌아갔다. 잠시 뒤 말이 움직이기 시작했다.

그래, 그 무렵만 해도 내게는 돈이 조금 있었다. 아버지가 돌아가시면서 조건 없이 내게 선물로 남겨주었던 적은 액수의 돈, 그 돈을 그들이 훔쳐 간 것이 아닐까 하고 나는 아직도 생각한다. 그 뒤로 나에게는 땡전 한 푼 없었기 때문이다. 그래도 내 삶은 여전히, 내가 원하던 모습 그대로 꾸준히 이어졌다. 구매를 할 수 없는 몸의 가장 큰 단점은 자신이 직접 나서야만 한다는 것이다.

예를 들면 누군가 정말로 무일푼이라면 자기 은신처로 음식 배달을 시키는 일은 거의 할 수 없다. 따라서 최소 일주일에 하루는 밖으로 나가 직접 움직여야만 한다. 이런 처지의 사람에게 일정한 주소가 있을 리 만무하다. 그래서 나는 오랜 시간이 지난 다음에야 그들이 나와 관련된 일로, 나를 찾은 사실을 알게 되었다. 내가 어떤 경로로 알게 되었는지는 더 이상 기억나지 않는다. 나는 신문도 읽지 않았다. 그 무렵 먹는 문제로 서너 번 남들과 이야기를 나누었던 것 말고는 누구와도 수다를 떨었던 기억이 없다.

내 생각으로는, 어쨌든 간에 나는 소문으로 그 일을 알게 되었다. 그렇지 않았더라면 기억에 남는 몇몇 이름들처럼 이상야릇한 이름을 가진 '니더' 선생님 댁에 갈 일은 없었을 것이다. 또한 그가 나를 맞아들이는 일도 절대로 없었을 테니 말이다. 그는 내 신분을 확인했다. 그것은 시간이 좀 걸리는 일이었다. 나는 그에게 내 모자 안쪽에 박아놓은, 금속으로 된 이름의 머리글자를 보여주었다. 그것이 어떤 증명은 되지 못했지만 그래도 있을 듯한 것이라는 심증은 있었다.

그가 말했다. "서명하시오." 그는 소 한 마리는 거뜬히 때려잡을 수 있을 만한 원기둥 모양의 큼직한 자를 가지고 장난쳤다. 그가 말했다. "세어보시오." 창녀로 보이는 한 젊은 여자가 증인 격으로 이 회담에 입회하고 있는 것으로 보였다. 나는 그 돈뭉치를 주머니 속에 쑤셔 넣었다. 그가 말했다. "당신, 잘못 세었소." 나는 그가 서명하라고 하기 전에 미리 세어봤어야 한다고 생각했다.

그는 물었다. "필요할 경우 내가 어디로 가야 당신을 만날 수 있소?" 나는 계단 밑으로 내려가 뭔가를 생각했다. 잠시 뒤 다시 계단을 올라와 내게도 알 권리가 있다고 말하면서, 내가 받은 돈이 어디서 나온 것인지 물었다. 그는 내가 잊고 있었던 한 여자의 이름을 알려주었다. 그녀가 유아기의 어린 나를 그녀의 무릎에 앉히면 나는 재롱을 피웠을 것이다. 때로는 그 정도면 충분하다. 나는 분명히 유아기라고 했다. 왜냐하면 좀 더 지나면 재롱을 피우기에는 나이가 너무 많아지기 때문이다.

어쨌든 그런 까닭으로 내게 돈이 조금 남아 있었다. 아주 조금이지만. 내가 미래의 삶에 대하여 너무 초조해하지 않는 이상 그 돈은 없는 거나 마찬가지였다. 내가 제대로 파악했다면, 나는 내 모자 옆과 마부의 등 바로 뒤에 있을 칸막이를 똑똑 하고 두들겼다. 먼지구름이 의자 쿠션에서 피어올랐다.

나는 주머니에서 돌 하나를 꺼내 마차가 멈출 때까지 그 돌로 두들겨댔다. 대부분 교통수단이 그렇듯이 멈추기 전에 속도를 줄이지 않는 것을 주목했다. 그렇지, 그는 급히 멈추었다. 나는 기다렸다. 마차가 요동쳤다. 높은 의자에 앉아 있던 마부가 두들기는 소리를 들은 것이 분명했다.

나는 인정 어린 눈빛으로 말을 바라보았다. 그 말은 거의 쉬지도 못했으면서 지친 기색이 없었다. 오히려 두 귀를 쫑긋 세우고 조심스럽게 주변을 살폈다. 나는 창문으로 다시 움직이는 것을 보았다. 나는 마차가 다시 설 때까지 칸막이를 두들겨댔다. 마부가 욕을 퍼부으며 자리에서 내려왔다. 나는 그가 아예 문 열 생각을 하지 못하도록 창문을 내렸다. 그가 오기 전에 서둘러서 닫아 버렸다. 마부의 얼굴은 빨갛다 못해 보랏빛에 가까울 지경이 되었다. 화가 나서 또는 마차를 몰며 맞은 바람 때문이다. 나는 오늘 하루 동안 당신을 고용한 것이라고 그에게 말했다. 그는 3시에 장례식이 있다고 대답했다.

아아, 죽은 이들이여, 나는 더 이상 동물원에 가고 싶지 않다고 말했다. "이제는 동물원으로 가지 맙시다." 그는 말이 지치지 않게 너무 멀지 않은 곳이라면 어디든 상관없다고 대답했다.

사람들은 우리에게 원시인들의 언어 특성에 대해 말한다. 나는 그에게 잘 아는 식당이 있는지 물었다. 그리고 나와 함께 식사하자고 덧붙였다. 나는 그런 종류의 식당에 가는 것만큼이나 그곳 단골과 함께 식사하는 것을 좋아했다. 그 식당에는 양쪽에 아주 똑같은 길이의 긴 의자 두 개와 기다란 식탁 하나가 놓여 있었다. 그는 식탁을 사이에 두고 자기 인생, 자기 아내, 자기 가축, 그리고 또 자기 인생, 무엇보다도 자기 성격 탓에 고달파진 인생에 대해서 말했다. 그는 비가 오나 눈이 오나 바람이 부나 늘 밖에 나와 있어야 하는 게 어떤 것인지 아느냐고 내게 물었다.

나는 세워놓은 자기네 마차 안에서 태울 손님을 기다리면서 후덥지근한 하루를 보내는 마부들이 있다는 사실을 알았다. 그것이 예전에는 가능한 이야기였지만, 오늘날에는 다른 방법들을 찾아볼 필요가 있었다.

나는 내 처지와 내가 잃은 것, 찾고 있는 것이 무엇인지 그에게 설명했다. 우리 두 사람은 서로를 이해하고 설명하기 위해 힘닿는 데까지 노력했다. 그는 내가 내 침실을 잃었으므로 다른 침실을 구해야 한다고 알아들었다. 그러나 나머지 이야기는 전혀 이해하지 못했다. 그는 조금도 망설이지 않고 내가 가구 딸린 방을 찾고 있다고 확신했다. 그는 언제인지 모르는 석간신문을 주머니에서 꺼내 광고란을 훑어보다가 대여섯 개의 광고에 밑줄을 그었다. 아마도 방을 구하는 광고와 자기 말과 함께 동네 부근에서 일할 수 있는 구인 광고에 밑줄을 친 듯싶었다.

나는 그에게 내 방에 필요한 가구는 침대 하나뿐이라고 했다. 그리고 그 방에 들어가는 데 동의하는 조건으로 그 방에 있는 모든 가구들, 그러니까 머리맡 탁자까지도 치워야 한다고 말했다. 그 말이 그를 혼란에 빠뜨렸음이 분명했다. 3시쯤에 우리는 말을 일으켜 다시 길을 떠났다. 마부는 자기 옆으로 올라오라고 내게 권했다. 그러나 나는 꽤 오래전부터 마차 내부를 생각했으므로 마침내 내 자리로 돌아가서 앉았다. 우리는 그가 밑줄 쳤던 주소들을 보고 차례차례로 그곳들을 찾아갔다. 겨울의 짧은 하루가 저물어가고 있었다. 가끔씩 그 하루는 내가 예전에 보냈을지도 모르는 하루들과 겹쳐졌다. 그러면서 특히 밤의 날짜 도장이 찍히기 전의 가장 매혹적인 순간으로 다가왔다. 서민들이 하는 방식대로 가위표를 그린 주소들. 그는 그 주소들 가운데에서 적합치 못한 것들은 빗금을 그으며 지워 나갔다.

나중에 그는 그 신문을 내게 건네면서, 내가 허탕만 쳤던 그곳을 또다시 찾아가지 않도록 하라고 했다. 나는 닫힌 창문을 통하여 삐거덕거리는 마차 소리와 길에서 나는 여러 소리를 들었다. 또한 그 높은 의자 위에 홀로 앉아 부르는 그의 노랫소리도 들을 수 있었다. 그는 장례식보다 나를 더 좋아했다. 그것은 영원히 이어질지도 모르는 하나의 사실이었다. 그는 노래를 불렀다.

"그녀는 젊은 영웅이 잠자고 있는 고장에서 멀리 있다네."

이것이 내가 기억하고 있는 유일한 구절이다. 마차가 설 때마다 그는 자리에서 내려와 내가 내리는 것을 도와주었다. 나는 그가 가리키는 집의 초인종을 눌렀다. 그러고는 그 안으로 들어가기도 했다.

정말 오랜만에 가까이에서, 가정(家庭)을 다시 맛보는 기분은 너무나 야릇했다. 그는 보행로에서 나를 기다렸고, 내가 다시 마차에 오르는 것을 도와주었다. 나는 그 마부가 지긋지긋해지기 시작했다. 그는 자기 자리로 다시 기어 올라갔고 우리는 다시 출발했다. 그런데 갑자기 다음과 같은 일이 벌어졌다. 그가 마차를 세웠다. 나는 무기력하고 멍한 상태에서 깨어나 내릴 자세를 취했다. 그런데 그는 내가 기댈 수 있도록 자기 팔을 내밀어주지 않았고 나는 혼자 알아서 내려야만 했다.

그는 램프에 불을 붙였다. 나는 석유램프를 좋아한다. 그가 이미 첫 번째 램프에 불을 붙였으니까, 두 번째 램프에는 내가 불을 붙여도 되는지 그에게 물어봤다. 그는 나에게 성냥갑을 줬고, 나는 경첩들로 고정된 가운데가 볼록한 작은 보호 유리관을 열어 불을 붙였다. 그 뒤 바람을 피하여 잔잔하고 밝고 아주 따뜻하게 그 심지가 타오를 수 있도록 유리관을 곧장 닫았다. 내게는 그러한 즐거움이 있었다.

우리는 그 램프로 고작해야 말의 형태나 희미하게 구별할 뿐 아무것도 볼 수 없었지만, 멀리서도 남들은 자유롭고 느긋하게 헤매고 있는 두 개의 노란 점을 보았다. 마차의 말이 방향을 바꿔 돌 때마다, 우리는 색유리그림처럼 가운데가 볼록하게 튀어나온 맑고 뾰족한 마름모꼴의, 때로는 붉게 때로는 푸르게 번뜩이는 한쪽 눈을 보곤 했다.

마지막 주소까지 확인하고 나자 마부는 내가 편히 쉴 수 있도록, 자기가 잘 아는 호텔 하나를 소개해 주겠노라고 했다. 그도 그럴 것이 마부와 호텔, 이 관계는 있음직한 것이기 때문이다. 그가 추천하는 곳이라면 손색없는 곳이겠지. 그는 한쪽 눈을 찡긋하며 덧붙여 말했다. "모든 게 다 갖춰져 있죠." 나는 마차 밖으로 머리를 쑥 빼서 내밀었다. 나는 그에게 한잔하자고 권했다.

말은 온종일 먹지도 마시지도 못했다. 내가 그 점을 마부에게 지적하자, 말은 일단 마구간으로 돌아가면 배불리 먹게 될 것이라고 대답했다. 사실 말이 일하는 도중에, 예컨대 사과 한 알이나 설탕 쪼가리처럼 간에 기별도 안 가는 음식일지라도 섭취하게 되면, 복통과 설사로 멀리 가지 못할 것이고 심지어는 그 때문에 죽을지도 모른다. 그래서 마부는 이러저러한 이유로 말을 지켜볼 수 없게 되었을 때마다, 말이 아무거나 먹지 못하게 가죽끈으로 말의 턱을 비끄러맸던 것이다. 몇 잔 마시자, 마부는 오늘 밤 내가 자기네 집에서 지내면 자기와 자기 마누라에게는 큰 기쁨이 될 터이니 그렇게 해달라고 간청했다. 게다가 그의 집은 그곳에서 멀지 않았다.

생각해 보니, 그날 그는 오로지 자기 집 부근만 뱅뱅 돌았었다. 그 부부는 농가의 안뜰에 있는 헛간 이층에서 살고 있었고, 아주 좋은 위치여서 나는 그곳을 마음에 들어 했다. 그는 엉덩이가 이상하리만큼 무지하게 큰 자기 마누라를 내게 소개하더니 둘만 남겨놓고 사라졌다. 나와 단둘이 남은 그녀는 눈에 띌 만큼 거북해했다. 나는 보통 그런 상황에 처해도 거북해하지 않지만, 그때 나는 그녀를 이해했다. 그런 상황은 끝날 이유도, 그렇다고 이어질 이유도 없었다.

그럼, 끝나길 바라자. 나는 헛간으로 내려가 자겠노라고 말했다. 그는 말렸다. 나는 우겼다. 그는 내가 자기 마누라에게 인사하려고 모자를 벗는 바람에 드러난 정수리의 작은 종기를 가리켰다. 그녀가 말했다. "저런 건 짜 없애야 하는데……." 마부는 변비로 고생하던 그를 낫게 해준, 그가 정말로 존경하는 한 의사의 이름을 댔다.

그녀는 설득했다. "그가 헛간에서 자겠다면 헛간에서 자는 거예요." 마부는 탁자 위 램프를 들고 그의 마누라는 어둠 속에 남겨둔 채 사다리가 있는 곳으로 앞장섰다. 그는 헛간 한쪽 구석 밀짚 깔린 바닥에 말이 덮던 담요를 깐 다음, 밤중에 뭐 볼 게 있으면 쓰라고 성냥 한 갑을 놓고 갔다. 그동안 말은 뭘 했는지 기억나지 않는다. 나는 컴컴한 어둠 속에 누워 말이 물 마시면서 내는 특별한 소리, 쥐들이 갑자기 후다닥 뛰어다니는 소리, 그리고 위에서 나를 마구 헐뜯는 마부와 그 여편네의 음흉스러운 목소리를 귀가 따갑도록 들었다.

나는 커다란 안전성냥 한 갑을 손에 쥐고 있었다. 밤중에 일어나 성냥개비 하나를 그었다. 순식간에 켜졌다 금방 꺼져버린 불빛에 마차의 모습이 드러났다. 헛간에 불을 지르고 싶은 마음이 들었다가 이내 사라졌다. 컴컴한 어둠 속에서 마차를 찾아 그 문을 여니, 그 안에서 쥐들이 튀어나왔다. 나는 마차에 올라탔다. 자리를 잡고 누우려는 순간 마차가 갑자기 기우뚱했는데, 그건 마차의 채를 바닥에 다 빼놓았으므로 너무나 당연한 일이었다. 나는 그게 더 좋았다. 왜냐하면 긴 쿠션 의자에 머리를 기대면 그쪽으로 마차가 기울고 더불어 다리가 머리 위로 올라가면서 몸을 뒤로 잔뜩 젖힐 수 있었기 때문이다.

나는 밤중에도 몇 번씩 차창으로 나를 바라보는 말의 시선과 그 말이 내뿜는 콧김을 느끼곤 했다. 고삐 풀린 말에게는 마차 안에 있는 내가 분명히 이상했을 것이다. 담요 덮을 생각을 하지 못했던 나는 추웠으나, 그렇다고 그걸 찾으러 나갈 정도는 아니었다. 시간이 지날수록 차창 너머에 있는 헛간 창문이 더 잘 보였다. 나는 마차에서 나왔다. 헛간이 마차보다는 좀 밝아서 희미하게나마 구유, 연장걸이, 걸려 있는 마구, 또 널려 있는 양동이와 솔도 볼 수 있었다.

나는 문으로 갔지만 열 수는 없었다. 말이 나를 계속 지켜보았다. 말은 원래 잠도 안 자나? 마부가 구유 같은 곳에 그 말을 매어둔 것 같았다. 어쨌든 나는 헛간 창문으로 나가야만 했다. 쉽지 않은 일이었다. 하긴 무언들 쉽겠는가? 먼저 머리를 창문 밖으로 내민 다음, 두 손으로 뜰 바닥을 짚은 채로 창틀에 낀 궁둥이를 계속 뒤틀었다. 나는 그때 빠져나오려고 두 손으로 꽉 움켜쥐고 잡아당겼던 무성한 풀숲을 기억하고 있다. 외투를 벗어 창밖으로 던질 생각을 하긴 했는데 미처 그렇게 하지 못했다.

가까스로 그 뜰에서 벗어난 나는 피곤하다고 생각했다. 피곤. 나는 성냥갑 속에 지폐 한 장을 밀어 넣고 뜰 안쪽으로 돌아가 방금 빠져나왔던 창가에 그 성냥갑을 올려놓았다. 말이 창가에 있었다. 나는 거리로 나와 몇 발자국 걷다가 뜰 안쪽으로 되돌아가서 지폐를 다시 꺼내 왔다. 성냥은 내 것이 아니었으므로 그냥 놔두었다.

말은 그 창가에 여전히 있었다. 정말 지긋지긋한 말이었다. 새벽이 어슴푸레 밝아왔다. 나는 내가 서 있는 곳이 어딘지 알지 못했다. 되도록 빨리 밝은 곳으로 가려고, 해 뜨는 쪽을 향해 어림잡아 갔다. 나는 바다 또는 사막의 수평선을 기대했을는지도 모른다. 나는 아침에는 해를 맞이하러 가고, 밤에는 밖에 있으면 해를 좇아 죽은 이가 쉬고 있는 데까지 따라갔다.

내가 무엇 때문에 이 이야기를 했는지 모르겠다. 이에 대한 다른 이야기를 할 수도 있었을 텐데 말이다. 아마 다음에는 이에 대한 다른 이야기를 할 수 있겠지. 살아 있는 혼(魂)들이여, 그대들은 그것 또한 비슷한 이야기인 것을 알게 되리라.

Endgame

승부의 끝

승부의 끝

텅 빈 내부.

회색빛.

왼쪽과 오른쪽 뒤, 높은 곳, 작은 창문 두 개, 내려진 커튼.

오른쪽 앞, 문 하나. 문 가까이, 앞면이 벽 쪽으로 걸린 그림 한 점.

왼쪽 앞, 서로 닿아 있고, 오래된 천으로 덮인 쓰레기통 두 개.

그 한가운데, 낡은 천으로 덮인 바퀴 달린 안락의자에 앉아 있는 햄.

문 옆에서 움직이지 않고, 햄에게 두 눈을 멈추고 앞쪽을 바라보는 클로브. 얼굴이 매우 붉다.

단순한 활인화.

클로브는 왼쪽 창문 아래로 다가가서 선다. 경직되고 비틀거리는 걸음. 왼쪽 창문을 올려다본다. 돌아서더니 오른쪽 창문을 본다. 그는 오른쪽 창문 아래 가서 선다. 오른쪽 창문을 올려다보다 돌아서더니 다시 왼쪽 창문을 본다. 밖으로 나간다. 곧바로 작은 발판 사다리를 가지고 돌아와, 그것을 왼쪽 창 밑에 옮겨놓고, 사다리를 올라가서, 커튼을 걷는다. 내려와서, 오른쪽 창문 쪽으로 (예를 들어) 여섯 걸음을 되돌아가서, 사다리를 들고 오른쪽 창문 아래에 내려놓고, 그 위에 올라가서 커튼을 걸고는 내려와서, 왼쪽 창문으로 세 걸음 걷고, 되돌아가, 사다리를 들고 왼쪽 창 밑에 내려놓고, 그 위에 올라가 창문 밖을 내다본다. 가벼운 웃음. 그는 내려와, 오른쪽 창문 쪽으로 한 발자국 내딛어, 되돌아가 사다리를 들고 오른쪽 창문 아래에 내려놓은 뒤, 그 위에 올라가, 창문 밖을 내다본다. 가벼운 웃음 짓고는 내려와서, 사다리를 가지고 쓰레기통 쪽으로 가서, 멈춘 뒤, 돌아서서, 다시 사다리를 가지고 되돌아와 오른쪽 창문 밑에 내려놓고, 쓰레기통으로 다가가서, 덮고 있는 천을 벗기고, 자신의 팔 위에 천을 접어놓는다. 그는 뚜껑을 집어 들고, 허리를 굽혀 쓰레기통 안을 들여다본다. 가벼운 웃음. 그는 뚜껑을 닫는다. 다른 통도 똑같이 한다. 그는 햄에게 가서, 그를 덮고 있는 천을 벗겨, 자신의 팔 위에 접어놓는다. 햄은 실내복을 입고 있다. 머리에는 빳빳하고 챙 없는 둥글고 작은 모자를 쓴 채, 얼굴 위에는 커다란 핏자국이 묻은 손수건을 덮고 있다. 목에 호루라기를 걸고, 무릎에 덮개를 덮은 채, 발에 두툼한 양말을 신고 있는 햄은 잠자는 듯이 보인다. 클로브가 그를 훑어본다. 가벼운 웃음. 클로브가 문 쪽으로 걸어가다, 멈추고는, 객석으로 돌아선다.

클로브   (뚫어지게 쳐다보며, 억양 없이)

끝났어, 끝났어, 거의 끝났어, 거의 끝난 게 틀림없어.

(사이)

곡식 알갱이, 하나씩 하나씩, 그리고 어느 날, 갑자기, 곡식 한 무더기, 꽤 큰 더미가 되어 있고, 완전한 더미는 불가능해.

(사이)

더 이상 벌 받지 않을 거야.

(사이)

이제 가로 세로 높이가 각각 10피트인 부엌으로 가서, 그가 나를 부를 때까지 기다려야지.

(사이)

공간 좋고, 비율도 훌륭해, 난 탁자에 기대어 벽을 바라보며 그가 부를 때까지 기다릴 거야.

(그는 잠시 움직이지 않은 채 있다가 나간다. 곧바로 되돌아오더니, 오른쪽 창문으로 가서, 사다리를 들고 밖으로 옮긴다. 사이. 햄이 조금 움직인다. 그는 손수건 밑으로 하품한다. 얼굴에서 손수건을 치운다. 아주 붉은 얼굴. 검은 알 안경)

햄 나—

(하품한다)

—놀아볼까.

(안경을 벗고 눈과 얼굴과 안경을 닦으며 다시 안경을 낀다. 손수건을 접어서 실내복의 가슴 주머니 속에 가지런히 접어 넣는다. 그는 기침을 한 번 한 뒤, 손가락 끝들을 마주 댄다)

불행이 있을 수 있을까—

(그는 하품한다)

—내 것보다도 고상한 불행 말이야? 의심할 여지가 없지. 예전엔 있었어. 그렇지만 지금은?

(사이)

내 아버지?

(사이)

내 어머니?

(사이)

내…… 개?

(사이)

오, 그런 피조물들도 고통스러워할 수 있는 만큼은 고통스러워할 거라고 난 기꺼이 믿고 싶어. 그런데 그 사실이 그들의 고통과 내 고통이 똑같다고 의미하는 걸까? 틀림없어.

(사이)

아니야,

모든 고통이 절—

(그는 하품한다)

—대적이야,

(자랑스럽게)

사람이 클수록 속이 더 꽉 차고

(사이. 우울하게)

그리고, 더 텅 비어버리지.

(그는 킁킁 냄새를 맡는다)

클로브!

(사이)

안 돼, 혼자.

(사이)

꿈꾸는 것 같군! 멋진 숲이야!

(사이)

충분히, 끝내야 했을 시간이군, 피난처에서도 마찬가지야.

(사이)

하지만 난 망설여져, 끝낼까 말까…… 망설이고 있어. 그래, 그거야, 끝내야 했을 시간이야. 그런데 난 여전히 망설이고 있어ㅡ

(그는 하품을 한다)

ㅡ끝낼까 말까 하고 말이야.

(하품한다)

신이시여, 나는 피곤해요, 난 침대에 들어가 눕는 게 낫겠어.

(그는 호루라기를 분다. 곧바로 클로브가 등장한다. 그는 의자 옆에 멈춰 선다)

네가 공기를 더럽히잖아!

(사이)

날 놔둬, 잠자리에 들 거야.

클로브 방금 깨웠잖아요.

햄 그래서 어쩌란 말이야?

클로브 5분마다 깨워서 다시 침대에 눕힐 수는 없어요. 할 일이 있단 말이에요.

(사이)

햄 내 눈을 본 적이 있나?

클로브 아뇨.

햄 너는 내가 자는 동안, 안경을 벗기고 내 눈을 들여다보고 싶은 호기심도
　전혀 없었단 말이냐?

클로브 눈꺼풀을 벌리고요?

　(사이)

　아뇨.

햄 머잖아 눈동자를 보여주지.

　(사이)

　완전히 흰자위로 변해 버린 것 같긴 한데.

　(사이)

　몇 시야?

클로브 평소와 똑같죠.

햄 (오른쪽 창문을 향해 몸짓)

　보았나?

클로브 네.

햄 그런데 어땠어?

클로브 제로 상태에요.

햄 비가 내려야겠지.

클로브 안 올 거예요.

　(사이)

햄 그건 그렇고, 기분이 어때?

클로브 불만은 없어요.

햄 기분이 정상?

클로브 (짜증스럽게)

　불만 없다고 말하잖아요.

햄 난 기분이 좀 이상해.

　(사이)

　클로브!

클로브 예.

햄 가진 게 충분하지 않았어?

클로브 예!

(사이)

참, 근데 뭐 말입니까?

햄 이…… 이……것 말이야.

클로브 전 늘 있었어요.

(사이)

안 가지고 계세요?

햄 (우울하게)

그렇다면 그걸 바꿀 이유는 없네.

클로브 끝날지도 몰라요.

(사이)

평생 동안 똑같은 질문에, 똑같은 대답이네요.

햄 준비 좀 시켜줘.

(클로브는 움직이지 않는다)

가서 이불을 가져와.

(클로브는 움직이지 않는다)

클로브!

클로브 예.

햄 먹을 걸 더는 안 줄 테다.

클로브 그러면 우린 죽어요.

햄 죽지 않을 만큼만 주지. 넌 늘 배고플 거야.

클로브 그러면 우린 죽지는 않을 거예요.

(사이)

제가 가서 이불을 가져올게요.

(그는 문 쪽으로 간다)

햄 아니야!

(클로브는 멈추어 선다)

날마다 너한테 비스킷 하나씩 줄 거야.

(사이)

한 개하고 절반.

(사이)

너 왜 나와 함께 있는 거지?

클로브 왜 저를 데리고 있죠?

햄 달리 사람이 없으니까.

클로브 달리 갈 곳이 없으니까 그렇죠.

(사이)

햄 넌 언제나 내 곁을 떠나려고 해.

클로브 늘 노력해요.

햄 넌 나를 사랑하지 않아.

클로브 사랑 안 해요.

햄 한때는 나를 사랑했었지.

클로브 한때는요!

햄 내가 널 너무 많이 괴롭혔어.

(사이)

그렇지 않니?

클로브 그렇지 않아요.

햄 내가 너를 많이 괴롭히지 않았다고?

클로브 네!

햄 (안도가 되어)

아, 너 정말 놀랍구나!

(사이. 냉정하게)

용서해 줘.

(사이. 좀 더 크게)

용서해 달라고, 말했잖아.

클로브 들었어요.

(사이)

피를 흘린 적이 있나요?

햄 조금.

(사이)

진통제 먹을 시간 아닌가?

클로브 아니에요.

(사이)

햄 네 눈은 어때?

클로브 나빠요.

햄 네 다리는 어때?

클로브 나빠요.

햄 그래도 너는 움직일 수 있잖아.

클로브 그렇죠.

햄 (격렬하게)

그러면 움직여!

(클로브는 뒤쪽 벽으로 가서, 이마와 손으로 벽에 기댄다)

어디 있어?

클로브 여기요.

햄 돌아와!

(클로브는 의자 옆 자기 자리로 돌아온다)

너 어디 있어?

클로브 여기요.

햄 왜 날 안 죽이는 거지?

클로브 전 찬장의 비밀번호를 몰라요.

(사이)

햄 가서 자전거 바퀴 두 개 가져와.

클로브 더 이상 자전거 바퀴가 없는데요.

햄 네 자전거는 대체 어떻게 했기에?

클로브 전 자전거를 가진 적이 없었어요.

햄 그럴 수가.

클로브 아직 자전거가 있었을 때, 제가 울면서 한 대만 갖게 해달라고 했었죠. 당신의 발아래서 벌벌 기었잖아요. 그런데 당신은 저에게 지옥에나 가라고 했죠. 그러니까 이제껏 한 대도 없죠.

햄 그럼 순찰은 어떻게 돌았지? 네가 내 생활보호 대상자들을 살필 때 말이야. 늘 걸어서?

클로브 가끔씩 말을 탔어요.

(쓰레기통 가운데 하나의 뚜껑이 열리자 통 가장자리를 움켜쥔 내그의 손이 보인다. 그러고 나서 그의 머리가 나타난다. 취침용 모자. 아주 하얀 얼굴. 내그는 하품을 하고 나서 듣는다)

그럼 이제 갈 거예요, 할 일이 있어서요.

햄 네 부엌에서?

클로브 네.

햄 여기서 나가면 죽음이야.

(사이)

알았어, 가봐.

(클로브가 퇴장한다. 사이)

우린 잘 지낼 거야.

내그 나 빵죽 좀 줘!

햄 이런 망할 조상님 같으니!

내그 나 빵죽 좀 줘!

햄 집에 있는 노인네들이란! 체면이란 게 없어! 벌컥벌컥 마셔대고, 그저 생각이라곤 먹는 것뿐이야.

(그가 호루라기를 분다. 클로브가 들어온다. 그는 의자 옆에 멈추어 선다)

이런! 난 네가 떠난다고 생각했는데.

클로브 오, 아직은 아니에요, 아직은요.

내그 빵죽!

햄 그에게 빵죽을 줘.

클로브 빵죽이 더는 없는데요.

햄 (내그에게)

저 소리 들려요? 빵죽이 더 이상 없답니다. 줄 빵죽이 더 이상 없대요.

내그 나 빵죽 줘!

햄 그에게 과자 갖다줘.

  (클로브가 퇴장한다)

  염병할 색마! 잘린 다리들은 어때요?

내그 내 다리는 신경 쓰지 마라.

  (클로브가 비스킷을 가지고 등장한다)

클로브 비스킷을 가지고 다시 왔어요.

  (그는 내그에게 비스킷을 주고, 내그는 그 비스킷을 손으로 만지작거리며 냄새를 킁킁 맡는다)

내그 (애처롭게)

  이게 뭐야?

클로브 스프랫스 미디엄이에요.

내그 (앞서와 같이)

  이건 딱딱해! 먹을 수가 없어!

햄 저 녀석을 통 속에 집어넣어!

  (클로브는 내그를 통 속으로 밀어 넣고, 뚜껑을 닫는다)

클로브 (의자 옆 자기 자리로 되돌아오며)

  나이 먹으면 아는 것만 많아질 뿐이야!

햄 그 사람 위에 걸터앉아!

클로브 전 앉을 수 없어요.

햄 그래. 그리고 난 설 수가 없지.

클로브 맞아요.

햄 사람은 저마다 특기가 있는 법이야.

  (사이)

  전화 없었어?

  (사이)

  우리 웃지 않을래?

클로브 (숙고 뒤에)

  저는 그럴 기분이 아녜요.

햄 (깊이 생각한 뒤에)

나도 마찬가지야.

(사이)

클로브!

클로브 예.

햄 자연은 우리를 잊어버렸나 봐.

클로브 더 이상 자연은 없어요.

햄 자연이 더 이상 없다고! 과장하는군.

클로브 이 근방에선 그렇죠.

햄 그런데 우린 숨 쉬고, 변하기도 하잖아! 머리카락도 빠지고, 이도 빠지는
데! 우리의 청춘도! 우리의 이상도!

클로브 그러면 자연은 우리를 잊지 않은 거네요.

햄 아무것도 없다면서.

클로브 (슬프게)

이전에 살았던 사람 가운데 아무도 우리처럼 그렇게 삐딱하게 생각하지는
않았을 거예요.

햄 우리는 우리가 할 수 있는 것을 해.

클로브 그러면 안 되죠.

(사이)

햄 너는 좀 괜찮은 놈이야, 그렇지?

클로브 산산조각 난 파편들 가운데 한 조각일 뿐이죠.

(사이)

햄 이 일은 더디군.

(사이)

나 진통제 먹을 시간 아닌가?

클로브 아니에요.

(사이)

그럼 이만, 전 할 일이 있어서요.

햄 자네 부엌에서?

클로브 네.

햄 뭐 하는데? 나도 알고 싶군.

클로브 벽을 바라봅니다.

햄 벽이라! 그래 벽에서 뭘 보는데? 세어서, 세어서? 벌거벗은 몸뚱이라도 보나?

클로브 죽어가는 저의 빛을 봐요.

햄 네 빛이 죽는다고! 자 들어봐! 그래, 자네 빛, 그건 여기서도 잘 죽지, 나를 한 번 보고 그다음에 나에게 돌아와서 너의 빛에 대한 생각을 말해 줘.

(사이)

클로브 저에게 그렇게 말씀하시면 안 되죠.

(사이)

햄 (냉정하게)

용서해.

(사이. 더 크게)

용서하라고, 말했잖아.

클로브 들었어요.

(내그의 쓰레기통 뚜껑이 열린다. 통 가장자리를 잡은 그의 손이 나타난다. 그리고 그의 머리가 나타난다. 입에 비스킷을 물고 있다. 그는 듣는다)

햄 씨앗에 싹이 났어?

클로브 아니요.

햄 싹이 텄나 보려고 주변을 파헤쳐 봤나?

클로브 싹이 트지 않았어요.

햄 아마 아직 너무 이른 거겠지.

클로브 만약에 싹이 나려고 했다면 싹이 텄을 거예요.

(격렬하게)

결코 싹이 트지 않을 거예요!

(사이. 내그가 손에 비스킷을 쥔다)

햄 별로 재미없군.

(사이)

뭐 결국 늘 그 모양 그 꼴이지, 안 그래, 클로브?

클로브　언제나 그래요.

햄　여느 날처럼 오늘 하루도 끝이야, 그렇지 않니, 클로브?

클로브　그렇게 보이네요.

　(사이)

햄　(고뇌에 차서)

　무슨 일이야, 무슨 일이야?

클로브　무언가 일이 일어나고 있어요.

　(사이)

햄　알았어. 가봐.

　(그는 움직이지 않은 채, 자신의 의자 뒤로 기댄다. 클로브는 움직이지 않고, 깊게 신음 소리를 내며 한숨을 내쉰다. 햄은 일어나 앉는다)

　내가 너한테 가보라고 말한 것 같은데.

클로브　가려고 노력하고 있어요.

　(그는 문으로 가더니, 멈춘다)

　내가 태어난 이래로 지금까지 쭉.

　(클로브는 퇴장한다)

햄　우린 잘 지내는 거야.

　(그는 움직이지 않은 채, 자신의 의자 뒤로 기댄다. 내그는 다른 쓰레기통의 뚜껑을 두드린다. 사이. 그는 더 세게 두드린다. 뚜껑이 열리고 통 가장자리를 움켜쥔 넬의 손이 나타난다. 그리고 그녀의 머리가 보인다. 끈이 달린 모자. 아주 하얀 얼굴)

넬　무슨 일이에요, 여보?

　(사이)

　사랑을 나눌 시간인가요?

내그　당신 잠들어 있었소?

넬　오, 아니에요!

내그　키스해 주오.

넬　할 수 없어요.

내그　해봐.

　(그들의 머리가 서로 압박하지만, 만나지 못하고, 다시 따로 떨어진다)

넬　왜 이런 우스꽝스런 짓을, 날이면 날마다 하죠?

　(사이)

내그　내 이가 빠져버렸어.

넬　언제요?

내그　어제는 있었는데.

넬　(슬픈 투로)

　아 어제요.

　(그들은 고통스럽게 서로를 향해 돌아선다)

내그　날 볼 수 있소?

넬　거의 안 보여요. 당신은요?

내그　뭐라고?

넬　당신은 나를 볼 수 있나요?

내그　거의 안 보이는군.

넬　훨씬 더 잘됐어요, 훨씬요.

내그　그런 소리하지 마오.

　(사이)

　우리 시력이 나빠진 거요.

넬　맞아요.

　(사이. 그들은 서로로부터 돌아선다)

내그　내 말 들리오?

넬　예, 당신은요?

내그　들리오.

　(사이)

　우리 청력이 괜찮군.

넬　우리의 뭐라고요?

내그　우리의 청력 말이오.

넬　아니에요.

　(사이)

　내게 다른 할 말이 있어요?

내그 당신 기억하지—

넬 아니요.

내그 우리가 앞뒤로 함께 앉는 자전거를 타다가 다리가 부러졌을 때 말이오.

(그들은 마음껏 웃는다)

넬 아르덴에서였어요.

(그들은 덜 열심히 웃는다)

내그 스당으로 가는 도로에서.

(그들은 훨씬 덜 열심히 웃는다)

춥소?

넬 예, 추워요, 당신도요?

내그 (사이)

나도 얼어 죽을 것 같소.

(사이)

안으로 들어가고 싶소?

넬 예.

내그 그러면 들어가시오.

(넬은 움직이지 않는다)

왜 안으로 들어가지 않는 거요?

넬 몰라요.

(사이)

내그 그가 당신의 톱밥을 바꿔줬소?

넬 그건 톱밥이 아니에요.

(사이. 신중하게)

당신은 좀 더 확실하게 말하면 안 되나요, 내그?

내그 그러면 당신의 모래라고 하지. 그건 중요하지 않아.

넬 중요해요.

(사이)

내그 그것은 한때 톱밥이었소.

넬 한때는요!

내그　지금은 그게 모래요.

(사이)

바닷가에서 가져온 모래.

(사이. 조바심이 나서)

이제 그가 바닷가에서 가져오는 모래로 깐다오.

넬　이제는 모래가 깔렸어요.

내그　그가 당신의 것을 바꿔줬소?

넬　아니요.

내그　내 것도 안 바꿨소.

(사이)

난 그 모래를 원치 않아!

(사이. 비스킷을 들어 올리며)

좀 먹을 테요?

넬　아뇨.

(사이)

뭔데요?

내그　비스킷. 당신을 위해 절반을 남겨놓았소.

(그는 비스킷을 본다. 자랑스럽게)

4분의 3이오. 당신을 위해서. 여기 있소.

(그는 비스킷을 내민다)

싫소?

(사이)

몸이 안 좋은 거요?

햄　(지쳐서)

조용, 조용, 잠 좀 자게 해주세요.

(사이)

좀 더 조용히 얘기해요.

(사이)

내가 잠들 수 있다면 사랑을 할 수도 있을 텐데. 난 숲속으로 들어갈 거야.

내 눈으로 볼 거야…… 하늘과 땅을 말이야. 난 달리고, 또 달려서, 사람들이 나를 잡지 못하게 할 거야.

(사이)

자연!

(사이)

내 머릿속으로 뭔가 한 방울씩 떨어지고 있어.

(사이)

심장, 내 머릿속의 심장.

(사이)

내그   당신 저 사람의 말을 듣고 있소? 머릿속에 심장을 둔 사람 말을!

(그는 조심스럽게 낄낄 웃는다)

넬   그런 일을 비웃으면 안 돼요, 내그. 당신은 왜 늘 그런 일을 비웃어야 하나요?

내그   그렇게 큰 소리로 말하지 마!

넬   (자신의 목소리를 낮추지 않은 채)

내 장담하건데, 불행보다 더 재미있는 일은 없잖아요. 그런데—

내그   (충격을 받아서)

오!

넬   예, 예, 불행은 세상에서 가장 우스운 일이죠. 그리고 우린 웃고, 또 웃어요, 처음에는 일부러 마음먹고 웃고. 그렇지만 늘 똑같은 불행에 대해서죠. 맞아요, 우리가 너무 자주 들었던 재미있는 이야기와 비슷해요, 아직도 재미는 있지만, 더 이상 웃게 되질 않아요.

(사이)

다른 할 말이 있나요?

내그   없소.

넬   정말요?

(사이)

그러면 나는 당신을 떠나겠어요.

내그   비스킷을 원하지 않소?

(사이)

당신 몫을 간직해 두겠소.

(사이)

난 당신이 날 떠날 것이라고 생각했소.

넬   난 당신에게서 떠날래요.

내그   당신 가기 전에 나를 한번 긁어줄 수 있겠소?

넬   싫어요.

(사이)

어디를요?

내그   등 말이오.

넬   안 돼요.

(사이)

당신 혼자서 통 가장자리에 대고 문질러요.

내그   아래쪽에. 움푹 파인 곳 말이오.

넬   무슨 움푹 파인 곳 말이에요?

내그   움푹 파인 곳 말이오!

(사이)

아니 그걸 모르겠소?

(사이)

어제 그 부분을 긁어주었잖소.

넬   (슬프게)

아, 어제요.

내그   이제 알겠소?

(사이)

내가 당신을 긁어주길 원하오?

(사이)

당신 또 울고 있소?

넬   노력해 본 거예요.

(사이)

햄 아마도 그건 약간의 정맥피인가 봐.

(사이)

내그 그가 뭐라고 말했지?

넬 아마도 그건 약간의 정맥피인가 봐.

내그 그게 무슨 뜻이야?

(사이)

아무런 뜻도 없잖아.

(사이)

재단사 이야기를 해줄까?

넬 아니요.

(사이)

뭐하러 그런 얘길 해요?

내그 당신 즐겁게 해주려고.

넬 그거 재미없는데요.

내그 늘 당신을 웃게 해줬잖아.

(사이)

처음엔 난 당신이 죽을 거라고 생각했었어.

넬 코모 호수에서였어요.

(사이)

어느 4월 오후였죠.

(사이)

믿을 수 있겠어요?

내그 뭘?

넬 우리가 한때 코모 호수에 뱃놀이하러 나간 일 말이에요.

(사이)

어느 4월 오후였죠.

내그 바로 그 전날 약혼했었지.

넬 약혼했었어요!

내그 당신이 하도 발작적으로 웃어대서 우리 배가 뒤집혀버렸지. 당연히 우린 익사하고도 남았었지.

넬 내 기분이 행복했기 때문이었어요.

내그 (분개하며)

아니야, 아니야, 그건 내 이야기이지 다른 이야기는 아니야. 행복! 아직도 그 얘기를 들으면 웃지 않소? 내가 그 말을 할 때마다. 행복이라니! ·

넬 깊고, 깊었어요. 그리고 당신은 바닥 아래까지 볼 수 있었죠. 얼마나 하얗고, 얼마나 깨끗한지.

내그 내가 다시 이야기해 주겠소.

(이야기꾼의 목소리)

신년 축제 때문에 급하게 줄무늬 바지 한 벌이 필요했던, 한 영국 사람이 재단사에게 가서 치수를 쟀지.

(재단사의 목소리)

"자, 다 됐습니다. 4일 뒤에 찾으러 오세요, 준비해 놓겠습니다." 좋아요. 4일 뒤에.

(재단사의 목소리)

"정말 미안합니다. 1주일 뒤에 오세요, 제가 엉덩이 부분을 망쳐놓았군요." 좋아요, 괜찮아요. 엉덩이 부분이 깔끔하면 아주 간지럽거든요. 그럼 1주일 뒤에.

(재단사의 목소리)

"대단히 죄송합니다, 10일 뒤에 다시 오세요, 제가 바짓가랑이 부분을 엉망으로 만들어놓았군요." 좋아요, 어쩔 수 없죠. 포근한 바짓가랑이를 만들기가 늘 어렵죠. 그럼 10일 뒤에.

(재단사의 목소리)

"무지하게 미안합니다. 2주 뒤에 오세요. 제가 바지 단추 덮개를 망쳐놓았군요." 좋아요, 말쑥한 바지 단추 덮개가 필요하다고 말하면 곤란해요.

(사이. 정상적인 목소리)

난 이 말을 이보다 더 나쁘게 한 적은 없었는데.

(사이. 침울하게)

난 이런 이야기를 훨씬 더 나쁘게 해.

(사이. 이야기꾼의 목소리)

글쎄요, 간단하게 말해서, 블루벨꽃이 피고 있는데 그는 바지 단춧구멍을 망쳐놓았군요.

(손님의 목소리)

"이보세요, 젠장맞을 지옥에나 가시오. 안 되지요. 점잖지 못해요, 한계가 있는 법이요! 6일 만에, 내 말 듣고 있어요, 6일 만에 하느님은 천지를 창조하셨어요. 이봐요, 그래요, 덜도 말고, 세상을 창조했단 말입니다! 그런데 당신은 3개월 동안 빈둥대면서, 이런 제길, 내게 바지 한 벌도 못 만들어주다니!"

(재단사의 목소리, 분개하여)

"그런데 손님, 손님, 보세요—

(경멸적인 몸짓으로, 혐오스럽게)

—세계를—

(사이)

그리고 보세요—

(사랑스러운 몸짓으로, 자랑스럽게)

—나의 바지를!"

(사이. 그는 넬이 주의 깊게 보지도 않고, 무표정하게 있는 모습을 바라본다. 그는 억지로 꾸며낸 웃음을 터뜨리다가, 짧게 웃음을 멈추고, 자신의 머리를 넬에게 들이대며, 다시 웃음을 터뜨린다)

햄 조용!

(내그는 움찔하면서 웃음을 그친다)

넬 당신은 아래 바닥까지 볼 수 있었어요.

햄 (격분하여)

아직도 안 끝났어요? 절대 안 끝낼 건가요?

(갑작스런 분노로)

이것은 절대 끝나지 않나요?

(내그는 쓰레기통 속으로 사라지며, 자신의 뒤로 뚜껑을 닫는다. 넬은 움직이지 않는다. 열광적으로)

오물 수거인을 위한 나의 왕국이여!

(그는 호루라기를 분다. 클로브가 등장한다)

이 똥을 치워버려! 그것을 바닷속으로 던져버려!

(클로브는 쓰레기통으로 가서 멈춰 선다)

넬　아주 하얘.

햄　뭐라고? 저 여자가 뭐라고 재잘거리는 거야?

(클로브는 허리를 숙이고, 넬의 손을 잡고, 그녀의 맥박을 잰다)

넬　(클로브에게)

저리가!

(클로브는 그녀의 손을 놓아주고, 그녀의 등을 쓰레기통 속으로 밀어 넣으며, 뚜껑을 닫는다)

클로브　(의자 옆 그의 자리로 되돌아가며)

그녀는 맥박이 없어요.

햄　저 여자가 무슨 소리를 지껄였었지?

클로브　그녀는 저에게 꺼지라고 말했어요, 사막으로.

햄　젠장, 웬 참견이람! 그게 전부야?

클로브　아니요.

햄　또 뭐라고 말했어?

클로브　못 알아들었어요.

햄　그녀를 통 안에 집어넣었나?

클로브　예.

햄　둘 다 통 안에 있어?

클로브　예.

햄　뚜껑을 나사로 조여서 꽉 닫아놔.

(클로브는 문을 향하여 간다)

시간은 충분해.

(클로브는 멈춰 선다)

분노가 가라앉으니 소변이 마렵군.

클로브　(민첩하게)

제가 가서 도뇨관을 가져올게요.

(그는 문을 향해 간다)

햄　시간은 충분해.

　　(클로브는 멈춰 선다)

　　내게 진통제 좀 줘.

클로브　너무 이른데요.

　　(사이)

　　토닉 한 잔 마신 데다가, 그렇게 빨리 또 맞으면 효과가 없을 겁니다.

햄　그 약들은 아침에는 기운을 북돋아주고 저녁에는 진정시켜 주지. 돌려놓

　　아야 돼.

　　(사이)

　　그 늙은 의사는 자연사했나?

클로브　늙지 않았는데요.

햄　그런데 죽었잖아?

클로브　당연하죠.

　　(사이)

　　그것을 저에게 물으시는 거예요?

　　(사이)

햄　나를 조금만 돌려줘.

　　(클로브는 의자 뒤로 가서 앞으로 민다)

　　너무 빨리 돌리지 마!

　　(클로브는 의자를 민다)

　　세상을 똑바로 한 바퀴 돌자!

　　(클로브는 의자를 민다)

　　벽을 붙잡고, 이젠 다시 가운데로 돌아가.

　　(클로브가 의자를 민다)

　　내가 바로 가운데에 있었지, 그렇지 않아?

클로브　(밀면서)

　　예.

햄　우리는 쓸 만한 휠체어가 필요해. 큰 바퀴가 달린. 자전거 바퀴!

　　(사이)

붙들고 있나?

클로브 (밀면서)

예.

햄 (벽을 더듬으며)

거짓말! 너 왜 나한테 거짓말해?

클로브 (벽으로 더 가까이 데려가며)

저기! 저기요!

햄 멈춰!

(클로브는 의자를 뒤쪽 벽 가까이에 세운다. 햄은 그의 손을 벽에 댄다)

오래된 벽이군!

(사이)

저 너머에는…… 다른 지옥이.

(사이. 격렬하게)

더 가까이! 더 가까이! 벽 위쪽으로!

클로브 손 치우세요.

(햄은 손을 치운다. 클로브는 의자를 벽에 심하게 부딪친다)

저기요!

(햄은 벽에 기대고, 자신의 귀를 그곳에 갖다 댄다)

햄 들리니?

(그는 주먹으로 벽을 친다)

너 듣고 있니? 속 빈 벽돌이야!

(그는 다시 친다)

모두 속이 비었어!

(사이. 그는 똑바로 선다. 격렬하게)

충분해. 뒤로!

클로브 한 바퀴 돌지 않았는데요.

햄 내 자리로 돌아가!

(클로브는 뒤쪽 가운데로 민다)

여기가 내 자리야?

클로브   예, 여기가 당신 자리예요.

햄   내가 한가운데에 있어?

클로브   재볼게요.

햄   대충! 대충!

클로브   (의자를 조금 움직이며)

　저기요!

햄   나는 대략 중간에 있지?

클로브   그런 것 같아요.

햄   그런 것 같다고! 나를 한가운데에 놓으란 말이야!

클로브   가서 줄자를 가져올게요.

햄   대강! 대강!

　(클로브는 의자를 조금 움직인다)

　바로 한가운데에 갖다놔!

클로브   거기!

　(사이)

햄   난 왼쪽으로 조금 더 멀리 간 것 같아.

　(클로브는 의자를 조금 움직인다)

　이젠 오른쪽으로 조금 더 멀리 간 것 같아.

　(클로브는 의자를 조금 움직인다)

　앞쪽으로 조금 더 나온 것 같아.

　(클로브는 의자를 조금 움직인다)

　이제 조금 더 뒤로 간 것 같아.

　(클로브는 의자를 조금 움직인다)

　거기 서 있지 마.

　(바꿔 말하면, 의자 뒤에)

　너 때문에 등골이 오싹하구먼.

　(클로브는 의자 옆 자기 자리로 돌아간다)

클로브   내가 저 작자를 죽일 수만 있다면 나도 행복하게 죽을 텐데.

　(사이)

햄　날씨가 어때?

클로브　보통 때와 똑같아요.

햄　땅을 봐.

클로브　보았어요.

햄　확대경을 가지고?

클로브　확대경은 필요 없어요

햄　확대경을 가지고 봐.

클로브　가서 확대경을 가져올게요.

　　(클로브는 퇴장한다)

햄　확대경이 필요없다고!

　　(클로브가 망원경을 가지고 나타난다)

클로브　제가 다시 돌아왔어요, 확대경을 가지고.

　　(그는 오른쪽 창문으로 가서, 위쪽을 바라본다)

　　사다리가 필요해요.

햄　왜? 키가 줄어들었나?

　　(클로브는 망원경을 가지고 퇴장한다)

　　마음에 안 들어, 난 그게 맘에 안 들어.

　　(클로브가 사다리를 가지고 등장하지만, 망원경은 없다)

클로브　다시 돌아왔어요, 사다리를 가지고요.

　　(그는 오른쪽 창문 아래에 사다리를 내려놓고, 사다리 위로 올라가서, 망원경이 없는 것을 깨닫고, 내려온다)

　　난 확대경이 필요해.

　　(그는 문 쪽으로 간다)

햄　(격렬하게)

　　하지만 넌 확대경을 가지고 있잖아!

클로브　(멈춰 서서, 격렬하게)

　　아니에요, 저는 확대경이 없어요!

　　(클로브는 퇴장한다)

햄　이건 정말 치명적이야.

(클로브는 망원경을 가지고 나타난다. 그는 사다리 쪽으로 간다)

클로브   분위기가 좋아지는군.

(그는 사다리 위로 올라가서, 망원경을 들어 올리더니 떨어뜨린다)

내가 일부러 그랬지.

(그는 내려와서, 망원경을 들고, 객석을 향해 망원경을 돌린다)

보인다…… 사람들이…… 기뻐서…… 어쩔 줄 몰라 하고 있어.

(사이. 그는 망원경을 내리고 그것을 살펴본다)

이런 걸 바로 내가 확대경이라고 부르지.

(그는 햄 쪽으로 향한다)

그런데? 우린 웃지 않나요?

햄   (깊이 생각한 뒤에)

난 안 웃어.

클로브   (깊이 생각한 뒤에)

저도 안 웃어요.

(그는 사다리 위로 올라가서, 망원경을 바깥으로 돌린다)

봐볼까.

(그는 망원경을 움직이며 본다)

아무것도 없군……

(그는 본다)

……아무것도 없어……

(그는 본다)

……결국 아무것도 없네.

햄   아무것도 움직이지 않아. 모든 것이―

클로브   아무것도―

햄   (격렬하게)

네게 말할 때까지 기다려!

(정상적인 목소리로)

모든 것은…… 모든 것은…… 모든 것이 뭐라고?

(격렬하게)

모든 것이 뭐라고?

클로브 모든 것이 뭐냐고요? 한마디로? 당신이 알고 싶은 게 그건가요? 잠깐만요.

(그는 망원경을 바깥으로 돌리고 보다가, 망원경을 내려놓고, 햄을 향해 돌아선다)

모든 것이 시체처럼 죽어 있어요.

(사이)

그런데? 만족하세요?

햄 바다를 봐.

클로브 똑같아요.

햄 대양을 바라다봐!

(클로브는 내려와서, 왼쪽 창가로 몇 걸음을 걸어가더니, 사다리 쪽으로 되돌아가서, 그것을 들고 왼쪽 창문 밑에 내려놓은 뒤, 그 위에 올라가서 망원경을 바깥쪽으로 돌리며 멀리 본다. 그는 움찔하더니, 망원경을 내려놓으며, 그것을 살펴보고, 돌리고, 다시 바깥쪽으로 향한다)

클로브 저런 걸 결코 본 적이 없어요!

햄 (근심스럽게)

뭐 말이냐? 배? 지느러미? 안개?

클로브 (바라다보며)

해가 졌어요.

햄 (안도하며)

쳇! 우리가 알고 있던 거잖아.

클로브 (바라다보며)

아주 조금 남아 있었어요.

햄 그게 바닥이다.

클로브 (바라다보며)

예, 그래요.

햄 그리고 지금은?

클로브 (바라다보며)

모두 사라졌어요.

햄   갈매기도 없어?

클로브   (바라다보며)

갈매기도요!

햄   그리고 수평선은? 수평선 위에 아무것도 없어?

클로브   (망원경을 내리고, 햄 쪽으로 향하며, 분노하여)

도대체 수평선 위에 뭐가 있을 수 있다는 거예요?

(사이)

햄   파도, 파도는 어때?

클로브   파도요?

(그는 망원경을 파도 쪽으로 돌린다)

납빛이에요.

햄   태양은?

클로브   (바라다보며)

아무것도 없어요.

햄   하지만 지금 가라앉고 있는 중일 텐데, 분명히. 다시 살펴봐.

클로브   (바라다보며)

젠장할 태양.

햄   그렇다면 벌써 밤인가?

클로브   (바라다보며)

아니요.

햄   그럼 뭐란 말이야?

클로브   (바라다보며)

회색빛 땅거미예요.

(망원경을 내려놓고, 햄 쪽으로 향하여, 더 크게)

회색빛 땅거미요!

(사이. 훨씬 더 크게)

회색빛 땅거어미!

(사이. 그는 내려가서, 햄 뒤쪽으로 다가가서, 귓속에 속삭인다)

햄   (깜짝 놀라며)

회색 땅거미! 네가 땅거미라고 하는 소리를 내가 들었니?

클로브 옅은 검은색이에요. 극에서 극까지.

햄 과장하는군.

(사이)

거기 있지 마, 소름 끼치니까.

(클로브는 의자 옆 자기 자리로 돌아간다)

클로브 이렇게 우스꽝스런 짓을 왜 매일매일 하죠?

햄 일상적인 일이잖아. 사람들은 결코 모르지.

(사이)

지난밤에 난 내 가슴속을 보았어. 큰 상처가 있더군.

클로브 쳇! 심장을 보았다고요.

햄 본 건 아니고, 그냥 살아 있던데.

(사이. 화가 나서)

클로브!

클로브 예.

햄 무슨 일이야?

클로브 뭔가 진행되고 있어요.

(사이)

햄 클로브!

클로브 (초조하게)

무슨 일이죠?

햄 우리 뭔가를 의미하……하기…… 시작한 것 아닐까?

클로브 뭔가를 의미하다니요! 당신과 제가, 뭔가를!

(짧은 웃음)

아, 그것참 좋은 일이군요!

햄 궁금해.

(사이)

어떤 이성적인 존재가 지구로 돌아왔다면, 상상해 볼 일이야. 그가 충분히 오랫동안 우리를 살폈는지 그의 머릿속으로 추정해 보곤 하지 않을까, 하고 말이지.

(이성적인 존재의 목소리)

그래, 좋아, 이제 그 이성적 존재가 하는 일이 무엇인지 알겠어, 그래, 이제 그들이 뭘 하는지 알겠어!

(클로브는 놀라서, 망원경을 떨어뜨리고 두 손으로 자기 배를 긁기 시작한다. 정상적인 목소리)

그리고 만약에 우리가 가버리지 않고, 우리 스스로가……

(감정에 복받쳐)

……우리 스스로가…… 어떤 순간에……

(열정적으로)

아마도 모두가 헛수고였던 것은 아니라고 생각한다면!

클로브 (고뇌에 차서, 긁적거리며)

저한테 벼룩이 있어요!

햄 벼룩! 아직도 벼룩이 있어?

클로브 제 몸에 한 마리 있어요.

(긁는다)

사면발니가 아니면요.

햄 (매우 당황하여)

그러면 인간성은 거기서 처음부터 다시 시작할 수 있을지도 몰라! 제발 그 녀석을 잡아버려!

클로브 가서 가루약을 가져올게요.

(클로브는 퇴장한다)

햄 벼룩! 아 끔찍해! 무슨 놈의 날씨가 이 모양이지!

(클로브는 살포용 가루약 통을 가지고 나타난다)

클로브 살충제 가지고 왔어요.

햄 그 벼룩놈한테 뿌려!

(클로브는 그의 바지 윗부분을 풀고 앞으로 잡아당기며, 틈 사이로 가루약을 흔들어 댄다. 그는 허리를 숙이고, 바라보며, 기다리다가, 움찔하고는, 미친 듯이 더 많은 가루약을 흔들어댄 다음, 허리를 구부리고, 보며, 기다린다)

클로브   망할 놈!

햄   잡았어?

클로브   그런 것 같아요.

(그는 통을 떨어뜨리고 바지를 제대로 입는다)

그놈이 꼼짝도 않고 숨어서 알 까고 있지 않다면요.

햄   알을 까다니! 넌 누워 있다고 말한 거겠지. 그놈이 꼼짝도 않고 숨어서 누워 있지 않다면요, 이 말이지?

클로브   아? 누워 있다고 말하나요? 알 까고 있다고 말하진 않나요?

햄   머리를 써, 제발 좀. 만약 그놈이 알 까고 있다면 우린 끝장이야.

클로브   아.

(사이)

소변보고 싶지 않으세요?

햄   참고 있어.

클로브   아, 그게 바로 성스러운 정신, 성스러운 정신이에요!

(사이)

햄   (열정적으로)

여길 떠나자! 우리 둘이서! 남쪽으로! 넌 뗏목을 만들 수 있고, 물살은 우리를 멀리 데려다줄 거야, 멀리, 다른…… 포유류에게로!

클로브   그런 일은 없을 거예요!

햄   홀로, 난 혼자 배를 탈 거야! 곧바로 뗏목을 만들기 시작해. 내일 나는 영원히 떠날 거야.

클로브   (문 쪽으로 서두르며)

저는 곧장 떠날 거예요.

햄   기다려!

(클로브는 멈춰 선다)

상어가 있을 거라고, 생각하니?

클로브   상어요? 몰라요. 만약에 있다면 있겠죠.

(그는 문 쪽으로 간다)

햄   기다려!

(클로브는 멈춰 선다)

아직도 내가 진통제 먹을 시간이 안 됐나?

클로브 (격렬하게)

아니에요!

(그는 문 쪽으로 간다)

햄 기다리라고!

(클로브가 멈춰 선다)

네 눈은 어때?

클로브 나빠요.

햄 그래도 너는 볼 수 있잖아.

클로브 제가 원하는 것은 모두 다 봐요.

햄 네 다리는 어때?

클로브 나빠요.

햄 그래도 넌 걸을 수 있지.

클로브 저는 그저 오고…… 가고 합니다.

햄 내 집에서.

(사이. 예언자적인 즐거움으로)

어느 날 너도 나처럼 장님이 될 거야. 너는 여기 앉아 있게 될 거다, 허공 속의 얼룩으로, 어둠 속에서, 영원히, 나처럼.

(사이)

어느 날, 너는 네 스스로에게 말할 거야, 피곤해, 난 앉을 테야. 그러고 나서 너는 가서 앉겠지. 그때 너는 이렇게 말해, 나는 배고파, 나는 일어서서 뭔가 먹을 걸 가져와야겠어. 그런데 너는 일어나지 않을 거야. 넌 이렇게 말해, 나는 앉지 말았어야 했는데, 이왕 앉았으니, 조금 더 오래 앉아 있을 테야, 그런 다음 난 일어서서 뭔가 먹을 걸 가져올 거야. 그렇지만 너는 일어서지 않게 될 거고 먹을 것도 가져오지 않을 거야.

(사이)

너는 잠시 벽을 바라보다가, 그런 뒤 이렇게 말해, 눈을 감을 거야, 아마도 잠깐 자고, 그러고 나면 내 기분이 더 나아질 거야. 그리고 넌 눈을 감겠지. 네가 다시 눈을 뜰 때면 벽은 더 이상 없을 거야.

（사이）

무한한 공허가 네 주변 여기저기에 있을 거야, 모든 시대의 죽은 모든 자들이 부활한다 해도 그 공허를 채우지 못할 거야, 그리고 넌 거기서 마치 대초원의 한가운데 있는 작은 모래처럼 될 거야.

（사이）

그래, 어느 날, 너는 그 모래들이 무엇인지 알게 되겠지, 넌 나처럼 될 거라는 말이야, 네가 혼자만 있는 게 아니라면 말이지. 왜냐하면 넌 그 누구에게도 동정을 베풀지 않고, 너를 동정할 사람도 아무도 없을 테니까.

（사이）

클로브　확실하지는 않죠.

（사이）

그리고 한 가지 당신이 잊어버린 게 있어요.

햄　뭐?

클로브　저는 앉을 수가 없어요.

햄　（참지 못하고）

그렇다면 그땐 누우면 돼. 제기랄! 그렇지 않으면 너는 멈추게 되어서, 단순하게 멈춰서 조용히 있는 거지, 지금 있는 것처럼. 어느 날 너는 이렇게 말하지, 피곤해, 나는 멈출 거야, 몸의 자세가 무슨 소용이람?

（사이）

클로브　그래서 당신들 모두 제가 떠나기를 원하죠.

햄　당연하지.

클로브　그럼 떠날게요.

햄　넌 우리를 떠날 수 없어.

클로브　그러면 당신을 떠나지 않을게요.

（사이）

햄　너는 왜 우리를 죽이지 않지?

（사이）

만약에 네가 나를 죽이기로 약속한다면, 네게 찬장의 비밀번호를 알려주지.

클로브 전 당신을 죽일 수 없어요.

햄 그렇다면 넌 나를 죽일 수 없을 거야.

(사이)

클로브 그럼 이만, 저는 해야 할 일이 있어요.

햄 언제 네가 이곳에 왔는지 기억하니?

클로브 아니요. 아주 어렸을 적이에요. 당신이 제게 말해 줬죠.

햄 네 아버지를 기억하니?

클로브 (지쳐서)

같은 대답이에요.

(사이)

당신은 제게 이런 질문을 수백만 번 되풀이했어요.

햄 나는 오래된 질문을 좋아해.

(열정적으로)

아 오래된 질문들, 오래된 대답들, 그 질문들과 같은 것은 아무것도 없어!

(사이)

네게 아버지였던 사람은 바로 나야.

클로브 예.

(그는 햄을 뚫어지게 바라다본다)

당신은 제게 그런 분이었죠.

햄 나의 집이 너의 가정이야.

클로브 예.

(그는 그를 살펴본다)

이 집이 제겐 가정이었죠.

햄 (자랑스럽게)

그런데 나는,

(자신을 향한 몸짓)

아버지가 없어. 그런데 햄한테는,

(주변을 향해서 몸짓)

가정도 없어.

(사이)

클로브　전 당신을 떠날 거예요.

햄　예전에 한 가지 생각해 본 것이 있나?

클로브　아니요, 전혀.

햄　우리가 여기 구덩이 속 바닥에 있다는 사실 말이야.

(사이)

그런데 언덕 너머는? 어? 아마도 그곳은 여전히 푸를 거야.

어?

(사이)

플로라! 포모나!

(황홀하게)

케레스!

(사이)

아마도 넌 아주 멀리 갈 필요는 없을 거야.

클로브　아주 멀리 갈 수는 없어요.

(사이)

당신을 떠날 거예요.

햄　내 개는 준비돼 있지?

클로브　한쪽 다리가 없어요.

햄　매끈하지?

클로브　포메라니안 품종의 작은 개예요.

햄　가서 데려와.

클로브　다리 하나가 없는데요.

햄　가서 데려오란 말이다!

(클로브는 퇴장한다)

우리는 그럭저럭 잘 지내는 편이야.

(클로브가 세 개의 다리 가운데 한 개로 잡은 검정 장난감 개 하나와 함께 등장한다)

클로브　당신의 개들이 여기 있어요.

(그는 개를 햄에게 건네고, 햄은 그 개를 만지고 느끼면서, 귀여워한다)

햄   흰둥이지, 그렇지?

클로브   거의요.

햄   거의라니, 무슨 말이야? 개가 흰색이야 아니야?

클로브   아니에요.

(사이)

햄   너는 성별도 잊어버렸군.

클로브   (초조해하며)

그는 죽지 않았어요. 성별은 마지막까지 가잖아요.

(사이)

햄   개 리본을 달지 않았지?

클로브   (화가 나서)

개가 죽지 않았어요, 제가 당신한테 말하잖아요! 먼저 개를 죽이고 그다음에 리본을 다세요!

(사이)

햄   그 개가 설 수 있을까?

클로브   몰라요.

햄   시도해 봐.

(그는 개를 클로브에게 넘겨주고, 클로브는 개를 땅바닥에 놓는다)

잘돼가?

클로브   기다려요!

(그는 웅크리고 앉아서 개가 세 발로 서게 하려고 노력하지만, 실패하고, 그대로 내버려둔다. 개가 한쪽으로 넘어진다)

햄   (참지 못하고)

됐어?

클로브   개가 섰어요.

햄   (개를 더듬어 찾으며)

어디? 개가 어디 있어?

(클로브는 개가 서 있는 자세로 있도록 붙들고 있다)

클로브 여기요.

　(그는 햄의 손을 잡아서 개의 머리 쪽으로 이끈다)

햄 (손을 개의 머리 위에 올리고)

　개가 나를 보고 있니?

클로브 예.

햄 (자랑스럽게)

　마치 산책시켜 달라고 간청이라도 하는 것처럼?

클로브 좋으시다면.

햄 (앞서와 같이)

　아니면 뼈다귀를 달라고 조르는 것처럼.

　(그는 손을 뺀다)

　그대로 내버려둬, 애걸복걸하면서 서 있도록.

　(클로브는 몸을 쭉 편다. 개가 옆으로 쓰러진다)

클로브 전 당신을 떠나겠습니다.

햄 너 시력이 괜찮았었나?

클로브 더 나빴었어요.

햄 페그 어멈의 불이 켜져 있어?

클로브 불은 무슨! 누구의 불빛이든 어떻게 켜졌을 수 있겠어요?

햄 꺼져 있다니!

클로브 당연히 꺼져 있어요. 만약에 불이 켜져 있지 않으면 꺼진 거죠.

햄 아니, 페그 어멈 말이야.

클로브 당연히 그녀는 꺼졌죠!

　(사이)

　오늘 왜 이러세요?

햄 나 늘 이렇잖아.

　(사이)

　그녀를 매장했니?

클로브 매장은 무슨! 누가 그녀를 매장하려고 했겠어요?

햄 네가.

클로브 저라고요! 제가 사람들 매장하는 일만 하고 그렇게 다른 할 일이 없는 줄 아세요?

햄 그런데 넌 나를 매장할 거잖아.

클로브 아니에요, 저는 당신을 매장하지 않을 거예요.

(사이)

햄 그 여자는 한때 예뻤지, 들판에 핀 한 송이 꽃처럼.

(추억에 잠긴 듯 음흉한 곁눈질을 하며)

그리고 남자들에게는 대단한 꽃이었지!

클로브 우리도 역시 멋있었어요—한때는. 멋있었던 한때가 없는 경우는 드물죠.

(사이)

햄 가서 갈고리를 가져와.

(클로브는 문 쪽으로 가다가, 멈춘다)

클로브 이거 해라, 저거 해라, 말하면 전 그 일을 해요. 결코 거절하지 않지요. 왜 그럴죠?

햄 너는 거절할 줄 몰라서 그래.

클로브 바로 이 순간부터는 더 이상 시키는 대로 하지 않을 거예요.

햄 그래, 너는 더 이상 못 할 거야.

(클로브는 퇴장한다)

아 피조물들, 피조물들, 그들에게는 모든 일이 설명되어야만 해.

(클로브가 갈고리를 가지고 등장한다)

클로브 여기 당신의 갈고리가 있습니다. 제대로 세워 잡으세요.

(그가 갈고리를 햄에게 주자, 햄은 그것을 배의 삿대처럼 휘저으며, 자기 의자를 움직이려고 한다)

햄 내가 움직였니?

클로브 아니요.

(햄은 갈고리를 바닥에 집어 던진다)

햄 가서 기름통을 가져와.

클로브 뭐 하시게요?

햄 의자 바퀴에 기름을 칠하려고.

클로브 제가 어제 칠했어요.

햄 어제! 무슨 말이야? 어제라니!

클로브 (사납게)

그 어제란, 끔찍스러운 피의 오늘 바로 전날, 그냥 오래전의 날, 그 끔찍스러운 피의 날을 뜻하는 거예요. 저는 당신이 제게 가르쳐준, 그런 말을 쓰고 있어요. 그 말들이 더 이상 아무런 뜻도 없다면, 저에게 다른 말을 가르쳐주세요. 그렇지 않으면, 조용히 있겠어요.

(사이)

햄 언제였던가, 세상의 종말이 왔다고 생각했던 어떤 미친 사람을 알고 있었지. 그는 화가였어—그리고 조각가였지. 나는 그를 무척 좋아했어. 정신 병원에 있는 그를 찾아가기도 했으니까. 그의 손을 잡고 창가로 끌고 갔어. 보란 말이야! 저기! 저 모든 자라나는 옥수수들을 봐! 그리고 저기! 보란 말이야, 청어잡이 배들이 항해하는 모습을 봐! 저 모든 아름다운 것들을 봐!

(사이)

그러면서 그는 자기 손을 홱 빼고 자기 구석으로 돌아갔어. 질겁해서. 그가 본 건 모두가 잿가루였어.

(사이)

그 사람만 나머지로 살아남았던 거야.

(사이)

잊혔어.

(사이)

그런 경우는 예전에는 그렇게…… 그렇게…… 희귀해 보이진 않았었어.

클로브 미친 사람 말예요? 언제였어요?

햄 오 한참 전, 한참 전이야. 너는 살아 있는 사람들의 땅에 있지도 않았어.

클로브 하느님께서 그 옛 시절과 함께하시길!

(사이. 햄은 그의 모자를 들어 올린다)

햄 나는 그를 무척 좋아했었어.

(사이. 그는 다시 그의 모자를 쓴다)

그는 화가였어—그리고 조각가였지.

클로브 끔찍한 일들은 아주 많답니다.

햄 아니야, 아니야, 지금은 그렇게 많지 않아.

(사이)

클로브!

클로브 예.

햄 이 일이 충분히 오래전에 있었던 일이라고 생각지 않니?

클로브 맞아요!

(사이)

뭐라고요?

햄 이······이······것.

클로브 저는 늘 그렇게 생각했어요.

(사이)

당신은 아닌가요?

햄 (우울하게)

그러면 바로 그날도 다른 날과 다를 게 없는 날이구면.

클로브 그날 일이 이어지는 한은 그렇지요.

(사이)

인생 내내 똑같이 헛된 짓거리들뿐이죠.

햄 난 널 떠날 수 없어.

클로브 알아요. 그리고 당신은 저를 따라올 수 없잖아요.

(사이)

햄 만약에 네가 나를 떠난다면 어떻게 그 사실을 알지?

클로브 (활기차게)

글쎄요, 그냥 호루라기를 부세요. 그리고 만약에 제가 달려오지 않는다면 전 당신을 떠난 거예요.

(사이)

햄 내게 와서 작별의 키스도 하지 않을 거니?

클로브 오, 전 그런 생각하면 안 돼요.

(사이)

햄 네가 부엌에서 그저 그렇게 죽어 있게 될지도 몰라.

클로브 결과는 똑같겠지요.

햄 그래, 그래도 네가 만약 그냥 부엌에서 죽어 있다면, 내가 어떻게 알지?

클로브 글쎄요...... 머잖아 악취가 나겠죠.

햄 넌 이미 악취가 나. 모든 곳이 시체 썩는 냄새가 나.

클로브 우주 전체가 그렇죠.

햄 (화가 나서)

우주 따위는 집어치워.

(사이)

뭔가를 생각해 봐.

클로브 뭐요?

햄 생각, 생각을 해보란 말이야.

(화가 나서)

눈부시게 멋진 생각!

클로브 아 좋아요.

(그는 이리저리 걷기 시작한다. 눈은 땅바닥에 고정하고, 손은 뒷짐을 진 채. 그가 멈춘다)

다리가 아파요! 믿을 수 없어요! 곧 저는 더 이상 생각을 할 수 없을 거예요.

햄 나를 떠날 수는 없을 테지.

(클로브는 계속해서 걷는다)

뭐하니?

클로브 생각하고 있어요.

(그는 걷는다)

아!

(그는 멈추어 선다)

햄 똑똑하군!

(사이)

잘돼가?

클로브　기다리세요!

(그는 깊이 생각에 잠긴다. 그다지 확신에 차지 않아서)

예……

(그는 고개를 든다)

생각났어요! 자명종 알람을 맞추어두는 거예요.

(사이)

햄　오늘은 아마도 눈부시게 멋진 날들 가운데 하루는 아니야. 그렇지만 솔직히—

클로브　저에게 호루라기를 부세요. 전 오지 않습니다. 경보가 울립니다. 전 사라진 거예요. 경보가 울리지 않아요. 그럼 저는 죽은 거예요.

(사이)

햄　작동하니?

(사이. 참을성 없게)

자명종, 작동하는 거야?

클로브　왜 작동하지 않겠어요?

햄　너무 많이 썼으니까.

클로브　하지만 작동한 적이 거의 없는데요.

햄　(화가 나서)

그렇다면 그건 너무 쓰지 않았기 때문이야!

클로브　가서 살펴보겠습니다.

(클로브는 퇴장한다. 무대 밖에서 짧은 경보음. 클로브는 자명종을 가지고 등장한다. 그는 자명종을 햄의 귀에 갖다 대고 경보음을 울린다. 그들은 그 벨소리를 끝까지 듣는다. 사이)

죽은 자도 벌떡 일어날 정도네요! 들렸어요?

햄　희미해.

클로브　멋지게 끝나는군요!

햄　나는 중간쯤이 좋아.

(사이)

내가 진통제 먹을 시간 아닌가?

클로브 아니에요!

  (그는 문 쪽으로 가서, 돌아선다)

  당신을 떠날 거예요.

햄 내 이야기를 할 시간이군. 내 이야기 듣고 싶어?

클로브 아니요.

햄 나의 아버지한테 내 이야기 듣고 싶은지 물어봐.

  (클로브는 쓰레기통으로 가서, 내그의 뚜껑을 들고, 허리를 구부려, 안을 들여다본다. 사이. 그는 몸을 쭉 편다)

클로브 잠들었어요.

햄 깨워.

  (클로브는 허리를 숙이고, 자명종 소리로 내그를 깨운다. 알아들을 수 없는 말. 클로브는 몸을 펴고 일어선다)

클로브 당신 이야기 듣고 싶지 않다는군요.

햄 봉봉 사탕을 줄 건데.

  (클로브는 허리를 숙인다. 앞서와 같이)

클로브 알사탕을 달래요.

햄 알사탕을 줄 거야.

  (클로브는 허리를 숙인다. 앞서와 같이)

클로브 거래하는 겁니다.

  (그는 문 쪽으로 간다. 내그의 손이 나타나며 통 가장자리를 잡는다. 그리고 머리가 나타난다. 클로브는 문 쪽으로 가서, 돌아선다)

  당신은 앞으로 다가올 내세를 믿으세요?

햄 내 인생이 늘 미리 그래 왔어.

  (클로브는 퇴장한다)

  벌써 그에게 한 방 먹였군!

내그 나 듣고 있다.

햄 불한당! 왜 나를 낳았어요?

내그 나도 모르겠다.

햄 뭐라고요? 뭘 몰랐단 말이에요?

내그 그게 너일 줄 말이야.

(사이)

나한테 알사탕 줄 거지?

햄 대답 듣고 나서요.

내그 맹세해?

햄 예.

내그 무엇에 대고?

햄 내 명예요.

(사이. 그들은 마음껏 웃는다)

내그 두 개.

햄 한 개.

내그 한 개는 내 것이고 다른 한 개는—

햄 한 개! 입 다물어요!

(사이)

내가 무슨 말 하고 있었죠?

(사이. 우울하게)

죽었어요, 우린 죽었어요.

(사이)

거의 죽어 있어요.

(사이)

더 이상 말이 없을 거예요.

(사이)

정수리에서부터 쭉, 내 머릿속으로 뭔가가 흘러내리고 있어요.

(내그의 억눌렸던 웃음)

늘 똑같은 장소에 후드득, 후드득……

(사이)

아마도 그건 약간의 정맥피인가 봐요.

(사이)

약간의 동맥피.

(사이. 좀 더 생기가 돌아서)

이제 그만, 이야기 시간이에요, 내가 어디까지 얘기했지?

(사이. 이야기 어조)

그 남자가 내 쪽으로 기어왔죠, 엎드려서. 창백했어요, 놀라울 만큼 창백하고 여위었더군요, 그는 막 무언가를 하려는 듯—

(사이. 정상적인 투로)

참, 그 이야긴 한 토막 했지.

(사이. 이야기 투로)

나는 조용히 나의 담뱃대—해포석 담뱃대를 채우고, 불을 붙이고…… 말하자면 밀랍 성냥으로 불붙이고, 몇 모금을 피웠지요. 아아!

(사이)

자, 당신이 원하는 게 뭐죠?

(사이)

내 기억에, 그날은 특별히 추웠어요, 온도계로 섭씨 영도였으니까. 그렇지만 그날이 크리스마스이브였다는 걸 생각하면…… 특별할 게 하나도 없었죠. 이번만은 지독한 겨울 날씨였다고나 할까.

(사이)

그런데, 어떤 나쁜 바람이 당신을 내게로 날려 보냈죠? 그 남자는 기어와서 먼지와 눈물이 뒤범벅이 된 검은 얼굴을 내게 쳐들었지요.

(사이. 정상적인 투로)

당연히 그래야 했지요.

(이야기 투로)

아니 아니, 날 쳐다보지 마세요, 쳐다보지 말아요. 그는 시선을 떨구고 무엇인가를 중얼거렸는데, 내가 생각하기로는 사과하는 것 같았어요.

(사이)

당신도 알다시피, 나는 바빠요. 축제가 시작되기 전에, 해야 할 마지막 마무리 작업이 있죠. 그게 뭔지 당신도 알잖아요.

(사이. 힘있게)

자 어서, 이렇게 쳐들어온 목적이 뭔가요?

(사이)

내가 기억하기로 그날은, 화려하게 빛나는 날이었어요, 태양의(太陽儀)로 측정하면 50도쯤 되는, 그러나 이미 태양은 지고 있었어요⋯⋯ 죽은 자들 사이를 지나 아래로.

(정상적인 투로)

그때를 멋지게 표현했군.

(이야기 투로)

자 이제, 자, 당신 간청이 뭔지 이야기하시고 나도 내 일을 다시 시작하게 해주시오.

(사이. 정상적인 투로)

당신은 영어로 말하면 돼요. 아 그런데⋯⋯

(이야기 투로)

바로 그때 그가 결심한 듯이 갑자기 말을 시작하더군요, 내 작은 녀석 말인데요, 쯧쯧, 어린아이, 그거 안됐군, 그가 말했어요. 내 아들 녀석 말예요, 그가 말했지요, 마치 성별이 중요한 문제라는 듯이. 그는 어디서 왔었지? 그가 자신이 있었던 구덩이를 가리켰어요. 말 타고 거의 반나절은 걸리는 곳. 무슨 말을 슬쩍 암시하려는 거요? 그곳에 아직도 사람이 산다는 말인가? 아니 아니, 한 사람도 없어, 그가 살아 있다면 그 사람 자신과 어린 아들만 그곳에 살았겠지. 좋아요, 나는 그 만(灣) 너머에 있는 코브의 상황에 대해 물었어요. 그곳엔 죄인도 한 사람 없어요. 좋아요. 그런데 당신의 어린아이를 그곳에 홀로, 완전히 혼자 남겨두고 왔고, 게다가 아이가 살아 있다는 사실을 내게만 숨기려 드는 거예요? 여보세요!

(사이)

그날은, 내 기억에, 풍력계로 100도였고, 황량하고 거친 날이었어요. 바람은 죽은 소나무를 갈가리 찢어⋯⋯ 아예 쓸어버리고 있었죠.

(사이. 정상적인 투로)

그 표현은, 좀 약하군.

(이야기 투로)

이보시오, 자 이제, 말해 보시오, 당신이 내게 원하는 것이 뭡니까, 나는 호랑

가시나무를 설치해야 해요.

(사이)

글쎄 간단히 말하자면, 그가 내게 원했던 것은…… 꼬마 녀석에게 줄 빵이었다는 진심이 마침내 드러난 셈이죠? 빵? 그러나 나는 빵이 없어요, 그건 내 입맛에 맞지 않아서요. 좋아요. 그렇다면 약간의 옥수수는 어떤가요?

(사이. 정상적인 투로)

당연히 그랬어야죠.

(이야기 투로)

옥수수, 그래요, 난 옥수수를 가지고 있죠, 사실이에요, 곡물 창고에 있어요. 단, 머리를 쓰세요. 내가 당신에게 약간의 옥수수, 1파운드, 1파운드 반을 줄 테니까 그것을 가지고 가서, 당신 아이에게—만약에 그가 여전히 살아 있으면 맛있는 죽 한 그릇을 쑤어주어요.

(내그가 반응한다)

훌륭한 그릇과 오트밀죽 절반, 영양가가 가득하지. 좋아. 그의 작은 뺨에 혈색이 돌 거야, 아마도. 그다음엔 뭘 해야 하죠?

(사이)

난 못 참겠어요.

(사납게)

머리를 쓰세요, 머리를 쓰세요, 쓸 수 있겠어요? 당신은 땅 위에 있어요, 거기에는 그걸 치료할 방법이 없어요!

(사이)

그날은, 내가 기억하기로는, 습도계로 영도였어요. 매우 건조한 날이었죠. 나의 허리 통증에는 이상적인 날씨였죠.

(사이. 격렬하게)

그런데 도대체 당신은 뭘 상상하고 있죠? 봄에 대지가 깨어날 거라는 상상? 강과 바다가 다시 물고기와 함께 흐를 거라는 상상? 당신 같은 바보를 위해 아직도 하늘에 만나가 있을 거라는 상상?

(사이)

점점 나는 침착해졌어요. 적어도 그에게 이렇게 질문을 하기에 충분했지요.

얼마나 오랫동안 길을 따라 걸어왔는지요? 꼬박 3일 동안. 좋아요. 어린애를 어떤 상태에 두고 온 거죠? 깊이 잠든 채로.

(힘차게)

그런데 깊은 잠이라니, 도대체 어떤 깊은 잠 속에 벌써 빠졌단 말인가?

(사이)

좋게좋게 간단히 말하자면, 나는 마침내 내 일에 그를 받아들이기로 작정했어요. 그가 심금을 울려서지요. 그리고 나는 그때 벌써 내가 이 세상에서 훨씬 더 오래 살고 있는 사람에 들지는 않을 거라고 짐작했지요.

(그는 웃는다. 사이)

그런데요?

(사이)

어떻게 해야 하죠? 이곳에서 만약 당신이 조심해서 살아간다면, 당신은 평화롭고 안락한 가운데, 괜찮은 자연사를 할지도 몰라요.

(사이)

그래서요?

(사이)

마지막에 그는 내가 어린애도 함께 받아들여 줄 수 있는지 묻더군요—만약에 그 아이가 아직 살아 있다면 말예요.

(사이)

그건 내가 기다리고 있던 순간이었어요.

(사이)

만약 내가 어린아이를 받아들이기로 동의한다면……

(사이)

나는 그때의 그를 아직도 떠올릴 수 있어요. 그는 무릎을 꿇고, 땅바닥에 양손을 평평히 대고, 광기 어린 눈으로 나를 쳐다보면서, 나의 희망에 반항하고 있었어요.

(사이. 정상적인 투로)

곧 이 이야기는 끝날 거예요.

(사이)

만약 내가 다른 인물들을 끼워 넣지만 않는다면.

(사이)

그런데 내가 어디서 다른 인물들을 찾을 수 있을까?

(사이)

내가 어디서 그들을 찾아야 하지?

(사이. 그는 호루라기를 분다. 클로브가 등장한다)

신에게 기도합시다.

내그   나에게 알사탕을 줘!

클로브   부엌에 쥐가 있어요!

햄   쥐! 아직도 쥐들이 있어?

클로브   부엌에 한 마리 있어요.

햄   그런데 쥐를 안 잡았어?

클로브   반쯤은 죽여놨죠. 당신이 우리를 방해했잖아요.

햄   달아날 수 없게 해놨겠지?

클로브   아니요.

햄   나중에 그놈을 끝장내버려. 신에게 기도하자.

클로브   다시!

내그   나에게 알사탕을 줘!

햄   신이 먼저예요!

(사이)

당신이 옳아요?

클로브   (단념하여)

우리 갈게요.

햄   (내그에게)

당신도?

내그   (그의 양손을 마주 잡고, 눈을 감고, 중얼거린다)

우리 아버지시여 전지전능한 예술—

햄   조용히! 조용히 해요! 예의범절은 다 어디 갔죠?

(사이)

우리 갈게요.

(기도하는 자세로 침묵. 그의 자세를 포기하고, 낙담한 채로)

괜찮지요?

클로브 (그의 자세를 포기하고)

바랄 걸 바라야죠! 당신도요?

햄 빌어먹을!

(내그에게)

당신은요?

내그 기다려!

(사이. 그의 자세를 포기하고)

어림없어!

햄 망할 놈! 그런 놈은 존재하지 않지!

클로브 아직은 아니겠죠.

내그 내게 알사탕을 줘!

햄 알사탕이 더는 없어요!

(사이)

내그 당연히 그렇겠지. 마침내 내가 너의 아버지잖아. 만약에 내가 아니었다면 다른 사람이 있었겠고. 하지만 그런 건 변명거리가 못 돼.

(사이)

예를 들면 터키 젤리과자는 더 이상 존재하지 않지만, 우리 모두 알다시피, 내가 세상에서 가장 좋아하는 거잖아. 그러니까 어느 날, 친절에 대한 보답으로, 내가 네게 그 과자 좀 달라고 부탁하면, 너는 그것을 준다고 약속할 거야. 사람은 그때그때에 맞추어 살아야 해.

(사이)

네가 꼬마였을 때, 그리고 어둠 속에서 무서워지면 누굴 불렀었지? 너의 어머니? 아니야. 날 부르게 했어. 우리는 네가 울도록 했어. 그때 우리는 평온히 자려고 너를 소리가 안 들리는 곳으로 옮겨놓았지.

(사이)

난, 왕처럼 행복하게 잠들었는데, 네가 나를 깨워서 네 얘기를 들으라고 했어. 불가피한 일도 아니고, 필요치도 않은데 나에게 네 얘기를 들으라고 했지.

(사이)

네가 진정으로 내게 너의 말을 듣게 할 필요가 있는 날이 오기를 바란다. 그리고 네가 내 목소리를 들을 필요가 있는 날도 말이야.

(사이)

그래그래, 나는 네가 작은 소년이었을 때처럼, 나를 부를 때까지 살 게야. 네가 어둠 속에서 겁을 먹고는 너의 유일한 희망이던 나를 불러댔잖니. 난 그날까지 살기를 바라고 있단다.

(사이. 내그는 넬의 쓰레기통 뚜껑을 두드린다. 사이)

넬!

(사이. 그는 좀 더 크게 두드린다. 사이. 좀 더 크게)

넬!

(사이. 내그는 자신의 쓰레기통 속으로 털썩 앉고, 그의 뒤로 뚜껑을 닫는다. 사이)

햄 우리 잔치는 이제 끝났어.

(그는 개를 더듬어 찾는다)

개가 사라졌군.

클로브 그건 진짜 개가 아니니까, 사라질 수가 없어요.

햄 (더듬어 찾으며)

거기 개 없어.

클로브 아래 눕혀놨어요.

햄 개를 포기하고 나한테 줘.

(클로브는 개를 집어 들어 햄에게 준다. 햄은 자신의 팔에 개를 안는다. 사이. 햄은 개를 던져버린다)

더러운 짐승!

(클로브는 땅바닥에 있는 물건들을 주워 들기 시작한다)

뭐 하고 있어?

클로브 물건들을 제자리에 정리하고 있어요.

(그는 허리를 쭉 편다. 열렬하게)

전 다 치워버릴 거예요!

(그는 다시 주워 들기 시작한다)

햄   정돈!

클로브   (허리를 펴며)

저는 정리 정돈을 좋아해요. 그게 제 꿈이죠. 모두가 조용하고 적막해서, 사물들이 저마다 최후의 장소에 가서 마지막 티끌 한 개 아래에 가라앉아 자리를 잡게 될 세상, 그 세상이 제 꿈이에요.

(그는 다시 주워 들기 시작한다)

햄   (분노하여)

도대체 네가 뭘 하고 있다고 생각하나?

클로브   (허리를 펴며)

작은 질서를 만들려고 최대로 노력하고 있어요.

햄   그만둬!

(클로브는 그가 주워 들었던 물건들을 떨어뜨린다)

클로브   결국, 저기 아니면 또 다른 곳에 두죠.

(그는 문 쪽으로 간다)

햄   (화가 나서)

네 발은 왜 그래?

클로브   제 발이요?

햄   쾅! 쾅!

클로브   전 부츠를 신을 걸 그랬나 봐요.

햄   슬리퍼는 발이 아프니?

(사이)

클로브   저는 당신에게서 떠날 거예요.

햄   안 돼!

클로브   절 이곳에 붙잡아둘 게 뭐가 있어요?

햄   대화하잖니.

(사이)

나는 나의 이야기와 사이좋게 지내왔어.

(사이)

난 내 이야기를 싫어하지 않고 잘 지녀왔어.

(사이. 화나서)

내가 어디까지 얘기를 진행했었는지 나한테 물어봐.

클로브 오, 잠깐만, 당신에 대한 이야기 말이죠?

햄 (놀라서)

무슨 이야기?

클로브 날마다 당신 스스로에게 들려주는 이야기요.

햄 아 나의 연대기 말이니?

클로브 맞아요, 당신 이야기요.

(사이)

햄 (화나서)

계속 해봐, 할 수 있잖아, 계속 해봐!

클로브 저도 바라지만, 당신은 그런 이야기들과 함께 살아왔잖아요.

햄 (겸손하게)

아 아주 멀리, 아주 멀리까지 간 건 아냐.

(그는 한숨을 쉰다)

그런 이야기 같은 시절이 있지, 별로 감동도 없는 날들.

(사이)

그 이야기에 관해 네가 할 수 있는 일은 아무것도 없는데도, 너는 단지 그 이야기가 나오기를 기다리기만 하잖니.

(사이)

억지론 아니야, 억지로는 안 되지, 그런 이야기는 죽음을 초래하니까 말이야.

(사이)

나는 한결같이 그런 것과 간단히 잘 지내왔지.

(사이)

그건 기술이야, 알겠니.

(사이. 화가 나서)

그런대로 그런 것과 간단히 잘 지내왔다고 나는 말하지.

클로브 (감탄하여)

글쎄요, 저는 결코 그렇지 않아요! 모든 상황을 무릅쓰고 당신은 그런 것과 함께 잘 지낼 수 있었죠!

햄 (겸손하게)

오 아주 멀리까지 간 건 아냐, 멀리까진 아냐. 알겠니, 그래도 아예 안 간 것 보단 낫지.

클로브 안 간 것보다 낫다고요! 어떻게 그럴 수가 있죠?

햄 어떻게 그렇게 되는지 말해 주지. 그는 배를 깔고 기어서 다가와—

클로브 누구요?

햄 뭐라고?

클로브 누구 말예요, 그 남자요?

햄 대체 내가 누구를 말하고 있는 건지! 아예 다른 사람이야.

클로브 아 그 사람이에요! 확실히는 몰랐어요.

햄 배를 깔고 기어서, 그의 자식을 위해 빵을 구걸하다가, 그는 정원사 일자리를 얻게 됐지. 미리—

(클로브는 웃음을 터뜨린다)

그게 뭐가 그리 우습나?

클로브 정원사 일은 무슨!

햄 그 직업이 너를 그렇게 간지럽히니?

클로브 그럼요, 간지러운 게 당연해요.

햄 빵이 될 것 같지가 않지?

클로브 아니면 버릇없는 자식 정도도 안 되거나.

(사이)

햄 사실 모든 일이 우스꽝스러워, 내가 인정하지. 우리 둘이 같이 한바탕 깔깔 웃어보는 게 어때?

클로브 (깊이 생각한 뒤에)

저는 오늘 다시는 깔깔거릴 수 없을 것 같아요.

햄 (깊이 생각한 뒤에)

나도 그래.

(사이)

그렇다면 이야기를 계속하지. 그는 내 제안을 감사하는 마음으로 받아들이기 전에 자기 꼬마 아이를 데리고 살 수 있는지 묻는 거야.

클로브 몇 살인데요?

햄 오 어려.

클로브 나무에도 올라갔을 법한데요.

햄 모든 하찮은 허드렛일도 하고.

클로브 그리고 그 뒤 성장했겠네요.

햄 그럭저럭 잘 자랐어.

(사이)

클로브 얘기 계속하세요, 할 수 있잖아요, 계속하세요!

햄 그게 전부야, 난 거기서 멈췄어.

(사이)

클로브 어떻게 되고 있는지는 아세요?

햄 대략.

클로브 곧 끝나지 않을까요?

햄 끝날까 봐 걱정이야.

클로브 쳇! 당신 또 다른 이야기를 만들 거예요.

햄 몰라.

(사이)

좀 지친 기분이야.

(사이)

연장된 창조적 노력.

(사이)

내가 나를 바다까지 끌고 갈 수 있다면 얼마나 좋을까! 내 머리에 모래 베개를 만들어 베고 싶어. 그러면 밀물과 썰물이 내게 와 닿을 거야.

클로브 더 이상 바닷물 흐름이 없어요.

(사이)

햄 가서 그녀가 죽었나 살펴봐.

(클로브는 쓰레기통으로 가서, 넬의 쓰레기통 뚜껑을 들고, 허리를 구부려 그 안을

들여다본다. 사이)

클로브　그런 것 같아요.

(그는 뚜껑을 닫고 허리를 편다. 햄은 모자를 든다. 사이. 다시 모자를 쓴다)

햄　(자신의 손을 모자 위에 대고)

그리고 내그는 어때?

(클로브는 내그의 쓰레기통 뚜껑을 들고, 허리를 숙이며 그 안을 들여다본다. 사이)

클로브　죽은 것 같진 않은데요.

(그는 뚜껑을 닫고, 허리를 편다)

햄　(자신의 모자에서 손을 떼며)

그가 뭘 하고 있었지?

(클로브는 내그의 쓰레기통 뚜껑을 들어 올리고, 허리를 숙이며 그 안을 들여다본다. 사이)

클로브　울고 있어요.

(그는 뚜껑을 닫고, 허리를 편다)

햄　그렇다면 살아 있군.

(사이)

넌 한 번이라도 행복했던 순간이 있어?

클로브　그랬던 기억이 없는데요.

(사이)

햄　나를 창 밑으로 데려다줘.

(클로브는 의자 쪽으로 간다)

나는 얼굴에 빛을 느끼고 싶어.

(클로브는 의자를 민다)

처음 네가 나를 한 바퀴 돌게 해주었을 때가 기억나니?

넌 의자를 너무 높이 들곤 했었지. 걸을 때마다 너는 거의 나를 엎어뜨릴 뻔했어.

(떨리는 노인의 목소리로)

아 우린 정말 재밌었어, 우리 둘이, 진짜 재밌었지.

(우울하게)

그런 다음에 우리는 그런 식에 익숙해졌었잖니.

(클로브는 오른쪽 창문 아래에서 의자를 멈춘다)

벌써 창가에 왔어?

(사이. 그는 자기 머리를 뒤로 젖힌다)

환하니, 빛이 있어?

클로브 어둡지 않아요.

햄 (화가 나서)

빛이 있냐고 묻고 있잖아.

클로브 예.

(사이)

햄 커튼이 쳐 있지 않아?

클로브 안 쳐져 있어요.

햄 어떤 창문이지?

클로브 바닥 쪽 창이요.

햄 알고 있었어!

(화가 나서)

거긴 빛이 없잖아! 다른 곳으로!

(클로브는 왼쪽 창문 쪽으로 의자를 민다)

땅바닥이라니!

(클로브는 왼쪽 창문 밑에서 의자를 멈춘다. 햄은 고개를 뒤로 젖힌다)

저게 바로 내가 빛이라고 부르는 거야!

(사이)

한 줄기 햇살 같은 기분이야.

(사이)

아니야?

클로브 아니에요.

햄 내 얼굴에 느껴지는 빛이 한 줄기 햇살이 아니란 말야?

클로브 아니에요.

(사이)

햄 내가 아주 창백해?

(사이. 화가 나서)

내가 매우 창백한지 묻고 있잖아!

클로브 평소 때보다 더하진 않아요.

(사이)

햄 창문을 열어.

클로브 뭐하시려고요?

햄 바닷소리를 듣고 싶어.

클로브 바닷소리를 듣지 못할 거예요

햄 네가 창문을 열어도?

클로브 못 들어요.

햄 그렇다고 창문을 열 필요도 없을까?

클로브 필요 없어요.

햄 (사납게)

그렇다면 열어!

(클로브는 사다리 위로 가서, 창문을 연다. 사이)

열었니?

클로브 예.

(사이)

햄 열었다고 맹세해?

클로브 예.

(사이)

햄 그런데……!

(사이)

틀림없이 아주 조용하군.

(사이. 사납게)

아주 고요한지 내가 묻고 있잖아!

클로브 예.

햄 항해하는 사람들이 더 이상 없기 때문이지.

(사이)

너 갑자기 말이 없어졌구나.

어디 안 좋으니?

클로브 추워요.

햄 지금 몇 월이지?

(사이)

창문을 닫고, 돌아가자.

(클로브는 창문을 닫고 내려와서, 의자를 뒤로 밀어 본래 장소로 가고, 의자 뒤에 서서 머리를 숙인다)

거기 서 있지 마, 소름 끼치니까!

(클로브는 의자 옆 자기 자리로 되돌아간다)

아버지!

(사이. 더 크게)

아버지!

(사이)

가서 그가 내 소리를 들었는지 알아봐.

(클로브는 내그의 쓰레기통으로 가서, 뚜껑을 열고, 허리를 구부린다. 알아들을 수 없는 말. 클로브는 허리를 편다)

클로브 들었대요.

햄 두 번 다?

(클로브는 허리를 구부린다. 앞서와 같이)

클로브 한 번만요.

햄 첫 번째 아니면 두 번째?

(클로브는 허리를 구부린다. 앞서와 같이)

클로브 모르겠대요.

햄 틀림없이 두 번째였을걸.

클로브 우린 결코 알 수가 없죠.

(그는 뚜껑을 닫는다)

햄 아직도 울고 있어?

클로브　아니요.

햄　죽은 자는 빨리 지나가버리는 법이지.

　　　(사이)

　　　그가 뭘 하고 있지?

클로브　비스킷을 빨아 먹고 있더군요.

햄　삶은 계속되는군.

　　　(클로브는 의자 옆 자기 자리로 되돌아간다)

　　　담요를 줘, 얼어 죽겠어.

클로브　더 이상 담요가 없어요.

　　　(사이)

햄　키스해 줘.

　　　(사이)

　　　나한테 키스해 주지 않을래?

클로브　아니요.

햄　이마 위에다.

클로브　당신 그 어느 곳에도 키스하지 않을 거예요.

　　　(사이)

햄　(자신의 손을 내밀며)

　　　그래도 네 손을 이리 주렴.

　　　(사이)

　　　네 손을 주지 않을래?

클로브　당신을 만지지 않을 거예요.

　　　(사이)

햄　그 개를 주렴.

　　　(클로브는 주위를 둘러보며 개를 찾는다)

　　　아니야!

클로브　당신의 개를 원했었잖아요?

햄　아니야.

클로브　그럼 전 가겠어요.

햄 (머리를 숙이고, 멍하니)

그래.

(클로브는 문으로 가서, 돌아선다)

클로브 내가 부엌의 그 쥐 한 마리를 죽이지 않더라도, 그 쥐는 죽을 거예요.

햄 (앞서와 같이)

그래 맞아.

(클로브는 퇴장한다. 사이)

혼자 카드놀이하고 놀지 뭐.

(그는 자신의 손수건을 꺼내서, 편 뒤, 그의 앞에 펼쳐놓는다)

우린 잘 지내고 있어.

(사이)

웃지 않으려고 너는 아무것도 아닌 일에 울고, 또 울다가, 조금씩 조금씩⋯⋯ 넌 슬퍼하기 시작하지.

(그는 손수건을 집어서 주머니 속으로 집어넣으며 머리를 든다)

내가 도울 수도 있었던 그 모든 사람들.

(사이)

도와줄 수도 있었고!

(사이)

구해도 주었을.

(사이)

구해 줄 수도 있었을 텐데!

(사이)

그곳은 그런 사람들로 들끓고 있었어.

(사이. 격렬하게)

너의 머리를 써, 못하겠니, 너의 머리를 써. 너는 땅 위에 있어도 땅에는 그런 치유약이 없으니까 말야!

(사이)

여기서 나가서 서로 사랑해! 네 이웃을 네 자신처럼 핥아봐!

(사이. 좀 더 진정되어)

이웃들이 빵을 원하지 않을 때는, 크럼펫을 원한다는 말이었어.

(사이. 격렬하게)

내 눈앞에서 사라져. 그리고 너의 그 연애 잔치로 돌아가!

(사이)

모두가 그 모양이야, 모두가!

(사이)

전혀 진짜 개가 아니야!

(좀 더 진정이 되어)

끝이 벌써 시작 속에 있는데도 너는 끝없이 가야 해.

(사이)

아마도 난 내 이야기와 함께 살다가, 그걸 끝내고 나면, 다른 이야기를 시작할 수 있을 테지.

(사이)

아마 나 자신을 바닥으로 던져버릴 수도 있고.

(그는 고통스럽게 자기 자신을 의자 밖으로 밀어보다가, 다시 뒤로 주저앉는다)

내 손톱들을 갈라진 틈새들 사이에 집어넣고 손가락으로 나 자신을 억지로 앞으로 끌어내야 해.

(사이)

그때가 종말이 되겠지, 바로 거기에 내가 있을 거야, 왜 그런 일이 일어났는지 의아해하면서, 또 도대체 무엇 때문에⋯⋯

(그는 망설인다)

⋯⋯왜 그때가 오는데 그렇게 오래 걸렸는지.

(사이)

그곳에 내가 있을 거야, 그렇게나 오래된 피난처에, 침묵에 맞서며 홀로 있을 거야, 그리고⋯⋯

(그는 망설인다)

⋯⋯고요함에 반항하면서 있을 거야. 만약 내가 침묵하고 조용히 앉아 있을 수 있다면, 소리는 끝장나고 동작도 끝나고 말 테니까 말이야.

(사이)

난 아버지를 불렀을 거야, 또 난 나의……

(그는 망설인다)

……나의 아들을 불렀을 테고. 그리고 심지어는 내가 부르는 소리를 듣지 못했을까 봐 대비하여, 두 번, 세 번 불렀을 테지.

(사이)

난, 그가 되돌아올 거라고, 혼자 중얼거릴 거야.

(사이)

그러면?

(사이)

그러면?

(사이)

그는 올 수 없을 거야, 너무 멀리 가버렸어.

(사이)

그러면 어떡하지?

(사이. 매우 흥분하여)

온갖 상상들이 난무해! 내가 감시당하고 있다는 상상! 쥐 한 마리가 떠오르고! 사다리가 떠오르고! 숨을 죽이고 나서……

(그는 숨을 내쉰다)

그리고 나서는 마치 외로운 남자아이가 아이들 둘, 셋과 함께 있으려고 어둠 속에서 속닥거릴 때처럼 재잘재잘거리며 말도 하고.

(사이)

그리고는 이야기 없이 매 순간순간이 후드득 떨어지는 기장 알갱이들처럼 쌓이지……

(그는 망설인다)

……그 늙은 그리스인의 기장 알갱이들처럼, 그러면서 사람은 평생 동안 순간순간이 하나의 삶으로 쌓여 올려지기를 기다리는 거야.

(사이. 그는 자신의 입을 열고 계속하려다, 포기한다)

아, 끝내버리자!

(그는 호루라기를 분다. 클로브가 자명종을 가지고 나타난다. 그는 의자 옆에 멈추어

선다)

　　뭐야? 가지도 않고 죽지도 않았어?

클로브　마음으로만 그랬죠.

햄　어느 쪽?

클로브　양쪽 다요.

햄　내 곁을 떠났으면 너는 죽었을 거야.

클로브　반대로 해도 마찬가지로 결국에 가서는 죽겠죠.

햄　여기서 나가면 죽음이야!

　　(사이)

　　그런데 쥐는?

클로브　쥐는 달아났어요.

햄　멀리 못 갈 텐데.

　　(사이. 근심하며)

　　어?

클로브　그 쥐는 멀리 갈 필요가 없지요.

　　(사이)

햄　내가 진통제 먹을 시간 아닌가?

클로브　맞아요.

햄　아! 마침내! 내게 줘! 빨리!

　　(사이)

클로브　진통제가 이제 없네요.

　　(사이)

햄　(질겁하여)

　　좋아……!

　　(사이)

　　진통제가 더는 없다고!

클로브　더 이상 진통제는 없어요. 당신은 이제 절대 진통제를 얻을 수 없을

　　거예요.

　　(사이)

햄 그러나 저 작은 동그란 상자 있지. 거기에 가득 차 있었는데!

클로브 예. 그렇지만 지금 그 상자는 텅 비어 있어요.

　(사이. 클로브는 방에서 서성거리기 시작한다. 그는 자명종을 내려놓을 장소를 찾고 있다)

햄 (부드럽게)

　이제 난 뭘 하지?

　(사이. 비명을 지르며)

　이제 난 뭘 하지?

　(클로브는 그림을 보더니, 내려놓고, 그림을 벽 쪽으로 마주 보게 하여, 바닥 위에 세워놓고, 그림이 있던 곳에 자명종을 단다)

　뭐 해?

클로브 태엽을 감고 있어요.

햄 땅을 봐.

클로브 또 봐요!

햄 왜냐하면 땅이 너를 부르고 있으니까.

클로브 목이 부었어요?

　(사이)

　목감기용 사탕 하나 드릴까요?

　(사이)

　아니지.

　(사이)

　이건 동정심이야.

　(클로브는 콧노래를 부르며, 오른쪽 창문으로 가서, 그 앞에 멈춰 서고, 위를 바라다본다)

햄 노래 부르지 마.

클로브 (햄 쪽으로 돌아서며)

　사람에게 더 이상 노래 부를 권리가 없나요?

햄 없어.

클로브 그러면 어떻게 노래를 끝낼 수 있겠어요?

햄   끝내고 싶니?

클로브   전 노래하고 싶어요.

햄   내가 네 노래를 막을 수는 없지.

   (사이. 클로브는 오른쪽 창문으로 몸을 돌린다)

클로브   내가 그 사다리로 무얼 했었더라?

   (그는 사다리를 찾는다)

   사다리를 못 봤어요?

   (그것을 발견한다)

   아, 때마침 찾았다.

   (왼쪽 창문으로 간다)

   가끔씩 나는 제정신인지 의문이야. 그 순간만 지나면 나는 전(前)처럼 정신
이 맑은데.

   (그는 사다리 위로 올라가서, 창밖을 바라다본다)

   저런, 그녀가 물속에 빠져 있어!

   (그는 바라다본다)

   어떻게 저런 일이?

   (그는 앞으로 자신의 머리를 내밀고, 그의 손을 눈썹 위에 대고 바라다본다)

   비도 내리지 않았는데.

   (그는 유리창을 닦고, 본다. 사이)

   아 나도 참 바보 같군! 내가 엉뚱한 쪽에 있잖아!

   (그는 내려가서, 오른쪽 창문을 향해 몇 걸음 걸어간다)

   물속에!

   (그는 사다리를 가지러 뒤로 간다)

   아이, 나도 참 바보야!

   (그는 오른쪽 창문으로 사다리를 옮긴다)

   때때로 나는 내가 제정신인지 의문이야. 그 순간만 지나가면 나는 늘 그렇듯
이 아주 똑똑한데.

   (그는 오른쪽 창문 아래에 사다리를 내려놓고, 사다리 위로 올라가서, 창밖을 바라
다본다. 그는 햄 쪽으로 돌아선다)

당신이 상상하고 있는 어떤 특별한 구역이 있나요? 아니면 단순하게 모두 다 같이 상상하나요?

햄 다 같이, 전부.

클로브 일반적인 효과요? 잠시만요.

(그는 창밖을 바라다본다. 사이)

햄 클로브.

클로브 (열중하여)

음.

햄 너 그 전부가 뭔지 아니?

클로브 (앞서와 같이)

음.

햄 나는 거기에 있었던 적이 없어.

(사이)

클로브!

클로브 (햄을 향해, 분노하고)

뭐라고요?

햄 나는 결코 그런 곳에 가지 않았어.

클로브 다행이군요.

(그는 창밖을 바라다본다)

햄 늘, 빠져 있었지. 그래서 모든 일이 나 없이 일어났어. 나는 무슨 일이 일어났는지 몰라.

(사이)

너는 무슨 일이 일어났었는지 아니?

(사이)

클로브!

클로브 (햄을 향해, 분노하며)

제가 이 오물 더미를 보기 원하십니까, 그래요 안 그래요?

햄 먼저 내 질문에 답해.

클로브 무슨?

햄 무슨 일이 일어났었는지 넌 알고 있냐고?

클로브 언제? 어디서요?

햄 (사납게)

　언제냐고! 무슨 일이 일어났냐고? 머리 좀 써라, 제발! 무슨 일이 일어났냐고?

클로브 도대체 그게 무슨 문제예요?

　(그는 창밖을 바라다본다)

햄 나도 몰라.

　(사이. 클로브는 햄을 향해 돌아선다)

클로브 (거칠게)

　늙은 페그 어멈이 그녀의 등잔에 쓸 기름을 당신에게 부탁했을 때, 그리고 당신이 그녀에게 지옥에나 가라고 말했을 때, 그땐 무슨 일이 일어나고 있었는지 당신은 알았잖아요, 안 그래요?

　(사이)

　그러니 페그 어멈이 왜 죽었는지 당신은 알죠? 어둠 때문이었죠.

햄 (약하게)

　난 전혀 몰랐어.

클로브 (앞서와 같이)

　아니에요, 당신은 알았어요.

　(사이)

햄 너 확대경 가지고 있니?

클로브 아니요, 확대경은 원래 자리에 그대로 있는 게 분명해요.

햄 가서 가져와.

　(사이. 클로브는 시선을 위로 향하고, 주먹을 휘두른다. 그러다 균형을 잃고서 사다리를 움켜쥔다. 그는 내려오기 시작하더니, 멈춘다)

클로브 제가 결코 이해하지 못할 한 가지가 있어요.

　(그는 내려온다)

　제가 왜 당신에게 늘 복종하죠? 왜인지 제게 설명해 주실 수 있어요?

햄 아니…… 아마 연민이겠지.

(사이)

어떤 위대한 동정심.

(사이)

오 그걸 알기가 그렇게 쉬운 건 아냐, 쉽지 않지.

(사이. 클로브는 망원경을 찾아 방을 이리저리 돌아다니기 시작한다)

클로브 저는 우리가 살아가는 방식이 피곤해요, 진저리가 난다고요.

(그는 찾는다)

당신이 혹시 그 망원경 위에 앉아 있지 않나요?

(그는 의자를 옮기고, 있던 자리를 보며, 다시 찾는다)

햄 (고뇌에 차서)

날 거기 내버려두지 마!

(화가 나서 클로브는 의자를 제자리에 갖다놓는다)

내가 한가운데에 있어?

클로브 이걸 찾으려면 현미경이 필요할 거예요—

(그는 망원경을 본다)

아, 알맞은 때에 발견했네.

(그는 망원경을 주워 들고, 사다리로 올라가서, 망원경을 밖으로 돌린다)

햄 내게 개를 줘.

클로브 (바라보며)

조용히 하세요!

햄 (화가 나서)

개를 내게 주란 말이야.

(클로브는 망원경을 떨어뜨리고, 그의 두 손을 자신의 머리에 갖다 댄다. 사이. 그는 곤두박질치듯 내려와서, 개를 찾더니, 개를 보고, 집어 들어, 햄 쪽으로 서둘러 가서, 그 개를 들고 격렬하게 그의 머리를 후려친다)

클로브 당신 개 여기 있어요!

(개는 바닥으로 떨어진다. 사이)

햄 그가 나를 쳤어!

클로브 당신이 저를 미치게 하니, 저도 미쳤어요!

햄 네가 나를 때려야 되겠다면, 도끼로 때려라.

(사이)

아니면 갈고리로, 나를 갈고리로 쳐라. 개로 치지 말고. 갈고리로 치라고. 아니면 도끼로 치든가.

(클로브가 개를 주워 들어 햄에게 주자 햄은 그것을 팔로 안는다)

클로브 (참을 수 없다는 듯이)

이 놀이 그만해요!

햄 결코 그럴 수 없어!

(사이)

나를 내 관 속에 넣어줘.

클로브 관이 더는 없어요.

햄 그러면 이 짓을 끝내게 해줘!

(클로브는 사다리 쪽으로 간다)

탕 하고 끝내!

(클로브는 사다리 위로 올라가다, 다시 내려와서, 망원경을 찾더니, 발견하고, 주워 들어 사다리로 올라가서, 망원경을 추켜든다)

깜깜한 어둠으로 끝내! 그리고 나는 어떡하지? 그 누가 내게 연민을 가진 적이 있어?

클로브 (망원경을 내리고, 햄 쪽으로 돌아서며)

뭐라고요?

(사이)

당신이 말하는 사람이 저인가요?

햄 (화가 나서)

따로 둔 사람한테 하는 말이야, 원숭이 같지! 너는 따로 둔 사람에 대해 한 번도 들어본 적이 없단 말이니?

(사이)

나는 너 말고 따로 둔 사람들과 나와의 마지막 독백을 위해 연습 중이야.

클로브 경고하는데요. 명령이라서 저는 이 오물을 보려는 거예요. 그렇지만 이번이 마지막이에요.

(그는 망원경을 밖으로 돌린다)

같이 봐요.

(그는 망원경을 움직인다)

아무것도…… 아무것도…… 좋아…… 좋아…… 아무것도―

(그는 놀라서, 망원경을 내리고, 그 망원경을 살피더니, 다시 바깥쪽으로 돌린다. 사이)

참 운도 없지!

햄 점점 더 복잡해지는군!

(클로브는 사다리를 내려온다)

음모는 없을 거라 난 믿어.

(클로브는 사다리를 창가 근처로 옮겨놓고, 그 위로 올라가서, 망원경을 밖으로 향한다)

클로브 (당황하며)

작은 소년처럼 보이는데요!

햄 (빈정거리며)

작은…… 소년이라!

클로브 제가 가서 볼게요.

(그는 내려와서, 망원경을 떨어뜨리고, 문 쪽으로 가다가, 돌아선다)

갈고리를 가져갈게요.

(그는 갈고리를 찾더니, 발견하여, 주워 들고, 문 쪽으로 서둘러 간다)

햄 안 돼!

(클로브는 멈춰 선다)

클로브 안 된다고요? 제가 유일하게 유력한 아비인데도요?

햄 만약 그가 있다면 그곳에서 죽든지 아니면 여기로 올 거야. 그리고 만약 그러지 않으면…….

(사이)

클로브 당신은 저를 믿지 않으세요? 당신은 제가 꾸며내고 있다고 생각하세요?

(사이)

햄 끝났어, 클로브, 우리는 막장에 도착했어. 난 네가 더 이상 필요치 않아.

  (사이)

클로브 당신에겐 잘된 일이군요.

  (그는 문 쪽으로 간다)

햄 내게 갈고리를 넘겨줘.

  (클로브는 그에게 갈고리를 주고, 문 쪽으로 가서 멈춰 서더니, 자명종을 쳐다보다가, 그것을 내려놓고, 걸을 수 있는 더 나은 장소를 찾아보려고 주변을 둘러본다. 쓰레기통으로 가서 그것을 내그의 뚜껑 위에 놓는다. 사이)

클로브 저는 당신 곁을 떠날 거예요.

  (클로브는 문 쪽으로 간다)

햄 네가 가기 전에⋯⋯

  (클로브는 문 근처에 멈춰 선다)

  ⋯⋯뭔가를 말해.

클로브 할 말이 아무것도 없어요.

햄 내 마음속에서⋯⋯ 생각해 볼⋯⋯ 몇 마디만⋯⋯.

클로브 당신의 마음에서요!

햄 그래.

  (사이. 힘차게)

  그래!

  (사이)

  마침내 남는 그림자, 중얼거림, 모든 골칫거리와 함께 끝장낼 마음.

  (사이)

  클로브⋯⋯ 그는 결코 내게 말을 하지 않았었지. 그런데 결국엔, 그가 떠나기 전에, 내가 묻지도 않았는데 나에게 말했어. 그가 말했어⋯⋯.

클로브 (절망적으로)

  아⋯⋯!

햄 무언가 말했어⋯⋯ 너의 마음으로부터.

클로브 제 마음요!

햄 너의 마음으로부터의⋯⋯ 몇 마디 말.

(사이)

클로브 (뚫어지게 쳐다보며, 밋밋한 투로, 객석을 향하여)

그 사람들이 저에게 말했죠, 그런 게 사랑이라고, 예, 예, 의심할 여지 없이, 이제 당신은 알지요. 얼마나—

햄 분명히 표현해 봐!

클로브 (앞서와 같이)

그것이 얼마나 쉬운지 말예요. 그들은 제게 말했어요, 그런 게 우정이라고, 예, 예, 의심할 여지 없이, 당신은 알아냈습니다. 그 사람들은 제게 말했어요, 여기가 그 장소라고, 멈추고서, 머리를 들어 이 모든 아름다운 모습들을 바라보라고. 저 질서! 그들은 제게 말했어요, 자 이리 와, 너는 야만스러운 동물이 아니야, 이러한 것들에 대해서 생각해 봐, 너는 이 모두가 얼마나 명확한지를 알게 될 거야. 얼마나 단순한지를 알게 될 거야! 그들은 그들이 얼마나 기술적이고 전문적인 관심을 갖고 있는지 제게 말했죠, 그들의 상처 때문에 죽어가고 있는 이 사람들 모두를 말예요.

햄 충분해!

클로브 (앞서와 같이)

저는 스스로에게 말해요—가끔씩, 클로브, 너는 그보다 더 잘 고통을 견디는 법을 배워야 해, 만일 그들이 언젠가 너를 벌주는 데 싫증 내기를 바란다면 말이야. 저는 스스로에게 말해요—가끔씩, 클로브, 너는 그보다 더 잘돼야 해, 만일 그들이 언젠가 너를 보내길 원한다면 말야. 그러나 전 너무 늙은 것 같고, 너무 멀리 온 것 같아요, 새로운 습관이 들기에는 말이에요. 좋아요, 결코 끝나지 않을 테고, 나는 가지 않을 거예요.

(사이)

그리고 어느 날, 갑자기, 그것이 끝나면서, 바뀌는 거지요, 저는 잘 이해를 못하고, 그것은 죽어요, 아니, 그것이 바로 저예요, 저는 그것도 역시 이해 못 해요. 저는 남은 단어들에게 묻습니다—잠, 깨어남, 아침, 저녁에게 말예요. 이들에 대해서 할 말이 없어요.

(사이)

저는 지하실 문을 열고 갑니다. 너무 허리를 숙여서 설사 제가 눈을 떠도 단지 제 발만 보이고, 그리고 제 다리 사이로 검은 먼지의 작은 자국만 보입니다. 저는 스스로 말해요, 땅에 불빛이 꺼져버렸다고, 비록 제가 그 땅에 불 켜진 모습을 한 번도 본 적이 없지만 말입니다.

(사이)

가는 건 쉬워요.

(사이)

제가 넘어질 때 저는 행복을 위해서 울 겁니다.

(사이. 그는 문 쪽으로 간다)

햄 클로브!

(클로브는 돌아서지 않은 채, 멈춰 선다)

아무것도 아니야.

(클로브는 움직인다)

클로브!

(클로브는 돌아서지 않은 채, 멈춰 선다)

클로브 이것이 이른바 우리가 말하는 탈출구 만들기예요.

햄 그동안 고마웠어, 클로브. 너의 봉사 말이야.

클로브 (날카롭게 돌아서며)

아 죄송해요, 감사해야 할 사람은 바로 저예요.

햄 우린 서로에게 감사해야 할 사람들이야.

(사이. 클로브는 문 쪽으로 간다)

한 가지 더.

(클로브는 멈춰 선다)

마지막 부탁이 있다.

(클로브는 퇴장한다)

나를 이불로 덮어줘.

(긴 사이)

싫어? 좋아.

(사이)

나 혼자 카드놀이를 하지.

(사이. 지쳐서)

오래돼서 잃어버린 케케묵은 막판 놀이, 놀이하고 지고, 이젠 지는 것도 끝나버렸어.

(사이. 좀 더 생기가 돌아)

어디 보자.

(사이)

아 그래!

(앞서와 같이 갈고리를 써서, 그는 의자를 움직이려고 시도한다. 길을 떠나기 위해 옷을 입은 클로브가 등장한다. 파나마 모자를 쓰고, 트위드 천으로 만들어진 외투를 입고, 팔에 우비를 걸고, 우산, 가방을 들었다. 그는 문가에 멈춰서, 무표정인 채 움직이지 않고, 눈길을 햄에게 고정한 채, 끝날 때까지, 그곳에 서 있다. 햄은 포기한다)

좋아.

(사이)

놀이의 패를 버려.

(그는 갈고리를 던져버리고, 개를 멀리 던지려고 하다가, 마음을 고쳐먹는다)

진정해.

(사이)

그러면 뭐하냐고?

(사이)

모자를 들어 올리고.

(그는 모자를 들어 올린다)

우리…… 멍청이들에게 평화를.

(사이)

그리고 다시 쓰고.

(그는 모자를 다시 쓴다)

2점짜리 패야.

(사이. 그는 안경을 벗는다)

닦고.

(그는 손수건을 꺼내서, 펴지 않은 채로, 안경을 닦는다)

그리고 다시 껴.

(그는 안경을 끼고, 손수건을 주머니 속에 집어넣는다)

우린 다 왔어. 그와 같은 몸부림을 더 치고, 나는 부를 거야.

(사이)

시도 조금은.

(사이)

너는 기도를 했지—

(사이. 그는 스스로를 교정한다)

너는 밤새도록 울었어 ; 그 밤이 온다—

(사이. 그는 스스로를 교정한다)

그 밤이 덮친다, 이제 어둠 속에서 울어라.

(노래를 부르며, 그는 되풀이한다)

너는 밤새도록 울었다 ; 그 밤이 덮친다, 이제 어둠 속에서 울어라.

(사이)

참 잘 표현했어.

(사이)

그리고 이제는?

(사이)

아무것도 아닌 것을 위한 순간들, 언제나처럼 지금도, 과거의 시간은 결코 존재하지 않았고, 시간도 끝나고, 계산은 폐장되고, 이야기도 끝이야.

(사이. 이야기 투로)

만일 그가 자기 아이와 같이 있을 수 있었다면……

(사이)

그건 내가 기다리던 순간이었어.

(사이)

너는 그를 포기하고 싶지 않지? 네가 시들어가는 동안 그가 꽃피기를 바라고 있지? 너의 마지막 백만의 순간들을 위로하기 위해서 거기 있겠어?

(사이)

그는 깨닫지 못해, 그가 아는 전부는 배고픔과 추위, 게다가 죽음이야. 그러나 넌! 넌 오늘날, 땅이 어떤지를 알아야만 해. 오 나는 그에게 책임을 지우는 거야!

(사이. 정상적인 투로)

그래, 그 땅에 우리가 있고, 또 내가 있으면, 그것으로 충분하지.

(그는 자신의 입술에 호루라기를 들어 올리고, 망설이다가, 떨어뜨린다. 사이)

맞아, 진심이야!

(그는 호루라기를 분다. 사이. 더 크게. 사이)

좋아.

(사이)

아버지!

(사이. 더 크게)

아버지!

(사이)

좋아.

(사이)

우린 다 왔어.

(사이)

그리고 뭘로 끝장을 낼까?

(사이)

놀이 패를 버려.

(그는 개를 던져버린다. 그는 자신의 목에 걸려 있는 호루라기를 잡아 떼어버린다)

나의 칭찬과 함께.

(그는 호루라기를 객석 쪽으로 던진다. 사이. 그는 냄새를 맡는다. 부드럽게)

클로브!

(긴 사이)

없어? 좋아.

(그는 손수건을 꺼낸다)

이것이 우리가 마지막 놀이를 하는 방식이니까⋯⋯

(그는 손수건을 편다)

……그 방식으로 놀이를 하지……

(그는 편다)

……그리고 그 놀이에 대해서 더 이상 말하지 않아……

(그는 펴는 동작을 끝마친다)

……더 이상 말하지 않아.

(그는 자신 앞에 펼쳐진 손수건을 집는다)

오랫동안 막아준 놀이!

(사이)

너는…… 남아.

(사이. 그는 얼굴을 손수건으로 덮고, 자신의 팔을 팔걸이에 내려놓으며, 움직이지 않은 상태로 있다)

(간단한 활인화)

막이 내린다.

Krapp's last tape

크라프의 마지막 테이프

크라프의 마지막 테이프

미래의 어느 늦저녁.

크라프의 집.

무대 앞 중앙에 작은 탁자. 객석 쪽으로 서랍이 두 개 달려 있다.

앞쪽을 향해, 즉 서랍 반대편에 앉아 있는 병약한 노인. 크라프다.

빛바랜 검은색의 짧고 꼭 끼는 바지에 빛바랜 검정 조끼를 입었다. 조끼에는 커다란 주머니가 네 개 달렸다. 묵직한 은시계와 시곗줄. 목깃 없는 꼬질꼬질한 와이셔츠. 앞섶이 벌어져 있다. 뜻밖에도 홀쭉하고 앞코가 뾰족하며 지저분한 흰 부츠를 신었다. 적어도 신발 문수가 10[1]은 되어 보인다.

창백한 얼굴. 빨간 코. 헝클어진 반백의 머리. 텁수룩한 수염.

심한 근시(그러나 안경은 쓰지 않았다). 귀가 어둡다.

쉰 목소리. 독특한 말투.

불편해 보이는 걸음걸이.

---

1) 한국 신발 문수로는 290.

탁자 위에 마이크가 달린 녹음기와 녹음된 테이프 릴이 들어 있는 종이 상자가 잔뜩 놓여 있다.

탁자와 그 언저리에만 강한 조명이 비친다. 나머지 부분은 캄캄하다.

크라프는 한동안 꼼짝도 않고 앉아 있다가 꺼질 듯한 한숨을 내쉬고 시계를 본다. 그러다가 주머니를 뒤져 봉투를 꺼낸 뒤 도로 집어넣고, 다시 주머니를 뒤져서 작은 열쇠 꾸러미를 꺼낸다. 그것을 유심히 들여다보다가 열쇠 하나를 골라 들고 일어나서 탁자 앞으로 간다. 쭈그리고 앉아 첫 번째 서랍을 열쇠로 열고 안을 들여다보며 뒤져서 릴 하나를 꺼낸다. 그것을 물끄러미 보다가 도로 집어넣고 서랍을 잠근 뒤 이번에는 두 번째 서랍을 연다. 안을 들여다보며 손으로 더듬어 커다란 바나나를 꺼내 물끄러미 바라보다가 서랍을 잠그고 열쇠 꾸러미를 주머니에 집어넣는다. 방향을 바꾸어 무대 끝까지 걸어가서 멈춰 선다. 바나나를 쓰다듬다가 껍질을 벗겨 발치에 떨어뜨린 뒤 바나나를 입에 넣고 멍하니 앞을 본 채 움직이지 않는다. 마침내 바나나를 씹으면서 옆으로 돌아 생각에 잠긴 채 조명을 받으면서 무대를 이리저리 네다섯 걸음쯤 왔다 갔다 한다. 바나나 껍질을 밟고 미끄러져 넘어질 뻔하다가 몸의 균형을 되찾고 나서 허리를 굽혀 껍질을 들여다보다가 발로 껍질을 밀어 무대에서 객석으로 떨어뜨린다. 다시 좌우로 거닐기 시작. 바나나를 다 먹고 탁자로 돌아와 한참을 꼼짝 않고 앉아 있다. 커다란 한숨을 내쉬고 주머니에서 열쇠 꾸러미를 꺼내 눈앞에 바짝 대고 들여다보다가 열쇠 하나를 골라잡고 일어서서 탁자 앞으로 간다. 두 번째 서랍을 열고 다시 커다란 바나나를 꺼내 들여다보다가 서랍을 잠그고 열쇠 꾸러미를 주머니에 넣는다. 방향을 바꾸어 무대 끝까지 걸어가서 멈추고 바나나를 쓰다듬다가 껍질을 벗겨 객석으로 던진다. 바나나를 입에 넣고 멍하니 앞을 본 채 움직이지 않는다. 마침내 뭔가가 생각난 듯 바나나를 그 끝이 삐죽 나오게 조끼 주머니에 집어넣고 아주 빠른 속도로 무대배경 쪽 어둠 속으로 들어간다. 10초가 흐른다. 코르크 마개를 뽑는 커다란 소리. 15초가 흐른다. 낡은 장부를 들고 밝은 곳으로 돌아와서 앉는다. 장부를 탁자 위에 올려놓고 입을 닦고 손을 조끼 앞섶으로 닦고 두 손을 맞대고 비빈다.

크라프 (쾌활하게) 어디 볼까! (장부 위로 고개를 수그리고 페이지를 넘기다가, 찾던 항목을 발견하고 읽는다) 상자는…… 3호…… 스풀은…… 5번이군. (고개를 들어 앞을 본다. 기쁜 기색) 스풀! (사이) 스푸—울! (즐거운 미소. 사이. 탁자 위로 몸을 굽히고 상자를 찾아 손가락으로 숫자를 더듬어본다) 상자…… 3…… 3호…… 4호…… 2호…… (놀라며) 9호! 이럴 수가! ……7호…… 아! 못된 것! (상자 하나를 들고 유심히 들여다본다) 상자 3호. (탁자 위에 놓고 상자를 열어서 그 안에 든 릴을 바라본다) 스풀…… (장부를 보고) ……5번…… (릴을 보고) ……5번…… 5번…… 아! 이 괘씸한 것! (릴을 하나 꺼내 들여다본다) 스풀 5번. (탁자 위에 올려놓고 상자 3호에 뚜껑을 덮은 뒤 다른 상자들 있는 곳에 돌려놓고 릴을 집어 든다) 상자 3호, 스풀 5번. (녹음기 위로 몸을 수그리고 고개를 쳐든다. 기쁜 기색) 스푸—울! (즐거운 미소. 고개를 수그리고 녹음기에 릴을 끼운다. 손바닥을 맞비빈다) 어디 보자! (장부를 보고, 페이지 밑쪽에 있는 항목을 읽는다) 어머니 마침내 가시다…… 음…… 검은 공…… (얼굴을 들고 멍하니 앞을 노려본다. 이해가 안 간다는 표정) 검은 공? ……(다시 장부를 들여다보고 읽는다). 밤색 머리의 유모…… (얼굴을 들고 생각에 잠겼다가 다시 장부를 들여다보고 읽는다) 위장 상태 조금 나아짐…… 음…… 기억해야 할…… 이게 무슨 글자야? (더 가까이 들여다본다) ……춘분점, 기억해야 할 춘분점. (얼굴을 들고, 이해가 안 간다는 듯이 멍한 눈으로 앞을 노려본다) 기억해야 할 춘분점? ……(사이. 어깨를 으쓱하고 다시 장부를 읽는다) 잘 가라—(페이지를 넘기고)—사랑아.

얼굴을 들고 생각에 잠긴 채 녹음기 위로 몸을 숙이고 스위치를 누른 다음 경청할 자세를 취한다. 즉 앞으로 몸을 숙이고 탁자 위에 두 팔꿈치를 짚고 손바닥을 귀 뒤에 댄 채로 앞쪽을 향한다.

테이프 (조금 거만한 강한 목소리. 아주 젊은 시절 크라프의 목소리임을 알 수 있다) 오늘로서 서른아홉 살이 되었다. 나는 건강—(자세를 편하게 고치다가 상자 하나를 탁자에서 떨어뜨린다. 욕을 하며 스위치를 끄고 상자와 장부를 거칠게 마룻바닥에 내던지고는 테이프를 맨 앞으로 되감고 다시 스위치를 누른다. 아까 자세로 돌아간다) 오늘로서 서른아홉 살이 되었다. 나는 아주 건강하다. 나이 탓에 기운이 달리는 것만 빼고. 지적인 면에서는 어느 모로 보나…… (망설이다가) ……정점에…… 또는 거의 그 언저리에 다다른 것 같다. 이 중요한 날을 요즘 습관에 따라 조용하게 술집에서 축하했다. 아무도 없었다. 난로 앞에 눈을 감고 앉아 나무 열매 껍질을 깠다. 봉투 뒤에 글을 두세 줄 끼적였다. 내 낡은 소굴로, 내 잡동사니 속으로 돌아온 기분은 나쁘지 않다. 창피하게도, 지금 막 바나나를 세 개나 먹고 네 개째는 겨우 참았다. 나같이 위통을 앓는 사람에게는 치명적이다. (격렬하게) 끊어라! (사이) 내 탁자 위 천장에 달린 전등을 지금 막 켰는데 불빛이 제법 좋다. 주위가 이렇게 캄캄하면 외톨이라는 기분이 덜 든다. (사이) 어떤 의미에서. (사이) 일어나서 어둠 속을 여기저기 돌아다니는 것을 좋아한다. 그러다가 다시 돌아온다, 이곳으로…… (망설이다가) ……내게로. (사이) 크라프.

사이.

나무 열매라, 도대체 무슨 나무 열매지? 그러니까…… (망설이다가) ……모든 것은…… 나의 모든 것은…… 한 줌 먼지로 돌아갔을 때 갖고 있을 가치가 있는 물건이다. 나는 눈을 감고 그런 것을 마음에 그리려고 한다.

사이. 크라프는 잠시 눈을 감는다.

오늘 밤은 이상하리만치 고요하다. 귀를 기울이지만 아무 소리도 들리지 않는다. 이 시간만 되면 노래를 부르는 노처녀 맥글롬 할멈도 오늘 밤에는 부르지 않는다. 소녀 시절에 부르던 노래라고 한다. 할멈의 소녀 시절은 상상이 가지 않는다. 하지만 훌륭한 사람이다. 코노트 출신이랬지, 아마? (사이) 내가 그만큼 나이를 먹게 된다면 나도 노래를 부르게 될까? 아니, 부르지 않을 것이다. (사이) 어렸을 때는 노래를 불렀던가? 아니, 부르지 않았다. (사이) 지금까지 노래를 불렀던 적이 있었던가? 아니, 없었다.

사이.

옛날 테이프를 대충 군데군데 들어봤다. 장부를 확인해 본 건 아니지만, 적어도 10년에서 12년 전에 녹음한 것이 틀림없다. 분명 키다 거리에서 비앙카와 꼭 붙어 다녔다가 헤어졌다가 하며 지내던 시절이다. 어휴, 용케도 손을 씻었다! 같이 있었다면 미래가 캄캄했을 것이다. (사이) 비앙카에 관해 얘기한 적은 별로 없었던 것 같다. 그녀의 눈을 칭찬할 때를 빼고는. 정열에 찬 눈. 갑자기 그 눈이 생각났다. (사이) 그 어떤 눈이 그보다 아름다울까! (사이) 음…… (사이) 옛날 검시서는 으스스하지만, 읽다 보면 꽤—(크라프는 스위치를 끄고 생각에 잠겼다가 다시 스위치를 누른다)—참고가 된다. 새해에…… (망설인 뒤) ……과거를 돌이켜볼 때. 나한테도 애송이 시절이 있었다는 것이 믿기지 않는다. 저 목소리! 맙소사! 숨소리도 저렇게 거칠 수가! (짧은 웃음. 크라프도 따라 웃는다) 그리고 그 결심들! (짧은 웃음. 크라프도 따라 웃는다) 특히, 술을 줄이겠다니! (크라프만 짧게 웃는다) 통계라. 과거 8000여 시간 가운데 1700시간은 술집에서 보냈군. 20퍼센트 이상, 아니 깨어 있는 시간의 40퍼센트다. (사이) 성생활을 더…… (망설이다가) ……자제하기 위한 계획. 아버지의 최근 병세. 행복을 추구할 기력의 쇠퇴. 고쳐지지 않는 변비. 놈은 청춘이라고 말하지만, 나는 청춘을 비웃고 그놈이 끝난 것을 하느님께 감사한다. (사이) 조금 속마음과 다른 말을 했군. (사이) 평생의…… 대작의 그림자. 끝맺음은—(짧게 웃는다)—훌쩍거리며 하느님께 드리는 기도. (길게 웃는다. 크라프도 따라 웃는다) 이 모든 고민 가운데 뭐가 남아 있나? 후줄근한 초록 외투를 입은 채 철도역 승강장에 서 있는 여자? 아닌가?

사이.

돌이켜볼 때—

크라프는 스위치를 끄고 생각에 잠겼다가 시계를 보고 일어나 무대배경 쪽 어둠으로 들어간다. 10초가 지난다. 코르크 마개를 빼는 소리. 10초가 지난다. 다시 마개를 뽑는 소리. 10초가 지난다. 다시 마개 뽑는 소리. 10초가 지난다. 술 취한 목소리로 노래 한 소절이 들린다.

크라프 (노래한다)

이제 낮은 저무는데

밤은 오지 않네.

그림자가—

발작적으로 기침을 한다. 밝은 곳으로 돌아와 자리에 앉아 입을 닦고 스위치를 켠다. 경청하는 자세로 돌아간다.

테이프 —지난 1년을 생각해 본다. 앞으로 늙어서 갖게 될 눈빛의 전조라고 해도 좋을 시선을 그 위에 던질 때 먼저 떠오르는 것은 물론 운하 옆의 그 집이다. 늦가을, 어머니는 임종 자리에 누워 그 길었던 홀몸 신세(크라프는 움찔한다)와도 이별하고자, 그—(크라프가 스위치를 끄고 테이프를 되감더니 귀를 녹음기 쪽으로 보다 가까이 기울이고는 스위치를 켠다)—그 길었던 홀몸 신세와도 이별하고자, 그—

크라프는 스위치를 끄고 얼굴을 들고서 멍한 눈으로 앞을 노려본다. 입술만 달싹여 '홀몸 신세'라고 말해 본다. 목소리는 나오지 않는다. 일어나 무대배경 쪽 어둠으로 들어간다. 엄청나게 큰 사전을 안고 돌아와 탁자 위에 놓고 앉아 그 단어를 찾는다.

크라프 (사전을 읽는다) 홀어미나—홀아비로—남아 있는 것—또는 그런 상태나—상황. (얼굴을 든다. 이해가 가지 않는다는 표정) 그런 상태나 상황? ……(사이. 다시 사전을 들여다보고 읽는다) "검은 상복을 입은 홀어미" ……동물, 특히 새에 관해서는 ……과부새 또는 집짓는 새…… 수컷의 날개는 까맣고…… (얼굴을 든다. 기쁜 기색) 과부새라고!

사이. 사전을 덮고 스위치를 켠다. 경청하는 자세로 돌아간다.

테이프 —둑 옆에 있는 긴 의자에서는 어머니 방의 창을 볼 수 있었다. 거기에 앉아 살을 에는 바람을 맞으며 어머니가 빨리 죽기를 바랐다. (사이) 오가는 사람이 거의 없었다. 찾아주는 이는 유모, 애들, 노인들, 그리고 개가 전부. 모두 친숙한 손님들이다. 물론 대화를 나누는 건 아니었지만—특히 기억나는 사람은 밤색 머리의 예쁜 아가씨다. 풀을 먹인 새하얀 옷, 풍만한 젖가슴, 검은 덮개가 있고 영구차처럼 생긴 커다란 유모차를 끌고 가는 모습. 내가 그녀를 바라보면 그녀도 언제나 나를 쳐다봤었지. 그래 놓고도 내가 대담하게—소개도 받지 않았는데—말을 걸자 경찰을 부르겠다고 으름장을 놨다. 내가 자신의 정조를 노리기라도 했다는 듯이! (웃는다. 사이) 아, 그녀의 얼굴! 그 눈! 그것은 마치…… (망설이다가) ……귀감람석 같았다! (사이) 그리고…… (사이) 내가 그곳에 있었을 때—(크라프는 스위치를 끄고 생각에 잠겼다가 다시 스위치를 누른다)—창문에 달린 가리개가 내려졌다. 돌림판으로 올렸다 내렸다 하는 흔한 갈색 가리개였다. 하얀 강아지와 공을 던지며 천진난만하게 놀다가 문득 얼굴을 들어보니 가리개가 내려져 있었다. 드디어 모든 것이 끝났다는 뜻이었다. 나는 공을 든 채 잠시 앉아 있었다. 개가 낑낑거리며 앞발로 나를 긁었다. (사이) 순간. 어머니의 순간, 나의 순간. (사이) 개의 순간. (사이) 마침내 내가 공을 개에게 내밀자, 개는 공을 입에 아주 조심스럽게 물었다. 작고 낡아빠지고 새까맣고 단단하고 탄력 좋은 고무공. (사이) 그 감촉은 죽을 때까지 잊지 못할 것이다. (사이) 그냥 갖고 있을걸. (사이) 하지만 그 개에게 줘버렸다.

사이.

그리고……

사이.

정신적으로는 몹시 어둡고 피폐한 1년이었다. 3월의 그 기억해야 할 밤까지는. 그날 밤, 사나운 폭풍우를 맞으며 둑 끝에서 나는 갑자기 모든 것을 보았다. 그 광경은 결코 잊을 수 없을 것이다. 마침내 열린 깨달음의 순간. 생각건대 이것이 오늘 밤 녹음해야 할 주된 사건이다. 언젠가 내 작품이 완성되어, 어떠한 기적이…… (망설이다가) ……어떠한 불꽃이 거기에 영감의 불을 붙였는지 그 뜨거운 기억도 차가운 기억도 내게서 모두 사라지는 그런 날이 올 것을 대비해서 녹음해 둬야 한다. 그때 찾아올 갑작스러운 깨달음이란 이런 것이다. 즉 내가 지금까지 일생 동안 믿어온 생각, 다시 말해—(크라프는 신경질적으로 스위치를 끄고 테이프를 앞으로 감은 다음 다시 스위치를 누른다)—커다란 화강암 덩어리에 물방울이 튀어 등대 불빛 속에서 춤추고 풍속계가 프로펠러처럼 빙글빙글 돌고 있을 때, 나는 마침내 확실히 보았다. 내가 언제나 억누르고 억누르려 애써왔던 그 어둠이 사실은—(크라프는 욕설을 내뱉으며 스위치를 끄고 테이프를 앞으로 감은 다음 다시 스위치를 누른다)—내 육체가 없어질 때까지, 폭풍과 밤이 밝은 이성의 빛과 단단히 얽히고, 거기에다 타는 듯한—(크라프는 더욱 큰 소리로 욕설을 내뱉으며 스위치를 끄고 테이프를 앞으로 감은 다음 다시 스위치를 누른다)—얼굴을 그녀 가슴에 묻고 손으로 그녀를 만졌다. 우리는 거기에 꼼짝도 않고 누워 있었다. 하지만 우리 밑에서는 모든 것이 움직이며 우리를 움직여주었다. 부드럽게, 위로 아래로, 이쪽에서 저쪽으로.

사이.

자정이 지났다. 이런 고요함은 난생처음이다.
지구상에는 아무것도 살고 있지 않은 것 같다.

사이.

이것으로 이 테이프를—

크라프는 스위치를 끄고 테이프를 되감은 다음 다시 스위치를 누른다.

—호수 위쪽 기슭에서 삿대로 저어 움직이는 너벅선을 타고 출발해 물살을 따라 삿대를 저으며 떠돌아다녔다. 그녀는 깍지 낀 손을 베개 삼아 베고 눈을

감고서 보트 바닥에 누워 있었다. 햇볕이 쨍쨍 내리쬐고 바람은 약하게 불었으며 물은 적당히 싱그러웠다. 넓적다리에 있는 조그만 상처를 발견하고 어떤 상처인지 물어보았다. 그녀는 구스베리 열매를 따다가 난 상처라고 말했다. 내가 앞날이 보이지 않는 우리의 관계를 그만두어야 한다고 되뇌자 그녀도 눈을 감은 채 그렇게 생각한다고 대답했다. (사이) 내 얼굴을 봐달라고 하자 잠깐 뜸을 들이더니─(사이)─잠깐 뜸을 들이더니 날 쳐다봤다. 하지만 눈이 부신지 실눈만 떴다. 내가 몸을 숙여 눈에 그림자를 만들어주자 그제야 눈을 떴다. (사이. 나지막한 목소리로) 나를 봐주었다. (사이) 너벅선이 창포 사이를 지나가다가 옴짝달싹도 못 하게 걸려버렸다. 창포 무리가 한숨 같은 소리를 내면서 뱃머리에 와서 부딪혔다! (사이) 나는 그녀 위에 비스듬히 놓았던 얼굴을 그녀 가슴에 묻고 손으로 그녀를 만졌다. 우리는 거기에 꼼짝 않고 누워 있었다. 하지만 우리 밑에서는 모든 것이 움직이며 우리를 움직여주었다. 부드럽게, 위로 아래로, 이쪽에서 저쪽으로.

사이.

자정이 막 지났다. 이런 고요함은─

크라프는 스위치를 끄고 생각에 잠긴다. 이윽고 주머니를 뒤져 바나나를 꺼낸 다음 한참 들여다보다 도로 주머니에 넣는다. 다시 뒤져서 봉투를 꺼내고 주머니를 다시 뒤지다가 봉투를 도로 넣는다. 시계를 보고 일어나 무대배경 쪽 어둠으로 들어간다. 10초가 지난다. 병이 컵에 부딪치는 소리, 이어서 탄산수를 따르는 짧은 소리. 10초가 지난다. 병이 컵에 부딪치는 소리만 들린다. 다리가 조금 풀린 채 밝은 곳으로 돌아와 탁자 앞으로 간 다음 열쇠 꾸러미를 꺼내 눈앞에 바짝 대고 들여다보다가 열쇠 하나를 골라잡아 첫 번째 서랍을 연다. 안을 들여다보고 손으로 더듬다가 릴을 꺼내 한참 들여다보다가 서랍을 잠그고 열쇠 꾸러미를 주머니에 도로 넣는다. 의자로 걸어가서 앉은 다음 릴을 녹음기에서 내려 사전 위에 놓는다. 새 릴을 녹음기에 걸고 봉투를 주머니에서 꺼내 뒷면을 보다가 탁자에 올려놓는다. 스위치를 켜고 기침한 다음 녹음을 시작한다.

크라프 지금 막 30년 전 나의, 저 멍청한 얼간이의 목소리를 들었다. 내가 저렇게 멍청했다니, 나 자신도 믿기지 않을 정도다. 아무튼 저런 시절이 무사히 지나가서 다행이다. (사이) 아, 그 눈! (생각에 잠긴다. 침묵이 녹음되고 있다는 것을 깨닫고 스위치를 끄고서 생각에 잠긴다. 그러다 마침내) 그곳에는 모든 것이 있었다, 모든 것이, 모든—(녹음되고 있지 않다는 것을 깨닫고 스위치를 누른다) 그곳에는 모든 것이 있었다. 이 낡아빠진 빌어먹을 지구에 존재하는 모든 것이 있었다. 여러…… (망설이다가) ……세기에 걸친 모든 빛과 어둠과 굶주림과 산해진미가. (외치며) 정말이다! (사이) 그 모든 것을 버리다니! 제기랄! 그런 작품 나부랭이는 잊어버려야 했는데! 빌어먹을! (사이. 지친 듯이) 그렇지만 어쩌면 녀석이 옳았는지도 몰라. (생각에 잠겼다가 정신이 들어 스위치를 끄고 봉투를 찾아보았다) 흥! (봉투를 마구 구겨서 버린다. 생각에 잠겼다가 스위치를 누른다) 아무것도 할 말이 없다. 단 한마디도. 지금의 나에게 지난 1년은 어땠나? 시큼한 되새김질과 쇠변기다. (사이) 스풀이라는 단어가 맘에 든다. (기쁜 듯이) 스푸—울! 과거 50만 분 가운데 가장 행복한 순간이었다. (사이) 17부가 팔렸는데 그 가운데 11부는 외국 무료 대출 도서관에 도매가에 팔렸다고 한다. 나도 유명해지기 시작했다는 뜻이다. (사이) 1파운드 6실링하고 좀 더 있는데. 아, 8펜스가 분명해. (사이) 무더운 여름에 한두 번 밖으로 기어 나간 게 다다. 공원에 앉아 떨면서 꿈속으로 떨어지고, 무작정 이별을 원했었지. 아무도 없었다. (사이) 마지막 백일몽. (격렬하게) 그런 것도 다 억압되어 버렸다! (사이) 《에피》를 하루에 한 페이지씩, 다시 읽으면서 끓어오르는 눈물로, 또 한 번 눈동자를 데었다. 에피…… (사이) 그녀와 함께 있었다면 행복해졌을지도 모른다. 발트해 연안 소나무와 모래언덕에서. (사이) 정말 행복해졌을까? (사이) 그녀는 어떻게 됐을까? (사이) 흥! (사이) 패니가 두어 번 찾아왔다. 뼈밖에 없는 앙상한 매춘부다. 그다지 도움은 되지 않았지만 내 손가락으로 하는 것보단 나았다. 마지막은 꽤 괜찮았다. 그녀가 그 나이에 감당이 되냐고 묻기에, 널 위해서 평생 아껴뒀다고 말해 주었다. (사이) 한번은 어렸을 때처럼 저녁 예배에 갔다. (사이. 노래한다)

이제 낮은 저무는데
밤은 오지 않네.
저녁의—(기침 때문에 거의 들리지 않는다)—그림자가
하늘을 슬며시 찾아오네.

(헐떡거리면서) 가서 졸다가 의자에서 벌렁 떨어졌다. (사이) 밤이면 이따금 이런 생각을 하고는 했다. 다시 한번 마지막으로 시도해 보면 어떨까, 아니면— (사이) 에라, 술이나 마시고 마냥 자빠져 자자. 이 수다는 내일 아침에 다시 떨면 되지. 아니, 그냥 그쯤 해두자. (사이) 그쯤 해두자. (사이) 어둠 속에서 베개를 베고 눕자—그리고 떠도는 거다. 다시 한번 성탄절 전야에 골짜기로 가서 빨간 열매가 달린 호랑가시나무 가지를 모으자. (사이) 다시 한번 일요일 아침에 암캐를 데리고 안개를 헤치며 크로건강으로 가서 발을 멈추고 종소리를 듣자. (사이) 그 밖의 이런저런 일들을. (사이) 다시 한번, 다시 한번. (사이) 그 옛날의 비참함을 모조리 맛보리라. (사이) 한 번으로는 부족하다. (사이) 그녀 위에 모로 눕자.

긴 정적. 별안간 녹음기 위로 몸을 수그리고 스위치를 끄더니 테이프를 잡아 뜯고 내던진다. 먼저 들었던 테이프를 끼우고 듣고 싶은 부분까지 앞으로 감은 다음 스위치를 누르고 앞을 노려보며 귀를 기울인다.

테이프   —그녀는 구스베리 열매를 따다가 난 상처라고 말했다. 내가 앞날이 보이지 않는 우리의 관계를 그만두어야 한다고 되뇌자 그녀도 눈을 감은 채 그렇게 생각한다고 대답했다. (사이) 내 얼굴을 봐달라고 하자 잠깐 뜸을 들이더니—(사이)—잠깐 뜸을 들이더니 날 쳐다봤다. 하지만 눈이 부신지 실눈만 떴다. 내가 몸을 숙여 눈에 그림자를 만들어주자 그제야 눈을 떴다. (사이. 나지막한 목소리로) 나를 봐주었다. (사이) 너벅선이 창포 사이를 지나가다가 옴짝달싹도 못 하게 걸려버렸다. 창포 무리가 한숨 같은 소리를 내면서 뱃머리에 와서 부딪혔다! (사이) 나는 그녀 위에 비스듬히 놓았던 얼굴을 그녀 가슴에 묻고 손으로 그녀를 만졌다. 우리는 거기에 꼼짝않고 누워 있었다. 하지만 우리 밑에서는 모든 것이 움직이며 우리를 움직여주었다. 부드럽게, 위로 아래로, 이쪽에서 저쪽으로.

사이. 크라프의 입술이 움직인다. 목소리는 나오지 않는다.

자정이 지났다. 이런 고요함은 난생처음이다.
지구상에는 아무것도 살고 있지 않은 것 같다.

사이.

이것으로 이 테이프를 끝내겠다. 상자—(사이)—3호, 스풀—(사이)—5번. (사이) 아마도 나의 가장 좋았던 시절은 지나갔을 것이다. 행복해질 기회가 있었던 그 시절은. 하지만 나는 그 시절로 돌아가고 싶지 않다. 지금의 나는 이렇게 활력이 넘치니까. 그렇다, 나는 그 시절로 돌아가고 싶지 않다.

크라프는 앞을 빤히 바라본 채 움직이지 않는다. 테이프가 고요함 속에서 계속 돌아간다.

막이 내린다.

베케트 생애와 문학

사뮈엘 베케트에게 바치는 헌사
지칠 줄 모르는 욕망
알랭 바디우

어느 '어리석은 젊은이'

나는 1950년대 중반에 베케트의 작품을 처음 보게 되었다. 그것은 진정 우연한 만남인데 그때 받은 충격은 잊을 수가 없다. 그로부터 40년이 지난 지금도 나는 그 자리에 있다. 아직도 그 여운이 가시지 않는 것이다.

젊은 사람의 소중한 역할이란 헤아릴 수 없이 많은 일과 부딪치는 것 그리고 '아무것도 아니야, 아무 가치도 없어'라고 환멸을 느끼는 사람들 주장은 잘못이며 위압적이라고 확신하는 데 있다.

그러나 젊은이는 그들의 생각과 행동이 그 세대 특유의 습성으로 여겨져버림에도 불구하고, 자기는 무엇보다도 특별하다고 안이하게 믿는 미숙한 존재이기도 하다. 젊음은 잠재력의 원천이자 결정적인 만남의 계기가 되지만 거기에는 아주 쉬운 반복과 모방에 빠져버리는 위험이 늘 존재한다.

오로지 신중하고 지속적인 노력에 의해서만 시대의 풍조로부터 벗어날 수 있다. 세계를 바꾸고 싶다고 바라는 것은 쉽다—젊었던 우리에게 그것이 하찮게 여겨졌던 것처럼. 그보다도 이 기대 자체가 세계를 영속시키는 소재밖에 될 수 없다는 사실을 깨닫기가 어렵다. 그래서 자기의 유망한 장래성에 흥분하는 젊은이는 모두 '어리석은 젊은이'이기도 한 것이다. 이와 같은 생각을 가짐으로써 우리는 뒷날 젊음에 대한 향수에 사로잡히지 않아도 된다.

내가 베케트를 발견한 것은 프랑스어로 쓴 그의 작품이 처음으로 간행되고 난 몇 해 뒤인 1953년 무렵이다. 당시 나는 완전히 사르트르파였지만 사르트르가 과소평가하고 있는 어떤 큰 문제를 내가 혼자 발견한 것으로 믿고 거기에 열중하고 있었다. 그 문제, 즉 언어의 문제가 이미 존재하고 있을뿐더러 훨씬 전부터 문제가 제기되어 온 데다 나와 같은 세대와 다른 세대의 사람들이 해결을 시도해 온 것도 모르고.

나는 이처럼 벼락치기로 받아들인 관점에서 다른 사람들과 마찬가지로 베케트를 파악할 수밖에 없었다. 부조리하고 절망적이며 공허한, 전달이 불가능한 영원히 고독한 작가, 요컨대 실존주의자 그리고 '현대의' 작가로서. 거기에서는 문체의 운명, 발화(發話)의 반복과 근원적인 침묵과의 관계, 말의 숭고하고도 해학적인 기능이 모두 사실적 또는 묘사적인 의도와는 전혀 관계없이 산문에 포함되어 있다.

허구란 겉으로는 이야기이지만 작가 작업의 비참함과 위대성에 대한 성찰을 있는 그대로 나타내는 것이다.

젊음이란 '절망적인 시야말로 무엇보다도 아름답다'고 믿는 운명적 성향을 갖는 것이지만 당시의 나는 가장 슬픈 잠언(箴言)에 매료되어 있었다. 그리고 몇 권이나 되는 노트에 다음과 같은 말을 베꼈다.

게다가 본질적인 것을 언급하지 않고 놔두는 데 있어서 나는 누구보다 일가견이 있다고 생각한다. 특히 이 현상에 대해서는 서로 모순되는 정보밖에 가지고 있지 않기 때문에 더욱 그렇다.

나는 이 허무주의적인 문장이 기묘한 힘으로 가득 차 있는 아이러니에 주목했어야 한다. 그것은 다음 문장(《말론 죽다 Malone meurt》에서)을 읽는 즐거움에 빠져 있을 때와 마찬가지다.

아무런들 어때, 육체와 정신이 낡아빠진 찌꺼기인걸, 어느 것이나 엇비슷한 거라고, 그런 인간을 살짝 미행해 본들 의미가 없어. 이른바 산 사람인 이상, 어느 쪽으로 굴러가든 틀림없다고, 어떤 녀석을 붙잡아도 범인일 게 뻔하지.

나는 이 몹시 거친 긍정문에 부정성—죄의식이라는 보편적 명제(카프카적인)—이 포함되어 있는 점에 충분한 주의를 기울이지 않았다.

이런 원문은 모두 사르트르의 "인간은 하나의 쓸모없는 열정이다"라는 유명한 말의 문학적 비유이고, 언어에 얽힌 잠언이 가진 맛과는 다르다고 생각한다. 나는 그런 잠언을 통하여 달성해야 할 철학의 사명이란 것은, 의미하는 것의 불투명한 성질을 정중하게 분석함으로써 사르트르 자유의 이론을 완성하는 것이라는 확신을 굳혔다.

그러므로 《이름 붙일 수 없는 것 *L'Innommable*》은 나의 애독서였다. 몇 달 동안(이것은 젊은이에게는―베케트식으로 말한다면―'엄청난 시간'이었다), 나는 이 소설의 '말하는 사람'이 언어라는 수단에 열중하여 미움과 위로가 놀랄 만큼 뒤섞인 감정에 휘둘리며 살았다.

그들이 나한테 가르쳐준 말은 그것을 쓰면 나도 그들과 같은 종족이라고 고백할 수밖에 없다, 그와 같은 순서이다, 얼마나 계략적인가. 좋다, 그들의 종잡을 수 없는 말에 이치가 통하도록 해보자. 도대체 나는 그런 말은 통 알아들을 수가 없어, 그 사나이의 되는대로 지껄이는 이야기를 전연 알 수 없는 것이나 같아, 돼먹지 않았다고. 실은 미리 말없이 입을 다물고 싶었던 거야. 이렇게 용감하게 지껄였으니까 그 정도의 상은 있어도 된다고, 가끔 그렇게 생각했지, 산 채로 침묵으로 들어가고 싶었다고, 차분히 침묵을 즐기기 위해, 아니 왠지 모르지만 자기가 이렇게 침묵을 지키고 있다는 것을 느끼려고 한 거야……

발화에 보편적으로 내재하는 이 '용기'에 대해, 그리고 그 종족의 언어가 낳은 이런 '이야기'가 명시하는 것에 대하여 나는 깊이 고찰했어야 할 것이다. 특히 《이름 붙일 수 없는 것》에 의하여 베케트가 진짜 막다른 골목에 들어갔으며 거기에서 빠져나오는 데 10년 가까이 걸린 점이 무엇보다 명쾌한 논증이 될 수 있었다고 생각된다. 그렇지만 허무와 언어에 의한 지상명령, 말에서의 실존주의와 형이상학, 사르트르와 블랑쇼와 같이 전혀 말이 통하지 않은 결합을 고찰하는 편이 '어리석은 젊은이'였던 나에게는 어울리는 일이었다.

결국 나의 어리석음이란 그때나 지금이나 널리 알려진 베케트의 인물상을 아무 의심도 없이 인정한 데에 있다. 즉 문체의 무(無)를 강조하는 표현 수단―

모든 말의 원칙을 버리고, 간결성과 치밀성을 늘려가는 산문이 표현하는—에 의한 의미 없음을 통렬히 의식한 '베케트.' 죽음과 유한성과 환자의 고독, 그리고 신을 헛되이 지키는 것과 다른 사람을 겨냥하는 온갖 조소의 시도에 대하여 생각하는 '베케트.' 말에 구애되는 것 말고는 어둠과 공허밖에 없다고 확신하는 '베케트.'

나는 이 판에 박힌 문구에서 빠져나와 베케트를 있는 그대로 받아들이기까지 오랜 시일이 걸렸다. 그가 연극, 산문, 시, 영화, 라디오, 텔레비전, 평론이라는 예술을 통하여 우리에게 생각하도록 한 것은 버려진 존재나 희망 없는 고독으로의 우울한 신체적 침강(沈降)은 아니다. 그와 반대로 일부 사람들이 주장하는 것처럼 소극이나 익살스런 연극도 아니고, 구체적 묘사의 맛도 아니며, 까칠한 라블레도 아니다. 실존주의도 현대화한 바로크도 아니다. 베케트가 가져온 것은 절도와 엄밀성과 용기 있는 가르침이며, 이 책이 허락하는 데까지 밝히고 싶은 것도 바로 이 점이다.

그리고 나의 40년에 걸친 베케트에 대한 정열이 《이름 붙일 수 없는 것》을 계기로 생긴 까닭에 지금도 내 마음을 두근거리게 하는 다음의 잠언을 인용하고 싶다. 이름 붙일 수 없는 '이야기꾼'은 눈물을 흘리면서 결코 체념하지 않고 이렇게 단언한다.

오직 나 혼자만이 인간이고, 다른 모든 것은 신이다.

방법적 고행

베케트는 자기 나름의 방법으로 데카르트와 후설에게서 발상을 얻었다. 생각하는 인간에 대하여 진지하게 탐구하고자 한다면 먼저 중요하지 않은 의심스러운 모든 것을 중단하고, 인간의 부정하기 어려운 여러 가지 기능들을 회복해야 한다.

베케트의 '등장인물' 결핍 상태, 즉 그들의 가난, 질병, 기묘한 부동성, 그리고 명확한 목적지를 갖지 않은 방황. 인간에게 있어 끝없는 비참에 자주 비유되는 이런 상태들은 한낱 경험의 관습에 불과하다. 그것은 주체를 순수한 언표(言表) 행위의 공허성으로 이끈 데카르트의 회의나, 세계의 자명성(自明性)을 의식의 지향적 흐름의 자명성으로 환원한 후설의 에포케(판단 중지)와 비교해야 한다.

프랑스어로 된 베케트의 전반기 작품에 있어서 이러한 방법적 고행은 다음 세 가지 기능으로 나누어진다―운동과 정지(가다, 돌아다닌다, 또는 넘어지다, 쓰러지다, 길게 눕다), 존재(거기에 있는 것, 장소, 겉보기, 모든 정체성의 동요), 언어(말하기의 명령, 침묵의 불가능성). '등장인물'이란 가는 거리나 정체성과 참기 어려운 지껄임의 집합체에 다름없다. 언제나 자의적이고 우연성의 짜 맞춤으로 제시되는 허구는 이 세 가지 기능으로 환원할 수 없는 모든 예외를 부각함과 동시에 세 가지 기능이 불가결하다는 것을 명증하려고 한다.

그 하나의 예가 운동이다. 방황이 모든 본래 의미에서 조금씩 분리되어야 한다는 것뿐만 아니라, 운동의 본질, 즉 운동의 내부에 있는 운동을 나타내려고 하여 베케트는 집필의 과정에서 모든 수단과 외부의 뒷받침, 그리고 운동성을 느끼는 일체의 표면을 무너뜨려 버린다.

'등장인물'(몰로이 또는 모랑)은 자전거를 잃고 상처를 입어, 어디에 있는지 알 수 없게 된 데다 신체 기능 대부분을 잃어간다. 베케트의 산문에 나오는 등장인물의 태반은 맹인, 절름발이, 마비 환자, 지팡이를 잃은 노인, 성적 불능자이고, 몸은 서서히 머리로, 입으로, 잘못 보게 하는 두 구멍이 열려 있는 머리뼈로, 그리고 배어 나온 잘못된 말로 환원되어 간다.

이와 같이 깎아내린 끝에 '등장인물'은 외부에서 부동으로 잘못 보인 운동의 순수한 순간에 다다른다. 벌써 이것은 고유한 그의 이상적인 운동성에 다름없기 때문이다. 차동(差動)장치같이 미세한 긴장을 통해서만 증명되는 이 운동성은 산문이 시도를 다함으로써 그 극점에 귀착하는 것이다.

부동성의 은유는 서체 속에서 완성된다―'죽다'란 가능한 모든 운동성을 완전히 정지로 바꾸는 것이다. 하지만 여기에서도 다시 기능의 비환원성 때문에 '죽다'는 결코 '죽음'은 아니다.

《말론 죽다》에서는 운동과 언어가 얼마나 존재와 부동의 극한까지 영향을 끼치는가를 알 수 있다. 그리고 그 결과 부동성의 지점은 끊임없이 연장된다. 부동성의 지점이란 차츰 축소해 가는 운동과 기억과 말의 그물이 결코 닿을 수 없는 한계로서밖에 설정되지 못한다.

베케트의 시법(詩法)은 이처럼 속박의 점진적인 완화와 부동성의 순간을 늦추는 것의 해체에 의하여 구성되어 있다. 운동이 약해져 정지와의 차이가 없어지면 정지 그 자체는 운동과 언어의 집합체로서, 그리고 산문체의 감속과 그 단편화의 가속과의 기묘한 혼합체로서 나타난다.

베케트가 세 가지 기능 가운데 하나에 집중하려고 할 때, 다른 기능은 겉으로 드러나지 않는다. 그런 까닭에 《이름 붙일 수 없는 것》의 '이야기꾼'은 식당 출입구에 놓인 항아리 속에 갇혀 운동성을 빼앗기고, 그의 사리에 맞지 않은 독백은 말하기의 명령만을 그 대상으로 지니게 된다. 그러나 여기에는 비참한 이미지는 없다.

사실 산문의 아름다움에 대하여 우리가 생각해야 할 점을 든다면 고유명 자체가 사라진다든가, 원래 애매했다든가, 극한까지 줄어든 이 '등장인물'이 쓸데없는 장식이나 의심스러운 소유물을 모두 잘 없애버렸다는 점에 있을 것이다. 그것은 그로 하여금 운명적으로 경험해야 하는 것, 인류와 관련된 본질적 기능들, 즉 '가다' '존재하다' '말하다'를 외면하게 했을 것이다.

이 긴장되고 수다스러운 유머를 가지고 그려진 방법적 고행과, 인간의 결핍 상태와 비참함에 대한 비극적인 파토스 사이의 혼란이 우리의 같은 시대 사람을 베케트 작품의 깊은 지성으로부터 얼마나 멀어지게 했는지는 아무리 강조해도 지나치지 않을 것이다.

베케트가 《그게 어떤지 Comment c'est》에서 다음과 같이 말할 때—

배설물 그래도 이것은 내 것인 듯해 나는 이것을 사랑하여 먹고 남긴 것 힘없이 손에서 떨어진 낡은 깡통 그것에서 뭔가 다른 것 진흙은 다 마셨다. 나만 빼놓고 진흙은 나의 20킬로 30킬로를 지탱한다. 조금은 진흙에 박히지만 그 이상으로는 가라앉지 않은 나는 여기에서 달아날 수 없다. 여기는 나의 은둔의 땅.

여기에 진흙투성이의 병든 인간이라는 동물이 있다. 강제수용소의 비유를 본다면 텍스트는 이해되지 않는다. 그와는 정반대로 여기에서 문제가 되어 있는 것은—우리가 실제, 배설물투성이가 된 평범한 세계에서 사는 동물이라는 것을 인정함으로써—질문과 생각과 창조력(여기에서는 도주의 반대 극에 있는 운동의 의지)의 질서 아래 목숨을 부지하도록 안정시키는 것이다. 이와 같이 몇 가지 기능을 환원함으로써 인간은 보다 매력적이고 보다 힘찬, 불멸의 존재가 되는 것이다.

1960년대부터 네 번째 기능이 차츰 결정적인 위치를 차지하게 된다—그것은 다른 사람, 반려자, 그리고 외부의 소리라는 기능이다. 《그게 어떤지》의 세 장이 '핌 이전' '핌과 함께' '핌 이후'라고 이름 붙인 세 가지 시간과 관계하고 있는 것도, 다음 작품에 《동반자 Company》라는 제목을 붙일 수 있게 된 것도 우연은 아니다. '다른 사람과 함께'는 결정적이 된 것이다. 하지만 여기에서도 모든 심리와 자명성과 경험적 외부성을 배제하고 짜 맞춤을 사용하여 '다른 사람과 함께'의 본질을 부각할 필요가 있다. '다른 사람'이란 최초의 세 가지 기능의 매듭이다.

《그게 어떤지》에서는 '다른 사람'에게 운동과 정지가 주어진다. 어떤 때는 어둠 속에서—거기에서는 다른 사람들처럼 그도 자루를 가지고 계속하여 간다—부동의 존재자에게 따라붙고, 또 어떤 때는 부동인 채 기는 주체에게 추월당한다. 이런 것은 능동성(다른 사람 위로 쓰러지는 자—가해자)과 수동성(다른 사람에 의해 쓰러지는 자—피해자)의 기능에서 비롯된다. '다른 사람'은 확실히 존재하고 있지만 그렇게 된 과정과 동일성은 애매한 동그란 고리에 거두어들여진다. 왜냐하면 '다른 사람'은 가해자인 다음에 피해자의 위치를 차지할 수가 있어, 어느 쪽이나 타자성(他者性)이 분명하지는 않기 때문이다.

《동반자》에서는 반대로 '다른 사람'에게 세 번째 기능, 즉 언어가 주어진다. 그는 어둠 속에 있는 누군가에게 들리는 소리로서 나타난다. 틀림없이 독특한 그 소리는 보기 드물게 시적으로 힘차게 어릴 적 이야기를 한다. 그러나 그 존재는 어떤 현실적인 운동이나 신체적인 만남에 의해서도 증명되지 않고, 공중에 매달린 상태이다. 거기에는 '어둠 속에 너와 함께 있는 다른 사람에 대하여 꾸며낸 이야기를 하는 너에 대하여 만들어낸 이야기'밖에 없을지도 모른다.

방법적인 문학의 고행에 의하여 순화된 운동이 부동과는 다른 것과 마찬가지로, 존재 또는 죽음의 부동성이 운동과 언어의 도달 불가능한 한계에 다름없는 것과 마찬가지로 최초의 여러 기능으로 환원된 다른 사람은 다음과 같은 순환 속에 갇힌다. 그가 실존한다 해도 그는 나를 닮고, 나와 구별이 안 된다. 그러므로 그가 뚜렷이 인식될 수 있다고 하더라도 그가 존재하고 있는가는 확실하지 않다.

어쨌든 상실, 결핍, 가난, 무(無)에의 집념에 의하여 비유적으로 정해진 고행은 고대적 또는 플라톤적인 절도의 개념에 이끌리고 있음을 알 수 있다. 그런 것도, 혹시 우리가 중요하지 않은 것과 기분 전환(파스칼의 의미에서)을 무시한다면(베케트의 산문은 무시와 포기의 운동 그 자체이다), 인류란 운동, 정지(죽음), 언어(끊임없는 지상명령), 그리고 '같은 사람'과 '다른 사람'의 역설적 복합체로 귀착하기 때문이다.

이것은 플라톤이 《소피스테스》란 책에서 다섯 가지 상위의 이데아라고 부른 '존재, 동일자, 운동, 정지, 타자'와 매우 가까운 관계에 있다. 철학자 플라톤이 이 책에서 모든 생각의 보편적 조건을 정하고 있는 데 대하여, 작가 베케트는 산문의 고행과 같은 운동을 통하여 인간의 영원한 결정 요소들을 허구의 형태로 나타내려고 한다.

'유충 상태' '익살꾼'이라고 이야기되었던 이러한 인간은 《최악을 향하여 Worstward Ho》 안에서는 말이 배어 나온 머리뼈로밖에 나타나지 않는다. 이 인간은 우리를 중요한 질문으로만 곧바로 나아가게 하는 하나의 순화된 공리(公理)로 파악되어야 한다.

그 질문이란 무엇보다도 비유 자체를 가능하게 하는 것, 쓰는 이유에 근거를 주는 것이다—언어와 존재 사이에는 어떤 관계가 있는 것인가? 우리가 말을 하도록 강요되고 있는 것은 사실이지만 어떤 말을 할 것인가? 무슨 말을 할 수 있는가?

존재와 언어

말을 해야만 하는 것은 우리가 언어에 시달리고 있기 때문만은 아니고, 특히 거기에서 우리가 말하지 않으면 안 되는 것은 그것이 이름을 붙이자마자 그 본래의 비(非)·재(在)로 달아나기 때문이다. 그러므로 명명(命名) 행위는 늘 되풀이되어야 한다. 이 점에서 베케트는 헤라클레이토스의 제자이다—존재란 스스로 무(無)가 되어가는 것에 다름 아니다. 《시집 Poèmes》에 수록된 '단시

(Mirlitonnades)'의 하나는 그 요약이다.

> 흘러나옴으로써
> 모든 것은
> 다 있다.
> 모든 것은
> 그래서 그것은
> 그것마저도
> 다 있으면서
> 없다.
> 그 말을 하자.

　여기에서 생각할 때, 말의 지상명령—특히 '그것밖에 없다'는 작가에 대한 명령—은 어떻게 하여 존재와 일치할 수 있는가? 우리에게는 언어가 흘러나오는 것을 멈추고, 사물(그것, 그것마저도)에 적어도 상대적인 안정을 부여할 수 있는 희망이 조금이라도 있는 것일까? 그렇지 않다면 그 말을 하라고 명령하는 게 대체 무슨 소용이 있는가?

　작가에게 있어—이 점은 철학자와 다르지만—생각을 조작하는 것은 산문 속에서의 허구이다. 존재가 달아나지 않고 자신을 무로 변하게 하기 위해서는 허구 안에 자리를 만들어 거기에 존재를 자리 잡게 할 언어가 필요하다. 존재의 허구적인 장소에 이름을 붙이는 것—베케트는 창작의 대부분을 이것에 바쳤다.

　닫힌 장소는 도주를 금하고, 존재와 무를 항상 위협하는 동일성을 봉쇄한다. 왜냐하면 이 장소를 구성하는 전체는 헤아릴 수 있고, 모두 정확하게 이름 붙여졌기 때문이다. 폐쇄성을 그린 허구의 목적은 '보이는 것'을 '말을 듣는 것'과 동등하게 하는 데 있다. 베케트는 이 목적을 《스스로를 보기 *Se voir*》에서 분명히 하고 있다.

　닫힌 장소. 말하기 위하여 알고 있을 필요가 있는 것은 다 알려져 있다.

마찬가지 경향은 《승부의 끝 *Endgame/Fin de partie*》에서 두 주인공이 갇힌 방, 말론이 죽는(오히려 무한히 죽음으로 향하는) 방, 또는 《와트 *Watt*》에서의 노트 씨 집, 그리고 《박탈자 *Le dépeupleur*》의 존재들이 바쁘게 뛰어다니는 원통에도 보인다. 여기에서는 모든 경우에 허구의 장치가 장소의 엄격한 통제를 확립하고, 충족된 유한의 세계를 구축하고 있기 때문에 산문이 존재를 잡으려고 하면 그 존재는 한동안 피할 방법이 없게 되는 것이다.

　그에 비하여 열린 장소는 가는 길에 찾아온 예상 밖의 일을 나타낸다―그것은 존재의 소실을 확대하여 외관상 달아나기 직전에 멈추려고 한다. 여기에서 문제가 된 것은 언어와 존재의 전혀 새로운 등가성―전자의 유연성이 후자의 다양성과 서로 다툰다―인 것이다. 이 등가성은 변화를 선점하려고 한다. 그 예는 몰로이가 그의 어머니를 찾고, 모랑이 몰로이를 찾는 아일랜드의 농촌, 평야, 언덕, 아련한 숲에서 볼 수 있다. 또 《추방자 *L'Expulsé*》의 거리와 미로 같은 길, 또는 《그게 어떤지》에서 가해자와 피해자가 기어가는 검은 진흙투성이의 길―다음에 영원히 이어지는 것을 나타낸다―에서도 볼 수 있다.

　이 열린 장소에서 허구의 장치는 존재가 무로 전환하는 순간을 언어 속에서 파악하려고 한다. 산문은 그 요소를 통제에 의해서가 아니라 존재와 같은 정도로, 더구나 존재보다 더 빨리 도주함으로써 존재와 일치하는 것이다.

　그렇지만 베케트는 존재의 장소인 두 운율적 형상을 조금씩 융합해 간다. 닫힌 공간이든 방황이든 모든 서술적 특징을 깎아내림으로써 하늘과 땅이 일체화한 이미지에 다다른다―거기에서는 움직이는 것이 명확한 부동성을 의미한다.

　《없는 *Sans*》이라는 작품―그 영어판 제목 Lessness는 베케트가 만든 말―에서는 천천히 되풀이하여 구성 요소를 바꿔 넣는 순수한 묘사를 볼 수 있지만, 이것은 존재의 장소를 정하기 위하여 베케트가 짜 맞춘 시작(詩作)의 도달점같이 생각된다.

　구름 없이 회색의 하늘 소리 하나 없이 움직이는 것이라곤 아무것도 없는 회색의 모래땅 하늘.
　폐허와 같은 회색의 작은 몸 혼자 서다. 여기저기 회색의 땅과 하늘은 멀리서 끝없이 섞여 있다.

이런 종류의 구절에서 베케트가 문제 삼는 것은 존재의 무대를 정하는 것, 어둠도 빛도 아닌 중립성 속에서 파악되어야 하는 존재의 조명 방식—당연히 우리는 무엇인가 일어나기 '이전'에 있으므로—을 정하는 것이다. 모든 존재의 기반을 이룬 공허한 장소에 가장 알맞은 것은 어떤 색깔일까?

베케트는 대답한다—어두운 회색, 밝은 흑색, 애매한 색깔로 나타난 흑색, 이 은유는 아무 일도 일어나지 않은 장소에 있는 존재를 나타내고 있다. 그것을 가끔 베케트는 '어슴푸레한 빛/아슴푸레한 어둠'(Pénombre)이라는 이름으로 유형화하고 있다. 예를 들면 《박탈자》에서는 다음과 같이 썼다.

이 어슴푸레한 어둠 속에서 먼저 눈에 띈 것은 그것이 주는 황색의 감각이다. 연상으로 말하면 유황이라고 해도 좋다.

《최악을 향하여》에서는 모든 지식에 앞서는 존재 장소의 운율적 구성 문제, 또는 언어가 표현할 수 있는 최소한의 지적 문제가 '희미한 빛'이라는 말로 명시되어 있다.

어디에서인지도 모르는 어슴푸레한 빛. 아는 것은 조금. 아무것도 모른다. 이젠. 바라는 것이 무리. 아주 미미하게 조금. 극히 아주 조금.

그리고 이 '극히 아주 조금'은 공허한 장소에서 신체와 언어와 일어난 일을 기다리는 존재라는 것이 아주 정확하게 적혀 있다.

하늘은 없어지지 않는 것. 어슴푸레한 빛이 사라질 뿐. 그러면 전부 사라진다.

이와 같은 허구의 단순화로부터 존재의 장소와 어슴푸레함을 '회색·어둠'이라고 부를 수가 있다. 즉 빛과 모순이 없도록 충분히 회색을 띤 검정, 어떤 색의 반대도 아닌 검은색, 반(反)변증법적인 검정. 감고 있는지 뜨고 있는지 구별할 수 없는 것도, 이동과 부동이 언어에 맡겨진 존재의 교환이 가능한 은유가 되는 것도 이 '회색·어둠'에서이다.

물론 회색·어둠 자체를 명석판명(明晳判明)한 방법으로 말할 수는 없다. 그래서 문학적 문체가 필요하게 된다. 진실과 명석과 판명 사이에 보이는 데카르트적인 균형을 뒤집지 않으면 안 된다. 《몰로이 *Molloy*》처럼.

다른 모든 개념으로부터는 명확하게 구분되는 개념들에 이르도록 더욱 쉽게 축소될 수 있다고 생각한다. 하지만 내가 틀릴 수도 있다.

만약 어둠과 빛을 가로막는 회색·어둠이 존재하는 자리라면 예술적 산문이 요구될 것이다. 왜냐하면 예술적 산문만이 분리할 수 없는 것, 명석하지 않은 것에 대하여 생각을 가능하게 하여, 존재와 비존재와의 변증법적 대립 속에서 파악하는 것이 아니고, 비·재와의 사이에 애매한 균형을 유지한다는 확실한 지점에 닿을 수 있기 때문이다. 그것은 말론이('언어 전체를 오염해 버릴' 가능성이 있다고 예고한 데에서) "무보다도 현실적인 것은 아무것도 없다"고 말하는 도달점이다.

그렇지만 베케트가 잠재적인 시의 힘을 빌려 모든 장벽을 뛰어넘는다고 생각하면 안 된다. 왜냐하면 말라르메가 말한 것처럼 "장소를 제외하면 아무것도 일어나지 않았다"는 것은 진실이 아니며, 장소만이 있는 것은 아니기 때문이다. 실제로 닫힘과 열림 또는 회색·어둠 안에 존재의 장소를 구축하려고 전념하는 모든 허구는 주체를 미리 상정하든가 결부하든가 하고 있다. 이 주체는 장소에 이름을 붙여준다는 사실만으로 거기에서 자기를 제외함과 동시에 명명(命名)으로부터도 거리를 두고 있다. 회색·어둠을 담당한 이 주체는 끊임없이 숙고하고, 장소를 정하는 시적 활동에 몰두함으로써 존재의 헤아릴 수 없는 보조로서 생긴다―그것은 산문이 온 힘을 다하여 현실과 무를 서로 동등하게 만들면서 어떤 보조의 여지도 주지 않으려고 할 때에 초래된다.

여기에서 코기토 에르고 숨의 고문이 생긴다.

고독한 주체

언어에 묶인 생각, 또는 발화(發話) 안에서 생각된 것에 대한 생각이라고 가정해 보자. 그 경우에 존재의 순수한 회색·어둠에 늘 따라다니는 이 예외의 주체를 붙잡아, 억눌러, 끝내려고 하는 허구의 노력은 무엇에서 유래하는가? 이 실험 장소인 문체는 인간이 보인 다른 기본적 기능—'운동'과 '다른 사람과의 관계'—을 무효로 할 것이다. 그리고 모든 것은 소리로 환원될 것이다. 항아리에 꽂힌다든가 병상에 묶인다든가 하여 자유를 빼앗기고, 손발을 잃고, 죽을 지경에 이른 몸은 발화에 있어 거의 절망적인 받침대밖에 안 된다.

끊임없이 되풀이되는 발화는 어떻게 해서 자기를 동정(同定)하여 생각할 것인가? 베케트를 분석한 블랑쇼가 정확하게 말한 것처럼 그것은 모든 발화의 근원으로 생각되는 침묵으로 되돌아와야만 가능하게 된다. 소리의 역할이란 많은 우화나 소설 이야기나 개념을 사용하여 언표(言表) 행위의 순수한 지점을 추구하는 것이다. 이야기된 사실을 말한다는 독특한 능력에 속하고 있다. 이 능력이 저절로 말하는 것은 아니다—그것은 말을 함으로써 힘을 다하지만 떠들썩한 말을 한없이 하는 침묵 쪽에 계속 머무는 것이다.

소리는 자신을 붙들어 무력화하기 위하여 독자의 침묵 속에 들어가 독자의 침묵을 낳지 않으면 안 된다. 이것이야말로 《이름 붙일 수 없는 것》의 '주인공'의 기본적인 소망이다.

이것은 꿈이다, 틀림없이 꿈일 것이다, 그렇다면 놀라워, 곧 잠을 깰 것이다, 침묵 속에서 잠을 깬 것이다, 다시는 자지 않을 거야. 그게 나 아닐까, 혹은 한 번 더 꿈을 꾸는 거야, 침묵의 꿈을, 꿈의 침묵을……

그런데 그는 이 소망이 이루어지지 않은 것을 안다.

왜냐하면 최초의 침묵 속에서 언어의 깨어남을 얻기 위해서는 무엇보다도 먼저 소리의 주체가 견딜 수 없는 고문 아래 놓일 필요가 있기 때문이다.

이 소리는 어떤 때는 몹시 초조하여, 증식하고, 차례차례 이야기를 만들어내며, 신음하고, 맹진한다. 그러나 이 쉽게 변하는 것은 과잉과 포화에 의하여 언어를 파괴한다든가 말에 대한 폭력에 의해 침묵을 획득한다는 목적을 이루기에는 불충분하다.

또 어떤 때는 전혀 반대로 피폐하고, 말을 더듬으며, 되풀이하여 아무것도 낳지 않는다. 하지만 이 무기력 역시 지쳐서 흐지부지해진 언어에 의하여 본래 침묵을 나타내는 데는 불충분한 것이다.

언어가 아닌 주체를 파괴할 만큼 격렬한 과잉과 그 주체를 덧없이 '죽음'의 괴로움으로 향하도록 한 결여 사이에 있는 이 동요는 베케트의 코기토로서의 주체를 참된 공포에 빠뜨린다.

그런데 나(《이름 붙일 수 없는 것》의 주인공)는, 그것이 이른바 말벌의 집을 태울 때처럼 눈이 아찔할 만큼 당황스럽다 하더라도 공포를 어느 정도 극복했다고 생각할 뿐이다.

그렇지만 소리에 맡긴 생각은 우리가 곧 상상하는 것처럼 단순한 구조를 갖추고 있지 않다(거기에는 말하는 자와 발화를 멈추게 하려고 생각하는 같은 사람이 있다). 그런 것으로도 역시 위의 목적을 이룰 수는 없다.

《아무것도 아닌 것을 위한 텍스트들 *Textes pour rien*》에서는 여느 때와 같이 제목이 글자대로 나타내듯이 베케트는 심각한 위기에 빠졌다고 하는데(이런 텍스트는 작자의 생각이 낳은 무를 위하여 쓰였다), 그는 주체가 2중(생각과 생각에 대한 생각)이 아니라 3중이고, 단일(單一)의 침묵으로 환원하는 것은 절대로 불가능하다는 것을 나타내고 있다. 다음에 드는 것은 《아무것도 아닌 것을 위한 소설들과 텍스트들 *Nouvelles et Textes pour rien*》 가운데 셋으로 분해한 코기토이다.

무슨 소리를 하는 거야, 라고 하면서 말하는 사람이 있다. 말없이 무슨 일인지 모르고 모두에게서 멀리 떨어져 듣고 있는 사람이 있다. ……그런데 그 다른 사람은 ……집이 없는 나와 집이 비어 있는 그를 시켜, 이런 식으로 이것저것 실없는 소리를 늘어놓는 사람, ……이것은 아름다운 3중주이다, 어이없게도 모두 하나가 되어 그 하나가 무로 돌아온다, 그리고 그 무야말로 아무 값어치도 없는 것이다.

'아름다운 3중주'의 구성 요소를 신중하게 적어보자.

먼저 말하는 주체가 있다. 이 주체는 한창 말을 하다가도 '말하고 있는 것은 누구지?' 하고 물을 수가 있다. 이것을 발화의 주체라 부르기로 하자.

그리고 수동적인 주체가 있다. 이 주체는 이해하지 않고 듣기만 하며 '소외되고' 있다. 왜냐하면 이 주체는 말하는 사람의 애매한 소재이고, 모든 생각하는 주체성의 받침대이며, 무지의 몸이기 때문이다. 이것을 수동성의 주체라 부르기로 하자.

마지막으로 위의 두 주체에 대하여 스스로 묻는 주체가 있다. 이 주체는 말하는 '나'를 제지하고, 주체라는 존재에서 무엇이 긴요한가를 알려고 하지만 그 목적에 닿기 위하여 고문에 시달리게 된다. 이것을 질문의 주체라 부르기로 하자.

이 '질문'은 용의자를 '신문한다'는 법적인 의미로 파악할 수도 있다. 왜냐하면 우리는 '생각의 고문이란 무엇인가?'라는 질문에 대하여 어슴푸레함, 즉 존재를 자리 잡게 하는 회색·어둠이란 결국 공허한 무대일 뿐이라고 말했기 때문이다. 그것을 채우기 위해서는 발화에 의하여 만들어진 존재의 환원 불가능한 영역—운동과 정지를 수반한 인간성의 세 번째 보편적 기능—에 눈을 돌리지 않으면 안 된다.

하지만 발화의 존재란 말하는 주체가 아니라면 대체 무엇인가? 주체가 자신의 발화에 대하여 글자 그대로 몸을 비틀 필요가 생긴 것은 그 때문이다. 여기에서는 '고통에 몸을 비튼다'는 표현도 글자 그대로 해석하지 않으면 안 된다. 주체의 동일성이 단지 2중이 아니고 3중인 것을 깨닫자마자 이 비틀린 것도 역시 하나의 분열 상태를 나타낸다.

침묵으로 되돌려져야만 하고, 존재의 어슴푸레함 속에 있는 것을 우리에게 명시해 줄 '참다운' 주체는 세 가지 주체의 통일체이다. 그러나 베케트는 이 통일체에는 아무 가치도 없다고 한다. 왜 그렇게 되는가? 그것이 '무'밖에 아니라는 것은 결점이 아니다. 우리는 존재의 회색·어둠에 대하여 '무보다도 현실적인 것은 아무것도 없다'고 하는 것을 이미 보았기 때문이다. 그것은 확실하다.

그러나 모든 문제는 실제로 무와 구별이 안 되는 존재(왜냐하면 존재와 무는 동일하기 때문에)의 회색·어둠과는 달리 주체가 질문의 결과 생기는 데 있다. 그래서 모든 질문은 가치를 인정하도록 하려고 우리에게 스스로 묻게 한다—하지만 대답에 어떤 가치가 있는가? 발화에 의하여 끈질긴 질문 끝에 얻을 수 있는 대답이 모든 질문 전부터 알았던 것(무, 회색·어둠)밖에 없었다고 한다면 주체를 동정(同定)하기 위한 고문은 괴로운 광대놀음밖에 아닐 것이다. 이를테면 발화의 주체, 그리고 질문의 주체를 하나로 센다고 하더라도 질문 자체가 존재에 대한 무관심으로 돌아와 사라질 것이므로 그 세는 방법은 잘못이된다.

그러므로 다시 하지 않으면 안 된다. 설사 모든 행위의 불가능을 깨닫는다고 하더라도 다시 해야 한다. 고문의 결과란 다시 고문을 겪어야 한다는 한심한 불모의 명령밖에 안 된다. 《이름 붙일 수 없는 것》의 마지막 말은 다음과 같다.

계속해야만 한다, 나는 계속할 수 없다, ……계속할 것이다.

순수한 소리에 의한 코기토는 견딜 수 없는(엄밀한 의미에서 문체 가운데 거기에 견딜 수 있는 것은 하나도 없다), 그러나 피할 방법이 없는 것이다.

여기까지 와서 웬일인지 우리는 막다른 골목길에 떨어진 것 같다—이것은 바로 《아무것도 아닌 것을 위한 텍스트들》을 쓰고 있을 때 베케트의 감각이다. 그래서 계속할 수 있었느냐고 물으면 무리였다고 대답할 수밖에 없다. 존재의 회색·어둠과 독자적인 코기토의 끝없는 고문 사이에서 어떠한 구원도 성과도 얻지 못하여, 어떻게 계속 흔들려야 좋은가? 이와 같은 흔들림 속에서 어떤 새로운 허구가 나오게 되는가? 일단 존재가 이름 붙여져 존재에서의 예외로서 주체의 막다른 골목길을 경험한다면 작가가 말을 만들어낸 침묵과 결부하는 것은 순수한 불가능 말고, 어디에서 양식을 구하면 되는가?

베케트가 이 위기에서 벗어나 데카르트적 횡포와 결별하기 위해서는 중간적 존재와 공허한 성찰을 서로 사용하는 것을 그만두지 않으면 안 되었다. 그래서 존재의 장소에 환원되는 것도 소리의 반복에 동일화하는 것도 아닌 제3의 표현을 찾아낼 필요가 생겼다.

중요한 것은 주체가 타자성(他者性)을 받아들여 끝없이 심하게 괴롭히는 말 가운데서 몸을 접어 작게 하는 짓을 멈추는 것이다. 이렇게 《그게 어떤지》이후에 일어난 일(존재의 어슴푸레함에 보탠다)과 다른 사람의 목소리(독자론을 중단한다)의 무게가 늘어 간다.

연극

연극, 특히 《고도를 기다리며 *En attendant Godot*》에 의해 베케트의 명성은 높아졌다. 오늘날 《고도를 기다리며》는 《승부의 끝》이나 《행복한 나날들 *Happy Days/Oh les beaux jours*》과 함께 고전적 희극으로 여겨지고 있다. 그렇지만 베케트 연극의 본질은 아직 정확히 해명되었다고 할 수 없다. 또 후기 작품으로 생각되는 《파국 *Catastrophe*》(1982)이 보여준 것처럼 연극과 그것을 처음부터 끝까지 따라다니는 산문의 움직임 사이에 관련이 있는가 없는가에 대해서도 아직 밝혀지지 않고 있다.

당연하지만 베케트 작품의 주요한 주제는 연극에도 예외 없이 보인다. 존재의 장소 지정은 《발소리 *Footfalls/Pas*》의 특징적인 한 대목에 나타난다.

어슴푸레하지만 확실히 보이지 않는 게 아니다, 빛의 상태에 따라. (사이) 희다고 하기보다는 반백(半白), 흰 것이 조금 섞여 있다.

언어가 중요하다는 생각은 《행복한 나날들》 가운데 나타난다.

말에 버림을 받는다. 말한테까지 버림을 받을 때가 있나 봐요…… (윌리 쪽을 조금 뒤돌아보며) 그렇잖아요, 윌리? (사이, 다시 윌리 쪽을 뒤돌아보며) 그렇지 않은가요 윌리, 말한테도 버림을 받는 일이 때로는 있지요? (사이. 정면으로 방향을 바꾼다) 그럴 땐 어떻게 하는 거예요, 말이 돌아올 때까지 뭘 하죠?

코기토의 고문, 요컨대 말을 강요하는 이상한 지상명령에 괴롭힘을 당한다는 가장 좋은 예는 《고도를 기다리며》에서 럭키가 독백을 길게 늘어놓은 장면이다. 특히 포조가 끈을 잡아당기면서 "생각해, 이 돼지야!"라고 명령할 때에만 럭키가 말하기 시작하는 장면이 생각난다.

……그토록 푸르고 고요한 돌들이 오호라 머리 머리 머리 노르망디에서 머리가 테니스가 더욱 중대한 문제지만 포기된 미완성의 업적임에도 요컨대 돌들은 다시 말하거니와 오호라 오호라 포기된 미완의 업적임에도 머리 노르망디에서 머리가 테니스에도 불구하고 머리가 오호라 돌들이 코나르가 코나르가…….

일어난 일도 역시 중요하다. 그것은 《고도를 기다리며》의 골격을 이루고 있으며 거기에서는 두 가지 견해가 대립한다.

그 하나는 포조의 견해이다. 그에게 시간은 존재하지 않기 때문에 삶은 끊임없이 되풀이되고, 자기동일화하여 계속되는 순수한 순간에 녹아들 수 있다.

그놈의 시간 얘기를 자꾸 꺼내서 사람을 괴롭히지 마시오! 말끝마다 언제 언제 하고 물어대다니! 당신, 정신 나간 사람 아니야? 그냥 어느 날이라고만 하면 됐지. 여느 날과 다름없는 어느 날 저놈은 벙어리가 되고 난 장님이 된 거요. 그리고 어느 날엔가는 우리는 귀머거리가 될 테고. 그리고 어느 날 우리는 태어났고, 어느 날 우리는 죽을 거요. 어느 같은 날 같은 순간에 말이오. 그만하면 된 것 아니오? (조금 침착해지며) 여자들은 무덤 위에 걸터앉아 아이를 낳고, 해는 잠깐 희미하게 비추다가 다시 밤이 오는 거요.

또 하나는 블라디미르의 견해이다. 그는 고도가 찾아온다는 가능성, 즉 시간의 중단과 의미의 구축을 결코 포기하지 않는다. 인간의 의무란 불확실하지만 명령적인 약속을 지키는 것이기 때문이다.

문제는 지금 이 자리에서 우리가 뭘 해야 하는지 따져보는 거지. 우린 다행히도 그걸 알고 있거든. 이 엄청난 혼돈 속에서도 오직 한 가지 확실한 게 있어. 우리는 고도가 오기를 기다리고 있다는 거야. ……아니면 밤이 오기를 기다리고 있거나. (사이) 우린 약속을 지키러 나온 거야. 그거면 돼. 물론 우린 성인군자가 아니지만 그래도 약속을 지키러 나온 거지. 이 정도라도 말할 수 있는 사람이 몇이나 될까?

다른 사람의 문제가 끊임없이 무대에서 흔들리고 있는 것은 분명하다. 그것은 만남으로써 나타난다(포조와 럭키를 만난 블라디미르와 에스트라공은 그들에게 말을 걸어 '다시 고독의 한가운데에 남겨지지' 않도록 한다). 또는 독백으로 나타난 형상에 의하여 드러난다. 이를테면 《행복한 나날들》에서는 소리가 도달하여 아마 거기에 대답할 대화자가 상정되어 있을 것이다(어머, 당신이 오늘은 나한테 말을 걸어주시네요, 행복한 날이 될 것 같아요!).

그리고 《연극 *Play*》에서는 등장인물(두 여자와 한 남자)이 항아리 속에 목까지 들어가도록 갇혔는데 그들의 관계만이 문제가 되어 있어 그 관계라는 것이 어디에나 판에 박은 듯한 이야기—스타일까지 풍속희극의 레퍼토리에서 빌려온 것—의 영원한 소재로 되어 있는 것을 알 수 있다.

남자 　그녀는 이해하지 않았다. 생각하면 지당한 일이다. 당신의 체취로 안다고 우기는 것이었다. 여기에는 대답할 말이 없었다. 그래서 결국, 나는 그녀를 끌어안고 당신 없이는 못 산다고 맹세했다. 아니, 전혀 그렇지 않은 것도 아니다. 참으로 본심이었다. 그녀는 나를 밀어젖히지는 않았다고.

여자 1 　그러니까 알겠지요, 내가 얼마나 놀랐는지. 어느 날 아침 방에서 풀이 죽어 있을 때, 그 사람이 살금살금 들어와서 무릎을 꿇고 내 무릎에 얼굴을 묻고, 그리고…… 털어놓은 거예요.

《승부의 끝》과 같이 때로는 엄하게 닫힌 텍스트도 어릴 적 꾸민 이야기의 은유에는 관대하다.

그리고 나서는 마치 외로운 남자아이가 아이들 둘, 셋과 함께 있으려고 어둠 속에서 속닥거릴 때처럼 재잘재잘거리며 말도 하고.

그리고 '가해자'와 '피해자' 사이에서도 가능할 것처럼 생각되는 사랑의 경우에는 대부분 희곡의 주제가 되며, 한 쌍이나 연인을 그 기본단위로 여길 필요가 있다. 《행복한 나날들》의 위니와 윌리, 《승부의 끝》에서 내그와 넬 곁에 딸린 햄과 클로브. 《고도를 기다리며》에서 포조와 럭키에게 딸린 블라디미르와 에스트라공…… 크라프도 역시 녹음기를 통하여 과거의 그 자신과 한 쌍으로 여겨진다.

베케트 연극의 독특함은 원래 여기에 있을 것이다. 두 등장인물의 대화나 다툼, 언쟁 없이 무대는 성립할 수 없기 때문에 그는 고행과 같은 방법을 통하여 2인조가 가져오는 효과에 연극성을 짜냈다. 이를테면 늙고 따분하며 서로를 증오하는 존재더라도 2인조의 무한한 숨겨진 가능성을 드러내고, 이중성의 모든 효과를 말로 포착하는 것—베케트의 연극적 조작은 이런 것이다. 이들 2인조는 자주 익살꾼과 비유되어 왔지만 그것은 바로 서커스가 상황과 대강의 줄거리, 설명이나 해결이 아니고(어릿광대와 흰 광대의 대칭성으로 상징된다) 매우 신체적인 이중성의 극단적인 형상을 직접적으로 낳는 데 무게를 두고 있기 때문이다.

이 신체의 직접성은 베케트 연극을 뚜렷이 엿볼 수 있는 특징이다. 거기에서는 인물의 자세나 몸짓을 묘사하는 지시문이 대사 그 자체보다 많지는 않다고 하더라도 같은 정도의 자리를 차지한다. 게다가 《말 없는 행위 Acte sans paroles》(1957)에 보이듯이 베케트가 언제나 팬터마임에 매혹되어 있었다는 것도 잊으면 안 된다.

이 점에서 보더라도 베케트는 틀림없이 희극의 주요한 전통을 이어받은 20세기 유일의 위대한 작가이다. 대조적인 2인조, 시대에 뒤떨어진 옷차림(일부러 '고상하게' 꾸며진 옷, 중산모 등), 줄거리의 전개보다도 중시되는 연극 목록의 일관성, 천한 농담, 욕설과 배설, 고상한 말(특히 철학용어)의 패러디, 모든 진정성에 대한 무관심, 그리고 무엇보다 어떤 어려움이 있어도 자기의 존재를 계속 믿고, 상황에 따라 끊임없이 불합리하든가 불가능하다고 여겼던 욕구의 원칙(삶의 숨은 세력)을 유지하려고 한 등장인물의 끈질긴 성질이 그것을 보여주고 있다.

부자유하다는 것은 인간의 조건에 있어 비장한 은유는 아니다. 희극에는 호색적인 맹인, 애욕에 사로잡힌 성적 불능의 노인, 호되게 맞고도 자랑스런 듯한 노예, 얼간이 젊은이들, 과대망상적인 절름발이 등이 북적거리고 있다. 이 카니발적인 계보에는 거의 목까지 흙에 묻혀 행복한 나날을 칭찬하는 위니, 눈 멀고 손발이 마비된 심술쟁이로 터무니없는 승부를 긴장을 늦추지 않고 끝까지 철저하게 치른 햄, 쓸데없는 짓이라도 기분 전환을 하고 기운을 다시 내어 '만날 약속'을 한결같이 지킬 수 있었던 블라디미르와 에스트라공의 2인조도 포함시킬 필요가 있다.

베케트의 연극은 해학성이 풍부하여, 이어받은 연극 형식의 부단한 다양성을 가지고 상연되어야 한다. 그렇게 함으로써 희극의 진정한 존재 이유—상징도 변장한 형이상학도 아니고, 하물며 비웃음도 아닌 인간성에 대한 고집과 지칠 줄 모르는 욕망, 악의와 집착만 남은 인류에 대한 강한 사랑—가 비로소 분명해지는 것이다.

베케트의 등장인물이란 희극에 의하여 교환이 가능함과 동시에 소중한 것이 된 인간 노고의 무명성(無名性)의 형상이다. 블라디미르가 흥분해서 쏟아내는 긴 대사도 그것을 의미하고 있다.

누군가가 우리 같은 놈들을 필요로 하는 일이 언제나 있는 건 아니니까. 솔직히 지금도 꼭 우리보고 해달라는 건 아니잖아. 다른 놈들이라도 우리만큼은 해낼 수 있을 테니까. 우리보다 더 잘할 수도 있을걸. 방금 들은 도와달라는 소리는 인류 전체에게 한 말일 거야. 하지만 지금 이 자리엔 우리 둘뿐이니, 싫건 좋건 그 인간이 우리란 말이지.

사람들을 웃기기 위해 인간의 눈에 띄는 모든 특징을 연기하는 두 사람을 통해서 구현된 무대 위에서, 이러한 '지금 여기'에서야말로 우리 서로를 결합시켜 누구나 다 평등하다는 것을 깨닫게 해준다.

우리는 아마 '고도'가 '누구'인가를 알지 못할 것이다. 그는 무엇인가 일어나기를 간절히 바라는 모든 사람의 집요한 성질을 상징하는 것으로 충분하다.

그렇지만 포조가 "당신들은 누구요?" 하고 물을 적에 아리스토파네스와 플라우투스, 몰리에르, 골도니, 그리고 채플린의 계보에서 블라디미르가 다음과 같이 대답한 이유가 쉽게 이해된다(베케트의 무대 지시문에 따르면 이것은 침묵을 가져온다).

우린 사람이오.

다시, 아름다움……

절망이라고? 《말론 죽다》의 멋진 한 대목에서는 산문이 솟아올라 반쯤은 풍자적으로 보쉬에[1]식의 웅변조 운율에 다다른다.

공포에 질려 진저리가 난 눈이 그렇게도 오랫동안 기도하듯 매달려 온 모든 것의 위를 딱해서 떠나지 못하게 방황하면서 최후의 기도에 정성을 쏟는다, 마침내 진정한 기도, 아무것도 바라지 않는 기도. 그리고 그때에 소원성취라는 희미한 기색에 죽었던 갖가지 동경이 되살아나 침묵의 세계에 하나의 속삭임이 태어나 어째서 더 빨리 절망하지 않았느냐고 다정하게 그대를 꾸짖는다.

그러나 혹시 알맞은 때에 절망하는 것이 좋다고 하면 그것은 소원이 이루어짐으로써 기도의 걱정에서 일시적으로 해방되기 위한 것이 아닐까? 결코 아무것도 바라지 않는 것, 그것이야말로 베케트가 가장 바란 것이다. 그의 산문은 그 걱정보다 분발하고 있으니까 아름답고, 또 산문 자체에는 모든 존재—존재가 사라진 무대, 거기에서 모든 연기가 이루어지는데 그 자체가 아무것도 하지 않고 어둑어둑하며, 그리고 이름 없는 장소에 있는 별들과 세계의 극장 저쪽에 있는 천막에 뚫린 수많은 구멍같이 그 무대를 순식간에 채우는 사건—를 구성하는 것에 되도록 가까운 데에 머무는 것밖에 바라지 않기 때문에 아름다운 것이다.

삶과 산문의 오랜 인내는 희미한 빛의 중단, 그리고 존재와 말이 결부된 궁극성이라는 두 가지 방향에서 아름다움 안에 종결의 가능성을 붙잡아두는 무엇인가를 영원히 낳기 위해서만 존재한다.

이 인내 자체는 꺼림칙한 것은 아니다. 《그게 어떤지》에서 보듯 '하얀 먼지 속에서 보이곤 했던 푸른빛'이 언제나 있기 때문이다. 또 다음과 같은 예도 있다.

---

1) 17세기 웅변에 뛰어난 프랑스의 가톨릭 신학자·설교자.

나그네 2인조가 버린 모든 것은 거기에서 이야기됨으로써 거기에서 잃을지도 모르는 가해자가 하게 될지도 모르는 여행으로써 거기에서 잃을지도 모르는 희생자 이미지들 가방 피안의 작은 이야기 작은 장면 푸른 하늘이 조금인 지옥의 우리집.

이 의미가 제거된 삶에 의하여 인정된 제재(題材)(대체 삶은 왜 의미를 가질 수 있는가? 의미란 과외 수입 같은 것인가?)가 아름다움으로 포착되면 은하계에도 비길 만한 초(超)존재에 도달한다. 거기에서는 삶의 약함과 반복이나 집요성이 모두 사라지고 존재의 어둑어둑한 데서 한 줄기 빛밖에 없게 된다.

방법적 고행의 최후에는 다음의 출현이 일어나지만 이것은 말라르메의 《주사위 던지기》의 마지막에 큰곰자리가 나타난 장면과 완전히 일치한다.

이제 됐다. 됐어. 갑자기 저 멀리에. 움직임 없이 아주 먼 데에. 작아져. 바늘 셋. 바늘구멍 하나. 미미한 어슴푸레함. 무변광대. 한없는 하늘의 끝.

말라르메와 마찬가지로 베케트에게 있어 "장소를 제외하면 아무것도 일어나지 않으리라" 말하는 것은 잘못이다. 존재는 어슴푸레한 어둠의 무명성(無名性) 속으로 소멸하는 것으로 이미 독자론과도 일치하지 않는다. 또 다른 사람과의 관계에서 침범할 수 없는 관례에 따르는 법도 없다. 이를테면 그것이 욕망이나 사랑의 관례라 해도—사랑이란 말론이 말하듯이 '죽음에 이르는 하나의 접착제'이다.

우연히 무엇인가가 일어난다. 우리에게 무엇인가 일어난다. 예술의 사명이란 거기에서 모든 진실이 나오는 예외를 지키는 것, 우리의 인내가 재생한 조직의 내부에서 그 예외를 별처럼 빛나게 계속 유지하는 데 있다.

이것은 힘든 작업이다. 필요한 것은 말속에서 확산하는 어떤 빛과 우리가 산문의 잠재적인 시라고 부른 심층의 불빛 같은 아름다운 요소이다. 운율, 드문 빛깔, 제어된 이미지의 필요성, 그리고 세계의 느슨한 축조에 따라 아득히 먼 지점에 구원의 바늘구멍을 발견할 수가 있다. 이 구멍을 통하여 우리에게 진실과 용기를 가져온다.

베케트는 사명을 완수했다. 그는 생각의 끝없는 욕망이라는 시를 만들어낸 것이다.

베케트가 그와 똑같이 아름다움의 요소를 바란 《몰로이》에서 모랑과 닮은 것은 의심할 바 없다. 모랑은 칸트의 아름다움의 정의를 잘 알고, 그것을 해학적으로 표현한다.

뭐랄까, 끝이 없는 마지막의 분위기랄까. 이번처럼 변경할 수 없는 마지막 분위기에서 수행할 일로 여겨야 했다. 왜 안 되겠는가, 이런 분위기 속에 내가 실행해야 할 임무를 옮겨놓아야 비로소 나는 손안에 맡아놓은 사건을 시도할 수 있었다.

감히 생각할 용기가 없는 우리를 대신하여, 베케트는 이 작업을 똑바로 바라보았다. 그것은 느슨하지만 당돌한 아름다움의 실현이었다.

베케트 생애와 문학

생애

새뮤얼 바클리 베킷(Samuel Barclay Beckett)은 1906년 4월 13일 아일랜드 더블린 남쪽 근교 폭스로크[1]에서 윌리엄 프랭크 베켓과 마리아 존스의 둘째 아들로 태어났다. 널리 알려진 이름 사뮈엘 베케트는 그의 본명을 프랑스어로 읽은 것이다. 베케트 작품에는 완만한 언덕과 모래언덕과 숲으로 이루어진 바닷가가 자주 등장하는데, 이 경치는 폭스로크 풍경과 비슷하다고 한다. 이곳에서 태어난 사뮈엘 베케트는 조너선 스위프트, 오스카 와일드, 윌리엄 예이츠, 조지 버나드 쇼, 존 싱, 그리고 제임스 조이스의 뒤를 잇는 아일랜드 문학의 계승자이다. 그는 또한 아일랜드 신교도 집안에서 태어났다는 것, 뒤에 프랑스에서 유학했다는 것 등, 많은 위대한 선배들과 같은 문제를 안고 있었다.

베케트는 1912년에 얼스포트 하우스 스쿨에 입학하여 프랑스어와 피아노를 공부했다. 그 학교 교장이 알프레드 르 프통이라는 프랑스 사람이었던 까닭에 그는 일찍부터 프랑스어에 대한 흥미를 가질 수 있었다. 거의 퀘이커교도적이었다고 베케트 자신이 회상하고 있는 것처럼, 청교도적 환경 속에서 소년 시절을 보낸 것은 그의 작품이 갖는 특수한 종교적 또는 반종교적 분위기와 상관있는지도 모른다.

열네 살 때, 퍼매나주(州) 에니스킬린의 포토라 왕립 기숙학교에 입학했다. 베케트는 학업뿐 아니라 크리켓·럭비·테니스·수영·권투 등의 운동에 열중했으며, 학교 신문에 시와 산문을 발표하기도 했다. 여기서도 그는 프랑스어를 배운다.

1923년에는 더블린 트리니티 칼리지에 입학, 브라운 교수 밑에서 프랑스 문

---

1) 바다 가까이에 있으며, 완만한 언덕과 모래언덕, 그리고 숲 등 베케트의 작품에 곧잘 등장하는 풍경, 이를테면 '베케트 지방'은 이 근교와 비슷하다고 한다.

학을 공부하는 한편, 크리켓 동아리에 들어 운동도 즐겼다. 베케트의 실패 문학 이면에 깔려 있는 강인한 정신은 운동을 한 영향으로 보인다. 《고도를 기다리며》에 나오는 럭키의 긴 대사를 비롯하여 운동을 언급하는 부분이 많은 것도 이런 까닭이다. 또 대학 시절에 처음으로 파리 여행을 했는가 하면 수도원이나 농장에 즐겨 다니기도 했다.

1927년에는 프랑스어와 이탈리아어로 학위(현대문학, 로망스어 학사)를 받았고, 벨파스트의 캠벨 칼리지에서 잠시 교편을 잡은 뒤 1928년 파리 고등사범학교 영어교사가 된다. 여기서 그는 논란을 불러일으킨 대표적 현대소설 《율리시스 Ulysses》의 저자이자 스스로 망명한 아일랜드 작가 제임스 조이스를 만났고, 그의 동아리 일원이 되었다. 베케트는 그리스어, 독일어, 에스파냐어도 잘했으며, 뒷날 멕시코 시집을 번역하기도 했다. 이 무렵 그는 조이스의 친구와 제자들과 함께 조이스 변호 평론집인 《단테… 부르노. 비코… 조이스 Dante… Bruno. Vico… Joyce》를 냈으며, 뒷날 레지스탕스를 함께한 알프레드 페롱을 만나게 된다.

1930년에는 베케트의 단행본이자 처녀작인 데카르트의 극적 독백 형식의 《호로스코프 Whoroscope》가 출판된다. 1931년 더블린으로 돌아가 문학 석사학위를 취득하고 벨파스트 캠벨 칼리지에서 잠시 프랑스어 강사를 지낸다. 그 뒤 모교인 트리니티 칼리지로 돌아가 은사인 브라운 교수 밑에서 조수로서 비평서 《프루스트 Proust》를 발표, 드디어 대학교수의 길을 갈 것처럼 보였다. 그러나 1년 뒤에는 대학 생활에 질렸는지, 대학과의 계약 만기가 되기도 전에 그만두었다.

1933년에는 아버지의 죽음으로 유산을 상속받고, 런던·파리·이탈리아·독일 등지를 여행했다. 파리에서는 쥘 로맹이 주재한 위나미슴(일체주의)에 흥미를 가졌다고 한다. 1934년에 쓴 《발길질을 하느니 찔러버려라 More Pricks Than Kicks》는 더블린의 지식인 벨라쿠아 슈아(Belacqua Shuah)의 일화를 그린 이야기 10편을 담고 있다. 1935년에는 시집 《메아리의 유골 Echo's Bones》을 내기도 했다.

1937년 파리로 돌아간 베케트는 거기에 머물기로 마음을 정하고, 몽파르나스 가까이에 있는 아파트 8층을 구한다. 그 이듬해인 1938년 첫 소설 《머피

▲베케트의 캐리커처
▶베케트(1906~1989)

Murphy》가 런던에서 출판된다. 이 작품은 런던에 사는 아일랜드인이 곧 결혼할 여자에게서 도망쳐 자신의 의지대로 정신병원의 남자 간호사로서 삶을 찾아 나서는 이야기를 다루고 있다.

어머니를 만나기 위해 아일랜드로 돌아가 있을 때 제2차 세계대전이 일어난다. 전쟁 중 엄정하게 중립을 지킨 아일랜드 출신 베케트는 안전한 모국을 버리고 파리로 돌아가, 트리니티 칼리지에서 우정을 쌓은 페롱과 함께 레지스탕스에 가담, 중립국 국민이라는 신분을 이용하여 연락책을 맡는다.

1942년 여름, 페롱을 비롯하여 같은 조직 사람들이 차례로 체포되고 게슈타포는 베케트의 아파트를 급습한다. 그 직전, 베케트는 비점령지역인 프랑스 남부 보클뤼즈 지방 루시용으로 달아나, 농가에서 노동자로 일하며 두 번째 소설 《와트》를 쓴다. 그 시절 추억이 《고도를 기다리며》에 어렴풋이 반영되어 있다. 또한 1947년에 출판된 《머피》의 프랑스어판은 페롱에게 바쳐졌지만 좋은 평판을 얻지 못했다. 1945년 해방 뒤 한 달여 동안 아일랜드의 적십자에 지원했고, 가을에는 노르망디의 생로(Saint-Lô)에 있는 적십자 병원에서 통역을 맡았다. 이듬해 겨울에는 파리의 몽파르나스로 돌아온다.

파리에서는 왕성한 창작이 이루어졌는데 베케트의 생애에서 가장 집중적으로 작품을 쏟아낸 때였다. 주요 산문소설 《몰로이》(1951)·《말론 죽다》(1951)·

감자 흉년 1945년부터 1949년에 걸쳐 아일랜드에서는 감자 전염병 때문에 대흉년이 들었다. 위 그림은 그때 상황을 묘사한 작품이다. "날 때부터 굶주린 국민은/마치 식물처럼 끔찍한 대지에 들러붙고/거대한 슬픔에 접붙여 있었다. (중략) 감자 캐는 곳에서는/아직도 아물지 않은 상처 냄새가 난다." 아일랜드 시인 셰이머스 히니, 〈감자 캐러 가서〉(1966)에서.

《이름 붙일 수 없는 것》(1953)과 간행되지 않은 3막극 《에뢰테리아 *Eleutheria*》, 희곡 《고도를 기다리며》 등 많은 작품을 저술했다. 그러나 1951년이 되어서야 이러한 작품들이 빛을 보게 된다.

베케트의 프랑스인 아내 수잔 데슈보 뒤메닐은 제2차 세계대전 무렵, 베케트와 같은 조직에 몸담고 레지스탕스 활동을 함께했다. 전쟁이 끝난 뒤 그녀는 남편의 작품을 출판해 줄 곳을 찾기 위해 애를 썼다. 여러 곳에서 거절당한 끝에 마침내 《몰로이》를 출판해 줄 발행인을 찾아낼 수 있었다. 1951년에 나온 이 소설이 상업적으로 어느 정도 성공을 거두었을 뿐만 아니라 막스 폴 푸셰, 조르주 바타유 등의 프랑스 비평가들로부터 열광적인 반응을 얻게 되었다. 그러자 그 출판업자는 다른 소설 두 권과 희곡 《고도를 기다리며》를 출판했다. 그러나 베케트가 세계적인 명성을 얻기 시작한 것은 1953년 1월 파리에 있는 바빌론 극장에서 《고도를 기다리며》가 놀랄 만한 성공을 거두면서부터였다.

그 뒤에도 베케트는 창작을 멈추지 않았지만 전쟁 직후보다는 속도가 느렸다. 주요 관심사는 연극과 라디오 극본 및 수많은 산문의 창작이었다. 그는 전적으로 작품에 전념하고자 했으므로 라디오나 텔레비전 출연, 언론 인터뷰 등 모든 사람의 이목을 차단했다.

명성을 얻은 베케트는 속세의 잡음을 외면한 채 파리의 몽파르나스 아파

트에서 아내 수잔과 함께 조용
히 살았지만 달라진 점도 있었다.
《고도를 기다리며》 저작권료 덕
분에 파리에서 조금 떨어진 센에
마른에 있는 언덕에 별장을 세우
고 높은 담을 둘러칠 수 있었다.
그곳에서 그는 이따금 음악가나
화가 몇 사람을 불러 모으거나,
틈이 나면 원예를 즐기기도 했
다. 이곳에 초대된 행운아들 가
운데에는 친척인 작곡가 존 베케
트도 있었다. 베케트의 어머니는
마지막까지 아일랜드에 머물다가
1950년 세상을 떠났다.

굶주림에서 벗어나 1941년부터 42년에 걸쳐 베케트
는 파리에서 일어난 레지스탕스에 참가했지만 친구
페롱이 체포되자 기세가 꺾였다. 오스트리아 마우타
우젠 수용소로 이송된 페롱은 전쟁 중에 어찌어찌
목숨을 부지했으나 몸이 쇠약해져서 해방 직후에
결국 세상을 떠났다. 그곳은 원래 정치범을 가두는
시설이었다. 그러나 전쟁이 끝날 무렵에는 아우슈비
츠를 비롯한 동부 수용소에 있던 죄수들이 끊임없
이 이곳으로 옮겨 오는 바람에 마우타우젠 수용소
의 생존 조건은 몹시 나빠지고 말았다. 사진은 부헨
발트 수용소가 해방된 직후의 모습(1945년 4월 11일).

　　베케트는 수많은 작품을 통하여 장르를 넘나들며 자신의 문학 세계관을 표현했다. 또한 몇몇 작품을 프랑스어로 출판했으며 자신의 작품을 번역하기도 했다. 그 뿐만 아니라 세계 곳곳에서 일부 희곡 작품을 직접 연출했다.

　　베케트는 자신의 작품을 혼자의 힘 또는 협력자의 힘을 빌려 프랑스어에서 영어로, 영어에서 프랑스어로 번역하는 완전한 2개 국어 번역작가였다. 따라서 그의 작품에는 각각 프랑스어판과 영어판이 존재한다.

　　1969년에는 윌리엄 버틀러 예이츠와 조지 버나드 쇼에 이어 아일랜드 문학가로서는 세 번째로 노벨 문학상을 받았다. 베케트는 수상은 받아들였지만 수상식에서 대중 연설을 하지 않으려고 스톡홀름에 가지 않았다.

　　베케트는 20세기 후반을 대표하는 세계적인 극작가이다. 그는 19세기 끝 무렵부터 20세기 초반까지 연극계에 유행했던 사실주의 극작법과 과감히 결별했으며 자신이 속한 동시대 사람들의 삶의 조건과 양상을 자신만의 독특한 극작

법을 통하여 생생하고 깊이 있게 표현했다. 반사실주의적인 언어와 문장을 구사하여 인간의 본질적이고도 궁극적인 삶의 의미를 반추하고자 한 것이다.

그는 진리와 경험적 사실을 전달하는 수단인 언어의 절대적인 기능을 믿지 않았다. 그래서 똑같은 언어의 반복과 확정적 의미를 늦추는 혁신적 예술 행위를 통하여 처절한 삶의 조건과 의미를 탐색하고자 했다.

학창 시절에는 운동선수로, 전쟁 중에는 레지스탕스로 활약하며 평민의 삶을 살았던 베케트. 그의 주름 깊은 용모는 굉장한 에너지를 내뿜다가도 어느새 매우 평범하고 조용한, 꾸밈없는 모습으로 나타나기도 한다. 생명을 저주하고, 모든 것을 비웃으며, 불구와 죽음이 지배하는 세계에서 독자나 관객을 끌어들이는 그의 작품은 조용하면서도 강인하고, 또한 건강하면서도 인간적인 정신이 뒷받침되어 비로소 그 빛을 발하는 것인지도 모른다.

조이스, 보르헤스, 곰브로비치와 같은 20세기 전위적 작가들은 하나같이 이탈리아의 위대한 시인 단테를 스승으로 받들었다. 물론 베케트도 예외는 아니었다. 죽은 자와 산 자와 태아가 한데 뒤섞여 있는 세계는 20세기 세계의 회화인 동시에 현대판 《신곡》이라고도 할 수 있다.

1989년 12월 22일 프랑스 파리에서 베케트는 벨벳혁명을 성공시킨 체코슬로바키아의 하벨 대통령의 취임을 병상에서 축하하면서 이 세상을 떠났다. 그 병상에는 단테의 《신곡》(1320)이 놓여 있었다고 한다.

신비에 싸인 이국적 울림

베케트는 제2차 세계대전 이전까지 영국계 아일랜드인 작가로서 어느만큼 명성을 누리고 있었지만, 마르셀 프루스트 계열의 불온사상의 글을 쓴다는 이유로 아일랜드에서 그의 작품들은 판매 금지된다. 베케트는 영어를 가장 궤변적인 언어, 너무 추상적이어서 죽은 것이나 다름없는 언어로 보았으며, 프랑스어를 은유나 허식으로 채워지지 않은 언어, 기교를 부리지 않고 더욱 쉽게 쓸 수 있는 언어로 여겼다. 출판의 어려움과 모국어에 대한 회의 그리고 제2의 고국으로 택한 프랑스와 프랑스어에 대한 애정은 그가 집필 언어를 프랑스어로 바꿔 작가로서의 새로운 경력을 시작하는 원인이 된다. 그리하여 베케트는 1946~1951년에 걸쳐 희곡 《고도를 기다리며》, 소설 《몰로이》를 비롯한 많은 작품을 쓴다.

1953년 겨울, 《고도를 기다리며》가 파리의 소극장 바빌론에서 첫 상연되기 전까지 베케트는 그리 알려진 사람이 아니었다. 독특한 평론이나 시, 소설 등으로 몇몇 지식인들의 주목을 끌었을 뿐이다. 오늘날 대표작으로 꼽는 3부작 소설 《몰로이》, 《말론 죽다》, 《이름 붙일 수 없는 것》을

파리에 있는 베케트의 무덤

쓴, 그 무렵 그는 쉰 살이 다 된 어엿한 작가였으나, 그 이름은 그때까지도 이국적인 울림과 더불어 신비에 싸여 있었다. 그 이유는 그의 문학이 시대를 앞서간 데다 독창적이었다는 사실 말고도, '주의'에 따른 것인지 그의 성격 탓인지 문단에서도 언론에서도 거의 동떨어져 있었기 때문이다.

베케트는 《고도를 기다리며》가 대성공을 거둔 뒤, 몰려드는 인터뷰 요청을 모두 거절했다. 물론 아주 은둔해 버린 것은 아니고 자기 작품 공연 예행연습에 얼굴을 보이거나 영화감독을 맡기도 하며, 일의 연장선상에서는 속세와의 끈을 놓지 않았다.

오늘날에야 그의 많은 사진이 발표되고 그가 어떤 사람인지도 많이 밝혀졌지만, 그가 한창 작품 활동을 할 때만 해도 몇몇 행운아 말고는 베케트의 존재 자체를 확인할 수조차 없었다. 그 행운아 가운데 한 사람인 셍커의 말에 따르면 베케트의 파리 집 주소는 아무도 모르는 비밀이며, 교외에 있는 별장 위치를 알고 있는 사람도 손꼽을 정도였다고 한다.

이런 폐쇄성이 작가의 전설을 안개 속에 감춰놓았다. 이 사실이 독자 여러분의 작품 감상에도 미묘한 영향을 미칠 것이다. 만일 베케트가 이런 효과를 예상하고 일부러 폐쇄적인 삶을 살았다면, 정말 대단한 연기자라고밖에 할 말이 없다.

작가의 전기나 사생활만 살펴보는 것은 별로 바람직한 방법이 아니다. 설령 그렇게 한다고 해도 작품을 완벽하게 이해할 수는 없다. 그런데 베케트 작품은 어찌 보면 순전히 사소설에 가깝고, 역설적으로는 자연주의적이라고도 할 수

있다. 따라서 그의 작품을 보면 작가 의식과 그 주변 환경과의 관계가 저절로 궁금해진다. 또 다른 행운아 휴 케너는 회견 기록 끄트머리에 이렇게 적었다. "베케트 씨의 집을 떠날 적에 안뜰에서 출구를 못 찾고 헤매다가 큰길로 나가는 대신 뒷문으로 나와버렸다. 나와 보니 골목길이었다. 그곳에는 쓰레기를 모으는 드럼통 두 개와 자전거가 놓여 있었다." 아마도 희곡 《승부의 끝》 소도구와 소설 《몰로이》 이후에 생긴 자전거이리라.

베케트가 의식 세계에 깊숙이 틀어박힐수록, 그 세계를 둘러싼 바깥세계의 끈질긴 침입이 이어졌을 것이다. 이런 의미에서 베케트의 경우에도 "전기가 작품 해명에 도움이 된다"는 고전적·실증적 이론이 적용될 수 있으리라.

《고도를 기다리며》

1953년 겨울 파리의 소극장 바빌론에서 처음 상연된 이래, 《고도를 기다리며》는 지금까지 수십 가지 언어로 번역되어 거의 모든 나라에서 공연되었다. 이 작품만큼 평론가나 연구가들의 흥미를 끄는 작품은 현대극 가운데에서 그 유례를 찾아보기 어려우며, 오늘날에도 이에 관해 온갖 해석이 시도되고 있다.

이 작품은 1947년부터 1949년에 걸쳐 베케트가 가장 왕성하게 창작 활동을 하던 시기에, 미발표된 3막 희곡 《에뢰테리아(자유)》에 이어서 탄생했다. 그것도 다른 소설을 집필하던 중에 잠시 짬을 내어 단숨에 《고도를 기다리며》를 완성했다고 한다. 뒷날 쓴 대부분의 희곡에도 해당하는 말이지만 베케트는 작품의 제재를 이미 써놓은 소설에서 얻는 일이 많았다. 《고도를 기다리며》도 1945년에 쓴 단편소설 《메르시에와 카미에 *Mercier et Camier*》를 떠올리게 하며, 단편집 《발길질을 하느니 찔러버려라》 가운데 《단테와 바닷가재 *Dante and the lobster*》에 나오는 벨라쿠아의 이야기에서 따왔다고 하는 연구가도 있다. 이 밖에 《욥기》나 파스칼의 《팡세》, 데카르트 철학[2] 등의 영향, 또는 카프카·프루스트·조이스와의 공통점도 지적하고 있다.

연극적으로는 베케트가 이 시기에 미국의 희극배우들에게 강하게 끌리고 있었다고 하는 로제 블랑의 증언이 있다. 로제 블랑은 이상적인 배역으로서 블

---

2) 베케트의 첫 시집 《호로스코프》는 데카르트와 같은 독백 형식이다.

연출하는 베케트

《고도를 기다리며》를 초연하기 전까지 베케트는 극장에도 가지 않았다. 그러나 1960년대 후반부터는 자기 작품을 연출하게 된다. 말의 의미보다는 박자와 속도를 중시하는 연출, 빈틈없이 계획된 연출이었다. 사진은 베를린 실러 극장에서 《고도를 기다리며》 예행연습 장면. 오른쪽 끝이 베케트(1975).

라디미르 역에 채플린, 에스트라공 역에 키튼, 포조 역에 로튼을 생각했다고 한다.

이 극의 구성에 대해 베케트는 "1막은 너무 짧고 3막은 너무 길다" 말했다. 내용 면에서 보면 제2막은 제1막의 반복에 지나지 않으며, 제1막만으로 충분하다. 그러나 이 반복 효과가 작품의 주제와 밀접한 관련이 있는 것은 두말할 나위가 없다. 게다가 《고도를 기다리며》에서는 뒷날 《연극》(1963)의 경우와는 달리 2막은 완전한 반복이 아니며, 길이 또한 훨씬 짧다. 이와 같은 수법은 희곡 《행복한 나날들》(1961)에서도 쓰이고 있다. 이 극의 구성은 순환식이라기보다는 오히려 선회식, 소용돌이식으로 중심을 향해 무한하게 축소되어 간다. 예를 들어 극의 모든 곳에서 보이는, 연극 당사자들끼리만 이해할 수 있는 부분은 관객들에게 끊임없이 등장인물 특히 블라디미르와 에스트라공이 연극을 하고 있다는 것을 인식시키지만, 블라디미르와 에스트라공은 관객의 시선을 포조의 독백이나 럭키의 춤 쪽으로 이끈다. 이 극의 정점이라 할 럭키의 긴 대사는 고장 난 레코드판처럼 계속 돌면서 신이 있는 곳으로부터 땅바닥을 향해 곤두박질쳐 내려온다. 제2막 첫 부분의 개(犬)의 노래나, 모자를 주고받는 개그, 마지막 부분 블라디미르의 독백 등, 이 말고도 자세히 보면 작은 소용돌이가 여기저기에 보인다.

극 속에서 행동의 진행 발전을 나타내는 것이 고전적 극 구성이라면, 여기서는 이 희곡의 새로움을 발견하게 된다. 그리고 행동 그 자체가 상식을 벗어나 있다. 그때까지 연극에서 기다리는 행동이 나타난 것은 매우 드물다. 굳이 꼽자면 메테를링크의 몇몇 작품, 예를 들면 《침입자》 등에 이미 쓰였다고도 할 수 있으나, 아무튼 '쉬다' '잠자다' '기다리다' 등의 행동은 연극의 일부에 삽입되는 경우는 있어도 그것 자체가 주제가 되기는 어렵다. 로브그리예가 말한 것처럼 《고도를 기다리며》는 기다리는 행동, 아니 그보다는 기다리는 상태를 무대에 올리는 독창적인 발상에 따라 '거기에 있다'고 하는 인간의 근원적 조건을 주제로 한 가장 단순하면서도 즉흥적인 연극이다. 숙명적인 연극이나 정열적인 연극, 갈등극, 또는 상황극도 아닌 그저 존재에 대한 연극인지도 모른다. 여기에 새로운 연극의 가능성을 엿볼 수 있다.

기다리는 이상, 뭔가를 기다려야 한다. 관객은 막이 오르는 것을 기다리고, 배우들이 나타나는 것을 기다리며, 상황이나 심리 변화를 기다린다. 또 그 가운데는 인생 교훈을 기다리는 사람도, 아니면 막이 빨리 내리기를 기다리는 사람도 있을 것이다. 이렇듯 연극에서 관객은 늘 기다린다. 그런데 《고도를 기다리며》에서는 기다리고 있는 관객 앞에 선 배우인 등장인물 블라디미르와 에스트라공이 기다린다. 그리고 이 두 사람이 기다리는 인물은 아무리 기다려도 나타나지를 않는다. 연극에서 원래 중요한 역할을 하는 인물이나 일 따위를 일부러 등장시키지 않는 수법은 어쩌면 통속적이라고까지 할 수 있다. 단지 지금까지의 연극 또는 소설에서는 그렇게 함으로써 관객이나 독자의 상상력을 자극하고, 그 인물이나 사건을 등장시키는 것 이상으로 그 효과를 극대화하는 것이 목적이었다. 그러나 《고도를 기다리며》에서는 연극이 진행하면 할수록 고도(Godot)라는 인물의 이미지는 혼란스러워지고, 마침내 그 존재조차 의심스럽게 된다. 작자는 오히려 고도라는 함정을 파놓고 거기에 기묘하게 관객이나 평론가를 불러들여 즐기고 있는지도 모른다.

어느 인터뷰에서 베케트는 "고도는 누구인가"라는 질문에 "그건 나도 모른다. 알고 있다면 작품 속에 써넣었을 것이다" 답하면서도, 고도라는 이름의 유래에 대해서는 "에스트라공의 신발과 관련된 고디요에서 왔다"거나, "경륜 선수의 이름과 같다" 말하고 있다. 이 대목에서 갖가지 설명을 덧붙일 수 있다. 누구나 신(God)을 쉽게 상상할 수 있을 것이다. 이 작품을 종교적 도덕극이라고

희곡 《고도를 기다리며》
《고도를 기다리며》에 등장하는 모자 쓴 럭키(가운데 앞)는 폭군 포조(가운데 뒤)가 명령할 때에만 혼란스러운 생각을 언어로 표현한다. 비슷한 말과 몸짓을 되풀이하는 디디(오른쪽)와 고고(왼쪽)는, 고유한 이름이 없는 모자나 여행가방이나 구두와 마찬가지로 얼마든지 교환할 수 있는 세계의 한 가변적 요소처럼 보인다. 그러나 이러한 사물과 인간에게는 틀림없이 개별성이 존재한다. 마지막에 벗어놓은 구두 한 켤레는 무수한 경계를 돌파한 무수한 구두이기도 하다. 그것은 지금 이 순간, 이곳에만 존재한다. 사진은 세계 첫 공연 무렵(1953년)의 연출가 블랑이 꾸민 1961년 무대.

이해하고 싶어 하는 사람들은 이렇게 해석한다. 그렇다면 무대 위의 나무 한 그루는 십자가이고, 낙원 속 지혜의 나무이다. 그리고 고도야말로 포조 또는 럭키의 모습을 빌려 인간 세계에 나타났다. 그리고 두 주인공의 별명인 고고와 디디라는 이름 속에도 숨겨져 있듯이 당사자는 그 사실을 알지 못한다. 이것은 참으로 그럴듯한 설명이다. 그러나 이는 아전인수격으로 베케트를 클로델과 착각하고 있다는 느낌이 든다. 이를 문헌학적으로는 발자크의 희곡 《메르카데》와 비슷하다고 보고 있다. 실제로 이 희극에서는 메르카데의 궁핍함을 돕기 위해 몇 년 전에 떠난 고도(여기서는 Godeau로, 어미의 철자가 다르다)를 기다리고 있다. 그러나 이것은 우연의 일치일 뿐, 프랑스 문학을 훤히 알고 있는 베케트가 발자크 작품 속에서 등장인물의 이름을 빌려왔다고 해도, 여기서 고도에 대해 어떠한 결론을 이끌어낼 수는 없다.

이 밖에 고도라는 이름이나 고도의 실체에 대해 정신분석학적인 또는 정치적·사상적인 해석이 있고, 급기야는 《고도가 왔다》는 연극까지 나타나기에 이르렀다. 확실히 《고도를 기다리며》뿐만 아니라 베케트 작품의 등장인물 이름은 독자에게 던져진 수수께끼와도 같다. 《고도를 기다리며》에서도 등장인물마다 영국·러시아·프랑스 이름이 등장하는 것은, 그렇게 함으로써 인류 전체를 나타내고자 한 베케트의 의도라고 이해할 수 있을 것이다. 그러나 그것이 이들 등장인물의 실명인지는 도무지 알 수 없다. 에스트라공은 "성함이 어떻게 되시오?"라는 질문에 대해 "카툴루스"(영어판에서는 "아담")라고도 답하고 있다. 블라디미르는 사내아이가 "알베르 아저씨는요?" 묻자 "나"라고 답했다.

이러한 애매함이라고 할까, 다양성이라고 할까. 고도뿐만 아니라 다른 등장인물들에 대해서도, 대사나 행동에 있어서도 작품 속 모든 것이 온갖 해석의 가능성을 가지고 있다. 평론가나 연출가뿐만 아니라 일반 관객이나 독자들도 이 작품에는 어떠한 결정적인 해석을 할 수 없다는 것을 곧바로 깨달았을 것이다. 이 작품이 이른바 세계 공통의 보편성을 가지는 것은 이런 까닭이다.

작자는 말한다. "내 작품은 완벽하게 드러난 근원적인 소리가 문제입니다(이것은 농담이 아닙니다). 따라서 이 때문에 생기는 어떤 일에 대해서도 나는 책임을 지지 않을 것입니다. 만일 사람들이 얼마간의 화음(和音)에 대해 골머리를 앓았다면 그것은 그 사람들의 자유입니다. 따라서 두통약도 스스로 구해야 할 것입니다." 또 다른 곳에서는 이렇게 말하고 있다. "내 작품의 키워드는 '아마도' 입니다."

《몰로이》

1947년에 집필되어 1951년 파리의 미뉘 출판사를 통해 출간된 소설 《몰로이》는 그 무렵 프랑스 비평가들로부터 실존주의 문학의 대표작으로 불리는 사르트르 소설 《구토》 이후 가장 유망한 작품이라는 호평을 받았다. 이때부터 베케트라는 이름이 프랑스 독자들에게 처음으로 알려지는데, 여기서 주목할 점은 《몰로이》가 영어가 아닌 프랑스어로 쓰였다는 점이다.

베케트의 작품들은 그 무렵 지식인들 사이에 널리 퍼져 있던 실존주의적 풍토 속에서 특히 작가들이 의식하고 있던 언어의 한계성을 다루고 그것을 극복하기 위한 새로운 시도를 했다는 점에서 크게 주목을 받았다. 베케트의 반소설적·반연극적 작품들은 그의 끊임없는 실험정신과 다른 작가들과는 차별화된 나름대로의 문학 세계를 모색하는 집념의 산물이었다. 그의 소설들은 전통적인 소설 속의 이야기 전개 대신에, 이야기하는 방식과 글이 쓰이는 과정을 적나라하게 드러내는 메타소설적 경향을 띤다. 이런 경향은 1950년대 프랑스 문학에 커다란 영향을 끼치며 누보로망(신소설)이라는 독특한 양식을 탄생시켰다. 누보로망은 전통소설 형식을 깨부수는 반소설이며 실험소설 형식으로, 인간 의식의 흐름들을 자연 발생적

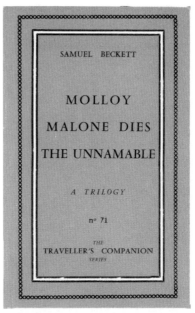

소설 3부작 《몰로이》《말론 죽다》《이름 붙일 수 없는 것》 합본 표지(영어판) 1959년. 파리.

인 상태 그대로 그려내기 위해 새로운 이야기 구조와 표현 양식들을 추구한다. 한계 상황 속에 내던져진 고립된 인간의 내면 의식을 다룬 베케트의 작품 경향은 조이스나 카프카와 비교되고 있다. 또한 실패를 지향하는 그의 독특한 문학 세계는 그를 반문학적 전통의 중요한 작가로서 주목받게 한다.

이러한 점에서 소설 《몰로이》는 프랑스문학사에서 소설 작법의 새로운 지평을 열어준 메타소설로서 누보로망의 선구 작품으로 손꼽힌다. 이 소설에는 베케트의 주된 관심사인 인생의 부조리함, 자아 탐구, 언어의 한계, 글쓰기 자체의 문제들, 작가의 죽음 등이 모두 담겨져 있다.

《몰로이》에는 자아 탐구라는 소설 구성은 있지만 전통소설에서와 같은 깊이 있는 성격 묘사, 확실한 시공간, 논리적 순서에 따른 이야기 전개, 뛰어난 수사학적 언어 구사 등은 찾아볼 수 없다. 이야기는 실질적인 사건 전개 없이 끊임없이 우회하며 제자리를 맴돌고, 주인공 몰로이의 정체는 아주 불확실하며, 그의 이름마저도 어머니 이름과 혼동되어 쓰인다. 시간과 공간은 우연에 내맡겨진 채로 무질서하게 저마다 떠다닌다. 실제 사건들은 환상으로 처리되거나 생

략되어 무슨 일이 일어났는지 주인공 자신도 모른다. 꾸밈없는 일상언어 사용은 이따금 거칠고 저속한 말들이 그대로 튀어나온다.

제1부 첫 부분에서 몰로이는 그의 목적지인 어머니 집에 와 있으며 그의 여행은 끝난 것처럼 보인다. 그러나 실제적으로 그는 자신의 여행에 대해서 거의 아무것도 기억하지 못한다. 그는 처음부터 아는 게 별로 없다고 고백한다. 그는 알 수 없음과 이름을 밝히지 않은 베일 속에서 꿈을 꾸듯이 죽음과 삶의 경계선을 넘나든다. 삶의 의미를 찾기 위해 이미 의사소통이 불가능한 어머니를 찾아 나서는 몰로이의 이야기는 자기 정체성을 추구하고자 하는 인간이 마주하는 불가능과 절망의 실존적 경험을 드러낸다. 그가 똑바로 가기 위해 숲속에서 그리는 원은 끝과 끝이 영원히 비켜 가는 잘린 원이다. 이러한 주인공의 자아 탐구 여행은 끝없이 되풀이되면서 '이번에는 잘해야지'라는 각오에도 언제나 실패하고 마는 열린 원처럼 이어진다.

제2부 끝은 이야기의 처음으로 되돌아오는 것 같다. 모랑이 몰로이를 닮아 가는 과정에서 보여주듯, 모랑의 몰로이 추적은 자신의 내부에 억눌린 자아를 찾아가는 내면 여행으로 드러난다. 모랑은 자아 속에 있는 억눌린 몰로이를 직접 보는 공포와 절망의 경험에 대하여 거기서 얻은 교훈을 가지고 편안하게 보고서를 쓰라는 목소리의 권고를 받는다.

"그래서 나는 집 안으로 들어와 이렇게 썼다. 자정이다. 비가 창문을 때리고 있다. 그때는 자정이 아니었다. 비가 오고 있지 않았다." 이 마지막 부분은 목소리의 권고를 받아 지금까지 쓰인 모랑의 이야기가 완전히 거짓이라는 것을 독자에게 인식시킨다. 이렇게 베케트는 소설 전체의 이야기 자체를 부정하여, 그들의 경험은 거짓말이며 단지 그들의 머릿속에서 꾸며낸 상상임을 강조한다. 마치 꿈을 꾸는 듯한 사건들의 환상 처리, 예를 들어 숲속에서 일어나는 살인 사건을 다루는 방식은 그것이 실제 경험이 아니라 실체가 없는 언어로 행해진 단순한 상상적 놀이임을 암시한다. 거기에는 아무런 느낌도 아무런 고통도 따르지 않는다. 따라서 베케트는 등장인물들이 자신의 자아를 발견하는 과정을 패러디 형식으로 만들어 현대소설의 전통적 이야기 형식을 뒤집어버리는 작가의 해체 의식을 보여준다.

《몰로이》는 제1부와 제2부로 나누어진 이중 구조로서 서로 거울이 미지의 역할을 하는 대칭 구성이다. 제1부와 제2부는 분리된 이야기이면서도 반복과 이중적인 이미지로 이어진다. 몰로이와 모랑 사이의 혼란은 상호 주체적 혼란이다. 몰로이는 모랑의 기억할 수 없는 남일 뿐이며, 모랑의 정체는 몰로이로 되어가는 과정 속에 있는 타인의 반복에 지나지 않는다. 인물들 사이의 이러한 변형 이미지들의 반복은 소설의 불확실함을 한층 강화한다.

어느 날 저녁 몰로이가 언덕 위에서 바라본 A와 B의 일화는 이미 상호 주체적 혼란의 요소를 가지고 소설의 이중 구조를 알리는 역할을 한다. A와 B는 각각 몰로이와 모랑이라는 전혀 다르면서도 같은 두 인물 안에 반영된다. 몰로이는 어둠 속에서 불확실한 여행길을 가고 있는 B에게 자신의 불안을 주입하며 그의 뾰족한 모자와 자신의 고무줄 끈 달린 모자를 비교하면서 그에게 자신의 모습을 반영한다. 몰로이는 A에 관해 돌아가서 알고자 하는 호기심도 갖는다. 그의 시가와 그를 따르는 변비에 걸린 포메라니안은 모랑의 시가와 배앓이하는 그의 아들을 연상케 한다. A와 B는 또한 숲속에서 지팡이를 든 늙은 남자와 그를 추적하는 남자 속에 다시 투영된다.

서술자 자신 안에서도 이러한 상호 주체적 혼란이 일어난다. 몰로이의 이야기에는 두서없이 본론에서 벗어난 사변적 표현들이 끼어 있고 서술자가 누구인지 혼동을 주는 방백들이 끼어 있다. 서술자는 1인칭으로 서술하고 있으나 때로는 3인칭으로 그려지기도 한다. 다시 말해 서술자를 관찰하는 또 다른 시선이 존재한다. 이러한 작가의 시선은 때때로 서술자(주인공)의 발언에 참견하고 빈정댄다. 표면상으로는 주인공이 이야기를 펼치고 있지만, 그가 겪는 그 모든 불안과 고통들은 작가 자신의 것이라는 걸 암시한다. 이렇게 서술 주체에 대한 혼선은 베케트가 창조해 낸 '서술자이면서 동시에 서술 대상이 되는 인물'이라는 기법에 따른 것이다.

《몰로이》는 소설에 관하여 말하는 소설(메타소설)이다. 이 점은 《몰로이》의 가장 독창적인 면이라고 볼 수 있다. 우리는 자신의 지난날 경험을 쓰도록 요구받아 무척 괴롭게 글을 써가고 있는 두 작가 몰로이와 모랑을 본다. 그들에게 글쓰기는 형벌과도 같다. 그들이 자신들의 실제 경험에 대해서 쓰는 것은 무엇인가? 아무것도 없다. 200여 쪽을 메우기 위한 그들의 노력은 아무것도 쓰지 않기 위한 투쟁이었다고도 말할 수 있다. 베케트는 이 소설 속에서 아무런 일이 일어나지 않도록 모든 수단을 쓴다. 그의 글쓰기 원칙은 "말하길 원치 않는 것, 무슨 말을 하고 싶은지 알지 못하는 것, 말하고자 하는, 바라고 믿는 바를 말할 수 없는 것, 그리고 늘 말하는 것, 또는 거의 언제나 말하는 것"이다.

베케트는 《몰로이》에서 작품의 무의미를 드러내고 무(無)의 공간을 창조하기 위한 독특한 표현 기법을 쓰고 있다. 그것은 한번 말해진 선언을 곧이어 약화하거나 반박하거나 취소하는 형식이다. 이 작품은 이러한 선언과 부정의 연속으로 이루어져 있다. 몰로이는 우리 눈앞에서 적힌 문장들을 고치고 사색의 결과들을 무의미하게 만들며, 한 사건에 대한 가정을 바꿈으로써 사실이 달라지는 과정을 보여준다. 이러한 선언과 부정의 표현 기법은 하나의 놀이처럼 작품에 역동적인 움직임을 부여해 주고 있다. 사실 불확실과 방황의 안개 사이로 이러한 놀이 요소를 발견한다면 독자들은 이 소설에서 보다 많은 유쾌함과 재미를 발견할 수 있을 것이다.

시간과 공간, 그 구성 요소들의 끊임없는 해체와 재구성, 가정들의 끊임없는 교체, 행동과 의지, 말해진 것의 끊임없는 취소, 사실적 사건들에 대한 생략, 일관된 설명의 거부, 자신에 대해 아무것도 말하지 않는다는 규칙, 이런 것은 하나의 놀이와도 같다. 그리고 베케트는 이러한 놀이에 독자들도 흔쾌히 참여하도록 이끌고 있다.

"계속하자, 마치 모든 것이 한결같은 권태에서 솟아난 것처럼 해보자, 채워보자, 계속 채워보자, 완전히 까맣게 될 때까지." 그 목적은 그런 행위의 결과가 '무의미'라는 것을 드러내기 위한 것이다. 그 대표적인 사례로, 10여 페이지 지면을 까맣게 채운 '돌 빨기'의 일화를 들 수 있다. 숨 막힐 듯 치열하게 펼쳐지던 이성적 생각의 결과가 돌을 던지듯 공중에 내던져짐으로써 무의미하게 바뀐다. 작품 전체를 통해 흐르는 이러한 선언과 부정의 물결은 모랑의 이야기 끝에서 그 절정을 이루며 이 소설 전체 이야기를 쓸어가 버린다. 이와 같이 소설의 이야기는 부정되었지만 쓰인 흔적은 고스란히 남아 있다. 그 흔적은 부정의 공간이며 무를 창조하는 공간이다.

《승부의 끝》

《승부의 끝》은 1956년 집필하여 1957년 4월 런던에서 첫 상연한 뒤 같은 해

희곡 《행복한 나날들》(1961)
"불타버린 초원 (중략) 눈부신 햇빛 (중략) 둥근 언덕 한가운데에 허리까지 파묻혀 있는 위니 (중략) 그녀 오른쪽 뒤편에는, 언덕에 가려진 채 땅바닥에 누워 잠들어 있는 윌리가 있다. (위니가 머리 위에 펼쳐진 하늘을 뚫어져라 쳐다보면서) '오늘도 참 거룩한 날씨구나.'" 1961년 처음 상연. 사진은 1996년 뉴욕 공연 장면.

파리의 미뉘 출판사에서 프랑스어판이, 이듬해에 영문판이 출간되었다. 이 희곡은 형식과 주제적인 측면에서 베케트의 포스트모더니즘 극작 기법과 문학 세계를 잘 보여주고 있는 작품이다. 작품 속, 네 명의 등장인물은 철저하게 무기력하고 나약하며 더 이상 어떻게 해볼 도리가 없는 삶을 살고 있다. 그들은 인생이라는 체스놀이의 막판 상황에 놓여 있는 것이다.

맹인인 햄은 작품 속 세계를 통제하는 인물이다. 그는 스스로 움직일 수 없고, 클로브에게 의존하는 삶을 산다. 클로브는 햄에게 정신적인 아들이자 하인과도 같은 존재이다. 그는 햄에게서 받는 학대 때문에 그를 증오하지만, 그의 곁을 떠나지 못하는 무기력한 인물이다. 햄의 부모인 내그와 넬은 그들의 삶을 쓰레기통이라는 작은 공간 속에 한정하고 있다. 그들은 전적으로 햄과 클로브에게 의존하는 삶의 모습을 보인다.

"넌 우리를 떠날 수 없어"라는 의미의 말을 되풀이한다. "그러면 당신을 떠나지 않을게요." 클로브는 햄을 떠나면 빈털터리가 된다. 클로브가 떠나면 햄은 꼼짝도 할 수 없다. 이미 생기가 사라져버린 집에서, 네 사람은 끊임없이 무엇인가 답답한 대화를 해댄다. 호루라기를 불면 클로브가 방 안으로 들어온다. 햄이 명령한다. 확대경을 가지고 와, 창문을 열어봐, 바다를 봐, 창 밑으로 데려다줘. 말도 안 되는 이상한 명령을 하는 햄. 그 명령에 복종해야만 하는 클로브는 답답함을 느낀다. 자꾸만 떠나겠다고 한다.

그리고 쓰레기통 안에 있는 넬과 내그는 세월을 고스란히 맞은 채로 늙어 있다. 가끔씩 얼굴을 내보이며 먹을 것을 달라고 한다. 하지만 돌아오는 대답은 먹을 것이 없다는 말뿐이다. 비스킷을 갖다줘. 또다시 클로브에게 명령한다.

겉으로 볼 때 3대에 걸쳐 등장하는 인물들은 무의미한 행동의 반복을 통하여 자신들의 존재 의미를 찾아보고자 하지만 실패한다. 그들의 언어는 꾸준히 되풀이되고 발음된다. 질문과 대답을 통하여 논리적 규명을 시도해 보지만 그다지 여의치 못하다. 마침내 그들의 언어는 진리를 전달하는 수단이기보다 단순한 놀이의 또 다른 도구가 되고 만다.

등장인물들의 반복적인 행동과 언어는 무기력하게 인생의 종말을 기다리는 것을 상징한다. 인생이라는 놀이의 막판에 처해 있는 현대인의 비극적인 삶의 면모를 깊이 있게 드러내고 있는 것이다.

단편소설 《첫사랑》《추방자》

우리가 베케트 단편소설들 가운데에서 주목하는 점은 회상 형식으로 끊임없이 되풀이되는 서술자 '나'의 환상일 것이다. 이는 모태 회귀, 거세, 유혹, 근원 장면 등으로 분류되는 원초적 환상들로 나타나고 있다.

그의 단편소설 속의 말하는 이 '나'는 어머니의 태(胎) 안으로 돌아가고 싶은 욕망에 사로잡혀 있다. 늘 어둡고 밀폐된 텅 빈 공간과 편안한 수평 자세를 원한다. 또한 나는 삶의 고통을 잊을 수 있는 마비 상태를 갈망한다.

이는 관에 들어가 있는 시체와 더불어 어머니 자궁 속의 태아를 떠올리게 한다.

베케트는 직접 제2차대전을 겪으며 인간 한계를 느꼈다. 또 인간이 내세우는 집단적 가치와 논리, 이성, 도덕, 관습 등이 얼마나 위험할 수 있는지도 몸소 체험했다. 이에 대해 베케트가 관심을 기울였던 것이 바로 주체 언어이다.

베케트가 작품 활동을 하던 때만해도 '주체의 죽음'은 이해되기 어려운 주제였다. 지금도 베케트 소설에 나오는 주인공이 낯설게 느껴지기도 한다. 그 이유는 아주 하찮은 존재인 '나', 상식이 통하지 않고 사회질서와 어울리지 않는 '나' 따위가 슬며시 독자의 뇌리에 자리 잡아 뚜렷한 가치의 선을 지우기 때문이다. 나에게는 '나!'라고 내세울 육체도 사상도 또 정체성도 없다. 나와 남을 구별할 수 있는 뚜렷한 경계도 흐려져 있다.

베케트의 단편소설들을 읽다 보면 주체는 언어를 통해 만들어지는 결과이고, 말의 주인이 아니라 말의 그물 속에 자리한 존재에 지나지 않음을 깨닫게 된다. 베케트의 단편 속에 자주 회상되고 있는 '나'는 지금 막

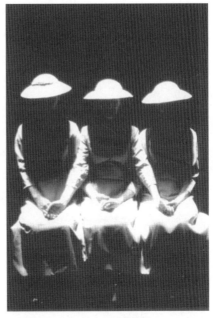

희곡 《왔다 갔다 Come and Go》(1965)
"손을 잡지 않을래, 우리식으로?" 이 사진은 앞의 《행복한 나날들》과 마찬가지로 1996년 뉴욕 공연 장면을 찍은 것이다. 모자를 쓴 등장인물 세 사람의 손이 어디에 있는지 주목하라. 1966년, 파리 초연.

말소리를 내는 순간 새롭게 만들어지는 존재임을 보여준다.

잊지 않기 위해서 같은 말을 되풀이해야 하는 이유는, 안다고 생각했던 것들을 갑자기 무지의 심연으로 이끄는 무언가가 있기 때문이다. 그것은 언어의 논리와 인과 관계를 무색하게 하는 근거 없는 출현이고, 말하지 않기 위해서 또는 생각하지 않기 위해서 할 수밖에 없는 말과 생각이며, 난데없이 불쑥 튀어나오는 고유명사이다. 베케트의 단편에 무수히 나오는 이러한 어긋남 때문에 익숙했던 반복은 낯설게 다가오면서 그 차별성을 느끼게 된다.

일반적으로 특별한 설명 없이 고유명사를 제시하는 경우는 상대방도 그 존재를 알고 있으리라는 가정이 전제될 때이다. 또는 고유명사의 정체를 쉽게 알아낼 수 있을 경우이다. 그러나 베케트의 단편소설에서 자주 마주치게 되는 고유명사들 가운데 일부는 그렇지가 못하다. 라신, 보들레르, 단테, 헤라클레이

토스 등은 그 이름만으로도 저마다 생애와 사상을 짐작할 수 있을 만큼 잘 알려진 인물들이다. 그런데 작가는 적절하지 않은 상황에서 그 이름을 부름으로써 고유명사가 담고 있는 굳어진 논리와 가치를 뒤엎어버린다. 베케트는 언어의 임의성을 강조하면서 고유명사의 확정성과 고정성을 허물어뜨리는 것이다.

베케트는 언어를 통해 결핍, 무지, 무능과 같은 부족함을 표현한다. 말하자면 한때 위풍당당했을 튼튼한 성벽과 같은 언어의 구조물이 베케트의 단편소설들에서 여기저기 망가지고 무너진 상태로 제시되고 있는 것이다. 단편소설 《첫사랑》에서 끔찍할 만큼 가구들이 꽉꽉 들어찬 방을 본 내가 안락의자만 빼고 그 방의 가구들을 모두 복도로 내놨던 것처럼, 눈부신 다른 의미들은 모두 비우고 어렴풋하고 가느다란 한 줄기 빛과 같은 의미만을 언어의 구조물에 남겨둔 채로 말이다.

이러한 부족함은 순간 생각을 마비시키기도 하지만, 동시에 어떤 식으로든지 일관성을 만들어보고자 하는 수많은 생각과 고민의 장을 읽는 이에게 활짝 열어주기도 한다.

《넘어지는 모든 이들》

이 작품은 여러 가지 의미로 주목할 만하다. 먼저 첫 방송극본이라는 것이다. 1957년에 영어판(All That Fall)과 프랑스어판(Tous ceux qui tombent)으로 미뉘 출판사에서 출판되고, BBC 방송국에서 첫 방송되었다. 소설이든 무대든 TV든 표현의 매체라는 것에 극도로 예민한 감각과 반성을 보인 베케트답게 이 작품도 라디오라는 매체를 충분히 이용하고 있다. 바꿔 말하면 시각에서 절연한 청각 세계의 개척이다. 청각만의 세계에서 보자면 풍부한 음향 효과가 구사되는 것은 당연하다. 첫머리에서 양의 울음소리 등 시골다운 수많은 소리가 들리지만, 이 밖에 마차, 자전거, 자동차, 기차, 걷거나 발을 질질 끄는 소리 등이 글 전체에 가득 차 있다.

그런데 이런 다양하고 현실적인 소리는 지금까지 베케트의 독백과 침묵이 지배하는 작품 세계에는 없었던 것이다. 또 여러 가지 탈것과 수많은 사람들의 대화에 의해 환기되는, 작은 마을의 활발한 사람들과 실생활 분위기도 예전에는 없었던(그 뒤에도 없다) 것이다. 게다가 주인공이 여자라는 점도 나중의 《행

연출에 대해 상의하는 베케트 1969년, 베케트는 실러 극장(베를린)에 《크라프의 마지막 테이프》 연출가로서 초청되었다. 오른쪽은 공동 연출가 마르틴 헬트. 급병에 걸려서 연습 기간에 무대에서 손을 떼야 했으나 이해 노벨 문학상을 수상했다.

복한 나날들》이라는 예외를 빼면 드물다. 무엇보다 신기한 것은 다윗이 야훼의 크나큰 사랑을 일컬은 말을 제목으로 한 점이리라. 한가로운 시골, 자연의 생명력, 인간의 공동생활, 누구에게나 밝게 말하는 뚱뚱한 할머니, 종교적인 제목—과연 베케트답지 않은 이런 특징은 이 작품을 베케트답게 만드는 것일까? 아니, 이것은 변함없는 베케트적 주제가 틀림없다. 오히려 이 작품의 특징은 구조와 주제와의 새로운 융합에 있다고 할 것이다.

이를테면 첫머리의 시골적인 동물의 울음소리는 바로 슈베르트의 현악사중주곡 〈죽음과 소녀〉로 바꿀 수 있다. 그리고 끝에 다시 같은 음악이 울릴 때까지 희극적인 대사나 사건 가운데 죽음은 숫자표저음처럼 널리 퍼져 있는 것이다. 자동차에 치인 닭, 루니 부인이 말하는 '외출=자살, 재택=원만한 붕괴' 그녀를 '새하얗'게 만든 먼지(한 줌의 티끌?), 그 먼지가 떨어지는 '대지=구더기', 그 대지에는 개의 사체나 시든 이파리, 죽고 싶은 루니 부인, 아이를 죽이고 싶은 충동에 시달리는 루시 씨, 기차에 치인 아이.

아니, 여기에서는 말조차 죽어 있다. "양의 말은 아르카디아의 옛날부터 변하지 않았다." 그런데도 사람들의 말은 그림의 법칙으로 변화하거나 죽은 말이 되어버린다. 아르카디아가 될 수 없는 이 아일랜드의 작은 마을에서 루니 부부는 '죽은 말과 싸우고' 있다. 그들이 쓰는 말과 전달이 어려운 의식은 인간 공동체생활의 표현적인 충실감을 근본부터 위협하는 것이다. 마침 떠들썩한 소리가 엄밀하게 지정된 '침묵과 '사이'라는 글에 빈번하게 중단되는 것처럼 말이다.

죽음 말고도 고독, 노령, 질병, 폭력, 절망, 인내, 옛 추억과 종말에 대한 그리움 등의 주제나 자동차(또는 마차), 숫자 따위의 도구에 대해서는 독자에게 맡겨둔다. 특히 지적하고 싶은 것은 불능, 불모, 불임 또는 탄생에 대한 저주라는 고정관념이다. 타이라 씨는 자신이 어머니의 자궁에 임신된 '비 오는 토요일 오후'를 저주하는 한편, 딸이 자궁을 떼어냈으므로 '자손이 없게 된 것'을 한탄하고, 루니 부인이 들은 의사의 강연에는 '사실 아무것도 태어나지 않았다'며 여자아이의 죽음을 말하고 있다. 그 가운데에서도 노새의 생식 불능은 중요한 의미를 담고 있다. 그리스도가 예루살렘에 입성할 때 타고 있던 것은 당나귀일까 노새일까? 노새라면 그리스도 가르침이 번식 불능을 암시하는 것일까?

여기에서 우리는 제목의 문제점에 맞닥뜨린다. 허리가 '굽은' 루니 부인으로 시작하고, 선로에 '떨어진' 아이를 정점으로 해서 '모든 것이 쓰러져 떨어지는'('쓰러지다'의 어원은 'fall, 떨어지다'이고 궁극적으로는 '원죄'로 이어지는) 이 세계, 오로지 붕괴와 전락에 익숙한 이 세계에서 과연 "야훼는 쓰러진 자를 받치고, 굽은 자를 일으켜 세울 수 있을까?" 이 말을 들은 루니 부인은 왜 큰 소리로 웃은 걸까? 아마 이 웃음은 〈시편〉의 말과 이 세계의 현실과의 약속과 현실과의 부조리한 불일치에서 시작된 것은 아닐까? 고도와의 이루지 못한 약속이 비희극 《고도를 기다리며》를 만든 것과 닮아서 제목과 내용의 불일치야말로 이 작품의 구조적 원리일지도 모른다. 어쨌든 인간에게 신의 의지나 세계의 의미가 차지하는 것은 예언자들이 단테의 지옥에서 받은 벌을 초래하게 될 것이라고 작가는 말한다.

같은 논법으로 독자 또한 루니 씨가 잊은 '공 같은 것'이 무엇인지, 아니면 그가 아이를 밀어 넘어뜨린 것은 아닌지, 공이 그 아이가 아닌지, 아니면 그것은 그가 소중하게 생각하는 것이 아닌지 따위의 수수께끼를 푸는 일을 단념해서는 안 된다. 오히려 그러한 수수께끼를 즐기는 것, 아니면 거꾸로 가는 길, 대기,

돌아오는 길, 좋은 날씨에서 폭풍으로 바뀌는 엄격한 구성이나 구체적인 이미지에 따른 작품의 치밀함을 맛보는 것이 중요하리라. 또 밝게 보이면서도 세계의 고뇌를 짊어진 듯한 루니 부인의 모습은 대단하다. 루니 씨가 휠체어에 고정된 것이 《승부의 끝》의 햄이라고 한다면 루니 부인이 대지에 빠져 움직일 수 없게 되었을 때, 베케트가 만든 가장 경탄할 만한 매력이 넘치는 인물 《행복한 나날들》의 위니로 다시 태어날 것이다.

희곡 《크라프의 마지막 테이프》(1958)
테이프리코더에 해마다 회고록을 녹음하는 노인 역할은 영국 배우 존 허트가 맡았다. 1999년, 뉴욕 공연.

《크라프의 마지막 테이프》

이 희곡 또한 표현 매체에 대한 베케트의 모든 독창성을 증명하는 작품이다. 테이프리코더라는 문명의 이기에서 그는 생각지도 못한 연극적인 기능을 끌어내 보였다. 이 신기한 방법으로 흥행에서도 대성공을 거둔 '영어로 쓰인 가장 뛰어난 단편 드라마'가 만들어진 것이다. 동시에 이 방법이 베케트 고유의 이상과 기술이라는 것을 우리는 이해해야 한다.

69번째 생일을 맞은 노인이 오랜 습관대로 한 해의 회고를 테이프에 녹음하려고 한다. 그는 먼저 30년 전의 테이프를 꺼내 들어본다. 39세인 그가 그해를 뒤돌아보며 녹음할 때 '10년인가 12년 전의' 테이프를 들어본 감상을 말한다. 다른 작품에 자주 나오는 극 속의 극, 이야기 속의 이야기라는 베케트적 구조가 여기에서는 거의 기계적인 정확함을 가지고 있는 셈이다.

같은 것을 다른 각도에서 말하면 테이프리코더는 '시간'의 자유로운 조작을 가능하게 해서 베케트의 관심사로 직접 이어진다. 이렇게 점성술적인 시에 의해 '시간'을 주제로 한 시 대회에서 우승하고, 또한 《잃어버린 시간을 찾아서》의 위대한 소설가 프루스트를 날카롭게 논한 베케트, 그에게 '시간'은 편집적인 주제이다. 과거에서 미래로 흘러가는 절대 불변의 이 '시간'을 테이프리코더는 손가락 하나로 건너뛰게 하고 멈추게 하고 거꾸로 변화시키고 반복시킬 수 있는 것이다. 곧 이 연극은 '미래의, 어느 저녁'으로 설정되어 있다. 베케트는 《아내와 아이와 함께 크라프》《아내와 함께 크라프》《크라프 혼자》라는 3부작을 기획했다고 한다.

'시간'의 이 극복은 물론 환영에 지나지 않는다. 3년 전 보트 위의 행복한 순간, 그러나 그것은 지금 '찾은 시간'의 행복을 크라프의 마음에 떠올리게 할 수는 없다. 오히려 좌절과 회한을 결정적으로 확인시킬 뿐이다. '껍질'을 까 '나무 열매'에 이르듯이 시간의 껍질을 까서 자기 실체, 생명의 실체에 다가갈 수 있을까? 결과는 오히려 양파 껍질을 까는 것과 같아서 실체가 없다는 사실에 다다를 뿐, '검은 공'(루니 씨의 공과 관계가 있을까?)은 개에게 준 것이다. "나는 그 시절로 돌아가고 싶지 않다"라고 강조했던 39세의 테이프가 침묵 속을 헛돌고 있는, 69세 노인이 허공을 바라보는 모습으로 막이 끝나는 것만큼 쓸쓸한 광경은 또 없으리라.

그 밖에도 이 기발한 작품은 베케트 나름의 특징을 보여주고 있다. 특히 부랑자 크라프가 여자와의 행복보다 '평생의 대작' 완성을 선택한 작가다운 것, 곧 이것이 '예술가(소설은 될 수 없는) 희곡'이라는 점은 주목해야 한다.

《타다 남은 불 *Embers*》

이 작품은 1957년 《넘어지는 모든 이들》의 이듬해에 쓰인 베케트의 두 번째 방송극본이다. 1959년 이탈리아 콩쿠르 라디오 드라마 부문에서 2등을 차지한 작품으로, 그해 미뉘 출판사에서 《크라프의 마지막 테이프》와 함께 한 권의 책으로 묶여서 출판되었다. 이전 작품들과는 달리 음향 효과는 훨씬 금욕적이고, 철저한 고독과 정적이 강하게 느껴진다. 왜냐하면 이 작품의 공간이 현실 세계가 아닌 바닷가에서 명상하고 있는 한 남자의 내면세계를 그리고 있기 때문이다. 달리 말하면 주인공 헨리의 목소리와, 사이사이에서 들려오는 바닷소리 말고는 작품 속 모든 소리는 헨리가 불러일으키는, 그의 환상 속의 소리인 것이다.

그는 먼저, 물에 빠져 죽은 아버지를 부른다. 그러나 어린 시절부터 사이가 좋지 않았던 아버지는 지금도 대답을 하지 않는다. 《크라프의 마지막 테이프》나 《몰로이》에서는 중요한 의미를 가지지만, 이 작품에서는 '헨리'의 어원인 독일어 Heimrich(가장)가 암시하는 바와 같이 '아버지'라는 주제가 지배적이다. 헨리는 아버지를 삼켜버린 바다나 아버지의 무덤에서 떨어질 수 없는 것처럼 보인다. 또 아버지를 꼭 닮은 '모습'을 하고 있다. 또한 아버지와의 관계 실패를 그의 딸 애디와의 관계에서 되풀이하는 모습이 보인다. 그다음으로 부른 아내 에이다는, 친근하게 대답한다. 그러나 그녀 또한 처음 포옹했던 그 감미로운 추억을 뼈아프게 남겨둔 채 멀어져 간다.

헨리의 '하잘것없는' 일생에서 뗄 수 없는 것이 바닷소리이다. 그의 삶을 속박하고, 침식하여 빨아들이는 이 강압적인 울림, 죽음과 허무의 상징에서 그는 아무래도 벗어나지 못한다. 돌과 돌을 딱 맞부딪친 것 같은 딱딱한 삶의 반향을 구하면서, 때로는 광폭한 짓밟힘을 그리워하면서 그의 인생은 고독한 지옥이 된다. 게다가 그는 아버지처럼 삶과 작별을 고할 수도 없이 '타다 남은 불'로서 살아가야만 한다. (프랑스어 제목 'Cendres, 재'는 헨리 삶의 불모성을 더한층 강조하고 있는 것처럼 보인다.)

《타다 남은 불》의 이미지가 군림하는 것은, 이 작품의 한 축을 이루는 〈볼턴 이야기〉 속이다. 바닷소리를 지우기 위해서 헨리는 말을 쏟아내고 싶은 충동을 참아야 한다(이 충동이야말로 베케트의 인물을 특징짓는 공통의 주술이다). 자기가 만들어 자기에게 들려주는 이 이야기 속에서 볼턴은 한겨울 밤, 의사 홀러웨이에게 절망적으로 도움을 요청하지만, 남은 불밖에 없는 실내에서 그는 끝내 상대방의 마음 문을 열지 못하고 만다. 홀러웨이가 바로 에이다가 말한 현실의 의사라면, 볼턴의 흔적도 헨리의 아버지 또는 헨리 자신과 겹쳐질 것이다. 이리하여 이야기와 현실은 뱀이 자기 꼬리를 물고 있듯 기묘하게 얽혀 있다. 헨리는 에이다가 예언한 대로 '이 세상에 자기 목소리 말고는 아무 소리도 들리지 않게' 되어버린 상태로, 타다 남은 불로서의 생명을 살아갈 것이다.

이와 같이 베케트는 그의 소설과 희곡 작품들을 통해서 서구의 폐쇄된 문학 형식을 깨뜨리고, 심지어 그동안 인간 실존 경험의 심미적인 대표자로서 확고

한 지위를 누려왔던 작가의 자리마저 버림으로써 그의 해체 의식을 보여주었다. 우리는 독자로서 전통적인 문학 작품을 대할 때와는 달리 편안한 감상의 특권을 빼앗기고 주인공의 불합리와 무의미의 경험 속에 자신을 던져야 하기에 베케트의 작품 앞에서 당혹스러움을 느끼지 않을 수 없다.

베케트 연보

1906년   4월 13일 베케트 집안의 둘째 아들로 아일랜드 수도 더블린 근교, 폭스로크에서 출생.

1920년(14세) 오스카 와일드의 모교이기도 한 포토라 왕립 기숙학교에 입학. 공부와 운동에서 두각을 나타냄.

1923년(17세) 더블린의 트리니티 칼리지에 입학. 프랑스어와 이탈리아어를 전공하면서 프랑스 문학과 단테의 작품에 심취했고, 더블린 애비 극장에서 연극을 자주 관람함.

1926년(20세) 처음으로 프랑스 방문.

1927년(21세) 처음으로 이탈리아 방문. 트리니티 칼리지 수석 졸업.

1928년(22세) 벨파스트의 캠벨 칼리지에서 프랑스어와 영어 강의. 10월에 프랑스 파리 고등사범학교 영어 강사로 부임. 자유로운 분위기의 프랑스 지성계에 충격을 받음. 알프레드 페롱과 친분을 맺음. 조이스와 절친한 사이가 됨.

1929년(23세) 조이스에게 헌정하는 글 《단테… 부르노. 비코… 조이스》를 써서 《과도기 *Transition*》지에 게재함.

1930년(24세) 초현실주의자들과의 교분. 9월에 더블린으로 돌아가 트리니티 칼리지의 프랑스어 보조 강사로 취임. 이 무렵에 쇼펜하우어와 칸트의 사상, 그리고 횔링크스의 《윤리학 *Ethics*》에 심취. 처녀시집 《호로스코프》를 파리에서 펴냄.

1931년(25세) 비평서 《프루스트》 펴냄.

1932년(26세) 강사직을 그만두고 독일로 여행.

1933년(27세) 6월에 아버지 죽음.

1934년(28세) 런던으로 이주. 5월에 단편집 《발길질을 하느니 찔러버려라》를 런던에서 펴내지만 실패함. 여러 잡지에 릴케, 파운드 등의 작가들에 대한 평을 씀.

1935년(29세) 시집 《메아리의 유골》을 파리에서 펴냄. 소설 《머피》 집필 시작.

1936년(30세) 런던에 염증을 느끼고 독일로 여행.

1937년(31세) 파리에서의 영주 시작. 화가인 판 더 펠더 형제와의 만남. 잡지 《과도기》에 번역과 평을 쓰면서 생계를 유지. 처음으로 프랑스어로 글을 쓰기 시작.

1938년(32세) 허버트 리드의 도움으로 《머피》를 런던에서 펴내지만 큰 반향을 일으키지 못함.

1939년(33세) 아일랜드에 머물고 있다가 프랑스가 독일에 함락되었다는 소식을 듣고 파리로 돌아감.

1941년(35세) 나치에 대한 증오심으로 레지스탕스에 참가.

1942년(36세) 게슈타포를 피해 프랑스 남부로 달아남. 영어 소설 《와트》 집필.

1945년(39세) 5월에 아일랜드로 돌아가 적십자에 지원하고 가을에는 노르망디 생로 군인병원에서 통역관으로 근무. 《첫사랑》 집필.

1946년(40세) 왕성한 창작 활동 벌임. 《메르시에와 카미에》, 《추방자》, 《진정제 Le calmant》, 《계속 Suite》(나중에 《끝 La fin》으로 제목 바뀜) 등 많은 작품 집필.

1947년(41세) 보르다스 출판사에서 《머피》를 출판하지만 독자들의 큰 호응을 얻지 못함.

1948년(42세) 프랑스어로 소설 《몰로이》·《말론 죽다》, 희곡 《고도를 기다리며》와 몇 편의 시를 집필.

1949년(43세) 《이름 붙일 수 없는 것》 집필.

1950년(44세) 《아무것도 아닌 것을 위한 텍스트들》을 집필. 《몰로이》를 영어로 번역. 트리스탕 차라가 희곡 《고도를 기다리며》 극찬. 어머니 죽음.

1951년(45세) 《몰로이》를 미뉘 출판사에서 펴냄. 《말론 죽다》 펴냄.

1952년(46세) 《고도를 기다리며》를 10월에 미뉘 출판사에서 펴냄.

1953년(47세) 1월 5일 몽파르나스 바빌론 소극장에서 《고도를 기다리며》 첫 상연. 6월에 《이름 붙일 수 없는 것》을 미뉘 출판사에서 펴냄. 《와트》

(영어판)를 올림피아 출판사에서 펴냄. 《머피》를 미뉘 출판사에서 펴냄.

1954년(48세) 《고도를 기다리며 *Waiting for Godot*》(영어판)를 뉴욕에서 펴냄. 형 프랭크 죽음.

1955년(49세) 《몰로이》영어판 펴냄. 아일랜드에서 《몰로이》가 판금 서적으로 선정. 《고도를 기다리며》가 런던과 더블린에서 상연됨. 11월에 《아무 것도 아닌 것을 위한 소설과 텍스트들》을 미뉘 출판사에서 펴냄.

1956년(50세) 《고도를 기다리며》를 미국에서 초연. 희곡 《승부의 끝》집필 완료. 《말 없는 행위》집필 시작. 뉴욕에서 《말론 죽다 *Malone dies*》영어판 펴냄.

1957년(51세) 런던에서 4월 3일에 《승부의 끝》초연. 4월 27일에 《말 없는 행위》초연(로제 블랑 연출). 《승부의 끝》과 《말 없는 행위》를 미뉘 출판사에서 펴냄. 라디오 드라마 《넘어지는 모든 이들》의 영어판과 프랑스어판을 미뉘 출판사에서 펴냄. BBC 방송국에서 《넘어지는 모든 이들》이 방송되고 《몰로이》의 일부분이 낭독됨.

1958년(52세) 《몰로이》, 《말론 죽다》, 《이름 붙일 수 없는 것》을 한 권의 책으로 묶어 《3부작 *Trilogy*》이라는 제목으로 영국에서 펴냄. 뉴욕의 체리 레인 극장에서 《승부의 끝》첫 상연. 《크라프의 마지막 테이프》, 10월 28일 런던에서 첫 상연. 《승부의 끝》과 《말 없는 행위 *Act without words*》를 영어로 펴냄. 《말론 죽다》의 일부분이 BBC에서 낭독됨.

1959년(53세) 1월 19일 《이름 붙일 수 없는 것》의 일부가 BBC에서 낭독됨. 6월에 라디오 드라마 《타다 남은 불》이 BBC방송국에서 방송. 《타다 남은 불》과 《크라프의 마지막 테이프》를 한 권의 책으로 묶어서 미뉘 출판사에서 펴냄. 더블린의 트리니티 칼리지에서 명예박사학위 받음.

1960년(54세) 1월 14일에 《크라프의 마지막 테이프》를 뉴욕에서 첫 공연. 프랑스에서는 3월 22일에 초연. 《그게 어떤지》의 집필을 끝내고 《행복한 나날들》집필 시작.

1961년(55세) 오랜 기간 동거해 오던 수잔과 결혼. 《그게 어떤지》를 미뉘 출판사에서 펴냄. 오데옹 극장에서 《고도를 기다리며》 재공연. 《행복한 나날들》의 집필을 끝내고 뉴욕에서 펴낸 뒤 초연. 국제 출판인상 수상.

1962년(56세) 《행복한 나날들》을 프랑스어로 번역. 《그게 어떤지》를 영어로 번역. 라디오 드라마 《말과 음악 Words and music》을 BBC에서 방송.

1963년(57세) 1월 25일에 프랑스 텔레비전에서 《넘어지는 모든 이들》을 방송. 라디오 드라마 《카스캉도 Cascando》가 10월 13일 프랑스 국영 라디오 텔레비전 방송국에서 방송됨. 《행복한 나날들》(프랑스어판)을 미뉘 출판사에서 펴냄. 《연극》이 독일에서 초연. 《행복한 나날들》을 파리의 오데옹 극장에서 공연. 《몰로이》와 《추방자》를 문고판으로 펴냄.

1964년(58세) 《연극》과 《그게 어떤지》를 영어로 펴냄. 〈영화 Film〉의 시나리오 집필. 앨런 슈나이더 감독에 버스터 키튼이 주연을 맡은 〈영화〉 촬영을 위해서 뉴욕 방문. 4월 런던에서 《연극》 첫 상연(파리에서는 6월에 첫 상연). BBC 방송국에서 《카스캉도》 방송.

1965년(59세) 《왔다 갔다》 집필. 《죽은 상상력을 상상하라 Imagination morte, imaginez》를 미뉘에서 펴냄.

1966년(60세) 파리의 오데옹에서 《왔다 갔다》 첫 상연. 베케트의 여러 작품들을 한데 묶어 미뉘 출판사에서 펴냄.

1967년(61세) 베케트 자신이 직접 연출을 맡아 베를린에서 《승부의 끝》 공연.

1968년(62세) 알파 극장에서 《승부의 끝》 재공연. 《와트》를 프랑스어로 번역해서 미뉘 출판사에서 펴냄.

1969년(63세) 《프랑스 문학》 1267호에서 베케트 특집을 다룸. 《없는》을 미뉘 출판사에서 펴냄. 건강 악화로 북아프리카에서 요양하고 있을 때 노벨 문학상 수상 소식을 듣게 됨. 스톡홀름의 시상식에 불참. 일체의 인터뷰 거절.

1970년(64세) 미뉘에서 《메르시에와 카미에》와 《첫사랑》 펴냄.

1972년(66세) 뉴욕에서 《나는 아니야 Not I》 초연.

1973년(67세)   《나는 아니야》 런던 공연 이후 프랑스어로 번역(*Pas moi*).

1976년(70세)   베케트 70회 생일 기념 공연. 《발소리》 초연.

1977년(71세)   BBC 방송국에서 《유령 트리오 *Ghost trio*》 방송. 런던에서 베케트 시집 펴냄.

1979년(73세)   뉴욕에서 《독백 한 마디 *A piece of monologue*》 공연.

1981년(75세)   4월에 뉴욕 주립 대학 사뮈엘 베케트 축제에서 《자장가 *Rockaby*》 초연. 5월에는 미국 오하이오주 베케트 토론회에서 《오하이오 즉흥곡 *Ohio impromptu*》 초연. 베케트 75회 생일 기념. 10월에 텔레비전 드라마 《쿼드 *Quad*》를 독일 프로덕션에서 방송.

1982년(76세)   《파국》 초연.

1983년(77세)   5월에 독일 프로덕션을 통해 텔레비전 드라마 《밤과 꿈 *Nacht une Träume*》 방송.

1989년(83세)   7월에 부인 수잔 죽음. 12월 22일에 베케트 죽음. 파리 몽파르나스 묘지에 안장.

옮긴이 김문해

도쿄 니혼대학 문과 졸업. 불문학 영문학 부전공. 대구고보 불어과 영어과 강사
역임. 매일신문 편집국장 역임. 지은책 종군기 《조국의 날개》 옮긴책 마르키 드 사
드 《악덕의 번영》 하이스미스 《태양은 가득히》 요코미조 세이지 《혼징살인사건》
조르주 상드 《사랑의 요정》《양치기 소녀》 등이 있다

세계문학전집102
Samuel Beckett
EN ATTENDANT GODOT/MOLLOY/PREMIER AMOUR
L'EXPULSÉ/ENDGAME/KRAPP'S LAST TAPE
고도를 기다리며/몰로이/첫사랑
추방자/승부의 끝/크라프의 마지막 테이프
사뮈엘 베케트/김문해 옮김

1판 1쇄 발행/1988. 12. 12
2판 1쇄 발행/1999. 10. 10
3판 1쇄 발행/2024. 8. 1
발행인 고윤주
발행처 동서문화사
창업 1956. 12. 12. 등록 16−3799
서울 중구 마른내로 144 동서빌딩 3층
☎ 546−0331~2 Fax. 545−0331
www.dongsuhbook.com

잘못된 책은 구입하신 곳에서 바꾸어드립니다.
✱
사업자등록번호 211−87−75330
ISBN 978−89−497−1908−5 04800
ISBN 978−89−497−1841−5 (세트)